yh 3481

Paris
1863

Schiller,   Frederich von

Oeuvres   dramatiques

Tome 3

OEUVRES DRAMATIQUES

DE SCHILLER

III

Paris. — Imprimerie P.-A. BOURDIER et Cie, rue Mazarine, 30.

ŒUVRES DRAMATIQUES

DE

SCHILLER

TRADUCTION

DE

M. DE BARANTE

NOUVELLE ÉDITION ENTIÈREMENT REVUE

AVEC UNE ÉTUDE SUR SCHILLER

DES NOTICES SUR CHAQUE PIÈCE ET DES NOTES.

III

Marie Stuart.
La Pucelle d'Orléans. — La Fiancée de Messine.
Guillaume Tell.
Plans et fragments.

PARIS

LIBRAIRIE ACADÉMIQUE

DIDIER ET Cie, LIBRAIRES-ÉDITEURS

35, QUAI DES AUGUSTINS

1863

MARIE STUART

TRAGÉDIE

NOTICE

SUR

MARIE STUART

L'histoire présente peu de drames plus compliqués et plus émou-
vants que la rivalité de Marie Stuart et d'Élisabeth : naissance, caractère, politique, religion, tout s'était réuni pour diviser les deux reines
et les animer l'une contre l'autre. Si Henri VIII, dans son testament,
n'avait pas révoqué la sentence par laquelle la fille d'Anne de Boleyn
était exclue du trône comme illégitime, la fille de Jacques V, la petite-
fille d'Henri VII, se serait trouvée à la mort de Marie Tudor l'héritière
naturelle du trône d'Angleterre.

Dès son avénement, Élisabeth vit dans Marie une rivale intéressée à
contester sa légitimité, comme plus tard elle vit en elle une héritière
impatiente de voir s'ouvrir sa succession. En vain la reine d'Écosse
fit tous ses efforts pour détruire les soupçons et les inquiétudes que la
fatalité de cette situation inspirait à sa cousine ; celle-ci ne pouvait lui
pardonner d'avoir pris un moment le titre de reine d'Angleterre.
Blessée dans son orgueil de reine, Élisabeth l'avait aussi été dans son
orgueil de femme. Marie la surpassait en beauté, en grâce, en élégance.
Elle avait naturellement le don de plaire, et elle avait rapporté de la
cour des Valois l'art de toutes les séductions.

La veuve de François II, de retour en Écosse, avait vu sa main
recherchée par les chefs de la noblesse d'Angleterre. Leicester, le favori d'Élisabeth, s'était mis sur les rangs. Bien que par politique la
reine d'Angleterre eût intérêt à ce que sa rivale choisît un époux parmi
ses sujets, elle voyait avec peine les hommages et les cœurs se tourner,
dans son propre royaume, vers une autre que vers elle.

Cependant la fortune fit expier par tant de fautes et de malheurs à
Marie les avantages et les prospérités dont elle l'avait comblée, que la
jalousie la plus implacable en aurait dû être désarmée. Égarée par ses

sentiments, trompée ou cruellement frappée dans ses affections, livrée à toutes les fureurs des partis, hors d'état d'en triompher, réduite à en devenir l'instrument, déshonorée par le meurtre de Riccio dont elle eut la douleur d'être témoin, déshonorée plus encore par le meurtre de Darnley et par son mariage avec le meurtrier de son mari, la reine d'Écosse était devenue une reine sans royaume, renversée par son frère, repoussée par son fils et contrainte à chercher un asile à l'étranger.

C'est dans ces conditions lamentables qu'au lieu de fuir en France elle vint demander un refuge à sa sœur d'Angleterre. Loin d'être touchée de compassion, Élisabeth refusa d'admettre Marie en sa présence avant qu'elle se fût justifiée du crime dont la voix publique l'accusait, et elle donna des ordres pour que sa retraite se transformât en prison.

Ainsi commença cette longue captivité de dix-huit ans, qui devait se terminer par un jugement précipité et par une exécution capitale.

Traitée en ennemie, Marie agit dès lors vis-à-vis d'Élisabeth en ennemie qui se croit tout permis pour se soustraire à une injuste oppression. N'avait-on pas abusé de sa confiance? Ne l'avait-on pas sans aucun droit privée de sa liberté, par un abus odieux de la force contre la faiblesse? De ses diverses prisons Marie fit appel à tous les princes étrangers, à tous les grands d'Angleterre et d'Écosse qui pouvaient avoir intérêt à sa délivrance. Avec une activité qui ne se ralentit jamais, avec une espérance que rien ne put détruire, la prisonnière se fit l'âme de toutes les intrigues et de toutes les attaques contre le trône mal affermi d'Élisabeth.

Sa défaite et ses humiliations semblaient se confondre avec l'abaissement et la ruine du catholicisme dans la Grande-Bretagne. Elle était comme le boulevard de l'antique religion qui pouvait remonter avec elle sur le trône d'Angleterre.

Philippe II, le pape, le roi de France, se trouvaient ses défenseurs naturels, sinon déclarés et publics, au moins secrets et fidèles. Leurs vœux, leurs secours ne pouvaient jamais lui manquer. L'ambitieuse maison des Guise surtout ne pouvait abandonner une princesse qui avait déjà fait beaucoup pour leur fortune et qui pouvait y aider si puissamment encore. Le grand débat entre le catholicisme et le protestantisme se retrouvait aussi au fond de la lutte entre les deux reines, pour en relever le caractère et pour en prolonger la durée. Comme sur le continent, ce débat mit aux prises en Angleterre tous les intérêts et toutes les passions en paraissant remettre en question l'organisation politique du pays. Les grandes familles purent rêver une élévation nouvelle à la faveur d'un nouvel avénement. Le duc de Norfolk, qu'Élisabeth dédaignait pour époux, pouvait épouser Marie succédant à Élisabeth renversée par lui. En dehors de toute influence personnelle, par la seule séduction des droits qu'elle possédait et des espérances que sa religion entretenait, la reine détrônée d'Écosse demeurait aussi dangereuse, plus dangereuse même pour Élisabeth, au fond de sa prison, qu'elle n'eût jamais pu l'être sur son trône. L'attrait du malheur multipliait ses serviteurs et stimulait leur dévouement.

La persévérance de George Douglas, qui, après un premier échec, avait réussi à tirer Marie de Lochleven, restait comme un exemple d'autant mieux fait pour encourager les imitateurs que le succès pourrait peut-être avoir de plus glorieux résultats et obtenir une plus haute récompense.

Un caractère romanesque se mêlait aux tentatives faites pour délivrer Marie Stuart. Dans cette conspiration multiple et sans cesse renaissante dont Marie était le principe et l'objet, les menées diplomatiques des souverains étrangers, l'exaltation mystique des sectaires, l'enthousiasme chevaleresque des plus humbles comme l'ambition orgueilleuse des plus hauts seigneurs formaient les fils d'une trame mystérieuse dans laquelle Élisabeth était enveloppée. La dissimulation tant reprochée à la reine d'Angleterre était presque une nécessité qui lui était imposée par la fatalité de sa situation et par la nature des périls dont elle était entourée.

Elle aurait voulu être délivrée de sa rivale, elle ne pouvait s'en délivrer elle-même. Lorsqu'à force d'artifice elle eut amené Marie Stuart à entrer dans une conspiration connue d'avance, et à fournir elle-même les armes dont on devait se servir pour la perdre, lorsqu'elle eut obtenu des quarante commissaires une condamnation à mort, elle fut longtemps sans oser se résoudre à signer l'ordre d'exécution. Elle avait hésité de même pour Norfolk par crainte de représailles sanglantes.

S'il est vrai que le véritable objet que le poète dramatique doive s'attacher à reproduire, c'est la lutte d'une âme partagée avec elle-même, Élisabeth peut nous paraître le personnage principal de ce drame, dont le dénoûment est dans sa main. Elle domine nécessairement l'action, puisque c'est elle qui la termine. Seulement nos sympathies ne sauraient être un moment pour elle, car son inclination et sa volonté la portent à abuser de sa puissance, et elle n'est retenue que par les calculs de la peur. Sa décision même, lorsqu'elle la prend, n'a ni fermeté ni noblesse. Ce n'est pas l'*alea jacta est*, défi au destin. C'est un acte lâche et hypocrite dont elle veut avoir tous les bénéfices en en rejetant la responsabilité sur une tête innocente.

Schiller, en choisissant cet admirable sujet, n'a rien voulu y changer. Il a laissé entièrement à Élisabeth le rôle que l'histoire lui donne. Il n'a pas été moins exact en peignant Marie Stuart ; seulement il nous l'a montrée telle qu'une longue captivité et la certitude d'une mort prochaine l'avaient nécessairement faite, résignée, repentante et acceptant son sort comme l'expiation de ses anciennes fautes. Quand l'action commence, le jugement de Marie à Fotheringhay a déjà eu lieu ; elle ignore la sentence, mais la sentence a été rendue. Rien ne semble pouvoir la sauver qu'une conjuration nouvelle, plus heureusement terminée que les précédentes, ou l'indécision d'Élisabeth ne pouvant se déterminer à faire exécuter la sentence.

La victime contre qui on aiguise à la fois la hache du bourreau et le poignard de l'assassin n'est pas sacrifiée et perdue tant que la vie de sa rivale demeure à la merci de nouveaux conjurés. Le poète suppose que la conspiration de Babington, dans laquelle le traître Gilbert-Giffort joue un rôle si odieux pour perdre Marie, n'est pas entièrement étouffée par la mort de son chef, et qu'elle éclate par un nouvel attentat, comme pour vaincre les hésitations d'Élisabeth. En même temps il fait figurer dans cet attentat nouveau un jeune homme qui est l'opposé de Giffort, qui s'est converti au catholicisme et a rapporté des entretiens du cardinal de Lorraine un enthousiasme fanatique. Son âme mystique, associant l'amour de Marie, la mère de son Dieu, avec l'amour de Marie, à la fois la reine catholique et la femme de ses rêves, le rend prêt à tout braver. Cette figure, mélange de passion religieuse et de fureur sensuelle, occupe peut-être dans l'action une place qu'on est étonné de lui voir remplir. On est d'autant plus surpris de l'importance du rôle de Mortimer, que le poète semble l'avoir voulu faire servir à plusieurs fins. C'est le conspirateur fanatique, qui, par dévotion, s'arme d'un fer sacré pour frapper l'impie ; c'est le jeune homme à l'imagination exaltée, croyant tout permis à l'amour, et prêt à profaner l'autel où son cœur sacrifie. C'est le défenseur de Marie, qui, s'il la délivre, lui fera payer sa liberté plus cher encore que ne l'a fait Bothwell. C'est un intrigant capable d'assez de dissimulation auprès de l'astucieuse Élisabeth pour lui arracher l'ordre d'un assassinat secret et les plus compromettantes promesses. C'est en même temps l'âme jalouse ne sachant pas feindre avec l'homme qui lui semble un rival, et opposant témérairement aux froids calculs de son ambitieuse affection les téméraires élans de sa passion aveugle.

Le contraste entre Mortimer et Leicester nous explique un des côtés du caractère du premier ; il ne nous l'explique pas tout entier.

Le favori d'Élisabeth, qui avait été un moment le prétendant à la main de Marie Stuart, plutôt par ambition que par amour, devait difficilement, dix-huit ans plus tard, retrouver assez de tendres souvenirs dans son cœur pour risquer sa fortune en essayant de sauver la vie de la reine détrônée. Aucun scrupule au contraire ne l'empêcha de voter la condamnation à mort de celle qu'il aurait autrefois voulu épouser. Mais, sans faire violence à l'histoire, le poëte pouvait tirer un grand parti de la situation faite dans ce grand débat à Leicester par son amour pour les deux reines. En supprimant l'influence exercée par les années, en exagérant le sentiment primitivement éprouvé, Schiller a pu représenter ce personnage comme partagé entre deux amours, occupé de les servir l'un et l'autre sans se compromettre, de sauver Marie sans perdre la faveur d'Élisabeth, trouvant presque sa ruine dans cette hardie tentative, rejeté plus violemment par le danger du côté de la fortune triomphante, et ne se sauvant lui-même qu'en acceptant d'être l'exécuteur de la sentence de mort portée contre Marie. Une fois admise cette donnée d'un double amour, toujours subsistant dans l'âme de Leicester, et de l'horrible mission acceptée par lui volontairement, c'est une scène d'un grand effet que celle où Marie, lui demandant la main pour la conduire au supplice, lui dit : « Vous tenez votre promesse, comte de Leicester ; vous m'aviez promis votre bras pour me conduire hors de cette prison, et vous me l'offrez maintenant. »

Les sentiments prêtés à Leicester ont servi aussi au poëte à nous présenter une scène bien autrement considérable, dans l'ordonnance générale de sa pièce, et de l'effet le plus saisissant. Comment aurait-il rempli le drame de la rivalité de deux reines sans jamais nous les montrer en présence l'une de l'autre ?

L'entrevue entre Élisabeth et Marie Stuart n'a aucune vérité historique. Marie ne se lasse pas de la demander, et Élisabeth jugea toujours qu'il lui était impossible de l'accorder. Ce que la volonté de la souveraine s'obstinait à refuser pouvait lui être arraché par surprise, si une volonté contraire ménageait comme par hasard le rapprochement tant désiré par la princesse prisonnière. Une chasse dirigée par Leicester, en amenant à Fotheringhay Élisabeth, permet à Marie de plaider enfin

sa cause devant le seul juge que, reine et femme, elle puisse reconnaître. En même temps, le hasard semble imposer à la reine d'Angleterre l'obligation de pardonner, puisqu'elle porte avec elle le droit de
grâce, et ne peut voir un condamné que pour lui adresser une parole de
clémence. L'orgueil insultant d'Élisabeth, jalouse d'humilier sa rivale
devant son amant, triomphe de tout. La patience dont Marie était animée, et la nouvelle insulte réveillant toutes les anciennes blessures, la
victime se relève de toute sa hauteur, pour se venger en humiliant à
son tour son ennemie devant l'homme qu'elle sait être aussi son amant.
Cette scène, qui produit toujours à la représentation l'émotion la plus
vive, n'est aussi émouvante que parce que toutes les violences qui la
remplissent ont leur source dans une rivalité de femme, dans une jalousie
d'amour. L'intérêt demeure toujours dans l'idée que ces deux femmes
sont deux reines, dont l'une tient la vie de l'autre dans sa main, dont
l'une ne peut rendre insulte pour insulte sans se livrer à la mort;
mais la passion est d'autant plus saisissante qu'elle éclate du fond même
du cœur; l'effet en est d'autant plus vif sur le spectateur que la cause
vivante en est là devant lui.

Déchue de l'espérance qu'elle avait si longtemps conçue d'une entrevue avec sa sœur, Marie, ruinée par la mort de Mortimer, n'a plus
qu'à se préparer à mourir. Dans la pièce comme dans l'histoire, son
caractère se relève en ce moment suprême par la grandeur de la foi
religieuse, à laquelle son âme appartient tout entière. Suivant l'histoire, la consolation des secours de sa religion lui a été refusée. Par
une supposition de poëte, cette force que les sacrements communiquent
au croyant lui a été comme miraculeusement donnée pour l'assister dans
sa dernière épreuve. Dans son intendant Melvil elle trouve un prêtre,
de la bouche duquel elle obtient l'absolution de ses fautes, et par les
mains duquel elle reçoit une hostie consacrée par le souverain pontife
lui-même. La confession dernière, dans laquelle Marie proteste qu'elle
est innocente de toute participation au crime pour lequel elle va mourir,
la communion qui lui donne la sérénité infinie avec laquelle elle marche
à la mort comme à une délivrance, n'ajoutent pas seulement à la solennité de la scène, elles aident à comprendre et à partager le complet
apaisement d'âme de Marie, après l'emportement de la veille, et le calme
triomphant avec lequel elle accepte sa défaite, la femme et la reine étant
déjà mortes pour ne laisser subsister que la sainte, mourant pour
ressusciter.

Pour compléter cette impression, pour donner satisfaction au spectateur, d'autant plus attristé du douloureux dénoûment qu'il a été davantage intéressé à la victime, Schiller montre, dans une dernière scène, Élisabeth punie par l'abandon de ses plus chers et de ses plus nobles serviteurs, effrayée de cette muette condamnation qui découvre celle de l'avenir, et rejetant sur la tête de Davison, par un mensonge homicide, toutes les suites d'un acte qu'elle désavoue.

Cette conclusion était fournie au poëte par l'histoire, et il ne pouvait mieux faire que de la conserver. Dans les caractères secondaires, on retrouve la même exactitude historique. Shrewsbury est bien le serviteur loyal qui sut servir Élisabeth sans jamais donner occasion à Marie de regretter d'avoir été confiée à sa garde, pendant les seize années qu'il resta chargé de cette mission. Burleigh est bien aussi le politique plus préoccupé des intérêts de l'État que de ceux de l'humanité, et marchant à son but avec une rigueur inflexible. Sir Paulet enfin, le dernier geôlier de Marie, est bien également le rude capitaine qui, à une demande d'assassinat, sut répondre par cette mémorable lettre qu'a conservée l'histoire. Schiller n'a eu qu'à traduire pour faire une scène admirable.

L'euphuïsme, en honneur à cette époque à la cour d'Élisabeth, où il était une importation de la France ou plutôt de l'Espagne, a été heureusement rendu dans une scène où figurent l'ambassadeur et l'envoyé extraordinaire de la France. Par un déplacement de dates, Schiller a reporté à la veille de l'exécution de Marie Stuart les négociations entamées avec Élisabeth pour son mariage avec Henri III. Ce léger anachronisme a eu surtout pour motif de rattacher au drame un de ses épisodes les plus curieux : cette intervention équivoque de la France, qui tantôt veut sauver Marie, fût-ce en renversant Élisabeth, et tantôt veut gagner l'alliance d'Élisabeth, fût-ce en sacrifiant Marie.

On sent que l'idée que Schiller se fait du drame dépasse les proportions de notre tragédie classique, puisque dans cette pièce, qui est surtout une pièce de caractère, et qui, pour la simplicité de l'action, se rapproche le plus des habitudes de notre théâtre (le succès de la version de Lebrun en est d'ailleurs la preuve), il a su faire entrer tant de détails propres à caractériser l'époque de la nation et à nous transporter à la fois au milieu des luttes religieuses du seizième siècle et à la cour d'Élisabeth.

MARIE STUART

PERSONNAGES.

ÉLISABETH, reine d'Angleterre.

MARIE STUART, reine d'Écosse, prisonnière en Angleterre.

ROBERT DUDLEY, comte de Leicester.

GEORGE TALBOT, comte de Shrewsbury.

WILLIAM CECIL, baron de Burleigh, grand trésorier.

LE COMTE DE KENT.

WILLIAM DAVISON, secrétaire d'État.

AMIAS PAULET, chevalier, gardien de Marie.

MORTIMER, son neveu.

LE COMTE DE L'AUBESPINE, ambassadeur de France.

LE COMTE DE BELLIÈVRE, envoyé extraordinaire de France.

OKELLY, ami de Mortimer.

DRUGEON DRURY, second gardien de Marie.

MELVIL, son intendant.

ANNA KENNEDY, sa nourrice.

MARGUERITE KURL, sa femme de chambre.

LE SHÉRIF DU COMTÉ.

UN OFFICIER des gardes du corps.

SEIGNEURS FRANÇAIS ET ANGLAIS, GARDES, SERVITEURS DE LA COUR DE LA REINE D'ANGLETERRE, HOMMES ET FEMMES DU SERVICE DE LA REINE D'ÉCOSSE.

ACTE PREMIER

Le théâtre représente une salle du château de Fotheringhay.

SCÈNE I.

ANNA KENNEDY, *nourrice de la reine d'Écosse, est engagée dans un vif débat avec* PAULET, *qui est sur le point d'ouvrir une armoire.* DRUGEON DRURY, *son aide, avec des fers à crocheter.*

KENNEDY. — Que faites-vous, sir Paulet? Quelle nouvelle indignité! laissez cette armoire.

PAULET. — D'où vient cette parure? On l'a jetée de

l'étage supérieur. On voulait séduire le jardinier avec cette
parure... Maudite soit la ruse des femmes! — Malgré ma
vigilance et mes soigneuses recherches, encore des richesses, encore des trésors cachés! *Il se met à fouiller l'armoire.* Où ceci était caché, il doit y avoir autre chose.

KENNEDY. — Téméraire, retirez-vous; cette armoire renferme les secrets de ma maîtresse.

PAULET. — C'est cela même que je cherche.

(Il tire des papiers de l'armoire.)

KENNEDY. — Ce sont des papiers insignifiants. — De
simples exercices de plume, pour abréger les tristes loisirs
de la prison.

PAULET. — C'est dans l'oisiveté que travaille l'esprit du
mal.

KENNEDY. — Ils sont écrits en français.

PAULET. — Tant pis. — C'est la langue des ennemis de
l'Angleterre.

KENNEDY. — Voilà des brouillons de lettres pour la reine
d'Angleterre.

PAULET. — Je les remettrai. — Mais que vois-je briller?
(*Il a poussé un ressort secret, et il tire des joyaux d'un tiroir
caché.*) C'est un bandeau royal, orné de pierreries et semé
des lis de France. (*Il le donne à son compagnon.*) Serrez-le,
Drury, et mettez-le avec le reste.

(Drury s'en va.)

KENNEDY. — Oh! que d'outrages et de violences il nous
faut supporter!

PAULET. — Tant qu'elle possédera quelque chose, elle
pourra nuire, car tout devient une arme entre ses mains.

KENNEDY. — Ah! sir, soyez bon, ne lui enlevez pas ce
dernier ornement de son existence. La vue d'une ancienne
splendeur réjouit l'infortunée; car vous nous avez pris
tout le reste.

PAULET. — C'est en des mains sûres, et vous sera resti-
tué consciencieusement quand il en sera temps.

KENNEDY. — Qui croirait, en voyant ces murs dépouillés,
qu'une reine y demeure? où est le dais au-dessus de son
siége. N'est-elle pas forcée de poser sur un sol rude et

grossier ses pieds tendres et délicats! Sa table est servie d'un étain grossier que dédaignerait la dernière des dames nobles.

PAULET. — C'était ainsi qu'à Sterlyn était servi son époux, tandis qu'elle buvait dans l'or avec son amant.

KENNEDY. — On nous refuse jusqu'à la petite nécessité du miroir.

PAULET. — Tant qu'elle pourra contempler sa vaine image, il lui restera de l'espoir et de l'audace.

KENNEDY. — Elle n'a point de livres pour occuper son esprit.

PAULET. — On lui a laissé la Bible pour s'amender.

KENNEDY. — On lui a enlevé même son luth.

PAULET. — Parce qu'elle s'en servait pour jouer des chants d'amour.

KENNEDY. — Est-ce là le sort réservé à celle qui fut reine dès le berceau, à celle qui, élevée avec tant de délicatesse à la cour fastueuse de Médicis, avait grandi dans l'abondance de toutes les joies? N'est-ce pas assez de lui avoir enlevé la puissance? faut-il lui envier jusqu'à ces pauvres colifichets? Lorsqu'il est en proie à un grand malheur, un noble cœur sait se retrouver; mais on souffre de se voir privé des petits ornements de la vie.

PAULET. — Ils ne font que tourner à la vanité un cœur qui doit descendre en lui-même et se repentir. Une vie de volupté et de désordre ne saurait s'expier que dans les privations et l'abaissement.

KENNEDY. — Si sa tendre jeunesse a failli, elle n'en doit compte qu'à Dieu et à son cœur; personne n'a le pouvoir de la juger en Angleterre.

PAULET. — Elle sera jugée où elle a été coupable.

KENNEDY. — Pour se rendre coupable ici, elle est enchaînée par des liens trop étroits.

PAULET. — Cependant, malgré ces liens étroits, elle a su étendre la main vers le monde, allumer dans le royaume les brandons de la guerre civile, et armer des bandes d'assassins contre notre reine, que Dieu nous conserve! Du fond de ces murs n'a-t-elle pas excité le scélérat Parry et

Babington à l'attentat maudit du régicide? Ces barreaux
de fer ont-ils pu l'empêcher de séduire le noble cœur de
Norfolk? Sacrifiée pour elle, la tête de l'homme le plus
estimé de l'Angleterre est tombée sous la hache du bourreau... et cet exemple déplorable a-t-il épouvanté et retenu les insensés qui se disputent l'honneur de se précipiter
dans l'abîme pour elle? Les échafauds ne sont-ils pas sans
cesse baignés du sang des victimes qui, pour elle, se vouent
à la mort? et il en sera ainsi jusqu'au moment où son sang
lui-même y aura coulé. Ah! maudit soit le jour où le
rivage hospitalier de notre île a reçu cette nouvelle Hélène!

KENNEDY. — Dieu, quelle hospitalité elle a reçue de
l'Angleterre! L'infortunée qui, depuis le jour où elle mit
le pied sur cette terre, pour y venir comme suppliante et
fugitive implorer le secours d'une parente, se voit, contre
le droit des gens et la dignité des rois, emprisonnée et
réduite à consumer tristement dans une étroite captivité
les belles années de sa jeunesse.... qui, maintenant, après
avoir éprouvé tout ce que la prison a d'amer, est, comme
un criminel vulgaire, traduite devant un tribunal, et igno-
minieusement accusée d'un crime capital.... elle, une reine!

PAULET. — Elle est venue dans ce pays, comme une
meurtrière chassée par son peuple, déchue du trône qu'elle
a souillé par un horrible forfait. Elle est venue conjurée
contre le bonheur de l'Angleterre pour ramener les jours
sanglants de Marie Tudor d'Espagne, pour rétablir la religion catholique, pour nous livrer aux Français. Pourquoi
a-t-elle refusé de signer le traité d'Édimbourg, de renoncer
à ses prétentions sur l'Angleterre et de s'ouvrir ainsi d'un
seul mot les portes de sa prison? Elle a mieux aimé rester
prisonnière et se voir maltraitée que de renoncer au vain
éclat de ce titre; et pourquoi a-t-elle fait cela? C'est qu'elle
se fie à ses complots, à ses détestables artifices, et que par
ses trames criminelles elle espère, du fond de sa prison,
conquérir toute l'Angleterre.

KENNEDY. — Vous raillez, sir Paulet; à la dureté vous
ajoutez l'amère ironie. Comment aurait-elle pu concevoir
de tels rêves, elle qui est ensevelie vivante entre ces
murs, à qui ne parvient de sa chère patrie aucune parole

de consolation, aucune voix amie; elle qui depuis longtemps n'a aperçu d'autre visage humain que celui de ses
geôliers au front sinistre, qui, depuis le moment où notre
nouveau gardien, votre farouche parent, est entré ici, se
voit chaque jour entourée de nouveaux barreaux ?

PAULET. — Il n'est point de barreaux pour se garantir
de ses ruses. Sais-je si pendant mon sommeil ces barreaux
n'ont pas été limés, si le sol de cette chambre, si ces murs,
solides en apparence, n'ont pas été creusés pour donner
passage à la trahison? Ah! quel emploi maudit m'a été
confié! il me faut veiller contre les artifices d'une femme
tramant sans cesse de funestes projets. La crainte m'arrache
au sommeil, et me fait errer la nuit comme une âme en
peine, pour m'assurer de la solidité des verrous et de la
fidélité des gardiens. Je vois arriver chaque matin, en
tremblant que mes craintes ne se trouvent réalisées. Mais
cela finira bientôt, grâce au ciel; car j'aimerais mieux veiller à la porte de l'enfer sur la troupe des damnés, que de
garder cette reine artificieuse.

KENNEDY. — La voici elle-même.

PAULET. — Le crucifix à la main, l'orgueil et l'esprit
mondain dans le cœur.

SCÈNE II.

MARIE, *avec un voile et un crucifix à la main;* LES PRÉCÉDENTS.

KENNEDY, *courant à sa rencontre.* — O reine, on nous
foule tout à fait aux pieds; la tyrannie et la cruauté ne
connaissent plus de bornes : chaque jour amasse une nouvelle souffrance, un nouvel affront sur ta tête couronnée.

MARIE. — Modère-toi, et dis-moi, qu'est-il arrivé de
nouveau ?

KENNEDY. — Regarde! ton pupitre est forcé, tes papiers
et le seul trésor que nous avions sauvé avec peine, le dernier reste de ta parure nuptiale de France sont entre ses
mains. Tu es entièrement dépouillée; il ne te reste plus
rien d'une reine.

MARIE. — Console-toi, Anna, ce ne sont point ces coli-

lichets qui font de moi une reine*: on peut nous traiter
bassement, mais non nous abaisser. J'ai appris en Angleterre à m'habituer à bien des choses; je puis encore endurer cela. Sir Paulet, vous vous êtes approprié de force ce
qu'aujourd'hui même je comptais vous remettre de plein
gré. Parmi ces papiers se trouve une lettre pour ma sœur,
la reine d'Angleterre; donnez-moi votre parole que vous
la remettrez fidèlement à elle-même, et non pas aux mains
du perfide Burleigh.

PAULET. — Je songerai à ce qu'il faudra faire.

MARIE. — Voulez-vous en savoir le contenu, sir Paulet ?
Je demande dans cette lettre une grande faveur, une entrevue avec la reine elle-même, avec elle que mes yeux n'ont
jamais encore aperçue. On m'a traduite devant un tribunal
d'hommes que je ne puis reconnaître pour mes pairs, auxquels je ne puis accorder aucune confiance. Élisabeth est
de ma famille, de mon rang, de mon sexe : c'est à elle
seule, comme sœur, comme reine, comme femme, que je
puis me confier.

PAULET. — Madame, vous avez très-souvent confié votre
sort et votre honneur à des hommes qui étaient bien moins
dignes de votre estime.

MARIE. — Je demande encore une seconde faveur; ce
serait une barbarie que de me la refuser. Depuis longtemps
je suis privée dans cette prison des consolations de la religion, du bienfait des sacrements; et celle qui m'a ravi le
trône et la liberté, celle qui menace ma vie elle-même ne
voudra pas me fermer les portes du ciel.

PAULET. — A votre demande, le doyen de Fotheringhay
se rendra à vos souhaits.

MARIE *l'interrompant vivement*. — Je ne veux rien du
doyen; je veux un prêtre de ma propre Église... Je demande aussi des notaires, des greffiers pour rédiger mes
dernières volontés. Les chagrins, les rigueurs d'une longue
captivité rongent ma vie; mes jours, je le crains, sont
comptés; et je me considère comme une mourante.

PAULET. — Vous faites bien; ce sont là des réflexions
qui vous conviennent.

MARIE. — Et sais-je si une main rapide ne viendra pas

hâter le lent office du chagrin? Je veux faire mon testament; je veux disposer de ce qui m'appartient.

PAULET. — Vous en avez la liberté; la reine d'Angleterre ne veut pas s'enrichir de vos dépouilles.

MARIE. — On m'a séparée de mes femmes fidèles, de mes serviteurs.... Où sont-ils? quel est leur sort? Je puis me passer de leurs services; mais je veux être sûre que ces âmes toutes dévouées ne souffrent ni ne manquent du nécessaire.

PAULET. — On a pris soin de vos serviteurs.

(Il veut sortir.)

MARIE. — Vous vous retirez, sir Paulet; vous me laissez encore une fois sans soulager du tourment de l'incertitude mon cœur inquiet et alarmé. Je suis, grâce à la vigilance de vos espions, séparée du monde entier; aucune nouvelle ne peut pénétrer jusqu'à moi, à travers les murs de ma prison : mon sort est entre les mains de mes ennemis. Un mois long et pénible s'est déjà écoulé depuis que quarante commissaires sont venus me surprendre dans ce château, ont érigé un tribunal, et soudain avec une précipitation indécente, sans être préparée et assistée d'un avocat, m'ont appelée devant une justice inouïe jusqu'à ce jour, pour répondre incontinent, de mémoire, tout étourdie et surprise, à de graves chefs d'accusation, perfidement combinés.... Ils arrivèrent ici comme des fantômes et disparurent de même : depuis ce jour chaque bouche est muette pour moi. Je cherche en vain à lire dans vos regards si mon innocence, si le zèle de mes amis a prévalu, ou bien les méchants conseils de mes ennemis. Rompez enfin ce silence.... Dites-moi ce que j'ai à craindre ou à espérer.

PAULET, *après un instant de silence.* — Songez à régler votre compte avec le ciel.

MARIE. — J'espère en sa miséricorde, sir.... et je m'attends à une stricte justice de la part de mes juges terrestres.

PAULET. — Justice vous sera faite, n'en doutez pas.

MARIE. — Mon procès serait-il jugé, sir?

PAULET. — Je l'ignore.

MARIE. — Suis-je condamnée?

III.   2

PAULET. — Je ne sais rien, milady.

MARIE. — On aime ici à agir rapidement. Le meurtrier doit-il me surprendre comme les juges?

PAULET. — Pensez toujours qu'il en est ainsi, et ils vous trouveront mieux préparée que ceux-ci.

MARIE. — Rien, sir, ne m'étonnera dans la sentence qu'osera rendre le tribunal de Westminster, guidé par la haine de Burleigh et le zèle de Hatton..... Je ne sais que trop ce que la reine d'Angleterre peut se permettre de faire.

PAULET. — Les rois d'Angleterre n'ont rien à redouter que leur conscience et leur parlement : ce que la justice aura prononcé, le pouvoir l'exécutera sans crainte à la face de tout l'univers.

SCÈNE III.

LES PRÉCÉDENTS, MORTIMER, *neveu de Paulet, entre, et sans faire paraître la moindre attention pour la reine, s'avance vers Paulet.*

MORTIMER. — On vous demande, mon oncle.

(Il s'éloigne de la même manière. La reine le remarque avec déplaisir et se tourne vers Paulet qui veut le suivre.)

MARIE. — Encore une grâce, sir Paulet. Quand vous aurez quelque chose à me dire, de vous je puis supporter beaucoup : je respecte votre âge, mais je ne saurais souffrir l'insolence de ce jeune homme; épargnez-moi la vue de ses manières brutales.

PAULET. — Ce qui le rend désagréable à vos yeux me le rend cher. Certes, ce n'est pas un de ces sots efféminés qu'une larme trompeuse de femme puisse attendrir. Il a voyagé. Il arrive de Paris et de Reims, et rapporte un cœur resté fidèle à la vieille Angleterre. Tout votre art échouera près de lui, milady.

(Il s'en va.)

SCÈNE IV.

MARIE, KENNEDY.

KENNEDY. — Homme brutal, oser vous parler ainsi en face! Ah! cela est cruel.

MARIE. — Nous avons, dans les jours de notre splendeur, prêté une oreille trop complaisante à la flatterie; il est juste, chère Anna, que nous supportions maintenant les austères paroles du blâme.

KENNEDY. — Eh quoi! chère lady, si abattue, si découragée! Vous étiez autrefois si gaie; vous aviez coutume de me consoler, et j'avais à vous reprocher plutôt votre insouciance que votre affliction.

MARIE, *perdue dans ses pensées.* — Je l'ai bien reconnue. C'est l'ombre sanglante du roi Darnley, qui s'élève menaçante de la voûte sépulcrale, et il ne fera jamais de paix avec moi que la mesure de mes maux ne soit comblée.

KENNEDY. — Quelle pensée!

MARIE. — Tu l'as oublié, Anna; mais moi j'en garde un souvenir fidèle. Il est encore revenu aujourd'hui, l'anniversaire de cette fatale action. C'est ce jour que je célèbre par le jeûne et la pénitence.

KENNEDY. — Renvoyez enfin au repos ce méchant esprit. Vous avez expié cette action par un repentir de longues années, par les rudes épreuves de l'adversité. L'Église, qui a le pouvoir de délier toutes les fautes, le Ciel vous ont pardonné.

MARIE. — La faute depuis longtemps pardonnée sort toute saignante de sa tombe légèrement couverte. Ni la cloche d'un desservant de messe, ni le saint-sacrement aux mains d'un prêtre ne peuvent faire descendre dans la tombe le spectre d'un époux qui crie vengeance.

KENNEDY. — Ce n'est pas vous qui l'avez assassiné. D'autres l'ont fait.

MARIE. — J'en étais informée. J'ai laissé le crime se consommer; je l'ai attiré par des paroles flatteuses dans les pièges de la mort.

KENNEDY. — Votre jeunesse atténue votre faute. Vous étiez dans un âge si tendre!

MARIE. — Dans un âge si tendre!.... et je chargeai d'un tel crime une vie qui commençait à peine!

KENNEDY. — Vous étiez provoquée par les affronts sanglants et l'arrogance d'un homme que votre amour avait, comme une main divine, tiré de l'obscurité, que vous aviez

conduit au trône par votre chambre nuptiale, que vous
aviez comblé par le don de votre charmante personne et de
la couronne de vos ancêtres. Avait-il pu oublier que sa
brillante destinée était la généreuse création de l'amour.
Cependant l'indigne l'oublia! Il blessa votre tendresse par
de vils soupçons, par des manières grossières, et il devint
insupportable à vos yeux; le charme qui avait fasciné vos
regards s'évanouit. Justement irritée, vous avez fui les
embrassements de l'infâme, et vous l'avez livré au mépris.
Et lui..... chercha-t-il à rappeler votre bienveillance? de-
manda-t-il sa grâce? se jeta-t-il repentant à vos pieds, et
promit-il de s'amender? Non; le misérable osa vous braver, voulut faire le roi vis-à-vis de vous; lui qui était votre
créature. Sous vos yeux il fit percer votre favori, le beau
chanteur Riccio. Vous avez vengé par le sang un crime
sanglant.

MARIE. — Et c'est par le sang que j'expierai aussi ma
faute. Tu prononces mon arrêt, tout en voulant me consoler.

KENNEDY. — Lorsque le crime se commit, vous n'étiez
point à vous-même, vous ne vous apparteniez plus. Le délire
d'un amour aveugle vous possédait et vous avait assujettie
à un redoutable séducteur, à ce malheureux Bothwell... Il
vous dominait, le terrible, par la mâle arrogance d'une
volonté de fer: égarant votre âme, il vous embrasait par
des philtres magiques, par des artifices de l'enfer.

MARIE. — Il n'avait pas d'autres artifices que son énergie
d'homme et ma faiblesse.

KENNEDY. — Non, vous dis-je, il lui fallut appeler à son
aide tous les esprits de damnation pour jeter le bandeau sur
vos yeux autrefois si éclairés. Vous n'aviez plus d'oreille
pour les avis d'une amie; vous ne regardiez plus à la
bienséance. La délicate pudeur de votre sexe vous avait
abandonnée; vos joues, naguère le siège d'une pudique
modestie, ne brûlaient plus que du feu des désirs. Vous
aviez rejeté le voile du mystère; le vice impudent de
l'homme avait vaincu votre timidité, et d'un front hardi
vous donniez votre ignominie en spectacle. Vous souffrîtes
que le glaive royal d'Écosse fût porté en triomphe devant

vous par un meurtrier à travers Édimbourg, au milieu des
malédictions du peuple : votre parlement fut investi par les
armes, et dans le temple même de la justice, vous forçâtes
les juges, par une impudente jonglerie, à absoudre du
meurtre le coupable. Vous allâtes plus loin encore. Dieu...

MARIE. — Achève. Je lui donnai ma main devant l'autel.

KENNEDY. — Ah ! qu'un éternel silence cache cette action !
Cela est horrible, odieux, digne en tout d'une créature réprouvée, et cependant vous ne l'êtes pas. Je vous connais ;
n'est-ce pas moi qui ai élevé votre enfance ? Votre cœur est
tendre et ouvert à la pudeur. La légèreté seule est votre
défaut. Je vous le répète, il y a des esprits malfaisants qui,
trouvant accès dans l'âme mal gardée de l'homme, s'y éta-
blissent instantanément, nous poussent à commettre l'é-
pouvantable mal, puis, en fuyant aux enfers, laissent au
cœur souillé le sentiment de l'horreur. Depuis cette action
qui a flétri votre vie, vous n'avez rien fait qui soit digne de
blâme. Je suis témoin de votre retour à la vertu. Ainsi,
prenez courage, faites la paix avec vous-même. Quelque
faute que vous ayez à expier, vous n'êtes point coupable
envers l'Angleterre : Élisabeth et son parlement ne sont
pas vos juges. Opprimée par la force, vous pouvez paraître
devant ce tribunal incompétent avec tout le courage de
l'innocence.

MARIE. — Qui vient ?

(Mortimer se montre à la porte.)

KENNEDY. — C'est le neveu. Rentrez.

SCÈNE V.

LES PRÉCÉDENTS, MORTIMER, *entrant timidement.*

MORTIMER, *à la nourrice.* — Éloignez-vous et veillez à la
porte, j'ai à parler à la reine.

MARIE, *avec autorité.* — Anna, demeure.

MORTIMER. — N'ayez aucune crainte, milady, apprenez à
me connaître.

(Il lui présente un papier.)

MARIE *regarde le papier, et recule étonnée.* — Ciel, qu'est-ce que cela ?

MORTIMER, *à la nourrice.* — Allez, Kennedy, et prenez garde que mon oncle ne nous surprenne.

MARIE, *à la nourrice qui hésite et interroge la reine du regard.* — Va, va, fais ce qu'il dit.

(Anna s'éloigne avec des marques d'étonnement.)

SCÈNE VI.

MORTIMER, MARIE.

MARIE. — Quoi, de France, de mon oncle le cardinal de Lorraine ! (*Elle lit.*) « Fiez-vous à sir Mortimer, qui vous « remettra cette lettre; vous n'avez pas de plus fidèle ami « en Angleterre. » (*Elle regarde Mortimer avec étonnement.*) Est-il possible? n'est-ce pas une illusion, un songe qui m'abuse ? Je me croyais abandonnée du monde entier, et si près de moi je trouve un ami; je le trouve dans le neveu de mon gardien, dans celui que je regardais comme le plus cruel de mes ennemis.

MORTIMER *se jette à ses pieds.* — Pardon, reine, d'avoir emprunté ce masque odieux; il m'en a assez coûté de le prendre; mais c'est à lui que je dois de pouvoir vous approcher et vous apporter secours et délivrance.

MARIE. — Levez-vous....., vous me remplissez de surprise, sir.... Je ne puis si rapidement passer de l'abîme du malheur à l'espérance. Parlez, faites-moi concevoir ce bonheur, pour que j'y croie.

MORTIMER *se lève.* — Le temps presse, mon oncle sera bientôt ici, un homme odieux l'accompagne. Avant que leur terrible mission vienne vous surprendre, écoutez comment le ciel vous envoie du secours.

MARIE. — Il l'envoie par un miracle de sa toute-puissance.

MORTIMER. — Permettez que je commence par vous parler de moi.

MARIE. — Dites, sir Mortimer.

MORTIMER. — Je comptais vingt ans, reine, j'avais été

élevé dans des principes austères; j'avais sucé avec le lait
une sombre haine du papisme, lorsqu'un invincible désir
m'entraîna sur le continent; je laissai derrière moi les
sombres salles de prêche des puritains, et, quittant la patrie, je traversai la France en toute hâte, cherchant avec
une ardente impatience l'Italie tant vantée.

C'était alors le temps de la grande fête de l'Église; les
routes étaient couvertes de troupes de pèlerins, toutes les
saintes images étaient couronnées. On eût dit que l'humanité était en pèlerinage pour gagner le royaume des cieux...
Moi-même je fus saisi par le torrent de cette multitude de
fidèles, qui m'entraîna dans l'enceinte de Rome.

Que devins-je, ô reine! quand je vis s'élever devant mes
yeux la pompe des colonnes et des arcs de triomphe; quand
tout surpris je me vis entouré de la magnificence du Co-
lisée, quand le génie sublime de la statuaire m'enferma
dans son gai monde de merveilles. Je n'avais jamais ressenti le pouvoir des arts; l'Église qui m'a élevé fuit ce qui
charme les sens; elle ne tolère aucune image, n'adorant
que le Verbe immatériel. Que devins-je quand j'entrai dans
l'intérieur des églises, et que la musique des cieux y descendit, et que la multitude des figures jaillit à profusion
des murs et des voûtes, que tout ce qu'il y a de plus
grand et de plus auguste parut et s'anima devant mes
yeux ravis; quand je les vis eux-mêmes, les êtres divins,
la Salutation de l'ange, la Nativité du Seigneur, la sainte
Mère de Dieu, la Trinité descendue d'en haut, la Transfi-
guration lumineuse... quand je vis ensuite le pape célébrer
la grand'messe dans toute sa pompe et bénir les peuples.
Ah! qu'est-ce que l'éclat de l'or et des joyaux dont se
parent les rois de la terre? Lui seul est entouré d'une majesté divine. Sa maison est un véritable royaume des cieux,
car ce qu'on y voit n'est pas de ce monde.

MARIE. — Ah! épargnez-moi! Ne dites rien de plus,
cessez de dérouler à mes yeux le frais tapis de la vie... Je
suis malheureuse et prisonnière.

MORTIMER. — J'étais captif aussi, reine; ma prison s'ou-
vrit et soudain mon esprit se sentit libre, saluant le beau
jour de la vie. Je jurai une haine éternelle à l'étroite et

sombre interprétation du livre saint. Je parai ma tête de
guirlandes de fleurs, et je me mêlai joyeusement aux joyeux.
Beaucoup de nobles Écossais se pressèrent autour de moi,
ainsi que les gaies compagnies des Français. Ils me présen-
tèrent à votre noble oncle, le cardinal de Guise. — Quel
homme! combien il a de grandeur, d'assurance et d'énergie! — Comme il semble né pour gouverner les esprits! Il
est le modèle d'un pontife royal, d'un prince de l'Église,
comme je n'en ai jamais vu.

MARIE. — Vous avez vu les traits chéris de cet homme illustre et bien-aimé qui fut le guide de ma tendre jeunesse!
— Ah! parlez-moi de lui. Pense-t-il encore à moi? La fortune lui est-elle propice? La vie lui sourit-elle toujours?
Est-il toujours une des colonnes de l'Église?

MORTIMER. — L'excellent homme s'abaissa jusqu'à moi pour
m'expliquer les dogmes sublimes de la foi et dissiper les doutes de mon cœur. Il voulut bien, dans sa bonté, descendre
des hauteurs de la doctrine, pour me convaincre et résoudre les doutes de mon cœur; il me montra comment les
subtilités de la raison humaine conduisent toujours à l'erreur, comment les yeux doivent voir ce que le cœur doit
croire, comment l'autorité d'un chef visible est nécessaire
à l'Église, comment l'esprit de vérité a présidé aux con-
ciles. Ah! comme les fausses idées de mon enfance s'éva-
nouirent devant sa raison victorieuse et son éloquence
entraînante! Je rentrai dans le sein de l'Église, et j'abjurai
mes erreurs entre ses mains.

MARIE. — Ainsi, vous êtes au nombre des milliers d'hommes qu'il a saisis par la force divine de ses paroles, comme
le sublime prédicateur de la montagne, et conduits au salut
éternel?

MORTIMER. — Lorsque son devoir l'eut, bientôt après,
rappelé en France, il m'envoya à Reims, où la société de
Jésus, dans sa pieuse activité, instruit des prêtres pour
l'Église d'Angleterre. Je trouvai là le vieil Écossais Morgan, votre fidèle Lessley, le savant évêque de Ross, qui
tous passaient les tristes jours de l'exil sur le sol de la
France. — Je me liai étroitement avec ces hommes vertueux, et je m'affermis dans la foi. — Un jour que chez

l'évêque de Ross, je promenais mes regards autour de moi,
ils tombèrent sur un portrait de femme, d'un charme mer-
veilleusement touchant. Cette image me saisit puissamment
au plus profond de mon âme. Je demeurai immobile et ne
fus pas maître de mon émotion. L'évêque me dit alors : « Ce
n'est pas sans raison que cette image vous a ému; la plus
belle de toutes les femmes est aussi la plus digne de pitié.
Elle souffre pour notre religion, et c'est votre patrie qui
est témoin de ses souffrances. »

MARIE. — Ah! le digne homme! — Non, je n'ai pas tout
perdu, puisque dans le malheur je conserve le cœur d'un
tel ami.

MORTIMER. — Alors il commença à me peindre, avec une
éloquence attendrissante, et votre martyre et la cruauté de
vos ennemis; il me montra votre arbre généalogique, me
fit voir que vous étiez l'héritière de l'illustre maison de
Tudor, me convainquit que c'est à vous seule qu'il appartient de régner en Angleterre, et non pas à cette reine usur-
patrice, fruit d'un amour adultère, que son père Henri
lui-même avait rejetée comme une fille bâtarde. Je ne m'en
fiai pas à son seul témoignage, je consultai les hommes
versés dans la science des lois, je feuilletai beaucoup de
vieux livres de blason, et tous les hommes compétents que
j'interrogeai me confirmèrent la justice de vos droits. Je
sais maintenant que votre bon droit sur l'Angleterre fait
tout votre crime, et que dans ce royaume, qui devait vous
appartenir, vous êtes injustement retenue prisonnière.

MARIE. — Ah! droit fatal! il est l'unique source de mes
maux.

MORTIMER. — J'appris dans le même temps que vous aviez
été emmenée du château de Talbot et confiée à la garde
de mon oncle. Je crus reconnaître, dans cette circonstance, le bras libérateur et tout-puissant du Ciel. Il me
sembla que la voix du destin me désignait hautement pour
vous délivrer. Mes amis m'affermirent et m'encouragèrent
dans mon dessein; le cardinal me donna ses conseils et sa
bénédiction : il me recommanda l'art difficile de la dissimulation. Mon projet fut bientôt arrêté; je repris la route
de ma patrie, où, comme vous le savez, je suis débarqué

depuis dix jours. (*Il s'arrête.*) Je vous vis, ô reine... vous-même, et non votre image! Ah! quel trésor renferme ce château! Ce n'est pas une prison, c'est un temple plus éclatant de gloire que le royal palais de l'Angleterre. Heureux celui à qui il est donné de respirer le même air que vous. Qu'elle a bien raison celle qui vous tient ici profondément renfermée! toute la jeunesse d'Angleterre se lèverait, pas un glaive ne resterait oisif dans le fourreau, et la révolte, à la tête gigantesque, marcherait par cette île paisible, si les Anglais voyaient leur reine.

MARIE. — Elle serait heureuse, si tous les Anglais la voyaient avec vos yeux.

MORTIMER. — Oui, si, comme moi, ils étaient témoins de vos souffrances, de cette noble fermeté, de cette douceur courageuse avec laquelle vous supportez votre indigne sort; car ne sortez-vous pas en reine de toutes ces douloureuses épreuves? L'ignominie du cachot vous enlève-t-elle quelque chose de l'éclat de votre beauté? Vous manquez de tout ce qui peut orner l'existence, et pourtant la lumière et la vie rayonnent toujours autour de vous. Jamais je n'ai passé ce triste seuil sans avoir le cœur déchiré par vos souffrances, et sans être en même temps transporté de joie de vous contempler. Cependant le moment redoutable qui doit décider de votre sort s'approche; le danger presse et s'accroît d'heure en heure : je n'ose différer... davantage, vous cacher plus longtemps ce terrible...

MARIE. — Mon arrêt serait-il prononcé? parlez avec franchise, je puis l'entendre.

MORTIMER. — Il est prononcé : les quarante-deux juges vous ont déclarée coupable. La Chambre des lords, celle des communes et la cité de Londres pressent vivement l'exécution du jugement; cependant la reine tarde encore, non point par humanité et clémence, mais par artifice, afin de paraître contrainte.

MARIE, *avec fermeté.* — Sir Mortimer, vous ne me surprenez pas, vous ne m'effrayez pas; j'étais depuis longtemps préparée à une pareille nouvelle. Je connais mes juges : après les mauvais traitements que j'ai subis, je pensais bien qu'on ne me rendrait point à la liberté; je sais où l'on en veut venir. On veut me tenir dans une prison perpétuelle, et ensevelir ma vengeance et mes droits dans la nuit d'un cachot.

MORTIMER. — Non, reine; non, non. On ne s'en tiendra pas là. La tyrannie ne se contente pas de faire son œuvre à demi. Aussi longtemps que vous vivrez, vivra aussi la crainte de la reine d'Angleterre. Aucun cachot ne pourrait vous ensevelir assez profondément; votre mort seule assure son trône.

MARIE. — Elle oserait faire tomber sous la hache du bourreau ma tête couronnée!

MORTIMER. — Elle l'osera, n'en doutez pas.

MARIE. — Elle pourrait ainsi fouler aux pieds sa propre majesté et celle de tous les rois? Ne redoute-t-elle pas la vengeance de la France?

MORTIMER. — Elle conclut avec la France une paix perpétuelle; elle donne son trône et sa main au duc d'Anjou.

MARIE. — Et le roi d'Espagne ne prendra-t-il pas les armes?

MORTIMER. — Tant qu'elle est en paix avec son propre peuple, elle ne craint pas les armes de l'univers entier.

MARIE. — Voudrait-elle offrir un tel spectacle aux Anglais?

MORTIMER. — Ce pays, milady, a vu plus d'une fois, dans ces derniers temps, des reines descendre du trône pour monter sur un sanglant échafaud. La propre mère d'Élisabeth a suivi ce chemin ainsi que Catherine Howard, et lady Gray aussi était une tête couronnée.

MARIE, *après un instant de silence*. — Non, Mortimer, une vaine crainte vous aveugle. Les inquiétudes de votre âme fidèle vous ont inspiré cette fausse terreur. Ce n'est pas l'échafaud que je crains, sir. Il y a encore d'autres moyens plus secrets par lesquels la reine d'Angleterre peut se garantir contre mes prétentions. Avant qu'elle trouve pour moi un bourreau, elle soudoierait plutôt un assassin. C'est cela que je redoute, sir Mortimer, et jamais je ne porte à mes lèvres le bord de la coupe sans frissonner et sans penser qu'elle pourrait m'être offerte par l'amour de ma sœur.

MORTIMER. — On ne pourra, ni ouvertement, ni en se-

cret, attenter à votre vie. Soyez sans crainte, tout est déjà
préparé. Douze nobles jeunes gens du pays se sont associés
à moi. Ce matin, en recevant la sainte communion, ils ont
juré de vous enlever de force de ce château. Le comte de
l'Aubespine, l'ambassadeur de France, est informé de notre
ligue; il y prête lui-même les mains, et c'est dans son palais
que nous devons nous réunir.

MARIE. — Vous me faites trembler, sir..., — mais ce n'est
pas de joie. Un pressentiment funeste me traverse le cœur.
Qu'allez-vous entreprendre? Y avez-vous réfléchi? Les têtes
sanglantes de Babington et de Tichburn, exposées sur le
pont de Londres comme un avertissement sinistre; la perte
de tant de malheureux qui ont trouvé la mort dans des entreprises semblables, et qui n'ont fait qu'appesantir mes
chaînes, ne vous effrayent-elles pas? Infortuné, téméraire
jeune homme! fuyez, fuyez, s'il en est encore temps, si le
soupçonneux Burleigh n'a pas déjà connaissance de vos
projets, s'il n'a pas déjà mêlé un traître parmi vous! Fuyez
promptement de ce royaume. Nul mortel heureux n'a encore protégé Marie Stuart.

MORTIMER. — Ni les têtes sanglantes de Babington et de
Tichburn exposées sur le pont de Londres comme un avertissement sinistre, ni la perte de tant de malheureux qui
ont trouvé la mort dans de pareilles entreprises audacieuses,
ne sauraient m'intimider. Ils y ont aussi trouvé une gloire
immortelle; et c'est déjà un bonheur que de mourir en voulant vous délivrer.

MARIE. — C'est en vain. Ni la force ni la ruse ne peuvent
me sauver. Mes ennemis sont vigilants, et la puissance est
entre leurs mains. Ce n'est pas seulement Paulet et la
troupe de ses geôliers, c'est l'Angleterre tout entière qui
garde les portes de ma prison. Élisabeth seule peut, de son
plein gré, me les ouvrir.

MORTIMER. — Ah! ne l'espérez jamais.

MARIE. — Il est un seul homme qui pourrait me les
ouvrir.

MORTIMER. — Oh! nommez-moi cet homme.

MARIE. — Le comte Leicester.

MORTIMER recule de surprise. — Leicester! Le comte Leicester ! le plus cruel de vos persécuteurs, le favori d'Élisabeth ! C'est de lui...

MARIE. — Si je puis être sauvée, ce n'est que par lui... Allez le trouver. Ouvrez-vous à lui franchement, et comme gage que c'est moi qui vous envoie, remettez-lui cet écrit. Il renferme mon portrait. (*Elle tire un papier de son sein, Mortimer recule et hésite à le prendre.*) Prenez ; depuis longtemps je le porte sur moi... La sévère vigilance de votre oncle m'avait jusqu'ici fermé tout chemin pour arriver à lui. Mon bon ange vous a envoyé...

MORTIMER. — O reine ! Quelle énigme ! Expliquez-moi.

MARIE. — Le comte Leicester vous l'expliquera ; fiez-vous à lui, il se fiera à vous. Qui vient ?

KENNEDY, *entrant précipitamment.* — Sir Paulet s'approche avec un seigneur de la cour.

MORTIMER. — C'est lord Burleigh. Rassurez-vous, reine, et écoutez avec calme ce qu'il vient vous annoncer.

(Il sort par une porte de côté. Kennedy le suit.)

SCÈNE VII.

MARIE, LORD BURLEIGH, *grand trésorier d'Angleterre*, PAULET.

PAULET. — Vous désiriez aujourd'hui connaître votre sort, Sa Seigneurie, milord Burleigh, vient vous en instruire ; supportez-le avec résignation.

MARIE. — Avec la dignité, j'espère, qui sied à l'innocence.

BURLEIGH. — Je viens comme député du tribunal.

MARIE. — Lord Burleigh se prête volontiers à servir d'organe à un tribunal qui lui doit ses inspirations.

PAULET. — Vous parlez comme si déjà vous connaissiez la sentence.

MARIE. — Puisque c'est Burleigh qui l'apporte, je la connais... Sir, au fait.

BURLEIGH. — Vous vous êtes soumise au tribunal des quarante-deux...

MARIE. — Pardon, milord, si dès le commencement... je suis forcée de vous interrompre... je me suis soumise, dites-vous, à la sentence des quarante-deux ? je ne m'y suis aucunement soumise. Comment l'aurais-je pu ? Je ne pouvais déroger à ce point à mon rang, à la dignité de mon peuple, à celle de mon fils et de tous les princes ? Les lois anglaises ordonnent que tout accusé doit être jugé par un jury composé de ses pairs. Quels sont mes pairs dans votre comité ? Les rois seuls sont mes pairs.

BURLEIGH. — Lecture des chefs d'accusation vous a été donnée devant le tribunal, et vous avez répondu à l'interrogatoire...

MARIE. — Oui, je me suis laissée entraîner par les artifices de Hatton, seulement en vue de mon honneur, me confiant dans la force victorieuse de mes raisons, à prêter l'oreille à ces chefs d'accusation, et à en démontrer le peu de fondement... Je l'ai fait par égard pour la personne des nobles lords, mais non pour leur juridiction, que je récuse.

BURLEIGH. — Que vous la reconnaissiez ou non, milady, c'est là une vaine formalité qui ne peut arrêter le cours de la justice. Vous respirez l'air de l'Angleterre, vous jouissez de la protection, du bienfait de ses lois, et par conséquent vous devez être soumise à leur empire.

MARIE. — Je respire l'air dans une prison anglaise. Appelez-vous cela vivre en Angleterre, et jouir du bienfait de ses lois ? Mais je les connais à peine; jamais je n'ai consenti à les observer. Je ne suis pas citoyenne de ce royaume, je suis une libre reine d'un pays étranger.

BURLEIGH. — Et pensez-vous que le nom de reine puisse donner le privilége de semer impunément la discorde sanglante dans un pays étranger ? Et que deviendrait la sûreté des États, si le juste glaive de Thémis ne pouvait atteindre la tête coupable d'un hôte royal, aussi bien que celle du mendiant !

MARIE. — Je ne prétends pas me soustraire à la responsabilité. Ce ne sont que les juges que je récuse.

BURLEIGH. — Les juges ! Comment, madame ! Sont-ce donc des réprouvés ramassés dans la lie du peuple, des avocats éhontés qui trafiquent de la justice et de la vérité, tout prêts à servir d'organes à l'oppression ? Ne sont-ce pas les premiers hommes du royaume, assez indépendants pour oser être vrais, pour être au-dessus de la crainte des princes et de la vile corruption ? Ne sont-ce pas les mêmes qui gouvernent un noble peuple avec liberté et justice, et ne suffit-il pas de les nommer pour rendre aussitôt muets le soupçon ou le doute ? A leur tête sont placés le pasteur des peuples, le pieux archevêque de Cantorbéry, le sage Talbot, à qui les sceaux de l'État sont confiés ; et Howard, qui commande les flottes de royaume. Dites, pensez-vous que la reine d'Angleterre pût faire plus que de choisir, comme juges de ce royal procès, les plus nobles hommes de la monarchie ? Et pût-on croire qu'un d'entre eux se laissât gagner par l'esprit haineux des partis... Quarante hommes d'élite peuvent-ils tomber d'accord dans une sentence dictée par la passion ?

MARIE, *après un moment de silence.* — Certes, j'admire l'éloquence de cette bouche qui me fut toujours funeste. Comment une femme dépourvue de science pourrait-elle se mesurer avec un aussi habile orateur ? Oui, si ces lords étaient tels que vous les dépeignez, je serais réduite au silence, et ma cause serait perdue sans recours, du moment qu'ils m'auraient déclarée coupable. Cependant ces noms que vous préconisez, qui doivent m'écraser par leur poids, on les a vus, milord, jouer un tout autre rôle dans les annales de ce pays. Je vois cette noble chambre haute, ce majestueux sénat du royaume se prêter, comme les esclaves du sérail, aux caprices de sultan de Henri VIII, mon grand-oncle... Je vois cette noble Chambre haute, rivalisant de vénalité avec la Chambre des communes, sanctionner, puis abroger les lois, rompre et nouer les mariages suivant que l'ordonne le maître ; aujourd'hui déshériter des filles de roi d'Angleterre, les flétrir du nom de bâtardes, et demain les couronner comme reines. Je vois ces dignes pairs, avec une conviction complaisante et prompte, changer, sous quatre rois, quatre fois de croyance.

BURLEIGH. — Vous vous disiez étrangère à nos lois, pourtant les malheurs de l'Angleterre vous sont familiers.

MARIE. — Et ce sont là mes juges ! Lord trésorier, je ne veux point être injuste envers vous, ne le soyez point envers moi ; on dit que vos intentions sont bonnes, que vous êtes, pour le service de ce royaume et de votre reine, incorrup-

tible, dévoué, infatigable... Je veux le croire. Ce n'est pas
votre intérêt privé qui vous gouverne, mais l'intérêt du souverain et de la patrie. C'est pourquoi, craignez, noble lord,
que l'intérêt de l'État ne vous paraisse être la justice. Je
ne doute pas que, parmi mes juges, siégent encore de nobles
hommes à côté de vous. Cependant ils sont protestants,
pleins de zèle pour la prospérité de l'Angleterre, et c'est sur
la reine d'Écosse, la papiste, qu'ils ont à prononcer. Un Anglais ne peut être juste envers un Écossais. C'est un antique
proverbe... Aussi, d'après une coutume observée depuis
des siècles par nos aïeux, un Anglais ne peut déposer en
justice contre un Écossais, ni un Écossais contre un Anglais; la nécessité a produit cette loi étrange. Un sens profond réside dans les anciens usages; on doit les respecter,
milord. La nature jeta ces deux nations ardentes sur cette
planche de l'Océan; elle l'a partagée inégalement entre
elles, et les poussa à se la disputer sans cesse; le lit étroit
de la Tweed sépare seulement ces esprits violents, et le
sang des combattants s'est souvent mêlé à ses flots. Depuis
mille ans, placés sur chaque rive, ils se regardent en se
menaçant, la main sur leur épée; aucun ennemi n'a combattu l'Angleterre sans avoir l'Écosse pour auxiliaire; aucune guerre civile n'a embrasé les villes d'Écosse sans que
les Anglais n'y aient porté le brandon, et cette haine ne
s'éteindra que lorsqu'enfin un seul parlement réunira
comme frères les deux peuples, et que l'île sera soumise à
un seul sceptre.

BURLEIGH. — Et une Stuart assurerait ce bonheur au
royaume?

MARIE. — Pourquoi le nierais-je? Oui, je l'avoue, j'ai
nourri l'espoir de réunir librement et heureusement deux
nobles peuples sous l'ombrage de l'olivier; je ne me croyais
pas destinée à devenir la victime de leur haine nationale;
j'espérais étouffer pour toujours cette longue rivalité, cette
discorde ardente et déplorable; et de même qu'après des
guerres sanglantes mon aïeul Richemond avait réuni les
deux roses, j'espérais marier pacifiquement les couronnes
d'Écosse et d'Angleterre.

BURLEIGH. — Vous avez poursuivi ce but par une mau-

vaise voie, en embrasant le royaume; vous vouliez monter
sur le trône à travers les flammes de la guerre civile.

MARIE. — Non, je ne voulais pas cela. Par le grand Dieu
du ciel, quand ai-je eu ce projet? où en sont les preuves?

BURLEIGH. — Je ne suis pas venu ici pour discuter; la cause
n'est plus soumise à aucun débat. Il a été reconnu par quarante voix contre deux, que vous avez violé le bill de
l'année dernière et encouru les peines portées par la loi. Il
fut statué l'an dernier : « Que, s'il s'élevait dans le royaume
« quelque tumulte au nom et dans l'intérêt d'une per-
« sonne qui prétendrait avoir des droits au trône, on l'ap-
« pellerait en justice et on la poursuivrait jusqu'à la
« mort...; » et comme il est prouvé...

MARIE. — Milord Burleigh, je ne doute pas qu'une loi
faite à cause de moi et dans le but de me perdre, ne puisse
servir contre moi. Malheur à la pauvre victime lorsque la
même bouche qui a rendu la loi prononce aussi la sentence!
Pouvez-vous nier, milord, que ce bill ait été conçu pour
me perdre?

BURLEIGH. — Il devait vous servir d'avertissement, vous
seule en avez fait un piège; vous avez vu l'abîme ouvert
devant vous, et vous vous y êtes précipitée, quoique bien
avertie; vous étiez d'intelligence avec le traître Babington
et les meurtriers ses complices; vous aviez connaissance du
complot, et vous le dirigiez du fond de votre prison.

MARIE. — Quand ai-je fait cela? qu'on m'en donne les
preuves!

BURLEIGH. — Elles vous ont déjà été données récemment
devant le tribunal.

MARIE. — Des copies écrites par une main étrangère!
Mais que l'on prouve que j'ai dicté ces lettres, telles absolument qu'elles ont été lues.

BURLEIGH. — Babington, avant de mourir, a reconnu
que c'étaient les mêmes qu'il avait reçues.

MARIE. — Et pourquoi, pendant qu'il vivait encore, ne
l'a-t-on pas amené devant moi? pourquoi s'est-on hâté de
l'envoyer à la mort avant de l'avoir confronté avec moi?

BURLEIGH. — Vos deux secrétaires, Kurl et Nau, ont aussi

III.   3

affirmé par serment que c'étaient là les lettres qu'ils ont écrites sous votre dictée.

MARIE. — Et l'on me condamne sur le témoignage de mes domestiques ! On donne foi et créance à ceux qui me trahissent, moi, leur reine, et qui ne peuvent témoigner contre moi qu'en violant la foi qu'ils me doivent !

BURLEIGH. — Vous-même reconnaissiez autrefois l'Écossais Kurl pour un homme rempli de conscience et de vertu.

MARIE. — Je l'ai connu tel. Mais le moment du péril est la véritable épreuve de la vertu des hommes : les angoisses de la torture ont pu lui faire déposer et avouer ce qu'il ne savait pas. Il a cru, par un faux témoignage, se sauver sans me nuire beaucoup, à moi, sa reine.

BURLEIGH. — Il a librement attesté ce fait par serment.

MARIE. — Non pas devant moi. Comment, sir, voilà deux témoins ! qui tous deux vivent encore, qu'on les confronte avec moi, qu'on leur fasse renouveler leur témoignage en ma présence. Pourquoi me refuser une faveur, un droit que l'on accorde à un assassin ? Je sais, de la bouche de Talbot, mon ancien gardien, que sous ce règne il a été rendu un bill qui ordonne de faire comparaître l'accusateur devant l'accusé. Est-ce vrai, ou bien ai-je mal entendu ? Sir Paulet, je vous ai toujours reconnu honnête homme ; donnez-m'en une preuve, répondez en conscience : n'en est-il pas ainsi ? N'existe-t-il pas une telle loi en Angleterre ?

PAULET. — Il en est ainsi, madame ; cela est de droit en Angleterre : il faut que je dise ce qui est vrai.

MARIE. — Eh bien, milord, puisqu'on m'applique avec tant de sévérité les lois anglaises lorsqu'elles me sont contraires, pourquoi éluder ces mêmes lois du pays quand elles peuvent être un bienfait pour moi ?... répondez. Pourquoi Babington n'a-t-il pas été confronté avec moi, comme la loi l'ordonne ? pourquoi pas mes secrétaires, qui vivent encore tous deux ?

BURLEIGH. — Ne vous emportez pas, milady. Ce n'est pas votre intelligence seule avec Babington qui...

MARIE. — C'est elle seule qui m'expose au glaive de la loi,

elle seule dont je puisse avoir à me justifier. Milord, demeurez dans la question, ne vous en écartez pas.

BURLEIGH. — Il est prouvé que vous avez négocié avec
Mendoza, l'envoyé d'Espagne.

MARIE, *vivement*. — Restez dans la question, milord.

BURLEIGH. — Que vous avez formé des complots pour renverser la religion du royaume, que vous avez provoqué
tous les souverains de l'Europe à la guerre contre l'Angleterre.

MARIE. — Quand ai-je fait cela? je ne l'ai point fait. Et
d'ailleurs, quand ce serait? Milord, on me retient prisonnière contre tout droit des gens : je ne suis point venue
dans ce royaume les armes à la main; j'y suis venue en
suppliante, réclamer les saints devoirs de l'hospitalité et me
placer sous la protection de la reine, ma parente. C'est ainsi
que la violence m'a saisie et m'a préparé des chaînes là
où j'avais espéré des secours. Dites, ma conscience est-elle
engagée envers ce royaume? ai-je quelque obligation envers
l'Angleterre? J'use du droit sacré de l'opprimé lorsque je
tente de briser ces liens, que je détourne la force par la force,
que je soulève et que j'émeus en ma faveur tous les États
de cette partie du monde. Tout ce qui, dans une guerre
légitime, est juste et loyal, je puis le pratiquer. Le meurtre
seul, l'attentat secret et sanglant me sont interdits par ma
fierté et ma conscience. Un meurtre me flétrirait et me
déshonorerait... me déshonorerait, dis-je; mais il ne me con-
damnerait aucunement, il ne me rendrait pas passible de
la sentence d'un juge; car entre l'Angleterre et moi, il n'est
point question de la justice, mais de la force seulement.

BURLEIGH, *d'un ton significatif*. — N'en appelez pas, milady, au redoutable droit de la force; il n'est pas favorable
à la prisonnière.

MARIE. — Je suis faible et elle est puissante. Qu'elle use
donc de la force; qu'elle m'envoie à la mort; qu'elle me
sacrifie à sa sûreté, soit; mais qu'alors elle avoue que c'est
de la force seulement qu'elle tient ce droit, et non de la
justice; qu'elle n'emprunte pas le glaive de la loi pour se
débarrasser d'une ennemie qui lui est odieuse; qu'elle ne
revête pas d'un voile sacré l'audace sanguinaire de la force

brutale. Un tel simulacre n'abuse pas le monde! Elle
peut me faire assassiner, mais non pas me juger. Il faut
qu'elle renonce à vouloir unir aux bénéfices du crime la
sainte apparence de la vertu; et ce qu'elle est, il faut qu'elle
ose le paraître.

(Elle sort.)

SCÈNE VIII.

BURLEIGH, PAULET.

BURLEIGH. — Elle nous brave... et elle nous bravera,
chevalier Paulet, jusque sur les marches de l'échafaud. On
ne peut briser ce cœur altier. La sentence l'a-t-elle seulement émue? L'avez-vous vue répandre une larme? A-t-elle
changé de visage? Elle n'a pas cherché à exciter notre pitié ;
elle sait les hésitations de notre reine, et ce sont nos
craintes qui lui inspirent du courage.

PAULET. — Lord grand trésorier, cette vaine arrogance
s'évanouira quand on ne lui donnera plus de prétexte. Si
j'ose le dire, il s'est passé dans ce procès des choses irré-
gulières. On aurait dû la confronter avec Babington et
Tichburn, et faire comparaître ses secrétaires devant elle.

BURLEIGH, *vivement.* — Non, non, chevalier Paulet, on
ne pouvait risquer cela. Elle exerce un trop grand pouvoir
sur les esprits, ses larmes ont trop de puissance. Son secrétaire Kurl, si on l'amenait devant elle, s'il s'agissait des
paroles d'où dépend la vie de sa maîtresse? il se rétracterait
timidement, il retirerait son aveu.

PAULET. — Ainsi les ennemis de l'Angleterre rempliront
le monde entier de bruits odieux, et l'éclat solennel de ce
procès ne paraîtra qu'un crime audacieux.

BURLEIGH. — Et c'est là ce qui afflige notre reine. Ah !
pourquoi cette femme, artisan de nos maux, n'a-t-elle pas
trouvé la mort avant de mettre le pied sur le sol de l'Angleterre !

PAULET. — A cela je dis : Amen.

BURLEIGH. — Si elle avait succombé en prison à la maladie !

PAULET. — Que de malheurs cela eût épargnés à notre pays !

BURLEIGH. — Et pourtant, quand même un accident naturel l'eût enlevée, nous n'en passerions pas moins pour ses meurtriers.

PAULET. — Cela est vrai. On ne peut empêcher les hommes de penser ce qu'ils veulent.

BURLEIGH. — Mais cela ne pourrait pas être prouvé, et cela causerait moins de rumeur.

PAULET. — Qu'importe la rumeur ? Ce n'est pas le retentissement, mais la justice du blâme qui peut blesser.

BURLEIGH. — Oh ! la justice sacrée même n'échappe point au blâme. L'opinion se range toujours du parti des malheureux, et l'envie s'attache à la prospérité triomphante. Le glaive de la justice dont se pare l'homme est odieux dans les mains d'une femme. Le monde ne croit jamais à l'équité d'une femme, lorsqu'une autre femme en est la victime. C'est vainement que nous autres juges avons prononcé d'après notre conscience. La reine a le droit souverain de faire grâce, il faut qu'elle en use. Ce serait intolérable qu'elle laissât un libre cours à la rigueur des lois.

PAULET. — Et ainsi ?...

BURLEIGH. — Ainsi elle vivrait... Non, elle ne peut vivre ; jamais. C'est là ce qui tourmente notre reine ; c'est là ce qui chasse le sommeil de sa couche. Je lis dans ses yeux les combats de son âme : sa bouche n'ose proférer aucun souhait, mais son regard muet et expressif semble demander : N'est-il parmi tous mes serviteurs aucun qui veuille m'épargner l'odieuse alternative de trembler toujours sur mon trône ou de livrer cruellement à la hache une reine qui m'est unie par les liens du sang ?

PAULET. — C'est là une nécessité qu'on ne saurait changer.

BURLEIGH. — Elle pourrait être changée, pense la reine, si elle avait seulement des serviteurs plus attentifs.

PAULET. — Attentifs !

BURLEIGH. — Qui sussent comprendre un ordre tacite.

PAULET. — Un ordre tacite !

BURLEIGH. — Qui, lorsqu'on leur donne à garder un ser-

pent venimeux, ne conservassent pas comme un trésor précieux et sacré l'ennemi qui leur est confié.

PAULET, *d'un ton significatif.* — La bonne renommée, la
gloire sans tache de la reine est un précieux trésor qu'on
ne saurait trop bien garder.

BURLEIGH. — Lorsqu'on ôta la garde de la reine d'Écosse
à Shrewsbury, pour la confier au chevalier Paulet, on
pensait...

PAULET. — On pensait, j'espère, milord, que l'on voulait
confier la charge la plus difficile aux mains les plus pures.
Dieu ! je n'aurais pas accepté cette place de geôlier, si je
n'avais cru qu'elle réclamait le plus honnête homme en
Angleterre ! Ne me laissez pas croire que je la doive à
autre chose qu'à ma réputation intacte.

BURLEIGH. — On répand le bruit qu'elle s'affaiblit, que sa
santé s'altère de plus en plus, et enfin elle succombe doucement. Elle meurt ainsi dans la mémoire des hommes, et
votre réputation reste... pure.

PAULET. — Mais non pas ma conscience.

BURLEIGH. — Si vous ne voulez pas y prêter votre propre
main, vous n'empêcherez pas du moins qu'une main étrangère...

PAULET, *l'interrompant.* — Tant que les dieux de mon
foyer la protégeront, aucun meurtrier n'approchera du
seuil de sa porte; sa vie m'est sacrée, aussi sacrée que la
tête de la reine d'Angleterre. Vous êtes ses juges, eh bien,
jugez-la; prononcez son arrêt de mort : et quand il en sera
temps, faites venir le charpentier avec la hache et la scie
pour dresser l'échafaud... La porte de mon château ne s'ou-
vrira que pour le shérif et le bourreau. Maintenant elle est
confiée à ma garde, et soyez assuré que je la garderai de
façon qu'elle ne puisse ni faire ni éprouver le moindre mal.

(Ils s'en vont.)

FIN DU PREMIER ACTE.

ACTE DEUXIÈME

Le palais de Westminster.

SCÈNE I.

LE COMTE DE KENT *et* SIR WILLIAM DAVISON *se rencontrent.*

DAVISON. — Est-ce vous, milord de Kent? Déjà de retour du tournoi? La fête est donc finie?

KENT. — Comment! n'étiez-vous pas à ce tournoi?

DAVISON. — Mes fonctions m'ont retenu.

KENT. — Vous avez perdu, sir, le plus beau spectacle; il ne pouvait être imaginé avec plus de goût, ni exécuté avec plus de dignité. On avait représenté la chaste forteresse de la Beauté investie par le Désir. Milord maréchal, le grand juge, le sénéchal, avec dix autres chevaliers, défendaient la citadelle, et les chevaliers français l'attaquaient. D'abord a paru un héraut d'armes, qui, dans un madrigal, a sommé le fort de se rendre: et du haut du rempart le chancelier a répondu. Puis l'artillerie a joué. De charmantes pièces de campagne ont lancé des bouquets de fleurs, des essences exquises et embaumées. Mais vainement : tous les assauts ont été repoussés, et le Désir a été forcé de se retirer.

DAVISON. — Comte, c'est d'un mauvais augure pour la demande en mariage de la France.

KENT. — Ah! cela n'était qu'un jeu. Mais sérieusement, je crois que la forteresse finira par se rendre.

DAVISON. — Croyez-vous? Pour moi, je ne le croirai jamais.

KENT. — Les articles les plus délicats sont déjà réglés et accordés par la France. Monsieur se contente d'exercer son culte dans une chapelle à lui, et il s'engage à honorer publiquement et à protéger la religion du royaume. Que n'avez-vous vu l'allégresse du peuple lorsque cette nouvelle s'est répandue! Car la crainte de l'Angleterre a toujours été que la reine mourant sans postérité, la Stuart lui succédât sur le trône, et que le royaume retombât sous le joug du papisme.

DAVISON. — L'Angleterre n'a plus cela à craindre... La chambre nuptiale s'apprête pour la reine, tandis que la Stuart marche à l'échafaud.

KENT. — La reine vient.

SCÈNE II.

LES PRÉCÉDENTS, **ÉLISABETH**, *conduite par* LEICESTER, LE COMTE DE L'AUBESPINE, BELLIÈVRE, LE COMTE DE SHREWS-BURY, LORD BURLEIGH, *e plusieurs autres seigneurs français et anglais.*

ÉLISABETH, *à l'Aubespine.* — Comte, je plains ces nobles seigneurs qu'un galant empressement a portés à traverser la mer pour venir ici. Ils doivent regretter chez moi la magnificence de la cour de Saint-Germain. Je ne saurais inventer des fêtes aussi éclatantes, aussi merveilleuses que la reine mère de France. Un peuple honnête et joyeux, qui, dès que je me montre en public, se presse autour de ma litière en me bénissant; c'est là le spectacle que je puis avec quelque orgueil offrir aux regards des étrangers. L'éclat des nobles dames qui fleurissent au jardin de Beauté de Catherine, m'éclipserait, moi et mon obscur mérite.

L'AUBESPINE. — La cour de Westminster ne présente aux yeux des étrangers surpris qu'une seule dame..., mais cette dame réunit en elle tout ce qui charme dans le sexe enchanteur.

BELLIÈVRE. — Que votre auguste Majesté nous permette de prendre congé d'elle pour aller porter à Monsieur, notre royale seigneur, la joyeuse nouvelle qui comblera ses vœux les plus chers. La vive impatience de son cœur ne lui a pas permis de demeurer à Paris, il attend à Amiens les messagers de son bonheur; et jusqu'à Calais, des courriers sont échelonnés pour porter avec la rapidité de la flèche à son oreille enivrée le consentement que prononcera votre bouche royale.

ÉLISABETH. — Comte Bellièvre, ne me pressez pas davantage. Ce n'est pas le moment, je vous le répète, d'allumer les joyeux flambeaux de l'hymen. De sombres nuages se sont amoncelés sur ce pays, et le crêpe du deuil me conviendrait mieux que l'éclat somptueux des habits de noce, car un coup déplorable menace de frapper prochainement mon cœur, ma maison.

BELLIÈVRE. — Donnez-nous seulement votre promesse, reine; des jours plus heureux en amèneront l'accomplissement.

ÉLISABETH. — Les rois ne sont que les esclaves de leur condition; ils ne peuvent suivre le vœu de leur propre cœur. Mon désir fut toujours de mourir sans époux; et j'aurais mis ma gloire à ce qu'on lût un jour sur mon tombeau : « Ici repose la reine vierge. » Mais mes sujets ne le veulent pas; ils songent déjà avec une active prévoyance au temps où je ne serai plus. Il ne leur suffit pas de voir régner la prospérité à présent dans ce pays, il faut encore que je m'immole à leur bonheur futur; que je leur sacrifie mon bien le plus précieux, ma liberté virginale, et que je me laisse imposer un maître. Le peuple me montre par là que je ne suis à ses yeux qu'une femme, et je croyais cependant avoir régné comme un homme, comme un roi. Je sais bien que ce n'est pas servir Dieu que de manquer à l'ordre de la nature; et ceux qui ont régné ici avant moi méritent des louanges pour avoir ouvert les cloîtres et rendu aux devoirs de la nature des milliers de victimes d'une dévotion mal entendue. Mais il me semble qu'une reine dont les jours ne se sont pas écoulés dans une oisive et inutile contemplation, qui, sans relâche et infatigable, exerça le plus pénible de tous les devoirs, devrait être exceptée de cette loi de la nature qui assujettit une moitié de la race humaine à l'autre moitié.

L'AUBESPINE. — Reine, vous avez fait briller toutes les vertus sur le trône, il ne vous reste plus qu'à donner à votre sexe, dont vous êtes la gloire, le modèle de ce qui constitue vraiment le mérite de la femme. Sans doute il n'y a pas sur la terre un seul homme digne du sacrifice de votre liberté; cependant si la naissance, la grandeur, l'héroïque vertu, la mâle beauté peuvent rendre un mortel digne de cet honneur...

ÉLISABETH. — Sans nul doute, monsieur l'ambassadeur, une alliance avec un royal fils de la France doit m'honorer; oui, je l'avoue franchement, s'il le faut..., si je ne puis faire autrement que de céder aux instances de mon peuple, et elles seront, je crains, plus fortes que moi..., en ce cas, je ne connais aucun prince en Europe auquel je fisse avec moins de regret le sacrifice de ma liberté, de mon plus cher trésor; que cet aveu vous suffise.

BELLIÈVRE. — C'est la plus belle des espérances; cependant ce n'est qu'une espérance, et mon maître souhaite davantage...

ÉLISABETH. — Que souhaite-t-il? (*Elle tire un anneau de sa main et le regarde d'un air pensif*). Eh quoi! une reine n'a donc aucune prérogative sur une simple citoyenne? Le même signe marque les mêmes devoirs, la même servitude. L'anneau fait les mariages... et ce sont des anneaux qui forment des chaînes. Portez ce don à Son Altesse. Ce n'est pas encore une chaîne qui me lie, mais cet anneau peut devenir un lien.

BELLIÈVRE *reçoit la bague en mettant un genou en terre.* — Grande reine, je reçois en son nom, à genoux, ce don précieux, et je dépose le baiser d'hommage sur la main de ma souveraine.

ÉLISABETH, *au comte de Leicester, qu'elle a regardé fixement en prononçant ses dernières paroles.* — Permettez, milord. (*Elle lui prend son cordon bleu et le passe au cou du comte de Bellièvre.*) Revêtez de cet ornement Son Altesse comme je vous en revêts en vous admettant parmi les chevaliers de mon ordre. — *Honni soit qui mal y pense!..* — Tout soupçon doit s'évanouir entre les deux nations, et un lien de confiance réciproque doit unir désormais les couronnes de France et d'Angleterre.

L'AUBESPINE. — Grande reine, ce jour est un jour d'allégresse ; puisse-t-il l'être pour tous, et puisse aucun infortuné n'avoir à gémir dans cette île ! La clémence brille sur votre visage. Ah ! qu'un rayon de cette douce lumière tombe sur une malheureuse princesse qui touche d'aussi près la France et l'Angleterre !

ÉLISABETH. — En voilà assez, comte ; ne mêlons point deux affaires tout à fait distinctes ; si la France recherche sérieusement mon alliance, elle doit partager tous mes soucis et ne pas être l'amie de mes ennemis.

L'AUBESPINE. — Si la France, en concluant cette alliance, pouvait oublier une infortunée, sa coreligionnaire, la veuve de son roi, elle agirait indignement à vos propres yeux. L'honneur, l'humanité exigent...

ÉLISABETH. — En ce sens, j'apprécie son intercession à sa juste valeur. La France remplit un devoir d'amitié ; on me permettra d'agir en reine.

(Elle salue les seigneurs français qui se retirent respectueusement avec les seigneurs anglais.)

SCÈNE III.

ÉLISABETH, LEICESTER, BURLEIGH, TALBOT.

(La reine s'assied.)

BURLEIGH. — Glorieuse reine, vous couronnez aujourd'hui les souhaits les plus ardents de votre peuple ; pour la première fois nous pouvons jouir entièrement des jours heureux que nous vous devons, car nous ne voyons plus devant nous en tremblant un avenir orageux. Mais une seule chose inquiète encore ce pays : il est un sacrifice que toutes les voix demandent. Accomplissez encore ce vœu, et ce jour aura assuré à jamais le bonheur de l'Angleterre.

ÉLISABETH. — Que désire encore mon peuple ? Parlez, milord.

BURLEIGH. — Il demande la tête de Marie Stuart. Si vous voulez assurer à votre peuple le précieux trésor de la li-

berté et la lumière de la vérité si chèrement achetée, il faut
que Marie cesse d'exister. Si nous ne devons pas trembler
constamment pour votre vie précieuse, il faut que votre
ennemie périsse. Vous savez que tous les Anglais n'ont pas
la même croyance, et que l'idolâtrie romaine compte encore dans cette île beaucoup d'adorateurs secrets. Tous
nourrissent des pensées hostiles, leurs cœurs se tournent
vers cette fille des Stuarts, et ils ont des intelligences avec
les Lorrains, ces irréconciliables ennemis de votre nom.
Ce parti vous a juré, dans sa fureur, une haine implacable,
une guerre à mort, et ils combattent avec des armes perfides et infernales. C'est à Reims, siége épiscopal du cardinal, qu'est l'arsenal où ils forgent leurs foudres; c'est là
qu'on enseigne le régicide; c'est de là que sont envoyés
sans cesse dans cette île des émissaires fanatiques résolus
qui se cachent sous toutes sortes de déguisements. Voici
déjà le troisième assassin qui est sorti de là, et ce gouffre
inépuisable vomira sans cesse et sans fin de nouveaux ennemis secrets. C'est dans le château de Fotheringhay
qu'habite la Furie de cette guerre éternelle, qui embrase
ce royaume avec la torche de l'amour. Pour elle, qui donne
à chacun de flatteuses espérances, la jeunesse se dévoue
à une mort assurée. La délivrer est le mot d'ordre; la placer sur votre trône est le but. Car cette race de Lorrains
ne reconnaît pas vos droits sacrés; ils vous traitent d'usur-
patrice du trône, couronnée par la fortune seulement. Ce
sont eux qui ont persuadé à cette insensée de prendre le
titre de reine d'Angleterre. Aucune paix n'est à espérer
avec elle et sa race. Vous devez ou frapper le coup ou le
recevoir. Sa vie est votre mort; sa mort votre vie.

ÉLISABETH. — Milord, vous vous acquittez d'un triste
office. Je connais la pureté de votre zèle empressé; je sais
qu'une sagesse profonde parle par votre bouche. Mais cette
sagesse, qui exige du sang, m'est odieuse au fond du cœur.
Imaginez un conseil plus doux, noble lord de Shrewsbury,
dites-nous votre opinion.

TALBOT. — Vous avez donné de justes louanges au zèle
qui anime le cœur fidèle de Burleigh. Bien que de mes lèvres
ne coulent pas des paroles aussi éloquentes, un cœur non

moins fidèle bat dans ma poitrine. Puissiez-vous vivre longtemps encore, reine, faire la joie de votre peuple et prolonger à ce royaume le bonheur de la paix ! Jamais, depuis
qu'elle est soumise à ses propres rois, cette île n'a vu des
jours aussi heureux. Mais puisse-t-elle ne jamais acheter
son bonheur aux dépens de sa gloire ! Que les yeux de
Talbot soient du moins fermés avant que cela arrive.

ÉLISABETH. — Dieu nous préserve de souiller notre
gloire !

TALBOT. — En ce cas. il vous faudra chercher un autre
moyen pour sauver le royaume, car l'exécution de Marie
Stuart est un moyen inique. Vous ne pouvez prononcer la
sentence de celle qui n'est pas votre sujette.

ÉLISABETH. — Ainsi mon conseil d'État et mon parlement
se trompent ; ainsi toutes les cours de justice du royaume
sont dans l'erreur quand unanimement elles me reconnaissent ce droit ?

TALBOT. — La pluralité des voix n'est pas une preuve de
la justice : l'Angleterre n'est pas le monde ; votre parlement ne représente pas toutes les générations humaines.
L'Angleterre d'aujourd'hui n'est pas plus l'Angleterre de
l'avenir qu'elle n'est celle des temps passés ; les affections
changent de cours, et les flots mobiles de l'opinion s'élèvent
et s'abaissent tour à tour. Ne dites pas qu'il vous faut obéir
à la nécessité et aux instances de votre peuple. Dès que
vous le voudrez, à chaque instant vous pourrez reconnaître
que votre volonté est libre. Essayez, déclarez que vous
avez horreur du sang, que vous voulez voir sauvée la vie
de votre sœur ; montrez sincèrement à ceux qui vous donneraient d'autres conseils votre royale colère, et bientôt
vous verrez cette nécessité s'évanouir et cette justice se
transformer en injustice. Vous-même devez prononcer,
vous seule. Vous ne pouvez vous appuyer sur ce roseau
mobile et flexible. Suivez avec confiance l'impulsion de
votre bonté. Dieu n'a pas placé la rigueur dans le tendre
cœur des femmes ; et les fondateurs de cet empire, en per-
mettant que les rênes de l'État fussent aussi confiées aux
mains des femmes, ont montré par là qu'en ce pays la rigueur ne devait pas être la vertu des rois.

ÉLISABETH. — Le comte de Shrewsbury est un zélé défenseur de mon ennemie et de celle du royaume. Je préfère les conseils dictés par le dévouement à mes intérêts.

TALBOT. — On ne lui accorde point de défenseur, personne n'ose parler pour elle, dans la crainte de s'exposer à votre courroux. Ah! permettez à un vieillard qui, sur le bord de la tombe, ne peut plus être guidé par aucun motif terrestre, de défendre celle qui est abandonnée de tout le monde; qu'il ne soit pas dit que dans votre conseil d'État la passion et l'intérêt personnel ont élevé la voix, et que la pitié seule est restée muette. Tout s'est conjuré contre elle. Vous-même n'avez jamais vu son visage, et rien dans votre cœur ne parle pour une étrangère. Je ne prétends pas la justifier de ses fautes : on dit qu'elle a fait assassiner son époux. Il est vrai qu'elle a épousé le meurtrier : c'est un grand crime; mais cela s'est passé dans un temps sinistre et déplorable, dans les tourmentes et les déchirements d'une guerre civile. Faible femme, se voyant entourée et pressée par des vassaux impérieux, elle s'est jetée dans les bras du plus courageux, du plus fort... Qui sait par quels artifices on a triomphé d'elle? car la femme est un être fragile.

ÉLISABETH. — La femme n'est point faible. Il y a des âmes fortes dans notre sexe... Je ne veux pas qu'en ma présence on parle de la faiblesse des femmes.

TALBOT. — Le malheur a été pour vous une école sévère. La vie ne vous apparut pas d'abord sous un aspect riant. Vous n'aviez pas un trône en perspective, vous ne voyiez à vos pieds qu'un tombeau. C'est à Woodstock, dans les ténèbres de la tour, que, dans sa miséricorde, le Père protecteur de ce pays vous prépara par de rudes épreuves à vos sérieux devoirs. Là aucun flatteur n'allait vous chercher; loin du vain tumulte du monde, votre esprit apprit de bonne heure à se recueillir, à rentrer en lui-même par la méditation, et à apprécier les véritables biens de cette vie. Aucun Dieu n'a sauvé cette infortunée; encore enfant, elle fut transplantée en France dans une cour où régnaient la légèreté et les plaisirs frivoles. Là, dans l'ivresse continuelle des fêtes, elle n'entendait point la voix austère de la vérité; elle se laissa éblouir par l'éclat des vices, et elle fut entraînée par le torrent de la perdition. Elle avait reçu en partage le vain don de la beauté; elle éclipsait toutes les femmes par ses charmes non moins que par sa naissance...

ÉLISABETH. — Revenez à vous, milord de Shrewsbury; pensez que nous siégeons ici dans un grave conseil. Il faut que ce soient des attraits à nuls autres pareils pour enflammer un vieillard à ce point. Milord de Leicester, vous seul gardez le silence; ce qui le rend éloquent vous ferme-t-il la bouche?

LEICESTER. — Je demeure muet d'étonnement, reine, en voyant de quelles terreurs on remplit votre oreille; que ces contes qui agitent le peuple crédule dans les rues de Londres pénètrent jusque dans le sein, d'ordinaire si calme, de votre conseil, et occupent sérieusement des hommes sages. Je reste saisi de surprise, je l'avoue, de ce que la souveraine dépouillée de l'Écosse, qui n'a pas su garder son propre petit trône, qui est la fable de ses vassaux, le rebut de son pays, devienne tout à coup dans sa prison un objet d'épouvante pour vous... Au nom du ciel, qui peut la rendre redoutable? Seraient-ce les prétentions qu'elle élève sur ce royaume, ou bien serait-ce le refus des Guise de vous reconnaître pour reine? Et que peut faire l'opposition des Guise contre les droits que la naissance vous a donnés, que la volonté du parlement a confirmés? N'a-t-elle pas été tacitement exclue par les dernières volontés de Henri? et l'Angleterre, si heureuse de jouir de la nouvelle lumière, ira-t-elle se jeter dans les bras d'une reine papiste? Abandonnera-t-elle vous, sa souveraine adorée, pour la meurtrière de Darnley? Que prétendent ces hommes impétueux qui, pendant que vous vivez encore, vous alarment au sujet de votre héritière? Il semble qu'ils ne puissent pas vous donner un époux assez vite, pour sauver du danger et l'État et l'Église! Et n'êtes-vous donc pas dans la fleur et dans la force de la jeunesse, tandis que chaque jour se flétrissant de plus en plus, elle avance rapidement vers le tombeau? Par le ciel! vous foulerez sa tombe, je l'espère, encore bien des années, sans que vous ayez eu besoin de l'y précipiter vous-même.

BURLEIGH. — Lord Leicester n'a pas toujours été de cette opinion.

LEICESTER. — Il est vrai, j'ai même voté sa mort au tribunal; dans le conseil d'État, je parle différemment. Il ne s'agit pas ici de discuter ce qui est juste, mais ce qui est avantageux. Est-ce le moment de la regarder comme dangereuse, quand la France, son seul appui, l'abandonne, quand vous allez combler de bonheur, par le don de votre main, le fils de ses rois, quand l'espoir de voir naître une nouvelle race royale réjouit l'Angleterre? Pourquoi donc la tuer? Elle est morte. Le mépris des hommes est la véritable mort. Prenez garde que la pitié ne la rappelle à la vie. Mon avis est donc qu'on laisse subsister dans toute sa force la sentence qui la condamne à mort, qu'elle vive... mais qu'elle vive sous la hache du bourreau, et aussitôt qu'un bras s'arme pour elle, que la hache tombe.

ÉLISABETH *se lève*. — Milords, j'ai entendu vos avis, et je vous remercie de votre zèle. Avec l'aide de Dieu, qui éclaire les rois, j'examinerai vos motifs et choisirai le parti qui me semblera le plus sage...

SCÈNE IV.

LES PRÉCÉDENTS, PAULET avec MORTIMER.

ÉLISABETH. — Voici Amias Paulet. Noble sir, qui vous amène vers nous?

PAULET. — Glorieuse reine, mon neveu, revenu depuis peu de voyages lointains, se prosterne à vos pieds et vous présente ses jeunes hommages. Recevez-le avec bonté, je vous prie; laissez tomber sur lui un rayon de votre faveur.

MORTIMER *met un genou en terre*. — Puissiez-vous vivre longtemps, ma royale souveraine! et puissent le bonheur et la gloire couronner votre front!

ÉLISABETH. — Levez-vous; soyez le bienvenu, sir, en Angleterre. Vous avez fait un long voyage, vous avez vu Rome et la France, vous avez habité Reims, dites-moi ce que trament nos ennemis.

MORTIMER. —Puisse Dieu les confondre et tourner contre leur propre sein les traits qu'ils veulent lancer contre ma souveraine !

ÉLISABETH. — Avez-vous vu Morgan et l'évêque de Ross, cet artisan d'intrigues?

MORTIMER. — J'ai pu connaître tous les Écossais exilés qui forgent à Reims des projets contre cette île ; j'ai gagné leur confiance, afin de découvrir quelque chose de leurs trames.

PAULET. — On lui a confié des lettres en chiffres pour la reine d'Écosse, et il nous les a remises fidèlement.

ÉLISABETH. — Dites, quels sont leurs derniers projets?

MORTIMER. — Ils ont été frappés comme d'un coup de foudre en voyant la France les abandonner, et conclure une étroite alliance avec l'Angleterre; maintenant leur espoir se porte sur l'Espagne.

ÉLISABETH. — C'est ce que m'écrit Walsingham.

MORTIMER. — Le pape Sixte-Quint vient de lancer du Vatican une bulle contre vous : elle était parvenue à Reims comme j'en partais, et le premier vaisseau l'apportera dans cette île.

LEICESTER. — De pareilles armes ne font plus trembler l'Angleterre.

BURLEIGH. — Elles peuvent devenir dangereuses dans la main des fanatiques.

ÉLISABETH, *examinant Mortimer d'un œil scrutateur.*—On vous accusait d'avoir suivi les écoles de Reims, et d'avoir abjuré votre croyance.

MORTIMER. —J'en ai fait le semblant; je ne le nie point, tant était grande mon ardeur à vous servir.

ÉLISABETH, *à Paulet, qui tire un papier.* — Que tenez-vous là?

PAULET. — C'est un écrit que la reine d'Écosse vous adresse.

BURLEIGH *veut le saisir avec empressement.* — Donnez-moi cette lettre.

PAULET *donne le papier à la reine.* — Pardon, milord trésorier; elle m'a recommandé de remettre la lettre aux propres mains de la reine. Elle dit toujours que je suis son ennemi ; je ne suis que l'ennemi de ses vices : tout ce qui s'accorde avec mon devoir, je le fais volontiers pour elle.

(La reine a pris la lettre. Pendant qu'elle la lit, Mortimer et Leicester se disent quelques mots à voix basse.)

BURLEIGH, *à Paulet.* — Que peut contenir cette lettre ? de vaines plaintes, que l'on auroit dû épargner au cœur sensible de la reine.

PAULET. — Elle ne m'a point caché ce que contient la lettre : elle sollicite la faveur de voir la reine.

BURLEIGH, *vivement.* — Jamais.

TALBOT. — Pourquoi pas ? Elle ne demande rien d'injuste.

BURLEIGH. — Celle qui a comploté la mort de la reine, qui avait soif de son sang, n'a pas mérité de jouir de son auguste aspect ; quiconque est fidèle à sa souveraine ne peut lui donner ce mauvais, ce perfide conseil.

TALBOT. — Si la reine veut lui accorder cette faveur, devez-vous arrêter ce mouvement généreux de clémence ?

BURLEIGH. — Elle est condamnée, sa tête est sous la hache. Il est indigne de la majesté royale d'admettre en sa présence celle qui est dévouée à la mort. La sentence ne pourrait plus s'accomplir, si une fois elle avait vu la reine ; la présence royale apporte avec elle la grâce.

ÉLISABETH, *essuyant ses larmes après avoir lu la lettre.* — Qu'est-ce que l'homme ? qu'est-ce que le bonheur sur cette terre ? Où en est-elle réduite, cette reine qui débuta par des espérances si orgueilleuses, qui avait été appelée sur le trône le plus ancien de la chrétienté, qui dans sa pensée croyait déjà réunir trois couronnes sur sa tête ? Combien son langage diffère aujourd'hui de celui qu'elle tenait lorsqu'elle prit l'écusson d'Angleterre, et qu'elle se faisait appeler par les flatteurs de sa cour reine des deux îles Britanniques ! Pardon, milords, je suis saisie de douleur, cela me fend le cœur et mon âme saigne, quand je vois la fragilité des choses terrestres, et la terrible destinée humaine passer si près de ma tête.

TALBOT. — O reine ! Dieu a touché votre cœur ; écoutez ce mouvement céleste : certes elle a expié cruellement de grandes fautes. Tendez-lui la main à elle qui est tombée si bas, descendez comme un ange de lumière dans la nuit funèbre de sa prison.

BURLEIGH. — Grande reine, soyez ferme ; ne vous laissez pas égarer par un généreux sentiment d'humanité ; ne vous privez pas du pouvoir de faire ce qu'exige la nécessité. Vous ne pouvez ni lui faire grâce ni la sauver ; ne vous exposez donc pas à l'odieux reproche d'avoir, avec une joie cruelle et triomphante, rassasié vos regards de l'aspect de votre victime.

LEICESTER. — Demeurons dans nos limites, milords ; la reine n'a pas besoin de nos conseils, elle saura dans sa sagesse choisir le meilleur parti : l'entrevue de deux reines n'a rien de commun avec la marche de la justice ; les lois d'Angleterre, et non pas la volonté de la reine, condamnent Marie. Il est digne de la grande âme d'Élisabeth de suivre les nobles impulsions de son cœur, tandis que la loi suit son cours rigoureux.

ÉLISABETH. — Allez, milords ; nous trouverons moyen de concilier ce qu'exige la clémence et ce qu'ordonne la nécessité. Maintenant... allez. (*Ils sortent. Elle rappelle Mortimer.*) Sir Mortimer, un mot.

SCÈNE V.

ÉLISABETH, MORTIMER.

ÉLISABETH, *après avoir, pendant quelques moments, fixé sur lui des regards pénétrants.* — Vous avez montré un courage hardi et un empire sur vous-même rare à votre âge. Celui qui a su pratiquer sitôt l'art difficile de la dissimulation échappe à la tutelle avant le temps, et abrège ses années d'épreuve. Le destin vous appelle à une brillante carrière, je vous le prédis ; et cet oracle, je puis, pour votre bonheur, l'accomplir moi-même.

MORTIMER. — Grande reine, ce que je suis, ce que je puis, est consacré à votre service.

ÉLISABETH. — Vous avez appris à connaître les ennemis de l'Angleterre ; leur haine contre moi est irréconciliable,

et leurs desseins sanguinaires se renouvellent toujours. Jusqu'à ce jour, il est vrai, le Tout-Puissant m'a préservée.
Cependant la couronne ne sera jamais affermie sur ma tête,
tant que vivra celle qui sert de prétexte à leur zèle fanatique et qui nourrit leurs espérances.

MORTIMER. — Dès que vous l'ordonnerez, elle ne vivra
plus.

ÉLISABETH. — Hélas, sir Mortimer, je croyais déjà me
voir au but, et je ne suis pas plus avancée que le premier
jour. Je voulais laisser agir les lois et conserver ma main
pure de son sang : la sentence est prononcée, qu'ai-je gagné
à cela? Il faut qu'elle s'accomplisse, Mortimer, et c'est moi
qui dois ordonner son exécution. C'est toujours sur moi
que retombe l'odieux de cet acte; je suis contrainte de
l'avouer, et je ne puis sauver l'apparence. Voilà le pire.

MORTIMER. — Que vous importe une fâcheuse apparence,
quand la chose est juste?

ÉLISABETH. — Vous ne connaissez pas le monde, chevalier; chacun vous juge sur ce que vous paraissez être, personne sur ce que vous êtes. Je ne puis persuader nul homme
de mon droit; je dois donc apporter mes soins à laisser
dans un doute éternel la part que j'aurai à sa mort. Dans
ces actes qui se présentent sous une double face, le seul
refuge est dans l'obscurité. La plus mauvaise démarche est
celle que l'on avoue; ce qu'on n'abandonne pas n'est jamais
perdu.

MORTIMER, *d'un air scrutateur*. — Ainsi, le mieux serait...

ÉLISABETH, *vivement*. — Assurément, ce serait le mieux.
Oh! c'est mon bon ange qui vous fait parler; poursuivez,
achevez, cher Mortimer. Vous prenez l'affaire au sérieux,
vous allez au fond des choses; vous êtes un tout autre
homme que votre oncle.

MORTIMER, *interdit*. — Avez-vous découvert au chevalier
quel était votre désir?

ÉLISABETH. — Je regrette de l'avoir fait.

MORTIMER. — Pardonnez à ce vieillard, les ans l'ont rendu
scrupuleux. Des coups aussi hardis exigent toute la résolution de la jeunesse.

ÉLISABETH, *vivement*. — Puis-je vous...

MORTIMER. — Je vous prêterai mon bras. C'est à vous de sauver votre renommée comme vous pourrez.

ÉLISABETH. — Ah! Mortimer, si un matin vous veniez me réveiller avec cette nouvelle : Marie Stuart, votre mortelle ennemie, a cessé de vivre cette nuit.

MORTIMER. — Comptez sur moi.

ÉLISABETH. — Et quand ma tête reposera-t-elle paisiblement?

MORTIMER. — A la prochaine lune vos craintes auront cessé.

ÉLISABETH. — Adieu, sir Mortimer. Ne vous affligez pas de ce que ma reconnaissance est forcée d'emprunter le voile de la nuit. Le silence est le dieu des heureux. Les liens les plus étroits et les plus tendres sont ceux qui sont fondés sur le mystère.

(Elle sort.)

SCÈNE VI.

MORTIMER, *seul.*

Va, reine fausse et hypocrite; je te trompe, comme tu trompes le monde. C'est une chose juste, c'est une bonne action que de te trahir. Ai-je l'air d'un assassin? As-tu donc lu sur mon front la vocation du crime? Fie-toi seulement à mon bras, et suspens tes coups; donne-toi aux yeux du monde l'apparence hypocrite de la clémence, tandis que tu comptes en secret sur mon secours d'assassin; nous gagnerons ainsi du temps pour travailler à sa délivrance. Tu veux m'élever. Tu affectes de me montrer dans le lointain une précieuse récompense. Et quand toi-même et tes faveurs seraient cette récompense, qui es-tu, pauvre femme, et que peux-tu donner? Ce n'est pas le désir d'une vaine gloire qui me séduit. C'est elle seulement qui possède ce qui peut charmer la vie. Autour d'elle voltigent en chœur les heureuses et éternelles divinités de la jeunesse et de la grâce; c'est sur son sein qu'est le bonheur céleste, et toi, tu ne peux accorder que des faveurs glacées. Jamais tu n'as possédé la couronne de la femme, ce bien suprême qui charme la vie, celui d'un cœur qui, ravissant et ravi, se donne à un autre cœur, dans un doux oubli de soi-même. Jamais, par ton amour, tu n'as rendu un homme heureux...

Il faut que j'attende ce lord pour lui remettre la lettre. Odieuse commission ! Je ne puis prendre aucune confiance en ce courtisan. Je puis la sauver moi-même, moi seul ; à moi le danger, la gloire et la récompense.

(Il veut sortir et rencontre Paulet.)

SCÈNE VII.

MORTIMER, PAULET.

PAULET. — Que t'a dit la reine ?

MORTIMER. — Rien, sir, rien d'important.

PAULET *le regarde fixement et d'un œil sérieux.* — Écoute, Mortimer, tu marches sur un chemin dangereux et glissant. La faveur des rois est attrayante, et la jeunesse est avide d'honneur. Ne te laisse point égarer par l'ambition.

MORTIMER. — Et n'est-ce pas vous-même qui m'avez conduit à la cour ?

PAULET. — Je regrette de l'avoir fait. Ce n'est pas à la cour que l'honneur de notre maison a été gagné. Sois ferme, Mortimer. N'achète pas trop cher; écoute la voix de ta conscience.

MORTIMER. — Quelle est votre pensée ? quel soin vous agite ?

PAULET. — Quelle que soit la grandeur où la reine a promis de t'élever, ne te fie point à ses flatteuses paroles. Quand tu lui auras obéi, elle te désavouera. Elle voudra assurer l'honneur de son nom, et elle vengera l'acte sanglant qu'elle-même aura ordonné.

MORTIMER. — L'acte sanglant, dites-vous !

PAULET. — Laisse la dissimulation. Je sais ce que la reine attend de toi ! Elle espère que ta jeunesse ambitieuse sera plus complaisante que mon inflexible vieillesse. Lui as-tu promis ? As-tu...

MORTIMER. — Mon oncle...

PAULET. — Si tu l'as fait, je te maudis, et je te rejette...

LEICESTER *entre.* — Cher sir, permettez : j'ai un mot à dire à votre neveu. La reine est favorablement disposée pour lui. Elle veut que la garde de lady Stuart lui soit entièrement confiée ; elle se repose sur sa fidélité.

PAULET. — Se repose?... bien.

LEICESTER. — Que dites-vous, sir?

PAULET. — La reine se repose sur lui ; et moi, milord, je me repose sur moi-même, et sur mes deux yeux ouverts.

(Il sort.)

SCÈNE VIII.

LEICESTER, MORTIMER.

LEICESTER, *étonné.* — Qu'avait donc le chevalier?

MORTIMER. — Je l'ignore. La confiance inattendue que m'accorde la reine...

LEICESTER, *le regardant d'un œil scrutateur.* — Et méritez-vous, sir Mortimer, que l'on se fie à vous?

MORTIMER, *de même.* — Je vous ferai la même question, milord de Leicester.

LEICESTER. — Vous aviez à me parler en secret.

MORTIMER. — Assurez-moi d'abord que je puis l'oser.

LEICESTER. — Et qui me donnera cette assurance pour vous? Ne vous offensez pas de ma défiance. Vous vous montrez ici sous deux faces différentes. Il en est une qui nécessairement est fausse ; mais quelle est la véritable?

MORTIMER. — J'en puis dire autant de vous, comte de Leicester.

LEICESTER. — Qui le premier doit donner l'exemple de la confiance?

MORTIMER. — Celui qui court le moins de danger.

LEICESTER. — Eh bien ! c'est vous.

MORTIMER. — C'est vous au contraire. Le témoignage d'un lord puissant et considérable peut me perdre, et le mien ne pourrait rien contre votre rang et votre faveur.

LEICESTER. — Vous vous trompez, sir ; en toute autre chose, je suis puissant ici, mais sur ce point délicat où je dois me livrer à votre foi, je suis dans cette cour le plus faible des

hommes, et le plus misérable témoignage pourrait me
perdre.

MORTIMER. — Si le tout-puissant lord Leicester s'abaisse
devant moi au point de me faire un tel aveu, je puis avoir
de moi une opinion plus haute et lui donner un exemple
de noblesse.

LEICESTER. — Montrez-moi le chemin de la confiance et je
vous suivrai.

MORTIMER, *tirant aussitôt la lettre.* — Voilà ce que vous
envoie la reine d'Écosse.

LEICESTER, *tressaille et saisit la lettre précipitamment.*—
Parlez bas, sir... Que vois-je? Ah! c'est son portrait.

MORTIMER, *qui pendant la lecture l'a regardé attentivement.* — Milord, maintenant je vous crois.

LEICESTER, *après avoir parcouru rapidement la lettre.* —
Sir Mortimer, vous savez ce que contient cette lettre?

MORTIMER. — Je ne sais rien.

LEICESTER. — Elle vous a sans doute confié....

MORTIMER. — Elle ne m'a rien confié : vous deviez, a-
t-elle dit, m'expliquer cette énigme. C'est en effet une
énigme pour moi que son ennemi déclaré, le comte de Leicester, le favori d'Élisabeth, un des juges de Marie, soit
l'homme par qui la reine, dans son malheur, espère être
sauvée... Cependant, il doit en être ainsi, car vos yeux
expriment trop clairement ce que vous éprouvez pour elle.

LEICESTER. — Découvrez-moi d'abord comment il se fait
que vous preniez à son sort un intérêt aussi passionné, et
comment vous avez gagné sa confiance.

MORTIMER. — C'est ce que je puis, milord, vous expliquer en peu de mots. J'ai abjuré ma croyance à Rome, et
je suis attaché aux Guise. Une lettre de l'archevêque de
Reims m'a accrédité auprès de la reine d'Écosse.

LEICESTER. — Je savais votre changement de religion,
c'est ce qui a fait naître ma confiance envers vous. Donnez-
moi la main, pardonnez-moi mes doutes; je ne saurais user
de trop de précautions. Walsingham et Burleigh me haïssent; je sais qu'ils épient mes actions et me tendent des
embûches. Vous pouviez être leur créature, leur instrument, pour m'attirer dans le piége.

MORTIMER. — Ah! qu'un si puissant lord marche timidement dans cette cour! Je vous plains.

LEICESTER. — Je me jette avec joie sur le sein d'un ami fidèle, et je me soulage enfin d'une longue contrainte. Vous êtes surpris, sir, que mes sentiments pour Marie aient changé si rapidement; jamais, dans le fait, je n'ai eu de haine pour elle. La nécessité des temps m'a fait son adversaire. Vous savez qu'il y a déjà bien des années qu'elle m'avait été destinée, avant qu'elle eût donné sa main à Darnley, lorsqu'elle brillait encore de tout l'éclat de sa grandeur. Je repoussai alors froidement ce bonheur, et maintenant qu'elle est en prison, aux portes de la mort, je cherche à l'obtenir au péril de ma vie.

MORTIMER. — C'est agir noblement.

LEICESTER. — Depuis, les choses ont bien changé de face. C'était l'ambition qui me rendait insensible à la jeunesse et à la beauté. Alors la main de Marie ne me suffisait pas, j'espérais posséder la reine d'Angleterre.

MORTIMER. — On sait qu'elle vous préférait à tous les autres hommes.

LEICESTER. — Cela semblait ainsi, noble sir; et maintenant, après dix années perdues d'une infatigable assiduité, d'une horrible contrainte... Oh! Mortimer! mon cœur demande à s'épancher; il faut que je me soulage d'une longue oppression. On me croit heureux! si l'on savait quelles sont ces chaînes que l'on m'envie!... Quand j'ai sacrifié dix années bien amères à l'idole de sa vanité; quand, avec l'humilité d'un esclave, je me suis soumis aux variations de ses caprices de sultane, quand j'ai été le jouet de ses lubies et de son humeur fantasque, tantôt caressé par sa tendresse, tantôt repoussé avec une pruderie orgueilleuse; également torturé par sa faveur ou sa rigueur; gardé comme un prisonnier par les yeux d'Argus de la jalousie; interrogé comme un enfant; grondé comme un valet... Oh! il n'est pas de parole pour peindre un tel enfer!

MORTIMER. — Je vous plains, comte.

LEICESTER. — Et quand je touche au but, je me vois frustré de la récompense. Un autre vient m'enlever les fruits d'une constance qui m'a tant coûté; je perds des

droits établis depuis si longtemps ; un époux, dans la fleur
de la jeunesse, me les enlève. Il faut que je descende de la
scène où si longtemps j'ai brillé le premier. Ce n'est pas sa
main seule, c'est sa faveur que je suis menacé de voir
passer à ce nouveau venu. Elle est femme, et il est fait
pour plaire.

MORTIMER. — Il est fils de Catherine ; il a appris à bonne
école l'art de la flatterie.

LEICESTER. — Ainsi croulent mes espérances. Dans ce
naufrage de ma fortune, je cherche une planche de salut ;
et mes regards se reportent vers de premières et belles espérances. L'image de Marie, dans tout l'éclat de ses charmes, s'est présentée de nouveau à moi. La jeunesse et la
beauté sont rentrées dans tous leurs droits ; ce n'est plus
une froide ambition, c'est le cœur qui a comparé, et j'ai
senti quel trésor j'avais perdu. Je la vois avec terreur précipitée dans l'abîme du malheur, et précipitée par ma
faute. Voilà qu'il s'éveille en moi l'espérance de la délivrer
et de la posséder. J'ai pu, au moyen d'une main fidèle, lui
révéler le changement de mon cœur. Cette lettre que vous
m'apportez m'assure qu'elle me pardonne, et que si je la
sauve, elle se donnera à moi pour récompense.

MORTIMER. — Mais vous n'avez rien fait pour la sauver.
Vous l'avez laissé condamner, vous avez donné votre propre
voix pour sa mort ! Il a fallu un miracle : il a fallu que la
lumière de la vérité touchât le neveu de son geôlier ; il a
fallu que le ciel lui préparât au Vatican, à Rome, un libérateur inespéré pour qu'elle pût trouver un chemin jusqu'à
vous.

LEICESTER. — Ah ! sir, cela m'a coûté assez de tourments !
Vers ce temps, elle fut transférée du château de Talbot à
Fotheringhay, et confiée à la surveillance sévère de votre
oncle. Toute voie pour arriver à elle fut interdite. Il me
fallut continuer, aux yeux du monde, de la persécuter.
Cependant, ne croyez pas que j'eusse jamais souffert qu'on
la conduisît à la mort. J'espérais, et j'espère encore prévenir une telle catastrophe, jusqu'à ce qu'un moyen s'offre de
la délivrer.

MORTIMER. — Le moyen est trouvé. Leicester, votre noble

confiance mérite un juste retour; je veux la délivrer, c'est pour cela que je suis ici : les mesures sont déjà prises; votre puissante assistance nous assure d'une heureuse réussite.

LEICESTER. — Que dites-vous? vous m'effrayez! Quoi! vous voudriez....

MORTIMER. — L'arracher de vive force de sa prison. J'ai des compagnons; tout est prêt...

LEICESTER. — Vous avez des confidents et des complices? Malheur à moi! dans quelle entreprise vous m'entraînez! Ils savent aussi mon secret?

MORTIMER. — N'ayez point de souci; le projet a été formé sans vous, il serait accompli sans vous, si elle ne s'obstinait à vous devoir sa délivrance.

LEICESTER. — Ainsi vous pouvez m'assurer avec toute certitude que mon nom n'a pas été prononcé dans votre conjuration?

MORTIMER. — Soyez tranquille. Eh quoi! tant de scrupules inquiets, comte, à propos d'une nouvelle qui vous apporte du secours! Vous voulez délivrer Marie et la posséder, vous trouvez tout à coup des amis sur lesquels vous ne comptiez point, un moyen inespéré vous tombe du ciel.... et vous montrez plus de trouble que de joie.

LEICESTER. — Il n'y a rien à faire avec de la violence. L'entreprise est trop dangereuse.

MORTIMER. — Le retard l'est aussi.

LEICESTER. — Je vous le dis, chevalier, on ne peut pas hasarder pareille chose.

MORTIMER, *avec amertume*. — Non, pas pour vous, qui voulez la posséder; mais nous, qui ne voulons que la sauver, nous n'y mettons pas tant d'hésitation.

LEICESTER. — Jeune homme, vous êtes trop prompt dans une affaire si difficile et si dangereuse.

MORTIMER. — Et vous trop prudent, quand il y va de l'honneur.

LEICESTER. — Je vois les filets qui nous environnent de toutes parts.

MORTIMER. — Je me sens le courage de les rompre tous.

LEICESTER. — Ce courage est du délire, de la démence.

MORTIMER. — Cette prudence n'est pas de la bravoure, milord.

LEICESTER. — Auriez-vous envie de finir comme Babington?

MORTIMER. — Et vous, vous ne voulez point imiter la grandeur d'âme de Norfolk?

LEICESTER. — Norfolk a-t-il conduit Marie à l'autel?

MORTIMER. — Il a du moins montré qu'il en était digne.

LEICESTER. — En succombant nous l'entraînons dans notre chute.

MORTIMER. — Ce n'est pas en ménageant notre vie que nous la sauverons.

LEICESTER. — Vous ne réfléchissez point, vous n'écoutez point; votre aveugle et impétueuse vivacité va détruire tout ce qui était en si bon chemin.

MORTIMER. — Et quel est ce si bon chemin que vous aviez tracé? qu'avez-vous fait pour la sauver? Eh quoi! si j'eusse été assez scélérat pour l'assassiner comme la reine me l'a ordonné, et comme à l'heure même elle l'espère de moi, dites-moi quel moyen vous aviez imaginé pour préserver sa vie?

LEICESTER, *surpris*. — La reine vous a donné cet ordre sanglant?

MORTIMER. — Elle s'est méprise sur moi, comme Marie s'est méprise sur vous.

LEICESTER. — Et vous avez promis, vous avez...

MORTIMER. — Pour qu'elle ne fît pas choix d'une autre main, j'ai offert la mienne.

LEICESTER. — Vous avez bien fait; ceci nous met à l'aise. Elle se repose sur votre sanglant service; la sentence demeure inexécutée, et nous gagnons du temps.

MORTIMER, *avec impatience*. — Non, nous perdons du temps.

LEICESTER. — Comptant sur vous, elle renoncera d'autant moins à se donner aux yeux du monde l'honneur apparent de la clémence... Peut-être pourrai-je adroitement lui persuader de voir sa rivale, et cette démarche lui lie les mains. Burleigh a raison; la sentence ne pourra plus

être exécutée si une fois elle l'a vue... Oui, je le tenterai,
je mettrai tout en œuvre.

MORTIMER. — Et qu'obtiendrez-vous par là? Lorsque
voyant la vie de Marie se prolonger, la reine reconnaîtra
qu'elle s'est trompée sur moi, tout ne sera-t-il pas comme
auparavant? Elle ne recouvrera jamais la liberté; et ce qui
pourrait lui arriver de plus heureux, ce serait une réclu-
sion perpétuelle. Il vous faudrait cependant finir par un
acte hardi : pourquoi ne pas commencer de suite par là?
Le pouvoir est entre vos mains; vous pouvez rassembler
une armée, si vous armez seulement la noblesse de vos
nombreux domaines. Marie a encore beaucoup d'amis secrets. Les nobles maisons des Percy et des Howard, bien
que leurs chefs aient été abattus, sont encore riches en
héros; elles attendent seulement que quelque seigneur
puissant leur donne l'exemple. Plus de dissimulation;
agissez ouvertement, défendez en chevalier celle que vous
aimez; entrez noblement en lice pour elle. Vous serez
maître de la personne de la reine d'Angleterre quand vous
le voudrez; attirez-la dans vos châteaux; souvent elle
vous y a suivi. Là, montrez-lui que vous êtes homme,
parlez en maître, et retenez-la captive jusqu'à ce qu'elle
ait rendu la liberté à Marie Stuart.

LEICESTER. — Je suis saisi de surprise et d'épouvante.
Où vous entraîne le vertige? Connaissez-vous ce sol? savez-
vous ce que c'est que cette cour? savez-vous dans quels
liens étroits ce règne d'une femme a su enchaîner tous les
esprits? Cherchez l'héroïsme qui jadis animait ce pays!
Sous cette dépendance d'une femme, les ressorts du courage se sont détendus. Le courage de toutes les âmes est
abattu; suivez ma direction, n'entreprenez rien légèrement.
J'entends venir. Allez-vous-en.

MORTIMER. — Marie espère. Ne lui porterai-je que de
vaines consolations?

LEICESTER. — Portez-lui les serments de mon éternel
amour.

MORTIMER. — Portez-les-lui vous-même. Je veux bien
servir d'instrument pour sa délivrance, mais non pas de
messager à votre amour.

                                        (Il sort.)

SCÈNE IX.

ÉLISABETH, LEICESTER.

ÉLISABETH. —Qui est-ce qui vous quitte? j'ai entendu parler.

LEICESTER *se retourne rapidement en entendant la voix de la reine, et parait troublé.* — C'était sir Mortimer.

ÉLISABETH. — Qu'avez-vous, milord, pour être troublé à ce point ?

LEICESTER *reprend contenance.* — Votre aspect.... Jamais je ne vous vis si charmante; je suis tout ébloui de votre beauté. Ah !

ÉLISABETH. — Pourquoi soupirez-vous?

LEICESTER. — Et n'ai-je pas sujet de soupirer? Lorsque je contemple vos attraits, je sens se renouveler en moi la douleur ineffable de la perte qui me menace.

ÉLISABETH. — Que perdez-vous ?

LEICESTER. — Je perds votre cœur, votre adorable personne : bientôt vous trouverez le bonheur dans les bras d'un jeune et ardent époux, et il possédera votre cœur sans partage. Il est d'un sang royal, je n'ai point cet honneur; mais je défie le monde entier que sur ce globe terrestre il y ait un seul homme qui ressente pour vous une adoration plus vive que moi. Le duc d'Anjou ne vous a jamais vue, il ne peut aimer que votre gloire et votre splendeur; tandis que moi, c'est vous que j'aime. Vous seriez la plus pauvre bergère, et moi, né le plus grand prince de la terre, je descendrais à votre condition pour mettre mon diadème à vos pieds.

ÉLISABETH. — Plaignez-moi, Dudley, ne me faites pas de reproches. Je ne puis suivre la voix de mon cœur. Ah ! il eût fait un autre choix. Combien j'envie les autres femmes, qui peuvent à leur gré élever l'objet de leur amour! Je n'ai pas ce bonheur de pouvoir placer la couronne sur le front de l'homme que je préfère à tous les autres. Il a été accordé à Marie Stuart de donner sa main selon son penchant; elle s'est tout permis, elle s'est enivrée à la coupe de tous les plaisirs.

LEICESTER. — Et maintenant elle épuise le calice amer de la douleur.

ÉLISABETH. — Elle n'a jamais fait cas de l'opinion des hommes. La vie lui a été légère, jamais elle ne s'est imposé le joug auquel je me suis soumise. Je pouvais bien aussi prétendre au droit de jouir de la vie, des joies de la terre; mais j'ai préféré les devoirs sévères de la royauté. Et pourtant elle s'est concilié la faveur de tous les hommes; elle a pris à tâche de n'être qu'une femme, et la jeunesse et la vieillesse briguent sa faveur. Ainsi sont les hommes, tous des voluptueux! Ils se portent au-devant de la frivolité et de la volupté, et n'estiment pas ce qu'ils devraient respecter. Ce Talbot lui-même ne semblait-il pas se rajeunir, en parlant de ses attraits?

LEICESTER. — Excusez-le: il a été son gardien, et par d'adroites flatteries, l'artificieuse a su l'égarer.

ÉLISABETH. — Est-il donc bien vrai qu'elle soit si belle? Si souvent j'ai entendu exalter ses charmes, que je voudrais savoir à quoi m'en tenir. Les portraits flattent, les descriptions mentent; je ne m'en rapporterais qu'au jugement de mes propres yeux. Mais pourquoi me regardez-vous ainsi?

LEICESTER. — Je vous place en pensée à côté de Marie. Je désirerais, je ne m'en cache pas, avoir le plaisir, si cela pouvait se faire secrètement, de vous voir en face de Marie Stuart. Alors, pour la première fois, vous jouiriez de tout votre triomphe; je lui souhaiterais cette humiliation, de se convaincre par ses propres yeux, car l'envie a les yeux pénétrants..., que vous l'emportez sur elle par la noblesse de vos traits, aussi bien que par toutes les vertus de l'âme.

ÉLISABETH. — Elle est plus jeune.

LEICESTER. — Plus jeune! A la voir, on ne le croirait pas. Ses souffrances, il est vrai, ont pu la vieillir avant le temps. Ce qui rendrait son chagrin plus amer, ce serait de vous voir comme fiancée. Les belles espérances de la vie sont maintenant loin derrière elle, et elle vous verrait marcher au-devant du bonheur; et fiancée avec un royal fils de France, elle qui s'en est toujours prévalu et s'est montrée si fière de son alliance française, qui maintenant encore fait sonner si haut le puissant appui de la France.

ÉLISABETH, *négligemment et avec abandon*. — On me persécute pour que je la voie.

LEICESTER, *vivement*. — Elle le demande comme une faveur, accordez-le-lui comme une punition. Vous l'enverriez sur un sanglant échafaud, qu'elle en souffrirait moins que de se voir effacée par vos charmes. Par là vous l'assassinez, comme elle a voulu vous assassiner. Quand elle verra votre beauté, gardée par la pudeur, illustrée par la gloire d'une réputation intacte que ses frivoles amours lui ont fait sacrifier, rehaussée par l'éclat de la couronne et parée du doux attrait de fiancée; ah! c'est alors que l'heure de l'anéantissement aura sonné pour elle! Oui, quand je jette les yeux sur vous, il me semble que jamais vous n'avez été mieux préparée pour disputer le prix de la beauté. Tout à l'heure, quand vous êtes entrée, j'ai été frappé de l'éclat de vos charmes. Eh quoi! si à l'instant même, telle que vous voilà, vous vous avanciez vers elle, vous ne trouverez jamais une heure plus favorable...

ÉLISABETH. — Maintenant. Non, non, Leicester, non pas maintenant. Il faut que je réfléchisse, et qu'avec Burleigh...

LEICESTER, *vivement*. — Burleigh! Il ne pense qu'à l'intérêt de votre royaume. Mais comme femme vous avez aussi vos droits, et ce point délicat doit être réglé par vous, et non par un homme d'État. La politique ne conseille-t-elle pas aussi de voir Marie et de se concilier l'opinion publique par un acte de magnanimité? Vous pourrez après vous débarrasser d'une ennemie détestée de la manière qui vous conviendra.

ÉLISABETH. — Il ne serait pas convenable que je visse ma parente dans le dénûment et l'humiliation. On dit qu'elle n'est environnée d'aucun éclat royal; et l'aspect de ce dénûment serait un reproche pour moi.

LEICESTER. — Il est inutile que vous approchiez de sa demeure. Écoutez mon conseil, le hasard a tout disposé pour le mieux. On fait aujourd'hui une grande chasse, le chemin passe devant Fotheringhay; Marie sera dans le parc, vous entrerez comme par hasard. Il faut que rien ne semble préparé d'avance. S'il ne vous convient pas de lui parler, vous pourrez ne pas lui adresser la parole.

ÉLISABETH. — Si ce que je fais n'est pas raisonnable, la faute en est à vous, Leicester, et non à moi. Je veux aujourd'hui ne vous rien refuser, car vous êtes, de tous mes sujets, celui que j'ai le plus affligé. (*Elle le regarde tendrement.*) Et quand ce ne serait qu'un caprice à vous... c'est une preuve d'affection que d'accorder de son plein gré ce qu'on n'approuve pas.

(Leicester se jette à genoux devant elle. La toile tombe.)

FIN DU DEUXIÈME ACTE.

III.   5

ACTE TROISIÈME

La scène représente un paysage dans un parc; des arbres sont sur le devant; au fond, une perspective étendue.

SCÈNE I.

MARIE *marche d'un pas rapide de derrière les arbres.* KENNEDY *la suit plus lentement.*

KENNEDY. — Mais vous courez comme si vous aviez des ailes. Je ne puis vous suivre ainsi. Attendez donc.

MARIE. — Ah! laisse-moi jouir de ma nouvelle liberté. Laisse-moi être un enfant, sois-le avec moi, et essayer sur le vert tapis des prairies l'agilité de mes pas ailés. Suis-je réellement sortie de ma sombre prison? Ce triste tombeau ne me tient-il plus renfermée? Laisse-moi étancher ma soif et boire à longs traits le grand air, l'air du ciel!

KENNEDY. — O ma chère lady, votre prison n'est élargie que de fort peu. — Vous ne voyez pas les murs qui nous renferment, parce que l'épais feuillage des arbres les cache à vos yeux.

MARIE. — Eh bien! grâces, grâces soient rendues à la douce, riante verdure de ces arbres qui me cachent les murs de ma prison. Je veux rêver que je suis libre et heureuse. Pourquoi me tirer de ma douce illusion? Ne suis-je pas sous la vaste voûte des cieux? Mes regards s'étendent librement et sans entraves sur des espaces illimités. Là, où s'élèvent ces montagnes grises et nuageuses, là commence la frontière de mon royaume; et ces nuages qui courent vers le midi, ils vont chercher l'Océan lointain de France.

Nuages rapides, navigateurs des airs, ah! que ne puis-je

voyager, voguer avec vous! Saluez amicalement pour moi
la terre de ma jeunesse. Je suis prisonnière, je suis enchaînée, ah! je n'ai point d'autre messager; vous traversez
librement les airs, vous n'êtes point soumis à cette reine.

KENNEDY. — Hélas! chère lady, vous êtes hors de vous;
cette liberté, dont vous fûtes si longtemps privée, vous
égare.

MARIE. — Là un pêcheur attache sa barque. Ce misérable
esquif pourrait me sauver et me transporter rapidement
dans quelque ville amie. Il procure à ce pauvre homme à
peine de quoi vivre. Je le comblerais de richesses. Jamais
il n'aurait fait un tel coup. Il trouverait le bonheur dans
ses filets, s'il me recevait dans son canot sauveur.

KENNEDY. — Inutiles souhaits. Et ne voyez-vous pas que
des espions surveillent de loin tous nos pas? Des ordres sinistres et cruels écartent de nous toute créature compatis-
sante.

MARIE. — Non, chère Anna, crois-moi, ce n'est pas en
vain que la porte de ma prison s'est ouverte. Cette faveur
légère présage un bonheur plus grand. Je ne me trompe
pas; c'est à la main active de l'amour que je la dois. Je reconnais là le bras puissant de lord Leicester. On élargit
insensiblement ma prison; par cette faveur, on veut m'habituer à une plus grande, jusqu'à ce qu'enfin je puisse voir
celui qui doit rompre mes chaînes pour toujours.

KENNEDY. — Ah! je ne puis m'expliquer cette contradiction. Hier encore on vous annonçait la mort, et aujourd'hui
on vous accorde tout à coup une telle liberté! J'ai entendu
dire qu'on ôtait aussi les chaînes à ceux qu'attend l'éternelle liberté.

MARIE. — Entends-tu le cor de chasse? Entends-tu retentir ces sons éclatants à travers les champs et les bois?
Que ne puis-je m'élancer sur un coursier ardent et joindre
cette troupe joyeuse! Ah! ces sons me rappellent des souvenirs à la fois tristes et doux; souvent mon oreille les entendit avec joie quand le bruit de la chasse retentissait au
loin sur les bruyères montagneuses des highlands.

SCÈNE II.

LES PRÉCÉDENTS, PAULET.

PAULET. — Eh bien ! madame, êtes-vous enfin contente de moi? Ai-je une fois mérité votre reconnaissance ?

MARIE. — Quoi ! chevalier, est-ce vous qui m'auriez obtenu cette faveur? Est-ce vous ?

PAULET. — Pourquoi ne serait-ce pas moi? Je suis allé à la cour, et j'ai remis votre lettre.

MARIE. — Vous l'avez remise ? Réellement vous l'avez fait ? Et cette liberté dont je jouis maintenant est un fruit de ma lettre ?

PAULET. — Et ce ne sera pas le seul; préparez-vous à en recueillir un plus grand.

MARIE. — Un plus grand, sir ! que voulez-vous dire?

PAULET. — Vous entendez les cors?

MARIE *recule comme saisie d'un pressentiment.* — Vous m'effrayez.

PAULET. — La reine chasse près d'ici.

MARIE. — Eh bien?

PAULET. — Dans peu d'instants elle sera devant vous.

KENNEDY, *courant vers Marie, qui, toute tremblante, semble prête à s'évanouir.* — Qu'avez-vous, chère lady? vous pâlissez !

PAULET. — Eh quoi ! maintenant vous n'en êtes pas contente? N'était-ce pas ce que vous demandiez? On vous l'accorde plus tôt que vous ne pensiez. Vous, dont la langue est toujours si déliée, c'est maintenant qu'il s'agit de bien placer vos discours; voici le moment de parler.

MARIE. — Ah! pourquoi ne m'a-t-on pas prévenue ! En ce moment je n'y suis pas préparée. Ce que j'ai sollicité comme une suprême faveur me semble maintenant effrayant et terrible. Viens, Anna, mène-moi à la maison, que je me recueille, que je me remette.

PAULET. — Demeurez; il faut l'attendre ici. Je conçois sans peine que vous soyez inquiète de paraître devant votre juge.

SCÈNE III.

LES PRÉCÉDENTS, TALBOT.

MARIE. — Ce n'est pas pour cela. Dieu ! de tout autres sentiments m'agitent. Ah ! noble Shrewsbury, vous venez à moi comme un ange envoyé du ciel. Je ne puis la voir, sauvez-moi, sauvez-moi de son aspect odieux.

TALBOT. — Revenez à vous, reine; rappelez votre courage, voici l'heure décisive.

MARIE. — Je l'ai attendue, désirée... Depuis bien des années je m'y suis préparée; je me suis dit souvent, et j'ai gravé dans ma mémoire, comment je voulais la toucher et l'émouvoir. Tout est oublié, tout est effacé soudain, et en ce moment je ne retrouve en moi d'autre sentiment que le souvenir cuisant de ce que j'ai souffert. Tout mon cœur se soulève d'une haine sanglante contre elle. Toutes mes bonnes pensées s'enfuient, et les sinistres furies m'entourent en secouant leur chevelure de serpents.

TALBOT. — Commandez à cet emportement farouche de votre sang. Domptez l'amertume de votre cœur; lorsque la haine rencontre la haine, cela ne produit rien de bon. Bien que votre âme se révolte, obéissez au temps, à la loi des circonstances : elle est la plus forte; humiliez-vous.

MARIE. — Devant elle ? non, jamais.

TALBOT. — Il le faut cependant. Parlez avec respect, avec résignation : appelez-en à sa générosité, ne la bravez pas. N'insistez pas maintenant sur vos droits, ce n'est pas le moment.

MARIE. — Ah ! c'est ma perte que j'ai sollicitée et ma prière a été exaucée pour mon malheur ! Nous n'aurions dû jamais nous voir, jamais; rien, rien de bon n'en saurait advenir : le feu et l'eau s'accorderaient plutôt ensemble, l'agneau caresserait plutôt le tigre. Je suis trop cruellement blessée; elle a poussé l'outrage trop loin : jamais, jamais il n'y aura de réconciliation entre nous.

TALBOT. — Voyez-la seulement d'abord. J'ai bien remarqué qu'elle était émue par votre lettre, ses yeux nageaient dans les larmes; non, elle n'est pas insensible : ayez donc plus de confiance. C'est pour cela que je l'ai précédée en toute hâte pour vous avertir et vous donner de l'assurance.

MARIE, *lui prenant la main.* — Ah! Talbot, vous avez toujours été mon ami; que ne suis-je demeurée sous votre douce garde! On m'a traitée bien durement, Shrewsbury.

TALBOT. — Oubliez tout en ce moment; pensez seulement à la recevoir avec soumission.

MARIE. — Burleigh, mon mauvais génie, est-il aussi avec elle?

TALBOT. — Elle n'est accompagnée que du comte de Leicester.

MARIE. — Lord Leicester !

TALBOT. — Ne craignez rien de lui, il ne veut point votre perte; et si la reine a consenti à cette entrevue, c'est son ouvrage.

MARIE. — Ah ! je le savais bien.

TALBOT. — Que dites-vous?

PAULET. — Voici la reine !

(Tous se retirent sur le côté. Marie demeure seule, appuyée sur Kennedy.)

SCÈNE IV.

LES PRÉCÉDENTS, ÉLISABETH, LEICESTER, *suite.*

ÉLISABETH, *à Leicester.* — Quelle est cette résidence?

LEICESTER. — Le château de Fotheringhay.

ÉLISABETH, *à Talbot.* — Envoyez à Londres en avant notre suite de chasse. Le peuple se porte avec trop d'empressement sur ma route, nous cherchons un refuge dans ce parc solitaire. (*Talbot fait éloigner la suite; elle adresse la parole à Paulet, et pendant ce temps-là elle fixe les yeux sur Marie.*) L'amour de mon bon peuple est trop vif; il témoigne sa joie d'une manière démesurée et idolâtre : c'est ainsi qu'on honore Dieu, et non pas un homme.

MARIE, *qui pendant ce temps-là était appuyée à demi évanouie sur sa nourrice, se redresse, et ses regards rencontrent le regard fixe d'Élisabeth; elle tressaille épouvantée et se*

rejette sur le sein d'Anna. — O Dieu ! ces traits n'annoncent point de cœur.

ÉLISABETH. — Quelle est cette dame ?

(Tout le monde garde le silence.)

LEICESTER. — Vous êtes à Fotheringhay, reine.

ÉLISABETH *se montre surprise, étonnée. Elle lance un sombre regard à Leicester.* — Qui m'a fait cela, lord Leicester ?

LEICESTER. — La chose est faite, reine ; et, puisque le Ciel a dirigé ici vos pas, laissez triompher la générosité et la pitié.

TALBOT. — Laissez-vous fléchir, reine ; tournez vos regards sur cette infortunée, qui succombe à votre aspect.

(Marie rassemble ses forces pour marcher vers Élisabeth. Elle s'arrête toute tremblante à moitié chemin. Ses gestes décèlent le plus violent combat.)

ÉLISABETH. — Eh quoi ! milords, qui m'avait donc annoncé une femme soumise ? je vois une orgueilleuse que le malheur n'a nullement assouplie.

MARIE. — Eh bien, soit ; je veux encore me soumettre à ceci. Fuis, vain orgueil d'une âme fière ; je veux oublier qui je suis et ce que j'ai souffert, et me prosterner devant celle qui me plonge dans cet opprobre ! (*Elle se tourne vers la reine.*) Le ciel a prononcé pour vous, ma sœur ; votre heureuse tête a été couronnée par la victoire : j'adore la Divinité qui vous a élevée. (*Elle met le genou en terre devant la reine.*) Mais, soyez généreuse à votre tour, ma sœur ; ne me laissez pas plongée dans l'ignominie ; tendez-moi votre main, et montrez-vous reine en me relevant de cette chute profonde.

ÉLISABETH, *reculant.* — Vous êtes à votre place, lady Marie ; et je remercie la bonté de Dieu, qui n'a pas voulu que je fusse prosternée à vos pieds comme maintenant vous l'êtes aux miens.

MARIE, *avec une émotion croissante.* — Songez à la vicissitude des choses humaines. Il y a des dieux qui punissent l'orgueil ; respectez-les, craignez-les, ces dieux terribles qui me jettent à vos pieds... pour ces témoins étrangers, honorez-vous en moi vous-même ; ne profanez pas, n'outragez

pas le sang des Tudor qui coule dans mes veines comme
dans les vôtres. O Dieu du ciel! ne soyez pas ainsi âpre et
inaccessible, comme le roc escarpé que le malheureux nau-
fragé s'efforce vainement de saisir! Tout mon être, ma vie,
mon sort dépendent en ce moment du pouvoir de mes paroles, de mes larmes; ouvrez mon cœur, que je puisse
toucher le vôtre : tant que vous jetez sur moi ce regard de
glace, mon cœur se ferme en frissonnant, mes larmes ta-
rissent, et une froide horreur tient mes supplications en-
chaînées dans mon sein.

ÉLISABETH, *avec froideur et sévérité.* — Qu'avez-vous à
me dire, lady Stuart? vous avez voulu me parler. J'oublie
que je suis reine, que je suis cruellement offensée, pour
remplir le pieux devoir d'une sœur et vous accorder la consolation de me voir ; je cède aux inspirations de la générosité, et je m'expose à un juste blâme pour m'être abaissée
à ce point... car vous savez que vous avez voulu me faire
assassiner.

MARIE. — Par où dois-je commencer, et comment pourrai-je parler avec assez de prudence pour vous toucher le
cœur et ne point vous offenser? O mon Dieu ! donne de la
force à mon discours, émousse tous les traits qui pourraient
blesser. Je ne puis cependant parler pour moi sans vous
accuser grièvement, et c'est ce que je ne voudrais pas.
Vous avez agi injustement envers moi; car je suis reine
comme vous, et vous m'avez retenue prisonnière; je suis
venue à vous comme une suppliante; et vous, méprisant
en moi les saintes lois de l'hospitalité et les droits sacrés
des nations, vous m'avez enfermée dans les murs d'un
cachot; mes amis, mes serviteurs ont été cruellement séparés de moi; j'ai été laissée en proie à un indigne dénûment. On m'a traduite devant un injurieux tribunal... N'en
parlons plus; que ce que j'ai souffert soit enseveli dans un
éternel oubli : voyez, je veux tout attribuer à la destinée.
Vous n'êtes pas coupable,je ne suis point coupable non plus:
un mauvais génie sorti de l'abîme est venu allumer cette
haine qui nous a divisées dès notre tendre jeunesse; elle a
grandi avec nous; des hommes méchants ont attisé de leur
souffle cette malheureuse flamme; des fanatiques insensés

ont armé du glaive et du poignard des mains dont on n'a-
vait pas invoqué le secours. Tel est le déplorable sort des
rois : dès qu'ils sont divisés, leur haine partage le monde
et déchaîne toutes les furies de la discorde. Maintenant il
n'y a plus entre nous de bouche étrangère. (*Elle se rapproche d'elle avec confiance et parle d'un ton caressant.*)
Nous sommes en face l'une de l'autre; maintenant parlez,
ma sœur; dites-moi mes torts; je veux vous donner pleine
satisfaction. Ah! si vous aviez daigné m'entendre dans le
temps que je demandais si instamment à paraître devant
vous! jamais les choses n'en seraient venues là; et ce n'est
pas dans ce triste séjour qu'aurait lieu aujourd'hui cette
triste entrevue.

ÉLISABETH. — Ma bonne étoile m'a préservée de réchauffer
la vipère dans mon sein; n'accusez pas la destinée, mais la
noirceur de votre âme et l'ambition effrénée de votre maison. Rien d'hostile n'avait encore éclaté entre nous quand
votre oncle, ce prêtre orgueilleux et avide de domination,
qui, d'une main audacieuse attente à toutes les couronnes,
me déclara la guerre, et vous persuada follement de prendre
mon écusson, de vous attribuer mon titre royal et d'engager avec moi un combat à la vie et à la mort. Qui n'a-t-il
pas excité contre moi? la langue des prêtres, les glaives des
peuples et les redoutables armes de la piété en démence;
ici même, au sein paisible de mon royaume, il a soufflé
contre moi le feu de la sédition. Mais Dieu est avec moi, et
cet orgueilleux prêtre ne triomphe pas... Ma tête était menacée du coup fatal, et c'est la vôtre qui tombe.

MARIE. — Je suis dans la main de Dieu; vous n'abuserez
pas de votre puissance avec tant de cruauté.

ÉLISABETH. — Qui m'en empêcherait? Votre oncle a enseigné par son exemple à tous les rois de la terre quelle
paix ils doivent faire avec leurs ennemis. Que la Saint-
Barthélemi me serve de leçon! Que me font les liens du
sang, le droit des nations? l'Église ne rompt-elle pas le
lien de tous les devoirs, ne consacre-t-elle pas le parjure,
le régicide? Je pratique seulement ce que vos prêtres en-
seignent. Dites, quel gage pourrait m'assurer contre vous
si ma générosité détachait vos chaînes? quels liens pour-

raient me garantir votre foi, que les clefs de saint Pierre ne puissent délier? La force seule fait ma sûreté : point d'alliance avec la race des serpents.

MARIE. — Oh! ce sont là vos tristes et sombres soupçons! Vous m'avez toujours regardée comme une ennemie et une étrangère. Si vous m'aviez déclarée votre héritière, suivant mes droits, la reconnaissance et l'amour vous auraient conservé en moi une fidèle amie et une sœur.

ÉLISABETH. — Lady Stuart, votre amitié est ailleurs : votre maison est le papisme; les moines sont vos frères. Vous déclarer mon héritière, vous! Piége perfide! Afin que dès mon vivant vous égariez mon peuple, afin qu'artificieuse Armide vous enlaciez adroitement dans vos filets séducteurs la noble jeunesse de mon royaume, afin que tout se tourne vers le soleil levant, et que moi....

MARIE. — Gouvernez en paix; je renonce à toute prétention sur ce royaume. Ah! les ailes de mon âme sont paralysées, la grandeur ne m'attire plus; vous avez réussi, je ne suis plus que l'ombre de Marie; la fierté de mon cœur a été brisée par la longue ignominie de la prison. vous vous êtes portée sur moi aux derniers outrages, vous m'avez flétrie dans ma fleur.... Maintenant finissez, ma sœur, prononcez cette parole pour laquelle vous êtes ici, car je ne puis croire que vous soyez venue pour insulter cruellement votre victime. Prononcez cette parole; dites-moi : « Vous êtes libre, Marie, vous avez éprouvé ma puissance. « maintenant apprenez à honorer ma générosité. » Dites cela, et je recevrai ma liberté, ma vie, comme un présent de votre main; un mot effacera tout le passé, je l'attends. Ah! ne me le laissez pas trop longtemps attendre; malheur à vous si vous ne finissez point par ce mot! car si vous ne vous séparez pas de moi comme une divinité auguste et bienfaisante, ma sœur, je ne voudrais pas pour tout ce riche royaume. pour tous les pays qu'environne la mer, paraître à vos yeux telle que vous paraissez devant moi.

ÉLISABETH. — Vous reconnaissez-vous enfin vaincue? êtes-vous à bout de vos complots? n'y a-t-il plus aucun meurtrier en route? n'est-il aucun aventurier qui ose encore se faire votre triste chevalier? C'en est fait, lady Marie, vous ne séduirez plus personne; le monde a d'autres soins. Nul n'a envie d'être votre.... quatrième mari, car vous donnez la mort à vos prétendants comme à vos maris.

MARIE, *se contenant.* — Ma sœur, ma sœur! O mon Dieu! mon Dieu! donne-moi de la modération!

ÉLISABETH *la regarde longtemps avec un orgueilleux dédain.*—Lord Leicester, ce sont donc là les attraits qu'aucun homme ne regarda jamais impunément, dont aucune femme n'osa braver la comparaison? Certes, cette gloire a été acquise à bon marché. Il n'en coûte, pour être belle aux yeux de tous, que de se donner à tous.

MARIE. — C'en est trop.

ÉLISABETH, *souriant avec raillerie.* — Maintenant vous montrez votre véritable visage; jusqu'ici ce n'était que le masque.

MARIE, *enflammée de colère, mais avec une noble dignité.* — J'ai pu faillir; la jeunesse, la fragilité humaine, la puissance, m'ont entraînée et égarée; mais je ne me suis point cachée dans l'ombre; j'ai dédaigné avec une fierté royale la fausse apparence; mes plus grandes fautes, le monde les connaît, et je puis dire que je vaux mieux que ma renommée. Malheur à vous, si on vient jamais à arracher ce manteau d'honneur que dans votre hypocrisie vous jetez sur l'ardeur effrénée de vos secrètes débauches. Ce n'est pas la pudeur que vous avez héritée de votre mère; on sait quelle est la vertu qui a fait monter Anne de Boleyn sur l'échafaud.

TALBOT *s'avance entre les deux reines.* — O Dieu du ciel! cela devait-il en venir là? Est-ce là la modération, la soumission, lady Marie?

MARIE. — La modération! J'ai supporté tout ce qui peut être humainement supporté. Loin de moi, résignation au cœur d'agneau; reprends ton vol vers le ciel, patience impossible, que la colère longtemps contenue rompe enfin tes liens et sors de ton antre; et toi, qui donnas au basilic irrité un regard mortel, mets sur ma langue le dard empoisonné.

TALBOT. — Oh! elle est hors d'elle-même, pardonnez à cette forcenée; elle a été cruellement provoquée.

(Élisabeth, muette de colère, lance des regards furieux à Marie.)

LEICESTER, *dans une agitation extrême, cherche à emmener Élisabeth.* — N'écoutez point cette furieuse; quittez, quittez ce lieu fatal.

MARIE. — Le trône d'Angleterre est souillé par une bâtarde; le noble peuple de l'Angleterre est trompé par une jongleuse rusée... Si le droit régnait, vous seriez maintenant dans la poussière devant moi, car je suis votre roi.

(Élisabeth s'éloigne rapidement; les lords la suivent dans la plus grande consternation.)

SCÈNE V.

MARIE, KENNEDY.

KENNEDY. — Ah! qu'avez-vous fait? Elle part furieuse; maintenant c'en est fait, toute espérance s'évanouit.

MARIE, *encore hors d'elle-même.* — Elle part furieuse, et emporte le trait mortel dans son cœur. (*Se jetant dans les bras d'Anna.*) Ah! que je me sens bien, Anna! Enfin, après tant d'années d'abaissement et de souffrance, un instant de vengeance et de triomphe! De quel énorme poids mon cœur a été soulagé! J'ai enfoncé le poignard dans le sein de mon ennemie.

KENNEDY. — Ah! malheureuse, quel transport vous égare! Vous avez blessé l'implacable; elle tient la foudre; elle est reine. Vous l'avez outragée aux yeux de son amant.

MARIE. — Je l'ai humiliée devant Leicester. Il a été témoin de ma victoire. Quand j'abaissais l'orgueilleuse, il était là, sa présence me fortifiait.

SCÈNE VI.

LES PRÉCÉDENTS, MORTIMER.

KENNEDY. — Ah! sir, quel dénoûment!

MORTIMER. — J'ai tout entendu. (*Il fait signe à la nourrice de se placer en sentinelle et il s'approche; toute sa contenance exprime une disposition violente et passionnée.*) Vous avez vaincu; vous l'avez foulée dans la poussière. C'était vous qui étiez la reine, et elle la coupable. Votre courage m'a transporté d'admiration. Je vous adore; et vous me paraissez, en cet instant, grande et souveraine comme une divinité.

MARIE. — Avez-vous parlé à Leicester? lui avez-vous remis ma lettre et mon présent? Oh! parlez, sir!

MORTIMER, *la regardant d'un œil enflammé.* — Ah! de quel éclat cette noble et royale indignation vous faisait briller! Comme il transfigurait vos charmes à mes yeux. Vous êtes la plus belle femme sur la terre!

MARIE. — Je vous en conjure, calmez mon impatience. Qu'a dit milord? Ah! dites, que puis-je espérer?

MORTIMER. — Qui, lui? C'est un lâche, un misérable. N'espérez rien de lui, méprisez-le, oubliez-le.

MARIE. — Que dites-vous?

MORTIMER. — Lui, vous sauver et vous posséder! Lui, qu'il l'ose! lui, il faudrait qu'il combattît avec moi à la vie ou à la mort.

MARIE. — N'auriez-vous point remis ma lettre? Oh! alors c'en est fait!

MORTIMER. — Le lâche aime la vie. Celui qui veut vous sauver et vous nommer sienne doit résolûment pouvoir embrasser la mort.

MARIE. — Il ne veut rien faire pour moi?

MORTIMER. — Ne parlons plus de lui. Que peut-il faire et qu'a-t-on besoin de lui? Je vous sauverai moi seul.

MARIE. — Ah, que pouvez-vous?

MORTIMER. — Ne vous abusez plus, vous n'êtes plus dans la même situation qu'hier. A en juger par la manière dont la reine vous a quittée, et dont cette entrevue s'est terminée, tout est perdu; tout recours de grâce est fermé. Maintenant il faut agir, et l'audace doit en décider. Pour tout sauver, il faut bravement tout risquer; il faut que vous soyez libre demain avant l'aube du jour.

MARIE. — Que dites-vous? Cette nuit! Comment serait-il possible?

MORTIMER. — Écoutez ce qui est résolu : j'ai rassemblé mes compagnons dans une secrète chapelle; un prêtre a entendu notre confession; il nous a absous de toutes les fautes que nous avons commises, et nous a donné aussi l'absolution de toutes celles que nous pourrions encore commettre. Nous avons reçu les derniers sacrements, et nous sommes prêts pour le dernier, pour l'éternel voyage.

MARIE. — Oh! quels terribles apprêts!

MORTIMER. — Nous pénétrerons cette nuit dans le château: les clefs sont en mon pouvoir: nous tuerons les gardiens, et nous vous arracherons de votre prison. Et, pour qu'il ne reste personne qui puisse trahir l'enlèvement, il faut que toute créature vivante tombe sous nos coups.

MARIE. — Mais Drury, mais Paulet, mes geôliers? Ils verseront plutôt la dernière goutte de leur sang.

MORTIMER. — Ils tomberont les premiers sous mon poignard.

MARIE. — Quoi! votre oncle, votre second père?

MORTIMER. — Il périra de ma main; je le tuerai.

MARIE. — O crime sanglant!

MORTIMER. — Je suis absous d'avance de tous les crimes. Je puis tout commettre, aussi je ne reculerai devant rien.

MARIE. — Oh! c'est affreux, affreux!

MORTIMER. — Et dussé-je frapper la reine elle-même, je l'ai juré sur l'hostie.

MARIE. — Non, Mortimer, plutôt que de voir pour moi couler tant de sang...

MORTIMER. — Et que m'importe la vie de tous les hommes et la mienne auprès de toi et de mon amour? puisse le lien des mondes se briser, puisse un second déluge engloutir dans ses flots tout ce qui respire, je ne fais plus cas de rien; plutôt que de renoncer à toi, que le dernier des jours arrive!

MARIE, *reculant*. — Dieu! quel discours! sir!... et quels regards!... ils me remplissent d'effroi, d'épouvante!

MORTIMER, *avec un regard égaré, et l'expression d'un délire calme*. — La vie n'est qu'un instant, la mort aussi n'en est qu'un. Qu'on me traîne à Tyburn, qu'on m'arrache chaque membre avec des tenailles rouges (*Il s'approche d'elle avec un mouvement passionné, les bras étendus*), si je te serre dans mes bras, toi que j'idolâtre.

MARIE, *se retirant*. — Arrêtez, insensé.

MORTIMER. — Sur ce sein , sur cette bouche qui respire l'amour.

MARIE. — Au nom de Dieu, sir, laissez-moi rentrer.

MORTIMER. — Ne serait-il pas bien insensé, celui qui ne retiendrait dans une étreinte indissoluble le bonheur qu'un Dieu place dans sa main? Je te sauverai, quand il en coûterait mille vies; je te sauverai, je le veux; mais aussi vrai que Dieu nous entend, je le jure, je veux aussi te posséder.

MARIE. — Aucun Dieu, aucun ange ne viendra-t-il me secourir? Affreuse destinée, tu me précipites avec rage d'une terreur dans une autre. Ne suis-je donc née que pour provoquer la fureur? La haine et l'amour sont conjurés pour me glacer d'effroi.

MORTIMER. — Oui, je t'aime comme ils te haïssent! Ils veulent trancher ta tête; ils veulent couper avec la hache ce cou d'une éblouissante blancheur. Oh! consacre au dieu vivant de la joie ce qu'il te faudrait sacrifier à la haine sanglante. Que tes charmes, qui ne sont plus à toi enivrent de volupté ton heureux amant. Que ces belles boucles, cette soyeuse chevelure, qui déjà sont échues aux sombres puissances de la mort, servent à enlacer pour toujours ton esclave.

MARIE. — Ah! quels discours me faut-il entendre! Sir, mon malheur, mes souffrances, devraient vous être sacrés, si ma tête royale ne l'est point.

MORTIMER. — La couronne est tombée de ta tête; tu n'as plus rien de ta majesté terrestre. En vain tu commanderais en souveraine; pas un ami, pas un libérateur ne se lèvera plus à ta voix. Il ne te reste plus rien que cette figure touchante, que la puissance divine de la suprême beauté. C'est elle qui me fait tout hasarder, me rend capable de tout et me pousse au-devant de la hache du bourreau.

MARIE. — Ah! qui me sauvera de sa rage?

MORTIMER. — Celui qui rend un service audacieux a le droit d'exiger une récompense audacieuse. Et pourquoi le brave répandrait-il son sang? La vie n'est-elle pas le plus précieux des biens? Il est insensé, celui qui la prodigue pour rien. Je veux auparavant m'enivrer de ses plus douces jouissances.　　　　　(Il la presse vivement dans ses bras.)

MARIE. — Ah! faut-il donc que je demande du secours contre celui qui se dit mon sauveur?...

MORTIMER. — Tu n'es pas insensible; le monde ne t'accuse point d'une froide rigueur. Les ardentes instances de l'amour peuvent te toucher. Le chanteur Riccio t'a dû le bonheur, et Bothwell a su t'entraîner.

MARIE. — Votre audace.

MORTIMER. — Il n'a été que ton tyran; tu tremblais devant lui tout en l'aimant. Si la terreur seule peut te conquérir, eh bien! par le dieu de l'enfer...

MARIE. — Laissez-moi... Vous êtes dans le délire...

MORTIMER. — Tremble donc aussi devant moi.

KENNEDY, *arrivant précipitamment.* — On approche, on vient, le jardin est rempli de gens armés.

MORTIMER, *transporté, et saisissant son épée.* — Je te protégerai.

(Elle fuit vers le château. Anna la suit.)

MARIE. — O Anna, sauve-moi de ses mains. Ah! infortunée, où trouver un refuge? A quel saint aurai-je recours? Ici et là dedans le meurtre! la violence.

SCÈNE VII.

MORTIMER; PAULET et DRURY *accourent hors d'eux-mêmes.*
Leur suite passe précipitamment sur la scène.

PAULET.. — Fermez les portes... Levez les ponts.

MORTIMER. — Qu'y a-t-il, mon oncle?

PAULET. — Où est la meurtrière? Qu'on la renferme dans le plus sombre cachot.

MORTIMER. — Qu'y a-t-il? Qu'est-il arrivé?

PAULET. — La reine... mains maudites, une audace infernale....

MORTIMER. — La reine... Quelle reine?

PAULET. — La reine d'Angleterre, elle a été assassinée sur la route de Londres.

(Il rentre au château en toute hâte.)

SCÈNE VIII.

MORTIMER, *un instant après* OKELLY.

MORTIMER. — Suis-je dans le délire? Quelqu'un ne vient-il pas de s'écrier : « La reine est assassinée? » Non, non, ce n'était qu'un rêve; un accès de fièvre présente à mes sens, comme vrai et réel, ce qui occupe affreusement mes pensées. Qui vient? c'est Okelly.... Pourquoi si épouvanté?

OKELLY, *accourant avec précipitation.* — Fuyez, Mortimer: fuyez, tout est perdu.

MORTIMER. — Qu'est-ce qui est perdu?

OKELLY. — Laissez là ces questions. Songez à une prompte fuite.

MORTIMER. — Qu'y a-t-il donc?

OKELLY. — Savage a porté le coup, le forcené.

MORTIMER. — Il est donc vrai....?

OKELLY. — Vrai, vrai. Oh! sauvez-vous.

MORTIMER. — Elle a été assassinée, et Marie monte sur le trône d'Angleterre.

OKELLY. — Assassinée! Qui dit cela?

MORTIMER. — Vous-même.

OKELLY. — Elle vit, et vous, nous tous, moi, nous sommes tous perdus.

MORTIMER. — Elle vit?

OKELLY. — Le coup a porté à faux, le manteau l'a reçu et Schrewsbury a désarmé l'assassin.

MORTIMER. — Elle vit !

OKELLY. — Oui, pour nous perdre tous; venez, on cerne déjà le parc.

MORTIMER. — Et qui a fait cet acte de démence?

OKELLY. — C'est ce barnabite de Toulon que vous avez vu assis dans la chapelle, plongé dans ses réflexions, quand le moine nous expliquait l'anathème par lequel le pape maudit la reine. Il a voulu saisir le moyen le plus prompt, le plus court, pour délivrer, par un coup audacieux, l'Église de Dieu et gagner la couronne du martyre; il n'a confié son dessein qu'au prêtre, et il l'a exécuté sur la route de Londres.

MORTIMER, *après un moment de silence.* — Oh! malheureux! un destin cruel et impitoyable te poursuit. Maintenant, oui maintenant il faut que tu meures. Ton ange lui-même prépare ta perte.

OKELLY. — Dites, où dirigez-vous votre fuite? Je vais me cacher dans les forêts du Nord.

MORTIMER. — Fuyez, et que Dieu protége votre fuite. Moi, je demeure, j'essayerai encore de la sauver, et si je ne le puis, je mourrai sur son cercueil.

(Ils s'en vont de deux côtés différents.)

FIN DU TROISIÈME ACTE.

ACTE QUATRIÈME

—

Le théâtre représente l'intérieur d'un appartement.

—

SCÈNE I.

L'AUBESPINE, KENT et LEICESTER.

L'AUBESPINE. — Comment se porte Sa Majesté? Milords, vous me voyez encore tout saisi de terreur. Comment cela est-il arrivé? Comment, au milieu d'un peuple si fidèle?...

LEICESTER. — Ce n'est point de ce peuple qu'est parti le coup: le coupable est un sujet de votre roi, un Français.

L'AUBESPINE. — Quelque furieux assurément.

KENT. — Un papiste, comte de l'Aubespine.

SCÈNE II.

LES PRÉCÉDENTS, BURLEIGH entre en parlant à DAVISON.

BURLEIGH. — Qu'on rédige sur-le-champ l'ordre de l'exécution et qu'il soit revêtu du sceau; quand il sera prêt, il sera présenté à la signature de la reine. Allez, il n'y a pas de temps à perdre.

DAVISON. — Cela sera fait.

(Il sort.)

L'AUBESPINE, *allant à la rencontre de Burleigh.* — Milord, je partage d'un cœur sincère la joie si juste de toute l'Angleterre; grâces soient rendues au ciel qui a préservé du coup de l'assassin l'auguste tête de la reine.

BURLEIGH. — Grâces lui soient rendues, pour avoir confondu la scélératesse de nos ennemis.

L'AUBESPINE. — Puisse Dieu maudire les auteurs de cet exécrable attentat !

BURLEIGH. — Leurs auteurs et leurs indignes instigateurs.

L'AUBESPINE, *à Kent.*—Quand il plaira à Votre Seigneurie, milord maréchal, de m'introduire chez Sa Majesté, je mettrai à ses pieds, ainsi que je le dois, les félicitations du roi mon maître.

BURLEIGH — Épargnez-vous ce soin, comte de l'Aubespine.

L'AUBESPINE, *avec empressement.* — Je connais mon devoir, milord Burleigh.

BURLEIGH. — Votre devoir est de quitter cette île au plus vite.

L'AUBESPINE *recule avec étonnement.* — Quoi !... qu'est-ce donc ?

BURLEIGH. — Votre caractère sacré vous protége encore aujourd'hui, mais plus demain.

L'AUBESPINE. — Et quel est mon crime ?

BURLEIGH. — Si une fois je l'ai nommé, il ne pourra plus être pardonné.

L'AUBESPINE. — J'espère, milord, que le droit des ambassadeurs...

BURLEIGH. — Ne protége point la haute trahison.

LEICESTER et KENT. — Ciel ! qu'est-ce ceci ?

L'AUBESPINE. — Milord, songez-vous bien...

BURLEIGH. — Un passe-port écrit de votre main a été trouvé dans la poche du meurtrier.

KENT. — Est-il possible ?

L'AUBESPINE.—Je distribue beaucoup de passe-ports... Je ne puis lire au fond des cœurs.

BURLEIGH. — L'assassin est allé dans votre hôtel se confesser.

L'AUBESPINE. — Mon hôtel est ouvert...

BURLEIGH. — A tous les ennemis de l'Angleterre...

L'AUBESPINE. — Je demande une enquête...

BURLEIGH. — Redoutez-la.

L'AUBESPINE. — Mon souverain est offensé en ma personne. Il rompra l'alliance qui vient d'être conclue.

BURLEIGH. — Elle vient d'être rompue par la reine. Jamais l'Angleterre ne s'alliera à la France. Milord de Kent, chargez-vous de conduire le comte sain et sauf jusqu'à la mer. Le peuple en tumulte a assailli son hôtel, où s'est trouvé tout un arsenal d'armes; il menace de le mettre en pièces, s'il paraît. Cachez-le jusqu'à ce que cette fureur soit calmée... Vous répondez de sa vie.

L'AUBESPINE. — Je pars, je quitte ce royaume, où le droit des gens est foulé aux pieds, où l'on se joue des traités. Mais mon maître en tirera une sanglante vengeance.

BURLEIGH. — Qu'il vienne la demander.

(Kent et l'Aubespine sortent.)

SCÈNE III.

LEICESTER, BURLEIGH.

LEICESTER. — Ainsi vous-même brisez l'alliance que vous aviez conclue sans nécessité avec tant d'empressement. L'Angleterre vous en a peu d'obligation, et vous auriez pu vous épargner cette peine.

BURLEIGH. — Mon dessein était bon. Dieu en a ordonné autrement. Heureux ceux qui n'ont pas de plus grands reproches à se faire!

LEICESTER. — On reconnaît l'air mystérieux de Cécil quand il est à la poursuite de quelque crime d'État. — Maintenant, milord, voici un heureux moment pour vous; un grand crime a été commis et ses auteurs sont encore enveloppés dans le mystère. Un tribunal d'inquisition va s'ouvrir; les paroles et les regards vont être pesés, et les pensées elles-mêmes seront soumises au jugement. Vous voici l'homme important et tout-puissant, l'Atlas de l'État; toute l'Angleterre repose sur vos épaules.

BURLEIGH. — En vous, milord, je reconnais mon maître, votre éloquence a remporté une victoire telle que je n'en ai jamais obtenu.

LEICESTER. — Que voulez-vous dire, milord?

BURLEIGH. — N'est-ce pas vous qui, à mon insu, avez attiré la reine au château de Fotheringhay?

LEICESTER. — A votre insu! quand mes actes ont-ils redouté vos regards?

BURLEIGH. — Comment! vous avez conduit la reine à Fotheringhay! Non vraiment, vous n'y avez pas conduit la
reine; c'est la reine qui a eu la complaisance de vous y
conduire.

LEICESTER. — Qu'entendez-vous par là, milord?

BURLEIGH. — Le noble rôle que vous avez fait là jouer à
la reine! quel triomphe éclatant vous avez su lui préparer,
à elle, qui s'abandonnait à vous avec une entière confiance!
Pauvre princesse, comme on s'est effrontément joué de toi,
comme on t'a livrée sans pitié! Voilà donc pourquoi vous
avez été pris soudain de magnanimité, de clémence dans le
conseil d'État; voilà pourquoi Marie était une ennemie si
faible et si méprisable, que ce n'était pas la peine de se souiller de son sang. Un plan habile, adroitement conçu! mais
le trait était si finement aiguisé, que la pointe s'est brisée.

LEICESTER. — Misérable! suivez-moi sur-le-champ au
pied du trône, devant la reine vous me rendrez raison.

BURLEIGH. — Vous m'y trouverez; et tâchez, milord, que
là vous ne manquiez pas d'éloquence.

(Il sort.)

SCÈNE IV.

LEICESTER seul, puis MORTIMER.

LEICESTER. — Je suis découvert, on m'a pénétré! Comment ce malheureux a-t-il découvert ma trace? Malheur à
moi s'il a des preuves! Si la reine apprend qu'il existait des
intelligences entre Marie et moi, Dieu! combien je lui pa-
raîtrais coupable, combien sembleront artificieux et perfides mes conseils et mes efforts pour la conduire à Fotheringhay! elle se verra cruellement jouée par moi et trahie
pour une odieuse ennemie. Oh! jamais, jamais elle ne
pourra me le pardonner; tout lui paraîtra concerté d'avance,
et la tournure amère qu'a prise l'entretien, et le triomphe
de sa rivale, et son rire outrageant... Et même cette main
de meurtrier qui, terrible et sanglante par une fatalité
affreuse, imprévue, est intervenue soudain, c'est moi qui

l'aurai armée. Je ne vois pas de salut nulle part. Mais qui vient ?

MORTIMER *arrive avec une vive inquiétude et regarde avec crainte autour de lui*. — Comte Leicester, est-ce vous, sommes-nous sans témoins ?

LEICESTER. — Malheureux, retirez-vous ! que cherchez-vous ici ?

MORTIMER. — On est sur nos traces, sur la vôtre aussi. Songez à vous.

LEICESTER. — Retirez-vous ! retirez-vous !

MORTIMER. — On sait qu'une réunion secrète a eu lieu chez le comte de l'Aubespine.

LEICESTER. — Que m'importe ?

MORTIMER. — Que le meurtrier s'y est trouvé.

LEICESTER. — C'est votre affaire. Malheureux ! comment osez-vous me mêler à votre sanglant attentat. Défendez vous-même votre mauvaise affaire.

MORTIMER. — Écoutez-moi seulement.

LEICESTER, *dans un vif transport*. — Allez aux enfers ! Pourquoi vous attachez-vous à mes pas comme le génie du mal ? Je ne vous connais point ; je n'ai rien de commun avec des assassins.

MORTIMER. — Vous ne voulez point m'entendre ? J'étais venu vous avertir que vos démarches sont aussi découvertes.

LEICESTER. — Ah !

MORTIMER. — Le grand trésorier est allé à Fotheringhay aussitôt après cette malheureuse tentative. L'appartement de la reine a été sévèrement fouillé ; et l'on y a trouvé...

LEICESTER. — Quoi ?

MORTIMER. — Une lettre commencée de la reine à vous.

LEICESTER. — La malheureuse !

MORTIMER. — Où elle vous engage à tenir votre parole, vous renouvelle la promesse de sa main, rappelle le don du portrait.

LEICESTER. — Mort et damnation !

MORTIMER. — Lord Burleigh a la lettre.

LEICESTER. — Je suis perdu !

(Il se promène çà et là avec désespoir, pendant que Mortimer lui parle.)

MORTIMER. — Saisissez le moment, prévenez le coup; sauvez-vous, sauvez-la; protestez de votre innocence; imaginez des excuses; détournez le coup fatal. Moi-même je ne puis rien faire; mes compagnons sont dispersés, notre ligue est dissoute; je cours en Écosse pour y rassembler de nouveaux amis. Quant à vous, essayez ce que pourra faire votre crédit, un front audacieux.

LEICESTER *s'arrête, puis avec une inspiration soudaine.* — C'est ce que je veux faire. (*Il va à la porte, l'ouvre et crie.*) Holà! gardes! (*A un officier qui entre avec des gens armés.*) Assurez-vous de ce criminel d'État, et gardez-le bien. La plus infâme conjuration vient d'être découverte; et je vais moi-même en porter la nouvelle à la reine.

MORTIMER *demeure d'abord immobile d'étonnement; bientôt il se remet et lance après Leicester un regard du plus profond mépris.* — Ah! infâme! Mais je le mérite : qui aussi pouvait m'engager à me fier à ce misérable? Il me passe sur le corps, et se sert de ma chute pour se frayer une voie de salut! Va, sauve-toi, ma bouche restera close : je ne veux pas même t'entraîner dans ma perte. Même dans la mort je ne veux rien avoir de commun avec toi. La vie est l'unique bien du méchant. (*A l'officier qui s'avance pour le saisir.*) Que veux-tu, lâche esclave de la tyrannie? je me moque de toi; je suis libre.

(Il tire un poignard.)

L'OFFICIER. — Il est armé; arrachez-lui son poignard.

(Les soldats l'entourent; il se dégage de leurs mains.)

MORTIMER. — A ce dernier moment je veux que ma langue se délie et je parlerai à cœur ouvert. Mort et malédiction sur vous, qui avez trahi Dieu et votre véritable reine; qui avez abandonné Marie, comme sa céleste patronne; qui vous êtes vendus à cette reine bâtarde!

L'OFFICIER. — Entendez-vous ses blasphèmes? Allons, saisissez-le.

MORTIMER. — Ma bien-aimée, si je n'ai pu te sauver, je vais du moins te donner un exemple de courage! Marie, sainte Marie, prie pour moi, et reçois-moi auprès de toi dans ta vie céleste.

(Il se frappe de son poignard et tombe dans les bras des gardes.)

SCÈNE V.

Appartement de la reine.

ÉLISABETH, *une lettre à la main,* **BURLEIGH.**

ÉLISABETH. — Me conduire là ! m'exposer à un tel affront ! Le traître ! m'amener en triomphe devant son amante ! O Burleigh, jamais une femme ne fut ainsi trahie !

BURLEIGH. — Je ne puis concevoir par quel pouvoir, par quelle magie il est parvenu à surprendre ainsi la prudence de ma souveraine.

ÉLISABETH. — J'en meurs de honte. Combien il devait se railler de ma faiblesse ! Je croyais l'humilier, elle, et c'est moi qui ai été l'objet de ses outrages.

BURLEIGH. — Vous voyez maintenant combien mes conseils étaient sincères.

ÉLISABETH. — Ah ! je suis cruellement punie de m'être écartée de vos sages avis. Et ne devais-je pas le croire ? Pouvais-je soupçonner un piége dans les serments du plus fidèle amour ? A qui puis-je me fier, si lui m'a trahie ? lui que j'ai fait grand, plus que tous les grands de ma cour ! lui qui toujours a été le plus près de mon cœur ! lui que j'ai comme autorisé à agir dans ce palais en maître, en roi !

BURLEIGH. — Et dans le même temps il vous trahissait pour cette perfide reine d'Écosse.

ÉLISABETH. — Oh ! elle le payera de son sang ! Dites, la sentence est-elle rédigée ?

BURLEIGH. — Elle est prête comme vous l'avez ordonné.

ÉLISABETH. — Qu'elle meure ! qu'il la voie mourir et meure après elle. Je l'ai chassé de mon cœur. Je ne sens plus d'amour et ne respire que la vengeance. Que sa chute soit aussi honteuse et aussi profonde que son élévation avait été grande. Qu'il soit un monument de ma sévérité, comme il a été un exemple de ma faiblesse. Qu'on le conduise à la Tour, je désignerai des pairs pour le juger ; qu'il soit livré à toute la rigueur de la loi.

BURLEIGH. — Il pénétrera jusqu'à vous, il se justifiera.

ÉLISABETH. — Comment peut-il se justifier? La lettre ne le condamne-t-elle pas? Ah! son crime est clair comme le jour.

BURLEIGH. — Mais vous êtes bonne et clémente! son aspect, le pouvoir de sa présence.....

ÉLISABETH. — Je ne veux pas le voir. Jamais, jamais. Avez-vous donné l'ordre de ne le point recevoir, s'il vient?

BURLEIGH. — Voilà ce qui a été ordonné.

UN PAGE *entre.* — Milord de Leicester.

ÉLISABETH. — Le traître..... Je ne veux pas le voir; dites-lui que je ne veux pas le voir.

LE PAGE. — Je n'oserai dire cela à milord; d'ailleurs, il ne me croirait pas.

ÉLISABETH. — Ainsi je l'ai élevé si haut que mes serviteurs tremblent plus devant son autorité que devant la mienne.

BURLEIGH, *au page.* — Dites que la reine lui défend d'approcher.

(Le page sort en montrant de l'hésitation.)

ÉLISABETH, *après un instant de silence.* — Si cependant il était possible.... S'il pouvait se justifier..... Dites, ne pourrait-ce pas être un piége que me tend Marie pour me priver de mon plus fidèle ami? Oh! c'est une scélérate consommée! Si elle n'avait écrit cette lettre que pour répandre dans mon cœur un venimeux soupçon, et pour précipiter dans le malheur l'homme qu'elle hait!....

BURLEIGH. — Mais, reine, songez.....

SCÈNE VI.

LES PRÉCÉDENTS, LEICESTER.

LEICESTER *ouvre la porte avec violence, et entre d'un air impérieux.* — Je veux voir l'insolent qui m'interdit l'appartement de la reine.

ÉLISABETH. — Ah! le téméraire!....

LEICESTER. — Me refuser sa porte! Quand elle est visible pour un Burleigh, elle l'est aussi pour moi.

BURLEIGH. — Vous êtes bien audacieux, milord, d'entrer ici de force malgré la défense.

LEICESTER. — Et vous, bien hardi de prendre ici la parole. La défense ! Eh quoi ! est-il à cette cour personne de qui le comte de Leicester ait à recevoir une permission ou une défense ? (*Il s'approche humblement d'Élisabeth.*) Je veux recevoir de la propre bouche de ma souveraine.....

ÉLISABETH, *sans le regarder.* — Sortez de ma présence, indigne !

LEICESTER. — Ce n'est pas ma bienveillante Élisabeth que j'entends; c'est le lord, mon ennemi, que je reconnais à ces dures paroles..... J'en appelle à mon Élisabeth. Vous avez prêté l'oreille à ses discours; je réclame le même droit.

ÉLISABETH. — Parlez, infâme.... Ajoutez encore à votre crime, niez-le.

LEICESTER. — Laissez d'abord cet importun se retirer.... Sortez, milord : ce dont je veux entretenir la reine ne demande pas de témoin, allez.

ÉLISABETH, *à Burleigh.* — Demeurez, je vous l'ordonne.

LEICESTER. — A quoi bon ce tiers entre vous et moi.... J'ai à parler à ma souveraine adorée.... Je réclame les droits de ma place, ce sont des droits sacrés, et je persiste à demander que milord s'éloigne.

ÉLISABETH. — Il vous sied bien de tenir cet orgueilleux langage !

LEICESTER. — Oui, ce langage sied à l'heureux mortel à qui votre faveur a donné la plus haute prééminence. C'est ce qui m'élève au-dessus de lui et de tous. Votre cœur m'a conféré ce rang illustre ; et ce que votre amour m'a donné, je jure que je saurai le conserver aux dépens de la vie... Qu'il sorte, et il ne me faudra que deux minutes pour me mettre d'accord avec vous.

ÉLISABETH. — Vous espérez en vain me séduire par vos paroles trompeuses.

LEICESTER. — Ce bavard a pu vous séduire par son babil, mais moi je ne veux parler qu'à votre cœur. Et ce que j'ai osé, me fiant à votre faveur, je ne veux le justifier que devant votre cœur.... Je ne reconnais, au-dessus de moi, d'autre tribunal que votre affection.

ÉLISABETH. — Indigne! et c'est elle précisément qui vous condamne tout d'abord... Montrez-lui la lettre, milord.

BURLEIGH. — La voici.

LEICESTER *parcourt la lettre sans changer de maintien.* — C'est l'écriture de la Stuart.

ÉLISABETH. — Lisez, et soyez confondu.

LEICESTER, *tranquillement, après avoir lu.* — L'apparence est contre moi. J'ose espérer toutefois que je ne serai pas jugé sur l'apparence.

ÉLISABETH. — Pouvez-vous nier que vous ayez entretenu une secrète intelligence avec la Stuart, que vous ayez reçu son portrait, que vous lui ayez fait espérer que vous la délivreriez?

LEICESTER. — Il me serait facile, si je me sentais coupable, de récuser le témoignage d'une ennemie; mais comme je n'ai rien à me reprocher, je reconnais qu'elle n'a rien écrit que la vérité.

ÉLISABETH. — Ainsi donc, malheureux....

BURLEIGH. — Sa propre bouche le condamne.

ÉLISABETH. — Sortez de ma vue. A la Tour.... traître.

LEICESTER. — Je ne suis point un traître. J'ai eu tort de vous faire un secret de mes démarches; mais mon dessein était pur. Je voulais pénétrer votre ennemie et la perdre.

ÉLISABETH. — Misérable défaite!

BURLEIGH. — Quoi! milord, vous croyez....

LEICESTER. — J'ai joué un jeu hardi, je le sais; et le comte Leicester pouvait seul à cette cour risquer pareille chose : tout le monde sait quelle est la haine que je porte à la Stuart. Le rang que j'occupe, la confiance dont m'honore la reine doivent écarter tout soupçon de la fidélité de mes sentiments; l'homme que votre faveur distingue entre tous pouvait bien prendre hardiment une route à lui pour s'acquitter de son devoir.

BURLEIGH. — Mais si votre dessein était bon, pourquoi en avez-vous fait un secret?

LEICESTER. — Milord, vous avez coutume de parler avant

d'agir : vous êtes la cloche de vos actions, c'est là votre méthode ; la mienne est d'agir avant de parler.

BURLEIGH. — Vous parlez maintenant parce que vous y êtes contraint.

LEICESTER *le mesure d'un regard orgueilleux et méprisant.* — Et vous vous vantez d'avoir fait quelque chose de merveilleux, d'avoir sauvé la reine, d'avoir démasqué la trahison ! Rien n'échappe à votre œil pénétrant, croyez-vous. Pauvre hâbleur! En dépit de votre talent de limier, Marie Stuart était libre aujourd'hui même, si je ne l'eusse empêché.

BURLEIGH. — Vous auriez....

LEICESTER. — Oui, milord, la reine s'est confiée à Mortimer; elle lui a ouvert son âme; elle est allée jusqu'à lui donner des ordres sanglants contre Marie, après que l'oncle s'était refusé avec horreur à une telle commission. Dites, cela n'est-il pas ainsi?

(La reine et Burleigh so regardent avec surprise.)

BURLEIGH. — Comment cela est-il venu à votre connaissance?

LEICESTER. — Cela n'est-il pas ainsi? Eh bien, milord, où étaient donc vos yeux d'Argus, pour ne pas voir que ce Mortimer vous trahissait? que c'était un papiste enragé, un instrument des Guises, une créature de la Stuart, un fanatique audacieux et résolu venu pour la délivrer et assassiner la reine?

ÉLISABETH, *avec un extrême étonnement.* — Quoi! Mortimer?

LEICESTER. — C'est par lui que Marie entretenait des relations avec moi, et c'est ainsi que j'ai appris à le connaître. Elle devait être aujourd'hui arrachée de sa prison; il vient de me le révéler à l'instant. Je l'ai fait arrêter; et dans le désespoir de voir son entreprise déjouée et d'être démasqué, il s'est lui-même donné la mort.

ÉLISABETH. — Ah! j'ai été indignement trompée! Ce Mortimer...

BURLEIGH. — Et cela vient d'arriver maintenant, depuis que je vous ai quitté?

LEICESTER. — Il est fâcheux pour moi qu'il ait eu une

telle fin ; s'il vivait, son témoignage m'aurait justifié pleinement, et déchargé de toute accusation. C'est pourquoi je le livrais à la main de la justice, et un jugement rendu dans toute la rigueur des formes aurait attesté et scellé mon innocence aux yeux de tout le monde.

BURLEIGH. — Il s'est tué, dites-vous, lui-même? Il est mort frappé de sa propre main, ou bien de la vôtre?

LEICESTER. — Infâme soupçon ! On peut entendre les gardes à qui je l'ai livré. (*Il va à la porte et appelle, l'officier des gardes entre.*) Rendez compte à Sa Majesté de la manière dont Mortimer a péri.

L'OFFICIER. — J'étais de garde dans l'antichambre, lorsque milord a ouvert tout à coup la porte, et m'a ordonné d'arrêter le chevalier Mortimer comme un criminel d'État. Nous l'avons vu aussitôt entrer en fureur, et, se répandant en imprécations contre la reine, tirer un poignard et, avant qu'on pût l'empêcher, se le plonger dans la poitrine et tomber roide mort sur le parquet.

LEICESTER. — C'est bien. Vous pouvez vous retirer, la reine en sait assez.

(*L'officier sort.*)

ÉLISABETH. — Ah! quel abîme d'horreur !

LEICESTER. — Maintenant, reine, qui vous a sauvée? est-ce milord de Burleigh ? Connaissait-il les dangers qui vous environnaient? est-ce lui qui les a écartés? Votre fidèle Leicester a été votre bon ange.

BURLEIGH. — Comte, ce Mortimer est mort bien à propos pour vous.

ÉLISABETH. — Je ne sais ce que je dois dire; je vous crois et ne vous crois pas; je pense que vous êtes coupable et que vous ne l'êtes pas. Ah! l'odieuse femme qui me cause tous ces tourments!

LEICESTER. — Il faut qu'elle meure; moi-même maintenant j'opine pour sa mort. Je vous avais conseillé de laisser la sentence inexécutée jusqu'au moment où un nouveau bras se lèverait pour elle. Cela est arrivé, et j'insiste pour que l'arrêt soit exécuté sans retard.

BURLEIGH. — Vous le conseillez, vous?

LEICESTER. — Bien qu'il m'en coûte d'en venir à de telles

extrémités, je vois maintenant et je pense que le salut de
la reine exige ce sanglant sacrifice. Aussi je propose que
l'ordre de l'exécution soit expédié sur-le-champ.

BURLEIGH, *à la reine.* — Puisque milord montre une opinion si ferme et si fidèle, je propose que l'exécution de la
sentence soit confiée à ses soins.

LEICESTER. — A moi?

BURLEIGH. — A vous. Vous n'avez pas de plus sûr moyen
de dissiper les soupçons qui pèsent encore sur vous, que de
présider à l'exécution de celle que vous êtes accusé d'avoir
aimée.

ÉLISABETH, *regardant fixement Leicester.* — Le conseil
de milord est bon, qu'il en soit ainsi, tenons-nous-en là.

LEICESTER. — Bien que l'élévation de mon rang dût m'affranchir d'une si triste mission, qui de toute façon conviendrait mieux à un Burleigh; bien que celui qui a l'avantage
d'être placé si près de la reine ne dût pas accomplir un
ordre fatal, cependant, pour marquer mon zèle et satisfaire
la reine, je renonce aux priviléges de ma dignité, et j'accepte cet odieux devoir.

ÉLISABETH. — Lord Burleigh le partagera avec vous. (*A
Burleigh.*) Prenez soin que l'ordre soit expédié sur-le-
champ.

(Burleigh sort. On entend du tumulte au dehors.)

SCÈNE VII.

ÉLISABETH, LEICESTER *et* KENT.

ÉLISABETH. — Qu'est-ce, milord Kent, quel tumulte
trouble la ville? qu'y a-t-il?

KENT. — Reine, c'est le peuple qui assiége le palais et
demande instamment à vous voir.

ÉLISABETH. — Que veut mon peuple?

KENT. — La terreur est répandue dans Londres; on croit
votre vie menacée, on dit que des meurtriers envoyés
contre vous par le pape sont répandus partout, que les ca-
tholiques sont conjurés pour arracher à force ouverte la
Stuart de sa prison et la proclamer reine. Le peuple croit

ces bruits et est furieux. Pour le calmer il faut que la tête
de la Stuart soit tranchée aujourd'hui même.

ÉLISABETH. — Quoi! l'on voudrait me faire violence?

KENT. — Ils sont résolus à ne point se retirer que vous
n'ayez signé la sentence.

SCÈNE VIII.

LES PRÉCÉDENTS, BURLEIGH, DAVISON, *un papier à la main.*

ÉLISABETH. — Qu'apportez-vous, Davison?

DAVISON, *s'approche gravement.* — Reine, vous avez ordonné.

ÉLISABETH. — Qu'est-ce? (*Elle veut prendre le papier,
tressaille et recule.*) O Dieu!

BURLEIGH. — Obéissez à la voix du peuple, c'est la voix
de Dieu.

ÉLISABETH, *irrésolue et luttant avec elle-même.* — Ah!
milords, qui me dira si j'entends vraiment la voix de tout
mon peuple, la voix du monde. Oh! je crains qu'en obéissant aux vœux de la multitude, bientôt une toute autre
voix ne se fasse entendre, et que ceux même qui me
poussent avec violence à cet acte ne me blâment sévèrement dès qu'il sera accompli.

SCÈNE IX.

LES PRÉCÉDENTS, TALBOT.

TALBOT, *avec agitation.* — On veut vous pousser à un
acte précipité, reine; soyez ferme, soyez inébranlable. (*Il
aperçoit Davison qui tient la sentence.*) Ou bien est-ce déjà
fait? Est-ce réellement fait? J'aperçois dans cette main un
malheureux papier qui ne devrait pas en ce moment être
mis sous les yeux de la reine.

ÉLISABETH. — Noble Shrewsbury, on me contraint.

TALBOT. — Et qui peut vous contraindre? Vous êtes souveraine; c'est ici le moment de montrer votre puissance.
Imposez silence à ces voix séditieuses qui osent vous pres-

crire une opinion et faire violence à votre volonté royale. La crainte, une illusion aveugle agitent ce peuple; vous-même êtes hors de vous, cruellement offensée, en proie aux faiblesses de l'humanité, vous ne pouvez maintenant juger.

BURLEIGH. — Tout est jugé depuis longtemps. Il ne s'agit pas de prononcer une sentence, mais de l'exécuter.

KENT, *qui s'était éloigné lorsque Talbot est entré, revient.* — Le tumulte augmente : on ne peut plus contenir le peuple.

ÉLISABETH, *à Talbot.* — Vous voyez si l'on me presse.

TALBOT. — Je vous demande seulement un délai. Ce trait de plume décide du repos et du bonheur de votre vie. Vous y avez réfléchi pendant de longues années; voulez-vous donc vous laisser entraîner en un clin d'œil, au milieu de l'orage? Seulement un court délai : recueillez vos esprits, attendez un moment plus calme.

BURLEIGH, *vivement.* — Attendez, hésitez, différez jusqu'à ce que le royaume soit embrasé, jusqu'à ce que votre ennemie ait enfin réussi à accomplir ses desseins homicides! Trois fois Dieu a éloigné de vous le poignard : aujourd'hui encore, il vous a touché de près; espérer encore un miracle, ce serait tenter Dieu.

· TALBOT. — Le Dieu qui quatre fois de sa main miraculeuse vous a préservée, qui aujourd'hui a donné au bras débile d'un vieillard la force d'arrêter un furieux.... ce Dieu mérite confiance. Ce n'est pas la voix de la justice que je veux élever, ce n'est pas le moment : au milieu de cet orage vous ne pourriez l'entendre. Je vous dirai une seule chose : vous craignez maintenant cette Marie vivante : ce n'est pas vivante que vous avez à la redouter; tremblez devant elle quand elle ne sera plus, quand sa tête sera tombée. Elle se relèvera de son tombeau comme une déesse de discorde, elle parcourra votre royaume comme un esprit de vengeance, et elle détournera de vous le cœur de votre peuple. Maintenant l'Anglais la déteste parce qu'il la craint; il voudra la venger quand elle ne sera plus, il ne verra plus dans cet objet de pitié l'ennemie de sa croyance, mais la petite-fille de ses rois, la victime de la haine et de

III.　　　　　　　　　　　　　　　　　　　7

l'envie. Bientôt vous pourrez éprouver ce changement. Après cette sanglante exécution traversez Londres, montrez-vous à ce peuple, qui jadis se pressait avec allégresse autour de vous, et vous verrez un autre peuple, une autre Angleterre. Vous ne marcherez plus environnée de cette justice souveraine qui vous avait soumis tous les cœurs. La terreur, seule compagne de la tyrannie, marchera en frissonnant devant vous, et rendra déserts les chemins où vous passerez; car vous aurez franchi la dernière, l'extrême limite. Quelle vie sera en sûreté, quand cette tête sacrée sera tombée !

ÉLISABETH. — Ah ! Shrewsbury ! vous m'avez aujourd'hui sauvé la vie ; vous avez détourné de moi le poignard de l'assassin... Pourquoi ne l'avez-vous laissé suivre sa voie? Toute lutte serait finie, et, pure de toute faute, je reposerais tranquillement dans le tombeau. Ah ! certes, je suis lasse de vivre et de régner; s'il faut qu'une des deux reines succombe pour que l'autre vive.... et je sais bien que cela ne peut être autrement, ne puis-je donc être celle qui cède la place? Que mon peuple choisisse, je lui rends sa souveraineté. Dieu m'est témoin que ce n'est pas pour moi, mais pour le bien de mon peuple que j'ai vécu. S'il espère de cette insinuante Stuart, d'une reine plus jeune, des jours plus heureux, je descendrai volontiers de mon trône et je retournerai dans la paisible solitude de Woodstock, où j'ai passé ma jeunesse, sans ambition; où, loin des frivoles grandeurs de la terre, je trouvais en mon âme toute ma grandeur... Je ne suis point née pour être souveraine : le souverain doit pouvoir être dur, et mon cœur est tendre. J'ai gouverné heureusement cette île pendant longtemps, parce que je n'avais que des bienfaits à répandre. Pour la première fois il faut que je remplisse un devoir rigoureux de roi, et je sens toute mon impuissance.

BURLEIGH. — Au nom du ciel ! quand il me faut entendre des paroles si peu royales sortir de la bouche de la reine, je trahirais mon devoir, je trahirais ma patrie, si je gardais plus longtemps le silence... Vous dites que vous aimez votre peuple plus que vous-même; c'est maintenant qu'il faut le prouver. Vous ne devez pas choisir le repos pour vous en livrant le royaume aux tempêtes ; songez à l'Église. L'ancienne superstition doit-elle revenir avec cette Stuart? Les moines doivent-ils régner ici de nouveau ? Un légat, parti de Rome, doit-il encore fermer nos églises, détrôner nos rois?... Je réclame de vous les âmes de tous vos sujets... Aujourd'hui votre conduite décidera si elles sont ou sauvées ou perdues. Ce n'est pas le moment de montrer une pitié de femme ; le bien du peuple est votre suprême devoir. Si Shrewsbury vous a sauvé la vie, moi je veux faire plus, je veux sauver l'Angleterre.

ÉLISABETH. — Qu'on me laisse à moi-même. Dans cette grande affaire il ne peut me venir des hommes ni conseils ni consolations. J'en réfère au juge suprême ; ce qu'il m'enseignera, je le ferai. Eloignez-vous, milords. (*A Davison.*) Vous, Davison, demeurez près d'ici.

(Les lords se retirent. Talbot seul s'arrête un instant de plus devant la reine et la regarde d'un air expressif; puis il s'éloigne lentement en laissant voir une profonde affliction.)

SCÈNE X.

ÉLISABETH, *seule.*

Oh esclavage de qui sert le peuple ! honteuse servitude.... Combien je suis lasse de flatter cette idole, que dans mon cœur je méprise ! Quand pourrai-je librement régner sur ce trône ? il me faut respecter l'opinion, rechercher les louanges de la multitude, et agir au gré de cette populace qui n'aime que les jongleurs. Ah! ce n'est pas être roi qu'être forcé de complaire au monde entier : celui-là seul l'est qui n'est point obligé de s'inquiéter du suffrage des hommes.

Parce que j'ai pratiqué la justice, parce que j'ai toute ma vie détesté l'arbitraire, je me suis lié les mains pour ce premier acte d'inévitable violence. L'exemple que moi-même j'ai donné me condamne. Si j'avais régné tyranniquement comme l'Espagnole Marie, qui m'a précédée sur le trône, je pourrais aujourd'hui verser un sang royal sans encourir le blâme. Cependant est-ce de mon propre choix que j'ai toujours ainsi respecté la justice? La nécessité

toute-puissante qui contraint la libre volonté des rois m'a
prescrit cette vertu.

La seule faveur du peuple me maintient sur un trône
contesté et de toutes parts entouré d'ennemis ; toutes les
puissances du continent s'efforcent de m'anéantir. Le pape
implacable lance de Rome l'anathème sur ma tête ; la
France me trahit par un faux baiser fraternel ; les Espagnols se préparent à me faire ouvertement et avec fureur
une guerre d'extermination. Ainsi j'ai à combattre contre
tout l'univers, moi, sans défense ! Il faut que par de
hautes vertus je couvre la faiblesse de mes droits et la
tache dont mon propre père a flétri ma naissance. Mais
c'est en vain que je la couvre, la haine de mes ennemis l'a
mise à nu et me présente cette Stuart comme un fantôme
éternellement menaçant.

Non, il faut que cette crainte finisse ; il faut que sa tête
tombe. Je veux avoir la paix. Elle est la furie de ma vie ;
c'est un esprit de torture que le destin a déchaîné contre
moi. Je ne forme pas une espérance, je ne me promets pas
une joie que ce serpent infernal ne se présente sur mon
passage. Elle m'enlève un amant, elle me ravit un fiancé ;
tout malheur qui me frappe porte le nom de Marie Stuart.
Qu'elle soit retranchée du nombre des vivants, et je suis
libre comme l'air sur la montagne. (*Elle se tait un moment.*)
Avec quel dédain son regard est tombé sur moi comme s'il
devait me foudroyer ! Impuissante ! j'ai de meilleures armes ; elles portent la mort, et c'en est fait de toi. (*Elle
marche d'un pas rapide vers la table et prend la plume.*) Je
suis pour toi une bâtarde ; malheureuse, je ne le suis que
tant que tu vis et respires ; dès que je t'aurai anéantie, tous
les doutes sur ma royale naissance seront anéantis ; dès
qu'il ne reste plus d'autre choix à l'Angleterre, je suis issue
d'une union légitime.

(Elle signe d'un trait de plume rapide et ferme, puis elle laisse tomber
la plume et recule comme épouvantée. Après une pause, elle sonne.)

SCÈNE XI.

ÉLISABETH, DAVISON.

ÉLISABETH. — Où sont les autres lords?

DAVISON. — Ils sont allés calmer le peuple agité; le tumulte s'est aussitôt apaisé dès que le comte Shrewsbury s'est montré : « C'est lui, se sont écriées cent voix, c'est « lui qui a sauvé la reine, écoutons-le, c'est le plus digne « homme de l'Angleterre. » Alors le noble Talbot a commencé à reprocher au peuple, par de douces paroles, sa conduite violente; et il a parlé avec tant de force et de persuasion, que tout s'est calmé et que la foule s'est tranquillement dispersée.

ÉLISABETH. — Ah! peuple inconstant qui tourne à tout vent! Malheur à celui qui s'appuie sur ce roseau! C'est bien, sir Davison, vous pouvez maintenant vous retirer. (*Il se dirige vers la porte*); et cet écrit, reprenez-le, je le dépose entre vos mains.

DAVISON *jette un regard sur le papier, et tressaille*. — Reine, votre nom, vous avez décidé.

ÉLISABETH. — Je devais signer; je l'ai fait. Un papier ne décide encore rien. Un nom ne tue pas.

DAVISON. — Votre nom, reine, au bas de cet écrit, décide tout. Il tue; c'est un trait de la foudre, il vole et frappe. Cet écrit ordonne aux commissaires et au shérif de se transporter sur-le-champ au château de Fotheringhay, auprès de la reine d'Écosse, de lui annoncer sa mort, et de la faire exécuter demain à la pointe du jour. Il n'y a aucun délai. Elle a cessé de vivre aussitôt que ce papier sort de mes mains.

ÉLISABETH. — Il est vrai, sir Davison, Dieu remet en vos faibles mains une grande et importante décision. Suppliez-le de vous éclairer de sa sagesse. Je vous laisse; acquittez-vous de votre devoir.

(Elle veut sortir.)

DAVISON *se place devant elle*. — Non, reine, vous ne me laisserez pas avant d'avoir manifesté votre volonté; il ne me faut point ici d'autre sagesse que d'exécuter littéralement votre ordre. Vous laissez ce papier entre mes mains : est-ce pour que je veille à la prompte exécution de la sentence?

ÉLISABETH. — Je m'en remets à votre sagesse.

DAVISON, *avec frayeur et empressement.* — Non pas à ma sagesse ; Dieu m'en préserve. Obéir est toute ma sagesse. Rien ne doit demeurer abandonné à la décision de votre serviteur : la moindre erreur serait un régicide, amènerait un malheur incalculable, irréparable. Permettez que dans cette grande affaire je sois sans volonté, votre instrument aveugle. Exprimez clairement votre pensée : que faut-il que je fasse de cet ordre sanglant?

ÉLISABETH. — Son nom le dit.

DAVISON. — Ainsi, vous voulez qu'il soit exécuté sur-le-champ?

ÉLISABETH. — Je ne dis point cela, et je tremble de le penser.

DAVISON. — Ou bien, dois-je encore le garder?

ÉLISABETH, *précipitamment.* — A vos risques et périls? Vous répondez des suites.

DAVISON. — Moi, grand Dieu! Parlez, reine, que voulez-vous?

ÉLISABETH, *avec impatience.* — Je veux qu'il ne soit plus question de cette malheureuse affaire : je veux enfin en être débarrassée, et pour toujours.

DAVISON. — Il ne vous en coûte qu'un seul mot. Oh! parlez, ordonnez, que faut-il faire de cet écrit?

ÉLISABETH. — Je vous l'ai dit. Ne me persécutez pas davantage.

DAVISON. — Vous l'auriez dit! Vous ne m'avez rien dit. Je supplie Votre Majesté de vouloir bien se rappeler....

ÉLISABETH, *frappant du pied.* — C'est insupportable!

DAVISON. — Ayez quelque indulgence pour moi. J'occupe depuis peu de mois cette charge : je ne connais pas le langage de la cour et des rois. J'ai été élevé dans des habitudes simples et droites. Ayez patience avec votre serviteur; daignez dire une parole qui m'éclaire et m'apprenne ce que je dois faire. (*Il s'approche d'elle d'un air suppliant :*

elle lui tourne le dos; il laisse voir son désespoir, puis parlant d'un ton plus ferme :) Reprenez cet écrit. Reprenez-le. Il se change dans mes mains en un feu dévorant. Ne me choisissez pas pour vous servir dans cette affaire terrible.

ÉLISABETH. — Faites ce qui est de votre charge.

SCÈNE XII.

DAVISON *seul*, *puis* BURLEIGH.

DAVISON. — Elle sort. Elle me laisse là sans conseil, plongé dans le doute, avec ce terrible papier... Que ferai-je? Dois-je le garder? Dois-je en user? (*A Burleigh qui entre.*) Ah! vous arrivez heureusement, milord. C'est vous qui m'avez installé dans la charge que j'occupe, délivrez-m'en. Je l'ai acceptée sans en connaître la responsabilité. Laissez-moi rentrer dans l'obscurité d'où vous m'avez tiré : je ne conviens pas à cette place.

BURLEIGH. — Qu'est-ce donc, sir Davison? remettez-vous! où est la sentence? La reine vous a fait appeler.

DAVISON. — Elle vient de me quitter. Elle était fort irritée. Oh! conseillez-moi; venez à mon secours; arrachez-moi à cette angoisse infernale du doute... Voici la sentence. Elle est signée.

BURLEIGH, *empressé*. — Elle l'est, donnez-la-moi..... Donnez.

DAVISON. — Je ne puis.

BURLEIGH. — Quoi?

DAVISON. — Sa volonté, elle ne l'a pas émise positivement...

BURLEIGH. — Pas positivement? Elle a signé... Donnez.

DAVISON. — Je dois la faire exécuter... Je ne dois pas la faire exécuter... Grand Dieu! sais-je ce que je dois?

BURLEIGH, *le pressant davantage*. — Vous devez sur-le-champ, à l'instant même la faire exécuter... Donnez... Vous êtes perdu, si vous tardez.

DAVISON. — Je suis perdu, si je hâte l'exécution.

BURLEIGH. — Vous êtes fou... Vous êtes hors de vous... Donnez.

(Il lui arrache l'écrit et l'emporte en courant.)

DAVISON, *le suivant.* — Que faites-vous ? Arrêtez ! vous me précipitez dans ma ruine.

FIN DU QUATRIÈME ACTE.

ACTE CINQUIÈME

SCÈNE I.

Le théâtre représente la chambre du premier acte.

ANNA KENNEDY, PAULET et DRURY, MELVIL *entrant.*

Kennedy, en grand deuil, les yeux humides de larmes et accablée d'une douleur profonde, mais silencieuse, est occupée à cacheter des paquets et des lettres. Souvent sa douleur la force de s'interrompre, et on la voit prier par intervalles. Paulet et Drury, vêtus aussi en noir, sont suivis de plusieurs domestiques qui portent des vases d'or et d'argent, des tableaux et autres objets précieux, dont ils remplissent le fond du théâtre. Paulet remet à la nourrice un écrin avec un papier, et lui fait signe que c'est la note des choses que l'on a apportées. La vue de toutes ces richesses renouvelle le chagrin de la nourrice : elle tombe dans une profonde tristesse pendant que les autres se retirent en silence.

KENNEDY *s'écrie dès qu'elle aperçoit Melvil.* — Melvil...
C'est vous!... C'est vous que je revois.

MELVIL. — Oui, fidèle Kennedy, nous nous revoyons.

KENNEDY. — Après une longue, longue et douloureuse séparation !

MELVIL. — Quelle malheureuse et déplorable réunion !

KENNEDY. — O Dieu!... Vous venez...

MELVIL. — Prendre de la reine le dernier, l'éternel adieu.

KENNEDY. — Maintenant enfin, le jour de sa mort, on lui accorde la faveur de revoir les siens dont elle a été si long-temps privée. Ah! cher Melvil, je ne vous demanderai pas quel a été votre sort, je ne vous dirai pas les souffrances que nous avons endurées depuis qu'on vous arracha d'auprès de nous. Ah! nous en aurons le temps quelque jour.

Oh! Melvil! Melvil!... nous fallait-il vivre pour voir l'aurore de ce jour!

MELVIL. — Ne nous attendrissons pas l'un l'autre... Je pleurerai tant qu'il me restera un souffle de vie : jamais un sourire ne viendra plus égayer ma figure, jamais je ne quitterai ces sombres vêtements; mon deuil sera éternel; mais aujourd'hui je veux être ferme. Promettez-moi de modérer aussi votre douleur, et quand tous les autres, inconsolables, se livreront au désespoir, donnons-lui l'exemple d'une noble et mâle assurance, et servons-lui d'appui sur le chemin de la mort.

KENNEDY. — Melvil, vous êtes dans l'erreur, si vous pensez que pour marcher à la mort avec fermeté la reine ait besoin de notre assistance. Elle-même nous donnera l'exemple d'une noble assurance; soyez sans crainte, Marie Stuart mourra en reine et en héroïne.

MELVIL. — Reçut-elle avec fermeté le message de mort? On dit qu'elle n'y était pas préparée.

KENNEDY. — Elle ne l'était point. Une tout autre crainte agitait ma chère maîtresse : ce n'était pas devant la mort mais devant son libérateur que Marie tremblait. On nous avait promis la liberté. Mortimer avait assuré que cette nuit même il nous enlèverait d'ici; et flottant entre la crainte et l'espérance, incertaine si elle confierait son honneur et sa royale personne à cet audacieux jeune homme, la reine a attendu jusqu'au matin... A ce moment, nous avons entendu du tumulte dans le château, et le bruit de plusieurs coups de marteau a frappé notre oreille. Nous pensions que c'étaient nos libérateurs; l'espérance nous sourit, l'amour si doux de la vie s'éveille en nous involontairement et d'une manière irrésistible... Soudain la porte s'ouvre. C'est sir Paulet qui nous annonce que les charpentiers dressent sous nos pieds l'échafaud.

(Elle se détourne, saisie d'une vive douleur.)

MELVIL. — Juste Dieu!... Oh! dites-moi... comment Marie a-t-elle supporté cette terrible révolution?

KENNEDY, après une pause pendant laquelle elle s'est un peu remise. — On ne se détache pas peu à peu de la vie. C'est tout d'un coup, instantanément; il faut passer des choses terrestres aux choses éternelles, et Dieu a fait, à ma chère maîtresse, la grâce de rejeter d'une âme ferme toute espérance humaine, et de s'attacher au Ciel avec une foi ardente; aucun symptôme de terreur, aucune pâleur, aucune plainte n'a abaissé notre reine... Ce n'est que quand elle a appris l'infâme trahison de lord Leicester, le malheureux sort du noble jeune homme qui s'est sacrifié pour elle, et qu'elle a vu la profonde douleur du vieux chevalier, privé par elle de sa dernière espérance... ce n'est qu'en ce moment que ses larmes ont coulé. Ce n'était pas son propre sort, mais la douleur d'autrui qui les lui arrachait.

MELVIL. — Où est-elle maintenant? Pouvez-vous me conduire près d'elle?

KENNEDY. — Elle a passé le reste de la nuit en prières. Elle a fait par écrit ses adieux à ses plus chers amis et a écrit son testament de sa propre main. Maintenant elle prend un instant de repos, et ranime ses forces par un dernier sommeil.

MELVIL. — Qui est auprès d'elle?

KENNEDY. — Son médecin Burgoyn et ses femmes.

SCÈNE II.

LES PRÉCÉDENTS, MARGUERITE KURL.

KENNEDY. — Quelle nouvelle nous apportez-vous, mistress? La reine est-elle éveillée?

MARGUERITE, *essuyant ses larmes.* — Elle est déjà habillée... Elle vous demande.

KENNEDY. — J'y vais. (*A Melvil qui veut la suivre.*) Ne me suivez pas que je n'aie préparé la reine à vous voir.

(*Elle entre.*)

MARGUERITE. — Melvil! l'ancien intendant de sa maison!

MELVIL. — Oui, c'est moi.

MARGUERITE. — Oh! cette maison n'a plus besoin d'intendant... Melvil, vous venez de Londres : ne pourrez-vous rien me dire de mon mari?

MELVIL. — Il sera mis en liberté, dit-on, aussitôt que...

MARGUERITE. — Aussitôt que la reine ne sera plus !... Oh !
l'indigne ! l'infâme traître ! Il est le meurtrier de notre
chère maîtresse ; c'est sur son témoignage, dit-on, qu'elle a
été condamnée.

MELVIL. — C'est vrai.

MARGUERITE. — Oh ! que son âme soit maudite jusque
dans l'enfer ! il a rendu un faux témoignage.

MELVIL. — Milady Kurl, songez à ce que vous dites.

MARGUERITE. — Oui, j'en jurerais devant un tribunal, je
le répéterais en sa présence ; je veux remplir le monde de
ce cri : Elle meurt innocente !

MELVIL. — Dieu le veuille.

SCÈNE III.

LES PRÉCÉDENTS, BURGOYN, puis KENNEDY.

BURGOYN, apercevant Melvil. — Melvil !

MELVIL, l'embrassant. — Burgoyn !

BURGOYN, à Marguerite. — Faites apprêter pour la reine
une coupe de vin. Hâtez-vous.

(Marguerite sort.)

MELVIL. — Quoi ! Est-ce que la reine n'est pas bien ?

BURGOYN. — Elle se sent forte, son courage héroïque
l'abuse, et elle ne croit pas avoir besoin de nourriture. Cependant elle a encore de rudes combats à soutenir, et il ne
faut pas que ses ennemis se vantent que la crainte de la
mort ait pâli ses joues, lorsque la nature succombe chez
elle par faiblesse.

MELVIL, à Kennedy, qui entre. — Veut-elle me voir ?

KENNEDY. — Elle-même sera ici à l'instant... Vous semblez
examiner tout autour de vous avec surprise et vos regards
me demandent : que signifie cette parure, ce luxe dans ce
séjour de la mort ?... Ah ! Melvil, nous avons été dans le
dénûment pendant que nous vivions, et le superflu ne nous
revient qu'avec la mort.

SCÈNE IV.

LES PRÉCÉDENTS, DEUX AUTRES FEMMES *de Marie, aussi vêtues de deuil, elles éclatent en sanglots à la vue de Melvil.*

MELVIL. — Quel aspect ! Faut-il nous revoir ici ! Gertrude, Rosamonde !

LA SECONDE FEMME. — Elle nous a renvoyées ; elle veut pour la dernière fois s'entretenir seule avec Dieu.

(Il arrive encore deux autres femmes également en deuil, et dont l'attitude morne exprime une profonde douleur.)

SCÈNE V.

LES PRÉCÉDENTS, MARGUERITE KURL.

(Elle porte une coupe d'or remplie de vin ; elle la pose sur une table, et pâle et tremblante, elle s'appuie sur un fauteuil.)

MELVIL. — Qu'est-ce, mistress, d'où vient ce trouble ?

MARGUERITE. — O Dieu !

BURGOYN. — Qu'avez-vous ?

MARGUERITE. — Ah ! qu'ai-je été obligée de voir !

MELVIL. — Revenez à vous ; dites-nous ce que c'est.

MARGUERITE. — Comme pour apporter cette coupe je montais le grand escalier qui conduit à la salle d'en bas, la porte s'est ouverte ; et j'y ai vu... j'ai vu... ô mon Dieu !

MELVIL. — Qu'avez-vous vu ? remettez-vous.

MARGUERITE. — Tous les murs étaient tendus de noir, un grand échafaud recouvert d'un drap noir s'élevait du sol ; dessus, au milieu, un bloc noir, un coussin, et près de là une hache aiguisée, étincelante... La salle était pleine de gens qui se pressaient autour de l'échafaud, et qui, les yeux avides de sang, attendaient la victime.

LES FEMMES. — Que Dieu accorde sa grâce à notre chère maîtresse.

MELVIL. — Remettez-vous, elle vient.

SCÈNE VI.

LES PRÉCÉDENTS, MARIE.

Elle est vêtue de blanc et parée : un *Agnus Dei* est suspendu à son cou par un collier ; un rosaire est attaché à sa ceinture ; elle tient un crucifix dans sa main : un diadème orne ses cheveux, et son grand voile noir est rejeté en arrière. A son entrée, tous se rangent des deux côtés de la scène, en montrant la plus vive douleur ; Melvil, par un mouvement involontaire, tombe à genoux devant elle.)

MARIE, *avec une dignité calme, promène ses regards autour d'elle.* — Pourquoi gémissez-vous ? pourquoi ces pleurs ? Ne devriez-vous pas plutôt vous réjouir avec moi de voir approcher le terme de mes souffrances, mes liens tomber, ma prison s'ouvrir, mon âme joyeuse s'envoler sur des ailes d'ange vers l'éternelle liberté ? Quand j'étais au pouvoir d'une orgueilleuse ennemie, quand j'endurais des outrages indignes de la majesté royale, ah ! c'était alors qu'il fallait pleurer sur moi ! La mort bienfaisante qui répare tout vient à moi comme un sévère ami, et de ses noires ailes couvre mon ignominie ; la dernière heure ennoblit l'homme quelque bas qu'il soit tombé ! Je sens un noble orgueil rentrer dans mon noble cœur, et la couronne brille de nouveau sur ma tête. (*Elle avance de quelques pas.*) Quoi ! Melvil ici ! Levez-vous, chevalier ; levez-vous : c'est au triomphe de votre reine, non à sa mort, que vous assistez. C'est pour moi un bonheur inespéré que la mémoire de mes derniers moments ne soit pas entièrement livrée aux mains de mes ennemis, et d'avoir pour témoin à l'heure de ma mort un ami qui professe la même croyance que moi. Dites-moi, chevalier, depuis qu'on vous arracha d'auprès de moi, que vous est-il arrivé sur cette terre inhospitalière et ennemie ? Cette inquiétude sur votre sort a souvent tourmenté mon cœur.

MELVIL. — Je n'ai éprouvé d'autre malheur que mon affliction sur vous et mon impuissance à vous servir.

MARIE. — Qu'est devenu Didier, mon vieux valet de chambre ? Peut-être dort-il depuis longtemps de l'éternel sommeil, car il était avancé en âge.

MELVIL. — Dieu ne lui a pas fait cette grâce; il vit pour ensevelir votre jeunesse.

MARIE. — Ah! que ne puis-je, avant ma mort, avoir le bonheur de presser dans mes bras quelqu'un de ceux auxquels je tiens par les liens du sang! Mais il me faut mourir au milieu d'étrangers, et je ne verrai couler que vos larmes. Melvil, je dépose dans votre cœur fidèle mes derniers vœux pour les miens. Je bénis le roi très-chrétien mon beau-frère, et toute la maison royale de France; je bénis mon oncle le cardinal, et Henri de Guise, mon noble cousin; je bénis aussi le pape, le saint vicaire de Jésus-Christ, qui me bénit à son tour, et le roi catholique, qui s'est généreusement offert à être mon libérateur et mon vengeur. Ils sont tous nommés dans mon testament : ils ne dédaigneront pas les dons de mon amour quelque pauvres qu'ils soient. (*Se tournant vers ses serviteurs.*) Je vous ai recommandés à mon royal frère de France; il prendra soin de votre sort, et vous donnera une nouvelle patrie. Si vous attachez du prix à ma dernière volonté, ne demeurez point en Angleterre; que l'Anglais ne repaisse pas son cœur orgueilleux du spectacle de votre infortune, qu'il ne voie pas dans la poussière ceux qui ont été à mon service. Promettez-moi, sur cette image du Crucifié, que vous quitterez ce malheureux pays dès que je ne serai plus.

MELVIL, *touchant le crucifix.* — Je vous le jure au nom de tous ceux qui sont ici présents.

MARIE. — Tout ce qui me reste encore à moi, pauvre femme dépouillée, ce dont je puis encore librement disposer, je l'ai partagé entre vous, et l'on respectera, j'espère, mes dernières volontés. Ce que je porte en marchant à la mort vous appartient aussi... permettez-moi, une fois encore, les splendeurs de la terre, sur la route qui me conduit au Ciel (*A ses femmes.*) A vous, mon Alix, Gertrude, Rosamonde, je destine mes perles et mes habits : votre jeunesse se plaît encore à la parure. Toi, Marguerite, tu as de plus grands droits à ma générosité, car c'est toi que je laisse la plus malheureuse de toutes; mon testament fera voir que je ne venge pas sur toi la faute d'un époux. Pour toi, ma fidèle Anna, tu attaches peu de prix à l'or, à l'éclat

des pierreries, et mon souvenir fait ton plus précieux trésor;
prends ce mouchoir, je l'ai de ma propre main brodé pour
toi pendant les heures de ma douleur; il a été trempé de
mes larmes : tu me banderas les yeux avec ce mouchoir,
quand le moment en sera venu; ce dernier service, je veux
le recevoir de mon Anna.

KENNEDY. — Ah! Melvil, je ne pourrai supporter cela!

MARIE. — Venez tous, venez et recevez mon dernier
adieu. (*Elle leur tend la main, et tous tombent à ses pieds,
l'un après l'autre, et baisent en sanglotant la main qu'elle
leur présente.*) Adieu, Marguerite; Alix, adieu. Je vous remercie de vos soins fidèles, Burgoyn. Ta bouche est brû-
lante, Gertrude; j'ai été bien haïe, mais aussi bien aimée.
Puisse un noble époux rendre heureuse ma Gertrude, car
ce cœur ardent a besoin d'amour. Berthe, tu as choisi la
meilleure part, tu seras la chaste épouse du ciel; hâte-toi
d'accomplir ton vœu; les biens de ce monde sont trompeurs.
Voilà ce que t'apprend l'exemple de ta reine. C'est assez;
adieu, adieu, adieu pour toujours!

(Elle s'éloigne d'eux. Tous se retirent à l'exception de Melvil.)

SCÈNE VII.

MARIE, MELVIL.

MARIE. — Maintenant j'ai réglé toutes mes affaires tem-
porelles, et j'espère sortir de ce monde quitte de toute dette
envers les hommes. Il n'y a qu'une chose, Melvil, qui empêche mon âme oppressée de s'élever libre et joyeuse.

MELVIL. — Dites-la-moi, soulagez votre cœur, confiez vos
soucis à un fidèle ami.

MARIE. — Me voici au bord de l'éternité, bientôt je vais
comparaître devant le juge suprême, et je n'ai pu encore
me réconcilier avec le Saint des saints. On me refuse un
prêtre de mon Église; je rejette la céleste nourriture du
divin sacrement offerte par les mains de faux prêtres. Je
veux mourir dans la croyance de mon Église, car c'est la
seule qui assure le salut.

MELVIL. — Tranquillisez-vous. Le désir pieux et ardent

est compté au ciel comme s'il était accompli. La puissance
des tyrans ne peut enchaîner que les mains, mais la dévotion du cœur s'élève librement vers Dieu; la lettre tue, et
la foi vivifie.

MARIE. — Ah! Melvil, le cœur ne se suffit pas; la foi a
besoin d'un gage terrestre afin de s'approprier le bien céleste et suprême. C'est pourquoi Dieu s'est fait homme et
a mystérieusement renfermé les dons invisibles du ciel
dans un corps visible. C'est l'Église, l'Église sainte et sublime qui nous construit l'échelle pour monter au ciel;
elle se nomme universelle, catholique, parce que la croyance
de tous fortifie la croyance de chacun. Lorsque des milliers
de fidèles sont assemblés pour la prière et l'adoration, le
feu devient flamme et l'esprit déploie ses ailes pour s'élever
vers les cieux. Ah! heureux ceux qui, réunis dans la maison du Seigneur, peuvent prier dans une douce communauté! L'autel est paré, les flambeaux allumés, la cloche se
fait entendre, l'encens est répandu, le prélat est revêtu de
la robe pure et blanche du sacrifice; il prend le calice, il le
bénit, il annonce le miracle sublime de la transsubstantia-
tion, et le peuple plein de foi et de conviction, se prosterne
devant le Dieu présent. Ah! moi seule je suis exclue, la
bénédiction du ciel ne pénètre pas dans ma prison.

MELVIL. — Elle pénètre jusqu'à vous, elle est près
de vous : ayez confiance en celui qui peut tout. La tige
desséchée peut pousser des rameaux entre les mains de
celui qui a la foi, et celui qui fit jaillir la source du rocher
peut élever ici, dans votre prison, un autel, peut tout à
coup, pour vous, changer la boisson terrestre de ce calice
en un céleste breuvage.

(Il prend la coupe qui est sur la table.)

MARIE. — Melvil, vous ai-je compris? Oui, je vous entends. Ici il n'est point de prêtre, point d'église, point de
sainte hostie. Mais cependant le Sauveur n'a-t-il pas dit :
« Quand deux personnes sont assemblées en mon nom, je
suis présent au milieu d'elles?» Qu'est-ce qui fait du prêtre l'organe du Seigneur? c'est un cœur pur, une conduite
sans tache. Ainsi, vous êtes pour moi, bien que vous ne
soyez pas consacré, un prêtre, un messager de Dieu qui

m'apporte la paix.... Je veux vous faire ma dernière confession et votre bouche m'annoncera le salut.

MELVIL. — Puisque votre cœur est animé d'une telle fer-
veur, sachez, reine, que Dieu peut opérer un miracle pour
votre consolation. Il n'est point ici de prêtre, dites-vous,
point d'église, point d'hostie! Vous vous trompez. Il y a
ici un prêtre, et un Dieu est ici présent. (*A ces mots il se
découvre la tête et lui montre une hostie dans un vase d'or.*)
Je suis prêtre pour entendre votre dernière confession,
pour vous annoncer la paix sur le chemin de la mort. J'ai
reçu sur ma tête les sept consécrations; et je vous apporte
cette hostie que le saint-père a consacrée pour vous.

MARIE. — Ainsi, sur le seuil même de la mort, un bonheur céleste m'était réservé. Comme un immortel descend
sur des nuages d'or : comme l'ange délivra jadis l'apôtre
des chaînes et de la prison.... Aucun verrou, aucun glaive
des gardiens ne peuvent l'arrêter, il s'avance sans obstacle
à travers les portes fermées et apparaît radieux au milieu
du cachot... Ainsi un messager du ciel arrive ici inattendu,
quand tout sauveur terrestre m'a déçue... Vous, autrefois
mon serviteur, vous êtes maintenant le serviteur du Dieu
tout-puissant et son organe sacré. Comme autrefois vos
genoux se pliaient devant moi, je me prosterne aujourd'hui
à vos pieds dans la poussière.

(Elle se met à genoux.)

MELVIL *fait sur elle le signe de la croix.* — Au nom du
Père, et du Fils, et du Saint-Esprit, Marie, reine, avez-vous
interrogé votre cœur, jurez-vous et promettez-vous de confesser la vérité devant le Dieu de vérité?

MARIE. — Mon cœur est ouvert devant lui et devant
vous.

MELVIL. — Parlez, de quels péchés vous accuse votre conscience, depuis la dernière fois que vous vous êtes réconciliée avec Dieu?

MARIE. — Mon cœur était rempli de haine et d'envie, et
des pensées de vengeance s'agitaient dans mon sein.... Moi,
pécheresse, j'espérais le pardon de Dieu, et je ne pouvais
pardonner à mon ennemie.

MELVIL. — Vous repentez-vous de votre faute, et sentez-vous la ferme résolution de quitter ce monde sans ressentiment ?

MARIE. — Aüssi vrai que j'espère le pardon de Dieu.

MELVIL. — De quel autre péché vous accuse votre cœur?

MARIE. — Ah! ce n'est pas par la haine seule, mais plus encore par un coupable amour que j'ai offensé la bonté suprême. La vanité de mon cœur a été entraînée vers un homme qui m'a perfidement abandonnée et trahie.

MELVIL. — Vous repentez-vous de votre faute? et votre cœur s'est-il détourné de la vaine idole pour retourner vers Dieu?

MARIE. — Ce fut le plus rude combat que j'aie eu à soutenir; mais enfin le dernier lien terrestre est rompu.

MELVIL. — Quelle autre faute encore vous reproche votre conscience?

MARIE. — Hélas! une ancienne sanglante faute, confessée depuis longtemps, revient me frapper d'une nouvelle terreur, au moment de ce dernier examen, et se place comme un ange sinistre entre les portes du ciel et moi; j'ai laissé assassiner le roi mon époux, j'ai accordé au séducteur mon cœur et ma main. J'ai expié ce crime par les plus rigoureux châtiments de l'Église. Mais dans mon âme le ver rongeur ne veut pas s'apaiser.

MELVIL. — Et votre cœur ne vous accuse d'aucune autre faute, que vous n'ayez ni confessée, ni expiée ?

MARIE. — Maintenant vous savez tout ce qui pèse sur mon cœur.

MELVIL. — Songez à la présence de celui qui sait tout, songez aux peines dont la sainte Église menace une confession imparfaite. C'est là le péché qui entraîne une mort éternelle, car c'est pécher contre le Saint-Esprit.

MARIE. — Puisse la grâce éternelle m'accorder la victoire dans le dernier combat, aussi vrai que je ne t'ai rien caché sciemment.

MELVIL. — Comment cacheriez-vous à votre Dieu le crime pour lequel les hommes vous punissent? Vous ne me dites rien de votre sanglante participation à la haute trahison de Parry et de Babington? Pour ce fait vous mourrez de la mort temporelle; voulez-vous encore qu'il vous fasse aussi mourir de la mort éternelle?

MARIE. — Je suis prête à entrer dans l'éternité.... Avant que l'aiguille qui marque les minutes tourne, je paraîtrai devant le trône de mon juge ; cependant, je le répète, je n'ai rien omis dans ma confession.

MELVIL. — Songez-y bien ! le cœur a ses détours. Peut-être par une duplicité perfide avez-vous évité de prononcer le mot qui vous rendait coupable, tout en ayant participé au crime par la volonté... Mais sachez qu'aucun subterfuge ne peut tromper l'œil de flamme qui pénètre nos cœurs.

MARIE. — J'ai fait un appel à tous les princes pour me voir délivrée d'indignes liens. Mais jamais, ni d'intention, ni de fait, je n'ai attenté à la vie de mon ennemie.

MELVIL. — Ainsi le témoignage de vos secrétaires serait faux?

MARIE. — Je vous ai dit la vérité... Que Dieu juge leur témoignage !

MELVIL. — Ainsi vous montez sur l'échafaud assurée de votre innocence?

MARIE. — Dieu me fait la grâce d'expier, par cette mort non méritée, la dette de sang de ma jeunesse.

MELVIL. *la bénit.* — Allez donc et expiez-la en mourant. Tombez en victime soumise devant l'autel. Le sang efface le crime du sang. Vous ne fûtes coupable que par la fragilité de la femme, et les esprits bienheureux se dépouillent dans leur gloire de toutes les faiblesses de l'humanité. Je vous annonce donc, en vertu du pouvoir qui m'a été donné de lier et de délier, la rémission de tous vos péchés. Allez, et qu'il vous soit fait selon que vous avez cru. (*Il prend le calice qui est sur la table, le consacre par une muette prière, puis le présente à la reine. Elle hésite à le prendre, et le repousse de la main.*) Prenez ce sang qui a été répandu pour vous, prenez-le, le pape vous accorde cette faveur. Vous pouvez en mourant jouir de ce droit suprême des rois et du droit pontifical. (*Elle prend le calice.*) Et de même que dans ce corps terrestre vous vous êtes mysté-rieusement unie avec votre Dieu, de même dans son royaume de félicité, où l'on ne voit plus ni larmes ni péchés, vous serez comme un ange de lumière unie pour toujours à la Divinité. (*Il pose le calice. On entend du bruit; il couvre sa tête, et va vers la porte. Marie demeure à genoux dans un pieux recueillement. — Melvil revenant.*) Il vous reste encore un rude combat à soutenir. Vous sentez-vous assez forte pour triompher de tout sentiment de haine et d'amertume?

MARIE. — Je ne crains plus de rechute : j'ai immolé à Dieu ma haine et mon amour.

MELVIL. — Apprêtez-vous donc à recevoir les lords Leicester et Burleigh. Les voici.

SCÈNE VIII.

LES PRÉCÉDENTS, LEICESTER, BURLEIGH *et* PAULET.

Leicester reste tout à fait dans l'éloignement sans lever les yeux. Burleigh, qui observe sa contenance, s'avance entre la reine et lui.

BURLEIGH. — Lady Stuart, je viens recevoir vos derniers ordres.

MARIE. — Je vous remercie, milord.

BURLEIGH. — La volonté de ma reine est qu'on ne vous refuse rien de ce qui est juste.

MARIE. — Mon testament contient mes derniers vœux. Je l'ai déposé entre les mains du chevalier Paulet, et je demande qu'il soit fidèlement exécuté.

PAULET. — Soyez en repos sur ce point.

MARIE. — Je demande qu'on laisse mes serviteurs, sans les inquiéter en rien, se rendre soit en Écosse, soit en France, comme ils le désireront et le demanderont.

BURLEIGH. — Il sera fait ainsi que vous le souhaitez.

MARIE. — Et puisque mon corps ne pourra reposer en terre bénie, je demande qu'on permette à ce fidèle serviteur de porter mon cœur à mes parents en France. Ah! il a toujours été là.

BURLEIGH. — Cela sera fait. Avez-vous encore quelque autre chose?...

MARIE. — Portez à la reine d'Angleterre le salut d'une

sœur. Dites-lui que, de tout mon cœur, je lui pardonne ma mort; je me reproche avec un vif repentir mon emportement d'hier. Que Dieu la conserve et lui accorde un règne heureux !

BURLEIGH. — Dites, n'êtes-vous pas encore revenue à une meilleure résolution ? Rejetez-vous encore l'assistance du doyen ?

MARIE. — Je suis réconciliée avec mon Dieu. Sir Paulet, je vous ai contre mon gré fait beaucoup de mal, je vous ai ravi l'appui de votre vieillesse. Oh ! laissez-moi espérer que vous ne garderez pas de moi un souvenir de haine.

PAULET *lui donne la main.* — Dieu soit avec vous ! Allez en paix.

SCÈNE IX.

LES PRÉCÉDENTS, ANNA KENNEDY *et les autres femmes de la reine entrent.*

Elles entrent en donnant des marques d'horreur. Le shérif les suit, une baguette blanche à la main ; derrière lui on voit, par la porte qui reste ouverte, plusieurs hommes armés.

MARIE. — Qu'as-tu, Anna ? Oui, voici le moment, le shérif vient pour nous conduire à la mort, il faut se séparer ; adieu, adieu ! (*Ses femmes s'attachent à elle avec désespoir ; elle s'adresse à Melvil.*) Vous, digne ami, et ma fidèle Anna, vous m'accompagnerez dans ce dernier moment. Milord, vous ne me refuserez pas ce bienfait.

BURLEIGH. — Cela n'est pas en mon pouvoir.

MARIE. — Eh quoi ! me refuseriez-vous une si petite faveur ? Qui pourrait me rendre les derniers services ? Ce ne peut être la volonté de ma sœur que mon sexe soit offensé en moi, et que les mains grossières des hommes me touchent.

BURLEIGH. — Aucune femme ne doit monter avec vous les marches de l'échafaud : ses gémissements, ses lamentations...

MARIE. — Elle ne se lamentera point ; je réponds de la fermeté d'âme de mon Anna. Soyez bon, milord ; ne me

séparez pas, quand je meurs, de ma nourrice, de celle qui
m'a donné les soins les plus fidèles; elle me reçut dans ses
bras quand je suis entrée dans la vie, que sa douce main
me conduise à la mort!

PAULET, *à Burleigh.* — Consentez-y.

BURLEIGH. — Eh bien, soit.

MARIE. — Maintenant je n'ai plus rien dans ce monde.
(*Elle prend le crucifix et le baise.*) Mon Sauveur, mon Ré-
dempteur, de même que vous avez étendu vos bras sur la
croix, étendez-les vers moi pour me recevoir. (*Elle se
tourne pour partir. En ce moment elle aperçoit le comte
Leicester qui, au mouvement qu'elle a fait, a tressailli et a
jeté les yeux sur elle. A cet aspect, Marie devient tremblante; ses genoux fléchissent, elle est prête à tomber; alors
le comte Leicester la saisit et la soutient dans ses bras. Elle
le regarde un moment avec gravité et en silence; il ne
peut soutenir son regard; enfin elle parle.*) Vous me tenez
parole, comte Leicester; vous m'aviez promis votre bras
pour sortir de cette prison, et en effet vous me le prêtez
aujourd'hui. (*Il demeure comme anéanti. Elle continue
d'une voix plus douce.*) Oui, Leicester; et ce n'était pas seulement la liberté que je voulais vous devoir; vous deviez
encore me rendre chère cette liberté. Ma main dans la
vôtre, heureuse de votre amour, j'aurais joui de la félicité
d'une nouvelle existence. Maintenant que je suis sur le
chemin qui conduit hors de ce monde, et prête à devenir
un esprit bienheureux, que nul penchant terrestre ne tente
plus, ne pourra plus séduire; maintenant, Leicester, je
puis sans rougir vous avouer une faiblesse dont j'ai triomphé. Adieu, et, si vous le pouvez, soyez heureux. Vous
avez pu prétendre à la main de deux reines; vous avez
rejeté un cœur aimant et tendre, vous l'avez trahi pour
obtenir un cœur orgueilleux; allez aux pieds d'Élisabeth,
et puissiez-vous ne pas trouver votre punition dans la récompense même que vous attendez! Adieu, maintenant je
n'ai plus rien sur la terre.

> Elle sort, le shérif devant elle, Melvil et la nourrice à ses côtés; Bur-
> leigh et Paulet suivent; les autres l'accompagnent douloureusement
> des yeux, et, quand elle a disparu, ils se retirent par deux autres
> portes.)

SCÈNE X.

LEICESTER, demeuré seul.

Je vis encore, je supporte encore la vie! ces voûtes ne
m'écrasent pas de leur poids! un abîme ne s'ouvre pas pour
engloutir le plus misérable des hommes! Ah! qu'ai-je
perdu! quelle perle j'ai rejetée! quel bonheur céleste j'ai
repoussé loin de moi! Elle part, transfigurée déjà en ange
de lumière, et me laisse en proie aux tourments des damnés. Qu'est devenue cette résolution que j'avais apportée
ici, de rester insensible et d'étouffer la voix du cœur, de
voir tomber sa tête d'un regard assuré? Son aspect a-t-il
réveillé en moi la honte éteinte; et, en mourant, faut-il
qu'elle m'enlace des liens de l'amour? Ah! réprouvé, il ne
te convient plus de t'abandonner à une pitié de femme; il
n'y a plus pour toi de bonheur d'amour : arme ton cœur de
la dureté du fer, que ton front soit d'airain. Si tu ne veux
pas perdre le prix de ton infamie, persiste, va jusqu'au
bout; que la pitié soit muette, que mon œil soit de pierre;
je veux la voir tomber, je veux être témoin... (*Il marche
d'un pas ferme vers la porte par où Marie est sortie; il s'arrête au milieu du chemin.*) C'est en vain, c'est en vain! une
horreur infernale me saisit! Je ne puis, je ne puis contempler ce terrible spectacle, je ne puis la voir mourir. Écoutons... Qu'est-ce?... ils sont déjà en bas!... sous mes pas
s'apprête l'œuvre!... j'entends des voix! Sortons : sortons
de ce séjour de terreur et de mort. (*Il veut sortir par une
des portes de côté; il la trouve fermée, et revient.*) Quoi! un
Dieu m'enchaîne-t-il à ce sol? faut-il que j'entende ce
que j'ai horreur de voir?... C'est la voix du doyen!... il
l'exhorte :... elle l'interrompt; écoutons... Elle prie à haute
voix, d'un ton assuré;... on se tait; je n'entends plus
rien;... je ne distingue que des sanglots : les femmes pleurent;... on la déshabille... on avance le billot... elle se met
à genoux sur le coussin... elle pose la tête.

(Il prononce les derniers mots avec une angoisse toujours croissante.
   Il s'arrête un moment, on le voit tout à coup, en proie à un mouvement convulsif, tomber évanoui. Alors on entend le bruit sourd de
   voix éloignées qui retentit longtemps.)

SCÈNE XI.

Le théâtre représente le second appartement du quatrième acte.

ÉLISABETH *entre par une porte de côté. Sa démarche et ses gestes expriment une vive inquiétude.*

Encore personne ici... Nul message encore... La fin du jour n'arrivera-t-elle pas? Le soleil a-t-il donc suspendu sa course céleste?... Je ne puis supporter plus longtemps cette attente, cette angoisse. Est-ce fait? ou bien n'est-ce pas fait? L'un comme l'autre me fait frissonner, et je n'ose interroger personne. Le comte Leicester et Burleigh, que j'ai nommés pour exécuter la sentence, ne se montrent ni l'un ni l'autre... Sont-ils partis de Londres? S'il en est ainsi, la flèche est lancée; elle vole, elle frappe, elle a frappé, et au prix de tout mon royaume je ne pourrais plus l'arrêter. Qui est là?

SCÈNE XII.

ÉLISABETH, UN PAGE.

ÉLISABETH. — Tu reviens seul... Où sont les lords?

LE PAGE. — Milord Leicester et le grand trésorier...

ÉLISABETH, *avec la plus vive impatience.* — Où sont-ils?

LE PAGE. — Ils ne sont pas à Londres.

ÉLISABETH. — Ils n'y sont pas... Où donc sont-ils?

LE PAGE. — Personne n'a pu me l'apprendre. Avant la pointe du jour, les deux lords ont, dit-on, mystérieusement et en toute hâte quitté la ville.

ÉLISABETH, *avec une vive explosion.* — Je suis reine d'Angleterre!... (*Se promenant çà et là avec une extrême agitation.*) Va!... appelle encore!... Non!... demeure!... Elle est morte... Maintenant enfin, je suis à l'aise sur la terre... Pourquoi trembler? D'où peuvent venir ces angoisses? Le tombeau renferme toutes mes craintes, et qui oserait dire que c'est moi qui l'ai fait!... Je ne manquerai pas de larmes pour pleurer celle qui a succombé. (*Au page.*) Encore ici? Que Davison, mon secrétaire d'État, se rende sur-le-champ près de moi... Qu'on avertisse le comte de Shrewsbury... Ah! le voici lui-même.

(Le page sort.)

SCÈNE XIII.

ÉLISABETH. TALBOT.

ÉLISABETH. — Soyez le bienvenu, milord. Quel motif vous amène? C'est assurément une affaire importante qui conduit ici vos pas à une heure si avancée.

TALBOT. — Grande reine, mon cœur inquiet pour votre gloire m'a entraîné aujourd'hui à la Tour, où sont renfermés Nau et Kurl, les secrétaires de Marie; je voulais encore une fois éprouver la vérité de leur témoignage; interdit, embarrassé, le lieutenant de la Tour se refuse à me montrer les prisonniers; mes menaces seules me font obtenir l'entrée... Dieu! quel spectacle s'offre à ma vue! La chevelure en désordre, l'œil égaré comme un homme tourmenté par les furies, l'Écossais Kurl gisait sur son lit... A peine le malheureux me reconnaît-il, qu'il se précipite à mes pieds, il se cramponne à mes genoux, il se roule avec désespoir, il s'écrie et me supplie, me conjure de lui apprendre le sort de la reine... Car le bruit qu'elle était condamnée à mort avait pénétré jusque dans les profondeurs de la Tour. Quand je lui eus, selon la vérité, confirmé ce bruit, ajoutant que c'était son témoignage qui la faisait mourir, il s'est élancé d'un bond, s'est précipité sur son compagnon, l'a terrassé avec la force prodigieuse d'un frénétique, et s'efforçait de l'étrangler... A peine avons-nous pu arracher le malheureux de ses mains furieuses. Alors il a tourné sa rage contre lui-même, il s'est frappé la poitrine à coups de poing, s'est voué, lui et son compagnon, à tous les esprits de l'enfer... Il a prêté, dit-il, un faux témoignage; les malheureuses lettres écrites à Babington, dont il avait attesté l'authenticité, sont fausses. Il a écrit d'autres paroles que celles qui lui avaient été dictées par la reine. Le misérable Nau l'y avait poussé...

Puis il a couru vers la fenêtre : d'un bras furieux il l'a ouverte et a crié dans la rue, de manière à ameuter le peuple,
qu'il était le secrétaire de Marie, le scélérat qui l'avait
faussement accusée, qu'il était un misérable, un faux
témoin.

ÉLISABETH. — Vous-même vous disiez qu'il était privé de
sens : les paroles d'un furieux, d'un insensé ne prouvent
rien.

TALBOT. — Son égarement est la plus forte preuve. O
reine! je vous en conjure, ne précipitez rien... Ordonnez
qu'on fasse une nouvelle enquête.

ÉLISABETH. — J'y consens, puisque vous le désirez,
comte; car pour moi je ne puis croire que les pairs de la
Grande-Bretagne aient prononcé légèrement dans cette
affaire... Mais, pour mettre votre âme en repos, qu'on re-
commence l'enquête... Heureusement, il est temps encore...
Je ne veux pas que l'ombre d'un doute puisse s'attacher à
mon honneur royal !

SCÈNE XIV.

LES PRÉCÉDENTS, DAVISON.

ÉLISABETH. —La sentence, Davison, que j'ai remise entre
vos mains, où est-elle?

DAVISON, *avec un extrême étonnement.* — La sentence!

ÉLISABETH. — Que hier je vous ai chargé de garder.

DAVISON. — De garder!

ÉLISABETH. — Le peuple ameuté me pressait de signer...
J'ai dû céder à sa volonté... J'ai signé; mais j'ai signé par
contrainte. J'ai remis la sentence entre vos mains; je voulais gagner du temps... Vous savez ce que je vous ai dit...
Maintenant, remettez-la-moi.

TALBOT. — Remettez-la, sir Davison, les choses ont changé
de face... On va de nouveau examiner l'affaire.

ÉLISABETH. — Pourquoi réfléchir si longtemps? où est la
sentence?

DAVISON, *au désespoir.* — Je suis perdu, je suis mort.

ÉLISABETH, *vivement.* — J'espère, sir Davison, que vous
n'avez pas...

DAVISON. — Je suis perdu, je n'ai plus la sentence.

ÉLISABETH. — Comment ! Eh quoi ?...

TALBOT. — Ah ! juste Dieu !

DAVISON. — Elle est entre les mains de Burleigh... déjà depuis hier.

ÉLISABETH. — Malheureux !... est-ce ainsi que vous m'avez obéi ?... Je vous avais sévèrement ordonné de la garder.

DAVISON. — Vous ne m'avez pas ordonné cela, reine.

ÉLISABETH. — Oses-tu bien me démentir, misérable ! Quand t'ai-je ordonné de remettre la sentence à Burleigh ?

DAVISON. — Pas en termes clairs et précis... Mais...

ÉLISABETH. — Infâme !... Tu oses interpréter mes paroles... leur attribuer ta propre pensée sanguinaire... Malheur à toi, si de cet acte que tu as fait de ton chef, il est résulté quelque malheur ; tu le payeras de ta vie... Comte de Shrewsbury, vous voyez comme on abuse de mon nom.

TALBOT. — Oui, je vois... Ah ! mon Dieu !

ÉLISABETH. — Que dites-vous ?

TALBOT. — Si Davison a pris sur lui, à ses risques, un tel acte ; s'il a agi sans votre aveu, il faut le traduire devant le tribunal des pairs, pour avoir livré votre nom à l'horreur de tous les temps !

SCÈNE XV.

LES PRÉCÉDENTS, BURLEIGH, puis KENT.

BURLEIGH, courbant le genou devant la reine. — Que Dieu conserve une longue vie à ma royale maîtresse, et puissent tous les ennemis de cette île finir comme cette Stuart !

(Talbot se voile le visage. Davison se tord les mains avec désespoir.)

ÉLISABETH. — Parlez, milord ; est-ce de moi que vous avez reçu l'ordre de l'exécution ?

BURLEIGH. — Non, reine ; je l'ai reçu de Davison.

ÉLISABETH. — Est-ce en mon nom que Davison vous l'a remis ?

BURLEIGH. — Non! c'est ce qu'il n'a pas fait.

ÉLISABETH. — Et vous vous êtes empressé de l'accomplir sans vous informer d'abord de ma volonté! Le jugement était juste, le monde ne peut nous blâmer; mais vous appartenait-il de prévenir la clémence de notre cœur? Soyez donc banni de ma présence. (*A Davison.*) Un jugement plus sévère vous attend, vous qui avez si criminellement excédé vos pouvoirs, qui avez abusé d'un dépôt sacré qui vous était confié. Qu'on le mène à la Tour; ma volonté est qu'il soit poursuivi pour crime capital. Mon noble Talbot, parmi mes conseillers, il n'y a que vous que j'aie trouvé juste; soyez désormais mon guide, mon ami...

TALBOT. — Ne bannissez point vos plus fidèles amis, ne jetez point en prison ceux qui ont agi pour vous, et qui maintenant se taisent pour vous. Mais pour moi, grande reine, permettez que je remette dans vos mains les sceaux qui me furent confiés par vous pendant douze années.

ÉLISABETH, *interdite.* — Non, Shrewsbury, vous ne m'abandonnerez pas maintenant, aujourd'hui...

TALBOT. — Pardonnez, je suis trop vieux; et cette main est trop droite et trop roide pour sceller vos nouveaux actes.

ÉLISABETH. — Quoi! l'homme qui m'a sauvé la vie voudrait m'abandonner?

TALBOT. — Ce que j'ai fait est peu de chose. Je n'ai pu sauver la plus noble part de vous-même. Vivez, régnez heureuse; votre rivale n'est plus, vous n'avez désormais plus rien à craindre, vous n'avez plus rien à respecter.

(Il sort.)

ÉLISABETH, *au comte de Kent, qui entre.* — Que le comte de Leicester vienne.

KENT. — Le comte fait présenter ses excuses à la reine, il vient de s'embarquer pour la France.

(Elle se contient et cherche à paraître calme. La toile tombe.)

FIN DU CINQUIÈME ET DERNIER ACTE.

LA

PUCELLE D'ORLÉANS

TRAGÉDIE ROMANTIQUE

NOTICE

LA PUCELLE D'ORLÉANS

La vie de Jeanne d'Arc semble être du nombre de ces sujets sacrés qui ne sont pas susceptibles d'être égayés d'ornements profanes. L'histoire et la tradition ont placé si haut la jeune fille inspirée, libératrice de son pays et saintement martyre, que la poésie ne saurait rien ajouter à la grandeur de cette belle figure.

C'est toujours un écueil redoutable pour le poëte quand il doit s'astreindre à n'être que l'écho de l'histoire, quand il est presque certain d'avance que l'œuvre de son imagination restera nécessairement au-dessous de la réalité. Mais combien cet écueil n'est-il pas plus redoutable encore pour le poëte dramatique, si le personnage et les événements qu'il emprunte à l'histoire sont comme placés en dehors du cours ordinaire des choses, des conditions habituelles de la vie et des lois de l'humanité! Comment faire descendre sur la scène, sans la rabaisser, cette action extraordinaire, qui, vue dans le passé, semble y flotter dans une sphère supérieure? Comment surtout, à une époque d'éducation philosophique et d'indifférence religieuse, intéresser à un drame où n'apparaîtraient que l'intervention incessante de la grâce et le miracle constant de la foi?

Aucune de ces difficultés ne dut échapper à Schiller quand il songea à donner Jeanne d'Arc au théâtre, et il ne put pas espérer un moment pouvoir satisfaire toutes les exigences contraires en présence desquelles il se trouvait, celles du sujet, celles du public et celles de l'art. Jeanne obéissant à ses voix, accomplissant une mission divine, tout entière à la piété et traversant la vie sans connaître aucun des sentiments qui rattachent l'âme au monde d'ici-bas, pouvait être l'héroïne d'un de ces anciens mystères auxquels se complaisait la foi naïve du moyen âge; elle ne pouvait pas être l'héroïne d'un drame moderne. Si Corneille avait pu mettre sur la scène au dix-septième siècle un néophyte altéré de martyre et voulant tout quitter pour gagner le ciel, c'est en faisant Polyeucte encore épris de sa femme et partagé un moment entre l'amour de Pauline et l'amour de son Dieu. Ce partage entre un attachement terrestre et la soumission absolue aux ordres d'en haut ne pouvait être supposé chez la jeune fille dont la virginité immaculée faisait à la fois la vertu et la force. Jeanne ne pouvait être représentée que comme une sainte, instrument aveugle d'une mission divine.

Cependant un semblable caractère paraissait plutôt fait pour provoquer l'étonnement que la sympathie. Les spectateurs de notre époque n'auraient pas assez partagé la pieuse croyance de la jeune héroïne du quinzième siècle pour s'associer sans réserve à son saint dévouement et pour s'intéresser entièrement à l'action mystérieuse d'un principe qui leur était devenu presque étranger. Schiller, d'ailleurs, n'aurait pas trouvé en lui-même de quoi défendre et sauver ce que le caractère légendaire de Jeanne avait d'exclusif. Habitué à chercher plutôt dans l'âme que hors de l'âme les mobiles de la conduite humaine, plus familiarisé avec les luttes antiques de la volonté contre le destin qu'avec la soumission du chrétien à la grâce, le poëte se serait difficilement fait l'apôtre d'une foi qu'il ne ressentait pas, et il aurait été embarrassé à commander aux autres de se contenter d'une source d'intérêt que lui-même trouvait insuffisante.

Le premier objet de l'art étant d'intéresser et de plaire, Schiller, pour entrer en communication avec son héroïne, pour nous mettre en communication avec elle, crut avoir besoin de voir et de nous montrer la femme subsistant dans la sainte. Si Jeanne était demeurée entièrement indifférente au sentiment qui est le plus naturel et le plus puissant chez l'homme, cette indifférence absolue eût trop risqué d'être contagieuse et de nous laisser vis-à-vis d'elle froids et étrangers. Pour les besoins de la scène, il ne fallait pas que son cœur parût fatalement ou providentiellement tout à fait insensible et fermé à l'amour. Il fallait que Jeanne aimât, ne fût-ce qu'un moment, qu'elle éprouvât ce sentiment qui fait aimer la vie et les joies paisibles de ce monde, afin que nous, profanes, admis à assister à son dévouement sublime, nous puissions nous mettre à sa place et comprendre la douleur et le prix de son sacrifice.

Seulement, dans ce compromis entre la vérité historique et l'intérêt dramatique, la concession faite par la première devait être aussi faible que possible: l'affection terrestre ne devait qu'effleurer l'âme de Jeanne, la troubler sans l'ébranler, l'occuper un jour sans la posséder: l'amour

humain ne devait s'éveiller dans son cœur que pour s'y évanouir aussitôt, et n'y faire naître, au lieu de désirs et d'espérances, que des
regrets immédiatement transformés en remords. Ces délicatesses et
ces nuances ont été senties par le poëte, et si elles n'ont pas toujours
été rendues avec assez de ménagement dans les détails de l'œuvre, on
ne peut nier qu'elles n'aient été bien marquées et bien observées dans
le plan général.

Malheureusement, la première infidélité à l'histoire, en ouvrant libre
carrière à l'imagination du poëte, l'a amené à une infidélité d'un autre
ordre que rien sans cela ne saurait expliquer ni justifier. Jeanne, dé-
couronnée de son auréole par le sentiment qui a traversé son âme, appartient trop au monde pour remonter sur son piédestal de sainteté.
Si la longue passion de son procès et de la mort sur le bûcher convient
à la vierge élue comme la consécration d'une mission sainte saintement
remplie, cette douloureuse épreuve et cette sorte de martyre semble-
raient moins bien placés après un instant d'oubli, comme l'expiation
de la révolte de l'esprit du monde contre l'esprit de Dieu. L'unité et
le principe de l'action se trouvent ainsi déplacés, le dénoûment se
transforme sous l'influence de cette idée nouvelle. Toute-puissante
pour la délivrance de son pays tant qu'elle a foi en elle-même, Jeanne
ne peut perdre cette confiance en soi sans cesser d'inspirer le respect
aux siens et la terreur aux ennemis. Bannie par ceux qu'elle a menés
à la victoire, abandonnée par le roi qu'elle vient de faire sacrer, elle
demeure sans force vis-à-vis des ennemis qu'elle a tant de fois fait fuir,
et elle devient leur prisonnière. La faute dont la conscience l'a ainsi
paralysée n'aurait qu'une médiocre gravité si son destin seul y était
intéressé, si l'œuvre pour laquelle elle a été envoyée était entièrement
accomplie; mais en cessant un moment d'appartenir tout entière au
Dieu qui l'inspire, elle a compromis tous les résultats obtenus, et l'ex-
pulsion de l'étranger, et le rétablissement de son roi. N'est-elle pas
comme le palladium auquel la victoire est attachée? Elle ne peut être
dans le camp ennemi sans que les ennemis triomphent. Sa gloire à laquelle elle a failli la faisait la cause de la victoire des siens ; son châtiment la fait la cause de leur défaite. Cette responsabilité immense ne
peut s'offrir à l'esprit épouvanté de la jeune fille sans bannir de son
cœur le sentiment de tout autre intérêt opposé aux grands intérêts de
la terre et du ciel que la Providence lui a confiés. Le repentir la pu-
rifie entièrement et la rend toute à l'accomplissement de son œuvre.
Elle saisit avec joie le calice qu'elle aurait voulu voir détourné d'elle.

Elle fait abnégation complète de son cœur et de sa vie. Elle veut mourir pour son roi, et par sa mort assurer à jamais sa victoire. Une action suprême est engagée ; Charles VII est sur le point d'être pris et tué. Jeanne n'a plus rien de la femme : elle n'est que la sainte envoyée, possédée de l'esprit de Dieu et instrument de sa toute-puissance. Ses fers tombent par miracle, elle vole sur le champ de bataille comme l'ange de la victoire, et fonde par un dernier triomphe le règne de son roi. Sa destinée, dès lors, est accomplie. Elle ne doit pas survivre à ce triomphe, qu'elle a acheté par un complet abandon d'elle-même.

Par une sorte de nécessité logique, la conception du poëte l'a ainsi contraint à faire mourir Jeanne sur un champ de bataille, victime volontaire s'offrant en holocauste au Dieu qui l'a choisie pour être le prix du rachat de son peuple.

Si on pouvait oublier l'histoire, l'œuvre ainsi conçue ne devrait pas paraître manquer de grandeur. Mais la tradition historique nous demeure trop présente, surtout en France, pour que nous ne résistions pas, fût-ce malgré nous, à la contrainte que le génie du poëte allemand prétend nous imposer. La vie et la mort de Jeanne d'Arc sont et doivent demeurer des données toutes chrétiennes qu'un poëte chrétien peut seul mettre en œuvre sans en détruire la simplicité, sans en altérer le caractère.

Or, ce caractère et cette simplicité disparaissent presque entièrement dans l'œuvre de Schiller, sous l'influence de ce mélange d'esprit moderne et d'esprit antique qui faisait son inspiration.

Dans le prologue, dans le premier acte, la jeune fille inspirée de Domremy qui quitte son père pour aller trouver le chevalier de Baudricourt, qui se présente devant le roi et se fait reconnaître par lui à des signes merveilleux, est bien la jeune fille de la légende et de l'histoire, que la foi seule anime et que la grâce conduit. Le poëte a reproduit exactement tous les détails de la tradition, en n'y apportant que des modifications légères.

Le hêtre sous lequel Jeanne a eu ses visions, l'arbre des Dames, est devenu un chêne, arbre plus poétique en Allemagne. La voix, la lumière, l'archange Michel et les saintes Catherine et Marguerite sont remplacés par la Vierge. Ce changement s'explique de lui-même, puisque c'est comme vierge que Jeanne doit mériter de sauver son pays et son roi. La révélation faite par Jeanne à Charles VII et dont on n'entendit que ces mots : « Je te dis de la part de Messire que tu es vrai héritier de France et fils du roi, » quoique plus significative que les trois prières que Schiller lui fait révéler, s'accommodait mal à l'appareil d'une réunion solennelle.

Pour ajouter à l'effet théâtral, il fallait que le miracle s'accomplît devant tous et convertît immédiatement les incrédules. Aussi les événements, au lieu de traîner comme dans l'histoire, se précipitent dans la pièce. La longue épreuve des six semaines, pendant laquelle théologiens et docteurs disputent pour savoir si le secours miraculeux tout à coup fourni au roi lui vient du ciel ou de l'enfer, est naturellement supprimée; les signes par lesquels Jeanne se fait connaître sont au-dessus de la discussion, et tous croient aussitôt à sa mission divine. En dehors de ces faibles différences [1], l'histoire légendaire se trouve très-exactement reproduite dans ses traits principaux jusqu'à la fin du premier acte. Avec le second, le caractère de Jeanne commence à se modifier profondément. Il semble que le Dieu qui l'envoie n'est pas le Dieu d'amour et de douceur de l'Évangile, mais le Dieu des armées, jaloux et implacable, tel qu'il apparaît dans la Bible. Jeanne, au lieu de se montrer sur le champ de bataille son étendard seulement à la main, y figure armée du glaive, et semblable à l'ange exterminateur à qui il est ordonné de frapper sans merci. En vain, comme dans la scène avec Montgomery, l'ennemi terrassé lui adresse-t-il, pour obtenir d'elle la vie, toutes les raisons les plus propres à toucher un cœur de femme. Jeanne n'est pas une femme. Elle est l'envoyée du Dieu des vengeances, elle est l'instrument de l'inflexible destin. Ainsi entendue, la foi qui l'inspire n'est plus la soumission pieuse d'une âme pacifique et vraiment chrétienne à qui le Dieu qui l'inspire n'a pas recommandé de répandre le sang, c'est la fureur de la Judith de l'ancienne loi à qui son Dieu dit de frapper et qui frappe; c'est le délire des héros du drame antique que la fatalité transforme malgré eux en meurtriers et en parricides. Le caractère de cette inspiration nouvelle, à laquelle Jeanne semblait jusqu'alors obéir, se révèle surtout dans l'étrange scène du troisième acte, où elle est comme foudroyée d'un sentiment d'amour pour Lionel, et dans le monologue par lequel s'ouvre le quatrième acte, et où Jeanne, comme la prêtresse que le dieu fatigue et obsède, travaille à le rejeter hors d'elle-même, pour redevenir une simple et libre mortelle. Le sentiment qui remplit Jeanne dans ces deux

1. On pourrait encore en citer quelques unes : Schiller donne deux sœurs à Jeanne, elle n'en avait qu'une. Il ne fait pas mention de ses frères, et l'on sait qu'elle en avait trois, dont deux vinrent la rejoindre à l'armée.

scènes est le même que le poète a si bien rendu ailleurs dans les plaintes éloquentes de Cassandre, se plaignant au destin de ce qu'il l'a choisie entre toutes pour porter la connaissance de l'avenir, charge douloureuse sous laquelle sa faible humanité succombe, et demandant à revenir à l'ignorance de ses compagnes et aux joies innocentes de la vie.

Tout en reconnaissant que Schiller n'a pas rendu la vérité du caractère de Jeanne, qu'en la plongeant pour la rajeunir dans les sources éternelles de l'inspiration dramatique, la lutte contre la passion, la lutte contre le destin, il l'a transformée et comme défigurée, on ne peut nier qu'il ait su trouver aussi des scènes d'un effet saisissant. Une scène incontestablement d'un grand effet est celle où, après le couronnement, Jeanne, que ses remords ont chassée du temple, se trouve en présence de son père, qui la somme de répondre si elle vient de Dieu ou du démon. Charles couronné presque par les mains de Jeanne, saluant en elle la seconde patronne de la France au moment où l'imprécation paternelle tombe sur la tête de la jeune fille silencieuse. Roi, pontife, seigneurs, dames, viennent tour à tour la supplier de rompre un silence qui la condamne, Jeanne se tait, et tous fuient avec horreur, la laissant seule sous l'orage qui éclate, comme une sorcière et une maudite. Seulement, pour bien jouir de cette scène, il faut oublier qu'elle nous place en dehors de l'histoire, et que le personnage avec qui nous nous trouverons jusqu'à la fin n'est plus la Jeanne que nous connaissions, mais celle qu'a inventée le poète. Cette situation, dont un spectateur français aurait de la peine à s'accommoder, peut être plus facilement acceptée par un public allemand, pour qui Jeanne n'est pas une héroïne nationale. Il faut que Schiller ait beaucoup compté sur ce que lui permettait cette différence de nationalité et de point de vue, pour user d'une liberté qui, pour nous, quelque explication que nous en puissions donner, demeure toujours comme une sorte de scandale littéraire.

LA
PUCELLE D'ORLÉANS

TRAGÉDIE ROMANTIQUE

PERSONNAGES.

CHARLES VII, roi de France.
LA REINE ISABEAU, sa mère.
AGNÈS SOREL, sa maîtresse.
PHILIPPE LE BON, duc de Bourgogne.
LE COMTE DUNOIS, bâtard d'Orléans.
LA HIRE, | capitaines de l'armée
DUCHATEL, | du roi.
L'ARCHEVÊQUE DE REIMS.
CHATILLON, chevalier bourguignon.
RAOUL, chevalier lorrain.
TALBOT, général des Anglais.
LIONEL, | capitaines anglais.
FASTOLF, |
UN HÉRAUT ANGLAIS.

MONTGOMERY, chevalier du pays de Galles.
DES CONSEILLERS de la ville d'Orléans.
THIBAUT D'ARC, riche paysan.
MARGOT, |
LOUISON, | ses filles.
JEANNE, |
ÉTIENNE, |
CLAUDE-MARIE, | leurs prétendants.
RAYMOND, |
BERTRAND, autre paysan.
UN CHEVALIER NOIR (apparition).
UN CHARBONNIER ET SA FEMME.

SOLDATS, PEUPLE, SERVITEURS DE LA MAISON DU ROI, ÉVÊQUES, ECCLÉSIASTIQUES, MARÉCHAUX DE FRANCE, MAGISTRATS, COURTISANS ET AUTRES PERSONNAGES MUETS, FORMENT LE CORTÈGE DU SACRE.

PROLOGUE

Le théâtre représente un paysage. Sur le devant, à droite, on voit une sainte image dans une chapelle : à gauche, un grand chêne.

SCÈNE I.

THIBAUT D'ARC, *avec ses trois filles et trois jeunes paysans leurs prétendants.*

THIBAUT. — Oui, mes chers voisins, aujourd'hui nous

sommes encore Français; nous sommes de libres citoyens,
possesseurs des champs que nos pères ont labourés; qui
sait à qui demain nous aurons à obéir? Car l'Anglais commande partout, partout il déploie ses bannières victorieu-
ses, et ses chevaux foulent aux pieds les campagnes fleuries
de la France. Paris l'a déjà reçu en vainqueur, et a donné
l'antique couronne de Dagobert au rejeton d'une tige étrangère: le fils de nos rois, dépouillé et fugitif, est errant dans
ses propres États; son parent le plus proche, le premier
pair de son royaume, combat dans l'armée de ses ennemis,
et sa mère dénaturée le conduit. Autour de nous, les villes,
les villages sont consumés par les flammes; l'incendie terrible s'avance toujours de plus en plus vers ces vallées
encore paisibles. C'est pourquoi, mes chers voisins, j'ai
résolu, avec la permission de Dieu, de marier mes filles
pendant que je le puis encore. Jamais un protecteur n'est
plus nécessaire à la femme qu'au milieu des horreurs de la
guerre, et le fidèle amour aide à supporter toutes les misères. (*Au premier paysan.*) Venez, Étienne, vous voulez
obtenir Marguerite; les champs sont voisins et les cœurs
se conviennent; voilà de quoi fonder un bon ménage. (*Au
second.*) Claude-Marie, vous vous taisez, et ma Louison
baisse les yeux. Séparerai-je deux cœurs qui sont unis,
parce que vous n'avez pas de trésors à m'offrir? Qui possède maintenant des trésors? Mes biens et ma maison seront peut-être demain la proie des flammes ou des ennemis
qui approchent: le cœur d'un brave homme est dans ce
moment le plus sûr de tous les asiles.

LOUISON. — Mon père!

CLAUDE-MARIE. — Ma Louison!

LOUISON, *embrassant Jeanne.* — Chère sœur!

THIBAUT. — Je donne à chacune trente arpents de terre,
une maison, une étable et un troupeau; Dieu m'a béni, et
qu'il vous bénisse de même.

MARGOT, *embrassant Jeanne.* — Contente mon père, suis
notre exemple, et que ce jour voie trois mariages heureux.

THIBAUT. — Allez, occupez-vous des préparatifs : à de-

main les noces; il faut que tout le village les célèbre avec
nous.

SCÈNE II.

THIBAUT, RAYMOND, JEANNE.

THIBAUT. — Jeanne, les sœurs vont se marier: je les
vois heureuses; elles réjouissent ma vieillesse. Toi, ma
plus jeune enfant, veux-tu me causer des regrets et de la
douleur?

RAYMOND. — Quelle idée avez-vous? ne faites pas de reproches à votre fille.

THIBAUT. — Tu vois devant toi un excellent jeune
homme; il n'en est aucun dans le village qui puisse se
comparer à lui: il t'aime, il s'est donné à toi; depuis
trois ans il te montre le plus tendre empressement et les
désirs les plus humbles; sa soumission ne trouve en toi
que froideur et réserve: et pourtant aucun autre, parmi
tous les jeunes gens, n'a pu obtenir de toi seulement un
sourire de bienveillance: je te vois briller de tout l'éclat
de la jeunesse; te voici dans ton printemps, cette saison de
l'espérance; ta beauté est dans sa fleur, et cependant j'attends toujours en vain que la tendre fleur du tendre amour
s'épanouisse et se change en beaux fruits dorés. Oh! cela
ne me plaît point, et me fait craindre une grande bizarre-
rie de la nature: je n'aime pas que, dans l'âge des sentiments, un cœur se renferme dans l'austérité et dans la
froideur.

RAYMOND. — Laissez, Thibaut; ne la tourmentez pas.
L'amour de mon adorable Jeanne est un fruit noble et divin, il ne peut mûrir que peu à peu et en silence; maintenant elle aime encore à vivre sur la montagne: elle
craint de descendre de la libre bruyère sous l'humble toit
des hommes, habité par les étroits soucis! Souvent du fond
de la vallée, surpris et immobile, je la regarde s'avancer
dans quelque prairie élevée. Je la vois au milieu de son
troupeau avec sa noble contenance et abaissant son regard
imposant sur les petits champs de notre terre; elle m'ap-

paraît comme un être supérieur, il me semble qu'elle appartient à un autre monde.

THIBAUT. — Et c'est cela qui ne me plaît point. Elle fuit la douce société de ses sœurs ; elle cherche les sommets déserts ; longtemps avant l'aube elle se dérobe de sa couche, et à l'heure d'effroi où l'homme aime à se serrer contre son semblable, tel que l'oiseau solitaire, elle s'échappe vers les lieux sombres et terribles que fréquentent les esprits de la nuit. Elle s'écarte des chemins tracés, et converse secrètement avec l'air de la montagne. Pourquoi cherche-t-elle toujours ce lieu? pourquoi y conduit-elle toujours son troupeau? Je la vois, pendant des heures entières, rêveuse sous cet arbre des druides qu'évitent toutes les créatures heureuses; cet endroit est mal famé : un génie malfaisant a établi sa demeure sous cet arbre depuis les siècles antiques de l'idolâtrie. Les anciens du village racontent sur cet arbre des histoires effrayantes. Souvent du milieu de ses sombres rameaux, on entend sortir le son merveilleux de voix étranges. Moi-même, en passant une fois à l'entrée de la nuit auprès de cet arbre, j'aperçus un spectre de femme qui y était assis. Elle tira de son ample vêtement une main desséchée qu'elle étendit lentement vers moi comme pour me faire signe; mais moi je pressai ma marche, et je recommandai mon âme à Dieu.

RAYMOND, *montrant l'image de la chapelle.* — La protection bienfaisante de cette sainte image, qui répand en ces lieux la paix du ciel, attire ici votre fille; ce n'est pas l'œuvre de Satan.

THIBAUT. — Non, non, ce n'est pas en vain que je suis averti par des songes et par d'inquiètes visions. Par trois fois, je l'ai vue assise sur le trône de nos rois à Reims; un diadème de sept brillantes étoiles ornait sa tête; elle avait en sa main un sceptre où fleurissaient trois lis blancs; et moi son père, ses deux sœurs, et aussi tous les princes, les comtes, les archevêques, le roi même s'inclinaient devant elle. Et d'où me vient cette splendeur dans ma cabane? Ah! cela présage une chute profonde; ce songe me fait connaître les vaines aspirations de son cœur. Elle rougit de son état obscur. Parce que Dieu l'a douée de la beauté, qu'il a bien voulu lui accorder des dons célestes par-dessus toutes ses compagnes, elle nourrit dans son cœur un orgueil coupable. C'est par l'orgueil que les anges sont tombés, et que l'esprit infernal prend les hommes.

RAYMOND. — Qui pourrait avoir des pensées plus vertueuses et plus pures que votre pieuse fille? N'est-ce pas elle qui sert avec plaisir ses sœurs aînées? Malgré les avantages qu'elle a sur toutes les autres, ne la voyez-vous pas s'acquitter, comme une humble servante, avec une soumission muette, des devoirs les plus pénibles? Vos troupeaux et vos champs ne semblent-ils pas prospérer sous ses mains comme par miracle? Un bonheur inespéré et surnaturel se répand sur tout ce qui reçoit ses soins.

THIBAUT. — Il est vrai, un bonheur inconcevable; mais cette prospérité même m'inspire une terreur secrète. N'en parlons plus, je me tais, je dois me taire. Est-ce à moi d'accuser ainsi ma propre chère enfant? Je lui donnerai des conseils seulement, et je prierai pour elle. Cependant je dois l'avertir... Fuis cet arbre, ne demeure pas seule; ne déterre plus aucune racine vers minuit, ne prépare aucun breuvage, ne trace pas de caractères sur le sable; l'empire des esprits est d'un accès facile, ils sont toujours là et se tiennent prêts sous la mince surface du sol; au moindre bruit ils s'élancent aussitôt en haut. Ne demeure pas seule, car c'est dans le désert que Satan osa s'attaquer au souverain des cieux lui-même.

SCÈNE III.

BERTRAND entre avec un casque à la main, THIBAUT, RAYMOND, JEANNE.

RAYMOND. — Silence! Voici Bertrand qui revient de la ville: voyez ce qu'il tient à la main.

BERTRAND. — Vous me regardez avec surprise, et vous êtes étonnés de me voir un objet aussi étrange.

THIBAUT. — En effet, dites-nous comment ce casque est

venu entre vos mains? Qu'annonce ce signe fatal dans le
séjour de la paix?

(Jeanne, qui dans les deux scènes précédentes était demeurée à l'écart
sans prendre part au dialogue, se montre attentive et s'approche.)

BERTRAND. — C'est à peine si je pourrai vous dire comment il se trouve en ma main. J'étais allé à Vaucouleurs
pour acheter des instruments de fer : une foule nombreuse
se pressait sur la grande place; des fugitifs venaient d'Orléans, apportant de funestes nouvelles : tout le peuple
était en tumulte, et j'essayais de me faire jour à travers la
presse, lorsqu'une bohémienne, au teint basané, s'avance
vers moi avec ce casque. Elle me regarde fixement, et me
dit : Compagnon, vous cherchez un casque; je le sais, vous
en cherchez un : prenez celui-ci : à un prix modique je
vous le donnerai. Adressez-vous à un homme d'armes, lui
répondis-je; je suis un laboureur, et je n'ai que faire d'un
casque. Mais, au lieu de se rebuter, elle continua : Aucun
homme ne peut dire qu'un casque lui soit inutile : un toit
d'acier pour la tête offre aujourd'hui plus de sûreté qu'une
maison de pierres. Parlant ainsi, elle me poursuivit dans
les rues, voulant à toute force me faire prendre ce casque
dont je ne voulais pas. Je regardais cette armure éclatante
et polie, digne d'orner la tête d'un chevalier; dans mon
hésitation je l'avais prise en ma main, songeant à cette
singulière aventure : cette femme s'était dérobée à ma vue,
et s'était perdue dans le torrent de la foule. C'est ainsi que
le casque m'est demeuré.

JEANNE, *saisissant le casque avec empressement.* —Donnez-
moi ce casque.

BERTRAND. — Qu'en feriez-vous? ce n'est pas une parure
de jeune fille.

JEANNE, *lui arrachant le casque.* — Ce casque est à moi;
il m'appartient.

THIBAUT. — A quoi songe cette enfant?

RAIMOND. — Laissez-la faire : cet ornement guerrier lui
sied bien, car son sein renferme une âme virile. Souvenez-
vous comment elle sut vaincre ce loup, ce féroce animal
qui semait la terreur et faisait des ravages parmi nos troupeaux; seule la jeune fille au cœur de lion lui arracha

l'agneau que, dans sa gueule ensanglantée, il emportait déjà. Quelque tête vaillante que ce casque ait jamais ornée, il n'en saurait orner une plus digne que la sienne.

THIBAUT. — Parlez; quels nouveaux malheurs sont arrivés? Que racontaient ces fugitifs?

BERTRAND. — Que Dieu secoure notre roi et prenne pitié du pays! Nous avons été vaincus dans deux grandes batailles: l'ennemi occupe le centre de la France; il a déjà conquis toutes les provinces jusqu'à la Loire. Maintenant il a réuni toutes ses forces autour d'Orléans, qu'il assiége.

THIBAUT. — Que Dieu sauve le roi!

BERTRAND. — Une artillerie innombrable a été rassemblée de toutes parts. Tels que de sombres essaims d'abeilles se pressent autour de leur ruche pendant un jour d'été: tels que ces milliers de sauterelles tombés des airs obscurcis, fourmillent sur nos champs et couvrent des lieues entières à perte de vue: telles se sont assemblées vers les campagnes d'Orléans les armées de toutes les nations, et le bruit confus de leurs langages divers retentit sourdement dans leur camp. Le puissant duc de Bourgogne y a conduit toutes les forces de ses vastes domaines: Liége, Luxembourg, le Hainaut y ont envoyé leurs soldats : les peuples qui habitent l'heureux Brabant, ceux qui, dans l'opulente cité de Gand, se pavanent dans le velours et la soie; ceux de Zélande, dont les villes propres et élégantes s'élèvent au milieu des flots: les Hollandais qui s'enrichissent du lait de leurs troupeaux: les hommes d'Utrecht, oui, jusqu'à ceux de la Frise dont les regards s'étendent jusqu'au pôle glacé du Nord : tous suivent la bannière du redoutable seigneur de la Bourgogne, et veulent soumettre Orléans.

THIBAUT. — Oh! quelle odieuse et déplorable discorde tourne contre la France des armes françaises!

BERTRAND. — On dit que la reine mère elle-même, l'orgueilleuse Isabeau, la princesse de Bavière, parcourt le camp à cheval, couverte d'une armure. Par des paroles envenimées, elle excite tous ces peuples contre le fils qu'elle a porté dans ses flancs.

THIBAUT. — Qu'elle soit maudite! Et puisse le Seigneur la punir quelque jour comme cette autre Jézabel!

BERTRAND. — Salisbury, ce redoutable destructeur des villes, conduit le siège. Avec lui on voit Lionel, frère du Lion, et Talbot dont l'épée meurtrière abat les guerriers dans les combats. Dans leur rage exécrable, ils ont juré de déshonorer toutes les vierges et de sacrifier à l'épée tout ce qui a porté l'épée. Ils ont fait élever quatre hautes tours qui dominent la ville. De là Salisbury, d'un œil avide de meurtres, observe tout, et compte jusqu'aux passants qui traversent rapidement les rues. Déjà plusieurs milliers de pesants boulets ont été lancés dans la ville; les églises couvrent le sol de leurs débris, et la royale tour de Notre-Dame incline sa tête élevée. Ils ont aussi creusé de profondes mines; la ville pleine d'anxiété repose sur ces cavernes infernales, s'attendant à chaque heure à les voir s'enflammer avec le bruit de la foudre.

    (Jeanne écoute avec une avide attention, et place le casque sur sa tête.)

THIBAUT. — Et que sont devenues les vaillantes épées de Xaintrailles, de La Hire, de ce bâtard au cœur héroïque, le boulevard de la France, pour que l'ennemi franchisse comme un torrent tous les obstacles? Le roi lui-même reste-t-il oisif en voyant les malheurs de son royaume et la chute de ses villes?

BERTRAND. — Le roi tient sa cour à Chinon; il n'a plus de soldats, et ne peut tenir la campagne. Que sert le courage des chefs et le glaive des héros, quand la pâle frayeur a glacé les soldats? Une terreur, qui semblerait envoyée par Dieu même, a saisi le cœur des plus braves. En vain les princes convoquent leur arrière-ban. De même que les brebis timides se pressent l'une contre l'autre quand le hurlement des loups se fait entendre, de même les Français, oubliant leur ancienne gloire, courent s'enfermer dans les châteaux forts pour y chercher leur sûreté. Cependant un chevalier, m'a-t-on dit, amène au roi le faible secours de quelques hommes qui marchent sous seize bannières.

JEANNE, *vivement.* — Comment se nomme ce chevalier?

BERTRAND. — Baudricourt. Encore échappera-t-il difficilement à la recherche de l'ennemi qui le suit de près avec deux corps de troupes.

JEANNE. — Où est ce chevalier? Dites-le-moi si vous le savez.

BERTRAND. — Il est à peine à une journée de Vaucouleurs.

THIBAUT, *à Jeanne*. — Que t'importe? Tu fais des questions, ma fille, qui ne te conviennent point.

BERTRAND. — Voyant l'ennemi si puissant, et le roi si peu capable de se défendre, ils ont formé à Vaucouleurs le dessein unanime de se livrer au Bourguignon; ainsi, nous ne passerons pas sous un joug étranger, nous resterons unis à notre antique monarchie, et peut-être retournerons-nous un jour à nos anciens maîtres, si un jour la Bourgogne et la France se réconcilient.

JEANNE, *avec inspiration*. — Non, point de capitulation! point de traité! Le libérateur approche; il s'apprête déjà au combat. Devant Orléans échouera la fortune des ennemis; leur mesure est comblée; ils sont mûrs. La Pucelle va venir avec sa faucille, et abattra les semailles de leur orgueil. Elle envahira du haut des cieux leur gloire qu'ils avaient attachée aux étoiles. Ne craignez plus, cessez de fuir; avant que les épis aient jauni, avant que le disque de la lune soit rempli, les coursiers anglais ne s'abreuveront plus dans les flots de la riche et majestueuse Loire.

BERTRAND. — Hélas! le temps des miracles est passé.

JEANNE. — Non, vous verrez encore des miracles. Une blanche colombe, avec l'audace de l'aigle, attaquera dans son vol ce vautour qui est venu déchirer notre patrie: elle triomphera de cet orgueilleux duc de Bourgogne, traître à son pays, de ce Talbot aux cent bras, de ce Salisbury, le profanateur des temples, et de tous ces arrogants insulaires; elle les chassera devant elle comme un troupeau d'agneaux. Le Seigneur, le Dieu des armées sera avec elle; il choisira une tremblante créature; il se glorifiera par une faible jeune fille, car il est le Tout-Puissant.

THIBAUT. — Quel esprit s'est emparé de cette enfant?

RAYMOND. — C'est ce casque qui lui a inspiré ce transport guerrier. Regardez votre fille, son œil étincelle, un feu subit a animé tous ses traits.

JEANNE. — Ce royaume tomberait! Ce pays de la gloire, le plus beau que le soleil éternel éclaire dans sa course, ce paradis sur la terre, que Dieu chérit comme la prunelle de ses yeux, porterait les chaînes d'un peuple étranger!... C'est ici qu'échoua la puissance des païens, ici que fut plantée la première croix, cette image de la Rédemption; ici que reposent les cendres de saint Louis; c'est d'ici qu'on est allé conquérir Jérusalem.

BERTRAND, avec surprise. — Écoutez ses discours. D'où lui viennent ces hautes révélations? Thibaut, Dieu vous a donné une fille merveilleuse.

JEANNE. — Eh quoi! nous n'aurions plus de roi à nous, de souverain né sur notre sol! le roi qui ne meurt jamais disparaîtrait de notre pays! lui qui protège la charrue sacrée, qui défend nos pâturages et rend nos terres fertiles, qui rend les serfs à la liberté, qui entoure son trône de cités florissantes, qui secourt les faibles et effraye les méchants, qui ne connaît pas l'envie parce qu'il est le plus grand, qui est homme et qui cependant est un ange de miséricorde sur cette terre ennemie! Ce trône des rois, qui étincelle d'or, est l'asile des infortunés : la force et la miséricorde y sont assises; le coupable n'en approche qu'en tremblant; mais le juste s'y présente avec confiance, et joue avec les lions autour du trône. L'étranger qui veut régner sur nous pourrait-il aimer une terre où ne reposent pas les dépouilles de ses ancêtres? Lui qui n'a pas grandi avec nos jeunes gens, dont le cœur n'a pas vibré à la voix de nos paroles, peut-il jamais se dire notre père?

THIBAUT. — Que Dieu protège la France et le roi! Nous sommes de paisibles paysans; nous ne savons ni manier l'épée, ni dresser un coursier belliqueux : attendons avec obéissance celui que la victoire nous donnera pour roi. Le destin des combats est le jugement de Dieu; notre roi, c'est celui qui recevra l'huile sainte et qui placera la couronne sur sa tête à Reims. Retournons à nos travaux; allons, et que chacun ne songe qu'à ce qui le touche de près. Laissons les princes et les grands de la terre se la disputer entre eux : nous pouvons tranquillement contempler les ravages de la guerre; ils ne peuvent détruire le sol que nous cultivons. Si la flamme réduit notre village en cendres, si nos moissons sont foulées aux pieds des chevaux, un nouveau printemps nous rendra de nouvelles moissons, et nos cabanes seront promptement reconstruites.

(Ils s'en vont et laissent Jeanne seule.)

SCÈNE IV.

JEANNE, seule.

Adieu, montagnes et pâturages bien-aimés, et vous vallons calmes et paisibles, adieu! Jeanne ne se promènera plus au milieu de vous : Jeanne vous dit un éternel adieu. Vous prairies que j'arrosais, arbres que j'ai plantés, continuez de verdir gaîment! Adieu, grottes, et vous sources fraîches, et toi écho, douce voix de cette vallée qui tant de fois a répondu à mes chants, Jeanne s'en va pour ne plus jamais revenir.

Vous tous, lieux témoins de mes innocents plaisirs, je vous quitte, et pour toujours. Agneaux, dispersez-vous sur la bruyère : vous êtes maintenant sans pasteur; il me faut paître d'autres troupeaux là-bas, sur le champ sanglant du danger. Ainsi l'ordonne la voix de l'esprit qui s'est fait entendre à moi; ce n'est pas un vain désir terrestre qui m'entraîne.

Car celui qui, sur le sommet de l'Horeb, descendit aux yeux de Moïse dans le buisson ardent, et lui ordonna de se présenter à Pharaon; celui qui jadis choisit pour défenseur un berger, le pieux enfant Isaïe; celui qui se montra toujours favorable aux bergers, celui-là m'a parlé à travers les branches de cet arbre : « Va, a-t-il dit, tu dois « témoigner pour moi sur la terre.

« Tu enfermeras tes membres dans le rude airain, et tu « couvriras d'acier ta poitrine délicate. Que jamais l'amour « d'un homme n'allume dans ton cœur les flammes cou- « pables des vains désirs terrestres : jamais la couronne « nuptiale n'ornera ta tête; jamais ton sein ne nourrira un

« doux enfant : cependant je répandrai sur toi la gloire
« des armes; tu seras illustre par-dessus toutes les autres
« femmes.

« Quand les plus braves verront faillir leur courage au
« milieu du combat, quand la dernière heure de la France
« semblera approcher, alors tu porteras mon oriflamme,
« et, comme la moissonneuse agile abat les épis, tu ter-
« rasseras le vainqueur orgueilleux; tu tourneras la roue
« de leur fortune, tu sauveras les fils héroïques de la
« France, tu délivreras Reims et couronneras ton roi! »

Le ciel m'a promis un signe : c'est lui qui m'envoie ce
casque; c'est de lui qu'il me vient. Ce fer me pénètre
d'une force divine, et le courage des chérubins enflamme
mon cœur. Je me sens entraînée dans le tumulte des combats et emportée avec l'impétuosité du tourbillon. J'entends
arriver jusqu'à moi le cri puissant de la guerre. Le coursier belliqueux se cabre, et les trompettes retentissent!

(Elle sort.)

FIN DU PROLOGUE.

ACTE PREMIER

La scène est à Chinon, résidence du roi.

SCÈNE I.

DUNOIS et DUCHATEL.

DUNOIS. — Non, je ne le supporte pas plus longtemps. Je vous le répète, je laisse là ce roi qui s'abandonne lui-même sans gloire. Le cœur me saigne, et j'en pleurerais des larmes de sang en voyant des brigands se partager avec le glaive le royaume de France; en voyant nos nobles cités, qui ont vieilli avec la monarchie, présenter à l'ennemi leurs clefs rouillées, pendant qu'au milieu du repos et de l'oisiveté nous laissons passer le temps précieux qui pourrait nous sauver. J'apprends qu'Orléans est menacé, j'accours aussitôt des frontières de la Normandie, pensant que je vais trouver le roi armé, prêt à combattre à la tête de son armée; et je le trouve ici entouré de bouffons et de troubadours, cherchant le sens caché d'une énigme, et donnant de galantes fêtes à Agnès; comme si le royaume jouissait de la plus profonde paix. Le connétable part, il ne peut voir plus longtemps ce spectacle révoltant. Je l'abandonne aussi, et le livre à son mauvais destin.

DUCHATEL. — Le roi vient.

SCÈNE II.

LES PRÉCÉDENTS, LE ROI.

LE ROI. — Le connétable me renvoie son épée et renonce

à me servir. Grâce à Dieu, nous voici délivrés de cet
homme morose et chagrin qui ne voulait que nous ré-
genter.

DUNOIS. — Un homme est précieux dans ce temps, et je
ne le perdrais pas avec tant de légèreté.

LE ROI. — Tu ne parles ainsi que par esprit de contradiction; tant qu'il a été ici, tu n'as jamais été son ami.

DUNOIS. — Il est orgueilleux et difficile à vivre, et jamais
il ne savait en finir; mais enfin cette fois il sait s'en aller
au bon moment d'un lieu où il n'y a aucune gloire à acquérir.

LE ROI. — Tu es dans ta belle humeur aujourd'hui, et je
ne veux pas la troubler. Duchâtel, les envoyés du vieux
René sont ici[1]. Ce sont de fort habiles chanteurs, et de
grande réputation: il faut les bien traiter, et donner à chacun d'eux une chaîne d'or. (A Dunois.) Qu'est-ce qui te fait
rire?

DUNOIS. — C'est de voir comment ta bouche distribue des
chaînes d'or....

DUCHATEL. — Sire, il n'y a point d'argent dans votre
trésor.

LE ROI. — Il faut s'en procurer. De nobles chanteurs ne
peuvent quitter ma cour sans une marque d'honneur. Ils
ornent de fleurs le sceptre aride, et tressent un rameau
vert immortel dans la couronne stérile: ils s'assimilent aux
rois, assis sur un trône construit par leur imagination
riante: et leur paisible empire n'est point enfermé dans
l'espace; ainsi, ils doivent marcher de pair avec les rois:
les uns comme les autres habitent sur les sommités de l'humanité.

DUCHATEL. — O mon royal maître, j'ai épargné votre

---

1. René le Bon, comte de Provence de la maison d'Anjou. Son père
et son fils furent rois de Naples, et après la mort de son frère, il éleva
des prétentions sur ce royaume, mais échoua dans son entreprise. Il
chercha à rétablir l'ancienne poésie provençale et la Cour d'amour, et
institua un prince d'amour comme juge suprême en matière de galan-
terie et d'amour. C'est dans ce même esprit romantique qu'il se fit berger
avec son épouse. (Note de la première édition allemande.)

oreille tant que j'ai pu trouver des secours et des ressources; mais enfin la nécessité me force à rompre le silence. Vous n'avez plus rien à donner: il ne vous reste pas même de quoi vivre demain. Le cours de vos richesses s'est écoulé, et votre trésor est à sec. La solde des troupes n'est pas payée: elles murmurent et menacent de se retirer: à peine puis-je pourvoir strictement et non royalement aux besoins de votre propre maison.

LE ROI. — Engage mes revenus royaux, et emprunte de l'argent aux Lombards.

DUCHATEL. — Sire, vos revenus royaux sont déjà engagés pour trois ans.

DUNOIS. — Et cependant le gage et le pays vont se perdre.

LE ROI. — Il nous reste encore de riches contrées.

DUNOIS. — Oui, tant qu'il plaira à Dieu et à l'épée de Talbot. Quand Orléans sera pris, vous pourrez aller garder les brebis avec votre roi René.

LE ROI. — Tu exerces toujours ton esprit sur ce roi; cependant ce prince sans terre me gratifie aujourd'hui même d'un présent vraiment royal.

DUNOIS. — Pour Dieu! que ce ne soit pas de sa couronne de Naples, car elle est à vendre depuis qu'il s'est mis à garder les brebis.

LE ROI. — C'est un jeu, un doux passe-temps, une fête qu'il se donne à lui et à son cœur. Au milieu de la réalité grossière et barbare, il s'est créé un monde pur et innocent: c'est un projet grand et royal que de vouloir rappeler ces temps anciens où régnaient les tendres sentiments, où l'amour animait le cœur héroïque des chevaliers, où de nobles dames, siégeant dans un tribunal, conciliaient avec un sens exquis les questions les plus délicates. Ce vieillard aimable habite encore dans ces temps-là; tels que nous les représentent ces anciennes chansons, tels il veut les établir sur la terre comme une cité céleste dans des nuages d'or...: il a institué une cour d'amour où doivent comparaître les nobles chevaliers, où de chastes dames doivent régner en souveraines, où le pur amour doit reparaître, et il m'a élu prince d'amour.

DUNOIS. — Je ne suis pas assez dégénéré pour insulter au pouvoir de l'amour : je tiens mon nom de lui ; je suis son fils, et c'est dans son empire que se trouve tout mon héritage. Le duc d'Orléans fut mon père : le cœur d'aucune femme ne fut invincible pour lui ; mais les remparts des ennemis ne lui résistaient pas non plus. Voulez-vous mériter le nom de prince d'amour ? soyez aussi le plus brave parmi les braves. Comme je l'ai lu dans ces vieux livres, l'amour s'associait toujours aux actions chevaleresques : c'étaient des héros et non pas des bergers qui étaient assis à la table ronde. Celui qui ne saurait pas défendre courageusement la beauté ne mérite pas sa précieuse récompense. La lice vous est ouverte ; combattez pour la couronne de vos pères ; défendez, avec l'épée de chevalier, et vos droits et l'honneur des nobles dames : quand vous aurez, au milieu des flots du sang ennemi, reconquis courageusement votre couronne héréditaire, alors il sera temps et vous siéra bien de vous parer comme roi des myrtes de l'amour.

LE ROI, *à un page qui entre.* — Qu'est-ce ?

LE PAGE. — Des magistrats d'Orléans sollicitent une audience.

LE ROI. — Faites-les entrer. (*Le page sort.*) Ils viennent implorer des secours. Que puis-je faire pour eux, moi qui suis sans ressources ?

SCÈNE III.

LES PRÉCÉDENTS, TROIS MAGISTRATS.

LE ROI. — Soyez les bienvenus, mes bien fidèles bourgeois d'Orléans. Que fait ma bonne ville ? continue-t-elle à résister avec son courage accoutumé aux ennemis qui l'assiégent ?

UN MAGISTRAT. — Hélas ! Sire, elle est dans la plus grande détresse. Chaque heure avance et approche la ruine de la ville. Nos ouvrages extérieurs sont détruits. A chaque assaut, l'ennemi gagne du nouveau terrain. Les murs n'ont plus de défenseurs : la garnison fait sans relâche de cou-

rageuses sorties, mais il en est peu qui revoient les portes
de la ville. Nous sommes, en outre, menacés des horreurs
de la faim : dans cette extrême nécessité, notre comman-
dant, le noble comte de Rochepierre, est convenu avec
l'ennemi, suivant l'ancienne coutume, de rendre la ville,
si, dans l'espace de douze jours, une armée assez nombreuse
pour la délivrer [1] ne se montrait pas en campagne.

(Dunois fait un mouvement de colère.)

LE ROI. — Le délai est court.

LE MAGISTRAT. — Maintenant nous venons ici, avec un
sauf-conduit des ennemis, supplier ton cœur royal d'avoir
pitié de ta ville, et de lui envoyer du secours avant le délai
fatal ; autrement elle se rendra au douzième jour.

DUNOIS. — Xaintrailles a-t-il pu donner sa voix à ce traité
humiliant ?

LE MAGISTRAT. — Non, sire ; tant que ce brave chevalier
a vécu, personne n'a osé parler de paix ni de capitulation.

DUNOIS. — Ainsi, il est mort ?

LE MAGISTRAT. — Le noble héros est tombé sur nos murs,
en défendant la cause de son roi.

LE ROI. — Xaintrailles mort ! Oh ! dans ce seul homme,
je perds toute une armée.

(Un chevalier entre, et dit un mot à voix basse à Dunois, qui paraît
affecté.)

DUNOIS. — Et encore cela ?

LE ROI. — Qu'est-ce ?

DUNOIS. — Le comte Douglas mande que les soldats écossais se soulèvent et menacent de s'en aller, s'ils ne reçoivent pas aujourd'hui même leur arriéré.

LE ROI. — Duchâtel ?...

DUCHÂTEL hausse les épaules. — Sire, je ne sais aucun
moyen.

LE ROI. — Promets, engage tout ce que tu as, la moitié
de mon royaume.

DUCHÂTEL. — C'est inutile : on les a bercés trop souvent
d'espérances trompeuses.

LE ROI. — Ce sont les meilleures troupes de mon armée.

---

1. Pour offrir la bataille (est dit dans la première édition).

Elles ne m'abandonneront pas ; non, elles ne peuvent m'a-
bandonner.

LE MAGISTRAT, *se prosternant.* — O sire, secourez-nous !
Songez à notre détresse.

LE ROI, *avec désespoir.* — Puis-je faire sortir des armées
de terre en frappant du pied? Les moissons peuvent-elles
pousser dans mes mains? Mettez-moi en pièces, arrachez-
moi le cœur, et monnayez-le en guise d'or. Mon sang est à
vous, mais je n'ai ni argent ni soldats.

(Il voit entrer Agnès, et s'avance vers elle en lui tendant les bras.)

SCÈNE IV.

LES PRÉCÉDENTS, AGNÈS SOREL, *une cassette à la main.*

LE ROI. — O mon Agnès, ma chère âme, tu viens m'arracher au désespoir. Tu es à moi, ton cœur est mon dernier
refuge. Rien n'est perdu, puisque tu es encore à moi.

AGNÈS. — Mon cher roi. (*Elle regarde autour d'elle d'un
air curieux et inquiet.*) Dunois, est-il vrai? Duchâtel !

DUCHATEL. — Hélas !

AGNÈS. — La détresse est-elle si grande? La solde manque?
Les troupes veulent se retirer?

DUCHATEL. — Hélas ! oui, cela est ainsi.

AGNÈS, *lui présentant la cassette.* — Voici de l'or, voici
des joyaux : faites fondre mon argenterie. Engagez, vendez
mes châteaux, empruntez sur mes terres de Provence, convertissez tout en argent et apaisez les troupes : allez, ne per-
dez pas de temps.

LE ROI. — Eh bien, Dunois ! eh bien, Duchâtel! vous pa-
rais-je encore si misérable, quand je possède la perle de
toutes les femmes? N'est-elle pas aussi noble que je le suis
par la naissance? Le sang royal des Valois est-il plus pur
que le sien, et le premier trône de l'univers ne serait-il
pas paré par elle? Cependant elle le dédaigne, et ne veut
être et s'appeler que ma bien-aimée. Jamais elle n'accepte
de moi un présent plus précieux que quelque fleur précoce
en hiver, ou quelque fruit rare. Elle ne reçoit rien de moi.

et elle me donne tout. Elle risque généreusement ses richesses et ses biens pour rétablir ma fortune.

DUNOIS. — Elle n'a pas plus de raison que vous. Elle jette tout son bien dans une maison en feu. C'est vouloir remplir le tonneau des Danaïdes. Elle ne pourra sauver ni vous ni elle-même; seulement elle périra avec vous.

AGNÈS. — Ne l'écoutez pas. Il a dix fois risqué sa vie pour vous, et il ne veut pas que j'expose mes richesses! Comment! ne vous ai-je pas sacrifié sans peine ce qui est plus estimé que l'or et les perles? Puis-je maintenant songer à garder ma fortune pour moi seule? Viens, renonçons à tous les ornements superflus de la vie. Laisse-moi te donner le noble exemple de la résignation. Change ta cour en un camp, quitte l'or pour le fer, sacrifie tout pour ravoir ta couronne. Viens, viens, nous partagerons les privations et les dangers. Je monterai un belliqueux coursier, et je livrerai mon corps délicat aux traits ardents du soleil; nous dormirons sur la pierre sans autre abri que le ciel, et le rude soldat supportera ses maux avec patience, quand il verra son roi exposé comme lui aux fatigues et aux misères.

LE ROI, *souriant*. — Ainsi, je vois s'accomplir une vieille prédiction qu'une religieuse me fit, d'un esprit prophétique, autrefois à Clermont : « Une femme, disait cette religieuse, te donnera la victoire sur tous tes ennemis, et te rendra la couronne de tes pères. » Longtemps j'ai cherché cette femme dans les rangs ennemis : j'espérais un jour réconcilier le cœur d'une mère; mais c'est ici qu'est l'héroïne qui doit me conduire à Reims, et c'est l'amour d'Agnès qui me rendra victorieux.

AGNÈS. — Le glaive de tes braves amis te donnera la victoire.

LE ROI. — Je compte aussi sur les discordes intestines de nos ennemis. J'ai eu la nouvelle certaine que mon cousin le duc de Bourgogne et ces orgueilleux lords d'Angleterre n'étaient plus aussi bien unis qu'auparavant. J'ai donc envoyé La Hire en message vers le duc pour ramener, s'il est possible, ce vassal irrité à son devoir et le rappeler à sa foi. J'attends à chaque heure son retour.

DUCHATEL, *à la fenêtre*. — A l'instant même le chevalier entre dans la cour au galop.

LE ROI. — Qu'il soit le bienvenu! nous allons savoir sur-le-champ s'il nous faut céder ou vaincre.

SCÈNE V.

LES PRÉCÉDENTS, LA HIRE.

LE ROI, *allant à sa rencontre*. — La Hire. nous apportes-tu de l'espoir ou non? explique-toi sans retard. Que dois-je attendre?

LA HIRE. — Vous ne devez plus rien attendre que de votre épée.

LE ROI. — L'orgueilleux duc ne veut point de réconciliation! Ah! parlez; comment a-t-il reçu mon message?

LA HIRE. — Avant tout, avant même de prêter l'oreille à vos propositions, il demande que Duchâtel lui soit livré, qu'il nomme le meurtrier de son père.

LE ROI. — Et si nous nous refusons à cette honteuse condition?

LA HIRE. — Alors le traité est rompu avant même d'être commencé.

LE ROI. — L'as-tu ensuite, ainsi que je te l'avais prescrit, provoqué à se battre avec moi sur le pont de Montereau, au lieu où son père a péri?

LA HIRE. — Je lui ai jeté votre gant, et lui ai dit que, descendant de votre rang suprême, vous vouliez, ainsi qu'un chevalier, combattre avec lui pour votre royaume. Il m'a répondu qu'il n'avait pas besoin de combattre pour ce qui était déjà en son pouvoir; que si cependant vous brûliez tant de vous battre, il vous donnait rendez-vous sous les murs d'Orléans, où lui-même veut aller dès demain; puis il s'est détourné de moi en riant.

LE ROI. — Et la voix de la justice ne s'est-elle pas fait entendre dans mon parlement?

LA HIRE. — Elle se tait devant la fureur des partis. Votre parlement vous a déclaré déchu du trône, vous et votre race.

DUNOIS. — Orgueil impudent de ces bourgeois devenus maîtres.

LE ROI. — Et n'as-tu rien tenté auprès de ma mère?

LA HIRE. — Votre mère!

LE ROI. — Oui; comment s'est-elle exprimée?

LA HIRE, *après un instant de réflexion.* — Lorsque je suis entré à Saint-Denis, on préparait la cérémonie du couronnement. Paris était orné comme pour un jour de fête : on avait élevé des arcs de triomphe dans les rues où passait le roi anglais; les chemins étaient jonchés de fleurs, et la populace, sautant autour de la voiture, poussait des cris de joie, comme si la France célébrait sa plus belle victoire.

AGNÈS. — Ils se réjouissaient! ils se réjouissaient de déchirer le cœur du meilleur des rois, d'un roi qui les aime!

LA HIRE. — J'ai vu le jeune Henri de Lancastre, cet enfant, assis sur le trône de saint Louis; ses oncles, les orgueilleux Bedford et Glocester, se tenaient debout près de lui, et le duc Philippe, à genoux devant le trône, prêtait le serment d'hommage pour ses États.

LE ROI. — Oh! le pair déloyal! l'indigne parent!

LA HIRE. — L'enfant, en montant les degrés élevés du trône, eut peur et trébucha. « Mauvais présage, » murmura le peuple; déjà le rire commençait à se faire entendre; je frémis de le dire, la reine, votre mère, s'est alors avancée, et.....

LE ROI. — Eh bien?

LA HIRE. — Elle a pris l'enfant dans ses bras, et elle-même l'a placé sur le trône de votre père.

LE ROI. — O ma mère! ma mère!

LA HIRE. — Les Bourguignons eux-mêmes, ces bandes féroces habituées au meurtre, rougirent de honte à cette vue; elle s'en aperçut, et, se tournant vers le peuple, elle dit à haute voix : « Français, remerciez-moi; je remplace une tige dégénérée par un pur et noble rameau, et je vous préserve du rejeton malade d'un père insensé. »

(Le roi se couvre le visage; Agnès va à lui et le serre dans ses bras.
Tous les assistants témoignent leur exécration et leur horreur.)

DUNOIS. — Cœur de tigre! détestable Mégère!

LE ROI, *après un instant de silence, s'adresse aux magis-*

trats. — Vous avez entendu, vous voyez ce qui se passe ici. N'attendez pas plus longtemps; retournez à Orléans et dites à ma ville fidèle que je la dégage du serment qu'elle m'avait prêté; qu'elle cherche son salut; qu'elle se livre au duc de Bourgogne: il porte le surnom de *bon*, il se montrera humain.

DUNOIS. — Quoi! Sire! vous voulez abandonner Orléans?

LE MAGISTRAT *s'agenouille*. — O mon royal seigneur, ne retirez pas votre main de nous; ne livrez pas votre fidèle cité à la domination tyrannique des Anglais. N'est-elle pas un des joyaux de votre couronne? En est-il aucune qui ait plus religieusement gardé sa foi aux rois vos ancêtres?

DUNOIS. — Sommes-nous donc vaincus? Est-il permis d'abandonner cette ville avant d'avoir tiré l'épée pour la défendre? Voulez-vous donc, avant que le sang ait coulé, par une seule parole légère, arracher du cœur de la France la meilleure des cités?

LE ROI. — Il a déjà coulé assez de sang inutilement. La main du ciel est appesantie sur moi; mon armée est vaincue dans chaque combat; mon parlement me repousse; ma capitale, mon peuple, reçoivent mon rival avec des acclamations. Ceux qui me sont le plus proches par le sang m'abandonnent, me trahissent. Ma propre mère nourrit du lait de son sein le rejeton d'une race étrangère et ennemie; retirons-nous de l'autre côte de la Loire, et cédons à la main toute-puissante du ciel qui combat pour les Anglais.

AGNÈS. — Que Dieu nous préserve de nous livrer au désespoir et d'abandonner ce royaume! Une telle parole ne peut sortir de ta poitrine généreuse. L'action barbare d'une mère dénaturée a brisé le cœur héroïque de mon roi; mais il va se retremper; il va reprendre son mâle courage et résister avec une noble fermeté au destin qui s'acharne cruellement contre lui.

LE ROI. *perdu dans de sombres pensées*. — N'est-il pas vrai? une sombre et affreuse fatalité s'est attachée à la race des Valois; Dieu l'a rejetée. Les crimes d'une mère ont guidé les furies dans notre famille; mon père a vécu vingt ans privé de la raison. La mort a moissonné trois frères avant moi. C'est le décret du ciel, la famille de Charles VI doit succomber.

AGNÈS. — Elle sera par toi régénérée et relevée. Prends confiance en toi-même; non, ce n'est pas en vain qu'un destin favorable t'a épargné parmi tous tes frères et t'a conduit au trône que tu ne pouvais espérer. Le ciel a réservé ton âme bienfaisante pour guérir toutes les blessures que la fureur des partis a faites au pays; tu éteindras la flamme de la guerre civile; oui, mon cœur me le dit, tu rétabliras la paix, tu seras le nouveau fondateur du royaume de France.

LE ROI. — Non, pas moi; il faut pour ce temps cruel et orageux un pilote doué de plus de force. J'aurais rendu heureux un peuple paisible; je ne puis dompter un peuple féroce et rebelle. Je ne sais point m'ouvrir avec le glaive des cœurs aliénés et fermés par la haine.

AGNÈS. — Le peuple est aveuglé; une erreur l'égare; mais le jour n'est pas loin où cette ivresse se dissipera. L'amour que les Français ont pour leur roi légitime est profondément gravé dans leurs cœurs et il se réveillera. L'ancienne haine, la rivalité qui a toujours divisé les deux peuples ennemis se ranimera. Ces orgueilleux vainqueurs seront détruits par leur propre succès. N'abandonne pas le champ de bataille avec précipitation; dispute le terrain pied à pied; défends Orléans comme si c'était ta propre vie; que tous les bateaux soient submergés; que tous les ponts soient abattus et brûlés; ne te réserve aucun moyen de passer dans une autre partie de ton royaume et de traverser la Loire qui serait pour toi le Styx.

LE ROI. — Ce que j'ai pu faire, je l'ai fait. J'ai proposé de combattre en chevalier pour ma couronne, j'ai été refusé. Je prodigue en vain le sang de mon peuple et je réduis mes villes en poudre. Dois-je, semblable à cette mère dénaturée, laisser partager mon enfant par le glaive? Non, je dois plutôt renoncer à lui pour lui laisser la vie.

DUNOIS. — Comment! Sire, est-ce là le discours d'un roi? Abandonne-t-on ainsi une couronne? Le dernier de vos sujets refuse-t-il de risquer son bien et sa vie pour son opinion, pour sa haine, pour son amour? Quand s'élève l'étendard sanglant de la guerre civile, chacun ne voit plus que son parti : le laboureur abandonne sa charrue, et la femme ses fuseaux; l'enfant et le vieillard prennent les armes; le bourgeois brûle sa ville de sa propre main et le paysan ses moissons, pour servir ou pour nuire, enfin pour assurer le succès aux vœux de son cœur. Quand il s'agit de l'honneur, quand on combat pour son Dieu ou pour son idole, on n'épargne rien et l'on ne s'attend pas à être épargné. Chassez donc cette pitié de femme, qui ne sied pas au cœur d'un roi; laissez cette guerre répandre sa flamme, puisqu'elle est allumée, et que vous n'avez pas à vous reprocher de l'avoir légèrement provoquée. Le peuple doit se sacrifier pour son roi : c'est la loi, c'est le destin du monde. Le Français n'en veut pas d'autre. Une nation est méprisable qui ne saurait pas tout sacrifier avec joie pour son honneur.

LE ROI, *aux magistrats*. — N'attendez point d'autre réponse. Que Dieu vous protège! je ne le puis.

DUNOIS. — Eh bien! le dieu de la victoire vous renoncera pour toujours, comme vous renoncez votre royaume paternel. Puisque vous vous abandonnez vous-même, moi aussi je vous abandonne. Ce ne sont pas les forces réunies de la Bourgogne et de l'Angleterre qui vous renversent du trône, c'est votre pusillanimité. Tous les rois de France naissent héros, mais vous n'avez pas été enfanté pour la guerre (*Aux magistrats.*) Votre roi vous abandonne; mais moi je vais me jeter dans Orléans, la ville de mon père, et je m'enseveliraie sous ses ruines.

(Il veut sortir. Agnès le retient.)

AGNÈS, *au roi*. — Oh! ne le laisse pas partir dans son dépit : ses paroles sont rudes, mais son cœur, ce trésor de fidélité, est encore le même : il t'aime avec tendresse; son sang a coulé souvent pour toi. Venez, Dunois; avouez que la chaleur d'une noble colère vous a emporté trop loin. Et toi, pardonne à un fidèle ami la rudesse de ses discours. Arrêtez, arrêtez; laissez-moi réunir vos cœurs avant qu'un ressentiment vif et terrible se soit allumé entre vous pour ne plus s'éteindre.

(Dunois a les yeux fixés sur le roi et semble attendre une réponse.)

LE ROI, *à Duchâtel.* — Nous traversons la Loire; fais embarquer mes bagages.

DUNOIS, *vivement à Agnès.* — Adieu.

(Il sort brusquement, les magistrats le suivent.)

AGNÈS *joint les mains avec désespoir.* — Oh! s'il part, nous sommes entièrement abandonnés. Suivez-le, La Hire: ah! cherchez à l'adoucir.

(La Hire sort.)

SCÈNE VI.

LE ROI, AGNÈS, DUCHATEL.

LE ROI. — La couronne est-elle donc un bien si unique? est-il donc si dur et si amer de s'en séparer? Non, je sais quelque chose de plus difficile à supporter: se laisser maîtriser par ces esprits arrogants et impérieux; vivre par la grâce d'un vassal orgueilleux et opiniâtre, cela est plus rude et plus amer pour un noble cœur. que de succomber à la destinée. (*A Duchâtel qui hésite encore.*) Fais ce que j'ai prescrit.

DUCHATEL *se jette à ses pieds.* — Oh! mon roi!

LE ROI. — Cela est résolu; pas un mot de plus.

DUCHATEL. — Faites la paix avec le duc de Bourgogne; je ne vois pas d'autre moyen de salut pour vous.

LE ROI. — Tu me le conseilles, et c'est avec ton sang que je dois sceller cette paix.

DUCHATEL. — Voici ma tête. Je l'ai souvent exposée pour vous dans les batailles, et maintenant je la porterai avec joie sur l'échafaud. Satisfaites le duc; livrez-moi à toute la rigueur de sa vengeance, et que mon sang apaise sa vieille inimitié.

LE ROI *le regarde un moment ému et désespéré.* — Est-il bien vrai? Suis-je si misérable que mes amis, ceux qui lisent dans mon cœur, puissent me proposer de chercher mon salut dans l'infamie? Ah! c'est maintenant que je vois combien ma chute est profonde. puisqu'on n'a plus de foi en mon honneur.

DUCHATEL. — Songez, Sire...

LE ROI. — Pas un mot de plus, ce serait m'irriter. J'aurais dix royaumes à perdre, que jamais je ne me rachèterais avec le sang d'un ami. Fais ce que j'ai prescrit; va, fais embarquer mes équipages de guerre.

DUCHATEL. — Ce sera bientôt fait.

(Il se lève et sort. Agnès pleure à chaudes larmes.

SCÈNE VII.

LE ROI, AGNÈS.

LE ROI, *prenant la main d'Agnès*. — Ne t'afflige pas, mon Agnès; de l'autre côté de la Loire nous trouverons encore la France : là, nous serons dans une contrée heureuse, sous un ciel serein et sans nuages; là, souffle un air plus doux et régnent des mœurs plus polies; des chants harmonieux s'y font entendre; la vie et l'amour y fleurissent avec plus d'éclat.

AGNÈS. — Ah! serai-je condamnée à voir ce jour de douleur? à voir un roi s'en aller en exil, un fils abandonner la maison de son père et fuir loin de son berceau? Charmant pays que nous quittons, nous n'aurons plus désormais la joie de fouler ton sol.

SCÈNE VIII.

LE ROI, AGNÈS, LA HIRE *entre*.

AGNÈS. — Vous venez seul. Ne le ramenez-vous point? *(Elle s'approche de lui et le regarde.)* La Hire, eh bien! que dois-je lire dans vos yeux? Y a-t-il quelque nouveau malheur?

LA HIRE. — Le temps du malheur est passé : un astre plus heureux nous éclaire.

AGNÈS. — Qu'est-ce, je vous prie?

LA HIRE, *au roi*. — Rappelez les envoyés d'Orléans.

LE ROI. — Pourquoi? Qu'est-il arrivé?

LA HIRE. — Rappelez-les, la fortune a changé. Il y a eu un combat; nous avons eu la victoire.

AGNÈS. — Victoire! Oh! qu'il est harmonieux le son de cette parole!

LE ROI. — La Hire, quelque bruit fabuleux t'abuse. Je ne crois plus à la victoire.

LA HIRE. — Ah! bientôt vous croirez à de plus grands miracles. Voici l'archevêque qui vient; il ramène le bâtard d'Orléans dans vos bras.

AGNÈS. — O victoire, noble fleur dont la paix et la concorde seront bientôt les célestes fruits!

SCÈNE IX.

LE ROI, L'ARCHEVÊQUE DE REIMS, DUNOIS, DUCHATEL, LA HIRE, RAOUL, *chevalier revêtu de ses armes*, AGNÈS.

L'ARCHEVÊQUE *conduit Dunois au roi, et met leurs mains l'une dans l'autre.* — Embrassez-vous, princes; abjurez toute colère et tout ressentiment, puisque le ciel lui-même se déclare pour nous.

(Dunois embrasse le roi.)

LE ROI. — Tirez-moi de mon doute et de ma surprise. Que m'annonce cette démarche solennelle? D'où vient ce changement subit?

L'ARCHEVÊQUE *conduit le chevalier devant le roi.* — Parlez.

RAOUL. — Nous conduisions seize bannières de gens de Lorraine à votre armée : le chevalier Baudricourt de Vaucouleurs nous commandait. Nous avions atteint les hauteurs de Vermanton, et descendions dans la vallée qu'arrose l'Yonne, lorsque, devant nous, à l'endroit où la plaine s'élargit, nous aperçûmes les ennemis, et en même temps nous vîmes aussi briller leurs armes derrière nous. Nous étions enfermés entre deux armées, et nous n'avions aucun espoir de vaincre ni d'échapper. Le cœur des plus braves était abattu, et, dans notre désespoir, nous posions déjà les armes. Nos chefs tenaient conseil entre eux, sans pouvoir rien résoudre, lorsqu'une merveille vint s'offrir à nos regards surpris. Du fond de la forêt sort tout à coup une jeune fille : sa tête est armée d'un casque : semblable à une divinité guerrière, elle paraît à la fois belle et terrible; ses

cheveux tombent en noires boucles [1] sur son cou; un rayon
du ciel semble descendre sur elle et éclairer cette sublime
apparition. Alors, élevant la voix, elle dit : « Que craignez-
vous, braves Français? marchez aux ennemis, fussent-ils
plus nombreux que les sables de la mer; Dieu et Notre-
Dame vous conduisent. » Aussitôt elle arrache la bannière
des mains de celui qui la portait, et, d'un air audacieux, la
guerrière se place à notre tête. Nous, muets d'étonnement,
nous suivons la bannière et celle qui s'en est saisie, et,
comme involontairement, nous nous précipitons sur les ennemis. Eux, immobiles et ébahis contemplent le prodige
qui s'offre à leurs regards : bientôt une terreur surnaturelle
les saisit; ils prennent la fuite, jetant leurs armures et leurs
lances, et leur armée tout entière se disperse dans la campagne. Les exhortations, les cris de leurs chefs ne peuvent
dissiper cette frayeur involontaire; sans regarder en arrière,
hommes et chevaux se précipitent dans le lit du fleuve, et
se laissent égorger sans résistance. Ce fut un carnage plutôt
qu'un combat. Deux mille hommes restèrent sur le champ
de bataille, sans compter ceux que le fleuve a engloutis,
tandis que nous ne perdîmes aucun des nôtres.

LE ROI. — Grand Dieu! c'est étrange, très-extraordinaire
et merveilleux.

AGNÈS. — Et une jeune fille a fait ce miracle? D'où vient-
elle? Qui est-elle?

RAOUL. — C'est ce qu'elle ne veut révéler qu'au roi lui-
même. Elle se dit prophétesse inspirée et envoyée de Dieu;
elle promet qu'Orléans sera délivré avant que la lune se renouvelle : le peuple la croit et demande à combattre. Elle
me suit avec notre troupe, et bientôt elle sera ici. (*On entend le son des cloches et le cliquetis des armes.*) Entendez-
vous ce tumulte et le bruit des cloches? C'est elle, le peuple
salue l'envoyée de Dieu.

LE ROI, *à Duchâtel.* — Conduisez-la ici. (*A l'archevêque.*)
Que dois-je penser de ceci? Au moment où la main de
Dieu seule semblait pouvoir me sauver, une jeune fille

---

1. Dans la première édition : en boucles d'or.

m'apporte la victoire; cela est hors du cours de la nature, et puis-je, archevêque, puis-je croire à ce miracle?

(Des voix derrière la scène.)

Salut, salut à la vierge, à la libératrice!

LE ROI. — Elle vient. (*A Dunois.*) Prenez ma place, Dunois, il faut éprouver cette fille merveilleuse. Si Dieu l'inspire et l'envoie, elle saura bien découvrir le roi.

(Dunois s'assied. le roi se tient debout à sa droite, auprès de lui est Agnès; l'archevêque et les autres personnages sont de l'autre côté de la scène, dont le milieu reste vide.)

SCÈNE X.

LES PRÉCÉDENTS, JEANNE.

Elle est accompagnée des magistrats et de plusieurs chevaliers qui occupent le fond de la scène, elle s'avance avec une noble contenance, et parcourt des yeux tous ceux qui l'entourent.

DUNOIS, *après un profond et solennel silence.* — Est-ce toi, jeune fille merveilleuse...

JEANNE *l'interrompt, en le regardant d'un air noble et pénétrant.* — Bâtard d'Orléans, tu veux tenter Dieu. Ote-toi de cette place qui n'est pas la tienne, je suis envoyée à plus grand que toi.

(Elle marche d'un pas assuré vers le roi, fléchit le genou devant lui, se relève, puis se recule. Tous les assistants la regardent avec étonnement. Dunois quitte son siége et fait place au roi.)

LE ROI. — Tu vois mon visage aujourd'hui pour la première fois; d'où vient que tu as su me distinguer?

JEANNE. — Je t'ai vu dans un moment où Dieu seul te voyait. (*Elle s'approche du roi, et lui dit à voix basse:*) Qu'il t'en souvienne, la nuit dernière, tandis que tout était enseveli autour de toi dans un profond sommeil, tu t'es levé de ta couche, et tu as adressé à Dieu une ardente prière. Fais sortir les assistants, et je te dirai les paroles de ta prière.

LE ROI. — Ce que j'ai confié au ciel, je n'ai point à le cacher aux hommes. Redis-moi les paroles de ma prière, et alors je ne douterai plus que Dieu t'inspire.

JEANNE. — Tu as fait trois prières; écoute bien, dauphin.

si je les répète exactement. Tu as supplié d'abord le ciel, si quelque iniquité était attachée à ta couronne, si même quelque autre tort commis sous le règne de ton père et non encore expié, avait attiré cette déplorable guerre, de te choisir pour victime au lieu de ton peuple, et de répandre sur toi seul tous les fléaux de sa colère.

LE ROI *recule de surprise.* — Qui es-tu, être surnaturel? d'où viens-tu?

(Chacun montre de l'étonnement.)

JEANNE. — Puis tu as fait cette seconde prière, que si par les décrets souverains et la volonté du ciel, le sceptre devait être enlevé à ta race, si tout ce que tes pères avaient possédé en ce royaume devait t'être enlevé, tu désirais seulement que trois choses te fussent conservées : une conscience paisible, le cœur de ton ami, et l'amour de ton Agnès. (*Le roi cache son visage pour cacher ses larmes, les autres assistants montrent un profond étonnement. Après un instant de silence, Jeanne continue.*) Dois-je te répéter la troisième prière?

LE ROI. — Assez! je te crois! cela passe le pouvoir des hommes! le Dieu tout-puissant t'a envoyée.

L'ARCHEVÊQUE. — Qui es-tu, sainte et merveilleuse fille? quelle heureuse terre t'a vue naître? Parle, quels parents bénis du ciel t'ont donné le jour?

JEANNE. — Révérend seigneur, on me nomme Jeanne. Je suis l'humble fille d'un berger de Domremy, d'un village qui appartient à mon roi dans le diocèse de Toul. Depuis l'enfance, je gardais le troupeau de mon père, j'entendais parler de ces insulaires qui avaient traversé la mer pour nous asservir et nous imposer un maître étranger qui n'aime point le peuple. On racontait qu'ils s'étaient déjà emparés de la grande ville de Paris et du royaume; j'allais prier la sainte Mère de Dieu de nous préserver de la honte du joug étranger et de nous conserver le roi sur notre sol. Au-devant du village où je suis née est placée une antique image de Notre-Dame que viennent adorer beaucoup de pieux pèlerins, et non loin de là on voit un chêne consacré que beaucoup de miracles ont rendu célèbre; j'allais souvent par un penchant involontaire m'asseoir à l'ombre de ce chêne pen-

dant que mon troupeau paissait : si un de mes agneaux
s'égarait sur la montagne, toujours un songe me le montrait, quand je m'endormais sous cet arbre. Une fois que,
pendant une longue nuit, j'étais assise dans de saintes pensées sous ce chêne, résistant au sommeil, la sainte Vierge
m'apparut : elle portait une épée et un drapeau ; du reste,
elle était comme moi vêtue en bergère ; elle me parla ainsi :
« C'est moi : lève-toi, Jeanne, laisse ton troupeau, le Sei-
« gneur t'appelle à d'autres soins : prends cette bannière,
« ceins cette épée : tu t'en serviras pour exterminer les
« ennemis de mon peuple ; tu conduiras à Reims le fils de
« ton roi, et tu placeras la couronne royale sur sa tête. »
Je répondis : « Comment une faible jeune fille qui ne
connaît point l'art terrible des batailles pourra-t-elle entreprendre de telles choses? » et elle ajouta : « Une vierge
« pure, qui sait résister à l'amour terrestre, accomplit sur
« la terre toute œuvre sublime. Regarde-moi! j'ai été
« comme toi une simple et chaste fille, et j'ai donné le jour
« au divin Sauveur ; moi-même je suis divine maintenant. »
Elle toucha ma paupière ; alors, je vis au-dessus d'elle le
ciel rempli d'anges qui portaient dans leurs mains des lis
éclatants, et j'entendis une douce harmonie se répandre
dans les airs. Pendant trois nuits consécutives la sainte
Vierge se montra à moi, toujours disant : « Lève-toi,
« Jeanne, le Seigneur t'appelle à d'autres soins. » La troisième nuit qu'elle m'apparut, d'un air irrité elle m'adressa
cette réprimande : « Le devoir d'une femme sur la terre,
« c'est l'obéissance : son pénible lot est de souffrir, de se
« résigner : elle doit être purifiée par une rigoureuse sou-
« mission ; mais celle qui a servi ici-bas sera grande là-
« haut. » Ainsi disant, elle se dépouilla de ses vêtements de
bergère, et, comme reine des cieux, resplendissante de
lumière, et disparaissant peu à peu à ma vue, elle s'éleva
sur des nuages d'or dans le séjour de la félicité.

(Tous les assistants sont émus; Agnès ne peut retenir ses pleurs, et
cache son visage sur le sein du roi.)

L'ARCHEVÊQUE, *après un assez long silence*. — Tous les
doutes de la raison humaine doivent se taire devant ce di-

vin témoignage. L'événement confirme qu'elle dit vrai.
Dieu seul peut produire un tel miracle.

DUNOIS. — Ses yeux me persuadent plus que ce prodige.
Quelle pure innocence se montre dans ses traits !

LE ROI. — Et moi, pécheur, suis-je digne d'une telle
grâce? Toi qui vois tout et dont l'œil ne peut être trompé,
tu connais mon cœur, tu sais quelle est mon humilité.

JEANNE. — L'humilité des grands de la terre est agréable
au Seigneur, et il t'élève parce que tu t'es abaissé.

LE ROI. — Ainsi, je pourrai résister à mes ennemis?

JEANNE. — J'amènerai à tes pieds la France soumise.

LE ROI. — Et tu dis qu'Orléans ne se rendra pas à l'ennemi?

JEANNE. — Tu verrais plutôt la Loire remonter à sa
source.

LE ROI. — J'entrerai à Reims en vainqueur?

JEANNE. — Je t'y conduirai à travers des milliers d'ennemis.

(Tous les chevaliers agitent bruyamment leurs lances et leurs bou-
cliers en montrant une ardeur guerrière.)

DUNOIS. — Mets Jeanne à la tête de l'armée, nous suivrons
aveuglément cette guerrière céleste. Son œil prophétique
nous guidera, tandis que cette vaillante épée la défendra.

LA HIRE. — Nous ne craindrons pas les armes de la terre
entière, si elle est à la tête de nos bataillons: le dieu de la
victoire marche à ses côtés. Qu'elle, qui est si puissante,
nous conduise au combat !

(Les chevaliers font retentir leurs armes et s'avancent.)

LE ROI. — Oui, sainte fille, tu commanderas mon armée,
et ses chefs obéiront à tes ordres. Cette épée, signe du pouvoir militaire suprême, cette épée, que le connétable nous
a renvoyée dans sa colère, passe dans de plus dignes mains.
Reçois-la, sainte prophétesse, et qu'à l'avenir....

JEANNE. — Non pas, noble dauphin; ce n'est pas avec
cet instrument d'une puissance terrestre que je dois obtenir la victoire pour mon roi. Je sais une autre épée avec
laquelle je vaincrai; je vais te l'indiquer, d'après ce que
l'Esprit-Saint m'a enseigné; ordonne qu'on aille la chercher.

LE ROI. — Indique-nous-la, Jeanne.

JEANNE. — Envoie à l'ancienne ville de Fierbois. Là, dans le cimetière de Sainte-Catherine, est un caveau où sont entassées beaucoup d'armes, antiques dépouilles de la victoire. Parmi elles se trouve l'épée que je dois porter; on la reconnaîtra à trois fleurs de lis d'or gravées sur la lame. Fais chercher cette arme, car c'est elle qui te donnera la victoire.

LE ROI. — Qu'on y envoie, et qu'on fasse ce qu'elle dit.

JEANNE. — Je voudrais aussi une bannière blanche entourée d'une bordure de pourpre. La reine du ciel doit y être représentée tenant l'enfant Jésus dans ses bras, et planant au-dessus du globe de la terre : car telle était la bannière que la sainte Mère m'a montrée.

LE ROI. — Que cela soit comme tu dis.

JEANNE, à l'archevêque. — Vénérable prélat, étendez sur moi votre main sacerdotale, et donnez la bénédiction à votre fille.

(Elle se met à genoux.)

L'ARCHEVÊQUE. — Tu es venue pour répandre la bénédiction, et non pour la recevoir. Que la vertu de Dieu t'accompagne; mais nous, nous sommes indignes et pécheurs.

(Elle se lève.)

UN PAGE. — Un héraut vient de la part du chef anglais.

JEANNE. — Fais-le entrer, car c'est Dieu qui l'envoie.

(Le roi fait signe au page qui sort.)

SCÈNE XI.

LES PRÉCÉDENTS, LE HÉRAUT.

LE ROI. — Héraut, qu'apportes-tu? Dis, quel est ton message?

LE HÉRAUT. — Quel est celui qui porte ici la parole pour Charles de Valois, comte de Ponthieu?

DUNOIS. — Insolent héraut, misérable, oses-tu bien méconnaître le roi de France sur son propre sol? Les insignes dont tu es revêtu te protégent, autrement...

LE HÉRAUT. — La France ne reconnaît qu'un seul roi, et celui-là est dans le camp des Anglais.

LE ROI. — Sois calme, mon cousin. Héraut, dis-nous ton message.

LE HÉRAUT. — Mon noble chef, gémissant sur le sang qui a coulé et qui doit couler encore, retient dans le fourreau l'épée de ses soldats, et avant de donner l'assaut à Orléans, il veut bien encore t'offrir un accommodement.

LE ROI. — Voyons.

JEANNE. — Sire, laisse-moi à ta place parler avec ce héraut.

LE ROI. — Parle, Jeanne : décide si nous aurons la paix ou la guerre.

JEANNE, *au héraut.* — Qui t'envoie, et au nom de qui parles-tu?

LE HÉRAUT. — Le comte de Salisbury, le général des Anglais.

JEANNE. — Tu mens, héraut, tu ne peux parler au nom du comte; les vivants seuls parlent, et non les morts.

LE HÉRAUT. — Mon général est plein de force et de santé, et il vit pour votre perte à tous.

JEANNE. — Oui, il vivait lors de ton départ; mais ce matin un coup de feu parti d'Orléans l'a tué, tandis qu'il regardait du haut de la tour des Tournelles. Tu souris parce que je t'annonce ce qui se passe loin d'ici. Mais tu en croiras tes yeux, si tu ne te fies pas à mes discours; tu rencontreras son convoi funèbre à ton retour. Maintenant, héraut, parle et dis ton message.

LE HÉRAUT. — Si tu sais découvrir ce qui est caché, tu dois le connaître avant que je te le dise.

JEANNE. — Je n'ai pas besoin de le connaître; mais, toi, écoute ce que je vais te dire, et rapporte mes paroles aux princes qui t'ont envoyé. « Roi d'Angleterre, et vous, ducs Bedford et Glocester, qui gouvernez ce royaume, faites raison au roi du ciel du sang qui a été versé; rendez les clefs des villes que vous possédez contre le droit divin : la Pucelle vient de par le roi du ciel vous proposer ou la paix ou une sanglante guerre. Choisissez, car je vous le dis pour que vous le sachiez, jamais la possession de notre belle

France ne vous sera accordée par le fils de Marie. C'est au
dauphin Charles, mon seigneur, que Dieu l'a donnée, et il
entrera dans Paris environné de tous les grands de son
royaume. » Maintenant, pars, héraut, et fais diligence; car
avant que tu sois rentré dans ton camp pour rendre compte
de ton message, la Pucelle sera déjà à Orléans, et y plan-
tera l'étendard de la victoire.

(Elle sort, tout se met en mouvement. La toile tombe.)

FIN DU PREMIER ACTE.

ACTE DEUXIÈME

Le théâtre représente un paysage borné par des rochers.

SCÈNE I.

TALBOT et LIONEL, généraux anglais ; le duc PHILIPPE de Bourgogne, le chevalier FASTOLF et CHATILLON ; des soldats, des porte-bannières.

TALBOT. — Arrêtons-nous ici et établissons un camp retranché sous ces rochers ; nous rassemblerons encore peut-être les fuyards qu'une première terreur a dispersés. Qu'on place de bonnes gardes sur les hauteurs. La nuit, il est vrai, nous met à l'abri des poursuites ; et les surprises ne seraient à craindre que si l'ennemi avait des ailes : n'importe, on doit user de précautions ; nos ennemis sont audacieux, et nous sommes battus.

(Le chevalier Fastolf s'éloigne avec quelques soldats.)

LIONEL. — Battus ! général, ne prononcez plus ce mot. Je n'ose seulement y penser ; les Français ont vu fuir les Anglais. Orléans ! Orléans ! tombeau de notre gloire ! l'honneur anglais est tombé devant tes murailles ! Honteuse et ridicule défaite ! L'avenir pourra-t-il le croire ? les vainqueurs de Crécy, de Poitiers, d'Azincourt, ont fui devant une femme !

LE DUC. — Cela doit nous consoler ; ce n'est pas par des hommes que nous sommes vaincus ; c'est le démon qui est l'auteur de notre défaite.

TALBOT. — Oui, le démon de notre folie. Comment, duc ! les fantômes qui épouvantent le peuple effrayent-ils aussi les princes ? La superstition est un mauvais palliatif pour votre lâcheté. Vos troupes ont fui les premières.

LE DUC. — Personne n'a tenu pied ; la fuite a été générale.

TALBOT. — Non, seigneur, la déroute a commencé de votre côté : vos gens se sont précipités dans le camp en criant : « L'enfer est contre nous, Satan combat pour les Français ; » et c'est ainsi qu'ils ont mis le désordre dans les autres bataillons.

LIONEL. — Vous ne pouvez le nier, votre aile a plié d'abord.

LE DUC. — Parce qu'elle a été attaquée la première.

TALBOT. — La Pucelle connaissait l'endroit faible de notre camp ; elle savait où la frayeur trouverait un accès.

LE DUC. — Comment ! la Bourgogne serait coupable de ce malheur ?

LIONEL. — Si les Anglais eussent été seuls, certes ils n'eussent jamais perdu Orléans.

LE DUC. — En effet, car vous n'auriez jamais vu Orléans. Qui vous a ouvert un chemin dans ce royaume ? qui vous a tendu une main amie et fidèle quand vous avez voulu descendre sur cette côte étrangère et ennemie ? qui a couronné votre Henri à Paris, et lui a soumis le cœur des Français ? Ah ! par le ciel, si ce bras puissant ne vous eût conduits ici, vous n'eussiez jamais vu s'élever la fumée d'une ville française.

LIONEL. — Duc, s'il ne fallait que de grandes paroles, vous auriez conquis la France à vous seul.

LE DUC. — Vous êtes irrités de ce qu'Orléans vous échappe, et vous exhalez le fiel de votre colère contre moi, votre allié ; cependant si nous perdons Orléans, n'est-ce pas votre avidité qui en est la cause ? La ville était prête à se rendre à moi, mais vous et votre jalousie l'avez empêché.

TALBOT. — Ce n'était pas pour vous que nous l'assiégions.

LE DUC. — Et si j'emmenais mon armée, comment vous trouveriez-vous ?

LIONEL. — Croyez-moi, pas plus mal qu'à Azincourt, où nous eûmes à combattre et vous et toute la France.

LE DUC. — Cependant mon alliance vous parut fort nécessaire, et votre régent l'a achetée cher.

TALBOT. — Oui cher, et aujourd'hui encore, nous l'avons payée cher de notre honneur devant Orléans.

LE DUC. — N'en dites pas davantage, seigneur Talbot, vous pourriez vous en repentir. Ai-je abandonné la bannière de mon légitime souverain? ai-je chargé ma tête du nom de traître pour me voir ainsi traiter par des étrangers? Que fais-je ici, et pourquoi combattre la France? Si je suis destiné à servir un ingrat, je préfère que ce soit mon véritable roi.

TALBOT. — Vous négociez avec le dauphin, nous le savons; mais nous trouverons un moyen de nous garantir de la trahison.

LE DUC. — Mort et enfer! on ose me traiter ainsi! Châtillon, faites préparer mes troupes pour le départ, nous retournons dans notre pays.

(Châtillon s'éloigne.)

LIONEL. — Bon voyage. Jamais la gloire de l'Anglais n'éclate plus que lorsque, se fiant à son épée seulement, il combat sans auxiliaire. Chacun doit défendre sa propre cause. Cela sera éternellement vrai. Jamais l'Anglais et le Français ne pourront sincèrement unir leurs cœurs.

SCÈNE II.

LA REINE ISABEAU, accompagnée d'un page, LES PRÉCÉDENTS.
LE DUC, TALBOT, LIONEL.

LA REINE. — Qu'entends-je, généraux? arrêtez; quel astre funeste égare votre saine raison? Maintenant que la concorde seule peut vous sauver, voulez-vous vous diviser avec haine et préparer votre ruine par la discorde? Je vous en conjure, noble duc, rétractez cet ordre précipité; et vous, illustre Talbot, apaisez un ami irrité. Lionel, aidez-moi à calmer ces esprits orgueilleux, et à assurer leur réconciliation.

LIONEL. — Non, madame: tout cela m'est indifférent. Je

pense que, lorsqu'on ne peut vivre ensemble, ce qu'on peut faire de mieux, c'est de se séparer.

LA REINE. — Eh quoi! les artifices de l'enfer, après nous avoir été si funestes dans le combat, viennent-ils encore ici troubler nos pensées et nous ôter la raison? Qui commença cette querelle? parlez. (*A Talbot.*) Noble lord, serait-ce vous qui, méconnaissant vos propres intérêts, auriez pu blesser un précieux allié? Que feriez-vous sans le secours de son bras? Il a fondé le trône de votre roi, il peut à son gré le soutenir ou le renverser; son armée vous renforce, et bien plus encore son nom. Toute l'Angleterre, vomît-elle sur nos côtes tous ses concitoyens, ne pourrait rien contre ce royaume, s'il est uni. La France ne peut être vaincue que par la France.

TALBOT. — Nous savons honorer un allié fidèle; mais se prémunir contre un faux ami est le devoir de la prudence.

LE DUC. — Celui dont la mauvaise foi veut s'affranchir de toute reconnaissance peut bien montrer le front audacieux du mensonge.

LA REINE. — Comment! noble duc, pourriez-vous ainsi, renonçant à l'honneur, et abjurant toute honte, unir votre main à la main qui frappa votre père? Seriez-vous assez insensé pour espérer une réconciliation sincère avec le dauphin, vous qui l'avez poussé au bord du précipice? Quand il est près de sa chute, vous voulez le retenir, et dans votre folie détruire votre ouvrage? Ici sont vos amis: votre salut dépend de votre étroite alliance avec l'Angleterre.

LE DUC. — Je suis loin de penser à faire la paix avec le dauphin; cependant je ne puis supporter l'insolence de l'orgueilleuse Angleterre.

LA REINE. — Venez, pardonnez-lui une parole trop prompte. Il pèse un grand chagrin sur le général, et comme vous savez, le malheur rend injuste. Venez, venez, embrassez-vous; laissez-moi fermer et guérir promptement cette plaie avant qu'elle s'envenime pour toujours.

TALBOT. — Duc, que vous en semble? un noble cœur cède volontiers à la raison. La reine a parlé sagement: laissez-

moi, en vous serrant la main, guérir une blessure faite par
une parole inconsidérée échappée à ma langue.

LE DUC. — Oui, madame a dit une parole sensée, et ma
juste colère cède à la nécessité.

LA REINE. — Bien ! Qu'un fraternel embrassement scelle
cette alliance renouvelée, et puissent les vents emporter
ces malheureuses paroles !

(Le duc et Talbot s'embrassent.)

LIONEL *les regarde, et dit à part.* — Bonne chance à la
paix conclue par une furie !

LA REINE. — Généraux, nous avons perdu une bataille ;
la fortune nous a cette fois été contraire, mais votre noble
courage ne doit pas en être abattu. Le dauphin, désespérant
de la protection du ciel, a eu recours aux artifices de Satan ; cependant il aura en vain livré son âme à la damnation, et tout le secours de l'enfer ne pourra le sauver. Une
jeune fille victorieuse conduit l'armée ennemie, je veux
conduire la vôtre ; je veux vous tenir lieu de pucelle et de
prophétesse.

LIONEL. — Madame, retournez à Paris. Nous vaincrons
avec le secours de nos épées, et non avec le secours des
femmes.

TALBOT. — Allez, allez. Depuis que vous êtes dans le
camp, tout va de travers, et nos armées sont maudites.

LE DUC. — Votre présence ne produit ici rien de bon et
scandalise l'armée.

LA REINE, *les regardant tous trois avec surprise.* — Vous
aussi, Bourgogne, vous prenez contre moi le parti de ces
ingrats ?

LE DUC. — Allez, madame, nos guerriers se découragent
quand ils croient combattre pour votre cause.

LA REINE. — J'ai à peine rétabli la paix entre vous, que
vous vous liguez contre moi !

TALBOT. — Allez, allez, au nom de Dieu, madame ; quand
vous serez partie, nous ne craindrons plus aucun démon.

LA REINE. — Eh quoi ! ne suis-je pas votre fidèle alliée ?
votre cause n'est-elle pas la mienne ?

TALBOT. — Mais la vôtre n'est pas la nôtre. Nous sommes
engagés dans une bonne et honorable guerre.

LE DUC. — Je venge le meurtre sanglant de mon père ; la piété filiale a sanctifié mes armes.

TALBOT. — A dire vrai, votre conduite envers le dauphin n'est ni bonne aux yeux des hommes, ni juste aux yeux du ciel.

LA REINE. — Qu'il soit maudit, lui et sa race, jusqu'à la dixième génération ! il a osé outrager sa mère.

LE DUC. — Il vengeait un père et un époux.

LA REINE. — Il s'est fait le juge de ma conduite.

LIONEL. — Cela est contraire au respect qu'un fils doit à sa mère.

LA REINE. — Il m'a envoyée en exil.

TALBOT. — C'était pour obéir à la voix publique.

LA REINE. — Si jamais je lui pardonne, que je sois maudite, et plutôt que de le voir régner sur le trône de son père ..

TALBOT. — Vous préférez immoler l'honneur de sa mère !

LA REINE. — Vous ne savez pas, âmes faibles, jusqu'où va le courroux d'une mère outragée. J'aime celui qui me fait du bien ; je hais celui qui me fait du mal ; et si ce dernier est mon fils, le fils que j'ai enfanté, ma haine est d'autant plus grande. Il me doit l'existence, je voudrais qu'elle lui fût ravie ; son insolence impie n'a pas craint d'outrager le sein qui l'a porté. Mais vous qui faites la guerre à ce fils, quel droit, quel motif avez-vous pour le dépouiller ? de quoi le dauphin est-il coupable à votre égard ? S'est-il écarté de ses devoirs envers vous ? L'ambition, une jalousie vulgaire, vous poussent. Pour moi, je puis le haïr, car je lui ai donné le jour.

TALBOT. — Ainsi, il reconnaîtra sa mère à la vengeance.

LA REINE. — Misérables hypocrites ! Combien je vous méprise, vous qui cherchez à vous abuser ainsi que le monde ! Vous, Anglais, vous étendez vos mains rapaces sur cette France, où vous n'avez ni droit ni prétexte plausible de posséder autant de terre que couvre le sabot d'un cheval. Et ce duc qui se laisse surnommer *le Bon*, il vend sa patrie, l'héritage de ses ancêtres, à l'ennemi de son pays, à un maître étranger... cependant vous avez sans cesse la justice sur les lèvres. Pour moi, je dédaigne l'hypocrisie. Telle je suis, telle je me montre aux yeux du monde!

LE DUC. — C'est vrai! Cette gloire vous l'avez soutenue avec une grande force d'âme.

LA REINE. — Comme une autre j'ai des passions, le sang chaud, et si je suis venue en ce pays comme reine, j'ai voulu vivre et non paraître. Quoi! parce que la malédiction du sort avait livré à un époux insensé ma vive et ardente jeunesse, devais-je mourir à tous les plaisirs? J'aime plus que ma vie mon indépendance, et quiconque veut y attenter... Cependant pourquoi disputer avec vous sur mes droits? Un sang épais coule lentement dans vos veines; vous ne savez pas ce que c'est que le plaisir, vous ne connaissez que la passion brutale. Et ce duc qui a passé sa vie à hésiter entre le bien et le mal, ignore ce que c'est que haïr ou aimer de tout cœur. Je vais à Melun (*montrant Lionel*): donnez-moi ce chevalier, il me plaît, sa société me divertira. Faites ensuite ce que vous voudrez. Je ne m'inquiète pas plus des Bourguignons que des Anglais.

(Elle fait signe à son page et veut s'éloigner.)

LIONEL. — Comptez-y. Je vous enverrai à Melun les plus beaux garçons de France que nous ferons prisonniers.

LA REINE *revenant sur ses pas*. — Vous êtes, certes, bons à donner des coups de sabre: mais le Français seul sait dire des choses aimables.

(Elle sort.)

SCÈNE III.

LE DUC, TALBOT, LIONEL.

TALBOT. — Quelle femme!

LIONEL. — Maintenant, généraux, quel est votre avis? Continuons-nous notre retraite, ou faisons-nous volte-face pour effacer promptement par un coup hardi la honte d'aujourd'hui?

LE DUC. — Nous sommes trop faibles, les troupes sont dispersées. L'armée est encore frappée d'une terreur trop récente.

TALBOT. — Une crainte aveugle, la rapide impression du

moment ont seules causé notre défaite. Examinés de plus
près, les fantômes d'une imagination effrayée s'évanouiront
bientôt. Mon avis est donc qu'au point du jour nous rame-
nions l'armée au delà du fleuve contre l'ennemi.

LE DUC. — Réfléchissez...

LIONEL. — Avec votre permission, il n'y a pas à réfléchir :
nous devons sans retard réparer notre perte, ou en subir la
honte pour toujours.

TALBOT. — C'est décidé : demain nous combattrons. Les
illusions de la peur, qui aveuglaient et énervaient nos soldats, se dissiperont, et nous pourrons lutter corps à corps
avec ce démon qui a revêtu la forme d'une jeune fille. Si
elle se trouve à portée de mon épée, croyez qu'elle nous
aura nui pour la dernière fois ; si je ne puis la rencontrer,
et soyez sûr qu'elle évitera un combat sérieux, alors l'armée
sera désensorcelée.

LIONEL. — Soit. Général, confiez-moi un combat facile,
où il ne coulera pas de sang ; je compte saisir le fantôme
vivant, et, sous les yeux du Bâtard, son amant, je veux,
dans mes bras, pour divertir nos soldats, l'emporter dans
le camp anglais.

LE DUC. — N'ayez pas trop de présomption.

TALBOT. — Si je l'atteins, je ne compte pas la traiter si
doucement. Cependant allons par un léger sommeil réparer
la nature épuisée, et demain nous partirons dès l'aurore.

(Ils sortent.

SCÈNE IV.

JEANNE *avec sa bannière : elle a un casque et une cuirasse ; du reste
elle est vêtue en femme.* DUNOIS, LA HIRE, *chevaliers et soldats.
Ils paraissent sur un rocher, s'avancent en silence, puis arrivent ensemble sur la scène.*

JEANNE, *aux chevaliers qui l'entourent, pendant que les
autres continuent toujours à passer sur la hauteur.* — Le
mur est franchi, nous sommes dans le camp. Il est temps
de jeter loin de vous le voile mystérieux de la nuit qui a
caché votre marche silencieuse. Que des cris de guerre ap-

prennent aux ennemis votre redoutable approche : Dieu et
la Pucelle !

TOUS. *Ils crient et font retentir leurs armes.* — Dieu et la
Pucelle !

(Bruit de tambours et de trompettes.)

LA SENTINELLE, *derrière le théâtre.* — L'ennemi ! l'ennemi ! l'ennemi !

JEANNE. — Maintenant des torches, embrasez les tentes ;
que l'ardeur des flammes accroisse le désordre, et que la
mort menaçante les environne de tous côtés !

(Les soldats s'éloignent, elle veut les suivre.)

DUNOIS *la retient.* — Jeanne, tu as maintenant rempli ta
tâche, tu nous as conduits au milieu du camp, tu as livré
l'ennemi en nos mains ; à présent demeure en arrière de la
mêlée, laisse-nous terminer la lutte sanglante.

LA HIRE. — Montre à l'armée le chemin de la victoire ;
dans ta main pure porte devant nous la bannière ; mais ne
te sers point du glaive meurtrier. Ne tente point le dieu
perfide des batailles : son empire est aveugle et il n'épargne
personne.

JEANNE. — Qui ose me prescrire de m'arrêter ? Qui ose
commander à l'esprit qui me guide ? La flèche ne doit-elle
pas frapper où la main de l'archer la dirige ? Là où est le
danger, Jeanne doit y être. Ce n'est ni en ce jour, ni en ce
lieu, que je suis destinée à succomber : je dois voir la couronne sur la tête de mon roi. Tant que je n'aurai pas accompli tout ce que Dieu m'a ordonné, aucun ennemi ne
pourra m'ôter la vie.

(Elle sort.)

LA HIRE. — Venez, Dunois ! suivons l'héroïne, et allons
lui faire un bouclier de nos vaillantes poitrines.

(Ils sortent.)

SCÈNE V.

DES SOLDATS ANGLAIS *traversent le théâtre en fuyant.*
TALBOT *vient ensuite.*

UN SOLDAT. — La Pucelle ! elle est au milieu du camp.

UN SECOND SOLDAT. — Impossible, jamais! Comment y serait-elle venue?

UN TROISIÈME. — A travers les airs. Le diable la soutient.

UN QUATRIÈME ET UN CINQUIÈME. — Sauvons-nous, sauvons-nous! Nous sommes tous morts.

(Ils s'en vont.)

TALBOT arrive. — Ils n'écoutent rien. Je ne puis les arrêter, ils ne reconnaissent plus le frein de la discipline. Comme si l'enfer avait vomi contre eux toutes les légions des esprits de ténèbres, le vertige entraîne à la fois les braves et les lâches comme des fous écervelés, et je ne puis opposer la plus petite troupe au torrent des ennemis dont la foule toujours grossissant pénètre à grands flots dans notre camp. Suis-je donc le seul de sang-froid, et tout ce qui m'entoure est-il en proie au délire de la fièvre? Eh quoi, faut-il fuir devant ces Français efféminés, après les avoir vaincus dans vingt batailles? Quelle est donc cette femme invincible, cette déesse de terreur, qui change en un instant le sort des batailles, et qui fait une armée de lions d'un troupeau de cerfs timides? Une comédienne, à qui l'on fait jouer un rôle appris d'héroïne, pourrait-elle épouvanter des héros véritables? Comment, une femme me ravirait la gloire de toutes nos victoires!

UN SOLDAT arrive précipitamment. — La Pucelle! fuyez, fuyez, général.

TALBOT, le frappant. — Fuis aux enfers toi-même; cette épée percera quiconque osera me parler de peur et de lâche fuite.

(Il part.)

SCÈNE VI.

Le fond du théâtre s'ouvre. On voit le camp des Anglais en proie aux flammes; on entend les tambours. On aperçoit des fuyards et ceux qui les poursuivent. Après un moment, Montgomery arrive.

MONTGOMERY, seul.

Où dois-je fuir? De toutes parts l'ennemi et la mort: ici, notre chef irrité nous ferme de sa menaçante épée le chemin de la fuite, et nous pousse au-devant de la mort:

là, une femme aussi terrible, aussi impitoyable que l'ardeur des flammes, qui ravage tout autour d'elle. Je n'aperçois ni buisson pour me cacher, ni caverne qui puisse m'offrir un asile. Oh! pourquoi ai-je traversé la mer pour venir en cette contrée! Ah! malheureux que je suis, une vaine illusion m'a égaré: J'espérais acquérir en France une gloire facile, et maintenant le sort implacable me conduit dans cette sanglante mélée. Ah! que ne suis-je loin d'ici, sur les bords fleuris de la Saverne, dans la paisible maison de mon père, où j'ai laissé dans le chagrin ma mère et ma douce et tendre fiancée! (*Jeanne paroit dans le fond du théâtre.*) Malheur à moi! que vois-je? C'est la terrible guerrière! je distingue le sombre éclat de ses armes au milieu des flammes éclatantes, ainsi qu'on voit un esprit nocturne se montrer à travers la lueur ardente des portes de l'enfer. Où fuir? Elle a fixé sur moi ses yeux enflammés, et déjà je me sens saisi, comme dans des lacs inévitables, par les regards fascinateurs qu'elle lance sur moi! Le lien magique s'enroule toujours de plus en plus autour de mes pieds qui sont enchaînés, et me rendent la fuite impossible; quoique mon cœur s'y oppose avec force, ma vue ne peut se détourner de ce fantôme de mort. (*Jeanne fait quelques pas vers lui, puis s'arrête.*) Elle approche! je ne veux pas attendre qu'elle vienne à moi la première, je vais en suppliant embrasser ses genoux et lui demander la vie; elle est femme, peut-être mes larmes parviendront à l'attendrir.

(Pendant qu'il marche pour l'aborder, elle vient à lui rapidement.)

SCÈNE VII.

JEANNE, MONTGOMERY.

JEANNE. — Tu appartiens à la mort! c'est une mère anglaise qui t'a donné le jour?

MONTGOMERY *tombe à ses pieds.* — Arrête, guerrière redoutable. N'égorge pas un malheureux sans défense, j'ai jeté mon bouclier et mon épée: je tombe à tes pieds, désarmé et suppliant. Laisse-moi la lumière du jour; accepte une rançon; mon père, possesseur de riches domaines, habite le beau pays de Galles, où la Saverne roule ses flots argentés en serpentant dans les prairies. Cinquante villages le reconnaissent pour seigneur. Sitôt qu'il apprendra que je vis encore, prisonnier dans le camp français, il rachètera, au prix de beaucoup d'or, son fils chéri.

JEANNE. — Insensé, tu espères en vain. Tu es tombé dans les mains implacables de la Pucelle; il n'y a plus ni délivrance ni salut à espérer. Si le malheur t'avait mis en la puissance du crocodile ou sous la griffe du tigre impitoyable, si tu avais dérobé les petits de la lionne, peut-être trouverais-tu pitié et miséricorde; mais la rencontre de La Pucelle entraîne la mort. Une promesse terrible qui me lie à l'empire sévère et inviolable des esprits me force à tuer avec le glaive tout être vivant que le dieu des batailles envoie fatalement au-devant de moi.

MONTGOMERY. — Tes paroles sont cruelles; cependant ton regard est doux. Quand on te voit de près, ton œil n'inspire pas la terreur, et mon cœur est attiré vers cette aimable apparition. Par la douceur de ton sexe sensible, laisse-toi fléchir; prends pitié de ma jeunesse.

JEANNE. — N'implore pas mon sexe; ne m'appelle pas femme. Semblable à ces esprits incorporels qui n'aiment pas à la manière des mortels, je ne suis d'aucun sexe, et sous cette cuirasse il n'est pas de cœur.

MONTGOMERY. — Oh! par cette loi sacrée et souveraine, par cette loi d'amour à laquelle tous les cœurs rendent hommage, je t'implore; j'ai laissé dans ma patrie une aimable fiancée, belle comme toi, et brillante de tous les charmes de la jeunesse; elle attend dans les pleurs le retour de son bien-aimé. Oh! si tu as l'espoir de connaître un jour l'amour, si tu espères y trouver le bonheur, ne sois pas assez cruelle pour séparer deux cœurs qu'unit un lien sacré d'amour.

JEANNE. — Tu invoques des dieux terrestres et étrangers qui n'ont rien de sacré ni de respectable pour moi. J'ignore ce que sont les liens de l'amour, au nom desquels

tu me conjures; jamais je ne connaîtrai ce vain esclavage.
Défends ta vie, car la mort t'appelle.

MONTGOMERY. — Oh! alors, prends pitié du désespoir de
mes parents, que j'ai laissés dans la maison paternelle. Et
toi aussi, sans doute, tu as abandonné des parents que ton
absence fait gémir d'inquiétude.

JEANNE. — Malheureux! pourquoi viens-tu me rappeler
que dans ce royaume de nombreuses mères pleurent leurs
enfants, que de tendres enfants ont perdu leur père, et que
tant de fiancées sont devenues veuves par vous. — Les
mères anglaises éprouveront à leur tour le désespoir; elles
apprendront à connaître les larmes qu'ont versées les tristes
épouses en France.

MONTGOMERY. — Ah! qu'il est dur de mourir, sans être
pleuré, sur une terre étrangère.

JEANNE. — Qui vous a appelés sur cette terre étrangère
pour détruire les travaux d'une heureuse industrie, pour
nous chasser du foyer domestique, pour répandre le brandon de la guerre dans le sanctuaire paisible de nos cités?
Dans les vaines illusions de votre cœur, vous songiez déjà
à précipiter dans un honteux esclavage les libres habitants
de la France, et vous comptiez régir ce vaste royaume
comme une barque enchaînée à votre orgueilleux navire.
Insensés! les armes royales de France sont attachées au
trône de Dieu, et vous auriez plutôt arraché une étoile du
chariot céleste, qu'un seul village de ce royaume éternellement indivisible. Le jour de la vengeance est arrivé:
vous ne repasserez plus vivants cette mer sacrée que Dieu
a placée comme barrière entre vous et nous, et que dans
votre audace criminelle vous aviez osé franchir.

MONTGOMERY *quitte la main de Jeanne qu'il avait saisie.*
— Il faut donc mourir! Déjà la cruelle mort me saisit.

JEANNE. — Meurs, ami; pourquoi trembler si lâchement
à l'approche de la mort, de l'inévitable destin? Regarde-
moi! je ne suis qu'une jeune fille, qu'une simple bergère:
ma main n'est pas accoutumée à porter le glaive; elle n'a
jusqu'ici manié que la douce et innocente houlette; cependant, abandonnant les embrassements de mes sœurs chéries, les caresses de mon père, et ma vallée natale, je suis

venue ici : il faut qu'ici la voix de Dieu, et non pas mon
propre choix, me pousse; il faut pour votre amer chagrin,
non pour mon plaisir, que comme un spectre de terreur
j'égorge et répande la mort, et qu'à la fin je sois sa victime; car jamais je ne verrai le jour heureux du retour.
Je donnerai le trépas à beaucoup d'entre vous encore. Je
ferai couler encore les larmes de plus d'une veuve, et
enfin, moi aussi, je succomberai et j'accomplirai mon destin. Accomplis aussi le tien. Prends ton épée, et voyons à
qui restera la vie, le plus doux prix du combat.

MONTGOMERY. — Eh bien, si tu es mortelle comme moi,
et si le glaive peut te blesser, c'est peut-être à mon bras
qu'il est réservé de t'envoyer aux enfers et de terminer le
malheur des Anglais. Je confie mon destin aux mains clé-
mentes de Dieu : toi, réprouvée, appelle à ton secours tes
esprits infernaux : défends ta vie.

(Il prend son épée et son bouclier, et fond sur elle. On entend dans le
lointain les sons d'une musique guerrière. Après un instant de combat, Montgomery tombe.)

SCÈNE VIII.

JEANNE, *seule.*

Tes pas t'ont conduit à la mort. Va dans un autre monde.
(*Elle s'éloigne de lui et s'arrête pensive.*) Vierge divine, tu
produis en moi des choses extraordinaires, tu armes de
force ce faible bras : tu remplis ce cœur d'une inexorable
rigueur. Mon âme se fond en pitié, et ma main tremble
lorsqu'il faut blesser dans sa fleur le corps d'un adversaire. Je frémis comme si j'allais violer le sanctuaire d'un
temple. Je frissonne à la vue seule d'un fer nu. Cependant,
quand il le faut, la force me vient, et le glaive, comme
animé d'un esprit vivant, se dirige de lui-même sans jamais s'égarer dans ma main tremblante.

SCÈNE IX.

UN CHEVALIER, *la visière baissée.* JEANNE.

LE CHEVALIER. — Maudite! ton heure est venue; je t'ai

cherchée sur tout le champ de bataille: fantôme terrible, retourne aux enfers d'où tu es sorti.

JEANNE. — Qui es-tu, toi que ton mauvais ange amène au-devant de moi? Ta démarche annonce un prince; tu ne me sembles pas être un Anglais, et je reconnais l'écharpe de Bourgogne, devant laquelle s'abaisse la pointe de mon épée.

LE CHEVALIER. — Réprouvée! tu ne méritais pas de mourir de la noble main d'un prince. Ta tête maudite devrait être séparée du tronc par la hache du bourreau, et non par la vaillante épée du royal duc de Bourgogne.

JEANNE. — Ainsi tu es ce noble duc lui-même.

LE CHEVALIER, *levant sa visière.* — Je le suis, malheureuse; tremble et désespère. Les artifices de Satan ne peuvent plus te secourir; tu n'as vaincu jusqu'ici que des faibles et des lâches, c'est un homme qui est devant toi.

SCÈNE X.

DUNOIS *et* LA HIRE, LES PRÉCÉDENTS.

DUNOIS. — Retourne-toi, Bourgogne; combats contre des hommes, et non contre de jeunes filles.

LA HIRE. — Nous protégerons la tête sacrée de la prophétesse, et ton épée doit d'abord percer cette poitrine.

LE DUC. — Je ne crains point cette galante Circé ni vous, qu'elle a transformés si honteusement. Rougis, Dunois, et honte à toi, La Hire, d'abaisser ton ancienne valeur aux artifices de l'enfer, et de te faire l'écuyer d'une fille du démon. Venez, je vous défie tous. Il désespère de la protection de Dieu celui qui a recours au démon.

(Ils s'apprêtent à combattre, Jeanne se place entre eux.)

JEANNE. — Arrêtez!

LE DUC. — Trembles-tu pour ton galant? je vois à tes yeux...

(Il fond sur Dunois.)

JEANNE. — Arrêtez! La Hire, séparez-les: le sang français ne doit pas couler. Ce n'est pas le glaive qui doit décider cette querelle: les astres en ont autrement ordonné.

Séparez-vous, vous dis-je : écoutez avec respect l'esprit qui s'empare de moi et qui parle par ma bouche.

DUNOIS. — Pourquoi retiens-tu mon bras déjà levé? Pourquoi suspendre la décision sanglante du glaive? Le fer est tiré, laisse-moi frapper le coup qui venge et réconcilie la France.

JEANNE *se place entre les combattants et les sépare par un assez vaste intervalle, puis s'adressant à Dunois :* — Retire-toi de ce côté. (*A La Hire.*) Reste immobile, j'ai à m'entretenir avec le duc. (*Le calme étant rétabli.*) Que veux-tu faire, Bourgogne? Quel est l'ennemi que cherche ton œil homicide? Regarde! ce noble prince est, comme toi, fils de France; ce brave guerrier est ton compagnon d'armes, ton compatriote : moi-même ne suis-je pas fille de ta patrie? Nous tous, que tu t'efforces d'exterminer, nous sommes à toi. Nos bras sont ouverts pour t'embrasser : nos genoux prêts à fléchir devant toi : nos épées ne sauraient diriger leurs pointes contre ta poitrine. Nos hommages sont dus à un visage où nous reconnaissons, même sous un casque ennemi, les traits chéris de notre roi.

LE DUC. — Avec ces douces paroles et ce ton flatteur, tu veux, sirène, attirer ta victime. Ton adresse ne pourra me séduire; mon oreille saura se garder de tes discours artificieux. Les traits enflammés de tes regards glissent sur la bonne cuirasse qui couvre ma poitrine. Aux armes! Dunois, combattons à coups d'épée et non par des paroles.

DUNOIS. — D'abord les paroles, et puis les coups. Crains-tu les paroles? C'est aussi une lâcheté et la marque d'une mauvaise cause.

JEANNE. — Ce n'est pas l'impérieuse nécessité qui nous amène à tes pieds, et nous ne paraissons pas devant toi en suppliants. Regarde autour de toi, le camp des Anglais est en cendres, et les corps de vos soldats couvrent la campagne. Entends-tu retentir les trompettes des Français? Dieu a prononcé, la victoire est à nous. Le noble laurier que nous venons de cueillir, nous sommes prêts à le partager avec un ami. Reviens à nous, noble transfuge, viens où est le droit et la victoire. Moi-même, l'envoyée de Dieu, je te présente une main de sœur. Je veux te sauver et t'attirer à nous, à la bonne cause. Le ciel est pour la France ; ses anges, que tu ne vois pas, combattent pour le roi ; tous sont parés de lis. Notre cause est aussi pure que cette blanche bannière. La Vierge immaculée est notre chaste emblème.

LE DUC. — La parole trompeuse du mensonge est un piége qui enlace, mais le discours d'un enfant ne serait pas plus simple que le tien, et, si l'esprit malin dicte des paroles, il sait imiter parfaitement l'innocence. Je ne t'écoute plus ; aux armes ! mon oreille, je le vois, est plus faible que mon bras.

JEANNE. — Tu m'appelles magicienne, et tu m'imputes des artifices d'enfer. Rétablir la paix, réconcilier des ennemis, est-ce là une œuvre de l'enfer ? La concorde sort-elle des gouffres éternels ? Qu'y a-t-il donc d'innocent, de sacré, d'humainement bon, si ce n'est de combattre pour la patrie ? Depuis quand la nature est-elle tellement en guerre avec elle-même, que le ciel abandonne la bonne cause et que l'enfer vienne la protéger ? Si la justice paraît dans mes paroles, d'où pourrais-je les puiser, si ce n'est d'en haut ? Qui aurait pu songer à me ravir à mon troupeau pour initier une humble bergère aux affaires des rois ? Jamais je n'ai paru devant d'augustes princes ; ma bouche est étrangère à l'art de manier la parole. Toutefois, à présent que j'ai besoin de t'émouvoir, j'ai l'intelligence et la connaissance des choses les plus élevées ; le destin des princes et des royaumes apparaît clairement devant mes yeux d'enfant, et je porte dans ma bouche les foudres de l'éloquence.

LE DUC, *vivement touché, la regarde fixement avec étonnement et émotion.* — Que se passe-t-il en mon âme ? Que m'arrive-t-il ? Est-ce un Dieu qui pénètre en moi pour changer le fond de mon cœur ? Ah ! cette touchante figure ne saurait tromper ! Non ! non ! si je suis aveuglé par un pouvoir magique, c'est par une influence céleste. Oui, mon cœur me le dit, elle est envoyée de Dieu.

JEANNE. — Il est ému ! Oui, je le vois ; ce n'est pas en vain que j'ai supplié : les nuages de colère disparaissent de son front et fondent en pleurs : ses yeux rayonnant d'une douce émotion présagent la paix. Laissez vos armes, pressez-vous cœur sur cœur. Il pleure, il est vaincu, il est à nous!

(Le glaive et la bannière lui échappent, elle s'avance vers lui les bras ouverts et l'embrasse avec une vivacité passionnée. Dunois et La Hire abandonnent aussi leur épée et viennent l'embrasser.)

FIN DU DEUXIÈME ACTE.

ACTE TROISIÈME

La scène est à Châlons-sur-Marne, dans le palais du roi.

. . . .

SCÈNE I.

DUNOIS et LA HIRE.

DUNOIS. — Nous étions amis de cœur, frères d'armes : nos bras sont armés pour défendre la même cause, nous avons bravé ensemble et le malheur et la mort. Que l'amour d'une femme ne rompe pas un lien qui a résisté à tous les coups du sort.

LA HIRE. — Prince, écoutez-moi.

DUNOIS. — Vous aimez cette merveilleuse fille, et je sais bien quel est votre projet. Vous voulez aller de ce pas prier le roi de vous accorder la main de Jeanne. Il ne peut refuser à votre valeur une récompense si bien méritée. Sachez cependant qu'avant que je la voie dans les bras d'un autre...

LA HIRE. — Écoutez-moi, prince !

DUNOIS. — Ce n'est point un caprice des yeux soudain et passager qui m'attire vers elle. Aucune femme n'avait encore troublé le calme inébranlable de mon cœur jusqu'au jour où je vis cette jeune fille merveilleuse qu'un décret de Dieu a destinée à être la libératrice de la France et mon épouse ; sur-le-champ je me promis, par un serment sacré, d'en faire ma compagne. Le guerrier vaillant doit avoir une vaillante amie ; son cœur ardent aspire à reposer sur un cœur qui lui ressemble et qui puisse comprendre et supporter sa force.

LA HIRE. — Comment pourrais-je, prince, me hasarder de comparer mon faible mérite à la gloire de votre nom héroïque? Lorsque le comte Dunois entre en lice, tout autre prétendant doit se retirer. Cependant une humble bergère ne peut paraître dignement auprès de vous comme épouse, et le sang royal qui coule dans vos veines repousse une telle mésalliance.

DUNOIS. — Elle est née mon égale; elle est comme moi un enfant de Dieu et de la sainte nature. Quel prince ne serait pas honoré de recevoir la main de celle qui est l'innocente fiancée des anges, dont la tête est ceinte d'une divine auréole plus brillante que les couronnes de ce monde, qui voit au-dessous de ses pieds tout ce qu'il y a de plus grand, de plus élevé sur la terre? Tous les trônes amoncelés l'un sur l'autre jusqu'aux étoiles ne pourraient atteindre la hauteur où elle apparaît dans son angélique majesté.

LA HIRE. — Que le roi décide.

DUNOIS. — Non, c'est elle-même qui doit décider. Elle a rendu la France libre, et elle doit librement disposer de son cœur.

LA HIRE. — Le roi vient.

SCÈNE II.

LE ROI, AGNÈS, L'ARCHEVÊQUE, DUCHATEL, CHATILLON,
LES PRÉCÉDENTS.

LE ROI, à *Châtillon*. — Il vient! Il veut, dites-vous, me reconnaître pour son roi et me rendre hommage?

CHATILLON. — Oui, sire : le Duc, mon maître, veut ici même, dans votre royale ville de Châlons, se jeter à vos pieds. Il m'a ordonné d'aller vous saluer comme mon seigneur et roi; lui-même suit mes pas, et bientôt il va paraître.

AGNÈS. — Il vient! ô beau soleil de ce fortuné jour qui nous apporte la joie avec la paix et la réconciliation.

CHATILLON. — Mon maître arrive avec deux cents chevaliers, il se prosternera à vos pieds; cependant il espère que vous ne le souffrirez pas et que vous l'embrasserez amicalement comme votre cousin.

LE ROI. — Je brûle de le presser sur mon cœur.

CHATILLON. — Le Duc demande aussi que, dans cette première entrevue, aucun mot ne soit prononcé qui ait rapport aux anciennes discordes.

LE ROI. — Que le passé soit pour toujours plongé dans l'oubli; nous ne voulons songer qu'aux jours sereins de l'avenir.

CHATILLON. — Tous ceux qui ont combattu pour la Bourgogne doivent être compris dans cette réconciliation.

LE ROI. — Je doublerai ainsi le nombre de mes sujets.

CHATILLON. — La reine Isabeau doit être associée à cette paix, si elle veut y accéder.

LE ROI. — Elle fait la guerre contre moi, et je ne la fais pas contre elle. Notre lutte cessera dès qu'elle voudra y mettre fin.

CHATILLON. — Douze chevaliers seront garants de votre parole.

LE ROI. — Ma parole est sacrée.

CHATILLON. — Et l'archevêque partagera une hostie entre vous et mon maître comme sceau et comme gage d'une réconciliation sincère.

LE ROI. — Que mes droits au salut éternel répondent de la sincérité de mon cœur et du serment de ma main. Quel autre gage demande encore le Duc?

CHATILLON, *en jetant un regard sur Duchâtel.* — Je vois ici quelqu'un dont la présence pourrait empoisonner la première entrevue.

(Duchâtel sort en silence.)

LE ROI. — Va, Duchâtel, jusqu'à ce que le Duc puisse supporter ta vue; tu te tiendras à l'écart. (*Il le suit des yeux, puis court à lui et l'embrasse.*) O mon fidèle ami! tu as voulu faire encore davantage pour mon repos.

(Duchâtel sort.)

CHATILLON. — Les autres articles sont contenus dans cet écrit.

LE ROI, *à l'archevêque.* — Vous prendrez soin de les régler. Je consens à tout; pour acquérir un ami, il n'est point de trop grands sacrifices. Vous, Dunois, prenez avec vous cent nobles chevaliers et allez au-devant du Duc. Que les soldats se couronnent de feuillages pour recevoir leurs frères. Que toute la ville se pare pour cette fête, et que le son des cloches annonce que la France et la Bourgogne sont de nouveau unies. (*Un page entre, on entend les trompettes.*) Qu'entends-je? qu'annoncent ces trompettes?

LE PAGE. — Elles annoncent l'entrée du duc de Bourgogne.

(Il sort.)

DUNOIS *sort avec* La Hire *et* Châtillon. — Allons à sa rencontre.

LE ROI. — Agnès, tu pleures? Et moi aussi je manque presque de force pour supporter une telle scène. Ah! combien la mort a frappé de victimes avant que nous puissions nous revoir en amis! Mais enfin la rage de la tempête s'apaise; le jour succède à la nuit obscure, et avec le temps mûrissent les fruits les plus tardifs.

L'ARCHEVÊQUE, *à la fenêtre.* — Le Duc a de la peine à se dégager de la presse, on l'enlève de dessus son cheval, on baise son manteau, ses éperons.

LE ROI. — C'est un bon peuple, ardent dans son amour comme dans sa colère. Comme ils ont vite oublié que c'est là ce même Duc dont la main a frappé leurs pères et leurs enfants! Cet instant dévore toute une vie. Calme tes esprits, Agnès, ta vive joie pourrait blesser son âme. Rien ici ne doit ni l'affliger ni l'humilier.

SCÈNE III.

LES PRÉCÉDENTS, LE DUC DE BOURGOGNE, DUNOIS, LA HIRE, CHATILLON *et d'autres chevaliers de la suite du duc.*

Le duc s'arrête un instant à l'entrée. Le roi s'avance vers lui. Aussitôt le duc s'approche, et au moment où il se dispose à mettre le genou en terre, le roi le serre dans ses bras.)

LE ROI. — Vous nous avez surpris: nous comptions aller à votre rencontre. Mais vous avez des chevaux rapides.

LE DUC. — Ils m'ont amené à mon devoir. (*Il embrasse Agnès et la baise au front.*) Vous permettez, cousine ; c'est un droit dû au seigneur d'Arras, et aucune belle ne s'est encore refusée à cet usage.

LE ROI. — Votre cour est, dit-on, le siège des amours et le marché où s'étale tout ce qui est beau.

LE DUC. — Sire, nous sommes un peuple commerçant, toutes les choses précieuses qui croissent dans les divers climats sont étalées à nos yeux et pour notre jouissance sur le marché de Bruges. Et qu'est-il de plus précieux que la beauté des femmes ?

AGNÈS. — Leur fidélité est estimée à un plus haut prix encore, cependant on ne la voit pas au marché.

LE ROI. — Mon cousin, vous avez une mauvaise renommée : on dit que vous faites peu de cas de la plus belle vertu des femmes ?

LE DUC. — C'est une hérésie qui trouve en elle-même sa plus dure punition. Vous êtes heureux, Sire : le cœur vous a appris de bonne heure ce qu'une vie agitée ne m'a fait connaître que bien tard. (*Il aperçoit l'archevêque et lui tend la main.*) Digne homme de Dieu, votre bénédiction : toujours on vous trouve dans le chemin du devoir, et quand on veut vous voir, il faut suivre la bonne voie.

L'ARCHEVÊQUE. — Que le Seigneur m'appelle à lui quand il voudra. Mon cœur est comblé de joie et je mourrai content puisque mes yeux ont pu voir ce jour.

LE DUC, *à Agnès.* — On dit que vous vous êtes privée de vos pierreries pour fournir des armes contre moi. Quoi donc ! auriez-vous des idées si guerrières ? songiez-vous si sérieusement à ma perte ? Maintenant que le combat est fini, chacun doit retrouver ce qui a été perdu, et votre parure aussi s'est retrouvée. Vous l'aviez destinée à me faire la guerre, recevez-la de ma main en signe de paix.

(Il prend, de la main d'un de ses suivants, l'écrin qu'il présente tout ouvert à Agnès. Elle regarde le roi avec surprise.)

LE ROI. — Accepte ce présent, c'est un gage que l'amour et la réconciliation me rendent doublement cher.

LE DUC, *plaçant dans les cheveux d'Agnès une rose de brillants.* — Que n'est-ce la couronne de France ! je la placerais avec autant de joie sur cette belle tête. (*Il lui prend la main d'un geste significatif.*) Et comptez sur moi, si quelque jour vous avez besoin d'un ami. (*Agnès se détourne tout en pleurs, le roi paraît fort ému. Tous les assistants regardent les deux princes avec attendrissement. Le Duc, après avoir regardé tour à tour tous les assistants, se jette dans les bras du roi.*) O mon roi! (*Au même instant les trois chevaliers bourguignons embrassent l'archevêque, Dunois et La Hire. Les deux princes restent un instant en silence dans les bras l'un de l'autre.*) Et j'ai pu vous haïr, vous renoncer!

LE ROI. — Assez, assez! rien de plus.

LE DUC. — J'ai pu couronner cet Anglais! engager ma foi à un étranger! précipiter mon roi dans sa ruine!

LE ROI. — Tout est oublié, tout est effacé. Ce seul instant a tout réparé. Cela a été l'effet du sort et d'un astre funeste.

LE DUC, *lui serrant la main.* — Je réparerai mes torts, croyez-moi, je les réparerai. Votre royaume entier doit rentrer en votre pouvoir, sans qu'il en manque un seul village.

LE ROI. — Nous sommes unis, je ne crains plus aucun ennemi.

LE DUC. — Croyez-moi, j'ai toujours souffert au fond du cœur de porter les armes contre vous. (*Montrant Agnès.*) Mais pourquoi ne me l'avez-vous point envoyée? Je n'aurais jamais pu résister à ses larmes. Aucune puissance de l'enfer ne pourra nous séparer, maintenant que nos cœurs se sont serrés l'un contre l'autre. Maintenant j'ai trouvé ma véritable place; c'est entre vos bras qu'a fini mon égarement.

L'ARCHEVÊQUE *s'avance entre eux.* — Princes, vous êtes unis; la France, comme un phénix renaissant, va sortir de ses cendres : un avenir riant se montre à nous; les plaies profondes de notre pays vont se guérir; les villes et les villages dévastés vont se relever avec plus d'éclat de leurs ruines, les champs se couvrir d'une verdure nouvelle. Cependant ceux qui ont péri victimes de vos discordes ne pourront renaître à la vie, et les larmes que vos combats ont fait couler sont et restent répandues; la génération future fleurira, tandis que la précédente a été la proie de la

misère. Le bonheur des enfants ne saurait réveiller les
pères dans leurs tombeaux. Tels sont les fruits de vos dissensions fraternelles. Ah! que ceci vous soit une leçon :
tremblez devant le pouvoir fatal du glaive, avant de le tirer
du fourreau. Quand la guerre est une fois déchaînée, cette
divinité cruelle ne s'arrête pas à la voix de l'homme, comme
le faucon qui, du haut des airs, revient au premier signal
s'abattre sur le poing du chasseur; la main céleste ne
viendra pas deux fois prêter comme aujourd'hui son assistance.

LE DUC. — Sire, un ange demeure à vos côtés. Où est-
elle, et pourquoi ne la vois-je pas ici?

LE ROI. — Où est Jeanne? comment nous manque-t-elle
dans ce moment de fête et de bonheur que nous lui devons?

L'ARCHEVÊQUE. — Sire, le repos d'une cour oisive convient mal à cette sainte fille. Quand l'ordre de Dieu ne
l'appelle pas à paraître dans l'éclat du monde, elle évite
avec pudeur les regards profanes du vulgaire des hommes.
Si en ce moment elle ne déploie pas son activité pour le
bien de la France, sans doute elle s'entretient avec Dieu,
dont la bénédiction accompagne tous ses pas.

SCÈNE IV.

LES PRÉCÉDENTS, JEANNE.

(Elle est armée, mais sans casque ; ses cheveux sont ornés d'une
guirlande.)

LE ROI. — Jeanne, parée comme une prêtresse, tu viens
consacrer l'union que tu as formée.

LE DUC. — Cette vierge, si terrible dans le combat, combien elle semble embellie par la paix ! Ai-je tenu ma parole,
Jeanne? Es-tu contente, est-ce que je mérite ton appro-
bation?

JEANNE. — Ta conduite te vaut elle-même la plus grande
récompense. Maintenant tu rayonnes de l'éclat le plus pur,
tandis qu'avant, semblable à un astre de terreur, tu pro-
jetais du haut du ciel une lueur sanglante et sombre. (*Elle*

regarde autour d'elle.) Que de nobles chevaliers sont ici rassemblés! tous les yeux brillent de joie. Je n'ai rencontré qu'un seul affligé, qui est obligé de se cacher quand les autres se réjouissent.

LE DUC. — Et qui peut se croire assez coupable pour désespérer de notre clémence?

JEANNE. — Peut-il approcher? Oh! dis qu'il peut l'oser. Complète ton mérite; il n'est pas de réconciliation quand il reste encore quelque chose sur le cœur. Une goutte de haine, quand on la laisse au fond de la coupe de la joie, convertit en poison le breuvage du salut. Il n'y a pas de tort si sanglant qui ne puisse obtenir aujourd'hui le pardon du duc de Bourgogne.

LE DUC. — Je te comprends, Jeanne.

JEANNE. — Et tu veux pardonner? N'est-ce-pas, duc, tu le veux? Entre, Duchâtel. (*Elle ouvre la porte et fait entrer Duchâtel, qui hésite d'avancer.*) Le Duc se réconcilie avec tous ses ennemis, il l'est aussi avec toi, Duchâtel.

(Il avance quelques pas et cherche à lire dans les yeux du duc.)

LE DUC. — Que fais-tu de moi, Jeanne? Sais-tu bien ce que tu demandes?

JEANNE. — Un maître généreux ouvre sa porte à tous les hôtes, et n'en exclut aucun. Pareille au vaste firmament qui environne le monde entier, la clémence doit envelopper à la fois amis et ennemis; les rayons du soleil s'étendent de toutes parts dans un espace sans bornes, et la rosée du ciel abreuve toutes les plantes altérées; tout ce qui est bon et vient d'en haut est universel et sans restriction... mais dans les replis réside l'obscurité.

LE DUC. — Elle dispose de moi comme elle veut; mon cœur, comme une cire molle, obéit à sa main. Embrassez-moi, Duchâtel, je vous pardonne. Ombre de mon père, ne t'irrite point de ce que je presse amicalement la main qui te donna la mort; vous, dieux de la mort, ne m'en voulez pas de rompre mon terrible serment de vengeance; chez vous, là-bas, dans ces demeures de l'éternelle nuit, où le cœur ne bat plus, tout est éternel, immuable, inflexible; mais il en est autrement sur cette terre qu'éclairent les

rayons du soleil; l'homme, la créature vivante, est la proie
facile des circonstances impérieuses.

LE ROI, *à* *Jeanne.* — Que ne te dois-je pas, noble fille!
Comme tu as noblement tenu ta parole! Combien rapidement tu as changé mon destin! Tu m'as réconcilié avec mes
amis, tu as précipité mes ennemis dans la poussière, tu as
délivré mes villes du joug étranger; toi seule as fait ces
prodiges. Comment puis-je m'acquitter envers toi?

JEANNE. — Sois toujours humain dans la prospérité
comme tu l'as été dans le malheur; au faîte de la grandeur,
n'oublie pas que dans l'infortune tu as éprouvé ce que vaut
un ami. Ne refuse ni justice ni grâce, même au dernier de
tes sujets; n'est-ce pas une bergère que Dieu t'a envoyée
pour libératrice? Tu réuniras toute la France sous un seul
sceptre, et tu deviendras l'aïeul et la tige de princes plus
grands et plus brillants de gloire que ceux qui t'ont pré-
cédé sur le trône. Ta race fleurira aussi longtemps qu'elle
conservera des droits à l'amour de son peuple; l'orgueil
seul pourra amener sa chute; et du fond de ces humbles
cabanes, d'où est sorti ton sauveur, un sort mystérieux
menace peut-être de leur ruine tes descendants coupables.

LE DUC. — Fille prophétique, qu'inspire l'Esprit-Saint,
si tes yeux percent l'avenir, dis-moi, qu'adviendra-t-il de
ma race? doit-elle, ainsi qu'elle a commencé, s'étendre ma-
gnifiquement?

JEANNE. — Bourgogne! tu t'es assis à la hauteur du
trône, et ton cœur superbe aspire plus haut encore! Tu
voudrais élever jusqu'aux nues l'audacieux édifice de ta
grandeur. Mais la main d'en haut va bientôt arrêter ces
progrès; ne crains pas cependant la chute de ta maison,
elle survivra plus brillante en la personne d'une fille, et il
sortira de son sein des monarques ornés du sceptre des
pasteurs des peuples; ils régneront sur les deux empires
les plus puissants du monde connu, et aussi sur un monde
nouveau, que la main de Dieu tient encore caché par delà
des mers inconnues aux vaisseaux.

LE ROI. — Oh! parle, puisque l'Esprit-Saint t'éclaire!
Cette alliance fraternelle que nous venons de renouveler
unira-t-elle encore les fils de nos derniers neveux?

JEANNE, *après un instant de silence.* — Rois et souverains, redoutez la discorde. Gardez-vous de la réveiller quand elle sommeille dans son antre. Si une fois elle en sort, il faudra beaucoup de temps pour l'apaiser. Elle fait naître une race au cœur de fer, et l'incendie allume sans cesse un nouvel incendie. Ne demandez pas d'en savoir davantage; jouissez du présent, et laissez-moi tenir l'avenir caché.

AGNÈS. — Sainte fille, tu connais mon cœur, tu sais s'il aspire à de vaines grandeurs. Donne-moi aussi un oracle consolant.

JEANNE. — L'Esprit ne me révèle que le sort des empires; ton sort repose dans ton propre cœur.

DUNOIS. — Mais toi, fille auguste, quel sera ton sort, toi que le ciel chérit? Sans doute le plus grand bonheur de la terre est réservé à celle qui est pieuse et sainte?

JEANNE. — Le bonheur n'habite que là-haut dans le sein de l'Éternel.

LE ROI. — Ton bonheur sera désormais le soin le plus cher de ton roi. Je veux élever ton nom en France. Que les générations les plus reculées te proclament bienheureuse... et sur-le-champ je vais m'acquitter de cette tâche. Mets un genou en terre. (*Il tire son épée et en touche Jeanne.*) Je t'anoblis. Ton roi t'élève au-dessus de la poussière d'une naissance obscure; et tes ancêtres mêmes qui sont dans le tombeau, je les anoblis. Tu porteras le lis dans tes armes, tu seras égale en noblesse aux premiers de France, et le sang royal de Valois sera seul plus noble que le tien. Le plus grand parmi les grands de ma cour se tiendra honoré par le don de ta main. Je me réserve de te choisir le plus illustre époux.

DUNOIS *s'avance.* — Mon cœur l'avait choisie avant son élévation. Les nouveaux honneurs qui brillent sur sa tête ne peuvent augmenter ni son mérite ni mon amour; ici, en présence de mon roi et de ce saint archevêque, je lui offre ma main comme à la princesse mon épouse souveraine, si toutefois elle m'honore assez pour l'accepter.

LE ROI. — Fille irrésistible: tu ajoutes des miracles aux miracles, et je commence à croire qu'il n'est rien qui te soit impossible. Tu as dompté ce cœur orgueilleux, qui jusqu'à cette heure avait bravé le pouvoir de l'amour.

LA HIRE *s'avance.* — Le plus bel ornement de Jeanne, si je la connais bien, c'est la modestie de son cœur, elle est digne de l'hommage des plus grands, mais jamais elle ne portera si haut ses désirs. Elle n'aspire point à une vaine et étourdissante grandeur. L'affection sincère d'un cœur loyal lui suffit, et c'est ce sort paisible que je lui offre avec cette main.

LE ROI. — Et toi aussi, La Hire? quoi, deux nobles prétendants, égaux en gloire et en héroïsme! Après m'avoir réconcilié avec ennemis, après avoir apaisé mon royaume, veux-tu diviser mes plus chers amis? Puisque tu ne peux appartenir qu'à un seul, et que tous deux sont dignes d'un tel prix, parle, c'est à ton cœur de décider.

AGNÈS *s'approche.* — Je vois la noble fille interdite, et son visage se colore d'une modest pudeur. Laissez-lui le temps d'interroger son cœur, de se confier à une amie, et de rompre le sceau qui cache les sentiments de son âme. C'est à moi, en ce moment, d'aborder, comme une tendre sœur, cette vierge austère, pour lui offrir une discrète confidente. Laissez d'abord le secret d'une femme se révéler à une autre femme, et attendez ce qui sera résolu entre nous.

LE ROI, *prêt à s'éloigner.* — Qu'il en soit ainsi.

JEANNE. — Non, Sire; si j'ai rougi devant vous, ce n'est point par le trouble d'une pudeur timide. Je n'ai rien à confier à cette noble dame dont j'eusse à rougir devant des hommes. Le choix de ces illustres chevaliers m'honore excessivement; mais je n'ai point quitté les champs et mes brebis pour courir après les vains et frivoles honneurs de ce monde; ce n'est pas pour tresser la couronne nuptiale dans ma chevelure que j'ai revêtu cette armure d'airain. C'est à d'autres œuvres que j'ai été appelée, et une vierge pure peut seule les accomplir. Je suis la guerrière du Tout-Puissant, et je ne puis être l'épouse d'un homme.

L'ARCHEVÊQUE. — La femme est née pour être la tendre compagne de l'homme; quand elle obéit à la nature, elle sert le ciel le plus dignement. Quand tu auras satisfait à l'ordre du Tout-Puissant qui t'a envoyée sur les champs de bataille, il sera temps de déposer tes armes, et de retourner à la vie paisible du sexe que tu as renié et qui n'est pas destiné aux œuvres sanglantes de la guerre.

JEANNE. — Vénérable seigneur, je ne sais point encore ce que l'Esprit-Saint m'ordonnera de faire; quand le moment sera venu, sa voix ne sera point muette pour moi, et je lui obéirai. Il m'ordonne maintenant d'accomplir ma mission; le front de mon maître n'a point encore été couronné: l'huile sainte n'a point encore été répandue sur sa tête : mon seigneur n'a pas encore le nom de roi.

LE ROI. — Nous suivons la route qui conduit à Reims.

JEANNE. — Ne nous arrêtons pas, car les ennemis nous entourent et tendent à te fermer le chemin. Cependant je saurai te conduire à travers toutes leurs armées.

DUNOIS. — Mais lorsque tout sera terminé, lorsque nous serons entrés victorieux à Reims, m'accorderas-tu alors, sainte fille?...

JEANNE. — Si le ciel permet que, couronnée par la victoire, je sorte de cette lutte meurtrière, ma tâche sera accomplie, et la bergère n'aura plus affaire dans le palais du roi.

LE ROI, *lui prenant la main.* — Tu obéis maintenant à la voix de l'Esprit; et ton cœur, plein d'un amour divin, est sourd à l'amour terrestre. Mais, crois-moi, ton cœur ne se taira pas toujours. Le bruit des armes cessera; la victoire nous ramènera la paix, alors la joie s'emparera de toutes les âmes, et de plus doux sentiments s'éveilleront dans tous les cœurs : tu l'éprouveras aussi, et de tendres désirs rempliront tes yeux des plus douces larmes qu'ils aient jamais versées. Ce cœur, que l'amour du ciel occupe tout entier, se laissera entraîner à un autre amour. Des milliers d'hommes, sauvés par toi, te doivent à présent le bonheur, et tu finiras par faire le bonheur d'un seul!

JEANNE. — Dauphin, es-tu donc déjà las de la protection du ciel, pour vouloir briser son vase d'élection, et pour faire descendre dans la vie vulgaire du monde la vierge pure que Dieu t'a envoyée? Cœurs aveugles, hommes de peu de foi, la toute-puissance du ciel se manifeste à vous; ses miracles ont frappé vos yeux, et vous ne voyez en moi

qu'une femme ! Une femme eût-elle osé se couvrir de cet
airain de la guerre et se mêler parmi les combattants?
Malheur à moi si, portant dans ma main le glaive vengeur
de mon Dieu, mon cœur frivole se laissait entraîner à un
amour qui aurait pour objet une créature terrestre. Il vau-
drait mieux pour moi que je ne fusse jamais née. Que de
semblables paroles ne soient plus prononcées, si vous ne
voulez irriter et révolter l'Esprit-Saint qui est en moi; c'est
déjà pour moi une horreur, une profanation, que le regard
de convoitise d'un homme.

LE ROI. — Brisons là, nous tentons en vain de la persuader.

JEANNE. — Ordonne que l'on sonne la trompette guerrière. Ce repos me pèse et me tourmente; il faut que je
sorte de cet oisif loisir, il faut que j'accomplisse ma mission, il faut que j'obéisse au destin impérieux qui me
conduit.

SCÈNE V.

LES PRÉCÉDENTS, UN CHEVALIER *entre avec précipitation.*

LE ROI. — Qu'est-ce ?

LE CHEVALIER. — L'ennemi a passé la Marne; il dispose
ses bataillons pour le combat.

JEANNE, *avec enthousiasme.* — Aux armes! aux armes!
maintenant l'âme peut rompre ses liens. Armez-vous, je
vais tout régler pour le combat.

(Elle sort.)

LE ROI. — La Hire, suivez-la. Veulent-ils nous disputer
la couronne même aux portes de Reims?

DUNOIS. — Ce n'est pas là un vrai courage, c'est le dernier effort d'un espoir furieux et impuissant.

LE ROI. — Bourgogne, je n'ai point à vous exciter;
voici le jour qui peut réparer beaucoup de jours mauvais.

LE DUC. — Vous serez satisfait de moi.

LE ROI. — Je marcherai devant vous dans le chemin de
la gloire; et en vue de la ville du couronnement, je com-

battrai pour conquérir ma couronne.... Mon Agnès, ton
chevalier te dit adieu.

AGNÈS *l'embrasse*. — Je ne pleure pas, je ne tremble pas
pour toi; ma confiance est tout entière dans les bontés du
ciel; il ne nous a pas donné tant de gages de sa faveur pour
nous livrer ensuite au deuil. Bientôt, mon cœur me l'assure,
j'embrasserai mon roi couronné par la victoire dans les
murs de Reims.

(Les trompettes retentissent, et pendant que le théâtre change, leurs
fanfares animées sont peu à peu étouffées par un bruyant tumulte de
guerre. La scène restant ouverte, la musique de l'orchestre reprend
soudain, accompagnée par des instruments guerriers placés derrière
la scène.)

SCÈNE VI.

La scène change et représente une plaine découverte, terminée par des
arbres; la musique continue, et l'on voit des soldats traverser rapidement le fond du théâtre.

TALBOT *soutenu par* FASTOLF; *des soldats les accompagnent.*
LIONEL *survient bientôt après.*

TALBOT. — Déposez-moi sous ces arbres et retournez au
combat. Je n'ai besoin d'aucun secours pour mourir.

FASTOLF. — O jour de malheur et de désespoir! (*Lionel
s'approche.*) Dans quel moment vous arrivez, Lionel! voici
notre général frappé à mort.

LIONEL. — Dieu nous préserve de ce malheur! Relevez-
vous, noble lord, ce n'est pas le moment de succomber; ne
cédez point à la mort. Que la force de votre volonté con-
traigne la nature à vous laisser vivre.

TALBOT. — C'est en vain, le jour fatal est arrivé; notre
trône doit s'écrouler en France. Inutilement j'ai, jusqu'au
dernier moment, essayé de le soutenir dans ce combat désespéré: frappé de la foudre, je succombe ici pour ne plus
me relever. Reims est perdu: hâtez-vous de sauver Paris.

LIONEL. — Paris s'est livré au Dauphin; un courrier vient
de nous en apporter la nouvelle.

TALBOT, *arrachant l'appareil de sa blessure*. — Ah! que

les flots de mon sang s'écoulent; je suis las de la lumière du jour.

LIONEL. — Je ne puis demeurer davantage. Fastolf, portez notre général dans un lieu plus sûr; nous ne pouvons nous maintenir plus longtemps dans ce poste. Nos gens fuient déjà de toutes parts: la Pucelle les chasse devant elle.

TALBOT. — La déraison triomphe, et il faut que je succombe. Les dieux mêmes combattent en vain contre la folie. Auguste raison, fille lumineuse sortie de la tête du Dieu suprême, sage fondatrice de l'univers et guide des astres, qu'est-ce donc que ton pouvoir? Attachée à la queue du cheval furieux de la superstition, tu es, malgré tes cris impuissants, entraînée avec la bête ivre dans l'abîme que tu aperçois. Maudit soit celui qui, consacrant sa vie aux choses grandes et nobles, concerte pour y parvenir des plans dictés par la prudence! C'est au roi des fous qu'appartient l'empire du monde.

LIONEL. — Milord, vous n'avez plus que peu d'instants à vivre; songez à votre créateur.

TALBOT. — Si nous étions vaincus en braves guerriers, par d'autres guerriers, nous pourrions nous consoler en songeant que c'est le destin commun et que la fortune est journalière; mais succomber à cette grossière jonglerie! Notre vie si grave et si pleine de glorieux travaux, ne méritait-elle pas une fin plus sérieuse?

LIONEL *lui prend la main.* — Milord, adieu. Après le combat, si je survis, je verserai sur vous les larmes que vous méritez. Mais maintenant il faut que je retourne sur le champ de bataille; le destin y siége encore en juge et secoue les lots. Au revoir dans un autre monde, Milord; c'est un court adieu pour une si longue amitié.

(Il part.)

TALBOT. — Bientôt ce sera fini. je vais rendre à la terre et au soleil éternel les atomes qui s'étaient assemblés en moi pour la douleur et le plaisir, et de ce puissant Talbot, dont la renommée guerrière remplissait le monde, il ne restera qu'une poignée de poussière. Telle est la fin de l'homme. La seule conquête qui nous revienne du combat de la vie, c'est la perspective du néant, et le profond mépris de tout ce qui nous avait paru grand et digne d'envie.

SCÈNE VII.

LE ROI, LE DUC, DUNOIS, DUCHATEL *et des soldats entrent sur la scène.*

LE DUC. — Le bastion est emporté.

DUNOIS. — La journée est à nous.

LE ROI, *apercevant Talbot.* — Voyez quel est ce guerrier qui dit un adieu forcé et douloureux à la lumière du jour; son armure annonce un homme distingué. Allez, et qu'on lui donne des secours, s'il en est temps encore.

(Des soldats de la suite du roi s'avancent vers Talbot.)

FASTOLF. — Arrière, n'approchez pas : respectez dans ce mort celui que vous vous gardiez bien d'approcher tant qu'il était vivant.

LE DUC. — Que vois-je? Talbot baigné dans son sang!

(Il s'avance vers lui, Talbot le regarde d'un œil fixe et meurt.)

FASTOLF. — Retirez-vous, Bourgogne: que la vue d'un parjure ne souille pas le dernier regard d'un héros.

DUNOIS. — Terrible et indomptable Talbot, quel petit espace te suffit maintenant! et le vaste territoire de la France ne pouvait satisfaire ton ambition insatiable! Maintenant, sire, je vous salue comme roi: tant qu'un esprit animait ce corps, la couronne chancelait sur votre tête.

LE ROI, *après avoir regardé Talbot pendant un instant.* — Il a été vaincu, non par nous, mais par un plus grand que nous : il gît sur la terre de France, comme le héros sur son bouclier qu'il n'a pas voulu abandonner. Qu'on l'emporte. (Des soldats emportent le corps.) Que la paix soit avec sa cendre! un honorable monument lui sera élevé, et sa dépouille reposera au milieu de la France, où il a terminé héroïquement sa carrière. Nul ennemi n'a encore porté aussi loin ses armes! et le lieu même où sera placée sa sépulture lui servira de glorieuse épitaphe.

FASTOLF *présente son épée au roi.*—Seigneur, je suis votre prisonnier.

LE ROI *lui rend son épée.* — Non, la guerre, dans sa rudesse, respecte cependant les pieux devoirs. Soyez libre pour conduire au tombeau les restes de votre chef. Maintenant, Duchâtel, hâtez-vous; mon Agnès tremble. Allez terminer ses angoisses : allez lui apprendre que nous vivons, que nous sommes vainqueurs, et amenez-la en triomphe à Reims.

(Duchâtel sort.)

SCÈNE VIII.

LA HIRE, LES PRÉCÉDENTS.

DUNOIS. — La Hire, où est la Pucelle?

LA HIRE. — Comment! j'allais vous le demander : je l'ai laissée combattant à vos côtés.

DUNOIS. — Quand j'ai couru au secours du roi, je la croyais protégée par votre bras.

LE DUC. — J'ai vu, il y a peu d'instants encore, sa blanche bannière flotter au plus épais des rangs ennemis.

DUNOIS. — Malheur à nous! Où est-elle? Je ne pressens rien de bon. Venez, courons promptement la délivrer; je crains qu'une vaillance téméraire ne l'ait emportée trop loin; qu'entourée d'ennemis elle ne combatte seule, et ne succombe sans secours au nombre.

LE ROI. — Courez; délivrez-la.

LA HIRE. — Je vous suis; partons.

LE DUC. — Allons tous.

(Ils partent.)

SCÈNE IX.

Le théâtre représente une autre partie écartée du champ de bataille. On aperçoit dans le lointain les tours de Reims éclairées par le soleil.

UN CHEVALIER *revêtu d'une armure noire, la visière baissée,* JEANNE *le poursuit jusque sur le devant de la scène; il s'arrête et l'attend.*

JEANNE. — Fourbe, je démêle maintenant ta ruse. Par ta fuite simulée, tu as voulu m'écarter du champ de bataille, et dérober à la mort bien des fils de l'Angleterre. Mais le trépas va maintenant l'atteindre toi-même.

LE CHEVALIER NOIR. — Pourquoi me poursuis-tu ainsi ? Pourquoi t'acharner sur mes pas avec tant de fureur ? Je ne suis pas destiné à tomber de ta main.

JEANNE. — Je sens au fond du cœur que tu m'es odieux autant que la nuit dont tu portes la couleur ; j'éprouve un désir invincible de te ravir le jour ; qui es-tu ? Lève ta visière. Si je n'avais vu le terrible Talbot tomber dans le combat, je croirais que tu es Talbot.

LE CHEVALIER NOIR. — Eh quoi ! l'esprit prophétique ne te fait plus entendre sa voix !

JEANNE. — Il me crie, au plus profond de mon âme, que mon malheur est là près de moi.

LE CHEVALIER NOIR. — Jeanne d'Arc ! Jusqu'aux portes de Reims, tu as marché sur les ailes de la victoire. Tant de gloire doit te suffire. Ne tente plus la fortune qui jusqu'ici t'a servie en esclave. N'attends pas qu'elle se révolte et t'abandonne. Souviens-toi qu'elle ne connaît pas la constance, et que nul n'a été par elle favorisé jusqu'à la fin.

JEANNE. — Quoi ? Au milieu de ma carrière, je m'arrêterais et je laisserais mon ouvrage imparfait ! Je vais poursuivre et accomplir mon vœu.

LE CHEVALIER NOIR. — Rien jusqu'ici n'a pu résister à ton bras tout-puissant, tu as vaincu dans chaque combat, mais ne retourne plus dans les batailles ; écoute mon avertissement.

JEANNE. — Ma main ne quittera ce glaive que lorsque l'orgueilleuse Angleterre sera abattue.

LE CHEVALIER NOIR. — Regarde. Devant toi s'élèvent les tours de Reims ; c'est là le but et le terme de ta course. Tu vois briller la coupole de cette haute cathédrale ; tu dois y entrer avec une pompe triomphale, couronner ton roi et accomplir ton vœu. Ne va pas plus loin, retourne sur tes pas ; écoute mon avertissement.

JEANNE. — Être fourbe et dissimulé, qui es-tu pour vouloir ainsi m'épouvanter et me troubler ? Comment, traître, oses-tu m'annoncer un faux oracle. (*Le chevalier noir veut se retirer, elle se place devant lui.*) Non, tu répondras à mes demandes, ou tu périras de ma main.

(Elle veut engager le combat avec lui.)

LE CHEVALIER NOIR. (*Il la touche de sa main, et elle demeure immobile.* — Tue ce qui est mortel.

(La scène s'obscurcit, des éclairs brillent, le tonnerre se fait entendre, le chevalier disparaît.)

JEANNE *demeure interdite, mais se rassure bientôt après.* — Ce n'est point un être vivant. C'est un fantôme trompeur échappé de l'enfer, un esprit rebelle sorti des gouffres de feu, pour ébranler mon cœur et mon courage. Qu'ai-je à craindre tant que je porte le glaive de mon Dieu? Poursuivons et achevons victorieusement ma route, et quand l'enfer lui-même entrerait en lice, j'irai jusqu'au bout et mon courage ne faillira pas.

(Elle veut se retirer.)

SCÈNE X.

LIONEL, JEANNE.

LIONEL. — Maudite, prépare-toi à combattre. Nous ne quitterons pas tous deux vivants ce lieu. Tu as frappé les plus braves de mon peuple; le noble Talbot a exhalé sa grande âme sur mon sein. Je vengerai ce héros, ou je partagerai son sort; et pour que tu saches avec qui tu as la gloire de disputer la victoire et la vie, je suis Lionel, le dernier des chefs de notre armée, et dont le bras n'a pas encore été vaincu. (*Il l'attaque; et après un instant de combat, elle lui fait tomber l'épée des mains.*) Sort perfide!

(Il lutte avec elle.)

JEANNE *saisit par derrière le cimier de son casque, le lui arrache avec force: le casque tombe; le visage de Lionel reste découvert. Jeanne de la main droite lève son épée sur lui.* — Subis la mort que tu es venu chercher. La sainte Vierge t'immole par ma main.

(En ce moment elle le regarde: frappée de sa vue, elle demeure immobile et laisse lentement retomber son bras.)

LIONEL. — Pourquoi suspendre et retarder le coup de la mort? Ote-moi la vie, comme tu m'as ôté la gloire. Je suis en ta main, et je ne demande point de merci. (*Elle lui fait*

signe de s'éloigner.) Que je fuie, que je te doive la vie...
non, plutôt mourir!

JEANNE. — Je veux ignorer que ta vie a été en mon pouvoir.

LIONEL. — Je hais toi et ta clémence; je ne veux point de grâce. Frappe ton ennemi, celui qui te déteste, qui voulait te donner la mort.

JEANNE. — Eh bien, donne-la-moi et fuis.

LIONEL. — Qu'entends-je?

JEANNE *se cache le visage.* — Malheur à moi!

LIONEL. — Tu égorges, dit-on, tous les Anglais qui sont vaincus par toi dans le combat. Pourquoi m'épargner seul?

JEANNE *lève son épée sur lui avec un mouvement rapide; mais le regardant au visage, elle la laisse de nouveau retomber.* — Sainte Vierge!

LIONEL. — Pourquoi invoques-tu la sainte Vierge? Elle ne sait rien de toi. Que peut-il y avoir de commun entre toi et le ciel?

JEANNE, *dans une douloureuse agitation.* — Ah! qu'ai-je fait? J'ai manqué à mon vœu.

(Elle se tord les mains avec désespoir.)

LIONEL *la regarde avec compassion, et s'approche.* — Malheureuse fille; je te plains, tu me touches. Envers moi seul tu te montres généreuse, je sens que ma haine s'évanouit; ton sort m'intéresse malgré moi. Qui es-tu? d'où viens-tu?

JEANNE. — Fuis, quitte-moi.

LIONEL. — J'ai pitié de ta jeunesse, de ta beauté; ton regard pénètre jusqu'au fond de mon cœur. Je veux te sauver; dis-moi, comment le puis-je? Viens, viens, renonce à cette horrible alliance. Laisse là tes armes.

JEANNE. — Je ne suis plus digne de les porter.

LIONEL. — Rejette-les promptement et suis-moi.

JEANNE *égarée.* — Te suivre!

LIONEL. — Je te sauverai. Suis-moi. Oui, je veux te sauver; mais ne tardons pas davantage. J'éprouve pour toi la plus tendre compassion, et un désir indicible de te sauver.

(Il prend la main de Jeanne.)

JEANNE. — Dunois approche; les voici, ils me cherchent. Ah! s'ils te rencontraient!

LIONEL. — Je te défendrai.

JEANNE. — Ah! je mourrais si tu tombais sous leurs coups.

LIONEL. — Je te suis donc cher!

JEANNE. — Saints du ciel!

LIONEL. — Te reverrai-je? Aurai-je de tes nouvelles?

JEANNE. — Jamais, jamais.

LIONEL. — Cette épée sera le gage que je te reverrai.

(Il lui prend son épée.)

JEANNE. — Que fais-tu, malheureux?

LIONEL. — Maintenant, je cède à la force, mais je te reverrai.

(Il s'éloigne.)

SCÈNE XI.

DUNOIS et LA HIRE, JEANNE.

LA HIRE. — Elle vit, c'est elle.

DUNOIS. — Jeanne, ne crains rien; tes braves amis sont à tes côtés.

LA HIRE. — N'est-ce pas Lionel qui fuit?

DUNOIS. — Laisse-le fuir. Jeanne, la juste cause triomphe. Reims ouvre ses portes. Tout le peuple se précipite avec allégresse au-devant de son roi.

LA HIRE. — Qu'est-ce? Jeanne pâlit, elle tombe.

(Jeanne est prête à s'évanouir.

DUNOIS. — Elle est blessée; ouvrez sa cuirasse. Ah! c'est au bras, la blessure est légère.

LA HIRE. — Le sang coule.

JEANNE. — Puisse ma vie s'écouler avec lui !

(Elle demeure évanouie dans les bras de La Hire.)

FIN DU TROISIÈME ACTE.

ACTE QUATRIÈME

Le théâtre représente une salle ornée pour une fête. Les colonnes sont entourées de guirlandes. Derrière la scène on entend des flûtes et des hautbois.

SCÈNE I.

JEANNE, seule.

Le bruit des armes a cessé, le tumulte de la guerre s'est apaisé. Aux combats sanglants ont succédé les chants et les jeux; des accents joyeux retentissent dans toutes les rues. Les temples et les autels brillent d'un éclat de fête: des arcs de verdure s'élèvent, des guirlandes s'enlacent autour des colonnes, et la vaste enceinte de la ville ne peut contenir tous les hôtes qui affluent à cette fête nationale.

Le même sentiment de joie éclate partout, et la même pensée fait battre tous les cœurs. Ceux qu'une discorde sanglante divisait il y a peu de temps encore goûtent ensemble avec transport l'allégresse commune. Quiconque aujourd'hui se reconnaît Français est plus fier de porter ce nom. Le trône retrouve son antique splendeur, et la France rend hommage au fils de ses rois.

Moi, cependant, qui ai accompli toutes ces merveilles, moi je ne ressens pas le bonheur universel. Mon cœur est changé et égaré; il fuit de cette solennité pour errer dans le camp des Anglais. C'est vers les ennemis que se portent mes regards, et je me dérobe à cette joyeuse assemblée pour cacher la peine cruelle qui agite mon sein.

Qui, moi! porter dans mon âme pure l'image d'un homme; ce cœur que remplissait la gloire céleste ose-t-il battre

pour un amour terrestre. Moi, la libératrice de mon pays,
la guerrière du Tout-Puissant, moi, brûler pour l'ennemi
de mon pays! et j'ose l'avouer à la chaste lumière du ciel
sans mourir de honte!

(La musique, derrière la scène, se fond en une douce et tendre mélodie.)

Malheur, malheur à moi! Ces sons, comme ils séduisent
mon oreille! chaque son me rappelle sa voix, me retrace
son image comme par enchantement.

Ah! que la tempête des combats me saisisse, que les flèches volent et sifflent autour de moi; au milieu des fureurs
de la lutte ardente je retrouverais mon courage.

Comme ces doux sons, ces voix mélodieuses s'emparent
de mon cœur! Toutes les forces de mon âme s'affaiblissent
peu à peu, et se fondent en doux désirs et en larmes de
langueur et de tristesse!

(Elle se tait un moment, puis reprend avec plus de vivacité.)

Devais-je le tuer? Et le pouvais-je après que mes yeux
avaient rencontré les siens? Le tuer! Ah! plutôt j'aurais
enfoncé dans mon sein l'acier homicide; suis-je donc coupable pour n'avoir pas été inhumaine? La compassion est-
elle une faute devant Dieu? La compassion! et l'écoutais-tu
cette voix de la compassion et de l'humanité, quand ton
épée immolait les autres victimes? Pourquoi ne s'est-elle
pas fait entendre pour ce malheureux Gallois, ce tendre
enfant qui te demandait la vie? O cœur astucieux! tu veux
mentir à la lumière éternelle. Non, ce n'est pas à la voix de
la pitié que tu as obéi.

Pourquoi ai-je rencontré ses yeux? Pourquoi ai-je vu les
traits de son noble visage? Ah! malheureuse, tout ton
crime a commencé par ce regard. Dieu t'avait choisie comme
un aveugle instrument de sa puissance; tu devais lui obéir
aveuglément. Tu as voulu voir, Dieu a retiré de toi son
bouclier, et tu es tombée dans les liens de l'enfer.

(Les flûtes font entendre des sons tranquilles et tendres.)

Humble houlette, ah! pourquoi t'ai-je quittée pour prendre le glaive? Chêne sacré, pourquoi ai-je entendu le murmure de tes feuilles agitées? Auguste reine des cieux,

pourquoi m'es-tu apparue? Reprends ta couronne, reprends-la, je ne puis la mériter.

Hélas ! j'ai vu les cieux ouverts, la face des bienheureux, et cependant mes désirs se portent vers la terre et non pas vers le ciel. Ah ! pourquoi ai-je été chargée de cette terrible mission? Pouvais-je endurcir un cœur que le ciel a créé sensible?

Puisque tu voulais, ô mon Dieu, manifester ta puissance, tu devais choisir ceux qui, exempts de péché, siégent dans la demeure éternelle; tu devais envoyer un de tes esprits purs, immortels, qui ne sentent, ni ne pleurent. Il ne fallait pas choisir une tendre fille, une bergère à l'âme faible.

Que m'importe à moi le sort des combats et les discordes des rois? Tranquille et innocente, je conduisais mes agneaux sur le sommet de la paisible montagne. Tu m'as entraînée au milieu de la cour et du superbe palais des princes, pour me livrer au péché. Hélas! tel n'eût pas été mon choix.

SCÈNE II.

AGNÈS, JEANNE.

(Agnès entre avec une vive émotion; dès qu'elle aperçoit Jeanne, elle court à elle et la presse dans ses bras; puis se ravisant, elle se met à genoux devant elle.)

AGNÈS. — Non, non, pas ainsi, mais prosternée devant toi.

JEANNE *veut la relever*. — Lève-toi, oublie qui tu es et qui je suis.

AGNÈS. — Non, laisse-moi à tes pieds, c'est l'excès de ma joie qui m'y précipite. Mon cœur trop plein a besoin de s'épancher devant Dieu, et j'adore en toi celui qui est invisible à mes yeux. N'es-tu pas l'ange qui a conduit mon roi à Reims et qui orne son front de la couronne? Ce que je n'aurais pas osé même rêver dans mes songes est accompli; la pompe du couronnement s'apprête, le roi a revêtu ses ornements solennels. Les pairs et les grands du royaume sont rassemblés, ils portent la couronne et tous les signes de la royauté. Le peuple afflue vers l'antique cathédrale, le

son des cloches se mêle aux chants d'allégresse. Ah ! je ne
puis supporter tant de bonheur ! (*Jeanne la relève douce-*
ment Agnès s'arrête un instant, elle examine les yeux de
Jeanne.) Cependant tu demeures toujours sérieuse et sévère.
Tu répands le bonheur et tu ne le partages pas; ton cœur
reste froid, tu ne ressens pas nos joies; tu as entrevu la
gloire céleste, ton âme pure ne peut être émue d'un bonheur terrestre. *Jeanne saisit vivement la main d'Agnès,*
mais l'abandonne tout de suite après.) Ah ! si tu pouvais être
femme et sensible! Dépose cette armure, la guerre est
maintenant finie: reviens au sexe plus doux auquel tu appartiens. Mon cœur aimant s'éloigne timidement de toi tant
que tu ressembles à l'austère Pallas.

JEANNE. — Qu'exiges-tu de moi?

AGNÈS. — Désarme-toi, laisse ton armure; l'acier qui
couvre ton sein épouvante l'amour. Sois femme et tu ai-
meras.

JEANNE. — Me désarmer maintenant! maintenant, non.
J'offrirai dans les combats mon sein désarmé aux coups de
la mort! Mais à présent! Ah ! que ne puis-je me revêtir de
sept cuirasses pour me défendre contre vos fêtes, contre
moi-même.

AGNÈS. — Le comte Dunois t'aime; son noble cœur ouvert seulement à la gloire et aux vertus héroïques brûle
pour toi d'un amour pur. Ah ! qu'il est beau de se voir
aimée d'un héros ! il est plus beau encore de l'aimer !

(*Jeanne détourne la tête avec horreur.*)

Le haïrais-tu? Non, tu peux ne pas l'aimer, mais tu ne
saurais le haïr. On ne hait que celui qui veut vous arracher
à ce que vous aimez, et toi tu n'aimes point. Ton cœur est
calme... s'il pouvait être sensible...

JEANNE. — Ah! plains-moi, pleure sur mon sort.

AGNÈS. — Qu'est-ce qui peut manquer à ton bonheur? Tu
as rempli tes promesses, la France est délivrée; tu as conduit par une marche victorieuse le roi jusqu'à Reims; un
peuple heureux, ivre de joie, te rend hommage et te bénit.
Ton nom et tes louanges remplissent tous les discours, tu
es la divinité de cette fête, et le roi lui-même avec sa couronne n'a pas un triomphe plus brillant que toi.

JEANNE. — Ah! que ne puis-je me cacher au fond des entrailles de la terre!

AGNÈS. — Que veux-tu dire? quelle étrange émotion! Qui donc osera lever les yeux aujourd'hui, si tes regards doivent s'abaisser vers la terre? Ce serait à moi à rougir, à moi qui suis si petite devant toi, qui suis si loin d'approcher de ta force héroïque et sublime : car dois-je te révéler toute ma faiblesse? Ce n'est ni la gloire de mon pays, ni la splendeur renouvelée du trône, ni l'allégresse du peuple, ni la joie de la victoire qui occupent mon faible cœur : un seul homme le remplit tout entier et ne laisse aucune place à d'autres pensées. C'est lui que l'on adore, lui que le peuple accueille par ses acclamations, lui qu'on bénit, et dont le chemin est jonché de fleurs, enfin c'est lui qui est à moi, c'est mon bien-aimé.

JEANNE. — Ah! tu es heureuse; tu jouis d'une félicité sans pareille. Tu aimes ce qui est aimé de tous. Tu peux ouvrir ton cœur, dire tout haut ce que tu ressens, et proclamer ton enthousiasme devant tout le monde. Cette fête de la France, c'est la fête de ton amour : ce peuple innombrable qui se presse dans les murs de la ville, il partage ton amour et le sanctifie. C'est pour toi qu'il pousse des cris de joie, c'est pour toi qu'il tresse des couronnes; tu es dans un doux accord avec la joie commune. Tu aimes celui qui, semblable au soleil, réjouit tous les cœurs; et tout ce que tu vois reflète ton amour.

AGNÈS *la prenant dans ses bras*. — Oh! tes discours m'enchantent; tu me comprends tout entière. Oui, je t'ai méconnue; tu connais l'amour : ce que j'éprouve tu l'exprimes avec force. Mon cœur n'éprouve plus de crainte et de timidité, il s'élance avec confiance au-devant de toi.

JEANNE, *s'arrachant vivement de ses bras*. — Laisse-moi : éloigne-toi de moi; crains de te souiller de mon contact fatal. Va, sois heureuse, et laisse-moi ensevelir dans une nuit profonde mon malheur, ma honte et mon horreur...

AGNÈS. — Tu m'épouvantes, je ne te comprends pas; d'ailleurs, je n'ai jamais pu te comprendre : ton être mystérieux a toujours été voilé pour moi. Qui pourrait concevoir maintenant ce qui alarme la sainteté de ton cœur et les scrupules de ton âme pure?

JEANNE. — C'est toi qui es pure, toi qui es sainte. Si tu pouvais lire au fond de mon âme, tu repousserais en frissonnant une femme ennemie et parjure.

SCÈNE III.

DUNOIS, DUCHATEL *et* LA HIRE. *Il porte la bannière de Jeanne.*

DUNOIS. — Nous te cherchons, Jeanne; tout est prêt. Le roi nous envoie : il veut que tu portes ta sainte bannière devant lui, tu marcheras avec les princes du royaume, et tu seras le plus près de lui, car il ne nie pas ce que tous reconnaissent; c'est que l'honneur de cette journée doit être attribué à toi seule.

LA HIRE. — Voici ta bannière; prends-la, noble fille; les princes attendent, et le peuple est impatient.

JEANNE. — Moi, marcher devant lui! moi, porter la bannière!

DUNOIS. — Qui autre que toi en aurait le droit? quelle autre main serait assez pure pour porter ce signe sacré? Tu l'as fait flotter au milieu des batailles; porte-le aujourd'hui comme un ornement dans le chemin de la joie.

(La Hire veut lui donner la bannière; elle recule avec effroi.)

JEANNE. — Non, non.

LA HIRE. — Eh quoi, l'aspect de ta bannière t'épouvante! Regarde (*Il déploie la bannière*), c'est la même que tu agitais au moment de la victoire. La reine des cieux y est représentée au-dessus d'un globe terrestre, c'est ainsi que la sainte Vierge te l'avait prescrit.

JEANNE, *effrayée et agitée*. — C'est elle-même, c'est ainsi qu'elle m'apparut : quels regards elle lance sur moi, comme elle fronce ses sourcils, quel courroux jaillit de ses sombres paupières!

AGNÈS. — Elle est hors d'elle-même. Reviens à toi : ce n'est point elle que tu vois, c'est une image terrestre; elle habite au milieu des chœurs célestes.

JEANNE. — Vierge redoutable! viens-tu pour châtier ta

créature? Punis-moi, tue-moi; prends tes foudres et lance-
les sur ma tête coupable. J'ai violé mes serments, j'ai pro-
fané, j'ai parjuré ton saint nom.

DUNOIS. — Oh! malheureux que nous sommes! Qu'est-ce
que tout ceci? quels funestes discours!

LA HIRE, *étonné, à Duchâtel.* — Concevez-vous cet étrange
égarement?

DUCHATEL. — Je vois ce que je vois. Depuis longtemps je
le craignais.

DUNOIS. — Comment, que dites-vous?

DUCHATEL. — Je n'ose dire ce que je pense. Plût au ciel
que ce moment fût passé et que le roi fût couronné!

LA HIRE. — Comment la terreur que répandait cette bannière s'est-elle tournée contre toi-même? Les Anglais
tremblent à son aspect; elle est terrible à tous les ennemis
de la France, mais elle est propice à ses fidèles citoyens.

JEANNE. — Oui, tu as raison : elle est propice aux amis
de la France et répand l'épouvante parmi ses ennemis.

(On entend la marche du couronnement.)

DUNOIS. — Prends donc ta bannière, prends-la. Le cortège se met en marche, il n'y a pas un moment à perdre.

SCÈNE IV.

La scène change et représente une place devant la cathédrale ; le fond
du théâtre est rempli d'une foule de spectateurs.

BERTRAND, CLAUDE-MARIE et ÉTIENNE.

(Ils sortent de la foule et avancent sur le devant de la scène. On entend
dans le lointain les sons amortis de la marche du couronnement.)

BERTRAND. — Écoutez la musique. Les voilà, ils approchent. Qu'est-ce qu'il y a de mieux à faire? Monterons-nous
sur la plate-forme, ou fendrons-nous la foule pour ne rien
perdre du cortège?

ÉTIENNE. — On ne peut pas se frayer un chemin. Les
rues sont pleines d'hommes, de chevaux, de voitures. Ran-
geons-nous ici près de ces maisons, où nous pourrons voir
passer commodément le cortège.

CLAUDE-MARIE. — On dirait que la moitié de la France s'est rassemblée ici. Et l'affluence est si grande, qu'elle nous a entraînés aussi et amenés du fond reculé de la Lorraine.

BERTRAND. — Qui pourrait demeurer oisif dans son coin, lorsque de si grandes choses se passent dans le pays? Il en a coûté assez de sueur et de sang pour pouvoir placer la couronne sur la tête de notre roi légitime. Il faut que notre maître, notre vrai souverain, à qui nous allons donner la couronne, soit accompagné d'une foule non moins grande que celui des Parisiens, qu'on a couronné à Saint-Denis. Celui-là n'est pas bon Français qui peut manquer à cette fête et qui ne vient pas crier avec les autres : Vive le roi !

SCÈNE V.

MARGOT et LOUISON *se joignent aux précédents.*

LOUISE. — Nous verrons notre sœur; Margot, le cœur me bat.

MARGOT. — Nous la verrons dans toute sa gloire, dans toute sa grandeur et nous dirons : c'est Jeanne, c'est notre sœur.

LOUISE. — Jusqu'à ce que mes yeux l'aient vue, je ne pourrai croire que cette puissante guerrière, qu'on nomme la Pucelle d'Orléans, soit notre sœur Jeanne que nous avions perdue.

(Le cortége s'approche.)

MARGOT. — Tu doutes encore? tu la verras de tes yeux.

BERTRAND. — Regardons bien; ils arrivent.

SCÈNE VI.

(Les joueurs de flûte et de hautbois ouvrent la marche. Des enfants vêtus de blanc et portant des branches à la main viennent après avec deux hérauts; ensuite une troupe de hallebardiers, puis les magistrats en robe. Deux maréchaux portent leur bâton, le duc de Bourgogne porte l'épée, Dunois le sceptre, d'autres grands du royaume sont chargés de la couronne, du globe impérial, de la main de justice. D'autres portent les offrandes; derrière viennent des chevaliers revêtus de leurs habits d'ordre, des enfants de chœur suivent avec leurs encensoirs. Deux évêques portent la Sainte Ampoule; l'archevêque avec le crucifix. Puis Jeanne paraît avec sa bannière; elle a la tête baissée et la démarche mal assurée. Pendant qu'elle passe, on lit dans les yeux de ses sœurs leur étonnement et leur joie. Le roi vient ensuite sous un dais porté par quatre barons; des courtisans, des soldats ferment la marche. Quand le cortége est entré dans l'église, la musique cesse)

SCÈNE VII.

LOUISON, MARGOT, CLAUDE-MARIE, BERTRAND.

MARGOT. — As-tu vu notre sœur?

CLAUDE-MARIE. — Celle qui portait une armure d'or et marchait devant le roi avec sa bannière?

MARGOT. — C'était elle; c'était Jeanne, notre sœur.

LOUISE. — Elle ne nous a pas reconnues; son cœur ne lui a pas fait deviner que ses sœurs étaient près d'elle : elle regardait la terre et paraissait pâle et tremblante sous sa bannière. Je ne pouvais pas me réjouir en la voyant.

MARGOT. — Ainsi j'ai vu notre sœur au milieu de la pompe et de la magnificence. Qui aurait pu, même en songe, prévoir et penser que celle qui gardait ses troupeaux sur nos montagnes brillerait un jour d'un tel éclat?

LOUISE. — Le songe de mon père est accompli. Nous nous sommes inclinés à Reims devant notre sœur; voici l'église qu'il avait vue dans son sommeil : le rêve est accompli. Mais mon père eut ensuite une vision funeste. Hélas! je suis attristée de la voir si grande.

BERTRAND. — Pourquoi rester ici? Entrons dans l'église pour voir la sainte cérémonie.

MARGOT. — Oui, entrons, peut-être verrons-nous encore ma sœur.

LOUISE. — Nous l'avons vue; retournons à notre village.

MARGOT. — Quoi! avant de l'avoir abordée, avant de lui avoir parlé?

LOUISE. — Nous ne lui sommes plus rien; sa place est parmi les rois et les princes. Qui sommes-nous, nous qui nous pressons, pour vouloir, dans notre vanité, prendre part à son triomphe? déjà elle nous était étrangère quand elle vivait encore avec nous.

MARGOT. — Pourrait-elle rougir de nous et nous désavouer?

BERTRAND. — Le roi lui-même ne rougit pas de nous : il salue amicalement les moindres de ses sujets. Elle peut être élevée bien haut, le roi est pourtant plus grand encore.

(Le son des trompettes et des timbales retentit dans l'église.)

CLAUDE-MARIE. — Entrons dans l'église.

(Ils se retirent au fond du théâtre, et se perdent dans la foule.)

SCÈNE VIII.

THIBAUT arrive vêtu de noir, RAIMOND le suit et essaye de l'arrêter.

RAIMOND. — Demeurez, père Thibaut, ne pénétrez pas dans la foule. Voyez ce peuple transporté de joie, votre douleur ne convient point à cette fête. Venez, éloignons-nous promptement de la ville.

THIBAUT. — As-tu vu ma malheureuse enfant? l'as-tu bien regardée?

RAIMOND. — Retirons-nous, je vous en supplie.

THIBAUT. — As-tu remarqué comme sa démarche était mal assurée; comme son visage était pâle et troublé. La malheureuse sent son état; c'est le moment de sauver mon enfant, et je veux en profiter.

(Il veut entrer.)

RAIMOND. — Arrêtez, que voulez-vous faire?

THIBAUT. — Je veux la surprendre et l'arracher à sa trompeuse prospérité. Je veux, de tout mon pouvoir, la ramener à son Dieu qu'elle a renoncé.

RAIMOND. — Hélas! réfléchissez bien, ne précipitez pas votre propre enfant dans sa ruine.

THIBAUT. — Ah! que son corps périsse s'il le faut, mais que son âme soit sauvée. (Jeanne sort de l'église sans bannière. Le peuple se presse autour d'elle avec adoration et baise ses habits. Elle est retenue au fond du théâtre par la foule.) Elle vient, c'est elle, elle sort toute pâle de l'église;

son trouble l'entraîne hors du sanctuaire; c'est la justice divine qui se fait entendre à son cœur.

RAIMOND. — Adieu, n'exigez pas que je vous accompagne plus longtemps. Je suis venu plein d'espérance et je pars au désespoir. J'ai revu votre fille et je sens que je vais la perdre encore.

(Il sort; Thibaut s'éloigne aussi du côté opposé.)

SCÈNE IX.

JEANNE, *peuple. Un instant après, les* SŒURS *de Jeanne.*

JEANNE, *s'écartant de la foule, arrive sur le devant de la scène.* — Je ne pouvais y rester, il me semblait que des fantômes m'en éloignaient; les sons de l'orgue m'épouvantaient comme le bruit du tonnerre; je croyais que la voûte du dôme s'écroulait sur ma tête; j'avais besoin de chercher la vaste enceinte du ciel. J'ai laissé ma bannière dans le sanctuaire; jamais, jamais cette main ne la touchera plus. Mais il m'a semblé que mes sœurs chéries Louise et Margot avaient, comme un songe, passé devant mes yeux. Hélas ! ce n'était qu'une trompeuse apparence : elles sont loin, loin, inaccessibles comme le bonheur de mon enfance, de mon innocence.

MARGOT *s'avance.* — C'est elle, c'est Jeanne.

LOUISE, *court au-devant d'elle.* — O ma sœur !

JEANNE. — Ce n'était point une illusion ; c'est bien vous ! C'est vous que j'embrasse, toi chère Louison, toi chère Margot; dans cette foule étrangère, vaste désert d'hommes, je serre dans mes bras des sœurs bien-aimées.

MARGOT. — Elle nous connaît encore, elle est toujours notre bonne sœur.

JEANNE. — Et c'est votre tendresse qui vous a conduites ici, si loin, si loin ! Vous n'avez pas eu de ressentiment contre une sœur qui vous quitta froidement et sans adieu !

LOUISE. — La volonté mystérieuse de Dieu te conduisait loin de nous.

MARGOT. — Ta renommée qui retentissait partout, ton nom que toutes les bouches répétaient sont parvenus jusque dans notre paisible hameau et nous ont amenées à cette fête solennelle. Nous venons te voir dans ta grandeur, et nous ne sommes pas seules.

JEANNE, *vivement*. — Mon père est avec vous? où est-il, où est-il? Pourquoi se cache t-il?

MARGOT. — Mon père n'est pas avec nous.

JEANNE. — Non? il ne veut pas voir son enfant? Vous ne m'apportez pas sa bénédiction?

LOUISE. — Il ne sait pas que nous sommes ici.

JEANNE. — Il ne le sait pas? et pourquoi pas? vous vous troublez? Vous vous taisez et vous baissez les yeux. Dites, où est mon père?

MARGOT. — Depuis que tu es partie...

LOUISE *lui fait un signe*. — Margot!...

MARGOT. — Mon père est tombé dans une sombre mélancolie.

JEANNE. — Une sombre mélancolie?

LOUISE. — Console-toi. Tu connais notre père, son âme est ouverte à tous les pressentiments: il se tranquillisera et sera content quand nous lui aurons dit que tu es heureuse.

MARGOT. — Tu es heureuse, n'est-il pas vrai? Tu dois l'être, tant de grandeur et de gloire....

JEANNE. — Oui, je le suis, puisque je vous revois, puisque j'entends le son chéri de votre voix et que je me reporte en souvenir vers la maison paternelle. Ah! lorsque je conduisais encore mon troupeau sur nos montagnes, j'étais heureuse comme dans le paradis. Ne puis-je l'être encore, le redevenir?

(Elle cache son visage sur le sein de Louison. Claude-Marie, Étienne et Bertrand paraissent et restent timidement à distance.)

MARGOT. — Venez, Étienne, Claude-Marie, Bertrand. Notre sœur n'est pas fière, elle est plus douce, et parle plus amicalement qu'elle n'a jamais fait, lorsqu'elle était encore avec nous au village.

(Ils s'avancent et veulent prendre sa main. Jeanne les regarde d'un œil fixe et tombe dans une profonde stupeur.)

JEANNE. — Où étais-je? dites-le moi! Tout cela était-il seulement un long rêve, et viens-je de me réveiller? Ai-je en effet quitté Domremy? Non, je m'étais endormie sous

l'arbre miraculeux: je me réveille et je me vois entourée
de figures bien connues et bien-aimées. Les rois, les batailles, les faits d'armes, je n'en ai que rêvé. Ce n'étaient
que des ombres qui ont passé devant moi, et que mon imagination s'est représentées vivement pendant que je dor-
mais sous cet arbre. Comment seriez-vous venus à Reims?
Comment y serais-je venue moi-même? Jamais, jamais je
n'ai quitté Domremy? Assurez-le-moi et répandez la joie
dans mon cœur.

LOUISON. — Nous sommes à Reims; toutes ces grandes
choses ne sont point des rêves, tu les as réellement accomplies. Reconnais-toi, regarde à l'entour, touche la brillante
armure d'or dont tu es revêtue.

(Jeanne porte sa main à sa poitrine, revient à elle et tressaille.)

BERTRAND. — C'est de ma main que vous avez reçu ce
casque.

CLAUDE-MARIE. — Il n'est pas étonnant que vous croyiez
rêver : ce que vous avez fait et accompli est plus merveilleux que les visions d'un rêve.

JEANNE, *vivement*. — Venez, fuyons, je vais avec vous,
je retourne dans notre hameau, dans le sein de mon père.

LOUISON. — Ah! viens, viens avec nous.

JEANNE. — Cette foule m'exalte au-dessus de mes mérites.
Vous m'avez vue petite enfant, faible; vous m'aimez, mais
vous ne m'adorez pas.

MARGOT. — Tu voudrais abandonner toute cette splendeur?

JEANNE. — Je veux rejeter loin de moi cette odieuse parure, qui sépare votre cœur du mien; je veux redevenir
une bergère. Je vous servirai comme une humble servante,
et j'expierai par une rigoureuse pénitence la vanité de
m'être élevée au-dessus de vous.

(Les trompettes sonnent.)

SCÈNE X.

LE ROI *sort de l'église revêtu de ses ornements royaux.* AGNÈS, L'ARCHEVÊQUE, LE DUC, DUNOIS, LA HIRE, DUCHATEL, *courtisans, peuple.*

LE PEUPLE *crie à plusieurs reprises, pendant que le roi s'avance.* — Vive le roi! vive notre roi Charles VII!

(Les trompettes retentissent. Le roi fait un signe, et les hérauts, le bâton levé, commandent le silence.)

LE ROI. — O mon bon peuple! je vous remercie de votre amour. Cette couronne que Dieu a placée sur ma tête, qui a été conquise et assurée par le glaive, que le sang de mes nobles sujets a arrosée, sera ornée des branches du paisible olivier. Je remercie tous ceux qui ont combattu pour moi; et ceux qui m'ont résisté, je leur pardonne. Dieu a bien voulu me faire grâce, et le premier acte de ma royauté sera aussi de faire grâce.

LE PEUPLE. — Vive le roi! vive notre bon roi Charles!

LE ROI. — C'est de Dieu seul, le souverain suprême, que les rois de France tiennent leur couronne; mais je l'ai reçue de sa main d'une manière plus visible. (*Il se retourne vers Jeanne.*) Voyez ici l'envoyée de Dieu : C'est elle qui affermit le roi sur le trône et qui rompt le joug d'une tyrannie étrangère; son nom doit être révéré à l'égal de saint Denis, protecteur de la France, et un autel doit être élevé à sa gloire.

LE PEUPLE. — Vive la Pucelle! vive notre libératrice!

(Les trompettes sonnent.)

LE ROI, *à Jeanne.* — Si comme nous tu es enfantée par des hommes, dis de quel bonheur je puis te faire jouir? Mais si ta patrie est là-haut, si les rayons d'une céleste nature sont cachés sous ce corps virginal, ôte le bandeau qui couvre nos sens, laisse-toi voir sous ta forme lumineuse, telle qu'on te voit dans le ciel, pour que, prosternés dans la poussière, nous puissions t'adorer.

(Tout le monde se tait; tous les yeux sont fixés sur Jeanne.)

JEANNE *s'écrie tout à coup.* — Dieu! mon père!

SCÈNE XI.

LES PRÉCÉDENTS, THIBAUT *sort de la foule et se place devant Jeanne.*

PLUSIEURS VOIX. — Son père!

THIBAUT. — Oui, le père infortuné qui a engendré la malheureuse; qui vient, poussé par la justice divine, accuser sa propre fille.

LE DUC. — Qu'est-ce?

DUCHATEL. — Un jour terrible va luire à présent.

THIBAUT, *au roi*. — Penses-tu avoir été secouru par la puissance de Dieu? Prince abusé, peuple aveugle, tu as été sauvé par l'art du démon.

(Tous se retirent avec épouvante.)

DUNOIS. — Cet homme est-il fou?

THIBAUT. — Non, ce n'est pas moi, c'est toi qui es fou et tous ceux-ci, et ce sage archevêque, lorsqu'ils croient que le seigneur des cieux s'est manifesté par une misérable fille. Voyez si elle osera en face de son père soutenir l'audacieuse fourberie dont elle a abusé le roi et le peuple. Réponds-moi au nom de la sainte Trinité, appartiens-tu aux esprits purs et saints?

(Tous les yeux sont fixés sur elle; le silence est général; elle demeure immobile.)

AGNÈS. — Dieu! elle se tait.

THIBAUT. — Il le faut bien à ce nom terrible qu'on redoute même dans les gouffres de l'enfer; elle! revêtue d'une sainte mission de Dieu! Non, cette fraude lui fut inspirée, à une place maudite, sous l'arbre magique où les mauvais esprits se rassemblent depuis longtemps pour célébrer leur sabbat; c'est là qu'elle a vendu la part immortelle de son âme à l'ennemi des hommes, pour obtenir de lui la gloire périssable de ce monde. Qu'elle découvre son bras, on y verra les stigmates dont l'enfer l'a marquée!

LE DUC. — Ah! quelle horreur! Cependant un père qui témoigne contre sa fille mérite croyance.

DUNOIS. — Non, l'on ne doit pas croire un furieux qui se flétrit dans son propre enfant.

AGNÈS, *à Jeanne.* — Ah ! parle, romps ce funeste silence;
nous croyons fermement en toi; un mot de ta bouche, un
seul mot nous suffira. Mais parle, démens cette effroyable
accusation, dis que tu es innocente, nous le croirons.

(Jeanne demeure immobile; Agnès s'éloigne d'elle épouvantée.)

LA HIRE. — Elle est effrayée, la surprise et l'horreur lui
ferment la bouche, une si terrible imputation fait trembler
l'innocence elle-même. (*Il s'approche d'elle.*) Jeanne, rassure-
toi, reprends tes sens. L'innocence a un langage, un regard
victorieux qui terrasse et foudroie la calomnie. Montre une
noble colère, lève les yeux, fais rougir et confonds ceux qui
outragent ta sainte vertu par un indigne soupçon.

(Jeanne demeure immobile, La Hire se retire épouvanté, l'agitation
augmente.)

DUNOIS. — Pourquoi le peuple a-t-il peur? Pourquoi les
princes eux-mêmes tremblent-ils? Elle est innocente... je
me rends son garant, moi-même j'engage pour elle ma foi
de prince. Je jette ici mon gant de chevalier, qui ose la
nommer coupable?

(On entend un violent coup de tonnerre; chacun est frappé de terreur.)

THIBAUT. — Réponds au nom de Dieu qui tonne là-haut;
dis que tu es innocente, assure que ton cœur n'appartient
pas au démon, convaincs-moi de mensonge.

(On entend un second coup de tonnerre plus fort; le peuple s'enfuit
de tous côtés.)

LE DUC. — Que Dieu nous protége, quels terribles signes!

DUCHATEL. — Venez, venez, mon roi, quittez ce lieu.

L'ARCHEVÊQUE, *à Jeanne.* — Au nom de Dieu, je te le demande, est-ce le sentiment de ton innocence ou de ton
crime qui te rend muette? Si c'est en ta faveur que témoigne
la voix du tonnerre, ose toucher cette croix, donne-nous
quelque preuve que tu n'es pas coupable.

(Jeanne demeure immobile. On entend de nouveaux coups de tonnerre. Le roi, Agnès, l'archevêque, le duc, La Hire et Duchâtel se
retirent.)

SCÈNE XII.

DUNOIS, JEANNE.

DUNOIS. — Tu es ma femme. J'ai cru en toi au premier regard et ma croyance n'a pas changé. Je me fie plus à toi qu'à tous ces signes, qu'à ce tonnerre même qui parle là-haut. Dans ta noble colère tu gardes le silence; enveloppée de ta sainte innocence, tu dédaignes de confondre ces honteux soupçons; eh bien, dédaigne-les, mais confie-toi à moi, qui n'ai jamais douté de ton innocence : je ne te demande pas une parole; tends-moi seulement la main comme signe et comme gage que tu te confies hardiment à mon bras et à la bonté de ta cause.

(Il lui tend la main; Jeanne se détourne de lui avec un mouvement convulsif. Il reste immobile, saisi d'épouvante.)

SCÈNE XIII.

JEANNE, DUCHATEL, DUNOIS, *puis* RAIMOND.

DUCHATEL, *revenant*. — Jeanne d'Arc, le roi permet que vous sortiez librement de la ville; les portes vous sont ouvertes. Ne craignez aucune insulte; la grâce du roi vous protège. Comte Dunois, suivez-moi, l'honneur vous défend de rester ici plus longtemps. Quel dénoûment!

(Il sort.)

(Dunois sort de sa stupeur, jette encore un regard sur Jeanne et part. Elle reste un moment seule. Enfin Raymond paraît. Il demeure un moment à quelque distance, et la regarde avec une muette douleur. Il s'avance ensuite et la prend par la main.)

RAIMOND. — Saisissez cet instant. Les rues sont libres. Donnez-moi la main, je vous conduirai.

(Elle le regarde, puis elle lève les yeux au ciel. A sa vue, elle donne le premier signe de sentiment. Elle saisit vivement sa main et s'éloigne.)

FIN DU QUATRIÈME ACTE.

ACTE CINQUIÈME

Le théâtre représente une forêt sauvage ; on voit dans le fond des huttes de charbonniers. L'obscurité est complète. Violents coups de tonnerre et éclairs, mêlés de coups de feu.

SCÈNE I.

UN CHARBONNIER *et* SA FEMME.

LE CHARBONNIER. — La tempête est épouvantable ! le ciel se fond en ruisseaux de feu , et il fait nuit en plein jour, si bien qu'on pourrait voir les étoiles. L'orage rugit comme l'enfer déchaîné ; les vieux frênes craquent et courbent leurs têtes ; et cette guerre terrible de là-haut, qui apprend la douceur même aux animaux féroces et leur fait chercher un asile dans leurs tanières, ne saurait rétablir la paix pour un instant entre les hommes ! Le bruit du canon se mêle aux mugissements du vent et de la tempête. Les deux armées sont si rapprochées que la forêt seulement les sépare, et chaque moment peut amener une horrible explosion.

LA FEMME. — Dieu nous assiste, mais les ennemis étaient déjà complétement défaits et battus : d'où vient qu'ils nous pressent de nouveau ?

LE CHARBONNIER. — C'est qu'ils ne craignent plus le roi. Depuis qu'on a reconnu à Reims que la Pucelle était une sorcière, depuis que le démon ne nous prête plus son secours, tout va à reculons.

LA FEMME. — Écoutons, quelqu'un approche.

SCÈNE II.

LES PRÉCÉDENTS, RAIMOND, JEANNE.

RAIMOND. — Je vois une cabane; venez, nous y trouverons un abri contre cette terrible tempête. Vous ne pourriez vous soutenir plus longtemps; depuis trois jours vous errez, fuyant tous les regards, et des racines sauvages ont été votre seule nourriture. (*L'orage s'apaise, le ciel devient clair et serein.*) Ce sont de bons charbonniers. Entrez.

LE CHARBONNIER. — Vous semblez avoir besoin de repos; entrez, tout ce que renferme notre chétive cabane est à vous.

LA FEMME. — Eh quoi! une jeune fille couverte d'une armure! Ah! nous vivons dans un rude temps; les femmes aussi se revêtent de la cuirasse: la reine elle-même, dame Isabeau, se montre, dit-on, tout armée au milieu du camp des ennemis; et une jeune fille, une simple bergère a combattu pour le roi notre maître.

LE CHARBONNIER. — Que dis-tu là? Va dans la cabane, et apporte à cette jeune fille un gobelet pour se rafraîchir.

(La femme va dans sa cabane.)

RAIMOND, *à Jeanne*. — Vous le voyez, tous les hommes ne sont pas cruels, et dans ces retraites sauvages habitent des âmes compatissantes. Chassez la tristesse, la tempête s'apaise, et les derniers rayons du soleil brillent d'un doux éclat.

LE CHARBONNIER. — Voyageant ainsi en armes, vous allez, je pense, rejoindre l'armée du roi. Prenez garde à vous, les Anglais sont campés près d'ici, et leurs soldats font des courses dans la forêt.

RAIMOND. — Malheur à nous! Comment échapper?

LE CHARBONNIER. — Demeurez, et attendez que mon fils soit revenu de la ville; il vous conduira par des sentiers secrets où vous n'aurez rien à craindre: nous connaissons les détours de la forêt.

RAIMOND, *à Jeanne.* — Quittez votre casque et votre armure : ils vous trahiraient et ne vous défendraient pas.

(Jeanne secoue la tête.)

LE CHARBONNIER. — Elle semble bien triste. Silence ! Qui vient ici ?

SCÈNE III.

LES PRÉCÉDENTS, LA FEMME *du charbonnier sort de la cabane, portant un gobelet ;* LE FILS *du charbonnier.*

LA FEMME. — C'est notre garçon qui revient. (*A Jeanne.*) Buvez, noble demoiselle, et que Dieu vous bénisse !

LE CHARBONNIER, *à son fils.* — Te voilà revenu, Anet ; qu'apportes-tu ?

LE GARÇON *fixe les yeux sur Jeanne tandis qu'elle porte le gobelet à sa bouche ; il la reconnaît, s'avance vers elle et lui arrache le gobelet.* — Mère ! mère ! que faites-vous ? à qui donnez-vous l'hospitalité ? c'est la sorcière d'Orléans !

LE CHARBONNIER ET SA FEMME. — Que Dieu nous fasse miséricorde !

(Ils s'enfuient en faisant le signe de la croix.)

SCÈNE IV.

RAIMOND, JEANNE.

JEANNE, *d'un ton résigné et doux.* — Tu le vois, la malédiction me suit. Tous fuient devant moi. Songe à toi, et laisse-moi aussi.

RAIMOND. — Moi, vous abandonner en ce moment ! Et qui serait votre guide ?

JEANNE. — Eh ! n'ai-je pas un guide ? N'as-tu pas entendu le tonnerre gronder sur moi ? Mon destin me conduit ; ne t'inquiète pas, j'arriverai au but sans avoir à le chercher.

RAIMOND. — Où voulez-vous aller ? Là sont les Anglais, qui ont juré d'exercer sur vous une vengeance sanglante ; là sont nos Français, qui vous ont proscrite et chassée.

JEANNE. — Rien ne peut me frapper qui ne soit inévitable.

RAIMOND. — Qui pourvoira à votre nourriture ? qui vous défendra contre les bêtes féroces et les hommes plus féroces encore ? qui vous soignera quand vous serez malade et épuisée ?

JEANNE. — Je connais toutes les plantes, toutes les racines ; j'ai appris de mes brebis à distinguer celles qui sont salutaires et celles qui sont nuisibles ; je connais le cours des étoiles et la marche des nuages ; j'entends le murmure des sources cachées : l'homme a besoin de peu, et la nature lui donne beaucoup.

RAIMOND *lui prend la main.* — Et ne voulez-vous pas rentrer en vous-même, vous réconcilier avec Dieu, retourner avec repentir dans le sein de la sainte Église ?

JEANNE. — Et toi aussi, tu me crois coupable de cet affreux péché !

RAIMOND. — Puis-je faire autrement ? Votre silence n'était-il pas un aveu ?

JEANNE. — Toi qui m'as suivie dans ma misère, toi le seul être qui me soit resté fidèle, toi qui t'es attaché à moi quand le monde entier me repoussait, tu me crois aussi une réprouvée, qui a renié son Dieu ! (*Raimond se tait.*) Ah ! cela est dur.

RAIMOND *surpris.* — Quoi ! vraiment, vous ne seriez pas une magicienne ?

JEANNE. — Moi, une magicienne !

RAIMOND. — Et toutes ces merveilles, vous les auriez accomplies par la puissance de Dieu et de ses saints ?

JEANNE. — Et par quelle autre, donc ?

RAIMOND. — Et vous êtes restée muette à cette horrible accusation ! Vous parlez maintenant ; et devant le roi, quand il importait de répondre, vous avez gardé le silence.

JEANNE. — Ce silence était une soumission au destin que Dieu mon maître faisait peser sur moi.

RAIMOND. — Vous n'avez pu rien répondre à votre père.

JEANNE. — Puisque cela venait de mon père, cela venait aussi de Dieu. C'est une épreuve imposée par une main paternelle.

RAIMOND. — Le ciel lui-même attestait que vous étiez coupable.

JEANNE. — Le ciel parlait, je devais donc me taire.

RAIMOND. — Comment ! vous pouviez d'un seul mot vous justifier, et vous avez laissé le monde dans cette déplorable erreur !

JEANNE. — Il n'y a point d'erreur : c'était dans l'ordre de ma destinée.

RAIMOND. — Quoi ! vous auriez injustement supporté cet affront, et pas une plainte ne serait sortie de votre bouche ! Dans quelle surprise vous me jetez ! Je demeure interdit, mon cœur est bouleversé jusqu'au fond de mon être. Oh ! que j'ajoute volontiers foi à vos discours ! qu'il m'était cruel de vous croire coupable ! Cependant je crois rêver quand je songe qu'une âme humaine a pu souffrir une aussi horrible douleur et se taire.

JEANNE. — Aurais-je mérité d'être l'envoyée du Seigneur, si je n'avais pas aveuglément respecté sa volonté ? Je ne suis pas si misérable que tu crois. Je souffre le besoin, mais dans la condition où je suis née, ce n'est pas un malheur. Je suis proscrite et fugitive, mais dans ce désert j'ai pu enfin me reconnaître. Quand j'étais environnée de l'éclat de la gloire, mon cœur était agité par mille combats; quand je paraissais à la plupart des hommes le plus digne d'envie, c'est alors que j'étais le plus malheureuse; maintenant je suis guérie. Cette tempête qui semblait menacer la nature de sa fin m'a été salutaire, elle a purifié le monde ainsi que moi. La paix est dans mon cœur. Qu'importe ce qui adviendra ? je ne sens plus en moi aucune faiblesse.

RAIMOND. — Venez, venez, hâtons-nous; allons proclamer à toute la terre votre innocence.

JEANNE. — Celui qui a envoyé cette confusion saura bien la dissiper. Les fruits du destin ne tombent que quand ils sont mûrs. Un jour viendra où je serai justifiée. Ceux qui me proscrivent et me condamnent s'apercevront alors de leur injustice et répandront des larmes sur mon sort.

RAIMOND. — Dois-je donc me résigner au silence jusqu'à ce que le hasard...

JEANNE. *Elle prend doucement Raimond par la main.* —

Tu ne vois que ce qui est dans l'ordre de la nature; le bandeau terrestre voile tes regards, mais moi j'ai vu de mes yeux les choses immortelles; il ne tombe pas un cheveu de la tête de l'homme que ce ne soit par la volonté de Dieu. Vois-tu le soleil descendre à l'horizon? Aussi sûrement que demain il reparaîtra dans son éclat; aussi inévitablement viendra le jour de la vérité!

SCÈNE V.

LA REINE ISABEAU *paraît au fond avec* **DES SOLDATS.**

ISABEAU, *encore derrière la scène.* — C'est ici le chemin du camp anglais.

RAIMOND. — Malheur à nous! voici les ennemis.

(Les soldats avancent; ils voient Jeanne, et reculent épouvantés.)

ISABEAU. — Eh quoi! qui vous arrête?

LES SOLDATS. — Que Dieu nous protège!

ISABEAU. — Quel spectre vous épouvante? Êtes-vous des soldats? non, vous êtes des lâches. Comment! (*Elle s'avance à travers les soldats, puis recule à la vue de Jeanne.*) Ah! que vois-je? (*Elle se remet promptement et marche vers Jeanne.*) Rends-toi, tu es ma prisonnière.

JEANNE. — Je le suis.

(Raimond s'enfuit avec désespoir.)

ISABEAU, *aux soldats.* — Enchaînez-la. (*Les soldats approchent avec hésitation. Jeanne tend les bras, on l'enchaîne.*) Voici cette guerrière puissante et redoutée qui chassait vos bataillons devant elle comme des agneaux. Maintenant elle ne sait pas même se défendre : son pouvoir merveilleux tenait-il donc à la seule crédulité, et suffisait-il de se montrer homme pour qu'elle devînt une faible femme. (*A Jeanne.*) Pourquoi as-tu laissé ton armée? Où est donc le comte Dunois, ton chevalier et ton défenseur?

JEANNE. — Je suis bannie.

ISABEAU *recule étonnée.* — Eh comment! tu es bannie, bannie par le Dauphin?

JEANNE. — Ne m'interroge pas; je suis en ton pouvoir, ordonne de mon sort.

ISABEAU. — Bannie! toi qui l'as tiré de l'abîme, qui as placé la couronne sur sa tête à Reims, qui l'as fait roi de France, bannie! Je reconnais là mon fils. Conduisez-la dans le camp; montrez à l'armée ce fantôme terrible qui la faisait trembler. Elle magicienne! Toute sa magie, c'était votre illusion et la lâcheté de votre cœur : c'est une pauvre folle qui s'est sacrifiée pour son roi, et il l'en récompense en roi. Conduisez-la à Lionel; je lui livre enchaînée la fortune de la France : je vais moi-même vous suivre.

JEANNE. — A Lionel! Donne-moi la mort ici, plutôt que de m'envoyer à Lionel.

ISABEAU. — Exécutez mes ordres. Qu'on l'emmène.

(Elle sort.)

SCÈNE VI.

JEANNE, SOLDATS.

JEANNE. — Anglais! Ne me laissez pas sortir vivante de vos mains! Vengez-vous! Tirez vos glaives et plongez-les dans mon cœur; traînez-moi sans vie aux pieds de votre général. Songez que c'est moi qui ai tué les plus braves de votre armée, que je n'ai eu pour vous aucune pitié, que j'ai versé des torrents de sang anglais; que j'ai ravi à vos plus vaillants héros le bonheur du retour dans la patrie. Prenez une vengeance sanglante, tuez-moi : vous me tenez entre vos mains en ce moment, peut-être ne me retrouveriez-vous pas toujours aussi faible.

LE CHEF DES SOLDATS. — Exécutez l'ordre de la reine.

JEANNE. — Dois-je donc souffrir plus encore que je n'ai souffert? Dieu redoutable, ta main est pesante! m'as-tu entièrement rejetée de ta miséricorde? Je ne vois plus aucun signe divin, aucun ange ne se montre; les miracles ont cessé, le ciel est fermé.

(Les soldats l'emmènent.)

SCÈNE VII.

Le camp français.

DUNOIS, L'ARCHEVÊQUE et DUCHATEL.

L'ARCHEVÊQUE. — Prince, triomphez de votre sombre chagrin; venez, retournez vers votre roi : n'abandonnez pas en ce moment la cause commune; votre bras héroïque nous fait faute aujourd'hui que nous courons de nouveaux dangers.

DUNOIS. — Pourquoi les courons-nous? pourquoi l'ennemi s'est-il relevé? Tout était accompli, la France était victorieuse et la guerre terminée. Vous avez chassé notre libératrice; maintenant délivrez-vous vous-mêmes, je ne veux plus revoir le camp où elle n'est plus.

DUCHATEL. — Revenez à de meilleures pensées, prince; que ce ne soit pas votre dernière réponse.

DUNOIS. — Taisez-vous. Duchâtel : je vous hais, je ne veux rien entendre de vous; vous êtes le premier qui ayez douté d'elle.

L'ARCHEVÊQUE. — Qui ne se serait pas mépris sur elle? qui n'eût pas été ébranlé en ce malheureux jour, où tous les signes lui semblaient contraires? Nous fûmes surpris, troublés; ce coup subit épouvanta trop nos cœurs. Qui aurait pu, dans ce moment terrible, réfléchir et peser? Maintenant nous revenons à la réflexion; nous la voyons telle qu'elle a vécu parmi nous, et nous ne trouvons rien en elle à blâmer; maintenant nous sommes confondus, nous craignons d'avoir commis une grande injustice : le roi se livre au repentir, le Duc s'accuse, La Hire est inconsolable, et le deuil est dans tous les cœurs.

DUNOIS. — Elle une fourbe! Ah! si la vérité même voulait revêtir une forme visible et corporelle, elle ne pourrait se montrer sous d'autres traits que les siens. Si l'innocence, la loyauté, la pureté du cœur habitent quelque part sur la terre, c'est dans ses yeux, c'est sur ses lèvres qu'elles doivent demeurer.

L'ARCHEVÊQUE. — Le ciel se déclarera par quelque miracle, il révélera ce mystère que nos yeux terrestres ne peuvent pénétrer. Mais de quelque manière que tout se débrouille et se dénoue, nous nous sommes toujours rendus coupables ; ou nous avons accepté le secours d'un agent infernal, ou nous avons banni une sainte ; l'un ou l'autre appelle la colère et le châtiment du ciel sur ce malheureux pays !

SCÈNE VIII.

LES PRÉCÉDENTS, UN GENTILHOMME, *peu après* RAIMOND.

LE GENTILHOMME. — Un jeune berger demande à parler à Votre Altesse ; il sollicite cette grâce avec instance, il vient, dit-il, de la part de la Pucelle.

DUNOIS. — Hâte-toi de le faire entrer, c'est elle qui l'envoie, il vient de sa part. (*Le gentilhomme fait entrer Raimond ; Dunois court au-devant de lui.*) Où est-elle ? où est la Pucelle ?

RAIMOND. — Je vous salue, noble prince ; je suis heureux de trouver près de vous ce pieux évêque, ce saint homme, le protecteur des opprimés, le père des malheureux.

DUNOIS. — Où est la Pucelle ?

L'ARCHEVÊQUE. — Réponds-nous, mon fils.

RAIMOND. — Seigneur, elle n'est point une noire magicienne. Au nom de Dieu et de tous les saints, je vous l'atteste. Le peuple est dans l'erreur. Vous avez banni l'innocence, vous avez chassé l'envoyée du Seigneur.

DUNOIS. — Où est-elle ? parle.

RAIMOND. — J'ai été le compagnon de sa fuite à travers la forêt des Ardennes ; c'est là qu'elle m'a révélé le fond de son âme : je veux mourir dans les tortures, je consens à perdre ma part au salut éternel, si elle n'est pas, seigneur, innocente de toute faute.

DUNOIS. — Le soleil lui-même n'est pas plus pur dans le ciel. Où est-elle ? réponds.

RAIMOND. — Ah ! si le ciel a changé votre cœur, hâtez-vous, délivrez-la ; elle est prisonnière chez les Anglais.

DUNOIS. — Prisonnière ! comment ?

L'ARCHEVÊQUE. — L'infortunée !

RAIMOND. — Dans la forêt où nous allions chercher un asile, elle a été saisie par la reine et livrée aux mains des Anglais. O vous qu'elle a sauvés, sauvez-la d'une mort affreuse !

DUNOIS. — Aux armes ! allons, battez le tambour. Conduisons au combat l'armée tout entière, que toute la France prenne les armes, notre honneur est engagé. C'est la couronne, c'est le palladium de la France qu'il faut recouvrer. Versons tout notre sang, risquons notre vie : il faut qu'avant la fin du jour elle soit libre.

(Ils sortent.)

SCÈNE IX.

Une tour. Dans le haut une ouverture.

JEANNE, LIONEL, FASTOLF, *ensuite* ISABEAU.

FASTOLF *entre précipitamment.* — On ne peut contenir plus longtemps le peuple, il demande avec fureur que la Pucelle périsse. Vous résistez vainement, donnez-lui la mort, et jetez sa tête du haut des créneaux de la tour, son sang seul peut apaiser l'armée.

ISABEAU *entre.* — Ils placent des échelles, ils montent à l'assaut. Apaisez le peuple : voulez-vous attendre que dans sa furie il renverse la tour et que nous succombions tous en même temps. Vous ne pouvez la sauver, abandonnez-la.

LIONEL. — Laissez-les nous assaillir, laissez-les se livrer à leurs fureurs. La tour est solide, et je m'ensevelirai sous ses débris plutôt que de céder à leur volonté. Réponds-moi, Jeanne : sois à moi, et je te protégerai contre l'univers entier.

ISABEAU. — Êtes-vous un homme ?

LIONEL. — Les tiens t'ont chassée, tu es dégagée de tout devoir envers ton indigne patrie ; les lâches qui t'avaient recherchée t'ont abandonnée, ils n'ont pas osé combattre pour ton honneur. Mais moi je te défendrai contre mon peuple et le tien. Un jour tu me laissas croire que ma vie t'était chère, et alors je combattais en ennemi contre toi ; maintenant tu n'as d'autre ami que moi.

JEANNE. — Tu es l'ennemi odieux de mon peuple; il ne peut rien y avoir de commun entre toi et moi; je ne puis t'aimer. Cependant, si ton cœur penche vers moi, que cela tourne à l'avantage de nos deux peuples. Emmène ton armée du sol de ma patrie, rends les clefs des villes que tu as conquises; restitue le butin, délivre les prisonniers, donne des otages pour un saint accommodement, et je t'offre la paix au nom de mon roi.

ISABEAU. — Voudrais-tu, dans les fers, nous dicter des lois?

JEANNE. — Fais la paix sur-le-champ, car il te faudra la faire. Jamais la France ne portera les fers de l'Angleterre; jamais! jamais! Elle servira plutôt de tombeau à vos armées. Les plus braves d'entre vous sont déjà tombés. Songez à assurer votre retour. Votre gloire est perdue, et c'en est fait de votre puissance.

ISABEAU. — Pouvez-vous supporter l'arrogance de cette folle?

SCÈNE X.

LES PRÉCÉDENTS, UN CAPITAINE *accourt précipitamment.*

LE CAPITAINE. — Hâtez-vous, hâtez-vous, général, de mettre l'armée en ordre de bataille. Les Français avancent bannières déployées; la vallée tout entière brille de l'éclat de leurs armes.

JEANNE, *avec chaleur.* — Les Français arrivent; superbes Anglais, maintenant descendez dans la lice, maintenant il s'agit de combattre bravement.

FASTOLF. — Insensée, suspends ces transports de joie; tu ne verras pas la fin de ce jour.

JEANNE. — Je mourrai, mais ma patrie sera victorieuse; les braves n'ont plus besoin du secours de mon bras.

LIONEL. — Je méprise ces guerriers efféminés. Dans vingt combats nous les avons vus fuir épouvantés à notre aspect, avant que cette héroïne combattît pour eux; de tout ce peuple, je ne craignais qu'elle seule, et ils l'ont bannie. Viens, Fastolf, nous allons leur préparer de nouvelles journées de Créci et d'Azincourt. Vous, reine, demeurez dans la tour, veillez sur la Pucelle jusqu'à ce que le combat soit décidé. Je vous laisse cinquante chevaliers pour votre défense.

FASTOLF. — Eh quoi! allons-nous courir à la rencontre des ennemis, et laisser derrière nous cette furieuse?

JEANNE. — Une femme enchaînée t'effraye?

LIONEL. — Jeanne, donne-moi ta parole de ne point t'échapper.

JEANNE. — Mon seul désir est de recouvrer la liberté.

ISABEAU. — Mettez-lui de triples chaînes. Je réponds sur ma tête qu'elle n'échappera pas.

(On charge de pesantes chaînes son corps et ses bras.)

LIONEL, à Jeanne. — Tu le veux ainsi? Tu nous y contrains. Ton sort est encore entre tes mains; renonce à la France, porte la bannière des Anglais, tu seras libre, et ces furieux qui demandent ton sang marcheront sous tes ordres.

FASTOLF, pressant. — Allons, allons, mon général.

JEANNE. — Épargne de vains discours. Les Français s'avancent, songe à te défendre.

(Les trompettes sonnent. Lionel sort promptement.)

FASTOLF. — Reine, vous savez ce que vous avez à faire. Si le sort se déclare contre nous, si vous voyez fuir nos soldats....

ISABEAU, tirant un poignard. — Soyez sans inquiétude; elle ne vivra pas pour voir notre défaite.

FASTOLF, à Jeanne. — Tu sais ce qui t'attend. Fais maintenant des vœux pour le succès de ton peuple.

SCÈNE XI.

ISABEAU, JEANNE, SOLDATS.

JEANNE. — Oui, je le ferai; qui m'en empêchera? Écoutons! J'entends les sons de la marche guerrière de nos soldats. Elle retentit dans mon cœur, et elle annonce la victoire. Ruine à l'Angleterre! victoire à la France! en avant, mes braves, en avant! La Pucelle est près de vous; elle ne peut, comme autrefois, porter devant vous sa bannière; de lourdes chaînes la retiennent, mais son âme s'envole librement hors de ce cachot sur les ailes de vos chants de victoire.

ISABEAU, *à un soldat.* — Monte à cette tourelle qui domine la campagne et dis-nous comment tourne le combat.

(Le soldat sort.)

JEANNE. — Courage, courage, mon peuple! C'est le dernier combat. Encore cette victoire, et l'ennemi est abattu.

ISABEAU. — Eh bien! qu'aperçois-tu?

LE SOLDAT. — Les armées en sont aux mains; je vois un furieux qui, monté sur un cheval barbe couvert d'une peau de tigre, s'élance en tête des hommes d'armes.

JEANNE. — C'est le comte Dunois! Courage, brave champion, la victoire t'accompagne.

LE SOLDAT. — Le duc de Bourgogne attaque le pont.

ISABEAU. — Puissent dix lances s'enfoncer dans le cœur perfide de ce traître!

LE SOLDAT. — Lord Fastolf lui résiste vivement. Ils ont mis pied à terre. Les gens du Duc et les nôtres combattent corps à corps.

ISABEAU. — Ne vois-tu pas le Dauphin? N'aperçois-tu pas les insignes de la royauté?

LE SOLDAT. — Un nuage de poussière dérobe tout à ma vue; je ne puis rien distinguer.

JEANNE. — Ah! s'il avait mes yeux, ou si j'étais là-haut, rien n'échapperait à mes regards. Mes yeux savent distinguer le faucon au plus haut des airs et compter les perdrix dans leur vol rapide.

LE SOLDAT. — Quelle terrible mêlée auprès du fossé! Les plus vaillants, les plus illustres, semblent combattre en ce lieu.

ISABEAU. — Aperçois-tu encore notre bannière?

LE SOLDAT. — Elle flotte toujours dans les airs.

JEANNE. — Ah! que ne puis-je apercevoir le combat à travers une fente de la muraille! je guiderais les combattants de mon regard.

LE SOLDAT. — Malheur à moi! Ah! que vois-je? Notre général entouré par les ennemis.

ISABEAU *tire le poignard sur Jeanne.* — Meurs, malheureuse.

LE SOLDAT, *rapidement.* — Il est délivré. Le vaillant Fastolf prend l'ennemi par derrière, il a rompu leurs bataillons les plus serrés.

ISABEAU *retire le poignard.* — Ton bon ange a dit cela.

LE SOLDAT. — Victoire! victoire! ils prennent la fuite.

ISABEAU. — Qui prend la fuite?

LE SOLDAT. — Les Français, les Bourguignons; la plaine est couverte de fuyards.

JEANNE. — O mon Dieu! mon Dieu! m'abandonneras-tu ainsi?

LE SOLDAT. — On conduit là-bas un guerrier grièvement blessé. Que de gens volent à son secours. C'est un prince sans doute.

ISABEAU. — Est-il des nôtres, ou bien est-ce un Français?

LE SOLDAT. — On lui ôte son casque; c'est le comte Dunois.

JEANNE *saisit ses chaînes avec un effort convulsif.* — Et je ne suis qu'une femme enchaînée!

LE SOLDAT. — Qu'est-ce? que vois-je? Qui porte ce manteau bleu de ciel garni d'or?

JEANNE, *vivement.* — C'est mon maître, c'est le roi!

LE SOLDAT. — Son cheval effarouché se cabre, tombe; il se dégage avec peine. (*Jeanne écoute ses paroles avec des mouvements passionnés.*) Nos gens approchent à toute bride ; ils l'ont atteint, ils l'entourent.

JEANNE. — Oh! le ciel n'a donc plus d'anges!

ISABEAU, *avec un sourire de mépris.* — Maintenant le moment est venu. Toi, leur libératrice, sauve-les.

JEANNE *se précipite à genoux et prie d'une voix forte et animée.* — O mon Dieu! écoute-moi dans ma détresse; mon âme s'élance vers toi, et mes vœux les plus ardents s'élèvent au ciel : toi qui peux donner à un fil d'araignée la force des câbles d'un navire, c'est un jeu pour ta puissance de changer des liens d'airain en un tissu d'araignée : tu n'as qu'à le vouloir, ces chaînes vont tomber, ces murailles vont s'ouvrir. Jadis tu vins au secours de Samson lorsque, aveugle et enchaîné, il endurait les railleries amères de ses orgueilleux ennemis : mettant sa confiance en toi, il saisit fortement les piliers de sa prison, se courba et renversa l'édifice.

LE SOLDAT. — Triomphe! triomphe!

ISABEAU. — Qu'est-ce?

LE SOLDAT. — Le roi est pris.

JEANNE *s'élance*. — Que Dieu me soit favorable.

(Elle a saisi ses chaînes avec force de ses deux mains, les a brisées. Au même instant elle se précipite sur un soldat, lui arrache son épée et s'élance dehors. Tous, immobiles d'étonnement, la suivent avec une muette stupeur.)

SCÈNE XII.

LES PRÉCÉDENTS, *sans* JEANNE.

ISABEAU, *après un long silence.* — Eh quoi! est-ce un songe? où a-t-elle fui? comment a-t-elle rompu ces lourdes chaînes? Je ne le croirais pas, quand tout l'univers l'attesterait, si je ne l'avais vu de mes yeux.

LE SOLDAT, *sur la tourelle.* — Comment! a-t-elle donc des ailes? Un tourbillon l'a-t-il transportée en bas?

ISABEAU. — Parle; est-elle en bas?

LE SOLDAT. — Elle est déjà au milieu de la mêlée; sa course est plus rapide que ma vue. Maintenant ici, à présent là, il semble qu'elle soit en plusieurs lieux à la fois; elle fend la presse; tout cède devant elle. Les Français s'arrêtent; leurs bataillons se reforment. Malheur à nous! Que vois-je? nos soldats jettent leurs armes, nos bannières sont renversées!

ISABEAU. — Quoi! nous arrache-t-elle une victoire déjà assurée?

LE SOLDAT. — Elle pénètre droit au lieu où est le roi; elle est parvenue jusqu'à lui; elle le retire du milieu des combattants. Lord Fastolf tombe; notre général est pris.

ISABEAU. — Descends, je ne veux pas en entendre davantage.

LE SOLDAT. — Fuyez, reine, vous allez être surprise; les soldats approchent de la tour.

ISABELLE, *tirant son épée.* — Combattez, lâches!

SCÈNE XIII.

LES PRÉCÉDENTS, LA HIRE *arrive avec des soldats; les gens de la reine posent les armes.*

LA HIRE *s'approche respectueusement.* — Reine, soumettez-vous à la toute-puissance... Vos chevaliers se sont rendus; toute résistance serait inutile. Je vous offre mes services. Ordonnez, où voulez-vous que je vous accompagne?

ISABELLE. — Peu importe le lieu, pourvu que mes yeux n'y rencontrent pas le Dauphin.

(Elle rend son épée et le suit avec les soldats.)

SCÈNE XIV.

La scène change et représente le champ de bataille.

Des soldats avec des étendards flottants occupent le fond du théâtre; devant eux, LE ROI *et* LE DUC DE BOURGOGNE *soutiennent dans leurs bras* JEANNE *mortellement blessée, qui ne donne aucun signe de vie; ils avancent lentement sur le devant de la scène.* AGNÈS *arrive précipitamment.*

AGNÈS, *se jetant dans les bras du roi.* — Vous êtes libre; vous vivez, je vous revois.

LE ROI. — Je suis libre; voyez à quel prix.

(Il montre Jeanne.)

AGNÈS. — Jeanne! Dieu! elle expire.

LE DUC. — Elle n'est plus! C'est un ange qui quitte la terre. Voyez comme elle est là étendue sans douleur: tranquille comme un enfant qui sommeille, la paix du ciel se joue sur ses traits, aucun souffle ne s'échappe plus de sa poitrine; cependant on sent de la vie dans sa main encore chaude.

LE ROI. — C'en est fait, elle ne se réveillera plus; ses yeux ne verront plus les choses de la terre. Déjà elle plane là-haut, esprit transfiguré; elle ne voit plus notre douleur ni notre repentir.

AGNÈS. — Ses yeux s'ouvrent; elle vit encore!

LE DUC, *étonné*. — Revient-elle à nous de son tombeau? a-t-elle vaincu la mort? Elle se relève; elle se tient debout.

JEANNE *regarde autour d'elle*. — Où suis-je?

LE DUC. — Parmi ton peuple, Jeanne, au milieu des tiens!

LE ROI. — Dans les bras de ton roi, de tes amis.

JEANNE *après l'avoir longtemps regardé fixement*. —Non, je ne suis pas une magicienne: certainement je ne le suis pas.

LE ROI. — Tu es une sainte, tu es un ange. Mais les ténèbres couvraient nos yeux.

JEANNE *regarde autour d'elle avec un sourire plein de sérénité*.—Et je suis réellement au milieu de mon peuple: je ne suis plus méprisée ni proscrite. On ne me maudit pas, on me regarde avec bonté; maintenant tout reparaît distinctement à ma vue. Voici mon roi, voici les étendards de la France. Mais je ne vois pas ma bannière... Où est-elle? Je ne puis venir sans ma bannière: elle m'a été confiée par mon maître; il faut que je la dépose au pied de son trône; je puis la montrer, car je l'ai portée fidèlement.

LE ROI *détournant le visage*. — Qu'on lui donne sa bannière.

(On la lui apporte; elle se tient debout sans être soutenue, sa bannière dans la main. Le ciel brille d'une lueur rosée.)

JEANNE.—Ne voyez-vous pas l'arc-en-ciel briller dans les airs; le ciel ouvre ses portes dorées. Elle se tient là brillante dans le chœur des anges, elle porte son divin Fils sur son sein; elle me tend les bras avec un doux sourire. Que se passe-t-il en moi?.. Des nuages légers me soulèvent... Cette lourde cuirasse se transforme en robe ailée... En haut! en haut! la terre fuit sous mes pas!.. La douleur est courte et la joie éternelle !

(Sa bannière échappe de sa main. Elle tombe dessus morte. Tous se tiennent autour d'elle dans une muette émotion. Sur un signe du roi, on abaisse sur elle toutes les bannières, de sorte qu'elle s'en trouve entièrement couverte.)

FIN DU CINQUIÈME ET DERNIER ACTE.

LA
FIANCÉE DE MESSINE

OU

LES FRÈRES ENNEMIS

TRAGÉDIE AVEC DES CHŒURS

NOTICE

SUR

LA FIANCÉE DE MESSINE

———

Admirable par la simplicité de l'action et par la beauté du style, *la Fiancée de Messine* est une œuvre froide et languissante à la représentation. L'élément lyrique y tient un si grande place qu'il affaiblit l'effet dramatique. L'intérêt qui s'attache aux passions en lutte sur la scène disparait presque à côté de la terreur inspirée aux spectateurs par la grande image toujours présente de la Fatalité qui pousse les hommes et les événements vers un dénoûment prévu et inévitable.

C'est la donnée de l'antique tragédie grecque, dont le poëte s'est inspiré et qu'il a reproduite. La Fiancée de Messine, comme l'indique son second titre : *Les Frères ennemis*, n'est autre chose que la Thébaïde des anciens, l'extinction d'une race maudite, condamnée d'avance par de terribles prédictions et précipitée à sa ruine par les efforts mêmes qu'elle fait pour s'y soustraire. La princesse de Messine, à peine devenue veuve, a vu ses deux fils ensanglanter la ville d'une lutte fratricide. La haine qui les arme l'un contre l'autre a existé dès leur naissance et semble l'expiation mystérieuse d'une faute de leurs parents. La fermeté de leur père en a réprimé les effets, mais sans parvenir à l'éteindre. Les prières de leur mère, plus pressantes, amènent une entrevue entre les deux princes, et comme leur haine est sans motif, il leur suffit de se voir pour se réconcilier. Une autre influence parait devoir se joindre à l'influence maternelle pour consolider cette réconciliation. Une sœur cachée jusqu'alors et dont l'existence même leur était restée inconnue va réunir les deux frères dans une nouvelle et plus étroite affection. Leur cœur doit d'autant plus facilement s'ouvrir à ce sentiment, que l'un et l'autre aime, et appartient tout entier aux douces émotions de l'amour.

Tout concourt à rendre parfaite la sécurité de la mère et à bannir
de son esprit les anciennes douleurs et les anciennes craintes. Les prédictions qui avaient épouvanté son mari et qui lui avaient fait ordonner
le trépas de leur fille n'étaient que les vains oracles d'une religion
trompeuse. Des présages plus doux et tout contraires inspirés par une
foi meilleure touchent à leur réalisation. Cette sœur redoutée comme
une cause de ruine est sur le point d'être l'instrument de paix et de
concorde. Si le père a vu en songe sortir de sa couche deux lauriers
entre lesquels croissait un lis, transformé tout à coup en une flamme
qui a consumé les arbres et la maison entière, et si l'astrologue arabe
consulté par lui a répondu que la sœur tuerait ses deux frères et que
toute sa race périrait par elle ; la mère a vu en songe un bel enfant
qui se jouait dans le gazon désarmer la fureur du lion et de l'aigle
venus comme un couple caressant se coucher à ses pieds, et le saint
moine, interrogé par elle, a répondu qu'elle enfanterait une fille qui uni-
rait dans un commun amour les cœurs divisés de ses fils.

Malgré une contradiction apparente, malgré la source opposée d'où
elles sortent, les deux prédictions présentent une terrible conformité
que l'on comprend sans peine. La sœur qui doit réunir les deux frères
dans une même affection, est aussi la sœur par laquelle ils doivent périr
tous deux. Elle n'est autre en effet que l'inconnue qu'ils ont choisie à
l'insu l'un de l'autre pour leur fiancée et qu'ils aiment sans le savoir
d'un amour incestueux. L'erreur qui les pousse à une passion coupable,
qu'ils croient légitime, leur fait fatalement voir la trahison d'un rival
dans une intimité où la nature leur interdit la rivalité. Une préférence
imprudemment témoignée par la jeune fille, qui ignore entre qui elle
choisit, fait sortir du fourreau un glaive fratricide, que le meurtrier
tourne contre lui-même, dès que l'horrible vérité lui est connue.

L'implacable destin, manifesté d'avance par les sinistres prédictions
contre lesquelles la volonté humaine doit se briser, semble la puissance
unique qui domine et remplit l'action. Le secret, qui plane au-dessus
des personnages comme un arrêt de mort, est longtemps connu des
spectateurs avant qu'il ne se révèle sur la scène. En présence d'un dénoûment que rien ne peut modifier ni prévenir, il n'y a plus place
pour les impatiences de la curiosité ni pour les émotions que provo-
que le spectacle d'une lutte dont le résultat est incertain. L'esprit,
courbé par l'idée d'une nécessité inflexible, s'isole presque de lui-
même de la réalité pour s'élever aux idées éternelles et immobiles. La
prédominance de l'élément lyrique, l'abondance des sentences et des

idées générales amènent ainsi naturellement, dans une pièce où règne
le destin, la présence du chœur tel que l'avaient conçu les anciens,
personnage idéal, expression collective des idées et des sentiments de
l'humanité. Schiller, en introduisant le chœur sur la scène moderne,
obéissait à un besoin semblable à celui qui l'avait fait figurer sur le
théâtre des Grecs. Lui-même nous le dit dans la remarquable étude qui
précède la Fiancée de Messine. Seulement chez lui ce personnage se dé-
double et perd un peu de sa gravité. Les chevaliers de la suite de don
Manuel et de don César n'ont ni l'autorité ni l'impartialité des vieillards des chœurs de Sophocle. Ils sont trop associés aux passions et
aux luttes des personnages principaux pour remplir leur véritable rôle,
qui est de donner du calme à l'action.

Tout en imitant, Schiller a voulu rester original. Il a pensé rendre
le chœur plus vivant en lui donnant une physionomie multiple et personnelle ; mais, en lui ôtant son impersonnalité, il a détruit son caractère. Il a cru pouvoir faire coexister le chœur, personnage réel en désaccord avec lui-même, et le chœur, personnage idéal, toujours d'accord
avec lui-même ; mais ces données contradictoires se concilient difficilement dans l'esprit du spectateur.

Il y a aussi une licence difficile à justifier, le poëte le reconnaît lui-
même, dans l'emploi simultané du polythéisme grec et de la religion
chrétienne. Nous n'apportons pas au théâtre un esprit assez philosophique pour accepter ce rapprochement et cette confusion.

Il faut louer dans cette pièce le respect de l'unité de temps. Le chœur
se déplace et le lieu de la scène change plusieurs fois ; mais les événements se précipitent et ils s'accomplissent tous dans l'espace de moins
d'une journée. La simplicité de la composition rendait facile ici l'observation de cette loi, incompatible ailleurs avec d'autres conceptions et
avec les exigences du théâtre moderne.

DE
L'USAGE DU CHŒUR
DANS LA TRAGÉDIE

———

Un ouvrage poétique doit se justifier lui-même ; et lorsque l'œuvre ne parle pas, la parole est de peu de secours. On pourrait donc laisser au chœur, quand une fois il aura été convenablement amené sur la scène, le soin d'être son propre défenseur. Mais le poëme tragique n'est un tout complet que par la représentation théâtrale ; le poëte ne fournit que les paroles ; la musique et la danse doivent venir ensuite les animer. Tant que le chœur sera privé de cet accompagnement si puissant sur les sens, il ne paraîtra dans l'économie de la tragédie qu'un accessoire, qu'un corps étranger, et comme un embarras qui interrompt la marche de l'action, qui détruit l'illusion et qui refroidit le spectateur. Pour bien apprécier le chœur, il faudrait se transporter du théâtre tel qu'il est, au théâtre tel qu'il pourrait être ; c'est d'ailleurs indispensable dès qu'on aspire à un but plus élevé. Ce qui manque encore à l'art, il doit l'acquérir. Le défaut accidentel d'un moyen d'exécution ne doit pas restreindre l'imagination créatrice du poëte ; il se propose pour but ce qui lui semble le plus beau, il s'efforce d'atteindre l'idéal ; c'est à l'art qui exécute de s'accommoder aux circonstances.

Il n'est point vrai, comme on l'entend dire communément, que l'art dépende du public ; c'est le public qui dépend de l'artiste ; et toutes les fois que l'art s'est dégradé, c'est par la faute des artistes. Il ne faut au public que la capacité de sentir, et il la possède. Il vient au théâtre avec des désirs indéterminés et des facultés très-variées ; il y porte l'aptitude au sublime, le goût de ce qui est droit et raisonnable ; et s'il a d'abord commencé par se contenter du mauvais, il finira certainement par exiger ce qui est excellent, lorsqu'une fois on le lui aura donné.

Le poëte, objecte-t-on, est libre de travailler d'après un idéal ; le critique est libre de juger d'après les idées ; tandis que l'art qui exécute est restreint, conditionnel et assujetti à la nécessité. L'entrepreneur veut faire ses affaires ; le comédien veut se faire valoir ; le spectateur veut être diverti et avoir des émotions ; il cherche le plaisir, et n'est point satisfait si on exige de lui un effort, lorsqu'il attendait un jeu et un délassement.

En traitant le théâtre plus sérieusement, on ne veut pas supprimer le plaisir du spectateur, mais l'ennoblir. C'est un jeu sans doute, mais c'est un jeu poétique ; l'art est consacré au plaisir des hommes, et il ne peut avoir une tâche plus grande, plus sérieuse, que celle de contribuer à leur bonheur. L'art le plus parfait est celui qui procure les plus hautes jouissances ; et la plus sublime des jouissances, c'est le libre exercice de toutes les forces de l'âme.

L'homme attend donc des arts de l'imagination un certain affranchissement des bornes du réel ; il veut qu'ils le fassent jouir du possible, et qu'ils donnent carrière à son imagination. Le moins exigeant cherche à oublier ses affaires, sa vie ordinaire et individuelle ; il veut se sentir dans une situation extraordinaire, il veut repaître sa curiosité des combinaisons merveilleuses du hasard. S'il est d'une nature sérieuse, il veut retrouver sur la scène un système moral plus pur que dans la vie réelle ; cependant il sait fort bien qu'il ne se livre qu'à un simple jeu ; qu'à proprement parler il ne se repait que de rêves ; quand il rentre du théâtre dans la vie réelle, il se retrouve serré et enfermé dans ses étroites limites, il est encore leur proie comme auparavant ; car elle est demeurée la même, et il n'y a rien en lui de changé ; il a seulement joui, pendant un instant, d'une illusion agréable qui s'évanouit au réveil.

Aussi, comme on ne se propose qu'une illusion passagère, il suffit d'une apparence de vérité, ou de cette vraisemblance que les hommes substituent volontiers à la vérité.

Mais l'art véritable n'a pas seulement pour but une illusion passagère ; il ne veut pas seulement affranchir l'homme pendant un rêve d'un instant, il veut l'affranchir réellement. Aussi en éveillant, en exerçant et en formant en nous une force nouvelle, l'art doit placer comme dans un lointain objectif ce monde sen-sible qui pesait sur nous comme une force aveugle; il doit en faire la libre création de notre esprit, et soumettre la matière aux idées.

Et puisque l'art véritable doit produire quelque chose de réel et d'objectif, il ne peut se contenter d'une simple apparence de vérité. C'est sur la vérité même, sur les fondements profonds et inébranlables de la nature, qu'il élève son édifice idéal.

Mais comment l'art sera-t-il à la fois tout idéal, et cependant véritablement réel? comment pourra-t-il abandonner entièrement la réalité et se conformer exactement à la nature? C'est à quoi bien peu savent atteindre, c'est ce qui donne à la manière de voir en face des ouvrages poétiques et plastiques quelque chose de si louche, parce que ces deux conditions, d'après le jugement commun, semblent absolument s'exclure.

Il arrive communément qu'on sacrifie l'une pour atteindre l'autre, et que par là on n'en atteint aucune. Celui à qui la nature a accordé la justesse d'observation et la délicatesse de sentiment, mais à qui elle a refusé la force créatrice de l'imagination, sera un peintre fidèle de la réalité; il saisira les apparences accidentelles, mais jamais l'esprit de la nature; il saura nous reproduire le monde matériel, mais il n'en fera jamais notre ouvrage, jamais il n'en fera la libre production de notre intelligence créatrice; il n'accomplira point l'action bienfaisante de l'art qui consiste dans l'affranchissement. Elle est vraie, mais elle est triste, la disposition dans laquelle nous laisse un tel poëte, un tel artiste, lorsque nous voyons l'art, qui devait nous affranchir, nous replacer lui-même péniblement dans la commune et étroite réalité. Celui, au contraire, à qui est échue en partage une vive imagination, mais sans caractère ni sentiment, ne s'inquiétera pas de la vérité; il se jouera seulement du monde matériel, il cherchera à étonner par des combinaisons bizarres et fantastiques; et comme son œuvre n'est qu'apparence et écume, il pourra, à la vérité, divertir un instant, mais il ne pourra rien fonder ni construire dans l'âme. Sa frivolité, pas plus que la vérité de l'autre, n'a rien de poétique. Faire succéder arbitrairement l'une à l'autre des formes fantastiques, ce n'est pas plus atteindre l'idéal, que reproduire la réalité en la copiant n'est re-

présenter la nature. Les deux conditions sont si peu contradictoires, qu'on pourrait bien plutôt les confondre en une seule, et
que l'art n'est vrai que quand il abandonne entièrement le réel
et devient purement idéal. La nature elle-même n'est qu'une
conception de l'esprit, qui ne tombe jamais sous les sens. Elle
est cachée sous les phénomènes, mais elle n'apparaît jamais. Il
est accordé ou plutôt il est imposé à l'art idéal de saisir l'esprit
de chaque chose, et de l'enchaîner sous une forme matérielle; il
ne peut jamais le présenter aux sens : seulement, par sa puissance
créatrice, il peut le montrer à l'imagination, et par là être plus
vrai que toute réalité, plus positif que toute expérience. Il suit
évidemment de là que l'artiste ne peut employer aucun élément
tiré du réel, du moins tel qu'il l'y trouve, et que son ouvrage
doit être idéal dans toutes ses parties, pour avoir de la réalité
dans son ensemble, et pour se trouver en même temps en harmonie avec la nature.

Ce qui est vrai de la poésie et de l'art en général, l'est aussi
pour chaque genre en particulier; et l'on fera sans peine à la tragédie l'application de ce qui vient d'être exposé. Là aussi l'on a
eu, l'on a encore à combattre l'idée commune que le naturel est
incompatible avec toute espèce d'art et de poésie. On est forcé
d'accorder à l'art plastique, plutôt par convention que par principes, un certain idéal : mais de la poésie, et spécialement de la
poésie dramatique, on exige une illusion qui, à la supposer possible, ne serait jamais qu'un misérable prestige. Toutes les circonstances extérieures de la représentation théâtrale s'opposent
à cette idée; tout y est seulement symbole du réel : le jour même
du théâtre est artificiel; l'architecture n'y est que figurée; le langage poétique est idéal; mais il faut que l'action soit réelle, et que
la partie détruise l'ensemble. C'est ainsi que les Français, qui se
sont entièrement mépris sur l'esprit des anciens, ont introduit
sur la scène une unité de temps et de lieu tout à fait artificielle
et vulgairement empirique, comme s'il y avait un autre lieu qu'un
espace purement idéal et un autre temps que la suite continue de
l'action.

L'introduction du langage métrique est déjà un grand pas vers
la tragédie poétique. Quelques essais lyriques se sont produits
heureusement sur la scène, et la poésie, par sa propre force,
a remporté plus d'une victoire sur le préjugé dominant. Mais

cependant qu'est-ce qu'une victoire partielle, tant que l'erreur subsiste dans son ensemble? Suffit-il de tolérer comme une licence poétique l'essence même de la tragédie? L'introduction du chœur serait le dernier pas, le plus décisif, même quand il ne devrait servir qu'à déclarer une guerre ouverte et loyale au naturalisme dans l'art, ce serait comme une sorte de rempart vivant dont la tragédie s'environnerait pour se défendre de l'invasion du monde réel, et qui lui assurerait son terrain idéal, sa liberté poétique.

La tragédie des Grecs est, comme on sait, née du chœur. Non-seulement c'est historiquement et par succession de temps qu'elle en est dérivée, mais on peut dire aussi qu'elle en procède poétiquement et par l'esprit, et que sans ces témoins continuels, sans ce support de l'action, elle serait devenue une tout autre œuvre poétique. La suppression du chœur, et la concentration de cet organe expressif et puissant en un misérable confident, sans caractère et qui reparaît sans cesse, n'est certes pas un aussi grand perfectionnement de la tragédie que les Français et leurs imitateurs se le sont imaginé.

La tragédie antique, qui à l'origine n'avait affaire qu'aux dieux, aux héros et aux rois, employa le chœur comme un accompagnement nécessaire; elle le trouva dans la nature, et s'en servit parce qu'elle l'y avait trouvé. Les actions et les destinées des héros et des rois sont par elles-mêmes publiques; dans ces temps de simplicité primitive, elles l'étaient encore davantage. Il s'ensuit que le chœur, dans la tragédie antique, était un organe donné par la nature; il tenait à la forme poétique qu'avait reçue la vie réelle. Dans la tragédie moderne, il devient un instrument artificiel, il aide la poésie à se produire. Le poëte moderne ne trouve plus le chœur dans la nature, il lui faut le créer et l'introduire poétiquement: c'est-à-dire que la fable qu'il met en action doit subir un changement qui la ramène au temps de l'enfance des peuples, à la simplicité des mœurs antiques.

Le chœur rendrait par là des services encore plus essentiels aux tragiques modernes qu'au poëte ancien. Il transformerait le monde moderne et vulgaire en un monde antique et poétique. Il rendrait impossible l'emploi de tout ce qui résiste à la poésie, et ramènerait tout à des motifs simples, naïfs et primitifs. Maintenant le palais des rois est fermé; la justice s'est retirée des portes de la ville dans l'intérieur d'une maison; l'écriture a été substituée à la parole vivante; le peuple lui-même, cette masse animée et sensible. n'agissant plus dans sa force et dans sa rudesse, est devenu l'État, c'est-à-dire une idée abstraite; les dieux se sont renfermés dans le cœur de l'homme. Le poëte doit rouvrir les palais; il doit replacer les juges sous la voûte du ciel; il doit rendre les dieux à leurs autels; il doit rétablir toutes les circonstances immédiates de la vie réelle qu'ont écartées les convenances artificielles, et repousser toutes les conditions factices dont l'homme est entouré et qui empêchent la libre manifestation de sa nature intérieure et de son caractère primitif. Il doit faire comme le statuaire qui rejette les vêtements modernes, et ne conserve de tout ce qui l'entoure au dehors que ce qui fait ressortir la plus noble des formes, la forme humaine.

Et de même que l'artiste déploie autour de ses figures des draperies aux larges plis pour les encadrer d'une manière riche et agréable, pour rattacher ensemble les parties séparées et en former des masses continues, pour donner place à la couleur qui attire et réveille les yeux, pour cacher à la fois et faire ressortir les formes humaines: de même le poëte tragique doit entourer les parties bien proportionnées de son action et les contours déterminés de ses personnages, d'une parure lyrique qui, comme un ample vêtement de pourpre, laisse ses figures agir librement et noblement, avec une dignité soutenue et un calme majestueux.

Dans une organisation d'un ordre élevé, la matière première ou élémentaire cesse d'être visible. La couleur des éléments chimiques disparaît dans la carnation délicate de l'être vivant. Cependant la matière conserve ses droits, et peut, à juste titre, faire partie d'un corps construit par l'art. Il faut qu'elle tienne sa place au milieu de l'harmonie et de la plénitude d'une création vivante: il faut qu'elle fasse valoir les formes qu'elle entoure, au lieu de les écraser sous son poids.

Cela est facile à concevoir dans les œuvres de l'art plastique, mais cela se retrouve aussi dans la poésie et la tragédie, dont il est ici question. Tout ce que l'intelligence se dit à elle-même de général, comme tout ce qui agit uniquement sur les sens, n'est que la matière, l'élément brut d'une œuvre poétique, et il ne peut prédominer sans détruire infailliblement la poésie; car la poésie

consiste justement dans l'équilibre de l'idéal et du sensible. Mais
l'homme est ainsi fait, qu'il veut toujours aller du particulier
au général : la réflexion doit par conséquent aussi tenir sa place
dans la tragédie. Si elle veut donc mériter sa place, il faut
qu'elle regagne, par une exposition vivante, ce qui lui manque
de la vie sensible. En effet, si les deux éléments de la poésie,
l'idéal et le sensible, ne sont pas confondus intérieurement dans
une même action, au moins doivent-ils agir l'un auprès de
l'autre, ou bien la poésie s'évanouit. Quand la balance n'est pas
dans un parfait équilibre, on ne peut le rétablir que par les oscil-
lations des deux plateaux.

Et c'est à cela que sert le chœur dans la tragédie. Le chœur
n'est pas un individu, il est lui-même une idée générale ; mais
cette idée est représentée par une masse forte et sensible qui par
sa présence comble les vides et impose aux sens : le chœur laisse
là le cercle étroit de l'action, plane sur le passé et l'avenir, sur
les temps et les peuples, sur l'humanité en général ; il montre les
grands résultats de la vie ; il proclame les leçons de la sagesse :
mais tout cela, il le fait avec la toute-puissance de l'imagination,
avec la liberté de l'audace lyrique, qui s'élance sur les hauts
sommets des choses humaines, avec la démarche des dieux ; et
il le fait avec tout le pouvoir que le rhythme et la musique lui
donnent sur les sens, par les sons et le mouvement.

Le chœur épure donc le poëme tragique, en séparant la réflexion de l'action, et donne à celle-ci, par cette séparation même,
la force poétique, comme dans l'art plastique l'artiste tire de la
nécessité du vêtement une beauté et un attrait de plus, au moyen
d'une riche draperie. Mais de même que le peintre se voit forcé
de rehausser tous les tons de la chair pour les tenir en harmonie
avec les draperies, le langage lyrique du chœur contraint le poëte
d'élever en proportion tout le style du poëme, et de donner
ainsi plus d'énergie à la puissance sensible de l'expression. Le
chœur prescrit à l'auteur tragique cette sublimité de ton qui remplit l'oreille, qui attache l'esprit et qui agrandit le sentiment :
cette seule figure colossale dans son tableau le force à élever
ses personnages sur le cothurne, et à donner ainsi à toute sa
peinture une grandeur tragique. Supprimez le chœur, et le langage de la tragédie devra baisser sur-le-champ, ou bien ce qui est
grand et puissant paraîtra forcé et exagéré. Le chœur antique,

introduit dans la tragédie française, la ferait paraître dans toute
sa misère et l'anéantirait, tandis que dans la tragédie de Shak-
speare il en ferait ressortir la vraie signification.

Autant le chœur apporte de vie dans le discours, autant il met
de calme dans l'action, mais de ce calme noble et élevé qui doit
être le caractère des beaux ouvrages de l'art; car le sentiment
du spectateur, au milieu des plus vives émotions, doit conserver
sa liberté; il ne doit pas être la proie des impressions qu'il reçoit; il faut qu'au contraire il puisse toujours se séparer distinctement de ce qu'il éprouve. Le reproche que la critique vulgaire a coutume d'adresser au chœur, de détruire l'illusion, de
nuire à l'effet de la passion, est justement sa plus haute recom-
mandation; car c'est cet effet aveugle des passions que le véritable
artiste cherche à éviter : c'est cette illusion, qu'il dédaigne de
produire. Si les coups dont la tragédie frappe notre cœur se suc-
cédaient sans interruption, l'émotion passive absorberait l'activité. En nous confondant avec le sujet nous ne pourrions plus
planer au-dessus de lui. Le chœur, en tenant séparées les parties, en se plaçant comme tranquille contemplateur au milieu
des passions, nous rend notre liberté, qui autrement eût disparu
dans le tourbillon des émotions. Les personnages de la tragédie
ont aussi besoin de ces intervalles, de ce repos, pour se recueillir : ce ne sont pas des êtres réels qui obéissent seulement à l'impression du moment et figurent comme individus; ce sont au
contraire des personnes idéales qui représentent le genre humain et révèlent les profondeurs de l'humanité. La présence du
chœur, qui les écoute comme un témoin et comme un juge, qui
apaise les premières explosions de leurs passions par sa pré-
voyante intervention, motive la gravité avec laquelle ils agissent,
la dignité avec laquelle ils parlent; ils se trouvent déjà en quelque sorte sur un théâtre naturel où ils parlent et agissent devant
des spectateurs, et par là sont d'autant mieux disposés pour figurer sur un théâtre artificiel et à parler devant un public.

En voilà assez sur le droit que j'ai de ramener le chœur antique
sur la scène tragique. On connaissait, à la vérité, les chœurs dans
les tragédies modernes; mais le chœur de la tragédie grecque, tel
que je l'ai employé ici, le chœur comme personnage unique et
idéal, qui accompagne et soutient toute l'action, est essentielle-
ment différent de ces chœurs d'opéra. Et lorsqu'à l'occasion de la

tragédie grecque, j'entends parler des chœurs au lieu du chœur, je soupçonne qu'on ne sait pas fort bien ce qu'on dit. Le chœur de la tragédie antique, depuis qu'elle est tombée, n'a pas, que je sache, reparu sur le théâtre.

J'ai, il est vrai, divisé le chœur en deux parties, que j'ai représentées en opposition l'une avec l'autre ; mais c'est seulement vers le dénoûment, et alors il agit comme personnage réel et comme foule aveugle. Comme chœur et personnage idéal, il est toujours d'accord avec lui-même. J'ai changé le lieu de la scène, et j'ai plus d'une fois écarté le chœur ; mais Eschyle, le créateur de la tragédie, et Sophocle, le plus grand maître de l'art, ont aussi pris ces libertés.

Une autre liberté que je me suis permise est peut-être moins facile à justifier. J'ai employé la religion chrétienne et le polythéisme grec, en les mêlant ensemble : j'ai même rappelé quelques souvenirs des superstitions mauresques ; mais le lieu de l'action est à Messine, où ces trois religions croissaient ensemble et parlaient aux sens, soit par leur présence, soit par leurs monuments. D'ailleurs, je tiens que c'est un droit de la poésie de considérer les diverses religions comme formant pour l'imagination un tout collectif, dans lequel tout ce qui porte un caractère propre, tout ce qui produit une impression particulière, doit trouver sa place. Sous le voile des religions réside la religion même, l'idée de la Divinité ; et le poëte doit avoir le droit de l'exprimer, chaque fois qu'il en aura besoin, sous les formes qu'il trouvera les plus convenables et les plus frappantes.

LA
FIANCÉE DE MESSINE

Le théâtre représente une vaste salle soutenue par des colonnes. Des entrées à droite et à gauche. Dans le fond, une grande porte à doubles battants conduit à une chapelle.

DONNA ISABELLA *en grand deuil. Les anciens de Messine se tiennent autour d'elle.*

ISABELLE. — C'est la nécessité, et non mon propre penchant qui m'amène devant vous, respectables chefs de cette ville, et qui m'a forcée à quitter ma silencieuse retraite, pour venir ainsi dévoiler mon visage devant les regards des hommes. Car il convient que la veuve, qui a perdu la gloire et le bonheur de sa vie, s'enveloppe de vêtements lugubres, et, dans une paisible enceinte, se dérobe aux yeux du monde. Mais la voix impérieuse et inexorable des circonstances me ramène aujourd'hui à la lumière d'un monde oublié.

La lune n'a pas encore deux fois renouvelé son disque lumineux, depuis que j'ai conduit à la demeure du dernier repos mon royal époux, qui gouvernait cette ville avec

tant de fermeté, et dont le bras puissant vous protégeait
contre cette foule d'ennemis qui vous investissent. Il n'est
plus, cependant son esprit anime encore ses illustres fils, et
il semble revivre dans ces deux héros, l'orgueil de cette
contrée. Vous les avez vus, au milieu de vous, croître et
prospérer; mais avec eux s'est développé le germe fatal et
mystérieux d'une déplorable haine fraternelle qui, après
avoir troublé la douce union de l'enfance, est devenue terrible avec le progrès de l'âge. Jamais je n'ai pu jouir du
spectacle de leur concorde; je les ai nourris tous deux sur
ce sein maternel, ils ont eu une part égale de mes soins et
de mon amour, et je sais que tous deux ont pour moi un
attachement filial. C'est le seul penchant qui leur soit commun; pour tout le reste, ils sont divisés par une sanglante
discorde.

A la vérité, tant qu'a duré le gouvernement sévère de
leur père, il a su, par une justice rigoureuse et forte,
dompter leur bouillante ardeur, et maintenir sous un joug
de fer leurs âmes audacieuses. Il ne leur était pas permis
d'approcher l'un de l'autre armés, ni de coucher sous le
même toit. C'est ainsi qu'une autorité redoutable empê-
chait l'explosion terrible de leurs fougueux instincts; mais
au fond de leur cœur la haine subsistait sans s'affaiblir.
L'homme fort ne songe pas à arrêter le mal dans sa source,
parce qu'il peut empêcher le torrent de se déchaîner.

Ce qui devait arriver, arriva; dès que la mort eut fermé
ses yeux, dès que ses fils ne furent plus retenus par sa main
puissante, leur ancienne haine éclata, comme la flamme
d'un brasier ardent s'échappe dès qu'elle n'est plus com-
primée. Je vous dis ici ce dont vous êtes tous témoins :
Messine se divisa; cette animosité fraternelle brisa tous les
liens de la nature, et déchaîna une discorde universelle; le
glaive s'opposa au glaive; la ville devint un champ de bataille, et cette salle même a été arrosée de sang.

Vous avez vu brisés tous les liens de l'État; et mon
cœur aussi a été intérieurement brisé!... Vous n'avez senti
que les maux publics, et vous n'avez pas songé à vous informer des douleurs d'une mère. Vous êtes venus à moi,
et vous m'avez dit ces rudes paroles : « Tu vois que la dis-

« corde de tes fils allume la guerre civile dans cette ville ;
« elle est entourée d'ennemis redoutables, et ne peut leur
« résister que par la concorde. Tu es la mère, vois comment
« tu peux apaiser la rage sanguinaire de tes fils. Et, que
« nous importent à nous, citoyens paisibles, les dissen-
« sions de nos maîtres ? Devons-nous périr parce que tes
« fils sont animés d'une haine furieuse l'un contre l'autre ?
« Nous saurons bien sans eux régler notre sort, et nous
« donner à un autre prince qui voudra notre bonheur et
« qui saura l'assurer. »

Tels ont été vos discours, hommes durs et sans pitié ;
vous n'avez songé qu'à vous et aux intérêts de votre ville ;
vous avez chargé du poids des malheurs publics un cœur
qu'accablaient déjà assez les angoisses et les chagrins maternels. J'ai fait une tentative désespérée, je me suis, avec
mon cœur de mère déchiré, jetée entre les deux furieux,
implorant la paix. Sans me laisser rebuter, sans me lasser,
je leur ai adressé message sur message jusqu'à ce que ma
prière maternelle ait obtenu d'eux qu'ils viendraient paisiblement dans cette ville de Messine, dans le palais de leur
père, et que sans inimitié, ils se verraient face à face ; ce
qui n'était point encore arrivé depuis la mort de leur père.

Nous sommes au jour indiqué pour cette entrevue.
D'heure en heure, j'attends qu'on vienne m'apporter la
nouvelle de leur approche. Tenez-vous donc prêts à recevoir vos maîtres avec le respect qui convient à des sujets
Songez seulement à vous acquitter de votre devoir, et pour
le reste, laissez-nous y pourvoir. Les combats désastreux
de mes fils faisaient la ruine de cette contrée et la leur ;
mais, réconciliés et unis, ils auront assez de puissance pour
vous défendre contre toute attaque, et pour maintenir leurs
droits contre vous-mêmes.

(Les anciens s'éloignent en silence, la main sur la poitrine. Elle fait
signe à un vieux serviteur ; il demeure.)

ISABELLA, DIÉGO.

ISABELLA. — Diégo !
DIÉGO. — Qu'ordonne ma souveraine ?

ISABELLA. — Serviteur éprouvé, cœur loyal, approche; tu as partagé mes souffrances et mon affliction, partage maintenant le bonheur d'une mère heureuse. J'ai confié à ton cœur fidèle le dépôt sacré de mes tristes et doux secrets : le moment est venu où ils doivent paraître à la clarté du jour. Trop longtemps j'ai comprimé le penchant si puissant de la nature, parce qu'une volonté étrangère régnait d'une manière absolue sur moi : maintenant sa voix peut s'élever librement; aujourd'hui mon cœur sera soulagé, et cette maison, si longtemps déserte, va rassembler tout ce qui m'est cher.

Porte donc tes pas appesantis par l'âge vers ce cloître que tu connais bien et qui me conserve un si cher trésor. Ce fut toi, fidèle serviteur, qui sus l'y cacher pour des jours meilleurs, et qui me rendis ce triste service dans mes malheurs. Maintenant, d'un cœur joyeux, ramène à la mère ravie ce gage précieux. (*On entend dans l'éloignement sonner les trompettes.*) Hâte-toi, hâte-toi, et que la joie rajeunisse ta marche. J'entends le bruit des trompettes guerrières qui m'annoncent l'arrivée de mes fils. (*Diégo sort. La musique se fait aussi entendre du côté opposé, et se rapproche de plus en plus.*) Tout Messine est en mouvement. Écoute ce bruit de voix confuses qui s'avance vers nous comme un torrent. Ce sont eux! je sens battre avec force mon cœur maternel; il éprouve la puissance et l'attrait de leur approche. Ce sont eux! O mes enfants! mes enfants!

(*Elle s'élance dehors.*)

LE CHŒUR *entre.*

(Il se compose de deux demi-chœurs qui entrent en même temps sur le théâtre des deux côtés, l'un par le fond, l'autre par l'avant-scène : chacun d'eux se range sur un des côtés de la scène. Un des chœurs est formé de vieux chevaliers, l'autre de jeunes : ils se distinguent par des couleurs et des insignes différents. Lorsque les deux chœurs sont rangés, la musique se tait et les deux coryphées parlent à tour de rôle [1].)

PREMIER CHŒUR (GAÉTAN). — Je te salue avec respect,

---

1. L'auteur, en envoyant son manuscrit au théâtre de Vienne, joignit

palais magnifique! royal berceau de mes maîtres! toi, dont
cent colonnes portent la voûte majestueuse! Que le glaive
repose au fond du fourreau. Que la furie de la guerre, à la
chevelure de serpents, soit enchaînée devant cette porte;
car le seuil inviolable de cette demeure hospitalière est
gardé par le Serment, le fils d'Érynnis, le plus redoutable
des dieux de l'Enfer.

SECOND CHOEUR (BOHÉMOND). — Mon cœur murmure et se
révolte dans ma poitrine : ma main est prête pour le combat, car je vois la tête de Méduse, le visage odieux de mon
ennemi. A peine puis-je commander à mon sang qui bouil-
lonne. Garderai-je l'honneur de ma parole? obéirai-je à ma
rage frémissante? Mais je tremble devant l'Euménide gar-
dienne de ce lieu, devant le règne de la paix de Dieu.

PREMIER CHŒUR (GAÉTAN). — Une attitude plus calme convient à l'âge. C'est à moi, plus sage, de saluer d'abord. (Au
second chœur.) Sois le bienvenu, toi qui, par un sentiment
pareil au mien, sais honorer et redouter les divinités pro-
tectrices de ce palais! Puisque nos princes se parlent avec
douceur, ne pouvons-nous pas échanger aussi de sang-froid
des paroles de paix? car elles sont bonnes aussi les paroles
qui guérissent. Mais si je te rencontre dehors, à l'air libre,
le combat sanglant pourra se renouveler et le fer éprouver
le courage.

TOUT LE CHOEUR. — Mais si je te rencontre dehors, à l'air
libre, le combat sanglant pourra se renouveler et le fer
éprouver le courage.

PREMIER CHŒUR (BÉRENGER). — Je ne te hais point; tu n'es
point mon ennemi : une même ville nous a vus naître, et
eux sont d'une race étrangère? Mais lorsque les princes se
combattent, leurs serviteurs doivent donner la mort et la
recevoir; cela est dans l'ordre, cela est juste.

---

une proposition sur la manière dont les parties du chœur pouvaient être
partagées entre quelques personnages. Le premier chœur devait se com-
poser de Gaétan, Bérenger, Manfred, Tristan et huit chevaliers de don
Manuel; le second de Bohémond, Roger, Hippolyte et neuf chevaliers
de don César. Ce que chacun de ces personnages devait avoir à dire,
d'après le plan de l'auteur, est marqué dans cette édition.

SECOND CHŒUR (BOHÉMOND). — Ils doivent savoir pourquoi ils se combattent et se haïssent à la mort; cela ne m'importe pas. Nous combattons leurs combats. Celui-là n'a point de vaillance, celui-là n'a point d'honneur qui laisse mépriser son chef.

TOUT LE CHŒUR. — Nous combattons leurs combats. Celui-là est sans vaillance, celui-là est sans honneur qui laisse mépriser son chef.

UN HOMME DU CHŒUR (BÉRENGER). — Écoutez ce que je pensais en moi-même, lorsque je descendais paisiblement les sentiers, à travers les moissons ondoyantes, tout entier à mes réflexions. Dans la fureur du combat, nous n'avons rien prévu, rien examiné; alors, notre sang bouillant nous emportait.

Ces moissons ne sont-elles pas à nous? Ces vignes, entrelacées dans les ormeaux, n'est-ce pas notre soleil qui les mûrit? Ne pourrions-nous pas, dans une douce jouissance, filer des jours innocents et joyeux, et mener gaiement une vie facile? Pourquoi, d'un esprit furieux, tirons-nous le glaive pour cette race étrangère? Elle n'a aucun droit sur ce sol. Elle est venue sur un vaisseau, des bords dorés du couchant : nos pères, il y a bien des années, la reçurent avec hospitalité; et maintenant nous nous voyons soumis comme des esclaves à cette race étrangère.

UN SECOND HOMME DU CHŒUR (MANFRED). — Cela est bien dit; nous habitons une heureuse contrée que le soleil, dans sa course céleste, éclaire de rayons toujours bienfaisants, et nous pourrions en jouir avec allégresse; mais elle ne peut être ni close ni murée. Les flots de la mer qui l'environnent nous livrent aux hardis corsaires qui croisent audacieusement sur nos côtes : l'abondance que nous devrions conserver pour nous ne fait qu'attirer le glaive de l'étranger. Nous sommes esclaves dans nos propres demeures, et cette terre ne peut protéger ses enfants. Les dominateurs de la terre ne naissent point sur le sol que favorise Cérès et que chérit Pan, le dieu paisible protecteur des guérets; ce sont les contrées où le fer croît dans les flancs des montagnes qui leur donnent le jour.

PREMIER CHŒUR (GAÉTAN). — Les biens de la vie se partagent inégalement entre la race passagère des humains; cependant la nature est toujours juste. A nous elle accorde une fécondité surabondante qu'elle crée et renouvelle sans cesse; d'autres ont eu en partage une volonté puissante et une force irrésistible; armés d'une énergie terrible, ils obtiennent tout ce que leur cœur désire, ils remplissent la terre d'un bruit redoutable; mais derrière les hauteurs sublimes est la chute profonde, retentissante.

Ainsi je veux rester dans mon humilité, me cacher dans ma faiblesse. Ce torrent impétueux créé par l'orage, que grossissent les grains serrés de la grêle et les cataractes des nuages, dont les flots sombres et bruyants sont déchaînés, qui entraîne les ponts, qui entraîne les digues avec le fracas du tonnerre, rien ne peut arrêter sa violence; cependant son existence est la création d'un moment; la redoutable trace de son cours va bientôt se perdre et disparaître dans le sable; et il n'en reste rien que ses ravages. Les conquérants étrangers viennent et s'en vont; nous obéissons, mais nous demeurons.

(La porte du fond s'ouvre. Donna Isabella paraît entre ses fils don Manuel et don César.)

LES DEUX CHŒURS. — Salut et honneur à l'astre éclatant qui se lève à nos yeux. Je m'incline avec respect devant ton visage auguste.

PREMIER CHŒUR (BÉRENGER). — Que la douce clarté de la lune est belle au milieu des étoiles scintillantes! Que l'aimable majesté de la mère est belle au milieu de l'éclat imposant de ses fils! la terre n'offre rien d'égal ni de semblable. Au sommet de la vie, c'est le couronnement de la beauté: la mère avec ses fils forme la suprême perfection du monde. L'Église elle-même, la sainte Église ne place pas sur le trône des cieux quelque chose de plus beau. L'art lui-même, l'art né de Dieu, n'offre pas une image plus sublime que la mère et son fils [1].

SECOND CHŒUR (BOHÉMOND). — Elle voit avec contente-

---

1. D'après l'intention de l'auteur, le passage « Au sommet de la vie.... que la mère et son fils. » devait être omis à la représentation.

ment sortir de son sein un arbre florissant, dont les re-
jetons renaissent éternellement. Elle a enfanté une race
qui durera autant que le soleil, et dont le nom ira à travers
les siècles.

ROGER. — Les peuples se dispersent; les noms se perdent; le sombre oubli étend la nuit de ses ailes sur toutes
les familles. Mais le front altier des princes brille d'un
éternel éclat, et l'aurore les salue de ses rayons, comme
les sommets élevés de la terre.

ISABELLA, *s'avançant entre ses deux fils.* — Jette les yeux
ici-bas, reine des cieux, et que ta main réprime les mouvements orgueilleux de mon cœur! Une mère ne peut être
maîtresse de sa joie, quand elle se mire dans l'éclat de ses
enfants. Pour la première fois, depuis qu'ils sont nés, je goûte
mon bonheur tout entier. Jusqu'à ce jour j'ai été contrainte
de partager les douces jouissances de mon âme, et d'oublier
que j'avais un fils, lorsque je jouissais de la présence de
l'autre. Ah! j'avais bien le même amour de mère, mais
c'étaient mes fils qui étaient toujours divisés. Dites, ose-
rai-je, sans frémir, me livrer au doux empire de ce cœur
enivré de joie? (*A don Manuel.*) Lorsque je presse avec tendresse la main de ton frère, est-ce donc enfoncer un trait
dans ton sein? (*A don César.*) Lorsque mon cœur se repaît
de sa vue, est-ce donc un larcin que je te fais? Ah! je
tremble que l'amour même que je vous témoigne ne serve
qu'à attiser davantage les flammes de votre haine. (*Elle les
interroge tous deux du regard.*) Que puis-je donc me promettre de vous? Parlez: dans quel sentiment venez-vous
ici? Est-ce encore cette vieille et irréconciliable haine que
vous apportez dans la maison de votre père? La guerre, enchaînée pour un instant seulement, est-elle encore là à
attendre à la porte du palais? et, frémissant avec rage
contre le frein d'airain qui l'arrête, va-t-elle, dès que
vous m'aurez quittée, se déchaîner avec une fureur nouvelle?

LE CHŒUR (BOHÉMOND). — La guerre ou la paix? Les
chances du sort sont encore obscurément cachées dans le
sein de l'avenir.

Cependant, avant que nous nous séparions, la chose

sera décidée ; nous sommes prêts et disposés pour l'une ou pour l'autre.

ISABELLA, *après avoir promené ses regards autour d'elle.*— Ah! quel aspect guerrier et terrible! Pourquoi ces hommes ici? Est-ce un combat qui s'apprête en ce palais? A quoi bon cette foule étrangère, lorsqu'une mère vient ouvrir son cœur à ses enfants? Jusque dans le sein maternel craignez-vous de trouver quelque embûche artificieuse, quelque perfide trahison, puisque vous prenez de si soigneuses précautions? Oh! ces bandes farouches qui vous suivent, ces ministres empressés de votre colère, ce ne sont pas vos amis; ne croyez pas qu'ils puissent vous donner de sages et sincères conseils! Comment pourraient-ils vous parler du fond du cœur, à vous étrangers, à vous race conquérante, qui les avez privés de leur propre héritage, qui avez usurpé leur souveraineté? Croyez-moi, chacun aime à être libre, à vivre d'après sa propre loi, et ne supporte qu'avec impatience une domination étrangère. C'est votre force seule, c'est la crainte qui vous conserve leur obéissance, qu'ils refuseraient si volontiers. Apprenez à connaître cette race au cœur faux; vos malheurs leur causent une joie maligne qui les venge de votre prospérité et de votre grandeur. La chute de leurs maîtres, la ruine de leurs princes forment le sujet des chants et des récits dont ils entretiennent leurs enfants d'âge en âge durant les longues soirées d'hiver.

O mes fils! le monde est plein de haine et de fausseté ; chacun n'aime que soi; tous les liens formés par un bonheur fragile sont incertains, faibles et mobiles; ce que le caprice a noué, le caprice le dénoue. La nature seule est sincère ; elle seule repose sur des ancres fermes et inébranlables; tout le reste flotte au gré des vagues orageuses de la vie. Le penchant vous donne un ami, l'intérêt un compagnon ; heureux celui à qui la naissance donne un frère, la fortune n'aurait pu le lui donner ; c'est un ami que la nature a attaché à son être. Contre ce monde plein de guerres et de trahisons, ils sont deux à résister ensemble.

LE CHŒUR (GAÉTAN).— Oui, il est grand, il est respectable de voir la pensée royale d'une souveraine pénétrer avec une

tranquille sagacité la conduite et les actions des hommes.
Pour nous, une impulsion confuse nous pousse, aveugles
et sans réflexion, à travers les tempêtes de la vie.

ISABELLA, *à don César.* — Toi qui as tiré le glaive contre
ton frère, regarde autour de toi, dans toute cette foule, y
trouves-tu une plus noble figure que celle de ton frère ?
(*A don Manuel.*) Qui, parmi ceux que tu nommes tes amis,
oserait se placer près de ton frère ? Chacun des deux est
le modèle de son âge : l'un n'est point semblable à l'autre,
et aucun des deux ne l'emporte sur l'autre. Osez donc
vous regarder en face. O fureurs de la jalousie et de
l'envie ! Tu l'aurais choisi entre mille pour ton ami,
c'est lui seul qui eût été cher à ton cœur ; et lorsque
la sainte nature te l'a donné, lorsqu'elle t'a fait ce présent
dès le berceau, parjure à la loi du sang, tu foulerais aux
pieds ce don avec un orgueilleux dédain, pour te livrer à
des hommes qui valent moins, pour faire alliance avec des
étrangers et des ennemis !

DON MANUEL. — Écoute-moi, ma mère.

DON CÉSAR. — Ma mère, écoute-moi.

ISABELLA. — Ce ne sont point des paroles qui peuvent
terminer cette triste guerre ; il n'y a plus à distinguer le
tien du mien, l'offense de la vengeance. Qui pourrait retrouver la source de ce torrent de soufre qui a répandu
l'incendie ? Tout est le terrible produit du feu souterrain ;
une couche de lave recouvre le bon sol, et partout le pied
ne rencontre que la destruction. Je veux déposer dans vos
cœurs une seule réflexion. Le mal qu'un homme, dans la
plénitude de sa raison, fait à un autre homme, ne peut,
je le veux croire, s'oublier et se pardonner que difficilement. On ne veut point renoncer à la haine, ni changer la
résolution arrêtée après un mûr examen. Mais l'origine de
votre querelle remonte aux premiers temps de l'enfance
irréfléchie, et cet âge même devrait vous désarmer. Cherchez ce qui d'abord vous a divisés ; vous ne le savez pas, et
si vous pouviez vous en souvenir, vous seriez honteux de
ces puériles discordes. Et cependant c'est à ces premières
discordes enfantines que se rattachent, par un malheureux enchaînement, les violences de ces derniers temps.

Tout ce qui est arrivé de fâcheux jusqu'à ce jour ne provient que du soupçon et de la vengeance. Voulez-vous combattre encore pour ces querelles d'enfants maintenant que vous êtes des hommes?

(Elle prend la main à tous les deux.)

O mes fils ! venez, décidez-vous à anéantir réciproquement le compte du passé : car le tort est égal de chaque côté. Soyez généreux, et remettez-vous l'un à l'autre vos graves et inexcusables offenses. Le triomphe le plus divin, c'est le pardon. Jetez dans le tombeau de votre père cette ancienne haine de votre première enfance. Commencez une nouvelle vie embellie par l'amour et consacrée à la concorde et à la réconciliation.

(Elle recule d'un pas comme pour leur laisser la place de s'approcher l'un de l'autre. Tous deux fixent les yeux sur la terre sans se regarder.)

LE CHŒUR (GAÉTAN). — Écoutez les sages avertissements de votre mère ; certes, elle a dit des paroles d'un grand poids. Mettez un terme à vos discordes, ou bien, si vous le préférez, suivez-en le cours. Tout ce que vous résoudrez me sera une loi : vous êtes les maîtres, et je suis le vassal.

ISABELLA, *après avoir attendu un moment en vain une manifestation des frères, reprend avec une douleur étouffée.* — Je ne sais plus rien. J'ai épuisé les armes de la persuasion et le pouvoir des prières. Celui qui vous contenait par la force est dans le tombeau, et votre mère est là entre vous sans puissance. Accomplissez votre sort ; vous en avez la libre faculté. Obéissez au démon qui, dans sa fureur, vous aveugle et vous pousse ; profanez les saints autels des dieux domestiques ; que ce palais même, où vous prîtes naissance, devienne le théâtre de vos mutuels attentats. Devant les yeux de votre mère, détruisez-vous, non par une main étrangère, mais de vos propres mains. Tels que les frères thébains, précipitez-vous l'un sur l'autre, saisissez-vous tous deux, et pressez-vous avec rage, dans un embrassement d'airain, poitrine contre poitrine. Prenant vie pour vie, que chacun triomphe en plongeant son poignard dans le sein de son frère ; que la mort même n'apaise point votre discorde ; que la flamme, que la colonne de feu qui s'élèvera de votre bûcher, se divise en deux parts, emblème terrible de votre mort et de votre vie.

(Elle sort. Les deux frères demeurent éloignés l'un de l'autre comme auparavant.)

LES DEUX FRÈRES, LES DEUX CHOEURS.

LE CHOEUR (GAÉTAN). Ce sont des paroles seulement qu'elle a dites, mais elles ont pénétré mon cœur endurci, et ébranlé mon ardeur. Je n'ai point versé le sang fraternel, et je puis lever au ciel des mains pures : vous êtes frères ; songez à la fin de tout ceci.

DON CÉSAR, *sans regarder don Manuel.* — Tu es le plus âgé, parle ! Je céderai sans honte à mon aîné.

DON MANUEL, *dans la même attitude.* — Dis quelque bonne parole, et je suivrai volontiers le noble exemple que donnera mon frère plus jeune.

DON CÉSAR. — Non pas que je me reconnaisse plus coupable ou que je me sente plus faible.

DON MANUEL. — Qui connaît don César ne l'accusera pas de manquer de courage. S'il se sentait le plus faible, son langage n'en serait que plus fier.

DON CÉSAR. — Estimes-tu autant ton frère ?

DON MANUEL. — Tu es trop fier pour t'abaisser, moi pour feindre.

DON CÉSAR. — Mon noble cœur ne supporterait pas le dédain. Dans le plus grand acharnement du combat, du moins tu pensais honorablement de ton frère.

DON MANUEL. — Tu ne veux pas ma mort, j'en ai la preuve. Lorsque ce moine s'offrit à toi pour m'assassiner traîtreusement, tu fis punir le traître.

DON CÉSAR *s'approche un peu.* — Si je t'avais plus tôt connu si juste, bien des choses ne seraient pas arrivées !

DON MANUEL. — Si j'avais su plus tôt que ton cœur était généreux, j'aurais épargné beaucoup de chagrins à ma mère.

DON CÉSAR. — On t'avait représenté à moi bien plus orgueilleux.

DON MANUEL. — C'est le malheur des grands que les inférieurs s'emparent de leur confiance.

DON CÉSAR, *vivement*. — C'est cela, tous les torts viennent de nos serviteurs.

DON MANUEL. — Ils entretenaient dans nos cœurs l'amertume de la haine.

DON CÉSAR. — Ils rapportaient de part et d'autre de méchants propos.

DON MANUEL. — Ils envenimaient tous nos actes par des interprétations mensongères.

DON CÉSAR. — Ils entretenaient la plaie, au lieu de la guérir.

DON MANUEL. — Ils attisaient la flamme, au lieu de l'éteindre.

DON CÉSAR. — Nous étions égarés, nous étions trompés...

DON MANUEL. — Aveugles instruments d'une haine étrangère !

DON CÉSAR. — Cela est vrai ; tout le reste n'est que trahison.

DON MANUEL. — Et fausseté, ma mère le dit, tu peux le croire.

DON CÉSAR. — Je veux toucher cette main fraternelle.

(Il lui tend la main.)

DON MANUEL *la saisit avec vivacité*. — Celle de tout l'univers qui m'est le plus proche.

(Ils se tiennent par la main et se regardent quelque temps en silence.)

DON CÉSAR. — Je te regarde : et surpris, étonné, je retrouve en toi les traits chéris de ma mère.

DON MANUEL. — Et je découvre en toi un air de famille qui me remplit d'étonnement et d'émotion.

DON CÉSAR. — Est-ce bien toi qui as un accueil si doux et de si bonnes paroles pour ton jeune frère !

DON MANUEL. — Ce jeune homme aux sentiments si tendres, est-ce bien ce frère haineux et malveillant ?

(Nouveau silence. Chacun regarde l'autre avec affection.)

DON CÉSAR. — Tu réclamais ces chevaux arabes, de l'héritage de mon père, et je les ai refusés aux chevaliers que tu avais envoyés.

DON MANUEL. — Ils te conviennent, garde-les, je n'y pense plus.

DON CÉSAR. — Non ; prends les chevaux. Prends aussi le char de notre père ; prends-les, je t'en conjure.

DON MANUEL. — J'y consens, si tu veux accepter ce château au bord de la mer, que nous nous sommes disputé si vivement.

DON CÉSAR. — Je n'en veux point, mais je serais heureux de l'habiter fraternellement avec toi.

DON MANUEL. — Qu'il en soit ainsi ! Pourquoi partager les possessions, quand les cœurs sont unis ?

DON CÉSAR. — Pourquoi vivre plus longtemps séparés, lorsque, unis, nous serons chacun plus riches ?

DON MANUEL. — Nous ne sommes plus divisés, nous sommes unis.

(Il le presse dans ses bras.)

LE PREMIER CHŒUR (GAÉTAN) *au second*. — Pourquoi nous tenir encore éloignés comme des ennemis, lorsque nos princes s'embrassent fraternellement ? Je suis leur exemple, et je t'offre la paix. Voulons-nous donc nous haïr éternellement les uns les autres ? S'ils sont frères par les liens du sang, nous sommes les citoyens et les enfants d'une même terre.

(Les deux chœurs s'embrassent.)

DON MANUEL, DON CÉSAR, LES CHŒURS *et* LE MESSAGER.

LE SECOND CHŒUR (BOHÉMOND) *à don César*. — Je vois revenir, seigneur, le messager que tu avais envoyé. Réjouis-toi, don César ! Une bonne nouvelle t'arrive, car je vois briller la joie dans les regards de ton envoyé.

LE MESSAGER. — Quelle joie pour moi ! quelle joie pour la ville délivrée de sa malédiction ! Mes yeux sont témoins du plus beau spectacle : je vois les fils de mon maître, nos princes, converser amicalement, se presser la main ; eux que j'avais laissés en proie à la fureur de la discorde.

DON CÉSAR. — Tu vois l'amour, comme un phénix ra-
jeuni, s'élever du bûcher de la haine.

LE MESSAGER. — J'ajoute un second bonheur au premier.
Mon bâton de messager reverdit et se couvre de feuilles
nouvelles.

DON CÉSAR, *le tirant à part.* — Dis-moi ce que tu as
appris.

LE MESSAGER. — Un seul jour rassemble tous les motifs
de joie. Celle qui était perdue, celle que nous cherchions,
elle est retrouvée, seigneur ; elle n'est pas loin.

DON CÉSAR. — Elle est retrouvée ? Où est-elle ? Parle.

LE MESSAGER. — C'est ici, dans Messine, qu'elle se cache.

DON MANUEL, *parlant au premier chœur.* — Je vois le visage de mon frère briller d'une éclatante rougeur, et son
œil étincelle. J'en ignore la cause : cependant c'est un
signe de joie, et je la partage avec lui.

DON CÉSAR, *au messager.* — Viens, conduis-moi. — Adieu,
don Manuel, nous nous retrouverons dans les bras de notre
mère : maintenant un sujet important m'appelle hors d'ici.

(Il veut sortir.)

DON MANUEL. — Ne tarde pas, et que le bonheur t'accompagne.

DON CÉSAR *revient après un moment de réflexion.* — Don
Manuel, ta vue me réjouit plus que je ne puis dire : il me
semble déjà que nous allons nous aimer comme deux amis
de cœur. Notre amour longtemps comprimé va s'épanouir
plus vif et plus ardent à un nouveau soleil. Nous répare-
rons le temps perdu.

DON MANUEL. — La fleur annonce de beaux fruits.

DON CÉSAR. — Il n'est pas bien, je le sens et je me le reproche, de m'arracher maintenant de tes bras. Si j'abrége
subitement ces doux et solennels moments, ne va pas croire
que mon émotion soit moindre que la tienne.

DON MANUEL, *avec une distraction visible.* — Obéis à la
loi du moment ; d'aujourd'hui toute notre vie appartient à
l'amour.

DON CÉSAR. — Si je te disais ce qui m'appelle hors d'ici !

DON MANUEL. — Donne-moi ton cœur et garde ton secret.

DON CÉSAR. — Aucun secret ne doit plus désormais exister entre nous : ce dernier voile doit aussi être levé. (*Il se tourne vers le chœur.*) Je ne vous annoncerai pas tout ce que vous vous savez : la guerre est terminée entre mon frère bien-aimé et moi. Je déclare que je tiendrai pour ennemi, et que je haïrai, à l'égal des portes de l'enfer, celui qui, me faisant une mortelle injure, voudra rallumer les étincelles éteintes de nos discordes, et en faire jaillir de nouvelles flammes. Que personne n'espère me plaire, qui viendra me dire du mal de mon frère, et, par un faux zèle, me renverra le trait empoisonné de la parole rapide. La parole échappée sans réflexion à la prompte colère ne jette point de racines; mais, recueillie par l'oreille de la méfiance, elle germe, elle se glisse comme une plante rampante, et, atteignant jusqu'au cœur, elle l'enveloppe de ses mille rameaux. C'est ainsi que les âmes les meilleures et les plus nobles sont entraînées dans des dissensions confuses et irréparables.

(Il embrasse son frère encore une fois et sort; le second chœur l'accompagne.)

DON MANUEL, *et* LE PREMIER CHŒUR.

LE CHŒUR (GAÉTAN). — Seigneur, je te regarde rempli de surprise, et j'ai peine aujourd'hui à te reconnaître. A peine réponds-tu par de brèves paroles au langage affectueux de ton frère qui vient à toi le cœur ouvert. Tu parais perdu dans tes pensées, semblable à un homme qui rêve, comme si ton corps seul était ici pendant que ton âme serait bien loin. Qui te verrait ainsi, pourrait sans doute te reprocher cette froideur et ce maintien fier et indifférent; mais moi je ne puis te taxer d'insensibilité, car je te vois porter tout autour de toi un regard serein et heureux, et le sourire est sur tes lèvres.

DON MANUEL. — Que vous dirai-je? que répondre? Mon frère a pu trouver des paroles; un sentiment nouveau l'avait surpris et saisi, il sentait une ancienne haine s'évanouir dans son sein et il s'étonnait du changement de son cœur. Pour moi, je n'ai pas apporté de haine en ces lieux;

à peine sais-je pourquoi nous combattions avec fureur. Mon âme, dans sa tranquille joie, plane au-dessus de toutes les choses de la terre. Dans l'océan de lumière qui m'environne, tous les nuages qui obscurcissent la vie se sont éclaircis et dissipés. Je regarde ce palais, cette salle, et je pense à l'heureux ravissement dont sera saisie ma fiancée étonnée, lorsque je lui ferai traverser, comme princesse et souveraine, les portes de ce château. Elle n'aime encore que l'amant! C'est à l'étranger, à l'homme sans nom qu'elle s'est donnée : elle ne soupçonne pas que c'est don Manuel, le prince de Messine, qui couronnera son front charmant du diadème. Qu'il est doux de donner à sa bien-aimée une grandeur, une gloire et une splendeur inespérées! Depuis longtemps je me suis ménagé ce plus grand de tous les plaisirs. Sans doute sa beauté sera toujours sa plus grande parure, mais la majesté ne peut-elle pas essayer d'orner la beauté? L'or qui entoure le diamant ne relève-t-il pas son éclat?

LE CHŒUR (GAÉTAN). — Seigneur, pour la première fois, j'entends ta bouche, longtemps muette, rompre le sceau du silence : je te suivais depuis longtemps d'un regard curieux, je soupçonnais quelque grand et important mystère, cependant je n'aurais pas osé te demander ce que tu cachais dans une profonde obscurité. Les plaisirs ardents de la chasse, la course rapide du cheval, le vol du faucon étaient sans attraits pour toi : tu te dérobais loin des yeux de tes compagnons dès que le soleil avait quitté l'horizon, et aucun de nous qui t'accompagnons dans tous les dangers de la guerre ou de la chasse ne te suivait dans le sentier solitaire. Pourquoi, avec une méfiance discrète, as-tu voilé jusqu'à ce jour ton heureux amour? Qui contraignait le fort à se cacher ainsi? car la crainte était loin de ta grande âme.

DON MANUEL. — Le bonheur a des ailes, et il est difficile à fixer; il ne se garde que sous les verrous. Le silence lui a été donné pour gardien, et il s'envole de suite quand l'indiscrétion se risque trop tôt à entr'ouvrir la porte. Cependant aujourd'hui, où j'approche du but, je puis et je veux rompre un long silence; car aux prochains rayons du matin elle sera à moi, et les démons envieux n'auront

plus aucun pouvoir de me la ravir; je ne serai plus contraint à me cacher pour me glisser auprès d'elle; je n'aurai
plus à dérober les doux fruits de l'amour; je n'aurai plus
à saisir le bonheur au vol. Le lendemain ressemblera au
jour heureux de la veille; mon bonheur ne sera plus pareil
à l'éclair qui brille un instant, puis disparaît tout à coup
dans l'obscurité; il sera comme le cours du ruisseau,
comme le sable qui s'écoule sans cesse en mesurant les
heures.

LE CHŒUR.— Nomme-nous, seigneur, celle à qui tu dois
ce bonheur mystérieux, afin que nous célébrions ton sort
digne d'envie et que nous honorions dignement la fiancée
de notre prince; dis-nous où tu la trouvas, où elle se
cache, quel lieu lui offre cette retraite secrète. Nous avons
traversé toute la surface de l'île; la chasse nous en a fait
connaître les sentiers les plus détournés, cependant aucune trace n'a pu nous révéler ton bonheur, et je suis
tenté de croire qu'il s'enveloppait de quelque nuage enchanté.

DON MANUEL.— Je vais dissiper ce nuage; car aujourd'hui
ce qui était caché doit paraître au jour. Écoutez et sachez
ce qui m'est arrivé : Il y a cinq mois, mon père régnait
encore sur cette île, et faisait fléchir sous le joug l'opiniâtre jeunesse... Je ne connaissais que les joies barbares
des combats ou le plaisir guerrier de la chasse... Nous avions
déjà chassé tout le jour dans les forêts de la montagne...
En suivant la trace d'une biche blanche, je m'écartai loin
de votre troupe. Le timide animal fuyait parmi les détours
de la vallée, à travers les ravins, les buissons et les halliers
non frayés; je le voyais toujours devant moi, à la distance
du trait, et je ne pouvais ni l'atteindre, ni le tirer; enfin
elle disparut à mes yeux, à la porte d'un jardin. Me précipitant à bas de mon cheval, je m'élance à sa poursuite et
déjà je balançais mon épieu, lorsque je vis avec surprise
l'animal épouvanté couché tout tremblant aux pieds d'une
religieuse qui le caressait de sa douce main. Je restai étonné
et immobile, l'épieu à la main, prêt à le lancer; mais elle
me regarda avec ses beaux yeux suppliants, et nous de-
meurâmes muets en face l'un de l'autre... Combien dura

cet instant, je ne puis le savoir, car j'avais perdu la mesure du temps ; son regard pénétra profondément dans mon âme, et je sentis sur-le-champ mon cœur entièrement changé. Ce que je dis alors, ce que me répondit la céleste créature, ne me le demandez pas ; tout cela est pour moi comme un songe, aussi lointain que les souvenirs confus de la première enfance. Quand je revins à moi, je sentis son cœur battre contre le mien. Alors j'entendis le son argentin d'une cloche qui semblait appeler à la prière ; elle disparut tout à coup, comme un esprit qui s'évanouit dans les airs, et je ne la vis plus.

LE CHŒUR (GAÉTAN). — Ton récit, seigneur, me remplit de crainte ; aurais-tu fait un larcin à Dieu, porté un désir criminel sur une fiancée du ciel ? Les serments du cloître sont sacrés et terribles.

DON MANUEL. — Je n'avais plus maintenant qu'un seul chemin à suivre ; mes désirs inquiets et variables étaient enchaînés ; j'avais découvert l'objet de ma vie. Et de même que le pèlerin se tourne vers l'orient où il voit briller le soleil de la divine promesse, mes désirs et mes espérances se dirigeaient vers un seul astre du ciel. Pas un jour ne sortait du sein de la mer et ne s'y replongeait sans réunir deux amants heureux. Nos cœurs étaient enchaînés l'un à l'autre, et le ciel qui voit tout était le seul et discret témoin de notre bonheur ignoré ; nous n'avions aucun service à recevoir des hommes. Heureux jours, moments précieux ! Mon bonheur n'était point un larcin sacrilége, car son cœur n'était enchaîné par aucuns vœux, lorsqu'elle se donna à moi pour toujours.

LE CHŒUR (GAÉTAN). — Ainsi le cloître était seulement l'asile de sa tendre jeunesse, et non le tombeau de sa vie.

DON MANUEL. — Elle était un précieux dépôt confié à la maison de Dieu, mais qu'on devait lui réclamer un jour.

LE CHŒUR (GAÉTAN). — De quel sang se glorifie-t-elle de descendre ? car un noble cœur doit avoir une noble origine.

DON MANUEL. — Son origine est un secret pour elle-même : elle ne connaît ni sa race ni sa patrie.

LE CHŒUR (GAÉTAN). — Et aucun indice ne peut ramener à la source inconnue de son existence ?

DON MANUEL. — Elle est d'un sang noble, ainsi que le confesse le seul homme qui connaisse son origine.

LE CHŒUR (GAÉTAN). — Quel est cet homme? Ne me cache rien, c'est seulement en sachant tout que je pourrai te donner d'utiles conseils.

DON MANUEL. — Un vieux serviteur vient de temps en temps, seul messager entre la fille et la mère.

LE CHŒUR (GAÉTAN). — N'as-tu rien pu savoir de ce vieillard? La vieillesse a le cœur timide et cause volontiers.

DON MANUEL. — Je n'ai jamais osé lui montrer une curiosité qui aurait pu compromettre mon mystérieux bonheur.

LE CHŒUR (GAÉTAN). — Et quel était le sens de ses discours, lorsqu'il venait visiter la jeune fille?

DON MANUEL. — D'année en année, il lui donnait l'espoir qu'il viendrait un jour qui éclaircirait tout le mystère.

LE CHŒUR (GAÉTAN). — Et l'époque où tout serait connu, ne l'a-t-il jamais indiquée d'une manière plus précise?

DON MANUEL. — Depuis quelques mois le vieillard l'a menacée d'un changement prochain dans son sort.

LE CHŒUR (GAÉTAN). — Menacée, dis-tu? Crains-tu donc que la lumière vienne troubler ta joie?

DON MANUEL. — Tout changement effraye ceux qui sont heureux. Quand on n'a rien à acquérir, on craint de perdre.

LE CHŒUR (GAÉTAN). — Mais ce que tu crains d'apprendre peut amener des circonstances favorables à ton amour.

DON MANUEL. — Et peut aussi ruiner mon bonheur: aussi ai-je pensé que le plus sûr était de prévenir ce moment.

LE CHŒUR (GAÉTAN). — Comment, seigneur, tu me remplis de crainte; involontairement je tremble que tu n'aies agi trop promptement.

DON MANUEL. — Déjà depuis ces derniers mois, le vieillard laissait entrevoir, par des signes mystérieux, que le jour n'était pas loin où elle serait rendue à ses parents; mais, depuis hier, il a parlé d'une manière plus significative. — Aux premiers rayons du matin, et c'est d'aujourd'hui qu'il parlait, son destin devait être décidé. Il n'y avait pas un moment à perdre. Mon dessein, promptement formé, a été promptement exécuté. Cette nuit j'ai enlevé la jeune fille, et je l'ai cachée dans Messine.

LE CHŒUR (GAÉTAN). — Quelle action audacieuse, insensée, coupable! — Pardonne, seigneur, la franchise de mes reproches; mais tel est le droit du vieillard aux cheveux blancs, lorsque le jeune homme violent et téméraire vient à s'oublier.

DON MANUEL. — Non loin du couvent des sœurs de la Miséricorde, dans un jardin isolé et tranquille, où ne peuvent se porter les pas des curieux, je me suis séparé d'elle à l'instant pour venir me réconcilier avec mon frère. C'est là que je l'ai laissée seule dans l'inquiétude et la crainte; et certes elle ne s'attend guère qu'entourée d'une pompe royale, placée sur un trône de gloire, elle va paraître devant tout Messine : car je ne veux me présenter devant elle que dans tout l'appareil de la grandeur et du pouvoir, accompagné de vous, mes chevaliers. Je ne veux pas que la fiancée de don Manuel soit présentée à la mère que je lui donne comme une fugitive sans patrie; je veux qu'elle soit conduite dans le palais de mes pères avec tout le cortége d'une princesse.

LE CHŒUR (GAÉTAN). — Seigneur, nous attendons tes ordres avec obéissance.

DON MANUEL. — Je me suis arraché de ses bras, mais je ne vais m'occuper que d'elle. Vous allez à l'instant m'accompagner au hazar, où les Maures exposent en vente les magnifiques étoffes et les ouvrages d'un art merveilleux que l'Orient nous envoie. Choisissez d'abord les sandales élégantes qui doivent orner et protéger ses pieds délicats; prenez pour ses vêtements ces tissus de l'Inde, qui brillent d'une blancheur pareille aux neiges de l'Etna, les plus voisines de l'éclat du ciel; que, légers comme la vapeur du matin, ils environnent sa taille si jeune et si svelte; la pourpre, ornée d'une légère broderie d'or, doit former la ceinture qui viendra se nouer gracieusement au-dessous de son pudique sein; le manteau doit être tissu d'une soie éclatante, et teint d'une tendre couleur de pourpre; des agrafes d'or le rattacheront sur ses épaules. N'oubliez pas les bracelets qui doivent entourer ses bras charmants, non plus

que les parures de perles et de corail, dons merveilleux
des divinités de la mer; qu'un diadème s'entrelace avec ses
cheveux, étincelant des pierres les plus précieuses; que
le rubis couleur de feu y confonde sa brillante couleur
avec l'émeraude. Un long voile se rattachera à sa coiffure,
et enveloppera d'un nuage lumineux l'éclat de sa personne;
une guirlande virginale de myrte couronnera toute cette
noble parure.

LE CHŒUR (GAÉTAN). — Tout sera fait, seigneur, comme
tu l'ordonnes; le bazar nous offrira sur-le-champ ce que
tu désires.

DON MANUEL. — Qu'on amène la plus belle haquenée de
mes écuries, blanche comme les chevaux du dieu du soleil;
que sa housse soit de pourpre, que son harnais et sa bride
soient ornés de riches pierreries : elle est destinée à porter
ma reine. Vous, tenez-vous prêts; que votre cortége, dans
toute sa pompe chevaleresque, accompagne votre souveraine au son joyeux des fanfares. Je vais donner mes soins
à tous ces apprêts : que deux d'entre vous me suivent; les
autres resteront à m'attendre. Que ce que je vous ai appris
demeure profondément caché dans votre cœur jusqu'au
moment où je vous permettrai de parler.

(Il sort accompagné de deux hommes du chœur.)

LE CHŒUR seul.

Dites, qu'allons-nous faire, maintenant que la guerre est
apaisée entre nos princes? Comment remplirons-nous nos
heures oisives et la lente succession du temps? Il faut que
l'homme craigne, espère ou qu'il s'inquiète du jour à venir,
pour qu'il puisse supporter le poids de l'existence et l'ennuyeuse monotonie de ses journées; il faut que le souffle
animé des vents vienne agiter la surface uniforme de la vie.

UN HOMME DU CHŒUR (MANFRED). — Que la paix est
douce! Elle est semblable à un jeune enfant qui repose au
bord d'un tranquille ruisseau; autour de lui paissent ses
joyeux agneaux, ils bondissent sur le gazon fleuri; son
chalumeau répète des airs mélodieux que redit l'écho de
la montagne: le doux murmure de l'onde le berce et l'en-

dort aux rayons du soleil couchant. Mais la guerre a son charme aussi ; elle donne le mouvement à l'existence de l'homme. Cette vie si animée me plaît ; j'aime cette continuelle activité, cette variété, cette anxiété, et ces vagues tantôt élevées, tantôt abaissées, où flotte la fortune.

L'homme languit durant la paix, un repos oisif devient le tombeau de son courage : la loi est l'amie du faible. Tout alors prend le même niveau ; le monde voit tout s'aplanir. Mais la guerre laisse la force se montrer ; elle élève au-dessus du vulgaire ; au plus timide même elle peut donner du courage.

UN SECOND (BÉRENGER). — Le temple de l'Amour ne nous est-il pas ouvert ? le monde ne s'émeut-il plus à l'aspect de la beauté ? Là, n'y a-t-il pas des craintes ? là, n'y a-t-il pas des espérances ? Ne devient-il pas roi, celui qui sait plaire ? L'amour agite aussi la vie, et il en rehausse les teintes grisâtres : l'aimable fille de l'onde donne du charme à nos plus belles années par ses illusions, et, au milieu de la triste et vulgaire réalité, elle nous fait apparaître des songes dorés.

UN TROISIÈME (GAÉTAN). — Laissons la fleur et la beauté au printemps ; les guirlandes ne conviennent qu'aux boucles blondes de la jeunesse, mais l'homme d'un âge mûr doit servir une divinité plus austère.

LE PREMIER (MANFRED). — Suivons dans les forêts sauvages les traces de Diane, de la mâle déesse de la chasse ; pénétrons dans les bois les plus épais, précipitons le bouquetin du haut du rocher. La chasse est une image de la guerre : Diane est la fiancée du terrible dieu des combats. On est debout aux premiers rayons du matin : la trompe retentissante se fait entendre : gaiement on s'élance dans la vallée au sol fumant, on franchit les monts, les ravins, et on rafraîchit ses membres fatigués dans des flots d'air vivifiant.

LE SECOND (BÉRENGER). — Ou bien confions-nous à cette divinité azurée qui ne connaît point le repos, et qui, nous présentant sa surface unie et transparente, nous appelle dans son domaine sans bornes : construisons-nous, sur la vague qui se balance, un édifice mobile. Celui qui, de la proue rapide de son navire, laboure les vertes plaines brillantes de l'onde, celui-là est le favori de la fortune, la reine du monde; et pour lui les moissons s'élèvent sans qu'il ait semé. La mer est le théâtre de l'espérance, le capricieux empire du hasard. Là, le riche devient subitement pauvre, et l'indigent devient tout à coup l'égal des princes. Le vent, avec la vitesse de la pensée, parcourt tout le cercle de l'horizon; de même changent les arrêts du destin, de même tourne la roue de la fortune. Sur les flots tout est flottant, et aucun domaine n'est assis sur la mer.

LE TROISIÈME (GAÉTAN). — Ce n'est pas seulement sur le sein flottant de la mer et sur les vagues agitées, c'est aussi sur la terre, tout affermie qu'elle est sur ses antiques fondements, que la fortune chancelle et que rien ne peut l'arrêter. Cette nouvelle paix me donne des soucis, et je ne puis m'y confier avec contentement; je ne puis bâtir ma cabane sur la lave que le volcan a vomie. La haine a déjà pénétré bien profondément : il s'est passé de bien cruelles choses pour qu'elles puissent être pardonnées et oubliées. Je n'ai pas encore vu la fin. De prophétiques songes m'épouvantent, et ma bouche ne doit pas dire ce que je prévois. Mais tout me déplaît dans ce mystère, dans cet hyménée dont les liens ne sont pas consacrés, dans cette union amoureuse qui se dérobe à la lumière, dans cet enlèvement accompli sans respect pour le cloître. Le bien suit une route plus droite : les mauvaises semences produisent de mauvais fruits.

BÉRENGER. — Ce fut aussi par un enlèvement, nous le savons tous, que l'épouse de l'ancien prince fut contrainte d'entrer dans un lit criminel, car elle avait d'abord été choisie par le père : et cet aïeul de nos princes, dans sa colère, lança sur ce coupable hyménée les terribles semences d'affreuses malédictions. Des crimes sans nom, de noirs forfaits sont recélés dans cette famille.

LE CHŒUR (GAÉTAN). — Oui, le commencement a été mauvais, et je crois que la fin sera mauvaise aussi; car jamais, sous le ciel, les forfaits commis par une rage aveugle ne restent impunis. Ce n'est point le hasard ni l'effet d'un destin aveugle qui pousse ces frères furieux à se détruire : le sein de leur mère a été maudit, et elle ne pouvait enfanter que la haine et la discorde. — Mais je dois cacher tout ceci et me taire. Les dieux vengeurs s'apprêtent en silence; il sera temps de déplorer ces désastres lorsqu'ils approcheront et commenceront à se manifester.

(Le chœur sort.)

La scène change et représente un jardin qui a vue sur la mer.

BÉATRICE *sort d'un pavillon du jardin.*

(Elle va et vient, et se promène de côté et d'autre avec inquiétude. Tout à coup elle s'arrête et écoute.)

Ce n'est pas lui, — ce n'est que le bruit du vent qui siffle à travers la cime des pins. — Déjà le soleil s'abaisse vers l'horizon; les heures se traînent avec une paresseuse lenteur, et je me sens saisie d'une impression d'effroi. Ce silence et cette solitude m'épouvantent. Aussi loin que mes regards peuvent s'étendre, je n'aperçois rien. Il me laisse en proie aux plus cruelles angoisses.

J'entends ici près, semblable à la cascade d'une digue, le bruit de la foule qui fourmille dans la cité; au loin j'entends la vaste mer dont les vagues viennent frapper ces rivages avec un sourd mugissement. Ces bruits jettent la terreur dans mon âme. Je me sens faible et sans défense au milieu de ces grandeurs terribles, et, emportée comme la feuille de l'arbre, je me perds dans l'espace sans bornes.

Pourquoi ai-je abandonné ma paisible cellule? là je vivais dans l'innocence et le calme; mon cœur était tranquille comme la source limpide, exempt de désirs et non privée de joies. Maintenant le flot de la vie m'a entraînée, le monde m'a saisie de son bras de géant : j'ai rompu mes premiers liens et je me suis confiée au gage frivole d'un serment.

Quelle faute j'ai commise! qu'ai-je fait! un aveugle délire m'a séduite et entraînée. J'ai déchiré le voile, honneur des vierges saintes; j'ai franchi les portes de ma pieuse cellule : ai-je donc été enlacée par un artifice de l'enfer? Dans ma coupable fuite j'ai suivi les pas d'un homme, d'un ravisseur audacieux. Oh! reviens, mon bien-aimé; qui t'arrête, et pourquoi tarder? Viens délivrer mon âme de ses luttes! Le repentir me ronge, la douleur s'empare de moi; que ta présence et ton amour rassurent mon cœur!

Ah! ne devais-je pas me confier à celui qui, seul dans le monde, s'est attaché à moi? car j'ai été jetée comme une étrangère dans la vie, et de bonne heure j'ai été livrée à un destin rigoureux : je n'ose pas même lever le voile obscur qui le couvre. J'ai été arrachée du sein maternel; je n'ai vu qu'une seule fois celle qui m'a enfantée, et son image a passé devant moi comme un songe.

Je croissais en silence, dans un séjour silencieux; dans l'ardeur de la vie, je n'étais associée qu'à des ombres... il parut tout à coup à la porte de ce cloître avec la beauté des dieux et l'air mâle des héros. Oh! il n'y a point de paroles pour exprimer ce que je sentis : il descendit vers moi comme un habitant d'un autre monde, et aussitôt il se forma entre nous un lien qui semblait avoir toujours existé, et que les hommes ne pourront jamais rompre.

Pardonne, noble mère, toi qui m'as donné le jour, si, saisissant le bonheur qui m'était envoyé, j'ai par ma propre volonté décidé de mon sort. Non, je ne l'ai pas choisi librement; c'est lui qui est venu me trouver. Le dieu pénètre à travers les portes fermées; il s'ouvre une route jusqu'à la tour de Persée, et le destin ne peut jamais perdre sa victime. Fût-elle enchaînée sur des rochers déserts, ou attachée aux colonnes d'Atlas qui soutiennent le ciel, un coursier ailé saura bien l'y atteindre.

Je n'ai plus à regarder en arrière : je ne regrette plus mon asile; j'aime, et je me confie à l'amour. Y a-t-il quelque chose au-dessus du bonheur de l'amour? je consens à me contenter de mon partage, et à ne point connaître d'autres plaisirs dans la vie.

Je ne connais pas, et je ne veux jamais les connaître, ceux qui se disent les auteurs de mes jours, s'ils veulent me

séparer de toi, mon bien-aimé; j'aime mieux être toujours
une énigme pour moi-même. Je t'aime, je n'en veux pas
savoir davantage. (*Elle écoute.*) Écoutons; n'est-ce pas le
son de sa voix chérie? — Non, c'est l'écho du bruissement
sourd de la mer qui se brise sur le rivage; ce n'est pas mon
bien-aimé. Ah! malheur à moi! Qui peut l'arrêter? Je me
sens glacée d'effroi. Le soleil s'abaisse de plus en plus; la
solitude devient toujours plus solitaire; de plus en plus
mon cœur se serre. Qui peut le retenir? (*Elle marche çà et
là.*) Je n'ose porter mes pas hors de la sûre enceinte de ce
jardin; j'ai frissonné d'épouvante quand j'ai osé entrer dans
l'église prochaine. Mais avec une force puissante, au plus
profond de mon cœur, quelque chose m'a poussée, à l'heure
de la prière, à aller m'agenouiller dans le saint lieu, et me
prosterner devant la divine Mère. Je n'ai pu résister....

Si j'étais suivie par quelque espion? Le monde est plein
d'ennemis; des piéges trompeurs sont tendus sur toutes les
routes de la timide innocence. J'en ai fait déjà une cruelle
épreuve le jour où, par une coupable imprudence, je me
suis hasardée hors de l'enceinte du cloître parmi une foule
étrangère : c'était pendant la pompe solennelle des funérailles du prince. Ah! que je payai cher ma témérité! Dieu
seul m'a préservée... quand ce jeune homme, cet étranger
s'approcha de moi, et avec des yeux enflammés, avec un
regard qui m'épouvanta et pénétra mon âme, sembla lire
jusqu'au fond de mon cœur : mon sein se glace à ce souvenir. Jamais, jamais je n'oserai regarder mon amant dans
les yeux, avec la conscience de cette faute qu'il ignore.
(*Elle écoute.*) On parle dans le jardin! C'est lui, le bien-
aimé! C'est lui-même! Cette fois, ce n'est pas une méprise
ni une illusion. Il approche, il vient; volons dans ses bras,
sur son cœur!

(Elle s'élance les bras ouverts vers le fond du jardin; don César vient
au-devant d'elle.)

DON CÉSAR, BÉATRICE, LE CHOEUR.

BÉATRICE *recule avec effroi.* — Malheur à moi! Que
vois-je?

(En cet instant, le chœur s'avance aussi.)

DON CÉSAR. — Charmante beauté, ne crains rien. (*Au chœur.*) L'aspect de vos armes a épouvanté la timide enfant. — Retirez-vous et tenez-vous dans un respectueux éloignement. (*A Béatrice.*) Ne crains rien ; l'innocente pudeur et la beauté me sont sacrées. (*Le chœur s'est retiré ; il s'approche et prend la main de Béatrice.*) Où étais-tu ? Quel dieu a eu le pouvoir de te cacher si longtemps, de te dérober à mes poursuites, à mes recherches ? Dans mes veilles, dans mes rêves, depuis qu'aux funérailles du prince, tu apparus à mes yeux comme un ange de lumière, tu as été le seul sentiment de mon cœur. Ah ! je ne te l'avais point caché, cet empire que tu avais exercé sur mes sens ; le feu de mes regards, le tremblement de ma voix, ma main qui frémissait dans la tienne te l'apprirent assez. L'austère majesté du lieu interdisait un plus libre aveu. Le saint moment de la consécration m'appela à la prière ; je m'agenouillai ; et quand je me relevai et que mes premiers regards se portèrent vers toi, tu avais été entraînée loin de mes yeux ; cependant tu avais emporté avec toi par un charme tout-puissant toutes les forces de mon cœur. Depuis ce jour, je t'ai cherchée sans cesse dans l'enceinte de tous les temples, de tous les palais, dans les lieux les plus cachés où puisse se retirer l'aimable innocence. J'ai étendu partout le réseau de mes émissaires ; mais ces efforts étaient restés infructueux. Enfin aujourd'hui, grâce à un dieu, la vigilance de mon émissaire a été couronnée du succès, et tu as été aperçue dans l'église prochaine. (*Béatrice, qui, pendant tout ce temps, était demeurée tremblante et détournait la tête, fait un mouvement d'effroi.*) Je te retrouve, et mon âme se séparera de mon corps avant que je t'abandonne. Pour m'assurer sur-le-champ contre le sort, pour me préserver des démons envieux, je m'adresse à toi comme à mon épouse, devant tous ces témoins, et je t'offre pour gage ma main de chevalier. (*Il la présente au chœur.*) Je ne veux point rechercher qui tu es ; je ne veux de toi que toi-même, et je n'ai aucun souci du reste. J'affirmerais, je jurerais, d'après le premier regard que j'ai jeté sur toi, que ton âme est pure et aussi noble que ton origine. Et serais-tu d'une race vulgaire, tu es à moi pour la vie ; j'ai perdu la liberté du choix.

Et pour que tu saches que je suis aussi maître de mes
actions, et placé assez haut sur la terre pour élever jusqu'à
moi d'une main puissante celle que j'aime, je n'ai besoin
que de te dire mon nom. — Je suis don César; et dans cette
cité de Messine, nul n'est au-dessus de moi. (*Béatrice recule
effrayée, il s'en aperçoit, et un instant après continue.*)
J'aime ton étonnement et ton modeste silence : la pudeur
timide est la couronne des attraits. En effet, la beauté s'i-
gnore elle-même, et s'effraye de sa propre puissance. — Je
sors, et te laisse à toi-même pour que ton esprit revienne
de sa frayeur : l'impression subite même du bonheur est
un sujet d'effroi. (*Au chœur.*) Dès ce moment, honorez-la
comme mon épouse et votre princesse : informez-la des
grandeurs de son sort. Je reviens bientôt la chercher d'une
manière digne de moi et digne de votre souveraine.

(Il sort.)

BÉATRICE et LE CHŒUR.

LE CHŒUR (BOHÉMOND). — Salut, aimable souveraine. A
toi le triomphe, à toi la couronne, tu perpétueras cette noble
race. Je te salue, mère des héros futurs.

Trois fois salut : sous d'heureux auspices, heureuse toi-
même, tu entres dans une heureuse maison que les dieux
favorisent, qu'illustre une couronne glorieuse, et où le
sceptre d'or, par une succession non interrompue, passe
de l'aïeul à ses petits-fils.

BOHÉMOND. — Ton aimable venue va réjouir les ancêtres
révérés, fiers et austères pénates de cette maison. A ta
rencontre viendront, pour te recevoir, la déesse de la jeunesse couronnée de fleurs éternelles, et la Victoire d'or qui
plane sur la main de Jupiter tout-puissant, les ailes éten-
dues pour voler au triomphe.

ROGER. — La couronne de la beauté n'est jamais sortie
de cette famille : chaque princesse a transmis, à celle qui
lui succédait, et la ceinture des Grâces et le voile de la modestie. Le sort favorise mes regards; je vois la plus belle
des fiancées, quand la mère brille encore de tout l'éclat de
la beauté.

BÉATRICE, *se réveillant de la terreur où elle était plongée.*
— Malheur à moi ! en quelles mains le mauvais destin m'a
livrée ! Il n'en est pas, dans toute la terre, qui ne me fussent
moins à craindre. Je comprends maintenant l'horreur, le
mystérieux frisson qui me faisaient tressaillir lorsqu'on me
prononçait le nom de cette race terrible qui se hait elle-
même, qui s'acharne avec fureur à déchirer son propre sein.
Souvent je me suis sentie saisie d'épouvante lorsqu'on me
parlait des deux frères et de leur monstrueuse haine. Et
maintenant un sort épouvantable me précipite, faible et
sans secours, dans le gouffre de cette haine, de cette fatalité !

(Elle s'enfuit dans le pavillon du jardin.)

LE CHŒUR (BOHÉMOND). — Je porte envie à l'heureux enfant des dieux, au maître fortuné du pouvoir; toujours ce
qui est le plus précieux est son partage, tout ce que les
mortels estiment le plus grand et le plus beau, il en cueille
la fleur.

ROGER. — Le pêcheur a plongé dans les eaux pour recueillir des perles; il choisit la plus pure. La récolte a été
obtenue par le travail commun, la meilleure part en est
réservée au seigneur : que les vassaux s'accommodent de
leurs portions comme ils pourront, la plus belle lui est assurée.

BOHÉMOND. — Mais son privilège le plus précieux, je lui
abandonne ses autres avantages, celui que j'envie par-
dessus tous, c'est de pouvoir choisir parmi les fleurs de la
beauté. Ce qui charme les yeux de tous, il le possède pour
lui seul.

ROGER. — Le corsaire s'élance avec le glaive sur le rivage, et dans sa nocturne expédition il emmène maint esclave; il assouvit ses barbares désirs; mais il n'osera pas
toucher à la plus belle; elle appartient au roi.

BOHÉMOND. — Mais maintenant suivez-moi pour veiller
sur les portes de cette sainte demeure, afin qu'aucun pro-
fane n'ose pénétrer dans cette retraite. Méritons les éloges
de notre maître, qui a confié à notre garde ce qu'il possède
de plus précieux.

(Le chœur s'éloigne vers le fond du théâtre.)

La scène change, et représente une salle dans l'intérieur du palais.

DONA ISABELLE *debout*, DON MANUEL *et* DON CÉSAR *entrent*.

ISABELLE. — Il brille enfin pour moi, ce jour tant souhaité, si longtemps attendu! Je vois unis les cœurs de mes fils : avec quel bonheur je les vois se presser mutuellement la main! Pour la première fois votre heureuse mère peut, dans cette réunion intime, vous ouvrir son cœur. Cette foule barbare de témoins importuns, qui se plaçait toujours entre nous, prête à combattre, s'est éloignée; le bruit des armes ne retentit plus à mon oreille. Telle qu'une troupe de nocturnes oiseaux, habitants d'une maison en ruines qui depuis longues années était devenue leur domicile, s'envolent comme un noir essaim, éblouis par la clarté du jour, lorsque l'ancien possesseur, longtemps exilé, fait entendre le bruit joyeux de son retour, et vient construire un nouvel édifice; telle l'ancienne haine avec son ténébreux cortége, le soupçon aux yeux creux, l'envie au regard louche, la pâle jalousie, s'enfuit en murmurant loin de nos murs au fond de l'enfer, tandis que la paix souriante revient avec la confiante amitié et la douce concorde. (*Elle s'arrête un moment.*) Mais ce n'est pas assez que ce jour vous ait rendu à chacun un frère, il devait aussi vous donner une sœur. — Vous êtes étonnés; vous me regardez avec surprise? Oui, mes fils; le temps est venu de rompre le silence, et de lever le voile qui couvrait un secret longtemps caché. J'ai aussi donné une fille à votre père. Vous avez encore une sœur plus jeune que vous.... Vous l'embrasserez aujourd'hui même.

DON CÉSAR. — Que dis-tu, ma mère, nous avons une sœur? Et jamais nous n'avions entendu parler de cette sœur.

DON MANUEL. — Nous avons bien entendu dire, dans notre première enfance, qu'une sœur nous était née; mais elle était, disait-on, morte encore au berceau.

ISABELLE. — On se trompait; elle vit.

III.   49

DON CÉSAR. — Elle vit, et tu nous l'as cachée!

ISABELLE. — Je vous dirai les motifs de mon silence. — Apprenez ce qui a été semé autrefois, et quels heureux fruits seront recueillis aujourd'hui…. Vous étiez encore de tendres enfants; mais déjà cette déplorable antipathie, puisse-t-elle être finie pour toujours! vous divisait, et plongeait dans la tristesse le cœur de vos parents. A cette époque votre père eut un rêve surprenant; il lui sembla voir sortir de son antique couche deux lauriers qui entrelaçaient leur feuillage épais; entre eux croissait un lis : cette fleur devint une flamme qui dévora l'épais feuillage des deux arbres, et qui, s'élançant en tourbillon vers la voûte, embrasa promptement et consuma avec furie le palais tout entier.

Effrayé de cette étrange vision, votre père consulta un astrologue arabe, qui était son oracle, et en qui il avait plus de confiance que je n'aurais voulu. L'Arabe déclara que si une fille sortait de mon sein, elle causerait la mort de ses deux fils, et que toute sa race périrait par elle; et je devins mère d'une fille. Votre père donna l'ordre cruel de précipiter dans la mer l'enfant nouveau-né : je déjouai cet arrêt sanglant; et je sauvai ma fille par les soins discrets d'un fidèle serviteur.

DON CÉSAR. — Qu'il soit béni, pour t'avoir prêté son assistance! Ah! jamais la prudence n'a manqué à l'amour d'une mère!

ISABELLE. — La voix puissante de l'amour maternel ne m'engagea pas seule. à épargner ma fille. J'avais eu aussi un songe merveilleux et prophétique pendant que mon sein portait cet enfant : je vis un enfant beau comme l'amour, qui jouait sur le gazon; un lion sortit de la forêt, portant dans sa gueule sanglante une proie qu'il venait de saisir, et d'un air caressant il vint la déposer au giron de l'enfant. Un aigle, planant dans les airs, tenait dans ses serres un chevreau tremblant, et d'un air caressant, il vint le déposer au giron de l'enfant; et tous deux, l'aigle et le lion, doux et soumis, se prosternèrent aux pieds de ce jeune enfant. Le sens de ce songe me fut expliqué par un moine, un homme aimé de Dieu, auprès duquel mon cœur

trouva toujours conseil et consolation dans toutes les
peines d'ici-bas. Il me dit que je mettrais au jour une fille
qui réunirait les cœurs divisés de mes fils dans l'ardeur
d'un même amour. Je recueillis cette parole dans mon âme,
me confiant plus au dieu de vérité qu'à la voix du mensonge. Je sauvai cet enfant de divine promesse, cette fille
de bénédiction, ce gage de mes espérances, qui devait être
l'instrument de paix, quand votre haine allait toujours
grandissant.

DON MANUEL, *embrassant son frère.* — Il n'est plus besoin
d'une sœur pour former entre nous un lien d'affection,
mais elle en serrera les nœuds.

ISABELLE. — Elle fut placée dans une retraite cachée, et
loin de mes yeux, élevée mystérieusement par une main
étrangère; je me refusai la vue même de ses traits chéris;
je me privai de ce plaisir si ardemment souhaité, tant je
redoutais la sévérité de votre père. Une inquiète méfiance
troublait son repos; il était rongé de sombres soupçons, et
plaçait des surveillants sur tous mes pas.

DON CÉSAR. — Déjà depuis trois mois mon père repose
dans le tombeau. Qui a pu t'empêcher, ô ma mère, de faire
paraître au jour celle qui est depuis si longtemps cachée,
et de donner cette joie à nos cœurs?

ISABELLE. — Et quel autre motif que vos déplorables discordes, dont rien ne pouvait éteindre la rage et qui, éclatant sur la tombe de votre père à peine expiré, ne donnaient
nulle espérance de réconciliation? Pouvais-je placer votre
sœur entre vos glaives nus, furieux? Pouviez-vous, au
milieu de ces orages, entendre la voix de votre mère? Et
devais-je risquer, avant le temps, au milieu de votre furie, elle, ce gage d'une paix chérie, cette dernière ancre
de ma sainte espérance? Il fallait d'abord vous décider à
vous considérer comme frères, avant de placer entre vous
une sœur, comme un ange de paix. Maintenant cela est possible, et je vais vous la présenter. J'ai envoyé un vieux serviteur et j'attends son retour à chaque instant. L'enlevant
à son paisible asile, il va la conduire sur le cœur d'une
mère et dans les bras de ses frères.

DON MANUEL. — Elle n'est pas la seule qu'aujourd'hui

tu presseras dans tes bras maternels. La joie entre de
toutes parts dans ce palais, naguère abandonné ; il va devenir le séjour charmant des grâces. Maintenant, ma mère,
apprends aussi mon secret. Tu me donnes une sœur, je
vais t'offrir une seconde fille chérie. Oui, ma mère, bénis
ton fils. Mon cœur a trouvé, a choisi celle qui doit être la
compagne de ma vie. Avant que le soleil de ce jour ait disparu, je conduirai à tes pieds l'épouse de don Manuel.

ISABELLE. — Je presserai avec joie sur mon sein celle qui
doit rendre heureux mon premier-né ; que les plaisirs
naissent sous ses pas ; que toutes les fleurs dont la vie se
pare, que tous les bonheurs récompensent le fils qui
m'offre la plus belle couronne des mères.

DON CÉSAR. — Ne répands point, ô ma mère, toutes tes
bénédictions sur ton premier-né. Si l'amour bénit la vie, je
t'amènerai aussi une fille digne d'une telle mère, et par
qui j'ai connu le sentiment de l'amour. Avant que le soleil
de ce jour ait disparu, don César te présentera aussi son
épouse.

DON MANUEL. — Toute-puissance de l'amour ! c'est à bon
droit qu'on te nomme la divinité souveraine des âmes. Les
éléments sont soumis à ton pouvoir, et tu sais réunir ce qui
est le plus opposé, le plus contraire ; rien de ce qui vit ne
méconnaît ton empire ; tu as pu vaincre le cœur indompté
de mon frère qui jusque-là était resté invincible. (Il embrasse don César.) Maintenant je crois à ton cœur et je te
presse avec espérance dans mes bras fraternels. Je ne puis
plus douter de toi, puisque tu sais aimer.

ISABELLE. — Que ce jour soit trois fois béni ! Il a enfin
délivré de tous mes chagrins mon cœur oppressé. Je vois
ma race assise sur de solides fondements, et mes yeux
peuvent pénétrer avec calme dans le lointain avenir. Hier,
encore couverte du voile des veuves, délaissée, sans enfants, je me voyais seule dans ces salles désertes ; et aujourd'hui trois filles brillantes de l'éclat de la jeunesse
viendront s'asseoir à mes côtés. Ne suis-je pas la mère la
plus glorieuse et la plus heureuse de toutes les femmes qui
ont enfanté ? Cependant quels sont les princes dont les
royales filles fleurissent aux confins de cette contrée sans

que j'aie entendu parler d'elles?... car mes fils n'ont pu faire un indigne choix.

DON MANUEL. — Pour aujourd'hui seulement, ma mère, ne me demande pas de lever le voile qui couvre mon bonheur. Le jour approche, qui doit tout révéler. Le mieux sera que ma fiancée se fasse connaître elle-même; sois assurée que tu la trouveras digne de toi.

ISABELLE. — Je retrouve dans l'aîné de mes fils le caractère et l'esprit de son père. Il aima, lui aussi, à se renfermer en lui-même, à former et à assurer ses desseins par une résolution ferme et inébranlable. Je t'accorde volontiers ce court délai; mais je suis certaine que mon fils don César va me nommer de suite sa royale fiancée.

DON CÉSAR. — Mon caractère n'a rien de mystérieux; je n'aime point, ma mère, à me cacher; on peut lire mes sentiments sur mon front libre et ouvert. Cependant ce que tu veux savoir, ce que tu demandes, eh bien, ma mère, je dois l'avouer franchement, je ne me le suis pas encore demandé à moi-même. Demande-t-on d'où viennent les rayons célestes du soleil? En éclairant le monde, ils se révèlent assez eux-mêmes. Leur lumière témoigne qu'ils procèdent de la lumière. J'ai lu dans les yeux limpides de ma fiancée, j'ai pénétré jusqu'au fond de son cœur. La perle est révélée par la pureté de son éclat; et cependant je ne puis t'apprendre son nom.

ISABELLE. — Eh quoi! mon fils César, explique-toi. Tu auras pris pour la voix de Dieu une première et puissante impulsion. J'attendais de toi la fougue d'un jeune homme, mais non pas la folie d'un enfant. Dis-moi ce qui a déterminé ton choix.

DON CÉSAR. — Mon choix, ma mère? Lorsque la puissance du destin vous entraîne à l'heure marquée, est-ce un choix? Je ne cherchais point une épouse; certes, une si frivole pensée ne pouvait me venir dans la maison de la mort, et c'est là que j'ai trouvé ce que je ne cherchais point. Jusqu'alors la race légère des femmes m'avait été indifférente et sans valeur à mes yeux; car je n'en avais pas vu une qui te ressemblât, ô ma mère, que j'honore comme l'image de Dieu. C'était à la triste solennité des funérailles de mon père, nous étions dans la foule du peuple. Tu te souviens que ta prudence nous avait ordonné d'y paraître sous un déguisement, de peur que la violence de notre haine ne troublât par quelque fâcheux éclat la dignité de cette pompe funèbre. Le vaisseau de l'église était tendu de noir; vingt génies, portant des flambeaux à la main, entouraient l'autel devant lequel était placé, sur une haute estrade, le cercueil que recouvrait la croix blanche du drap mortuaire; sur ce drap on voyait le bâton du commandement, la couronne royale, les éperons d'or des chevaliers, et le glaive dont la poignée était ornée de diamants. Tout le monde était à genoux dans un pieux recueillement; l'orgue invisible dans la haute tribune se fit entendre, et le chœur aux cent voix commença ses chants. Pendant que le chœur continuait ses hymnes, le cercueil s'enfonça lentement sous le sol de l'église, descendant vers les demeures souterraines, dont l'ouverture était dérobée aux regards par le vaste drap mortuaire. Les terrestres ornements furent laissés sur la terre, ne devant point accompagner celui qui se rendait à son dernier séjour. Cependant, portée avec les chants pieux sur les ailes des séraphins, l'âme délivrée s'envolait vers le ciel pour s'y reposer au sein de la grâce divine. Je rappelle tout cela à ton souvenir, ma mère, et je le décris avec exactitude pour que tu voies si dans ce moment une pensée mondaine pouvait avoir place dans mon cœur; et c'est cette heure grave et solennelle que choisit l'arbitre de ma vie pour me pénétrer du rayon de l'amour. Comment cela est arrivé, je me le demande en vain à moi-même.

ISABELLE. — Achève cependant, je veux tout savoir.

DON CÉSAR. — D'où elle vint et comment elle se trouva près de moi, ne me le demande pas. Lorsque mes yeux se détournèrent, elle était à côté de moi; à son aspect je fus saisi d'une impression confuse, mais puissante et merveilleuse. Ce n'était pas la douceur enchanteresse de son sourire; ce n'était point l'éclat de son teint; ce n'était point la grâce de sa taille divine; c'était quelque chose d'intime et de profond qui s'emparait de moi avec une force céleste, comme agit d'une manière incompréhensible un pouvoir

magique... nos âmes se connaissaient sans qu'une parole
eût été prononcée, se touchaient sans s'être communi-
quées dès que mon souffle se mêla avec le sien. Elle m'était
étrangère, et cependant j'étais assuré intérieurement qu'elle
était à moi et j'entendis distinctement en mon âme : c'est
elle, ou nulle autre sur la terre.

DON MANUEL, *l'interrompant avec feu.* — Ce sont bien
les traits puissants et divins de l'amour, tels qu'ils viennent
atteindre, frapper et charmer le cœur; lorsqu'on a rencontré la compagne de sa vie, alors il n'y a pas à résister
ni à choisir; l'homme ne peut délier ce que le ciel a lié.
J'approuve intérieurement tout ce que dit mon frère; c'est
ma propre histoire qu'il a racontée et je l'en remercie; il a,
d'une main heureuse, levé le voile qui couvrait le sentiment confus que j'éprouve.

ISABELLE. — Je le vois, la destinée veut suivre librement
sa voie avec mes enfants. Le torrent impétueux, qui se précipite de la montagne, se creuse lui-même son lit et se trace
son cours, sans s'inquiéter de la route régulière que la
prudence lui avait ouverte d'avance. Je me soumets; que
pourrais-je y changer? La main puissante et souveraine de
Dieu trame le destin de ma maison. Je mets mon espérance
dans le cœur de mes fils. Leurs pensées sont nobles comme
l'est leur naissance.

ISABELLE, DON MANUEL, DON CÉSAR, DIÉGO *se montre
à la porte.*

ISABELLE. — Que vois-je ! mon digne serviteur est de retour ! Approche, approche, fidèle Diégo ! où est mon enfant? Ils savent tout ! il n'y a plus de mystère. Où est-elle?
parle, ne diffère pas; nos cœurs sont préparés à supporter
tant de joie. Viens. (*Elle va à sa rencontre vers la porte.*)
Qu'est-ce? comment! tu hésites? tu gardes le silence? ton
regard n'annonce rien d'heureux! Qu'est-il arrivé? Parle!
un frisson me saisit. Où est-elle? où est Béatrice?

(Elle veut sortir.)

DON MANUEL, *à part, avec surprise..* — Béatrice !

DIÉGO, *la retenant.* — Demeure.

ISABELLE. — Où est-elle ? cette anxiété me tue.

DIÉGO. — Elle ne me suit pas. Je ne te ramène pas ta fille.

ISABELLE. — Qu'est-il arrivé ? Au nom de Dieu, parle.

DON CÉSAR. — Où est ma sœur, malheureux ? parle.

DIÉGO. — Elle est enlevée, emmenée par des corsaires. Ah ! pourquoi mes yeux ont-ils vu ce jour ?

DON MANUEL. — Calme-toi, ma mère !

DON CÉSAR. — Ma mère, du courage, contiens-toi jusqu'à ce que tu aies tout appris.

DIÉGO. — Parti promptement, comme tu l'avais ordonné, pour franchir une dernière fois le chemin qui conduit au couvent et que j'avais si souvent parcouru, la joie me donnait des ailes.

DON CÉSAR. — Au fait !

DON MANUEL. — Parle.

DIÉGO. — J'arrive dans cette cour bien connue du couvent, sans nulle défiance ; je demande impatiemment la fille. Je vois l'expression de l'effroi dans tous les regards, et j'apprends avec désespoir l'affreux attentat...

(Isabelle tombe pâle et tremblante sur un fauteuil. Don Manuel s'empresse autour d'elle.)

DON CÉSAR. — Et des Maures, dis-tu, l'ont enlevée ? A-t-on vu les Maures ? qui a été témoin de l'enlèvement ?

DIÉGO. — On avait aperçu des pirates-maures qui avaient jeté l'ancre dans une baie voisine du couvent.

DON CÉSAR. — Plusieurs navires s'étaient réfugiés dans cette baie pendant la tempête. Où est ce vaisseau ?

DIÉGO. — On l'a vu ce matin de bonne heure en pleine mer, gagnant le large à force de voiles.

DON CÉSAR. — Dit-on que quelque autre brigandage ait été commis ? Les Maures ne se contentent pas d'une seule proie.

DIÉGO. — Ils se sont emparés avec violence des troupeaux qui paissaient en ce lieu.

DON CÉSAR. — Comment les brigands ont-ils pu enlever du sein d'un couvent une jeune fille gardée dans une sûre enceinte ?

DIÉGO. — Les murs du jardin du couvent sont faciles à franchir, à l'aide d'une longue échelle.

DON CÉSAR. — Comment sont-ils entrés jusque dans les cellules? car les pieuses nonnes sont soumises à une sévère clôture.

DIÉGO. — Elle n'était encore liée par aucun vœu, et elle pouvait se promener en liberté.

DON CÉSAR. — Et usait-elle souvent de cette liberté ? Dis-le-moi.

DIÉGO. — Souvent on la voyait chercher la solitude du jardin. Aujourd'hui seulement elle n'est point revenue.

DON CÉSAR, *après avoir réfléchi un moment.* — Enlevée, dis-tu? S'il était si facile de l'enlever, elle a pu fuir aussi de son propre gré.

ISABELLE *se lève.* — C'est la violence ! c'est un enlèvement audacieux. Jamais ma fille n'aurait oublié son devoir au point de suivre volontairement un ravisseur ! Don Manuel, don César, je devais aujourd'hui vous présenter une sœur, maintenant il faut que j'implore le secours de votre bras héroïque. Mes fils, déployez votre courage, vous ne pouvez souffrir patiemment que votre sœur soit la proie d'audacieux brigands. Prenez vos armes, équipez des navires, visitez toute la côte. Poursuivez les pirates sur toutes les mers. Reconquérez votre sœur.

DON CÉSAR. — Adieu, je vole à leur poursuite et à la vengeance.

(Il sort.)

ISABELLE, DON MANUEL, DIÉGO.

(Don Manuel, se réveillant d'une distraction profonde, se tourne d'un air inquiet vers Diégo.)

DON MANUEL. — Quand a-t-elle disparu? Réponds.

DIÉGO. — Depuis ce matin seulement on ne l'a plus revue.

DON MANUEL, *à dona Isabelle.* — Et ta fille s'appelle Béatrice?

ISABELLE. — Tel est son nom ! hâte-toi, plus de discours.

DON MANUEL. — Je veux savoir encore une seule chose, ma mère.

ISABELLE. — Occupe-toi d'agir. Suis l'exemple de ton frère.

DON MANUEL. — Dans quelle contrée?... je t'en conjure...

ISABELLE *lui fait signe de partir.* — Vois mes larmes, mes angoisses mortelles.

DON MANUEL. — Dans quelle contrée l'avais-tu cachée?

ISABELLE. — Elle n'eût pas pu être mieux cachée dans le sein de la terre.

DIÉGO. — Une crainte subite me trouble et me saisit.

DON MANUEL. — Une crainte, et laquelle? Dis ce que tu sais.

DIÉGO. — Si j'avais été la cause innocente de cet enlèvement !

ISABELLE. — Malheureux, explique ce qui est arrivé.

DIÉGO. — Je te l'avais caché, ma souveraine, pour épargner quelques soucis à ton cœur maternel. Le jour où le prince fut enseveli, tout le peuple avide de nouveauté se pressait à cette triste cérémonie. La nouvelle en avait pénétré jusque dans les murs du couvent; ta fille me conjura, avec les plus vives instances, de lui laisser voir cette solennité. Et moi, malheureux, je me laissai toucher. Cachée dans un sombre vêtement de deuil, elle assista à la cérémonie; et je crains aujourd'hui qu'au milieu de la foule du peuple qui se pressait de tous côtés, elle n'ait été exposée aux regards de celui qui l'aura enlevée; car aucun déguisement ne peut cacher l'éclat de sa beauté.

DON MANUEL *à part, soulagé.* — Heureuses paroles qui rassurent mon cœur ! ce ne peut être elle. Cette information ne s'accorde pas avec les autres.

ISABELLE. — Vieillard insensé ! ainsi tu m'as trahie.

DIÉGO. — Princesse, je croyais bien faire. Il me semblait reconnaître, dans ce désir, la voix de la nature, la force du sang. Je pensai que c'était l'œuvre du Ciel qui, par une secrète et pieuse impulsion, conduisait la fille sur le tombeau de son père. J'ai voulu céder au droit qu'elle avait de remplir ce pieux devoir. Ainsi, avec une bonne intention, j'ai été cause d'un malheur.

DON MANUEL, *à part*. — Pourquoi demeurer ici dans les souffrances du doute et de la crainte? Je vais sur-le-champ trouver la lumière et la certitude.

(Il veut sortir.)

DON CÉSAR, *revenant*. — Arrête, don Manuel, je vais te suivre.

DON MANUEL. — Ne me suis pas, reste. Que personne ne me suive.

(Il sort.)

ISABELLE, DON CÉSAR.

DON CÉSAR *le suit d'un œil étonné*. — Qu'a donc mon frère? Dis-le-moi, ma mère.

ISABELLE. — Je l'ignore comme toi. Je ne le reconnais plus.

DON CÉSAR. — Tu me vois revenir, ma mère, parce que, dans l'ardeur empressée de mon zèle, j'avais oublié de te demander les signes qui pourraient me faire reconnaître ma sœur. Comment aurais-je pu retrouver sa trace sans savoir de quel lieu les brigands l'ont enlevée? Nomme-moi le cloître où elle était cachée.

ISABELLE. — Il est consacré à sainte Cécile. Cette forêt qui s'étend au loin vers les pentes de l'Etna couvre cette retraite silencieuse des âmes saintes.

DON CÉSAR. — Prends courage; fie-toi à tes fils. Je te ramènerai ma sœur, dussé-je la chercher sur toutes les mers, par toutes les terres. Il est cependant, ma mère, une chose qui me tourmente : j'ai laissé ma fiancée sous une protection étrangère.

Je ne pourrais confier qu'à toi un gage si précieux. Je l'enverrai auprès de toi, tu la verras; et dans ses bras, sur son tendre cœur, tu oublieras tes craintes et ta douleur.

(Il sort.)

ISABELLE, *seule*.

Quand cessera enfin cette ancienne malédiction qui pèse sur cette maison! Un mauvais génie se joue de mes espérances, et jamais sa rage envieuse ne s'apaise. Je me croyais si proche du port! je me confiais avec tant d'assurance à ces gages de bonheur! je croyais toutes les tempêtes calmées, et d'un œil joyeux je voyais déjà la contrée éclairée des rayons du soleil couchant; une tempête se forme dans le ciel le plus serein, et me renvoie encore au milieu des flots en furie.

(Elle se retire dans l'intérieur du palais. Diégo la suit.)

La scène change et représente le jardin.

LES DEUX CHŒURS, *vers la fin*, BÉATRICE.

Le chœur de don Manuel vient dans un appareil de fête, orné de guirlandes, portant les dons de l'hyménée décrits précédemment, le chœur de don César veut lui interdire l'entrée du jardin.)

PREMIER CHŒUR (GAÉTAN). — Tu devrais vider la place.

SECOND CHŒUR (BOHÉMOND). — Je ne ferai place qu'à de plus vaillants.

PREMIER CHŒUR (GAÉTAN). — Tu dois remarquer que ta présence est importune.

SECOND CHŒUR (BOHÉMOND). — Puisque cela te déplaît, ce m'est un motif pour demeurer.

PREMIER CHŒUR (GAÉTAN). — C'est ici ma place. Qui ose m'arrêter?

SECOND CHŒUR (BOHÉMOND). — J'ose le faire; je commande ici.

PREMIER CHŒUR (GAÉTAN). — Mon maître, don Manuel, m'envoie en ce lieu.

SECOND CHŒUR (BOHÉMOND). — J'y suis par l'ordre de mon maître.

PREMIER CHŒUR (GAÉTAN). — Le plus jeune frère doit céder à l'aîné.

SECOND CHŒUR (BOHÉMOND). — Le monde est au premier occupant.

PREMIER CHŒUR (GAÉTAN). — Allons, rival odieux, cède-moi la place.

SECOND CHŒUR (BOHÉMOND). — Non pas sans que nos épées se soient mesurées.

PREMIER CHŒUR (GAÉTAN). — Te trouverai-je partout sur mon passage?

SECOND CHŒUR (BOHÉMOND). — Partout où je veux, je puis te braver.

PREMIER CHŒUR (GAÉTAN). — Que viens-tu ici épier et surveiller?

SECOND CHŒUR (BOHÉMOND). — Que viens-tu ici exiger ou commander?

PREMIER CHŒUR (GAÉTAN). — Je n'ai point à te parler ni à te répondre.

SECOND CHŒUR (BOHÉMOND). — Et moi, je ne t'honorerai pas d'une seule parole.

PREMIER CHŒUR (GAÉTAN). — Jeune homme, tu dois du respect à mon âge.

SECOND CHŒUR (BOHÉMOND). — Ma valeur est aussi éprouvée que la tienne.

BÉATRICE, *sortant précipitamment*. — Malheur à moi! que veulent ces troupes farouches?

PREMIER CHŒUR (GAÉTAN), *au second*. — Ta contenance orgueilleuse ne m'impose point.

SECOND CHŒUR (BOHÉMOND). — Mon maître l'emporte sur le tien.

BÉATRICE, *derrière le théâtre*. — Ah! malheureuse, malheureuse, et il va bientôt venir!

PREMIER CHŒUR (GAÉTAN). — Tu mens. C'est don Manuel qui l'a vaincu.

SECOND CHŒUR (BOHÉMOND). — Mon maître a eu l'avantage dans chaque combat.

BÉATRICE. — Il va venir, voici l'heure.

PREMIER CHŒUR (GAÉTAN). — N'était la paix, je soutiendrais mon droit.

SECOND CHŒUR (BOHÉMOND). — C'est la crainte, et non la paix qui te retient.

BÉATRICE. — Oh! que n'est-il à mille lieues d'ici!

PREMIER CHŒUR (GAÉTAN). — Je crains la loi, et non pas la menace de ton regard.

SECOND CHŒUR (BOHÉMOND). — Tu fais bien, elle est l'appui du lâche.

PREMIER CHŒUR (GAÉTAN). — Si tu commences, je t'imiterai.

SECOND CHŒUR (BOHÉMOND). — Le glaive est tiré.

BÉATRICE, *dans la plus vive agitation.* — Ils vont combattre; les épées brillent; ô vous! puissances du ciel, arrêtez ses pas; placez-vous devant lui pour lui interdire le passage; semez sa route d'obstacles et de retards; qu'il n'arrive point en ce moment; saints anges que j'ai priés, que j'ai conjurés de le conduire vers moi, oubliez mes paroles; détournez-le loin, bien loin d'ici.

(Elle rentre au moment où les chœurs vont se précipiter l'un sur l'autre. Don Manuel paraît.)

DON MANUEL, LE CHŒUR.

DON MANUEL. — Que vois-je? Arrêtez!

PREMIER CHŒUR (GAÉTAN, BÉRENGER, MANFRED), *au second.* — Avance, avance.

SECOND CHŒUR (BOHÉMOND, ROGER, HIPPOLYTE). — Mort à ces traîtres?

DON MANUEL *se jette entre eux en tirant son épée.* — Arrêtez!

PREMIER CHŒUR (GAÉTAN). — C'est le prince.

SECOND CHŒUR (BOHÉMOND). — C'est son frère, restez en paix.

DON MANUEL. — J'étends mort sur la place le premier qui seulement d'un regard menacera son adversaire et continuera la lutte. Êtes-vous en démence? est-ce un démon qui vous entraîne? Les flammes de la discorde qui nous divisaient, nous vos princes, ne sont-elles pas éteintes, éteintes à jamais? Qui a commencé? Parlez! je veux le savoir!

PREMIER CHŒUR. — Ils étaient ici...

SECOND CHŒUR, *interrompant.* — Ils venaient...

DON MANUEL, *au premier chœur.* — Parle, toi!

PREMIER CHŒUR (GAÉTAN). — Nous venions ici, prince, apporter, comme tu nous l'avais ordonné, les présents de noces. Préparés pour une fête, ainsi que tu le vois, et nullement pour un combat, nous suivions en paix notre route sans aucune pensée hostile, et nous fiant au pacte juré; nous avons trouvé ceux-ci établis en ennemis dans ce lieu, et nous en interdisant l'entrée à main armée.

DON MANUEL. — Insensés! N'est-il donc pas un lieu assez sacré pour arrêter votre aveugle rage? Quoi! dans le séjour caché de l'innocence, votre haine vient troubler la paix? (*Au second chœur.*) Retire-toi, ta présence téméraire ne doit point se mêler aux mystères de ce lieu. (*Il s'arrête un moment.*) Retire-toi, ton maître te l'ordonne par ma voix; nous n'avons maintenant qu'une âme et qu'une volonté, mes ordres sont les siens. Allons, va! (*Au premier chœur.*) Toi, demeure et garde l'entrée.

SECOND CHŒUR (BOHÉMOND). — Que faire? les princes sont réconciliés, cela est certain; et, se jeter avec empressement dans les querelles ou les affaires des grands sans y être appelé, c'est chercher plus de dangers que de récompenses. Quand les puissants de la terre sont las de combattre, ils se hâtent de rejeter sur l'homme obscur, qui les a servis par devoir, les sanglantes apparences du crime, et se montrent eux-mêmes purs à peu de frais. Ainsi, laissons les princes s'accorder entre eux; je pense qu'il est plus prudent d'obéir.

(Le second chœur se retire. Le premier se place au fond du théâtre. En ce moment, Béatrice arrive précipitamment et se jette dans les bras de don Manuel.)

BÉATRICE, DON MANUEL.

BÉATRICE. — C'est toi, je te revois... Cruel! tu m'as laissée longtemps, bien longtemps en proie à l'inquiétude, à toutes les terreurs; mais n'en parlons plus; je te revois! C'est dans tes bras chéris qu'est mon asile, qu'est ma protection contre tous les dangers; viens, ils sont partis. Voici le moment de fuir, allons, il n'y a pas un instant à perdre. (*Elle veut l'entraîner et le regarde plus attentivement que d'abord.*) Mais que se passe-t-il en toi? Tu m'accueilles avec réserve et gravité, tu t'arraches de mes bras comme si tu voulais me repousser loin de toi? Je ne te reconnais pas. Est-ce bien don Manuel, mon époux, mon bien-aimé?

DON MANUEL. — Béatrice!

BÉATRICE. — Non, ne parle pas, ce n'est point le temps des discours. Hâtons-nous de partir au plus vite; cet instant est précieux.

DON MANUEL. — Demeure, réponds-moi.

BÉATRICE. — Partons avant que ces hommes cruels ne reviennent.

DON MANUEL. — Demeure, ces hommes ne nous feront pas de mal.

BÉATRICE. — Si, si, tu ne les connais pas. Viens, fuyons.

DON MANUEL. — Défendue par mon bras, que peux-tu craindre?

BÉATRICE. — Crois-moi, ces hommes sont puissants.

DON MANUEL. — Aucun n'est plus puissant que moi, ô ma bien-aimée!

BÉATRICE. — Tu es seul contre tant d'ennemis!

DON MANUEL. — Tu me crois seul? Ces hommes que tu redoutes...

BÉATRICE. — Tu ne les connais pas; tu ne sais pas à qui ils obéissent.

DON MANUEL. — C'est à moi qu'ils obéissent, et je suis leur souverain.

BÉATRICE. — Tu es?... La terreur pénètre mon âme...

DON MANUEL. — Apprends enfin à me connaître, Béatrice; je ne suis point ce que je t'ai paru jusqu'ici, un pauvre chevalier, un inconnu, un simple amant épris de tes attraits : je t'ai caché qui je suis réellement, quelle est ma puissance, quelle est mon origine.

BÉATRICE. — Tu n'es pas don Manuel! Qui es-tu? Ah! malheur à moi!

DON MANUEL. — Je me nomme don Manuel; mais je suis au-dessus de tous ceux qui portent ce nom dans cette ville : je suis don Manuel, prince de Messine.

BÉATRICE. — Tu serais don Manuel, frère de don César?

DON MANUEL. — Don César est mon frère.

BÉATRICE. — Il est ton frère?

DON MANUEL. — Comment! tu sembles effrayée! Connais-tu don César? Connaîtrais-tu quelque autre personne de mon sang?

BÉATRICE. — Tu es don Manuel, que la haine et la discorde irréconciliable séparent de son frère?

DON MANUEL. — Nous sommes réconciliés; et depuis ce jour, nous sommes frères par le cœur comme par le sang.

BÉATRICE. — Réconciliés depuis aujourd'hui?

DON MANUEL. — Parle, explique-toi. Qui t'a jetée dans ce trouble? Connais-tu notre famille autrement que de nom? Sais-je tous tes secrets? Ne m'as-tu rien caché? m'as-tu tout dit?

BÉATRICE. — Quelle est ta pensée? Comment! que pourrais-je avoir à révéler?

DON MANUEL. — Tu ne m'as rien dit de ta mère; qui est-elle? La reconnaîtrais-tu si je te la dépeignais, si je te la montrais?

BÉATRICE. — Tu la connais! tu la connais! et tu me l'as cachée?

DON MANUEL. — Malheur à toi, malheur à moi, si je la connais!

BÉATRICE. — Ah! son aspect est doux comme la lumière du soleil; il me semble encore la voir! Ce souvenir vit au plus profond de mon âme; sa céleste figure est encore là devant mes yeux : je vois les boucles de sa chevelure d'ébène ombrager les nobles contours de son cou d'ivoire; je vois l'éclat de ses grands yeux adoucis par la forme gracieuse de ses sourcils et de son front; j'entends le son de sa voix sympathique s'éveiller en moi...

DON MANUEL. — Malheur à moi, c'est elle que tu peins!

BÉATRICE. — Et c'est elle que j'ai fui! Ai-je pu l'abandonner le matin même du jour qui devait à jamais me réunir à elle? Ah! j'ai sacrifié pour toi jusqu'à ma mère!

DON MANUEL. — La princesse de Messine sera ta mère. Je vais te conduire vers elle; elle t'attend.

BÉATRICE. — Que dis-tu? ta mère, celle de don César? Tu veux me conduire à elle? Jamais, jamais.

DON MANUEL. — Tu frémis! que signifie ce désespoir? Ma mère n'est-elle pas une étrangère pour toi?

BÉATRICE. — Terrible et malheureuse découverte! Oh! pourquoi ai-je vu ce jour?

DON MANUEL. — Qui peut te jeter dans de telles angoisses, lorsque tu me connais, lorsque tu trouves le prince dans l'inconnu?

BÉATRICE. — Ah! que le ciel me rende cet inconnu, et je serais heureuse avec lui dans un désert!

DON CÉSAR, *derrière le théâtre.* — Retirez-vous! Quelle est cette foule rassemblée ici?

BÉATRICE. — Dieu! cette voix! Où me cacher?

DON MANUEL. — Tu connaîtrais cette voix? Non, jamais tu ne l'as entendue : tu ne peux la reconnaître.

BÉATRICE. — Fuyons! viens, ne tardons pas.

DON MANUEL. — Qui fuir? C'est la voix de mon frère : il me cherche, et je m'étonne seulement qu'il ait pu découvrir...

BÉATRICE. — Par toutes les puissances du ciel, évite-le! Ne t'expose pas à son impétueuse rencontre; ne te laisse pas voir par lui en ce lieu.

DON MANUEL. — O ma bien-aimée, la crainte trouble tes esprits. N'as-tu pas entendu que nous étions réconciliés?

BÉATRICE. — O mon Dieu, délivrez-moi de ce moment fatal!

DON MANUEL. — Quel pressentiment me saisit?... Quelle pensée vient me glacer d'horreur?... Serait-il possible, cette voix ne t'est point inconnue? Béatrice, étais-tu?..... Je tremble de t'interroger... Tu étais... aux funérailles de mon père?

BÉATRICE. — Malheur à moi!

DON MANUEL. — Tu t'y trouvais?

BÉATRICE. — Pardonne-moi.

DON MANUEL. — Malheureuse! tu t'y trouvais?

BÉATRICE. — Je m'y trouvais.

DON MANUEL. — Horreur!

BÉATRICE. — Un désir trop impérieux m'entraîna; pardonne-moi. Lorsque je t'avouai mon désir, tu accueillis ma prière d'un air sérieux et sombre, et je gardai le silence. Je ne sais quel astre malfaisant me poussait avec une force irrésistible; il me fallut céder à l'ardente impulsion de mon cœur. Le vieux serviteur me prêta son assistance ; je te désobéis et je m'y rendis.

(Elle s'appuie sur lui. Don César entre accompagné de tout le chœur.)

LES DEUX FRÈRES, LES CHŒURS, BÉATRICE.

SECOND CHŒUR (BOHÉMOND), *à don César.* Tu ne veux pas nous croire ; tu en croiras tes yeux.

DON CÉSAR *entre rapidement et recule avec effroi à l'aspect de son frère.* — C'est une illusion de l'enfer ! Quoi, dans ses bras ! *(Il s'approche.)* Serpent venimeux ! c'était là ton amour ! Ainsi, tu me trompais par une réconciliation mensongère ! O ma haine était la voix de Dieu ! Descends aux enfers, cœur de serpent.

(Il le frappe.)

DON MANUEL. — Je suis mort !... Béatrice ! frère !...

(Il tombe et meurt. Béatrice tombe près de lui sans mouvement.)

PREMIER CHŒUR (GAÉTAN). — Au meurtre ! au meurtre ! Avancez, saisissez vos armes ; que le sang soit vengé par le sang.

(Ils tirent leurs épées.)

SECOND CHŒUR (BOHÉMOND). — Victoire ! La longue lutte est terminée. Messine obéit maintenant à un seul maître.

PREMIER CHŒUR (GASTON, BÉRENGER, MANFRED). — Vengeance, vengeance ! que le meurtrier tombe, qu'il tombe en expiation de son crime.

SECOND CHŒUR (BOHÉMOND, ROGER, HIPPOLYTE).—Seigneur, ne crains rien, nous te restons fidèles.

DON CÉSAR, *s'avançant entre eux avec autorité.* — Retirez-vous ; j'ai tué mon ennemi, celui qui trompait mon cœur sincère et confiant, qui m'offrait l'amitié fraternelle comme un piège. Cette action paraît terrible et affreuse, mais c'est le juste ciel qui a jugé.

PREMIER CHŒUR (GAÉTAN). — Malheur à toi, Messine ! malheur, malheur, malheur ! un forfait horrible s'est accompli dans tes murs. Malheur à tes enfants et à leurs mères, à tes vieillards et à tes jeunes hommes ! malheur à ceux que les mères portent encore dans leur sein !

DON CÉSAR. — La plainte vient trop tard... Apportez ici
du secours. (*Il montre Béatrice.*) Rappelez-la à la vie, éloi-
gnez-la promptement de ce lieu de mort et d'effroi... Je ne
puis rester plus longtemps; ma sœur enlevée me réclame...
Conduisez-la dans le palais de ma mère, et dites-lui que
c'est son fils don César qui la lui envoie.

(Il sort. Béatrice sans mouvement est placée sur un brancard par les
hommes du second chœur, qui l'emportent. Le premier chœur
reste auprès du corps de don Manuel. Les jeunes gens qui portaient
les parures nuptiales se rangent avec les autres en demi-cercle autour du corps.)

LE CHŒUR (GAÉTAN).

Dites-moi, je ne puis concevoir comment la chose s'est
accomplie si vite. Depuis longtemps mon esprit voyait bien
s'avancer à grands pas le terrible fantôme de ce crime sanglant et épouvantable; cependant je suis abîmé d'horreur
quand ce qui était prévu est arrivé, quand mes yeux ont
vu s'exécuter ce qu'une crainte prophétique me faisait seulement entrevoir: tout mon sang est glacé dans mes veines
par l'affreuse et évidente réalité.

UN HOMME DU CHŒUR (MANFRED). — Faites retentir la voix
de la plainte. Digne jeune homme, le voilà étendu sans
vie, frappé dans la fleur de son âge, saisi par la nuit de la
mort, sur le seuil de la chambre nuptiale! Faites retentir
des lamentations bruyantes sur sa muette dépouille!

UN SECOND (GAÉTAN). — Nous venons, nous venons avec
la pompe d'une fête, pour recevoir l'épouse. Les pages
apportent les riches étoffes, les présents de noce; tout est
prêt, les témoins sont là, mais le fiancé n'entend plus rien;
les chants joyeux ne le réveillent pas, car le sommeil de la
mort est profond.

TOUT LE CHŒUR. — Il est triste et profond le sommeil de
la mort; il ne sera point réveillé par la voix de sa fiancée;
il n'entendra plus le son joyeux du cor. Immobile et insensible, il est gisant sur la terre.

UN TROISIÈME (GAÉTAN). — Que sont les espérances, que
sont les projets conçus par l'homme périssable? Aujour-
d'hui vous vous embrassiez comme frères, vous étiez unis

de cœur et de bouche; ce soleil, qui maintenant s'abaisse, éclairait votre amitié; et maintenant tu es uni à la poussière, frappé d'une main fratricide, le sein percé d'une horrible blessure. Que sont les espérances, que sont les projets que l'homme, fils éphémère de l'heure fugitive, bâtit sur un sol trompeur?

LE CHŒUR (BÉRENGER). — Je veux te rapporter à ta mère. Quel triste fardeau! Abattons avec la hache meurtrière les branches de ce cyprès pour en former un brancard; jamais rien de vivant ne doit être produit par l'arbre qui aura porté les fruits de la mort; jamais il ne doit croître, jamais il ne doit prêter son ombre au voyageur; puisqu'il a été nourri par le sol du meurtre, qu'il soit maudit et voué au service de la mort.

LE PREMIER (GAÉTAN). — Malheur, malheur au meurtrier qu'une rage insensée a conduit ici! Le sang coule, coule et pénètre dans les fentes de la terre. Mais là-bas, dans les profondeurs ténébreuses, sont les muettes filles de Thémis qui, dans la nuit et le silence, n'oublient jamais rien, qui jugent tout avec leur infaillible justice. Elles recueillent ce sang dans leurs noires urnes, et décident et préparent la terrible vengeance.

LE SECOND (BÉRENGER). — Sur cette terre qu'éclaire le soleil, la trace de nos actions s'efface aussi rapidement que s'efface sur notre visage l'expression mobile de notre âme; mais rien n'est perdu, rien n'est effacé de ce que les heures mystérieuses déposent dans le sein obscur et fécond de la destinée. Le temps est un sol productif, la nature est un grand tout vivant : tout y est fruit, tout y est semence.

LE TROISIÈME (GAÉTAN). — Malheur, malheur au meurtrier! malheur à qui a répandu la semence de mort! Autre est l'aspect de l'action avant qu'elle soit commise; autre depuis qu'elle est accomplie. Dans la chaleur de la colère et de la vengeance, elle se présentait à tes yeux brave et audacieuse; mais à présent qu'elle est faite et passée, elle t'apparaît comme un pâle fantôme. Ainsi les terribles furies agitaient les serpents de l'enfer devant Oreste, et entraînaient le fils au meurtre de la mère; elles savaient tromper habilement son cœur, en lui montrant les apparences de la justice; mais dès qu'il a frappé le sein qui l'avait conçu, qui l'avait porté avec amour, voyez comme elles se retournent contre lui, comme elles l'entourent de terreur! et il reconnaît les vierges redoutables! elles se saisissent du meurtrier, elles ne le quittent plus désormais; elles le livrent aux morsures éternelles de leurs serpents, elles le chassent de rivage en rivage sans nul repos, jusque dans le sanctuaire de Delphes.

(Le chœur se retire emportant le corps de don Manuel sur un brancard.)

Le théâtre représente une salle soutenue par des colonnes. Il fait nuit. La scène est éclairée seulement d'en haut par une grande lampe.

DONNA ISABELLA et DIÉGO entrant.

ISABELLA. — Ne sait-on encore rien de mes fils? s'ils ont découvert quelque trace de ma fille?

DIÉGO. — Rien encore, princesse. Cependant espère tout du zèle et de l'ardeur de tes fils.

ISABELLA. — Ah! Diégo, quelles sont les angoisses de mon cœur! il a dépendu de moi de prévenir ce malheur.

DIÉGO. — N'enfonce point dans ton cœur l'aiguillon du reproche. Tu n'as négligé aucune précaution.

ISABELLA. — Si je l'avais plus tôt tirée de sa retraite, comme me le disait la voix puissante de mon cœur!

DIÉGO. — La prudence le défendait, tu as agi sagement; le résultat repose dans la main de Dieu.

ISABELLA. — Hélas! aucune joie n'est pure, mon bonheur eût été parfait sans ce malheureux accident.

DIÉGO. — Le bonheur est différé, non pas perdu; jouis maintenant de l'union de tes fils.

ISABELLE. — Je les ai vus se presser sur le cœur l'un de l'autre, spectacle jusque-là inconnu à mes yeux.

DIÉGO. — Et ce n'était pas un simple spectacle; tout partait du cœur; car leur droiture abhorre la contrainte du mensonge.

ISABELLA.— J'ai vu aussi avec joie qu'ils sont capables d'un tendre sentiment, d'un doux penchant, et qu'ils savent honorer ce qu'ils aiment ; ils veulent renoncer à une liberté indépendante. Leur jeunesse ardente et fougueuse ne se dérobe pas au frein des lois, et leurs passions mêmes sont vertueuses. Je puis cependant te l'avouer maintenant, Diégo, c'était avec inquiétude que je voyais venir le moment où la fleur du sentiment s'ouvrirait dans leurs cœurs. L'amour pouvait aisément se tourner en fureur dans ces caractères emportés. Si dans des âmes tout échauffées encore d'une vieille haine, une étincelle funeste de jalousie était venue à tomber ! la pensée seule m'en fait frissonner. Si leurs inclinations qui n'ont jamais été les mêmes s'étaient par malheur rencontrées pour la première fois ! Grâce à Dieu, ce nuage orageux, qui un instant s'est montré à moi sombre et menaçant, s'est heureusement dissipé, et mon cœur oppressé respire librement.

DIÉGO.— Oui, réjouis-toi de ton ouvrage. Par la douceur du sentiment et le calme de la raison, tu as su faire ce qu'avec toute la force de son autorité leur père n'avait pu faire ; c'est ta gloire ; cependant il faut bénir aussi ton heureuse étoile.

ISABELLA. — J'ai réussi, grâce à beaucoup d'efforts ; mais la fortune aussi y est pour beaucoup. Ce n'était pas peu de chose que de cacher un tel secret durant tant d'années, de le dérober au plus méfiant des hommes. Il fallait aussi contenir en mon cœur la force du sang qui, comme une flamme prisonnière, s'efforçait d'échapper à la contrainte.

DIÉGO. — Un dénoûment aussi heureux est le gage d'un long bonheur.

ISABELLA. — Je ne veux point me louer de mon étoile avant d'avoir vu la fin de l'événement. L'enlèvement de ma fille me rappelle et m'avertit que mon mauvais génie ne sommeille pas encore... Diégo, tu vas me blâmer ou m'applaudir, mais je ne veux rien cacher à ta fidélité ; je n'ai pu supporter d'être ici dans un oisif repos, à attendre le sort, tandis que mes fils recherchaient avec empressement la trace de leur sœur... J'ai voulu agir aussi... Où l'art humain ne peut rien, souvent le Ciel nous vient en aide.

DIÉGO. — Apprends-moi ce que je dois en savoir.

ISABELLA. — Dans un ermitage bâti sur les hauteurs de l'Etna, habite un pieux solitaire nommé par les anciens du pays le vieillard de la montagne. Là, vivant plus près du ciel que toute la race des hommes qui errent au-dessous de lui, ses pensées terrestres se sont épurées dans un air léger et serein, et du haut de son antique sagesse, il observe et démêle les routes secrètes et tortueuses de la vie. Il n'est pas étranger aux destins de ma maison ; souvent le saint homme a pour nous interrogé le ciel et détourné par ses prières les malédictions. J'ai envoyé aussitôt vers lui un jeune et rapide messager pour qu'il me donne des nouvelles de ma fille, et de moment en moment j'attends le retour de ce messager.

DIÉGO. — Si mes yeux ne me trompent pas, princesse, c'est lui-même qui arrive en toute hâte ; sa diligence mérite des éloges.

LE MESSAGER, LES PRÉCÉDENTS.

ISABELLA. — Parle ! soit bonheur, soit malheur, ne me cache rien ; dis seulement la pure vérité. Quelle réponse t'a donnée le vieillard de la montagne ?

LE MESSAGER. — Il m'a ordonné de retourner au plus vite, car celle qui était perdue est retrouvée, a-t-il dit.

ISABELLA. — Voix propice ! Parole du Ciel ! toujours il m'a annoncé ce que je souhaitais. Et auquel de mes fils a-t-il été réservé de trouver celle qui était perdue ?

LE MESSAGER. — L'aîné de tes fils a pénétré dans sa profonde retraite.

ISABELLA. — C'est à don Manuel que je la devrai ! Ah! il a toujours été pour moi un enfant de bénédiction. As-tu remis au vieillard le cierge consacré que je lui envoyais en présent pour brûler devant son saint ; le pieux serviteur de Dieu dédaigne les dons qui plairaient aux autres hommes.

LE MESSAGER. — Il a pris le cierge, et s'avançant en silence vers l'autel, il l'a aussitôt allumé à la lampe qui brûle devant son saint ; puis tout à coup il a mis le feu à la cabane où depuis quatre-vingt-dix ans il adore le Seigneur.

ISABELLA. — Que dis-tu ? quelle terreur tu jettes en mon âme !

LE MESSAGER. — Et criant par trois fois malheur ! malheur ! malheur ! il a gravi la montagne, me faisant signe en silence de ne le point suivre, et de ne point regarder en arrière ; et, glacé d'effroi, je me suis hâté de revenir ici.

ISABELLA. — Dans quel doute nouveau, dans quelle flottante incertitude, dans quelles angoisses me rejette cette réponse ! Ma fille perdue retrouvée par l'aîné de mes fils, don Manuel ! Ces favorables paroles ne peuvent me réjouir accompagnées d'une action aussi funeste.

LE MESSAGER. — Regarde derrière toi, princesse, la réponse du solitaire s'accomplit à tes yeux mêmes. Je suis bien trompé, ou c'est ta fille perdue, que tu cherchais, que te ramènent les chevaliers compagnons de tes fils.

(Béatrice est apportée par le second chœur sur un brancard ; elle est encore sans connaissance et sans mouvement.)

ISABELLA, DIÉGO, LE MESSAGER, BÉATRICE, LE CHŒUR.

LE CHŒUR (BOHÉMOND). — Pour accomplir l'ordre de notre maître, nous venons, princesse, déposer à tes pieds cette jeune fille ; c'est ce qu'il nous a commandé de faire et aussi de te répéter ces paroles : que c'est ton fils don César qui te l'envoie.

ISABELLA *s'est élancée vers elle les bras ouverts, et recule avec effroi.* — O ciel ! elle est pâle et sans vie.

LE CHŒUR (BOHÉMOND). — Elle vit, elle va se réveiller ; il lui faut quelques moments pour se remettre du spectacle saisissant qui enchaîne encore ses sens.

ISABELLA. — Mon enfant, enfant de ma douleur et de mes soucis ! C'est ainsi que nous nous revoyons ! C'est ainsi que tu devais entrer dans la maison de ton père ! Ah ! que ta vie se rallume à la mienne ! Je veux te tenir embrassée jusqu'à ce que ton sang réchauffé, recommençant à couler, ait dissipé ce froid de la mort. (*Au chœur.*) Oh, parle ! que s'est-il passé de terrible ? où l'as-tu trouvée ? Comment cette chère enfant est-elle tombée dans un état si triste et si déplorable ?

LE CHŒUR. — Ne me le demande pas, ma bouche restera muette; ton fils don César doit te révéler tout, car c'est lui qui te l'envoie.

ISABELLA. — Mon fils don Manuel, veux-tu dire ?

LE CHŒUR (BOHÉMOND). — Ton fils don César te l'envoie.

ISABELLA, *au messager*. — N'est-ce pas don Manuel que t'avait nommé le solitaire ?

LE MESSAGER. — Oui, princesse, c'est le nom qu'il a dit.

ISABELLA. — Qui que ce soit, il a rempli mon cœur de joie, je lui dois ma fille; qu'il soit béni. Ah! faut-il qu'un démon envieux trouble le bonheur d'un instant si ardemment souhaité! faut-il que j'aie à combattre mon ravissement! Je vois ma fille dans la maison de son père, mais elle ne me voit pas, elle ne m'entend pas, elle ne peut répondre à la joie de sa mère. Ah! ouvrez-vous, chers yeux ! Chères mains, réchauffez-vous! Ranime-toi, sein sans vie et palpite de joie! Diégo, c'est ma fille, celle qui fut si longtemps cachée, celle que j'ai sauvée; enfin je puis la reconnaître devant le monde entier !

LE CHŒUR (BOHÉMOND). — Je crois démêler un nouveau sujet d'effroi, et je songe avec épouvante comment l'erreur va être connue et expliquée.

ISABELLA, *au chœur, qui exprime la consternation et l'embarras*. — Ah! vos cœurs sont durs et impénétrables; l'armure d'airain qui vous couvre, semblable aux rochers escarpés du rivage, me renvoie la joie de mon cœur. En vain je cherche dans cette foule d'hommes un regard sensible. Pourquoi mes fils tardent-ils? Je voudrais lire dans les yeux de quelqu'un qu'il partage mes sentiments; parmi cette troupe sans pitié, je suis comme entourée des animaux impitoyables du désert ou des monstres de l'Océan.

DIÉGO. — Ses yeux s'ouvrent; elle revient au mouvement et à la vie.

ISABELLA. — Elle vit ! Ah ! que son premier regard soit pour sa mère.

DIÉGO. — Ses yeux se sont refermés avec effroi.

ISABELLA, *au chœur.* — Retirez-vous. Votre aspect, qui lui est étranger, l'a effrayée.

LE CHŒUR, *se retirant* (BOHÉMOND). — Je m'éloigne volontiers de ses yeux.

DIÉGO. — Elle fixe ses yeux sur toi avec étonnement.

BÉATRICE. — Où suis-je? Je crois reconnaître ces traits.

ISABELLA. — La connaissance lui revient peu à peu.

DIÉGO. — Que fait-elle? Elle se jette à genoux.

BÉATRICE. — Noble et angélique figure de ma mère...

ISABELLA. — Enfant de mon cœur, viens dans mes bras.

BÉATRICE. Vois à tes pieds la coupable.

ISABELLA. — Je te revois, tout est oublié!

DIÉGO. — Regarde-moi aussi. Reconnais-tu mes traits?

BÉATRICE. — Ce sont les traits vénérables du fidèle Diégo.

ISABELLA. — Du fidèle gardien de ton enfance.

BÉATRICE. — Je me retrouve parmi les miens.

ISABELLA. — Et rien ne peut nous séparer désormais que la mort.

BÉATRICE. — Tu ne veux plus me renvoyer chez des étrangers?

ISABELLA. — Rien ne nous séparera plus; le destin est apaisé.

BÉATRICE, *se jetant dans ses bras.* — Suis-je en effet sur ton cœur? et tout ce que j'ai éprouvé n'était qu'un songe, un songe affreux et terrible? O ma mère! je l'ai vu tomber mort à mes pieds. Comment suis-je venue ici? Je ne m'en souviens pas. Que je suis heureuse de me trouver ainsi sauvée et dans tes bras! ils voulaient me conduire vers la princesse mère de Messine. Plutôt la mort!

ISABELLA. — Reviens à toi, ma fille; la princesse de Messine...

BÉATRICE. — Ne prononce plus ce nom : dès que je l'entends le froid de la mort se répand dans mes veines.

ISABELLA. — Écoute-moi.

BÉATRICE. — Elle a deux fils qui se haïssent mortellement : on les nomme don Manuel et don César.

ISABELLA. — C'est moi-même! reconnais ta mère!

BÉATRICE. — Que dis-tu? Quelle parole as-tu prononcée?

ISABELLA. — C'est moi, ta mère, qui suis princesse de Messine.

BÉATRICE. — Tu es la mère de don Manuel et de don César?

ISABELLA. — Et ta mère: tu as nommé tes frères.

BÉATRICE. — Malheur! malheur à moi! O lumière affreuse!

ISABELLA. — Qu'as-tu, ma fille? Qui peut te jeter dans ce trouble surprenant?

BÉATRICE *regarde autour d'elle d'un œil égaré; elle aperçoit le chœur.* — Ce sont eux, oui! Maintenant, maintenant je les reconnais : ce n'est pas un songe qui m'a trompée... Ce sont eux... ils étaient là... c'est l'horrible vérité! Malheureux, où l'avez-vous caché?

(Elle va d'un pas rapide vers le chœur qui s'éloigne d'elle. Les sons d'une marche funèbre se font entendre au loin.)

LE CHŒUR. — Malheur! malheur!

ISABELLA. — Caché, qui? Qu'est-ce qui est vrai? Vous êtes muets et consternés; vous semblez la comprendre. Je démêle dans vos regards, dans vos voix, dans vos discours interrompus, quelque chose de fatal que l'on me cache. Qu'est-ce donc? Pourquoi tournez-vous vers la porte des regards d'effroi, et qu'est-ce que ces sons que j'entends?

LE CHŒUR (BOHÉMOND). — Ils approchent! ils vont éclaircir ces horribles mystères. Sois courageuse, princesse; affermis ton cœur; supporte avec force ce qui t'attend; montre une mâle fermeté dans cette mortelle douleur.

ISABELLA. — Qu'est-ce qui approche? qu'est-ce qui m'attend? J'entends le son lugubre des chants funèbres retentir dans le palais. Où sont mes fils?

(Le premier chœur apporte le corps de don Manuel sur un brancard, et le place sur le côté de la scène qui est resté vide. Un voile noir couvre le brancard.)

ISABELLA, BÉATRICE, DIÉGO, LES DEUX CHOEURS.

PREMIER CHŒUR (GAÉTAN). — Suivi de la plainte, le malheur se promène à travers les rues des cités; il rôde furtivement autour des demeures des hommes : un jour il vient frapper à cette porte, le lendemain à cette autre; mais il n'a encore épargné personne. Le triste et redouté messager vient tôt ou tard se placer sur chaque seuil où habite un vivant.

BÉRENGER. — Lorsque les feuilles tombent au déclin de l'année, lorsque le vieillard épuisé descend au tombeau, la nature ne fait qu'obéir tranquillement à ses antiques lois, à son ordre éternel, et il n'y a rien là qui épouvante les hommes.

Mais dans cette terrestre vie, il faut aussi apprendre à craindre des malheurs extraordinaires. Le meurtre, de sa violente main, brise même les nœuds les plus saints; le trépas entraîne aussi dans la barque du Styx la jeunesse encore dans sa fleur.

GAÉTAN. — Quand les nuages s'amoncellent dans le ciel obscurci, quand le tonnerre fait entendre ses sourds roulements, alors, alors tous les cœurs se rappellent le pouvoir terrible du destin; mais la foudre peut aussi tomber d'un ciel sans nuages : ainsi, dans tes jours de joie, redoute l'approche funeste de l'infortune; n'attache point ton cœur aux biens fragiles qui ornent la vie. Que celui qui possède sache perdre; que celui qui est heureux apprenne à souffrir.

ISABELLA. — Que vais-je entendre? Que cache ce drap? (*Elle fait un pas vers le brancard, puis s'arrête irrésolue et tremblante*). Je me sens entraînée par une impulsion horrible et en même temps arrêtée et glacée par la froide main de la terreur. (*A Béatrice qui s'est jetée entre elle et le brancard*). Laisse-moi; quoi que ce soit, je veux lever ce voile. (*Elle lève le linceul et voit le corps de don Manuel*). Ah! puissances célestes, c'est mon fils!

(*Elle demeure glacée d'effroi. Béatrice jette un cri, et tombe évanouie près du corps de don Manuel.*)

LE CHŒUR (GAÉTAN, BÉRENGER, MANFRED). — Malheureuse mère! c'est ton fils! C'est toi qui as dit ces douloureuses paroles; mes lèvres ne les ont point prononcées.

ISABELLA. — Mon fils! mon cher Manuel! O éternelle miséricorde! Était-ce ainsi que je devais te revoir? Fallait-il

donc que tu donnasses ta vie pour racheter ta sœur des
mains des brigands? Où était ton frère, que son bras n'a pu
te défendre? Ô maudite soit la main qui t'a percé de cette
blessure! Maudite celle qui a donné le jour à l'assassin de
mon fils! Maudite soit toute sa race!

LE CHŒUR. — Malheur! malheur! malheur!

ISABELLA. — Est-ce ainsi que vous me tenez parole, puissances du ciel? Est-ce là votre vérité? Malheur à celui qui
se confie à vous dans la pureté de son cœur! Est-ce là
l'issue de ce que j'ai espéré, de ce que j'ai redouté? Vous
qui m'entourez ici avec effroi, et qui repaissez vos regards
de ma douleur, apprenez les mensonges dont nous abusent
et les songes et les devins! et croyez encore que les dieux
parlent par leur bouche!... Quand je me sentis mère de
cette fille, son père rêva un jour qu'il voyait s'élever de
sa couche royale deux lauriers; entre eux croissait un
lis, qui, se changeant en flamme, s'attacha à l'épais feuillage
des arbres, et, s'élançant avec furie, embrasa rapidement
tout le palais et le consuma dans un horrible embrasement.
Effrayé de cette étrange vision, le prince en demanda le
sens à un devin, à un noir magicien. Le magicien déclara
que si mon sein donnait le jour à une fille, elle serait la
meurtrière de ses deux fils et anéantirait sa race.

LE CHŒUR (GAÉTAN et DOHÉMOND). — Princesse, que dis-tu?
Malheur! malheur!

ISABELLA. — Son père ordonna de la faire périr; mais je
l'ai soustraite à cet arrêt cruel. Pauvre infortunée! elle fut
enlevée, enfant, du sein de sa mère afin de ne pas être,
devenue grande, la meurtrière de ses deux frères. Et
maintenant son frère tombe sous les coups des brigands;
ce n'est pas elle, innocente, qui l'a frappé.

LE CHŒUR. — Malheur! malheur! malheur!

ISABELLA. — Les paroles d'un idolâtre ne méritaient
pour moi aucune croyance. Une meilleure espérance avait
raffermi mon âme. Une autre bouche, que je tenais pour
véridique, m'avait annoncé qu'un jour ma fille réunirait
dans un ardent amour les cœurs de mes fils... Ainsi les
oracles se contredisaient, plaçant à la fois la malédiction
et la bénédiction sur la tête de ma fille. La malédiction n'a

pas été sa faute, l'infortunée; et le temps ne lui a pas été donné d'accomplir la bénédiction. Les paroles de l'un comme celles de l'autre ont été mensongères. L'art des devins n'est qu'un vain néant; ils se trompent ou nous trompent. Rien de vrai sur l'avenir ne se laisse saisir, soit qu'on puise aux ondes infernales, soit qu'on puise aux sources de la lumière.

PREMIER CHŒUR (GAÉTAN). — Malheur! malheur! que dis-tu? Arrête, arrête; retiens les emportements téméraires de ta langue. Les oracles savent voir et atteindre la vérité, et l'événement louera leur prévoyance.

ISABELLA. — Je ne retiendrai point mes paroles, je dirai hautement ce que me dicte mon cœur. Ah! pourquoi visitons-nous les demeures sacrées, et levons-nous vers le ciel nos mains pieuses? Crédulité insensée ! Que gagnons-nous à notre foi? Il est aussi impossible d'atteindre jusqu'aux dieux, ces habitants du ciel, que de frapper la lune d'une flèche. L'avenir est fermé aux mortels, et aucune prière ne peut pénétrer à travers un ciel d'airain. Qu'importe que l'oiseau vole à droite ou à gauche? qu'importe que telle étoile soit en conjonction avec telle autre? le livre de la nature n'offre aucun sens; l'intelligence des songes n'est qu'un songe, et tous les signes sont trompeurs.

SECOND CHŒUR. — Arrête, infortunée! Malheur! malheur! Tes yeux aveugles nient la lumière du soleil. Les dieux existent, reconnais-les eux qui, terribles, t'environnent.

BÉATRICE. — O ma mère, ma mère, pourquoi m'as-tu sauvée? Pourquoi ne m'as-tu pas abandonnée à la malédiction qui me poursuivait même avant ma naissance? Ah! faiblesse maternelle! Pourquoi te croyais-tu plus sage que ceux qui voient tout, qui savent l'enchaînement des temps présents et des temps futurs, qui voient de loin de tardives semences germer dans l'avenir? Tu as pour ta ruine, pour la mienne, pour celle de nous tous, dérobé aux dieux de la mort la proie qu'ils réclamaient; maintenant ils la saisissent double, triple. Je ne te remercie point de ce funeste présent, tu m'as conservée pour la douleur et les larmes.

PREMIER CHŒUR (GAÉTAN), *regardant vers la porte avec une vive émotion.* — Rouvrez-vous, tristes blessures; coulez, coulez, et répandez un noir ruisseau de sang!

BÉRENGER. — J'entends les sifflements des serpents de l'enfer; j'entends des pieds d'airain retentir sur le sol; je reconnais les pas des Furies.

GAÉTAN. — Murs, écroulez-vous; seuil de ce palais, engloutis-toi sous ces pas redoutables. Noires vapeurs, élevez-vous fumantes du fond de l'abîme. Évanouis-toi, douce lumière du jour. Fuyez, dieux protecteurs de la maison, fuyez, et cédez la place aux déesses de la vengeance.

DON CÉSAR, ISABELLA, BÉATRICE, LE CHŒUR.

(A l'arrivée de don César, le chœur se divise des deux côtés du théâtre, s'écartant de lui et le laissant seul sur le milieu de la scène.)

BÉATRICE. — Malheur à moi! c'est lui!

ISABELLA *s'avance vers lui.* — O César! ô mon fils! devais-je te revoir ainsi? Regarde, et vois le crime d'une main maudite de Dieu.

(Elle le conduit vers le corps de don Manuel. Don César recule avec effroi et détourne la vue.)

PREMIER CHŒUR. — Rouvrez-vous, tristes blessures; coulez, coulez, ruisseaux de sang, jaillissez en noirs torrents.

ISABELLA. — Tu frémis et demeures interdit! Oui, c'est là tout ce qui reste de ton frère. Là gisent mes espérances. Elle a péri dans son germe naissant, la fleur de votre amitié, et je n'en verrai point les heureux fruits.

DON CÉSAR. — Console-toi, ma mère; notre amitié était sincère; mais le ciel voulait du sang.

ISABELLA. — Oh! je sais que tu l'aimais, je voyais avec ravissement les doux liens qui se formaient entre vous. Tu l'aurais porté dans ton cœur; tu voulais réparer avec usure les années perdues. Un meurtre sanglant l'a enlevé à ton amour... Maintenant tu ne peux plus que le venger.

DON CÉSAR. — Viens, ma mère, viens; ce n'est pas ici ta place. Arrache-toi à ce funeste spectacle.

(Il veut l'entraîner.)

ISABELLA *le serre dans ses bras.* — Tu vis encore pour moi! Tu es maintenant mon fils unique.

BÉATRICE. — Malheur! ma mère! que fais-tu?

DON CÉSAR. — Oui, répands tes larmes sur ce cœur fidèle. Ton fils n'est pas perdu pour toi; son amour vit encore immortel dans le sein de ton César.

LE CHŒUR. — Rouvrez-vous, tristes blessures; coulez, coulez, ruisseaux de sang, jaillissez en noirs torrents.

ISABELLA, *leur prenant la main à l'un et à l'autre.* — O mes enfants!

DON CÉSAR. — Je suis heureux de la voir dans tes bras, ma mère. Oui, elle est ta fille. Ma sœur...

ISABELLA. — Mon fils, je te remercie; je te dois sa délivrance, tu as tenu parole, tu me l'as envoyée.

DON CÉSAR *étonné.* — Qui, dis-tu, ma mère, que je t'ai envoyée?

ISABELLA. — Elle, que tu vois devant toi, ta sœur.

DON CÉSAR. — Elle, ma sœur!

ISABELLA. — Et quelle autre?

DON CÉSAR. — Ma sœur?

ISABELLA. — Que toi-même m'as envoyée.

DON CÉSAR. — Et sa sœur à lui?

LE CHŒUR. — Malheur! malheur! malheur!

BÉATRICE. — O ma mère!

ISABELLA. — Je demeure interdite; parlez.

DON CÉSAR. — Maudit soit le jour où je suis né!

ISABELLA. — Qu'est-ce donc? Dieu!

DON CÉSAR. — Maudit soit le sein qui m'a porté! maudit soit ton silence mystérieux, cause de toutes ces horreurs! Que la foudre qui doit frapper ton cœur éclate enfin! je ne puis l'arrêter plus longtemps. C'est moi, le sais-tu? qui ai frappé mon frère, parce que je l'ai surpris dans ses bras à elle. C'est elle que j'aime, c'est elle que j'avais choisie pour épouse. J'ai trouvé mon frère dans ses bras. Tu sais tout à présent. S'il est vrai qu'elle est sa sœur et la mienne, je suis coupable d'un crime qu'aucun repentir, aucune expiation ne peut faire pardonner.

LE CHŒUR (BOHÉMOND). — Il a tout dit; tu as tout entendu: tu sais le plus horrible secret, il ne te reste plus rien à apprendre. Comme le devin l'avait annoncé, ainsi tout s'est accompli ; car personne n'a pu encore échapper à son destin : et qui croit l'éviter par sa prudence travaille lui-même à l'accomplir.

ISABELLA. — Et que m'importe, à moi, si les dieux se sont montrés imposteurs, ou s'ils ont annoncé la vérité ? Ne m'ont-ils pas fait tout le mal possible ? Je les défie maintenant de me porter de plus rudes coups. Qui n'a plus à trembler pour rien ne les redoute plus. Mon fils chéri gît assassiné, et je renie moi-même celui qui survit ; il n'est pas mon fils : mon sein a conçu et nourri un monstre qui a donné la mort à mon fils bien-aimé. Viens, ma fille ! notre présence est de trop ici. J'abandonne cette maison aux esprits de vengeance : un crime m'y avait introduite, j'en suis chassée par un crime ; j'y suis entrée à contre-cœur, je l'ai habitée dans la crainte, et j'en sors dans le désespoir. J'ai beaucoup souffert, et sans être coupable ; mais les oracles ont eu raison, et les dieux sont satisfaits.

(Elle sort. Diégo la suit.)

BÉATRICE, DON CÉSAR, LE CHOEUR.

DON CÉSAR, *retenant Béatrice*. — Demeure, ma sœur ; ne m'abandonne pas. Que ma mère me maudisse ; que ce sang crie contre moi et m'accuse devant le ciel ; que tout le monde me condamne ; mais, toi, ne me maudis pas ; de toi je ne pourrais le supporter. (*Béatrice jette un regard sur le corps de don Manuel.*) Ce n'est pas ton amant que j'ai tué ; c'est ton frère, c'est le mien que j'ai assassiné. Celui qui n'est plus ne te tient pas de plus près que celui qui est vivant ; et je suis plus digne de pitié que lui ; il est mort innocent, et je suis criminel (*Béatrice fond en pleurs.*) Oui, pleure ton frère ; je le pleurerai avec toi ; je ferai plus, je le vengerai. Mais ce n'est pas ton amant que tu pleures ? Je ne souffrirais pas qu'il obtînt une telle préférence. Laisse-moi jouir d'une seule, d'une dernière consolation ; laisse-moi la puiser dans l'abîme profond de nos douleurs : c'est qu'il ne t'est pas plus proche que moi. Le dénoûment de notre terrible sort a rendu nos droits égaux comme nos malheurs. Enveloppés dans le même piége, tous trois enfants de la même mère, nous succombons ensemble, et nous avons un droit égal aux larmes. Mais si je pouvais penser que ta douleur est pour l'amant plus que pour le frère, la rage et l'envie se mêleraient à mon désespoir, et la dernière consolation de mes maux m'abandonnerait : ce ne serait plus avec joie que j'offrirais, comme je le veux, la dernière victime à ses mânes. Oui, cette âme ira le rejoindre doucement, si je suis seulement assuré que tu confondras sa cendre et la mienne dans une même urne. (*Il la presse dans ses bras avec une vive tendresse.*) Je t'ai aimée comme je n'avais rien aimé, lorsque tu n'étais encore qu'une étrangère pour moi : c'est parce que je t'aimais au delà de toutes les bornes, que je suis chargé de la malédiction du fratricide. T'aimer a été tout mon crime. Maintenant tu es ma sœur, et j'implore ta pitié comme un droit sacré. (*Il la regarde et l'interroge des yeux avec une douloureuse anxiété, ensuite il se détourne d'elle vivement.*) Non, non, je ne puis voir ces larmes. La présence de celui qui n'est plus m'ôte tout courage, et le doute déchire mon cœur. Laisse-moi mon erreur; va pleurer en secret : ne me revois jamais, jamais. Je ne veux revoir ni toi, ni ma mère, elle ne m'a jamais aimé : son cœur s'est enfin trahi; la douleur l'a dévoilé : elle l'a appelé son fils bien-aimé. Ainsi, sa vie entière s'est passée dans la dissimulation. Et tu es fausse comme elle ! Ne te contrains plus; montre-moi ton aversion : tu ne reverras plus mon odieux visage. Adieu pour toujours.

(Il sort. Elle demeure indécise et combattue par des sentiments contraires, puis elle se détermine à sortir.)

LE CHŒUR (GAÉTAN) *seul.*

Il doit être proclamé bienheureux celui qui, dans le calme des champs, loin du tourbillon de la vie, pose comme un enfant sur le sein de la nature. Mon cœur est oppressé, dans les palais des rois, lorsque je vois les plus grands et les meilleurs précipités en un clin d'œil du faîte de la prospérité.

Honneur aussi à celui qui s'est pieusement consacré au Seigneur, qui, loin des vagues orageuses de la vie, attend en paix l'heure de la délivrance dans la paisible cellule du cloître. Il a rejeté l'ambitieuse recherche des honneurs et toutes les vaines et insatiables convoitises. Le fougueux pouvoir des passions ne peut venir le saisir dans le tumulte de la vie : jamais dans le calme de son asile il n'aperçoit le triste aspect de l'humanité. Le crime et l'adversité ne peuvent atteindre qu'à des hauteurs limitées ; de même que la contagion fuit les lieux élevés, ils mêlent leur infection aux vapeurs des cités.

BÉRENGER, BOHÉMOND, MANFRED. — La liberté est sur les montagnes. Les exhalaisons de la tombe ne peuvent s'élever dans un air si pur. Partout où l'homme ne vient pas apporter ses misères, le monde est parfait.

Tout le chœur reprend. — La liberté est.....

DON CÉSAR, LE CHŒUR.

DON CÉSAR, *avec une contenance plus assurée.* — Je veux ici, pour la dernière fois, user du droit de souverain. Ces restes précieux seront confiés au tombeau, car c'est là le dernier hommage à rendre à ceux qui ne sont plus. Écoutez mes tristes volontés, et conformez-vous exactement à ce que je vous aurai ordonné. Vous avez le souvenir encore récent du triste devoir dont vous vous êtes acquittés, il n'y a pas longtemps, lorsque vous avez accompagné au tombeau le corps de votre prince. Le glas de la mort retentit encore dans ces murs, et un cadavre suivra de si près l'autre cadavre dans le caveau, que les flambeaux funéraires pourront s'allumer aux autres flambeaux funéraires, que les deux cortéges lugubres pourront se rencontrer sur les marches souterraines. Ordonnez donc une solennité funèbre dans l'église de ce palais, qui renferme la cendre de mon père ; qu'on tienne les portes fermées, et que tout se passe en silence, comme alors.

LE CHŒUR (BOHÉMOND). — Les préparatifs seront promptement achevés, seigneur ; car le catafalque, monument de cette triste cérémonie, est encore debout : aucune main n'a touché à cet appareil funèbre.

DON CÉSAR. — Ce n'était pas un heureux signe que l'entrée du sépulcre demeurât ouverte dans la demeure des vivants. Et d'où vient qu'après le triste office on n'a pas enlevé aussitôt ce sinistre appareil?

LE CHŒUR (BOHÉMOND). — Le malheur des temps, et la déplorable discorde qui bientôt après éclata, et divisa Messine en deux factions ennemies, détourna nos yeux des morts, et ce sanctuaire demeura abandonné et fermé.

DON CÉSAR. — Ainsi, occupez-vous sans retard de ces soins. Que cette nuit même l'œuvre lugubre soit accomplie. Le prochain soleil doit trouver cette maison purgée de crimes, et éclairer une race plus heureuse.

(Le second chœur s'éloigne en emportant le corps de don Manuel.)

DON CÉSAR, LE PREMIER CHŒUR.

LE CHŒUR (GAÉTAN). — Dois-je appeler ici la pieuse confrérie des moines pour que, d'après l'usage antique de l'Église, elle célèbre l'office funèbre, et avec ses chants sacrés accompagne le mort au repos éternel?

DON CÉSAR. — Les pieux cantiques pourront retentir sur notre tombeau, à la lueur des cierges, jusqu'à la fin des siècles; aujourd'hui il n'est pas besoin de leur saint ministère : le meurtre sanglant repousse ce qui est pur et sacré.

LE CHŒUR (GAÉTAN). — Oh! seigneur, ne prends pas contre toi-même une résolution sanglante, tandis que tu es dans l'égarement du désespoir. Personne dans le monde n'a le droit de te punir, et un pieux repentir apaise la colère du ciel.

DON CÉSAR. — Si personne dans le monde n'a le droit de me juger ni de me punir, c'est donc à moi à remplir ce devoir envers moi-même. L'expiation de la pénitence peut, je le sais, être acceptée du ciel; mais le sang seul peut expier le sang.

LE CHŒUR (GAÉTAN). — Il te faut briser l'effort de la tempête déchaînée contre ta maison, et non point accumuler malheurs sur malheurs.

DON CÉSAR. — Je détruis, en mourant, l'ancienne malédiction de cette maison. Il n'y a que ma mort volontaire qui puisse rompre les anneaux de la chaîne du destin.

LE CHŒUR (GAÉTAN). — Tu nous as enlevé notre autre souverain : tu te dois comme prince à ce peuple orphelin.

DON CÉSAR. — Je dois d'abord acquitter ma dette envers les divinités de la mort ; un autre dieu prendra soin des vivants.

LE CHŒUR (GAÉTAN). — Tant qu'on jouit de la clarté du jour, il reste l'espérance : la mort seule n'en laisse aucune ; songes-y bien.

DON CÉSAR. — Et toi, songe à remplir en silence tes devoirs de serviteur. Laisse-moi obéir à l'esprit terrible qui me domine ; les créatures heureuses ne peuvent pas lire dans mon âme. Si tu ne respectes et ne crains pas en moi ton souverain, crains du moins le criminel que poursuit la plus affreuse malédiction ; respecte du moins le malheureux dont la tête est sacrée même pour les dieux. Celui qui éprouve ce que je souffre dans le cœur n'a plus aucun compte à rendre sur la terre.

DONNA ISABELLA, DON CÉSAR, LE CHOEUR.

ISABELLA. *Elle entre à pas lents et jette un regard irrésolu sur don César ; enfin elle s'approche de lui et lui parle d'un ton assuré.* — Mes yeux ne devaient plus te voir : ainsi je me l'étais promis dans ma douleur. Mais elles sont variables et fugitives, les résolutions qu'une mère égarée par le désespoir a pu prendre contre la voix de la nature. Mon fils, une sinistre nouvelle m'a tirée de la solitude et de l'affliction... Dois-je le croire ? Est-il vrai qu'un même jour doive me ravir mes deux fils ?

LE CHŒUR (GAÉTAN). — Tu le vois fermement résolu à franchir d'un pas assuré les portes de la mort. C'est à toi à éprouver maintenant la force du sang et le pouvoir des touchantes prières d'une mère : mes paroles ont été superflues.

ISABELLA. — Je révoque les imprécations que dans l'éga-

rement d'une douleur aveugle j'avais proférées sur ta tête
chérie : une mère ne peut maudire le fils que son sein a
porté, qu'elle a enfanté avec douleur. Le ciel n'écoute point
ces vœux impies: du haut de la voûte azurée ils retom-
bent sous le poids des larmes. Vis, mon fils ! J'aime mieux
voir le meurtrier d'un de mes enfants que de les pleurer
tous les deux.

DON CÉSAR. — Tu n'as pas bien réfléchi, ma mère, à ce
que tu souhaites, ni pour toi-même ni pour moi : ma place
ne peut plus être parmi les vivants. Quand tu pourrais, ma
mère, supporter l'aspect du meurtrier abhorré de Dieu, je
ne pourrais supporter les reproches muets de ton chagrin
éternel.

ISABELLA. — Aucun reproche ne t'affligera; aucune
plainte proférée ni muette ne percera ton cœur : ma douleur
se changera en paisible affliction. Nous gémirons ensemble
sur nos malheurs; nous pleurerons sur le crime en le
voilant.

DON CÉSAR *lui prend la main, et avec une voix plus
douce :* — Oui, ma mère, tu le feras; oui, tout se passera
ainsi : ta douleur se changera en paisible affliction. Oui,
lorsqu'un seul convoi réunira le meurtrier à la victime,
lorsqu'une même pierre renfermera la double poussière,
lorsque la malédiction sera désarmée, alors tu ne sépare-
ras plus tes deux fils; les larmes que verseront tes nobles
yeux, couleront pour l'un comme pour l'autre. C'est une
puissante médiatrice que la mort. Là s'éteignent les feux
de la colère, la haine s'apaise, et la douce pitié vient,
comme une sœur, se pencher sur l'urne, et pleurer en
la serrant dans ses bras. Ma mère, ne me détourne plus;
laisse-moi descendre dans la tombe et désarmer la malédiction.

ISABELLA. — La chrétienté compte plus d'un lieu de miséricorde où, dans un pieux pèlerinage, les âmes souf-
frantes vont trouver le repos. La sainte maison de Lorette
a soulagé de leur fardeau bien des coupables; une céleste
vertu de bénédiction réside dans le saint Sépulcre qui a
délivré le monde du péché. Les prières des fidèles ont aussi
un grand pouvoir; elles ont un mérite surabondant aux

yeux de Dieu; et sur la place où le meurtre a été commis peut s'élever un temple expiatoire.

DON CÉSAR. — On peut bien retirer la flèche du cœur, mais la blessure ne peut être guérie. Vive qui voudra d'une vie de contrition, expiant par les continuelles austérités de la pénitence une faute éternelle; pour moi, ma mère, je ne puis vivre avec le cœur brisé : il faut que je puisse regarder d'un œil satisfait le bonheur d'autrui; que je puisse m'élancer avec un esprit libre vers les régions éthérées. L'envie empoisonnait mon existence, lorsque nous partagions également ton amour. Penses-tu que je supporte l'avantage que ta douleur lui donnerait sur moi? La mort a le pouvoir d'épurer tout ce qui entre dans son palais impérissable; les choses de la terre y prennent l'éclat et la pureté de la vertu la plus accomplie; les défauts et les taches de l'humanité y sont effacés. Autant les étoiles sont au-dessus de la terre, autant il paraîtrait au-dessus de moi; et si une vieille envie nous a divisés pendant la vie, quand nous étions égaux et frères, combien ne rongerait-elle pas mon cœur sans relâche, maintenant qu'il a sur moi l'avantage de la vie éternelle, et que sans rival il vivra comme un dieu dans la mémoire des hommes!

ISABELLA. — Ne vous aurais-je donc appelés à Messine que pour célébrer vos funérailles? Je vous ai mandés ici pour vous réconcilier, et un destin funeste a fait tourner contre moi toutes mes espérances.

DON CÉSAR. — Ne reproche rien au destin, ma mère, il a tenu tout ce qu'il avait promis. Nous avons passé ces portes avec des espérances de paix, et en effet nous reposerons paisiblement ensemble, et réconciliés pour toujours, dans la demeure de la mort.

ISABELLA. — Vis, mon fils; ne laisse point ta mère sans amis sur une terre étrangère, en proie aux railleries des cœurs sans pitié, parce qu'elle n'est plus protégée par la puissance de ses fils.

DON CÉSAR. — Si un monde froid et insensible te raille, réfugie-toi auprès de notre tombeau, et invoque la divinité de tes fils; car alors nous serons des gémeaux célestes; nous t'entendrons, et, comme ces astres fraternels, propices aux matelots, nous nous montrerons pour te consoler et fortifier ton âme.

ISABELLA. — Vis, mon fils, vis pour ta mère: je ne puis supporter de tout perdre.

(Elle le prend dans ses bras avec un mouvement passionné. Il se dégage doucement, lui tend la main et détourne les yeux.)

DON CÉSAR. — Adieu.

ISABELLA. — Hélas! j'éprouve avec douleur que ta mère n'a sur toi aucun pouvoir. N'est-il aucune voix qui soit plus puissante que la mienne sur ton cœur. (*Elle va vers le fond du théâtre.*) Viens, ma fille. Puisque son frère mort l'entraîne avec tant de force dans le tombeau, peut-être sa sœur chérie pourra-t-elle, par le prestige des espérances de la vie, le rappeler à la clarté du jour.

BÉATRICE *paraît au fond du théâtre*; DONNA ISABELLA, DON CÉSAR *et* LE CHŒUR.

DON CÉSAR, *vivement ému à la vue de Béatrice, cache son visage.* — Ah! mère, mère! qu'as-tu fait?

ISABELLA, *conduisant sa fille.* — Sa mère l'a en vain supplié. Implore-le, conjure-le de vivre.

DON CÉSAR. — O artifice maternel! tu veux encore m'éprouver! tu veux que je soutienne un nouveau combat! tu veux que la lumière du soleil me devienne plus précieuse au moment où je la quitte pour la nuit éternelle! Je la vois là devant moi comme l'ange gracieux de la vie, répandant avec profusion de la plus riche urne d'abondance des fleurs sans nombre et des fruits dorés qui exhalent les parfums de ce monde : mon cœur s'épanouit aux rayons brûlants du soleil; et dans mon sein déjà mort l'espérance se réveille avec l'amour de la vie.

ISABELLA. — Conjure-le de ne pas nous dérober notre seul appui; il t'écoutera, toi, ou personne.

BÉATRICE. — Le mort bien aimé exige une victime. Elle doit lui être offerte, ma mère; mais laissez-moi être cette victime. Je fus destinée à la mort même avant d'avoir vu le jour. La malédiction qui poursuit cette maison me réclame, et la vie dont j'ai vécu est un larcin fait au ciel; c'est moi qui l'ai tué, c'est moi qui ai réveillé vos discordes assoupies, c'est à moi qu'il appartient d'apaiser ses mânes.

LE CHŒUR (GAÉTAN). — O malheureuse mère! tes enfants courent à l'envi à la mort, et t'abandonnent, délaissée, dans une solitude sans consolations, dans une vie sans affections.

BÉATRICE. — Toi, mon frère, conserve ta tête chérie! vis pour ta mère, elle a besoin de son fils! Aujourd'hui, pour la première fois, elle a connu sa fille, et elle pourra se passer facilement de ce qu'elle n'a jamais possédé.

DON CÉSAR, *avec une profonde douleur.* — Nous pouvons, ma mère, ou vivre ou mourir, peu lui importe; il lui suffit de rejoindre celui qu'elle aime.

BÉATRICE. — Portes-tu envie à la cendre de ton frère?

DON CÉSAR. — Il vit d'une vie heureuse, dans ta douleur: moi, je serai mort d'une mort éternelle.

BÉATRICE. — O mon frère!

DON CÉSAR, *avec l'expression de la plus vive passion.* — Ma sœur, est-ce sur moi que tu pleures?

BÉATRICE. — Vis pour ta mère!

DON CÉSAR *laisse sa main qu'il avait saisie.* — Pour ma mère?

BÉATRICE *s'approche de lui et se penche sur son sein.* — Vis pour elle, et console ta sœur.

LE CHŒUR (BOHÉMOND). — Elle a vaincu; il n'a pu résister aux supplications touchantes d'une sœur. Mère inconsolable, rouvre ton cœur à l'espérance; il renonce à la mort : tu conserveras ton fils!

(En ce moment, on entend un chant d'église. Les portes du fond s'ouvrent; on aperçoit dans l'église le catafalque dressé, et le cercueil entouré de flambeaux.)

DON CÉSAR, *se tournant vers le cercueil.* — Non, mon frère, je ne veux point te dérober ta victime; ta voix, du fond de ce cercueil, est plus puissante sur moi que les larmes d'une mère, plus puissante que les prières de l'amour : je presse dans mes bras ce qui pourrait rendre la vie terrestre égale au sort des dieux. Mais que moi, le meurtrier, je puisse goûter le bonheur, tandis que ta sainte

vertu demeurerait sans vengeance au fond du tombeau !
L'arbitre souverain de nos destinées ne peut permettre un
tel partage dans son univers. J'ai vu les larmes couler
aussi pour moi; mon cœur est satisfait; je te suis.

(Il se frappe d'un poignard, et tombe aux pieds de sa sœur; elle se
    jette dans les bras de sa mère.)

LE CHŒUR (GAÉTAN), *après un profond silence.*—Je demeure
glacé, et je ne sais si je dois déplorer ou louer son sort;
mais ce que je reconnais et ce que je sens vivement, c'est
que la vie n'est pas le plus grand des biens, et que le crime
est le plus grand des maux.

FIN DE LA FIANCÉE DE MESSINE.

GUILLAUME TELL

DRAME

NOTICE

GUILLAUME TELL

Guillaume Tell est sans contredit le chef-d'œuvre du théâtre de Schiller et aussi de la scène allemande. Sans rien perdre de la simplicité et de la gravité de l'histoire, le drame s'y élève naturellement à la plus pure et à la plus belle poésie. Une grande question politique domine et remplit l'action, sans rien ôter aux personnages de leur individualité et de leur vie propre. Les scènes les plus naïves placées à côté des scènes les plus majestueuses, complètent l'effet et ajoutent à l'harmonie de l'ensemble. Le style calme et noble ne s'abaisse et ne s'enfle jamais; il associe à l'élévation des pensées un ton simple et vrai.

Le cadre même a une incomparable grandeur qui exerce une impression profonde. Les magnificences de la nature alpestre, dépeintes par quelques traits d'une exactitude saisissante, transportent tout d'abord le spectateur au milieu de ces montagnes de la Suisse, barrières éternelles contre la tyrannie étrangère et remparts inviolables des antiques mœurs et de la liberté. Quelle admirable exposition forment ces chants du pâtre, du pêcheur et du chasseur de chamois tout à coup interrompus par le cri de détresse de Baumgarten. — Cet homme devenu meurtrier malgré lui pour venger son honneur, et maintenant tremblant et fugitif, n'est-ce pas l'image de la Suisse révoltée contre les maîtres étrangers qui au malheur lui font joindre le crime, et cependant courbée sous le joug qu'elle n'ose soulever? Comme Baumgarten, la Suisse veut un libérateur; comme lui elle le trouvera dans Guillaume Tell. La première scène n'indique pas seulement la situation, elle indique d'avance le dénoûment.

Cependant Tell, homme d'action et d'énergie, n'est ni un penseur profond ni un conspirateur. S'il voit les maux de son pays avec douleur et indignation, il ne saurait réfléchir ni délibérer sur les moyens d'y remédier. Son patriotisme n'a rien d'abstrait, il n'existe pas tout formé à l'avance dans son esprit. Il sommeille au fond de son cœur sous les sentiments du père et de l'époux. Il s'éveillera avec une passion d'autant plus forte et une ardeur invincible le jour où, frappé dans ses affections de famille, il tremblera pour l'avenir et pour la sécurité des plus chers objets de sa tendresse. Que d'autres s'inquiètent des anciennes traditions nationales, des prétentions nouvelles de l'Autriche et des avantages de l'union avec l'Empire ; il refuse de partager ces inquiétudes pour lesquelles il ne se sent pas fait. Il pense que le serpent ne pique que quand il est provoqué, et il espère, par son calme, échapper à l'oppression.

L'initiative de l'œuvre d'affranchissement ne lui appartient pas. Il a sauvé Baumgarten, cela lui suffit. D'autres à sa place doivent comprendre et réfléchir. Il faut que le soulèvement du pays, lorsqu'il éclatera, ne paraisse pas un fait fortuit que la raison n'a pas préparé et approuvé d'avance. Une protestation immense et calme, accomplie avec une unanimité solennelle et avec l'observation des anciennes lois, doit précéder l'emploi de la force et lui donner comme une sanction qui le légitime. Stauffacher et Walter Furst, par leur fortune et par leur âge, par la gravité surtout de leur caractère, sont les dignes représentants d'une nation qui doit agir avec prudence et sagesse, sans précipitation et sans colère, pour le maintien de ses droits et pour la revendication de sa liberté. La noble et digne femme de Stauffacher, qui la première prononce le mot d'affranchissement, qui la première engage son mari à l'action, est comme animée de l'inspiration des prophétesses de l'ancienne Germanie, et semble donner à l'entreprise qu'elle conseille une consécration divine.

Le rôle joué par la femme de Stauffacher s'accorde parfaitement avec le caractère d'une lutte où l'intérêt du pays se confond avec l'intérêt de la famille, et où l'indépendance nationale est revendiquée au nom de la sécurité de la vie domestique. Tout rappelle que la révolution à laquelle on assiste s'accomplit en Suisse, dans le pays des mœurs douces et des vertus du foyer ; où nul ne connaît les ambitions ordinaires, et où nul ne se soulèvera que pour assurer l'inviolabilité de son toit et l'existence des siens.

L'excès de douleur de Melchtal, frappé dans son vieux père que le gouverneur d'Unterwald, pour une faute insignifiante de son fils, a condamné à perdre les yeux et a dépouillé de ses biens, amène l'explosion du désir de vengeance d'où sortira le pacte des trois cantons. La passion du jeune homme est trop légitime et trop violente pour ne pas précipiter vers l'action la volonté jusque-là contenue des deux vieillards. Tous trois mettent en commun leur ardeur et leur prudence pour opérer le grand soulèvement. L'assemblée du Rutli couronne leurs héroïques efforts en réunissant tous les hommes du pays dans une commune résolution. Rien de plus grandiose et de plus beau dans la pièce que la dignité avec laquelle a lieu la grande délibération, terminée par le serment solennel.

Tell n'a pas assisté à l'assemblée; mais ce que les autres ont décidé, ce dont ils ont remis à plus tard l'exécution, il va le faire dans un court délai, comme poussé par sa destinée et par une volonté d'en haut. Un hasard l'amène à Altdorf, en présence du ridicule symbole de l'autorité du gouverneur, et par une désobéissance involontaire, le livre au ressentiment du redoutable Gessler. L'action semble à ce moment perdre de ses proportions pour se résumer dans la lutte entre ces deux hommes. Tout le monde connaît la scène si dramatique que la légende fournissait à Schiller. Le poëte ne pouvait que la conserver. En plaçant la pomme fatale sur la tête de l'enfant, en imposant au père de tirer contre son propre fils, Gessler arme lui-même la main par laquelle il doit tomber. Son ordre était le renversement de toutes les lois de la nature; il a violemment transformé la nature de Tell, d'adversaire indifférent et pacifique il l'a rendu ennemi implacable. Après le meurtre monstrueux qu'il l'a exposé à commettre malgré lui, quel meurtre volontaire, expiation d'une pareille horreur, pourrait lui paraître un crime?

Tell pourtant, quand il voit son fils sauvé, pardonnerait à Gessler, si Gessler pouvait lui pardonner. La flèche mise en réserve pour la vengeance, il la laisse tomber dans le transport de sa joie. Mais sous un nouveau prétexte, il est désarmé et privé de sa liberté. Tell prisonnier sent qu'il ne peut plus rien pour sa famille demeurée sans défense et livrée à la haine de Gessler. Le tyran a déjà prouvé qu'il sait où frapper le plus cruellement sa victime. La pensée qui, dès ce moment, remplit l'esprit de Tell et y étouffe toute autre pensée, c'est qu'il lui faut choisir entre la vie de Gessler et celle de sa femme et de ses enfants. Qu'un second miracle s'accomplisse en sa faveur, qu'il échappe à la captivité, et nécessairement il faudra que son choix se fasse et que son choix s'accomplisse.

On a beaucoup discuté la moralité du meurtre accompli par Tell. On l'a représenté comme criminel et odieux, parce qu'il était accompli de sang-froid après une dernière délibération à laquelle un long monologue faisait assister le spectateur. Croire qu'il y a vraiment sang-froid et délibération dans un moment pareil, c'est ignorer la nature des passions en général, c'est se faire une fausse idée de l'état de l'âme de Tell. Que l'on comprenne la situation qui lui est faite par sa nature, par les événements et par le contre-coup qu'il en a ressenti, on sentira qu'une nécessité invincible s'impose à lui de tuer Gessler. Homme des affections de famille, menacé dans ces affections et ne voyant qu'un moyen de salut pour ceux qu'il aime, il les sauve par le moyen unique qui lui est laissé. C'est tout ce qu'il sait, c'est tout ce qu'il veut. Il ne songe pas à se venger; il ne fait qu'exercer le droit de légitime défense et obéir à une loi éternelle. Il sent qu'en sauvant les siens il sauve son pays, et ce sentiment achève de rassurer sa conscience et d'affermir sa volonté. L'odieux du caractère de Gessler semble d'ailleurs devoir faire prononcer contre lui au dernier moment, par chaque spectateur, la sentence que Tell exécute. Gessler allant fouler sous les pieds de son cheval une femme qui lui demande grâce avec ses enfants dans les bras, la flèche de Tell, qui l'arrête, semble moins lancée d'une main humaine que par la volonté de l'éternelle justice.

Le mort de Gessler ne termine pas la pièce, mais seulement le quatrième acte. Elle prépare le dénoûment, elle n'est pas le dénoûment. Elle supprime le plus grand obstacle à l'affranchissement, elle n'opère pas cet affranchissement. L'arrestation de Tell a fait hâter l'exécution de ce qui avait été arrêté au Rutli. Les châteaux forts, instruments de la servitude du pays, ont été pris et rasés, les gouverneurs expulsés du territoire, et le pays se trouve délivré. C'est le fait qui conclut tout. Le poëte pourtant ne s'y est pas tenu. Il a voulu y joindre comme une conclusion morale sur le caractère même de l'acte par lequel le grand fait de la délivrance nationale a été surtout rendu possible; il revient dans une dernière scène sur la moralité du meurtre de Gessler, et pour nous la rendre plus sensible, il met en présence Jean le parricide et Tell, pour montrer par ce contraste que le nom de meurtrier justement infligé au premier ne peut s'appliquer au second. /

En nous attachant à suivre l'action principale et à en reconnaître les divers incidents et le véritable caractère, nous avons omis quelques personnages qui jouent un rôle secondaire. mais non sans importance. Le mal de l'oppression n'est pas seulement dans la cruauté et dans les actes de barbarie, il est aussi dans la corruption qui pervertit les âmes. Rudenz, le jeune noble qui trahit son pays par amour pour une riche et belle héritière qu'il espère obtenir de l'Autriche, représente un moment la jeunesse corrompue par l'ambition et le plaisir, et qui préfère la servitude brillante des cours à la rude et mâle indépendance du pays natal. Attinghausen, au contraire, l'oncle de Rudenz, représente l'ancienne noblesse restée pure de tout contact avec l'étranger, fidèle à la patrie et qu'aucun faux orgueil ne sépare du peuple. Le vieillard mourant avant d'avoir vu la délivrance accomplie, c'est à son neveu converti à l'amour du pays par celle même pour qui il l'avait sacrifié, qu'il laisse l'honneur de renouer l'alliance entre le peuple et la noblesse. Cette alliance n'ôte rien aux paysans, aux montagnards du mérite de leur glorieuse initiative, elle présage seulement que ce qu'ils ont seuls su obtenir, ils ne seront pas seuls à le défendre et à le maintenir. Ces rôles épisodiques complètent ainsi d'effet général.

Il y aurait encore bien des personnages, des scènes et des contrastes à indiquer pour tenir compte des beautés prodiguées dans le détail de la composition. — Indépendamment de la femme de Stauffacher, il faudrait faire connaître la femme de Tell, Hedwige. Celle-ci est beaucoup moins héroïque que la première, elle appartient à une autre condition, elle est mère. Ses craintes, ses plaintes sont d'une grande vérité. Quel mélange de naïveté et de grandeur dans le dialogue entre Tell et son fils lorsqu'ils arrivent sur la place d'Altdorf. — Quel saisissant contraste entre les deux scènes, l'une dans la maison de Stauffacher, calme, paisible, ornée de belles sentences, et hospitalière, et l'autre sur la place d'Altdorf, où se bâtit au prix de la misère et du sang une prison pour les hommes libres et honnêtes. Quelle variété de mise en scène dans les deux tempêtes du premier et du quatrième acte, la première à laquelle nous assistons, la seconde décrite par des spectateurs qui y assistent du haut des rochers par lesquels elle nous est cachée. Quelle vérité, quel mouvement, quelle majesté dans les différents moments de la scène du Rutli ! Il faudrait revenir sur toutes les parties de la pièce et les apprécier des points de vue les plus divers, pour épuiser les sujets d'admiration qui s'offrent dans chacune.

Une objection que l'on a pu faire, c'est que le poëte prête à des montagnards sans culture un langage parfois trop élevé et trop poétique. Il ne faut pas oublier que ces montagnards sont des chefs de famille, appartenant à d'antiques maisons, constituant une sorte de noblesse, qu'ils ont reçu et pieusement conservé un héritage de mœurs antiques et de fière indépendance, que leur âme a pu naturellement se former et s'élever en présence des grands et beaux spectacles qui les entourent. Il est vrai qu'ils ne parlent pas comme des pâtres et des bergers ordinaires, mais les grandes choses qu'ils accomplissent avec tant de calme et de simplicité indiquent des âmes non communes, auxquelles, sans sortir de la vérité, le poëte a pu prêter un langage plus digne et plus noble.

GUILLAUME TELL

PERSONNAGES

HERMANN GESSLER, lieutenant de l'empereur à Schwitz et à Uri.

WERNER, baron d'ATTINGHAUSEN, seigneur banneret.

ULRICH DE RUDENZ, son neveu.

WERNER STAUFFACHER,
CONRAD HUNN,
ITEL-REDING,
JEAN AUF-DER-MAUER,
JORG DE HOFE,
ULRICH LE FORGERON,
JOST DE WEILER, } habitants de Schwitz.

WALTER FURST,
GUILLAUME TELL,
ROSSELMANN le curé,
PETERMANN le sacristain,
KUONI le berger,
WERNI le chasseur,
RUODI le pêcheur. } habitants d'Uri.

ARNOLD DE MELCHTAL,
CONRAD BAUMGARTEN,
MEIER DE SARNEN,
STRUTH DE WINKELRIED,
NICOLAS DE LA FLUE,
BURKHARDT DE BUHEL,
ARNOLD DE SEWA, } habitants d'Unterwald.

PFEIFFER, de Lucerne.
KUNZ, de Gersau.

JENNI, jeune pêcheur.
SEPPI, jeune berger.
GERTRUDE, femme de Stauffacher.
HEDWIGE, femme de Tell, fille de Furst.
BERTHE DE BRUNECK, riche héritière.
HERMENGARDE,
MATHILDE,
ÉLISABETH,
HILDEGARDE, } paysannes.

WALTER,
GUILLAUME, } fils de Tell.

FRIESSHARDT,
LEUTHOLD, } soldats.

RODOLPHE LE HARRAS, écuyer de Gessler.
JEAN LE PARRICIDE, duc de Souabe.
STUSSI le garde champêtre.
LA TROMPE D'URI.
UN MESSAGER DE L'EMPIRE.
UN INSPECTEUR DE LA CORVÉE.
UN MAITRE TAILLEUR DE PIERRES.
DES COMPAGNONS.
DES MANŒUVRES.
UN CRIEUR PUBLIC.
DES FRÈRES DE LA MISÉRICORDE.
DES CAVALIERS de Gessler et de Landenberg.

PAYSANS ET PAYSANNES DES TROIS CANTONS.

ACTE PREMIER

SCÈNE I.

Le théâtre représente les rochers escarpés du rivage du lac des Quatre-Cantons, en face de Schwitz. Le lac forme une baie en s'avançant dans les terres. Une cabane est non loin de la rive. Un pêcheur conduit sa barque sur les eaux; au delà du lac on aperçoit les vertes prairies, les villages et les fermes du canton de Schwitz éclairés par les rayons du

soleil. A gauche, les pics des montagnes se montrent entourés de
nuages; à droite, dans l'éloignement, des montagnes de glace ferment
l'horizon.

(Avant le lever du rideau, on entend le Ranz-des-Vaches et le bruit mélodieux des sonnettes des troupeaux; cette harmonie continue encore
un instant après que la toile est levée.)

LE PÊCHEUR *chante dans son canot* (*Air du Ranz-des-Vaches*).
— Le lac est riant, il invite au bain; l'enfant dormait sur
le gazon du rivage; alors il entendit des sons doux comme
la flûte, comme la voix des anges dans le paradis.

Et comme il s'éveillait dans une céleste extase, voilà que
les ondes se jouent sur son sein, et une voix lui crie du
fond du lac : « Cher enfant, tu es à moi; j'attire le dor-
« meur, je l'entraîne sous les eaux. »

UN BERGER, *au haut de la montagne* (*Variation du Ranz-
des-Vaches*). — Adieu, prairies dorées par le soleil; l'été
n'est plus, le berger doit partir. Nous allons à la montagne;
nous reviendrons au temps où le coucou se fait entendre,
où les chants se réveillent, où la terre se pare de nouvelles
fleurs, où le joli mois de mai revoit couler les fontaines;
adieu, prairies dorées par le soleil; l'été n'est plus, le berger doit partir.

UN CHASSEUR DES ALPES *paraît vis-à-vis, sur le haut d'un
rocher* (*Seconde variation*). — Les hauteurs tonnent, le
sentier tremble; le chasseur poursuit d'un pas assuré sa
route effrayante; il s'avance hardiment sur des champs de
glace où ne fleurit nul printemps, où nulle verdure ne se
montre; une mer de brouillards est sous ses pieds; il ne
reconnaît plus les habitations des hommes. Ce n'est qu'à
travers la fente des nuages qu'il aperçoit le monde, et bien
au-dessous de ces eaux suspendues la campagne ver-
doyante.

(L'aspect change : un bruit sourd retentit dans les montagnes; les ombres des nuages courent sur le paysage.)

RUODI *le pêcheur sort de sa cabane;* WERNI *le chasseur descend des
rochers;* KUONI *le berger arrive portant sur son épaule un vase de
lait;* SEPPI, *son jeune valet, le suit.*

RUODI. — Hâte-toi, Jenni, ramène la barque, le noir

maître de la vallée arrive, le glacier mugit sourdement, le Mythen se coiffe de son chapeau de nuages; un vent froid souffle du trou des tempêtes. L'ouragan va être ici, je pense, avant que nous y pensions.

KUONI. — La pluie vient, batelier. Mes troupeaux broutent l'herbe avec avidité, et mes chiens grattent la terre.

RUODI. — Les poissons sautent hors de l'eau, la poule d'eau plonge. Un orage va éclater.

KUONI, *à son jeune valet.* — Vois, Seppi, si le troupeau ne s'est pas dispersé.

SEPPI. — J'entends la clochette de Lisette la brune.

KUONI. — Alors il n'en manque aucune, car elle vient toujours la dernière.

RUODI. — Maître berger, vous avez une belle sonnerie.

WERNI. — Et de superbes animaux.... Sont-ils à vous, ami?

KUONI. — Je ne suis pas si riche; ils appartiennent à monseigneur de Attinghausen, et ils m'ont été remis bien comptés.

RUODI. — Que ce collier va bien au cou de cette vache!

KUONI. — Elle sait bien qu'elle conduit le troupeau. Si je le lui ôtais, elle ne voudrait plus manger.

RUODI. — Cela n'a pas de sens.... Un animal sans raison.

WERNI. — Voilà qui est bientôt dit; les animaux ont aussi leur raison; nous le savons bien, nous autres chasseurs de chamois. Quand ils vont paître dans une prairie, ils placent en avant une sentinelle qui prête l'oreille et qui les avertit par un sifflement aigu dès que le chasseur approche.

RUODI, *au berger.* — Retournez-vous maintenant à la maison?

KUONI. — Il n'y a plus rien à paître sur la montagne.

WERNI. — Je vous souhaite un heureux retour, berger.

KUONI. — Je vous en souhaite autant; on ne revient pas toujours de vos courses.

RUODI. — Voici un homme qui accourt en toute hâte.

WERNI. — Je le connais, c'est Baumgarten de Alzellen.

CONRAD BAUMGARTEN *se précipite vers eux hors d'haleine.* — Au nom de Dieu, batelier, votre bateau!

RUODI. — Eh quoi! qui vous presse tant?

BAUMGARTEN. — Détachez le bateau, vous me sauverez la vie, passez-moi sur l'autre bord.

KUONI. — Ami, qu'avez-vous?

WERNI. — Qui donc vous poursuit?

BAUMGARTEN, *au pêcheur*. — Vite, vite, ils sont déjà sur mes talons; les cavaliers du gouverneur me poursuivent; je suis un homme mort s'ils me saisissent.

RUODI. — Pourquoi ces cavaliers vous poursuivent-ils?

BAUMGARTEN. — Délivrez-moi d'abord, puis je vous le dirai.

WERNI. — Vous êtes taché de sang; qu'est-il arrivé?

BAUMGARTEN. — Le gouverneur impérial qui demeure sur le Rossberg...

KUONI. — Wolfenschiessen! est-ce lui qui vous fait poursuivre?

BAUMGARTEN. — Celui-là n'est plus à craindre, je l'ai tué.

TOUS, *reculant*. — Que Dieu vous fasse grâce! qu'avez-vous fait?

BAUMGARTEN. — Ce que tout brave homme eût fait à ma place; j'ai usé de mon bon droit contre celui qui attentait à mon honneur et à ma femme.

KUONI. — Le gouverneur a attenté à votre honneur?

BAUMGARTEN. — Dieu et ma hache l'ont empêché d'accomplir ses infâmes desseins.

WERNI. — Vous lui avez abattu la tête de votre hache?

KUONI. — Oh! racontez-nous toute l'aventure; vous en aurez le temps avant que le bateau ait été détaché du bord.

BAUMGARTEN. — J'étais à couper du bois dans la forêt, lorsque ma femme est accourue dans une mortelle angoisse : elle m'apprend que le gouverneur était couché dans ma maison, qu'il lui avait ordonné de lui préparer un bain, puis qu'il avait voulu exiger d'elle des choses infâmes, et qu'elle s'était échappée pour venir me chercher; alors j'ai sur-le-champ couru chez moi comme j'étais, et je lui ai béni son bain avec ma hache.

WERNI. — Vous avez bien fait; personne ne peut vous en blâmer.

KUONI. — Le scélérat! il n'a que ce qu'il mérite; il y a longtemps que les gens d'Unterwald lui devaient cette récompense.

BAUMGARTEN. — La chose s'est ébruitée; on me poursuit, et tandis que nous parlons, le temps s'écoule.

(Le tonnerre commence à se faire entendre.)

KUONI. — Allons. batelier, passe ce brave homme sur l'autre bord.

RUODI. — C'est impossible! Un orage terrible va éclater; il faut attendre.

BAUMGARTEN. — Grand Dieu! je ne puis attendre; chaque instant de retard est la mort.

KUONI, *au pêcheur.* — Essaye, avec l'aide de Dieu; on doit aider son prochain; il peut en arriver autant à chacun de nous.

(Le tonnerre et le bruit de l'orage continuent.)

RUODI. — L'ouragan est déchaîné; vous voyez comme les vagues sont hautes; je ne pourrais pas gouverner contre les flots et la tempête.

BAUMGARTEN *tombe à genoux.* — Que Dieu vous soit en aide, comme vous aurez pitié de moi!

WERNI. — Il y va de la vie; sois compatissant, batelier.

KUONI. — C'est un père de famille; il a femme et enfants.

RUODI. — Eh quoi! J'ai aussi une vie à perdre; j'ai comme lui femme et enfants. Voyez comme les vagues se brisent avec fureur, comme elles se gonflent et tourbillonnent, et comme les eaux sont remuées jusque dans les abîmes du lac. Je voudrais sauver ce brave homme; mais cela est impossible, vous le voyez vous-mêmes.

BAUMGARTEN. — Il me faut donc tomber dans les mains des ennemis; et le rivage qui me servirait d'asile est là devant mes yeux! Il est là: mes regards y atteignent; le son de ma voix y parvient; un bateau est ici qui m'y porterait! et il faut que je demeure sans secours et sans espoir!

KUONI. — Qui vient vers nous?

WERNI. — C'est Tell de Burglen.

TELL, *avec une arbalète.* — Quel est l'homme qui demande ici du secours?

RUODI. — C'est un homme d'Alzellen qui a défendu son honneur et qui a frappé Wolfenschiessen, le gouverneur impérial du château de Rossberg; les cavaliers du gouverneur sont sur ses pas, il supplie le batelier de le passer sur l'autre bord; mais celui-ci a peur de la tempête et ne veut pas partir.

RUODI. — Tell, qui sait aussi manier la rame, vous dira comme moi si l'on peut risquer le passage. (*Le bruit du tonnerre et la tempête du lac augmentent encore.*) Faut-il que je me jette dans la gueule du loup? Il n'y a pas un homme sensé qui le voulût faire.

TELL. — Un brave homme ne songe jamais qu'en dernier lieu à lui-même. Aie foi en Dieu et secours l'opprimé.

RUODI. — Il est facile de donner des conseils, lorsqu'on est en sûreté dans le port. Mais la barque est là, le lac est devant vous. Essayez.

TELL. — Les flots peuvent bien être miséricordieux, mais non le gouverneur. Essaye, batelier.

LE CHASSEUR ET LE BERGER. — Sauve-le! sauve-le! sauve-le!

RUODI. — Quand ce serait mon frère ou mon propre enfant, la chose est impossible. C'est aujourd'hui saint Simon et saint Jude, le lac ne s'apaisera pas, il veut une victime.

TELL. — Avec d'inutiles paroles, rien ne se fera; l'heure s'écoule, il faut secourir cet homme. Parle, batelier, veux-tu le passer?

RUODI. — Non, pas moi.

TELL. — Eh bien donc, au nom de Dieu! donne-moi ton bateau; je veux essayer ce que pourra faire mon faible bras.

RUODI. — Ah! généreux Tell.

WERNI. — Cela est digne d'un brave chasseur.

BAUMGARTEN. — Vous êtes mon sauveur, mon ange tutélaire.

TELL. — Je vais vous arracher à la fureur du gouverneur. Contre la rage de la tempête il faudra implorer un

autre protecteur. Mais mieux vaut tomber dans les mains
de Dieu que dans celles des hommes. (*Au berger.*) Ami,
vous consolerez ma femme, s'il m'arrive ce qui doit arriver
à tout homme : j'ai fait ce que je ne pouvais m'empêcher de
faire.

(Il s'élance dans la barque.)

KUONI, *au batelier.* — Vous êtes un maître pilote! ce que
Tell hasarde, vous n'avez pas osé l'essayer.

RUODI. — Beaucoup de plus braves que moi ne feraient
pas ce qu'il fait là, on n'en trouverait pas deux comme
Tell dans la montagne.

WERNI, *monté sur un rocher.* — Le voilà déjà parti. Dieu
te secoure, brave Tell! Voyez comme la barque est ballottée
par les vagues.

KUONI, *sur le rivage.* — Les flots passent par-dessus....
je ne la vois plus. Cependant la voici qui reparaît; le courageux pilote lutte avec force contre la lame.

SEPPI. — Les cavaliers du gouverneur accourent en toute
hâte.

KUONI. — Ah! Dieu! ce sont eux. Il était bien temps de
le secourir!

(Une troupe de cavaliers de Landenberg arrivent.)

PREMIER CAVALIER. — Livrez-nous le meurtrier, que vous
avez caché.

SECOND CAVALIER. — Il a pris cette route; c'est en vain
que vous prétendez nous le dérober.

KUONI et RUODI. — De qui parlez-vous, cavaliers?

PREMIER CAVALIER, *il aperçoit la nacelle.* — Ah! que
vois-je? diable!

WERNI, *sur le rocher.* — Est-ce celui qui est dans la
barque que vous cherchez? montez à cheval; si vous vous
hâtez, vous pourrez encore le joindre.

SECOND CAVALIER. — Malédiction! il s'est échappé.

PREMIER CAVALIER, *au pêcheur et au berger.* — Vous lui
avez prêté assistance, vous en porterez la peine. Qu'on
tombe sur leurs troupeaux, qu'on démolisse leurs cabanes,
qu'on y mette le feu, qu'on les détruise.

SEPPI, *s'enfuyant.* — O mes agneaux!

KUONI *le suit.* — Malheur à moi! mon troupeau!

WERNI. — Les scélérats !

ARODI, *se tordant les mains.* — Justice du ciel ! quand paraîtra le libérateur de cette contrée !

(Il les suit.)

SCÈNE II.

La scène est à Steinen, dans le canton de Schwitz. Un tilleul est planté devant la porte de la maison de Stauffacher, sur le grand chemin, près du pont.

WERNER, STAUFFACHER, PFEIFFER, *de Lucerne. Ils arrivent en causant.*

PFEIFFER. — Oui, oui, seigneur Stauffacher, comme je vous le dis, ne prêtez pas serment à l'Autriche tant que vous pourrez l'éviter. Tenez-vous ferme et bravement attaché à l'Empire comme par le passé, et que Dieu protège votre ancienne liberté.

(Il lui prend amicalement la main et veut s'en aller.)

STAUFFACHER. — Restez donc jusqu'à ce que ma femme vienne ; vous êtes mon hôte à Schwitz comme je suis le vôtre à Lucerne.

PFEIFFER. — Je vous rends grâce. Il faut que j'arrive encore aujourd'hui à Gersau. Quoi que vous puissiez avoir à souffrir de la rapacité et de l'insolence de vos gouverneurs, supportez-le avec patience ; tout peut changer en un moment ; un autre empereur peut être appelé au trône. Mais si vous appartenez une fois à l'Autriche, vous lui appartiendrez pour toujours.

(Il s'en va. Stauffacher s'assied d'un air soucieux sur un banc au-dessous du tilleul ; Gertrude, sa femme, le trouve ainsi, s'approche de lui et le regarde longtemps en silence.)

GERTRUDE. — Si sérieux, mon ami ? Je ne te reconnais plus ; depuis plusieurs jours j'observe en silence le sombre souci qui obscurcit ton front. Une peine muette oppresse ton cœur. Confie-la-moi ; je suis ta fidèle épouse et je réclame ma moitié de ton chagrin. (*Stauffacher lui tend la main sans parler.*) Qu'est-ce qui peut attrister ton cœur ? dis-le-moi. Ton travail est béni ; ta fortune est florissante ;

tes greniers sont pleins; tes troupeaux de bœufs et tes
beaux chevaux au poil si luisant, et bien nourris, sont revenus heureusement de la montagne pour passer l'hiver
dans de bonnes étables. Ta maison s'élève comme un noble
manoir; elle est bâtie d'un bois neuf et choisi, assemblé
avec soin et placé avec symétrie; un grand nombre de fe-
nêtres la rendent claire et commode; elle est ornée d'écussons de diverses couleurs et de sages sentences, que le
voyageur lit en ralentissant sa marche et dont il admire le
sens.

STAUFFACHER. — Il est vrai, cette maison est belle et bien
construite; mais, hélas!... le sol tremble, sur lequel elle est
construite.

GERTRUDE. — Mon Werner, dis, qu'entends-tu par là?

STAUFFACHER. — J'étais dernièrement assis sous ce tilleul
comme aujourd'hui, et je songeais avec plaisir que ma belle
maison était terminée, quand le gouverneur arriva à cheval de son château de Kussnacht, avec ses cavaliers. Il s'ar-
rêta devant cette maison, l'air étonné. Je me levai sur-le-
champ, et j'allai, comme il convenait, me présenter respectueusement devant celui qui représente la puissance
souveraine de l'empereur. « A qui est cette maison ? » de-
manda-t-il méchamment, car il le savait bien; j'hésitai un
instant et lui repartis : «Cette maison, monseigneur, appartient à l'empereur, mon maître et le vôtre, et je la tiens
en fief. » Il répondit : «Je gouverne en ce pays à la place
de l'empereur, et je ne veux pas que les paysans bâtissent
ainsi de leur propre chef, et qu'ils vivent aussi libres que
s'ils étaient suzerains de cette terre : je saurai bien m'y opposer. » En disant cela, il repartit menaçant, et me laissa
rempli de tristesse, songeant à ses méchantes paroles.

GERTRUDE. — Mon cher époux et maître, veux-tu écouter
les conseils sincères de ta femme? J'ai l'honneur d'être
fille du noble Iberg, homme de grande expérience. Souvent mes sœurs et moi nous étions assises, filant de la
laine, pendant les longues soirées, quand les principaux
du peuple s'assemblaient chez mon père, lisaient les vieilles
chartes des empereurs, et, dans de sages entretiens, s'oc-
cupaient du bien du pays. J'écoutais attentivement leurs

graves discours, et les projets des gens habiles, et les souhaits des gens de bien. J'en ai toujours conservé le souvenir dans mon cœur. Ainsi écoute-moi, et réfléchis sur
ce que je te dirai; car ce qui te chagrine, j'en suis instruite
depuis longtemps..... Le gouverneur te hait et cherche à
te nuire, parce que tu es un obstacle à ses desseins, et que
tu es cause que les gens de Schwitz, au lieu de se soumettre à la nouvelle maison impériale, persistent, à l'exemple de leurs dignes aïeux, à vouloir faire partie de l'Empire. N'est-ce pas vrai, cher Werner, dis, n'ai-je pas raison?

STAUFFACHER. — Il est vrai, tel est le sujet de la haine
de Gessler.

GERTRUDE. — Tu excites son envie parce que tu as le
bonheur de vivre en homme libre sur ton propre héritage,
tandis que lui n'en a aucun. Tu tiens cette maison en fief
de l'empereur et de l'Empire: tu peux la montrer aussi fièrement qu'un prince d'Empire montre ses terres; tu ne reconnais au-dessus de toi d'autre seigneur que le premier de
la chrétienté... Lui, il n'est qu'un cadet de sa maison, il ne
possède rien que son manteau de chevalier; voilà pourquoi
il regarde d'un œil jaloux et avec un sentiment de haine
le bonheur des honnêtes gens. Depuis longtemps il a juré
ta ruine... Tu as été jusqu'ici préservé... Veux-tu attendre
qu'il ait accompli contre toi ses mauvais desseins? l'homme
prudent prend les devants.

STAUFFACHER. — Qu'y a-t-il à faire?

GERTRUDE, *se rapprochant de lui.* — Écoute mes conseils.
Tu sais combien ici, à Schwitz, tous les gens de bien se
plaignent de l'avarice et de la cruauté du gouverneur. Ne
doute pas que de l'autre côté du lac, dans Uri et dans Underwald, on ne soit également las d'être opprimé sous un
joug de fer; car Landenberg commande de l'autre côté du
lac avec autant d'arrogance qu'en a ici Gessler. Il ne vient
pas chez nous une barque de pêcheurs qui ne nous apprenne quelque nouvelle violence, quelque nouvelle injustice des gouverneurs. C'est pourquoi il serait bon que
quelques-uns de vous, de ceux qui pensent bien, se réunissent tranquillement pour aviser aux moyens de se délivrer de l'oppression; je pense que Dieu ne vous abandon-

nerait pas et serait favorable à la cause de la justice. N'as-tu
pas dans Uri quelque hôte, quelque ami à qui tu puisses
ouvrir ton cœur avec confiance?

STAUFFACHER. — Je connais là beaucoup de braves gens,
de vassaux riches et puissants qui sont mes amis et qui me
sont tout dévoués. (*Il se lève.*) Femme! quel orage de pensées périlleuses tu viens d'exciter dans mon tranquille
cœur! tu as fait entrer la lumière du jour dans mon âme;
et ce que je m'interdisais de penser, ta bouche imprudente
vient de le prononcer légèrement..... As-tu bien réfléchi
à ce que tu me conseilles? Tu appelles dans cette paisible
vallée la discorde farouche et le bruit des armes; un peuple
de faibles bergers va entreprendre d'entrer en lutte avec
le maître du monde? Ils n'attendent qu'un prétexte pour
lâcher sur cette malheureuse terre les hordes féroces de
leurs soldats, pour y exercer les droits du vainqueur, et,
sous l'apparence d'un juste châtiment, déchirer nos vieilles
lettres de franchise.

GERTRUDE. — Vous aussi vous êtes des hommes! vous
savez manier votre hache, et Dieu protège les braves.

STAUFFACHER. — O femme! la guerre est un fléau furieux
et terrible; elle frappe les troupeaux et les bergers.

GERTRUDE. — On doit se soumettre à la volonté du ciel,
mais aucun noble cœur ne doit supporter l'injustice.

STAUFFACHER. — Cette maison qui te plaît, et que nous
venons de construire, la guerre terrible la réduira en
cendres!

GERTRUDE. — Si je croyais mon cœur attaché à un si
faible intérêt, j'y mettrais le feu de ma propre main.

STAUFFACHER. — Tu crois à l'humanité. La guerre n'é-
pargne pas même le tendre enfant au berceau.

GERTRUDE. — L'innocence a un ami dans le ciel! Regarde
en avant, Werner, et non derrière toi.

STAUFFACHER. — Nous autres hommes, nous pouvons
mourir courageusement dans le combat; mais vous, quel
destin vous est réservé?

GERTRUDE. — La faiblesse a aussi une dernière ressource: en me précipitant du haut de ce pont, je serai libre.

STAUFFACHER *la presse dans ses bras.* — Celui qui presse

un tel cœur sur son sein, celui-là peut combattre avec joie
pour sa maison et son foyer, celui-là ne doit pas craindre
les soldats des rois... Je vais de ce pas à Uri; j'ai là un
hôte, un ami, Walther Furst. Il pense comme moi sur tout
ce qui se passe. Je trouverai là aussi le noble banneret
d'Attinghausen... Bien qu'il soit d'une haute naissance, il
aime le peuple et respecte les anciens usages. Nous tien-
drons conseil tous les trois sur les moyens de nous défendre contre nos ennemis..... Adieu... et, pendant mon
absence, dirige avec sagesse la maison; donne généreusement au pèlerin qui continue son pieux voyage, au moine
qui demande pour son couvent, et ne les laisse partir que
bien traités. La maison de Stauffacher ne se cache point.
Elle élève sur le grand chemin son toit hospitalier ouvert
à tous ceux qui passent.

(Pendant qu'ils s'éloignent vers le fond de la scène, Tell et Baumgarten arrivent sur le devant du théâtre.)

TELL, *à Baumgarten*. — Vous n'avez plus besoin de moi
maintenant. Entrez dans cette maison; c'est celle de Stauffacher, le père des malheureux..... Voyez, le voici lui-
même; suivez-moi, venez.

(Ils vont à lui. La scène change.)

SCÈNE III.

Une place publique d'Altdorf. Sur une hauteur, au fond de la scène, on
voit bâtir un fort; la construction est déjà assez avancée pour qu'on
distingue la forme du bâtiment; la partie la plus reculée est terminée;
on travaille à celle de devant, des échafauds sont dressés; des ouvriers
montent et descendent; un couvreur est suspendu sur un toit; tout
est en mouvement et au travail.)

L'INSPECTEUR DE LA CORVÉE, LE MAITRE TAILLEUR DE PIERRES, DES COMPAGNONS, DES MANOEUVRES.

L'INSPECTEUR, *avec son bâton, excite les ouvriers*. — Allons,
pas de repos; vite, apportez les pierres, la chaux, le mor-
tier. Quand monseigneur le gouverneur viendra, il faut
qu'il trouve l'ouvrage avancé. Vous allez comme des tor-
tues. (*A deux ouvriers qui portent quelque chose.*) Vous ap-

pelez cela être chargé! il fallait en mettre le double : chacun voudrait voler sa tâche.

PREMIER COMPAGNON. — Il est pourtant dur de transporter nous-mêmes les pierres de notre prison.

L'INSPECTEUR. — Que murmurez-vous?... Le méchant peuple qui n'est bon qu'à traire les vaches et à promener sa paresse sur les montagnes.

UN VIEILLARD, *s'asseyant*. — Je n'en puis plus.

L'INSPECTEUR, *le secouant*. — Allons, bonhomme, à l'ouvrage.

PREMIER COMPAGNON. — Vous n'avez donc pas d'entrailles, de forcer ainsi à une corvée si dure un vieillard qui peut à peine se traîner!

LE MAITRE TAILLEUR DE PIERRES ET PLUSIEURS COMPAGNONS. — Cela crie vengeance!

L'INSPECTEUR. — Songez à ce qui vous regarde : je fais le devoir de ma charge.

SECOND COMPAGNON. — Inspecteur, comment se nommera le fort que nous bâtissons ?

L'INSPECTEUR. — Il s'appellera le dompteur d'Uri; car ce joug vous contraindra à plier la tête.

UN COMPAGNON. — Le dompteur d'Uri?

L'INSPECTEUR. — Eh bien, cela vous fait rire?

SECOND COMPAGNON. — Et avec cette maisonnette, vous voulez dompter Uri?

PREMIER COMPAGNON. — Songez combien de pareilles taupinières il faudrait entasser l'une sur l'autre pour égaler la moindre des montagnes d'Uri.

LE TAILLEUR DE PIERRES. — Je jetterai au fond du lac le marteau qui m'a servi pour cette maudite construction.

STAUFFACHER. — Oh! n'eussé-je jamais vécu pour voir de telles choses!

TELL. — Ce lieu n'est pas sûr: allons plus loin.

STAUFFACHER. — Suis-je dans Uri, dans le pays de la liberté?

LE TAILLEUR DE PIERRES. — O maître! si vous aviez vu le cachot qui est sous la tour; celui qui y habitera n'entendra plus chanter le coq.

STAUFFACHER. — O Dieu!

LE TAILLEUR DE PIERRES. — Regardez ces bastions, ces contre-forts, qui semblent construits pour l'éternité.

TELL. — Ce que les mains ont élevé, les mains pourront le détruire. (*Il montre la montagne.*) Voici la forteresse de la liberté que Dieu a fondée pour nous.

(On entend le son d'un tambour ; des hommes arrivent portant un chapeau au haut d'une perche ; un crieur les suit. Les femmes et les enfants se pressent en foule.)

PREMIER COMPAGNON. — Que veut ce crieur? Écoutons.

LE TAILLEUR DE PIERRES. — Que signifie ce chapeau, est-ce quelque bouffonnerie de carnaval?

LE CRIEUR. — Au nom de l'empereur, écoutez!

LES COMPAGNONS. — Silence! écoutons.

LE CRIEUR. — Habitants d'Uri, vous voyez ce chapeau; il va être placé au haut d'un mât, au milieu d'Altdorf, à l'endroit le plus apparent. L'intention et la volonté du gouverneur est que ce chapeau soit honoré comme lui-même, et qu'en passant devant on se découvre la tête et on fléchisse le genou. Le roi veut reconnaître par là ceux qui lui sont soumis. Ceux qui désobéiront à ce commandement seront livrés corps et biens à la peine portée par le roi.

(Le peuple fait entendre un rire universel ; le tambour bat, ils vont plus loin continuer leur publication.)

PREMIER COMPAGNON. — Quelle idée nouvelle et bizarre a donc le gouverneur? Vouloir nous faire honorer un chapeau! On n'a jamais rien ouï de pareil.

LE TAILLEUR DE PIERRES. — Fléchir le genou devant un chapeau! veut-il donc se jouer d'un peuple brave et respectable?

PREMIER COMPAGNON. — Si encore c'était la couronne impériale; mais c'est le chapeau autrichien; je l'ai vu auprès du trône où l'on prête hommage.

LE TAILLEUR DE PIERRES. — Le chapeau autrichien! prenons garde. C'est un piège pour nous livrer à l'Autriche.

DES COMPAGNONS. — Aucun homme d'honneur ne se soumettra à cette honte.

LE TAILLEUR DE PIERRES. — Venez; allons nous concerter avec les autres.

(Ils se retirent vers le fond du théâtre.)

TELL, *à Stauffacher*. — Eh bien! vous voilà instruit!
Adieu, seigneur Verner.

STAUFFACHER. — Où voulez-vous aller? Oh! ne quittez
pas si vite ces lieux.

TELL. — Ma maison réclame ma présence; adieu!

STAUFFACHER. — Mon cœur est plein; il a besoin de s'é-
pancher avec vous.

TELL. — Les paroles ne soulagent pas un cœur oppressé.

STAUFFACHER. — Les paroles pourraient conduire aux
actes.

TELL. — Tout ce qu'il faut maintenant, c'est de la résignation et du silence.

STAUFFACHER. — Peut-on souffrir ce qui est insupportable?

TELL. — Les plus violentes tyrannies sont celles qui
durent le moins; quand l'ouragan s'élève, on éteint les
feux, les barques se hâtent de chercher un asile, et le tourbillon terrible passe sur la terre sans laisser de traces de
ravage. Que chacun vive tranquille chez soi; on accorde
facilement la paix à l'homme paisible.

STAUFFACHER. — Le croyez-vous?

TELL. — Le serpent ne pique point lorsqu'on ne l'irrite
pas. S'ils voient le pays demeurer paisible, ils finiront
d'eux-mêmes par se lasser.

STAUFFACHER. — Nous pourrions beaucoup si nous nous
tenions unis.

TELL. — Quand on est seul au milieu du naufrage, on se
sauve plus aisément.

STAUFFACHER. — Abandonnez-vous si facilement la cause
commune?

TELL. — Chacun ne peut compter sûrement que sur lui-
même.

STAUFFACHER. — Unis, les faibles même deviennent
puissants.

TELL. — Le fort est plus puissant tout seul.

STAUFFACHER. — Ainsi la patrie ne peut pas compter sur
vous si, dans son désespoir, elle prend le parti de la résistance?

TELL *lui prend la main.* — Tell, qui se jette au secours d'un agneau tombé dans un précipice, pourrait-il délaisser ses amis? Mais, quoi que vous fassiez, laissez-moi en dehors de vos conseils; je ne saurais délibérer et discuter avec lenteur. Si vous avez besoin de moi dans l'exécution d'un dessein arrêté, alors appelez Tell, il ne vous manquera pas.

(Ils s'en vont de différents côtés; un tumulte soudain s'élève autour de l'échafaud.)

LE TAILLEUR DE PIERRES *s'avance précipitamment.* — Qu'est-ce?

LE PREMIER COMPAGNON *accourt en criant.* — Le couvreur est tombé du toit.

(Bertha s'élance sur la scène : elle est suivie de quelques personnes.)

BERTHA. — Est-il fracassé? Accourez, sauvez-le, secourez-le ; si le secours est possible, voilà de l'or.

(Elle jette ses bijoux parmi le peuple.)

LE TAILLEUR DE PIERRES. — Votre or!... Vous payez tout avec de l'or; mais quand vous avez ôté un père à ses enfants, un mari à sa femme, quand vous avez répandu le désespoir sur cette terre, pensez-vous tout réparer avec de l'or? Allez, nous étions heureux avant que vous ne vinssiez: avec vous a pénétré le désespoir, avec vous sont venus tous les malheurs.

BERTHA, *à l'inspecteur qui revient.* — Vit-il encore? (*L'inspecteur lui fait signe que non.*) Misérable château, bâti avec des malédictions, les malédictions t'habiteront aussi.

(Elle s'en va.)

SCÈNE IV.

La maison de Walther Furst.

WALTHER FURST *et* ARNOLD MELCHTHAL *entrent chacun d'un côté différent.*

MELCHTHAL. — Maître Walther Furst!

WALTHER FURST. — Si l'on nous surprenait! Demeurez où vous êtes, nous sommes entourés d'espions.

MELCHTHAL. — Ne pourrez-vous rien m'apprendre d'Unterwald, rien de mon père? Je ne puis supporter plus longtemps de demeurer ici comme un prisonnier : qu'ai-je donc fait de si coupable pour être forcé à me cacher comme un meurtrier? J'ai brisé un doigt avec mon bâton à l'insolent valet qui, par ordre du gouverneur, voulait devant mes yeux emmener le plus beau couple de mes bœufs.

WALTHER FURST. — Vous êtes trop violent : ce valet était envoyé par le gouverneur, par votre supérieur; vous avez encouru un châtiment; supportez en silence la peine de votre faute.

MELCHTHAL. — Devais-je donc endurer les discours insultants de ce misérable : « Quand le laboureur voudra manger du pain, il faudra qu'il s'attelle lui-même à la charrue. » J'eus l'âme ulcérée lorsque je vis ce valet détacher de leur joug mes superbes taureaux ; ils mugissaient sourdement et frappaient de leurs cornes, comme s'ils avaient eu le sentiment de l'injustice; alors une juste colère me saisit, et, n'étant plus maître de moi, je frappai l'envoyé.

WALTHER FURST. — Lorsque nous pouvons à peine modérer notre cœur, comment l'ardente jeunesse pourrait-elle se dompter?

MELCHTHAL. — C'est mon père seulement qui m'afflige : il a besoin de tant de soins, et son fils est absent! Le gouverneur le hait, car il a toujours combattu courageusement pour la justice et la liberté; aussi ce vieillard sera-t-il en proie à leurs vexations, et personne n'est là pour le défendre de leurs outrages. Il en adviendra ce qui pourra, je retourne auprès de lui.

WALTHER FURST. — Tâchez d'être patient, et attendez qu'il nous vienne quelque nouvelle d'Unterwald. J'entends frapper, retirez-vous; peut-être est-ce quelque envoyé du gouverneur : rentrez. Vous n'êtes pas plus en sûreté ici contre la vengeance de Landenberg que dans vos montagnes, car nos tyrans se donnent la main.

MELCHTHAL. — Ils nous apprennent ce que nous devons faire.

WALTHER FURST. — Rentrez; je vous rappellerai s'il n'y a rien à craindre. (*Melchtal rentre.*) L'infortuné! je n'ose

lui avouer les malheurs que je soupçonne. — Qui frappe?
Chaque fois qu'on heurte à la porte, je m'attends à quelque
nouveau chagrin. Le soupçon et la trahison prêtent l'oreille
de tous côtés; les émissaires de la tyrannie pénètrent
jusque dans l'intérieur des maisons; bientôt nous serons
obligés de fermer nos portes avec des clefs et des verrous.
(*Il ouvre sa porte, et recule étonné quand il voit entrer
Werner Stauffacker.*) Que vois-je! c'est vous, maître Werner! Dieu soit loué! un cher et digne hôte! Ce seuil n'a
jamais été foulé par un plus honnête homme. Soyez le
bienvenu sous mon toit. Qui vous conduit ici? que veniez-
vous chercher dans Uri?

STAUFFACHER, *lui prenant la main.* — Les vieux temps,
la vieille Suisse.

WALTHER FURST. — Vous les portez avec vous. Je suis
heureux de vous voir; mon cœur en est tout ranimé. As-
seyez-vous, maître Werner. Comment avez-vous laissé
dame Gertrude, votre aimable ménagère, la prudente fille
du sage Iberg? Tous les voyageurs allant d'Allemagne en
Italie, qui passent par l'ermitage de Meinrad, vantent votre
maison hospitalière. Mais, dites-moi, vous arrivez à l'instant même de Fluelen ici : n'avez-vous rien aperçu de nouveau avant de parvenir à ma porte?

STAUFFACHER *s'assied.* — J'ai vu, et ce n'est pas sans
étonnement, s'élever une nouvelle construction; j'en ai
été attristé.

WALTHER FURST. — O mon ami, cela vous apprend tout!

STAUFFACHER. — Jamais une pareille chose n'est arrivée à
Uri; de mémoire d'homme, il ne s'est vu ici de forteresse;
jamais il n'y a eu de demeure en pierre que le tombeau.

WALTHER FURST. — Vous l'appelez par son nom ; c'est le
tombeau de la liberté.

STAUFFACHER. — Maître Walther Furst, je ne vous ca-
cherai point que je ne suis pas venu ici pour de frivoles
motifs; de cruels soucis m'occupent. J'ai laissé chez moi
l'oppression, je retrouve l'oppression ici. Ce que nous endurons est devenu tout à fait insupportable, et l'on ne voit
aucun terme à ces vexations. Depuis nos premiers ancêtres
jusqu'à nous, la Suisse a toujours été libre : nous sommes

accoutumés à être gouvernés avec douceur. Jamais, depuis
que les bergers mènent leurs troupeaux sur ces montagnes,
pareille chose ne s'était vue dans cette contrée.

WALTHER FURST. — Oui, une pareille domination est sans
exemple ici : notre noble seigneur d'Attinghausen, qui a vu
encore les anciens temps, dit lui-même que cela ne peut
plus se supporter.

STAUFFACHER. — Là-bas aussi, à Unterwald, il s'est passé
de tristes choses, et qui attirent une sanglante vengeance :
Wolfenschiessen, le bailli de l'empereur, qui habite sur le
Rossberg, a eu envie du fruit défendu! il a voulu violemment abuser de la femme de Baumgarten d'Alzellen; il a
voulu employer une infâme violence, et le mari l'a tué avec
sa hache.

WALTHER FURST. — Oh! les jugements de Dieu sont
justes! — Baumgarten, dites-vous? un homme qui est
cependant modéré. Est-il maintenant sauvé et en lieu
sûr?

STAUFFACHER. — Votre gendre l'a sauvé en lui faisant
traverser le lac, et je l'ai caché chez moi, à Steinen. Mais
cet homme m'a appris quelque chose de plus horrible, c'est
ce qui s'est passé à Sarnen; le cœur doit en saigner à tout
honnête homme.

WALTHER FURST, *avec attention.* — Dites, qu'est-ce?

STAUFFACHER. — A l'entrée du Melchtal, auprès de Kerns,
habite un homme juste qui se nomme Henry de Halden ;
ses paroles ont un grand crédit sur le peuple.

WALTHER FURST. — Qui ne le connaît pas? Eh bien, que
lui est-il arrivé? achevez.

STAUFFACHER. — Landenberg, pour punir son fils d'une
faute légère, a ordonné que l'on prendrait à la charrue ses
deux plus beaux taureaux ; le jeune homme a frappé l'envoyé de Landenberg et s'est enfui.

WALTHER FURST, *dans la plus grande anxiété.* — Et le
père, dites, que lui est-il arrivé?

STAUFFACHER. — Landenberg a ordonné au père de lui
envoyer son fils sur-le-champ ; et comme le vieillard a pro-
testé avec vérité qu'il n'avait aucune nouvelle du fugitif,
le gouverneur a fait venir les bourreaux.

WALTHER FURST *s'élance, et le conduit de l'autre côté de la scène.* — Oh! silence ; n'ajoutez rien de plus.

STAUFFACHER, *élevant la voix.* — « Le fils m'est échappé, a-t-il dit, mais tu es en mon pouvoir; » et il donna l'ordre de l'étendre à terre et d'enfoncer dans ses yeux une pointe d'acier.

WALTHER FURST. — Ah! miséricorde du ciel!

MELCHTHAL *s'élance dans la chambre.* — Dans ses yeux, dites-vous?

STAUFFACHER *surpris.* — Quel est ce jeune homme?

MELCHTHAL *le saisit avec un empressement convulsif.* — Dans ses yeux?... parlez.

WALTHER FURST. — Oh! le malheureux.

STAUFFACHER. — Qui est-ce? (*Walther Furst lui fait un signe.*) — C'est le fils, ô juste Dieu!

MELCHTHAL. — Et j'étais absent! — Dans les deux yeux?

WALTHER FURST. — Possédez-vous; supportez cette douleur en homme.

MELCHTHAL. — Et c'est à cause de mon imprudence, de mon emportement! Quoi! aveugle tout à fait, entièrement aveugle?

STAUFFACHER. — Je vous l'ai dit, la source de la vue est tarie pour lui, il ne verra jamais la lumière du soleil.

WALTHER FURST. — Ménagez sa douleur.

MELCHTHAL. — Jamais!... jamais plus. (*Il met sa main sur ses yeux, et se tait un moment; puis il va de l'un à l'autre, et dit d'une voix douce, suffoquée par les pleurs.*) Oh! c'est un noble don du ciel que la lumière des yeux!... Tous les êtres vivent de la lumière, toutes les créatures heureuses!... La plante elle-même se tourne vers la lumière avec amour; et lui, il devra se sentir plongé dans la nuit, dans une obscurité éternelle..... il ne sera plus réjoui par la verdure des prés, par l'éclat des fleurs; il ne pourra plus contempler la cime dorée des glaciers... Mourir n'est rien... mais vivre et ne plus voir, c'est là le malheur!... Pourquoi me regardez-vous avec tant de pitié? Je jouis de mes yeux; et je ne puis partager ce bonheur avec mon père aveugle! je ne puis lui donner une goutte de cet océan de lumière éblouissante où nagent mes regards!

STAUFFACHER. — Hélas ! au lieu de calmer votre désespoir, j'ai encore à l'accroître... Votre père est plus malheureux encore : le gouverneur lui a tout ravi; il ne lui a laissé qu'un bâton pour se traîner de porte en porte, aveugle et dépouillé.

MELCHTHAL. — Rien qu'un bâton au vieillard aveugle !... Il lui a tout ravi, même la lumière du jour, ce bien dont jouissent les plus misérables !... Maintenant ne me parlez plus de rester ici, de me cacher. Quel misérable lâche j'ai été de songer à ma sûreté, et non à la tienne !... de laisser ta tête chérie comme un gage dans les mains de ce barbare ! Plus de lâches précautions... Je ne veux plus penser qu'à une vengeance sanglante; je veux retourner là-bas. Rien ne m'arrêtera; je veux aller redemander au gouverneur les yeux de mon père Je saurai le trouver au milieu de tous ses gardes... Que m'importe la vie, pourvu que j'éteigne dans son sang l'ardeur de mon affreux désespoir !

(Il veut sortir.)

WALTHER FURST. — Demeurez; que pouvez-vous contre lui? Il habite à Sarnen; et du haut de son château, dans sa forteresse impénétrable, il mépriserait votre impuissante colère.

MELCHTHAL. — Et quand il habiterait les palais de glace du Schreckhorn, là où la Jungfrau s'enveloppe de ses voiles éternels... je m'ouvrirai un chemin jusqu'à lui ; et, avec vingt jeunes hommes résolus comme moi, je renverserai sa forteresse. Et si personne ne veut me suivre, si, tremblant pour vos cabanes et vos troupeaux, vous vous courbez sous le joug de la tyrannie, je monterai sur la montagne, j'y rassemblerai à grands cris les bergers, et là, sous la libre voûte des cieux, dans ces lieux où le cœur se conserve pur, où le sentiment ne s'altère point, je leur conterai cette horrible cruauté.

STAUFFACHER, à Walther Furst. — La tyrannie est à son comble. Voulons-nous attendre qu'on en vienne aux derniers excès?

MELCHTHAL. — Quel excès pouvons-nous craindre encore, quand la prunelle de l'œil n'est plus en sûreté dans son orbite ?... Sommes-nous donc sans défense? Pourquoi aurions-nous appris à tendre l'arbalète et à manier la pesante hache d'armes? Chaque créature trouve toujours une défense dans les angoisses du désespoir; le cerf épuisé s'arrête et tourne contre la meute ses bois redoutables; le chamois entraîne le chasseur dans les précipices; le bœuf lui-même, ce paisible serviteur de l'homme, qui courbe patiemment la force de son cou sous le joug, bondit s'il vient à être irrité, aiguise ses cornes puissantes, et jette son ennemi dans les airs.

WALTHER FURST. — Si les trois cantons pensaient comme nous trois, peut-être serions-nous capables de quelque effort.

STAUFFACHER. — Si Uri appelle, si Unterwald le secourt, Schwitz se fera honneur d'obéir à l'antique alliance.

MELCHTHAL. — J'ai de nombreux amis dans Unterwald, et chacun risquera avec joie son sang et sa vie, s'il se sent appuyé et défendu par autrui... O respectables pères de la patrie!... me voici, moi, jeune homme, entre vous qui avez tant d'expérience... Je devrais, dans le conseil, garder un modeste silence... Cependant, bien que je sois jeune et que j'aie peu vécu, ne dédaignez pas mes avis et mes discours: ce n'est pas l'emportement d'un jeune cœur qui m'inspire, c'est la profondeur de mon désespoir, l'exaltation d'une douleur qui attendrirait des cœurs de pierre. Vous êtes pères et chefs de famille; vous souhaitez d'avoir un fils vertueux, qui honore un jour vos cheveux blancs, et veille pieusement sur la prunelle de vos yeux. Oh! quoique vous n'ayez rien souffert encore dans votre personne ni dans vos biens, quoique vos yeux jouissent encore pleinement de la lumière du jour, ne restez pas pour cela étrangers à notre malheur. Le glaive de la tyrannie est aussi suspendu sur votre tête. Vous avez détourné le pays de la domination autrichienne : c'était là tout le crime de mon père; vous êtes coupables comme lui, et le même châtiment vous attend.

STAUFFACHER, à *Walther Furst*. — Décidez; je suis prêt à vous imiter.

WALTHER FURST. — Il faudrait savoir ce que pensent les

nobles seigneurs de Sillinen et d'Attinghausen ; leurs noms, je crois, nous donneraient des amis.

MELCHTHAL. — Quel nom dans nos montagnes est plus noble que les vôtres ? Le peuple a toute confiance en de tels noms ; ils ont une respectable autorité dans la contrée. Vous avez recueilli de vos pères un riche héritage de vertu, et vous l'avez encore augmenté. Qu'est-il besoin des gentilshommes ? Accomplissons seuls nos desseins. Plût à Dieu que nous fussions seuls dans cette contrée ! nous n'aurions pas besoin, je pense, de chercher d'autre appui que nous-mêmes.

STAUFFACHER. — Les nobles ne partagent pas nos malheurs. Le torrent qui a dévasté le vallon, jusqu'à présent n'a point ravagé les hauteurs. Cependant leur secours ne nous manquerait pas, s'ils voyaient la contrée se lever en armes.

WALTHER FURST. — S'il y avait un arbitre entre l'Autriche et nous, nous pourrions nous en remettre à la justice et à la loi ; mais celui qui nous opprime, c'est notre empereur, notre juge suprême... Il faut donc demander secours à Dieu et à notre bras... Vous, sondez les gens de Schwitz ; moi, j'irai dans Uri rassembler des amis. Mais qui enverrons-nous à Unterwald ?

MELCHTHAL. — Envoyez-moi... Qui pourrait y prendre plus d'intérêt ?

WALTHER FURST. — Je ne puis y consentir. Vous êtes mon hôte ; je dois répondre de votre sûreté.

MELCHTHAL. — Laissez-moi partir ; je connais les sentiers et les passages des rochers. Je trouverai là-bas beaucoup d'amis qui me donneront asile, et me cacheront à l'ennemi.

STAUFFACHER. — Laissez-le aller à la garde de Dieu.... Là-haut il n'y a pas de traîtres ; la tyrannie y est trop abhorrée pour trouver un seul instrument. Baumgarten nous aidera aussi à soulever le pays d'Unterwald et y recrutera des amis.

MELCHTHAL. — Comment nous donnerons-nous mutuellement des avis certains sans éveiller les soupçons des tyrans ?

STAUFFACHER. — Nous pourrons nous rassembler à

Brunnen ou à Treib, au lieu où abordent les barques des marchands.

WALTHER FURST. — Nous ne pouvons pas agir si ouvertement... Écoutez mon avis : à gauche du lac, en allant à Brunnen, vis-à-vis le Mythenstein, est une prairie entourée de bois. Parmi les bergers elle porte le nom de Rutli ; parce que la forêt y a été défrichée[1]. C'est la limite d'Uri et d'Unterwald. (A *Stauffacher*.) Une barque légère vous y conduira de Schwitz rapidement : nous nous y rendrons par des sentiers détournés pendant l'obscurité, et là nous pourrons délibérer en sûreté. Que chacun de nous y conduise dix hommes bien dévoués, qui soient à nous du fond du cœur ; nous traiterons ensemble de l'intérêt commun, et avec l'aide de Dieu nous prendrons une prompte résolution.

STAUFFACHER. — Qu'il en soit ainsi ! maintenant mettez votre main dans la mienne, et vous aussi la vôtre ; et de même que nous trois nous venons entre nous de nous donner la main en gage d'une sincère union, de même nous conclurons entre nos trois cantons une alliance fidèle à la vie et à la mort.

WALTHER FURST ET MELCHTHAL. — A la vie et à la mort.

(Ils se prennent les mains, et les tiennent serrées pendant un assez long moment sans parler.)

MELCHTHAL. — O mon vieux père ! tes yeux ne pourront plus voir le jour de la liberté ; mais tu l'entendras retentir. Quand d'une Alpe à l'autre des signaux de feu s'allumeront, que les forteresses des tyrans tomberont, alors les Suisses accourront à ta cabane porter à ton oreille ces heureuses nouvelles, et la nuit qui couvre tes yeux sera un instant dissipée.

1. Le mot allemand est *ausgereutet*. Dans plusieurs noms de ville en Allemagne, par exemple dans *Bayreuth*, on retrouve le même mot *reut*, qui a évidemment la même étymologie.

FIN DU PREMIER ACTE.

ACTE DEUXIÈME

—

SCÈNE I.

Le château du baron d'Attinghausen : une salle gothique ornée
de casques et d'écussons.

ATTINGHAUSEN, *vieillard de quatre-vingt-cinq ans, de haute et noble
stature, vêtu de fourrures et appuyé sur un bâton surmonté d'une corne
de chamois,* KUONI *et six autres serviteurs se tiennent autour de lui
avec des faux et des râteaux à la main.* ULRICH DE RUDENZ *entre
vêtu en chevalier.*

RUDENZ. — Me voici, mon oncle ; quelle est votre volonté.

ATTINGHAUSEN. — Permettez que, suivant la vieille coutume de la maison, je boive le vin du matin avec mes serviteurs. (*Il boit dans une coupe qui passe ensuite à la ronde.*)
Autrefois j'allais moi-même dans les champs et dans les bois,
dirigeant de mes yeux leurs travaux, comme ma bannière
les conduisait aux combats ; maintenant je ne puis que leur
donner des ordres, et si le soleil ne vient pas m'échauffer
de ses rayons, je ne puis plus le chercher sur les montagnes. L'espace que je puis parcourir devient chaque jour
plus étroit, et je m'approche lentement du plus étroit et du
dernier, où la vie s'arrête pour toujours. Je ne suis plus
que l'ombre de moi-même ; bientôt mon nom seul survivra.

KUONI, *à Rudenz, en lui offrant la coupe.* — A vous,
jeune homme. (*Rudenz hésite à la prendre.*) Allons, buvez,
nous n'avons qu'une même coupe et un même cœur.

ATTINGHAUSEN. — Allez, mes enfants, et quand ce soir le
travail sera fini, nous parlerons des affaires du pays. (*Les*

serviteurs s'en vont.) Je te vois habillé et prêt à partir. Tu veux aller à Altdorf, chez le gouverneur?

RUDENZ. — Oui, et je ne voudrais pas tarder plus longtemps.

ATTINGHAUSEN. — Es-tu donc si pressé? Le temps est-il mesuré si juste à ta jeunesse que tu ne puisses en épargner un moment pour ton vieil oncle?

RUDENZ. — Je sais que vous n'avez point affaire de moi; je ne suis qu'un étranger dans cette maison.

ATTINGHAUSEN, *après l'avoir longtemps regardé.* — Oui, malheureusement tu l'es et malheureusement aussi ta patrie t'est devenue étrangère. Ah! Ulrich! Ulrich! je ne te reconnais plus. Tu brilles dans la soie; tu portes fièrement la plume de paon; et tu te drapes dans un manteau de pourpre. Tu regardes avec mépris le paysan, et tu rougis de son salut cordial.

RUDENZ. — Je lui rends volontiers ce qui lui est dû; mais les droits qu'il s'arroge, je les lui refuse.

ATTINGHAUSEN. — Toute la contrée gémit sous la cruelle oppression du roi. Le cœur de tous les honnêtes gens se remplit d'amertume à cause de la tyrannie que nous endurons. Toi seul ne ressens pas la douleur commune; on te voit, désertant ta famille, te tenir sans cesse près des ennemis de ton pays, insulter à nos maux, courir après des plaisirs frivoles, et rechercher en courtisan la faveur des princes, tandis que ta patrie saigne sous une verge cruelle.

RUDENZ. — Cette contrée est opprimée, pourquoi? Qu'est-ce qui la précipite dans le malheur? Il n'en coûterait qu'un seul, qu'un simple mot pour faire cesser sur-le-champ cette oppression, et se rendre l'empereur favorable. Malheur à ceux qui aveuglent le peuple, et qui le portent à s'opposer à son propre bien. C'est pour leur avantage particulier qu'ils empêchent les trois cantons de prêter serment à l'Autriche, comme ont fait tous les pays d'alentour. Ils sont fiers de pouvoir s'asseoir avec les gentilshommes sur le banc de la noblesse; ils ne veulent reconnaître pour maître que l'empereur, afin de ne pas avoir de seigneur.

ATTINGHAUSEN. — Dois-je entendre de telles paroles, et de ta bouche encore?

RUDENZ. — Vous m'avez provoqué; laissez-moi achever. Quel est le personnage, mon oncle, que vous jouez ici? N'avez-vous pas une plus haute ambition que d'être mêlé ici avec les bergers et d'être leur landamman ou leur banneret? Eh quoi! ne vaut-il pas mieux, n'est-ce-pas un parti plus glorieux, obéir à un royal seigneur et s'attacher à sa suite brillante que d'aller de pair avec ses serviteurs, et de siéger sur un tribunal avec des paysans?

ATTINGHAUSEN. — Hélas! Ulrich, Ulrich! je reconnais les discours de tes séducteurs; tu leur as prêté l'oreille et ils ont empoisonné ton cœur.

RUDENZ. — Je ne m'en cache pas; j'ai ressenti au fond de l'âme une vive douleur de me voir dédaigné par ces étrangers qui nous traitent de gentilshommes paysans. Je n'ai pu supporter de perdre le printemps de ma vie dans de vulgaires occupations, de demeurer ici oisif à soigner mon héritage, tandis qu'une noble jeunesse afflue sous les drapeaux de Habsbourg pour y recueillir de la gloire! Hors de ces montagnes, il est un monde où l'on peut s'acquérir, par de nobles actions, une renommée brillante. Mon bouclier et mon casque se rouillent dans la salle de mon château. Le son éclatant de la trompette guerrière, la voix des hérauts d'armes qui appellent aux tournois n'ont jamais pénétré dans ces vallées. Je n'y ai jamais entendu que le bruit monotone du ranz des vaches ou de la sonnette des troupeaux.

ATTINGHAUSEN. — Aveugle jeune homme! un vain éclat t'a séduit, et tu méprises ta terre natale. Tu es honteux des pieuses et antiques mœurs de tes pères. Quelque jour tu soupireras, en versant des larmes après ces montagnes paternelles; et ces chants mélodieux des bergers, que dans ton orgueilleux dégoût tu dédaignes aujourd'hui, éveilleront dans ton cœur un vif et douloureux regret, si tu viens à les entendre par hasard sur une terre étrangère. Ah! combien est grand le pouvoir de la patrie! A cette cour orgueilleuse de l'empereur tu passeras toujours, avec ton loyal cœur, pour un étranger. Ce monde trompeur n'est pas fait pour toi, il exige d'autres qualités que celles dont tu as hérité dans ces vallées. Va, trafique de ta liberté, reçois des terres en fief, deviens serf des princes, tandis que tu pourrais être seigneur indépendant, prince de ta propre terre et sur ton libre domaine. Ah! Ulrich! Ulrich! demeure avec les tiens, ne va pas à Altdorf; n'abandonne pas la cause sainte de la patrie. Je suis le dernier de ma race; mon nom va finir avec moi; mon bouclier et mon casque, qui sont là suspendus, seront enfermés avec moi dans le tombeau. Faut-il qu'à mon dernier soupir j'aie la triste pensée que tu attends que mes yeux soient fermés pour abandonner cette seigneurie, et pour recevoir des mains de l'Autriche mon noble domaine que Dieu m'avait donné franc et libre!

RUDENZ. — En vain nous voudrions résister au roi; le monde lui obéit; pourrions-nous seuls lutter obstinément et rompre la puissante chaîne dont nous enveloppent les pays qu'il a soumis? Les marchés publics lui appartiennent; les tribunaux sont à lui; les routes que suivent les marchands, il les possède, et même les bêtes de somme qui traversent le Saint-Gothard lui doivent un impôt. Nous sommes environnés et enfermés au milieu de ses possessions, comme dans un filet. Est-ce l'Empire qui nous donnera du secours? Mais il ne peut se défendre lui-même contre la puissance toujours croissante de l'Autriche? Si Dieu ne nous secourt pas, qu'avons-nous à espérer de la protection des empereurs? Comment compter sur leurs promesses, lorsque les nécessités de la guerre et le besoin d'argent leur font donner en gage ou aliéner les villes qui se sont mises à l'abri sous l'aigle impériale? Non, mon oncle; dans ces temps de cruelles discordes, le plus sage, le meilleur parti, c'est de s'attacher à un chef puissant. La couronne impériale passe d'une famille à l'autre, et la mémoire des services et du dévouement ne peut se conserver; au lieu que, sous un gouvernement héréditaire, bien faire son devoir, c'est semer pour l'avenir.

ATTINGHAUSEN. — Te crois-tu donc plus sage et plus clairvoyant que tes nobles ancêtres qui, avec une vaillance héroïque, ont sacrifié leur sang et leurs biens pour le précieux trésor de leur liberté? Traverse le lac, et va demander à Lucerne s'il est doux d'être sous la domination des Autrichiens. Ils viendront dénombrer nos troupeaux et notre bétail, arpenter nos Alpes, nous interdire la chasse dans nos libres forêts, placer des barrières sur nos ponts et à nos portes, nous appauvrir pour payer l'acquisition de leurs domaines, et demander notre sang pour soutenir leurs guerres. Non, si notre sang doit couler, du moins que ce soit pour nous ! La liberté nous coûterait moins cher que l'esclavage.

RUDENZ. — Que pourrions-nous, avec un peuple de bergers, contre les armées d'Albert ?

ATTINGHAUSEN. — Enfant, apprends à connaître ce peuple de bergers : je le connais, moi : je l'ai conduit dans les batailles, et je l'ai vu combattre sous mes yeux à Favenz. Eh bien, qu'ils viennent pour nous soumettre au joug que nous sommes résolus à ne point supporter ! Oh ! apprends à sentir de quelle race tu es sorti : ne rejette pas pour une frivole vanité, pour un faux éclat, les dons précieux dont tu jouis. Être nommé chef d'un peuple libre qui ne se donnera à toi que par un sincère amour, qui te suivra avec dévouement au combat et à la mort : que ce soit là ton orgueil et ta noble gloire. Resserre les liens qu'a formés ta naissance : attache-toi à la patrie, à la chère patrie : donne-lui tout ton cœur. Ici ta force a de profondes racines, là-bas, dans ce monde étranger, tu serais un faible roseau que briserait la première tempête. Ah ! reviens : depuis longtemps tu ne nous vois plus : essaye de passer un seul jour avec nous, ne va pas aujourd'hui à Altdorf ; m'entends-tu ? Pour aujourd'hui seulement, accorde ce jour à ta famille.   *(Il lui prend la main.)*

RUDENZ. — J'ai donné ma parole, laissez-moi ; je suis engagé.

ATTINGHAUSEN *(Il quitte tristement sa main).* — Tu es engagé ? Ah ! malheureux ! Tu n'es cependant lié ni par parole, ni par serment ; tu es retenu par les liens de l'amour. *(Rudenz se détourne.)* Vainement tu te caches : c'est une femme, c'est Bertha de Bruneck qui t'attire chez le gouverneur, c'est elle qui t'enchaîne au service de l'empereur. Veux-tu, pour conquérir une femme, abandonner et trahir ton pays ? Ne te méprends pas : on te leurre par l'espoir de devenir son époux, mais elle n'est point destinée à tes confiants désirs.

RUDENZ. — J'en ai assez entendu. Adieu !

(Il s'en va.)

ATTINGHAUSEN. — Arrête, jeune insensé. Il part; je ne puis ni le retenir ni le détromper. C'est ainsi que Wolfenschiessen a abandonné la cause de son pays, c'est ainsi que d'autres l'imiteront encore. La séduction étrangère charme notre jeunesse et l'arrache à nos montagnes. O jour malheureux où l'étranger arriva dans ces vallées heureuses et tranquilles pour y corrompre l'innocence de nos pieuses mœurs ! Les nouveautés exercent ici un empire qui s'accroît chaque jour; ce qui est antique et respectable disparaît; un autre temps commence, d'autres pensées occupent la nouvelle génération. Que fais-je ici ? ils sont dans le tombeau tous ceux avec lesquels j'ai vécu; mon temps est maintenant enseveli. Heureux celui qui n'a plus besoin de vivre avec le temps nouveau !

(Il sort.)

SCÈNE II.

Le théâtre représente une prairie entourée de bois et de rochers élevés ; sur les flancs des rochers sont des sentiers avec des balustrades et des échelles, par lesquels on voit ensuite descendre les montagnards. Au fond, l'on aperçoit sur le lac le commencement d'un arc-en-ciel lunaire. L'horizon est fermé par de hautes montagnes, derrière lesquelles s'élèvent encore des sommets couverts de neige. Il fait tout à fait nuit : seulement la lueur de la lune se réfléchit sur le lac et sur les glaciers.

MELCHTHAL, BAUMGARTEN, MEIER DE SARNEN, BURKHART DE BUHEL, ARNOLD DE SEWA, NICOLAS DE FLUE, STRUTH DE WINKELRIED, *et quatre autres montagnards, tous armés.*

MELCHTHAL, *encore derrière la scène.* — Le chemin s'élargit; allons, suivez-moi; je reconnais les rochers et la petite croix, nous sommes arrivés. Voici le Rutli.

(Ils arrivent avec des torches.)

WINKELRIED. — Écoute.

SEWA. — Tout est désert.

MEIER. — Il n'y a encore ici aucun compatriote. C'est nous autres gens d'Unterwald qui arrivons les premiers.

MELCHTHAL. — La nuit est-elle avancée?

BAUMGARTEN. — Le veilleur du Selisberg vient de crier deux heures.

(On entend une cloche dans le lointain.)

MEIER. — Silence, écoutons.

BUHEL. — C'est la cloche de la chapelle des bois qui sonne matines sur l'autre bord, dans le pays de Schwitz.

DE FLUE. — L'air est pur, et le son se fait entendre de loin.

MELCHTHAL. — Allez, et allumez quelques branchages pour qu'ils jettent une vive flamme quand nos amis viendront.

(Deux habitants s'éloignent.)

SEWA. — Il fait un beau clair de lune, et le lac est uni comme un miroir.

BUHEL. — Ils auront une traversée facile.

WINKELRIED, *montrant le lac*. — Ah! regardez, regardez là-bas: ne voyez-vous rien?

MEIER. — Quoi donc?... Oui, c'est vrai! un arc-en-ciel au milieu de la nuit.

MELCHTHAL. — C'est la lumière de la lune qui le produit.

DE FLUE. — C'est un signe rare et merveilleux; et l'on peut avoir vécu longtemps sans l'avoir vu.

SEWA. — Il est double, voyez-vous; il y en a un plus pâle au-dessus.

BAUMGARTEN. — Ah! voici une barque qui passe justement dessous.

MELCHTHAL. — C'est Stauffacher avec sa barque; le digne homme ne se fait pas longtemps attendre.

(Il va vers le rivage avec Baumgarten.)

MEIER. — Ce sont les gens d'Uri qui tardent le plus.

BUHEL. — Ils ont un plus long détour à faire dans la montagne pour dérober leur marche aux gens du gouverneur.

(Pendant ce temps-là, on a allumé un feu au milieu de la scène.)

MELCHTHAL, *sur le rivage*. — Qui vient là? le mot d'ordre?

STAUFFACHER. — Amis de la patrie!

(Tous vont au fond du théâtre au-devant des arrivants; on voit sortir de la barque Stauffacher, Itel Reding, Jean de Mauer, Jorg de Hofe, Conrad Hunn, Ulrich le forgeron, Jost de Weller et trois autres montagnards. Tous sont aussi armés.)

TOUS ENSEMBLE. — Soyez les bienvenus.

(Tandis que les autres restent au fond du théâtre à se saluer mutuellement, Melchthal et Stauffacher s'avancent.)

MELCHTHAL. — Ah! seigneur Stauffacher, je l'ai revu lui qui ne peut plus me voir: j'ai touché de ma main ses yeux éteints, et l'ardeur de la vengeance s'est emparée de moi en le voyant privé de la lumière.

STAUFFACHER. — Ne parlez pas de vengeance; il ne s'agit pas de se venger, mais de se soustraire aux maux qui nous menacent. Maintenant dites-moi ce que vous avez fait dans le pays d'Unterwald; qui vous avez recruté pour la cause commune; ce que pensent vos compatriotes, et comment vous avez échappé aux embûches de la trahison.

MELCHTHAL. — A travers les terribles montagnes des Surrennes, et de vastes déserts de glaces où retentit seulement le cri rauque du vautour, je suis parvenu jusqu'au pâturage élevé où les bergers d'Uri et d'Engelberg s'appellent de loin et font paître ensemble leurs troupeaux; le lait des glaciers qui sort en écumant des crevasses m'a servi à apaiser ma soif. Je me suis arrêté dans les chalets solitaires où je ne trouvais aucun hôte pour me recevoir, et enfin je suis arrivé aux habitations des hommes réunis en société. Le bruit du nouveau crime commis était déjà parvenu dans ces vallées: à chaque porte où j'ai heurté, mon malheur me fit témoigner un pieux respect. J'ai trouvé ces âmes droites révoltées de cette nouvelle violence, car de même que nos Alpes nourrissent toujours les mêmes plantes, que les sources y coulent toujours de même, et que les nuages sont uniformément poussés par les mêmes vents, de même les antiques mœurs se sont transmises, sans varier, des ancêtres à leurs neveux, et, au milieu de ce cours uniforme des vieilles habitudes, toute nouveauté téméraire semble insupportable. Partout ils m'ont tendu leurs rudes mains, ils sont allés détacher

de la muraille leurs glaives couverts de rouille ; un sentiment de courage brillait dans leurs regards animés, quand
je leur ai nommé les noms chers à tous nos compatriotes
des montagnes : le nom de Walther Furst et le vôtre : ils
ont juré de faire tout ce qu'il vous semblera sage de faire ; ils
ont juré de vous suivre jusqu'à la mort. C'est ainsi que, sous
la protection d'une sainte hospitalité, j'ai suivi ma route
de cabane en cabane, et quand je suis arrivé dans ma
vallée natale où habitent çà et là mes nombreux parents,
quand j'ai trouvé mon père aveugle et dépouillé, couché
sur la paille, chez un étranger, et vivant de la charité des
hommes compatissants...

STAUFFACHER. — Dieu du ciel !

MELCHTHAL. — Je n'ai point pleuré ; je n'ai point épuisé
par d'impuissantes larmes la force de mon ardent désespoir : je l'ai renfermé dans mon cœur comme un précieux
trésor, et je n'ai songé qu'à agir. J'ai gravi tous les sentiers des montagnes ; il n'y a point de vallée si cachée que
je n'aie visitée. Jusqu'au pied des glaciers éternels j'ai
cherché les cabanes habitées ; partout où j'ai porté mes pas,
j'ai trouvé une égale haine pour la tyrannie, car jusqu'aux
dernières limites au delà desquelles n'habitent plus les
créatures vivantes, où le sol glacé se refuse à produire,
pénètre l'avidité des gouverneurs. J'ai, par mes discours,
échauffé les esprits de tout ce vertueux peuple, et il est à
nous maintenant de cœur comme de bouche.

STAUFFACHER. — En peu de temps vous avez fait beaucoup.

MELCHTHAL. — J'ai fait plus encore. Ce que les habitants
redoutent le plus, ce sont les deux forteresses de Sarnen
et de Rossberg : car nos ennemis, défendus par leurs murs
de rochers, y trouvent un asile sûr d'où ils dominent la
contrée. J'ai voulu de mes yeux les examiner ; je suis allé
à Sarnen, et j'ai vu la citadelle.

STAUFFACHER. — Vous avez osé pénétrer dans le repaire
du tigre ?

MELCHTHAL. — J'étais déguisé sous un habit de pèlerin.
J'ai vu le gouverneur qui se livrait à la débauche dans un
festin. Jugez si mon cœur sait se contenir : j'ai vu le gouverneur et je ne l'ai pas frappé !

STAUFFACHER. — Certes, la fortune a favorisé votre audace. (*Pendant ce temps, les autres montagnards se sont avancés et rapprochés de Stauffacher et de Melchthal.* Maintenant, dites-moi quels sont ces amis, ces hommes justes qui vous ont suivi. Faites-les-moi connaître, pour que nous nous rapprochions avec confiance et nous ouvrions nos cœurs.

MEIER. — Pour vous, seigneur Stauffacher, qui ne vous connaît pas dans les trois cantons? Moi je suis Meier de Sarnen, et voici le fils de ma sœur, Struth de Winkelried.

STAUFFACHER. — Ce ne sont pas des noms inconnus que vous me nommez. C'est un Winkelried qui tua le dragon dans le marais de Weiler, et qui laissa sa vie dans ce combat.

WINKELRIED. — C'était mon aïeul, seigneur Werner.

MELCHTHAL, *montrant deux de ses compagnons.* — Ceux-là habitent par delà Unterwald. Ils sont vassaux de l'abbaye d'Engelberg. Vous ne les estimerez pas moins que s'ils étaient libres propriétaires, et, comme nous, maîtres absolus de leur héritage. Ils aiment la patrie, et jouissent depuis longtemps d'une bonne renommée.

STAUFFACHER, *à ces deux hommes.* — Donnez-moi la main. C'est un avantage précieux que de n'être vassal de personne: mais la droiture honore toutes les conditions.

CONRAD HUNN. — Voici le seigneur Reding, notre ancien landamman.

MEIER. — Je le connais bien: il est mon adversaire, et plaide contre moi pour une portion d'héritage. — Seigneur Reding, devant le juge nous sommes en désaccord; ici nous sommes amis.

(Il lui serre la main.)

STAUFFACHER. — Cela est bien parlé.

WINKELRIED. — Écoutons; ils viennent. Entendez-vous la trompe d'Uri?

(De droite à gauche, on voit descendre, du haut des rochers, des hommes armés qui portent des torches.)

MAUER. — Voyez; c'est le pieux serviteur de Dieu, le digne curé, qui descend avec eux. La fatigue du chemin et l'obscurité de la nuit ne l'ont point rebuté; le fidèle pasteur a suivi son troupeau.

BAUMGARTEN. — Pétermann le sacristain, et le seigneur Walther Furst le suivent. Mais je n'aperçois point Tell dans cette troupe.

(Walther Furst, Rosselman le curé, Pétermann le sacristain, Kuoni le berger, Werni le chasseur, Ruodi le pêcheur, et cinq autres arrivent. Tous ensemble, au nombre de trente-trois, s'avancent et se placent autour du feu.)

WALTHER FURST. — Sur notre propre terre, sur le sol de la patrie, nous voici forcés de nous cacher, de nous rassembler secrètement, comme pourraient faire des assassins; nous nous couvrons des ombres de la nuit, qui ne servent d'ordinaire qu'à voiler le parjure et le crime, et cela pour protéger notre bon droit, qui est cependant aussi clair et évident que la plus éclatante lumière du jour.

MELCHTHAL. — Qu'importe! ce que la nuit obscure aura préparé paraîtra glorieusement et librement à la lumière du soleil.

LE CURÉ. — Amis et confédérés, écoutez ce que Dieu inspire à mon cœur: Nous tenons ici la place d'une assemblée générale du pays, et nous représentons tout le peuple; ainsi conduisons-nous d'après les anciens usages suivis dans des temps plus tranquilles. Ce qui peut être irrégulier dans cette assemblée, la force des circonstances l'excuse assez. Dieu est partout où se rend la justice, et nous sommes ici sous sa voûte céleste.

STAUFFACHER. — Oui, délibérons d'après les anciens usages. Il fait nuit, mais notre droit brille d'une pure clarté.

MELCHTHAL. — Si l'assemblée n'est pas complète par le nombre, du moins l'âme de tout le peuple est ici, et les meilleurs citoyens s'y trouvent.

CONRAD HUNN. — Nous n'avons pas les anciens livres avec nous, mais ils sont écrits dans nos cœurs.

LE CURÉ. — Ainsi, formons sur-le-champ le cercle, et que l'on plante les épées, signe de l'autorité.

MAUER. — Que le landamman prenne place, et ses assesseurs se mettront à ses côtés.

SCHMIDT. — Nous sommes ici trois cantons; auquel appartiendra-t-il de donner un chef à la confédération?

MEIER. — Que Schwitz et Uri se disputent cet honneur: nous autres d'Unterwald, nous renonçons librement à y prétendre.

MELCHTHAL. — Oui, nous y renonçons; nous sommes des suppliants qui implorent le secours de leurs puissants amis.

STAUFFACHER. — C'est Uri qui a droit à l'épée; sa bannière marche devant nous dans l'armée de l'Empire.

WALTHER FURST. — Non, cet honneur doit être le partage de Schwitz; c'est la tige dont nous nous faisons tous gloire d'être les branches.

LE CURÉ. — Laissez-moi terminer à l'amiable ce généreux débat. Schwitz aura le pas dans les conseils, Uri à la guerre.

WALTHER FURST *présente l'épée à Stauffacher.* — Elle est à vous.

STAUFFACHER. — Non pas à moi; cet honneur doit être réservé au plus âgé.

DE HOFE. — C'est Ulrich le forgeron qui compte le plus d'années.

MAUER. — C'est un homme respectable, mais il n'est pas de condition libre; et à Schwitz nul ne peut être magistrat s'il n'est pas franc propriétaire.

STAUFFACHER. — N'avons-nous pas ici le seigneur Reding, notre ancien landamman? Pouvons-nous en trouver un plus digne?

WALTHER FURST. — Qu'il soit président de l'assemblée et notre landamman? Que ceux qui le veulent lèvent la main!

(Tous lèvent la main droite.)

REDING *s'avance au milieu.* — Je ne puis jurer ici en posant la main sur les saints Évangiles, mais je promets à la face des astres éternels de ne jamais m'écarter de la justice. (*On plante devant lui les deux épées croisées. Le cercle se forme autour de lui. Schwitz est au milieu; Uri tient la droite, Unterwald la gauche. Il s'appuie sur son épée.*) Quel motif a pu rassembler les trois peuples des montagnes sur une rive déserte du lac pendant les heures funèbres de la nuit? Quel doit être l'objet de la nouvelle alliance que nous allons conclure ici sous le ciel étoilé?

STAUFFACHER *s'avance dans le cercle.* — Ce n'est pas une nouvelle alliance que nous voulons conclure: nous voulons renouveler l'antique union formée du temps de nos pères. Vous le savez, confédérés, bien que les trois peuples soient séparés par le lac et par les montagnes, bien que chacun se gouverne par ses lois propres, nous sommes tous de la même race et du même sang, et nous sommes tous originaires de la même patrie.

WINKELRIED. — Ainsi, ce que célèbrent nos antiques chansons serait donc vrai, et nous serions venus ici d'une terre lointaine. Ah! faites-nous connaître ce que vous en savez, et que l'ancienne alliance serve de fondement à la nouvelle!

STAUFFACHER. — Écoutez ce que racontent les vieux pasteurs. Il y avait bien loin, vers le nord, un grand peuple qui souffrit d'une affreuse disette. Dans cette nécessité, il fut résolu par tous les habitants qu'un sixième d'entre eux, désigné par le sort, abandonnerait la terre natale. Cela fut fait ainsi. Une troupe nombreuse et désolée d'hommes et de femmes partit, se dirigeant vers le midi et se frayant avec l'épée un passage à travers l'Allemagne. Ils arrivèrent jusqu'à ces montagnes couvertes de forêts, et ne s'arrêtèrent que dans la vallée sauvage où la Muotta coule maintenant entre les prairies. On n'y voyait aucune trace d'hommes; une seule cabane s'élevait sur la rive solitaire: un homme y habitait pour passer les voyageurs dans sa barque. Le lac était violemment agité, et l'on ne pouvait y naviguer. Ils examinèrent de plus près la contrée, y trouvèrent de belles et vastes forêts, y découvrirent des sources d'une eau pure, et crurent se retrouver dans leur chère patrie. Ils se décidèrent à s'y fixer: ils bâtirent l'ancien bourg de Schwitz, et passèrent bien des jours d'un rude travail à nettoyer le sol des innombrables racines de la forêt. Puis, le territoire ne suffisant plus à la nombreuse population, ils s'étendirent sur l'autre rive jusqu'aux montagnes noires et même jusqu'aux sommets couverts de

glaces éternelles, derrière lesquels habitait un autre peuple
parlant un autre langage. Ils bâtirent le bourg de Stanz
dans le Kernwald, et Altdorf dans la vallée de la Reuss.
Cependant ils gardèrent toujours le souvenir de leur origine, et, parmi les races étrangères qui vinrent depuis
s'établir sur cette terre, les hommes de Schwitz se reconnaissent entre eux par le sang et par le cœur.

(Il étend la main à droite et à gauche.)

JEAN DE MAYER. — Oui, nous avons tous même sang et
même cœur.

TOUS, *en étendant la main.* — Nous sommes un même
peuple, et nous agirons de concert.

STAUFFACHER. — Les autres peuples portent un joug
étranger, et se sont soumis à leurs vainqueurs; sur nos
frontières même, il y a beaucoup de vassaux qui obéissent
à une domination étrangère, et lèguent la servitude à leurs
enfants. Mais nous, vraie race des anciens Suisses, nous
avons toujours conservé notre liberté; jamais nous n'avons
ployé le genou devant un prince, et c'est de notre gré que
nous nous sommes placés sous la protection de l'empereur.

LE CURÉ. — Oui, c'est de notre plein gré que nous
nous sommes unis à l'Empire pour notre défense et notre
sûreté : cela est ainsi spécifié dans la lettre de l'empereur
Frédéric.

STAUFFACHER. — Car il n'est personne de si libre qui ne
reconnaisse un seigneur; il faut un chef, un juge suprême
à qui on puisse avoir recours en cas de contestation. C'est
pourquoi nos pères ont rendu hommage à l'empereur pour
le sol qu'ils avaient conquis sur la nature sauvage. Ils
reconnurent pour leur seigneur le seigneur de l'Allemagne
et de l'Italie, et, comme tous les hommes libres de l'Empire, ils s'engagèrent envers lui au noble service des armes.
Car tel est l'unique devoir des hommes libres : de défendre
l'Empire comme l'Empire les protège.

MELCHTHAL. — Toute autre obligation est un signe de
servitude.

STAUFFACHER. — Lorsque l'arrière-ban marchait, nos
pères suivaient la bannière impériale et combattaient dans

les batailles : ils prenaient les armes pour accompagner
l'empereur en Italie, et placer sur sa tête la couronne
romaine. Mais chez eux ils se gouvernaient suivant leur
bon plaisir, d'après leurs propres lois et leurs anciennes
coutumes: le droit seulement de prononcer la peine du
sang appartenait à l'empereur, et il le déléguait à un de
ses grands comtes, qui ne résidait point dans le pays.
Quand un meurtre avait eu lieu, on allait querir le juge,
et à ciel ouvert il prononçait la sentence clairement et sim-
plement, sans nulle crainte des hommes. Sont-ce là des
preuves que nous fussions en servitude? Si quelqu'un ici
sait la chose d'autre sorte, qu'il parle.

DE HOFE. — Non, tout se passait ainsi que vous l'avez
dit. Jamais nous n'aurions souffert chez nous une domination tyrannique.

STAUFFACHER. — Lorsque l'empereur voulut favoriser
les moines aux dépens de la justice, nous refusâmes d'o-
béir. Les gens de l'abbaye d'Einsiedeln nous disputaient
des montagnes où, depuis le temps de nos pères, nous fai-
sions paître nos troupeaux, l'abbé se fondant sur une ancienne lettre qui lui attribuait tous les terrains vagues et
sans propriétaire; et où il n'était pas fait mention de nous.
Alors nous dîmes : « La lettre a été surprise à l'empereur,
car il ne pouvait pas disposer de ce qui nous appartient;
et si l'Empire nous refuse justice, nous pourrons facilement, dans nos montagnes, nous passer de l'Empire. »
Ainsi parlèrent nos pères. Et nous, supporterons-nous la
honte d'un nouveau joug, souffrirons-nous d'un vassal
étranger ce qu'aucun empereur, dans toute sa puissance,
n'a osé exiger de nous? Nous avons conquis ce sol par le
travail de nos mains, nous avons transformé en habitations humaines les antiques forêts qui servaient seulement
de repaire aux ours féroces; nous avons exterminé les dra-
gons venimeux que nourrissaient les marécages; nous
avons déchiré le voile de brouillards qui jadis était toujours tristement suspendu sur ces solitudes; nous avons
brisé les rochers, et tracé au-dessus de l'abîme des sentiers sûrs pour les voyageurs. Ce sol est à nous par une
possession de mille années. Et des vassaux étrangers ose-

raient venir nous forger des chaînes, et nous outrager sur
notre propre terre ! N'est-il donc aucune ressource contre
une telle oppression ? (*Les montagnards montrent tous une
grande agitation.*) Non, la tyrannie a des bornes. Quand
l'opprimé ne peut obtenir justice nulle part, quand il est
accablé d'un poids insupportable, alors il demande au ciel
du courage et il implore cette justice éternelle qui habite
là-haut, immuable et inébranlable comme les astres mêmes ;
alors chacun retourne à l'ancien état de nature où l'homme
avait à se défendre de l'homme ; et pour dernière ressource,
quand on n'en peut trouver aucune autre, on a recours à
son épée. Nous avons le droit de défendre contre la force
nos biens les plus précieux ; nous combattrons pour notre
pays ; nous combattrons pour nos femmes et nos enfants.

TOUS *tirent l'épée.* — Nous combattrons pour nos femmes
et nos enfants !

LE CURÉ *s'avance au milieu du cercle.* — Avant de tirer
votre épée, réfléchissez mûrement. Vous pouvez facilement
apaiser l'empereur : il vous en coûtera un seul mot, et les
tyrans qui vous oppriment si durement ne songeront qu'à
vous être agréables. Faites ce qui vous a été souvent demandé : séparez-vous de l'Empire et reconnaissez la souveraineté de l'Autriche.

MAUER. — Que propose le curé ? de prêter serment à
l'Autriche ?

BÜHEL. — Ne l'écoutez pas !

WINKELRIED. — C'est le conseil d'un traître, d'un ennemi
de la patrie !

REDING. — Calmez-vous, confédérés.

SEWA. — Nous, rendre hommage à l'Autriche après un
tel affront !

DE FLUE. — Nous accorderions à la violence ce que nous
avons refusé à la douceur !

MEIER. — Alors nous serions esclaves, et nous aurions
mérité de l'être.

MAUER. — Que celui qui parlera de soumission à l'Autriche soit exclu de tous ses droits ! Landamman, je demande que ce soit la première loi qui soit ici rendue par
nous.

MELCHTHAL. — Qu'il en soit ainsi. Que celui qui parlera d'obéir à l'Autriche demeure privé de tous ses droits et dépouillé de tout honneur! qu'aucun des confédérés ne le reçoive à son foyer!

TOUS *lèvent la main droite*. — Nous le voulons ainsi: que ce soit une loi!

REDING, *après un moment de silence*. — Cela est arrêté.

LE CURÉ. — Oui, vous êtes libres; cette loi montre que vous êtes libres. L'Autriche ne doit pas obtenir par la violence ce que vous avez déjà refusé à ses démarches amicales.

WEILER. — A l'ordre du jour: continuons.

REDING. — Confédérés, tous les moyens de persuasion ont-ils été essayés? Peut-être le souverain ne connaît-il pas nos maux: peut-être est-ce contre sa volonté que nous souffrons. Avant de tirer l'épée, nous devrions tenter un dernier effort pour faire parvenir nos plaintes à son oreille. Même dans une cause juste, il est terrible d'employer la violence, et Dieu n'accorde son secours que lorsqu'on ne peut plus rien obtenir des hommes.

STAUFFACHER, *à Conrad Hunn*. — C'est à vous de donner des détails à ce sujet: parlez.

CONRAD HUNN. — J'étais allé à Rheinfeld, au palais de l'empereur, pour porter plainte contre la cruelle oppression des gouverneurs, et pour réclamer notre antique lettre de franchise que chaque souverain ratifie toujours à son avénement. J'ai trouvé là beaucoup de députés des villes de la Souabe et des bords du Rhin : ils s'en retournèrent tous joyeusement chez eux après avoir obtenu leurs titres, et moi, votre député, on m'a adressé aux conseillers de l'empereur, qui m'ont congédié avec cette vaine consolation « que l'empereur n'avait point le temps, mais que « certainement il ne nous oublierait pas. » Je m'en allais tristement, traversant les salles du palais, quand j'ai aperçu le duc Jean qui se tenait dans une embrasure, les larmes aux yeux. Les nobles seigneurs de Wart et de Tegerfeld étaient auprès de lui. Ils m'ont appelé et m'ont dit : « N'ayez recours qu'à vous-mêmes, et n'attendez pas de justice du roi. Ne dépouille-t-il pas l'enfant de son propre frère, et

« ne lui retient-il pas injustement son héritage? Le duc
« lui a demandé les domaines de sa mère, car il était ma-
« jeur et en âge de gouverner ses vassaux et ses terres;
« eh bien, quelle réponse a-t-il obtenue? l'empereur a pris
« une couronne de fleurs, et en la mettant sur la tête du
« duc : Voilà, a-t-il dit, l'ornement qui convient à l'en-
« fance. »

MAUER. — Vous l'avez entendu; il ne faut espérer de
l'empereur ni droit ni justice; il faut n'avoir recours qu'à
vous-mêmes.

REDING. — Il ne nous reste point d'autre ressource.
Maintenant, avisons aux moyens les plus sages pour atteindre notre but.

WALTHER FURST *s'avance dans le cercle.* — Nous voulons
nous soustraire à un joug abhorré, nous voulons assurer
les droits antiques que nous ont légués nos pères, mais non
point en conquérir de nouveaux. Que ce qui appartient à
l'empereur soit conservé à l'empereur : que celui qui a
un seigneur continue à le servir fidèlement suivant son
devoir.

MEIER. — Je possède un fief de l'Autriche.

WALTHER FURST. — Vous continuerez à remplir vos obli-
gations envers l'Autriche.

WEILER. — Je paye l'impôt aux seigneurs de Rappers-
weil.

WALTHER FURST. — Vous continuerez à leur payer l'impôt et les redevances.

LE CURÉ. — J'ai prêté serment à l'abbesse de Zurich.

WALTHER FURST. — Vous rendrez à l'Église ce qui est à
l'Église.

STAUFFACHER. — Je relève directement de l'Empire.

WALTHER FURST. — Que chacun accomplisse ses devoirs
et rien de plus. Nous voulons chasser les gouverneurs et
leurs satellites et renverser leurs forteresses, mais, s'il se
peut, sans répandre de sang. Que l'empereur sache que
nous avons été contraints de nous écarter du respect que
nous lui devons; s'il nous voit demeurer après dans de
justes bornes, peut-être les conseils de la politique le por-
teront-ils à vaincre sa colère. Un peuple qui sait, le glaive

à la main, conserver de la modération, inspire une juste crainte.

REDING. — Mais cependant comment y parvenir ? L'ennemi a les armes à la main, et sûrement il ne cédera pas sans combattre.

STAUFFACHER. — Il sera contraint de céder, s'il ne nous voit en armes qu'à l'instant où nous le surprendrons, avant qu'il soit préparé à la défense.

MEIER. — Cela est bientôt dit, mais difficile à faire. Deux forteresses commandent tout notre pays ; c'est l'asile de nos ennemis, et si l'empereur arrivait dans la contrée, elles deviendraient plus redoutables encore. Rossberg et Sarnen doivent être surpris avant qu'un seul glaive ait été tiré dans les trois cantons.

STAUFFACHER. — Si l'on tarde longtemps, l'ennemi sera prévenu ; le secret est partagé entre trop de personnes.

MEIER. — Il n'y a pas un traître dans les trois cantons.

LE CURÉ. — On est trahi souvent par le zèle même le plus pur.

WALTHER FURST. — Si l'on tarde, la forteresse que l'on construit à Altdorf s'achèvera, et le gouverneur s'y fortifiera.

MEIER. — Vous songez à vos intérêts.

LE CURÉ. — Et vous, vous êtes injustes.

MEIER. — Nous injustes ! et les gens d'Uri osent nous faire ce reproche !

REDING. — N'oubliez pas votre serment : calmez-vous.

MEIER. — Si Schwitz est d'intelligence avec Uri, nous n'avons plus qu'à nous taire.

REDING. — Je dois vous reprocher devant toute l'assemblée d'avoir troublé la paix par des paroles trop vives. Eh ! ne sommes-nous pas tous ici pour la même cause ?

WINKELRIED. — Nous pourrions attendre jusqu'à la fête du gouverneur ; alors c'est l'habitude que tous les vassaux aillent dans le château lui porter des présents. Dix ou douze hommes pourraient s'y introduire sans être soupçonnés. Ils cacheraient sur eux des fers de lance qu'ils pourraient placer ensuite à leurs bâtons, car il est défendu d'entrer au château avec des armes. Une troupe nombreuse se tiendrait tout auprès dans la forêt; quand les autres auraient réussi à s'emparer de la porte, ils sonneraient de la trompe, et tous sortiraient alors de leur embuscade; de la sorte le château tomberait facilement entre nos mains.

MELCHTHAL. — Je me chargerai de pénétrer à Rossberg. Une jeune fille du château m'a montré quelque affection, je pourrai facilement l'engager à me tendre une échelle de corde pour quelque visite nocturne; je monterai le premier et mes amis me suivront.

REDING. — Est-ce la volonté de tous que l'on diffère l'exécution?

(La majorité lève la main.)

STAUFFACHER *compte les voix.* — Il y a vingt voix contre douze.

WALTHER FURST. — Aussitôt qu'à un jour marqué les forteresses seront tombées en notre pouvoir, on allumera pour signal des feux sur le sommet des montagnes, et tous les habitants se rassembleront dans le chef-lieu du canton. Quand les gouverneurs nous verront prêts à nous défendre vaillamment, croyez-moi, ils ne tenteront pas le combat et accepteront un sauf-conduit pour sortir paisiblement de nos frontières.

STAUFFACHER. — Je crains seulement la résistance opiniâtre de Gessler : il est redoutable et toujours entouré de gardes. Il ne quittera pas la place sans effusion de sang, et, même expulsé, il sera encore à craindre pour le pays. Il sera difficile et dangereux de l'épargner.

BAUMGARTEN. — Placez-moi au lieu où le danger sera le plus grand; j'exposerai volontiers pour mon pays cette vie que Tell a généreusement sauvée; j'ai vengé mon honneur, mon cœur est satisfait.

REDING. — Le temps porte conseil; sachez attendre avec patience; il faut aussi abandonner quelque chose à l'inspiration du moment; mais tandis que nous sommes ici à délibérer, voici le sommet des hautes montagnes qui s'éclaire et nous avertit de l'approche du matin. Partons, séparons-nous avant d'être surpris par la lumière du jour.

WALTHER FURST. — Ne vous inquiétez pas; l'obscurité se dissipe lentement dans ces vallées.

(Tous, par un mouvement spontané, ôtent leurs chapeaux et semblent saluer l'aurore avec un recueillement silencieux.)

LE CURÉ. — Au nom de cette lumière que le ciel nous envoie longtemps avant qu'elle ait pénétré les vapeurs épaisses des cités, faisons tous le serment de l'alliance nouvelle.... Nous jurons ici de former un seul peuple de frères que les malheurs et les dangers ne sépareront jamais. *(Tous répètent le même serment en levant au ciel les trois doigts de la main droite.)* Nous jurons d'être libres ainsi que l'ont été nos pères, et de préférer toujours la mort à l'esclavage. *(Tous répètent encore.)* Nous jurons de mettre notre confiance en Dieu tout-puissant, et de ne point craindre la puissance des hommes.

(Tous répètent encore, puis ils s'embrassent mutuellement.)

STAUFFACHER. — Maintenant que chacun reprenne tranquillement son chemin et retourne auprès de ses amis et de ses compagnons; que le berger ramène son troupeau et dispose sans bruit ses amis à entrer dans l'alliance. Supportez avec patience ce qui doit encore être souffert jusqu'au moment fixe; laissez la tyrannie accumuler ses injures jusqu'à ce que le jour arrive où il lui sera demandé un compte général et particulier de ses offenses. Domptez votre colère et réservez votre vengeance pour la vengeance de tous. Celui qui voudrait maintenant défendre sa propre cause se rendrait coupable envers la cause commune.

(Pendant qu'ils s'éloignent dans le plus grand silence de trois côtés différents, l'orchestre fait entendre une éclatante symphonie. La scène reste encore vide pendant un instant, et offre le spectacle du lever du soleil sur les glaciers.)

FIN DU DEUXIÈME ACTE.

ACTE TROISIÈME

SCÈNE I.

Une cour devant la maison de Tell; il travaille avec une hache de charpentier. Sa femme. Hedwige, est occupée d'un ouvrage domestique. Walter et Guillaume jouent, dans le fond de la scène, avec une petite arbalète.

WALTHER *chante.*

Armé de son arc et de ses flèches, le chasseur parcourt
Les montagnes et les vallées, dès les premiers rayons du matin.
Le milan règne dans les plaines de l'air :
Le libre chasseur règne sur les montagnes et les rochers :
L'espace est à lui : ce que sa flèche atteint lui appartient :
Ce qui marche et ce qui vole devient sa proie.

(Il vient en sautant.)

Ma corde est cassée : arrange-la-moi, père.

TELL. — Non ; un bon chasseur doit s'aider lui-même.

(Les enfants s'éloignent.)

HEDWIGE. — Ces enfants s'exercent de bonne heure à tirer.

TELL. — Quand on veut devenir maître, il faut s'exercer de bonne heure.

HEDWIGE. — Dieu veuille qu'ils ne soient pas si habiles.

TELL. — Il faut s'instruire de tout. Celui qui veut se frayer sa route à travers la vie, doit être armé pour l'attaque et la défense.

HEDWIGE. — Hélas ! tous les miens fuiront donc toujours le repos de la maison !

TELL. — Femme, je ne puis être autrement : la nature ne m'a pas fait pour être berger : j'aime à poursuivre sans

relâche un objet qui s'éloigne sans cesse. Je ne jouis bien
de la vie que lorsque chaque jour je la conquiers au prix
d'un nouveau danger.

HEDWIGE. — Et tu oublies les angoisses de ta femme, qui
tremble en attendant ton retour. Ce que les gens racontent
de vos courses périlleuses me remplit d'effroi; chaque fois
que tu me quittes, mon cœur frémit de la crainte de ne
plus te revoir. Je te vois égaré parmi les montagnes de
glace, faire un saut périlleux d'un rocher à l'autre; je vois
le chamois, sautant en arrière, t'entraîner avec lui dans
l'abîme; je te vois enseveli sous l'avalanche, ou bien la
glace trompeuse se brise sous tes pas, et tu tombes enterré
vivant dans l'horrible précipice. Hélas! la mort sous mille
formes différentes menace le chasseur des Alpes. C'est un
misérable métier, qui fait vivre sans cesse au bord des
abîmes.

TELL. — Celui qui est maître de ses sens et sait de sang-
froid observer autour de lui, qui met sa confiance en Dieu
et dans sa force et son agilité, celui-là peut facilement se
tirer du péril, et la montagne ne doit pas effrayer qui y a
pris naissance. (*Il a fini son travail et laisse ses outils.*)
Maintenant, je pense, la porte tiendra longtemps; avec ma
hache, je sais me passer de charpentier.

                              (Il prend son chapeau.)

HEDWIGE. — Où vas-tu?

TELL. — A Altdorf, chez ton père.

HEDWIGE. — N'as-tu aucun dessein périlleux? avoue-le-
moi.

TELL. — D'où peut te venir cette pensée?

HEDWIGE. — Il se trame quelque chose contre les baillis...
On s'est assemblé au Rutli, je le sais, et tu es aussi de la
ligue.

TELL. — Non, je n'y étais pas..... Cependant je ne serai
point sourd à la voix de ma patrie, si elle m'appelle.

HEDWIGE. — Ils te placeront au poste le plus périlleux;
le plus difficile sera ton lot, comme toujours.

TELL. — Chacun est employé suivant ses moyens.

HEDWIGE. — Tu as encore, pendant la tempête, fait
passer le lac à l'homme d'Unterwald; c'est un miracle que

tu sois échappé. Ne penses-tu donc point à ta femme et à tes enfants?

TELL. — Chère femme, j'ai pensé à vous; c'est pour cela que j'ai conservé un père à ses enfants?

HEDWIGE. — Naviguer sur le lac en furie! ce n'est pas se confier à Dieu, c'est ce qu'on nomme tenter Dieu.

TELL. — Qui réfléchit trop agit peu.

HEDWIGE. — Oui, tu es bon et secourable; tu fais du bien à tous, et si tu étais dans le besoin, personne ne viendrait à ton secours.

TELL. — Dieu veuille que je n'aie pas besoin d'être secouru!

(Il prend son arbalète et ses flèches.)

HEDWIGE. — Pourquoi prendre ton arbalète? Laisse-la ici.

TELL. — Quand je ne suis pas armé, il me semble que je suis sans force.

(Les enfants reviennent.)

WALTHER. — Père, où vas-tu?

TELL. — A Altdorf, mon enfant, chez grand-père. Veux-tu venir avec moi?

WALTHER. — Oui, bien volontiers.

HEDWIGE. — Le bailli y est maintenant, ne va pas à Altdorf.

TELL. — Il en repart aujourd'hui.

HEDWIGE. — Attends qu'il en soit reparti, ne le fais pas souvenir de toi; tu sais qu'il nous en veut.

TELL. — Son mauvais vouloir ne peut me faire beaucoup de mal. Je vis en honnête homme, et ne crains aucun ennemi.

HEDWIGE. — Ce sont justement les honnêtes gens qu'il hait le plus.

TELL. — Parce qu'il n'a pas de prise sur eux. Mais moi, il me laissera en paix, je crois.

HEDWIGE. — Et comment le sais-tu?

TELL. — Il n'y a pas longtemps que je chassais dans la vallée sauvage du Schœchen, loin des traces des hommes. Je suivais seul un sentier taillé dans le roc, où il était impossible de s'éviter, car au-dessus de moi, un mur de rochers était suspendu sur ma tête, et au-dessous mugissait le torrent. (*Les enfants se rapprochent de lui et écoutent avec une avide curiosité.*) Le bailli arriva tout à coup par le même sentier, venant en sens contraire: il était seul, j'étais seul aussi. Nous nous trouvions là homme à homme et sur le bord de l'abîme. Quand le chevalier m'aperçut et me reconnut, moi que peu de temps auparavant il avait, pour un léger prétexte, traité assez durement; quand il me vit bien armé marcher vers lui, il pâlit, ses genoux fléchirent, et je vis le moment où il allait tomber contre le rocher. Alors j'eus pitié de lui; j'avançai d'un air soumis et lui dis : C'est moi, seigneur bailli. Il ne put proférer une seule parole.... De la main, il me fit signe en silence de continuer ma route: je passai, et lui envoyai sa suite.

HEDWIGE. — Il a tremblé devant toi... malheur à toi! tu l'as vu faible; jamais il ne te pardonnera.

TELL. — Aussi je l'évite, et lui ne me cherchera pas.

HEDWIGE. — Ne va pas à Altdorf aujourd'hui, va plutôt à la chasse.

TELL. — Mais quelle crainte as-tu donc?

HEDWIGE. — Je suis inquiète. N'y va point.

TELL. — Peux-tu ainsi t'inquiéter sans motif?

HEDWIGE. — Parce que c'est sans motif... Tell, demeure, je te prie.

TELL. — J'ai promis, chère femme, d'y aller.

HEDWIGE. — Puisqu'il le faut, va; mais du moins laisse-moi l'enfant.

WALTHER. — Non, petite mère, je veux aller avec mon père.

HEDWIGE. — Walter, tu veux laisser ta mère?

WALTHER. — Je te rapporterai quelque chose de beau de chez grand-père.

(Il part avec son père.)

GUILLAUME. — Mère, je demeure avec toi.

HEDWIGE *l'embrasse.* — Oui, tu es mon cher enfant, toi seul me restes.

(Elle va à la porte de la cour, et suit longtemps des yeux son mari et son fils.)

SCÈNE II.

Une contrée sauvage, entourée de forêts. Une cascade tombe
d'un rocher.

BERTHA *en habit de chasse*, RUDENZ *la suit.*

BERTHA. — Il me suit. Enfin je pourrai m'expliquer.

RUDENZ *s'avance avec empressement.* — Enfin, madame,
je vous trouve seule. Ici, dans un désert environné par
les abîmes, je n'ai aucun témoin à redouter. Mon cœur va
rompre un trop long silence.

BERTHA. — Êtes-vous sûr que la chasse ne nous suit pas?

RUDENZ. — La chasse est d'un autre côté. Maintenant,
ou jamais, il faut que je profite de ce précieux instant: il
faut que j'apprenne la décision de mon sort, quand cela
devrait pour toujours me séparer de vous. Oh! n'armez pas
vos regards bienveillants de cette fierté sévère! Qui suis-je,
en effet, pour oser élever jusqu'à vous des désirs téméraires? Mon nom est encore sans gloire, je ne puis me
mettre au rang de ces brillants chevaliers illustrés par la
victoire qui recherchent votre main. Je n'ai qu'un cœur
plein de fidélité et d'amour.

BERTHA, *avec force et gravité.* — Osez-vous bien me
parler d'amour et de fidélité, vous qui trahissez vos devoirs
les plus sacrés! (*Rudenz recule avec surprise.*) Un esclave
de l'Autriche, qui se vend aux étrangers, aux oppresseurs
de son peuple.

RUDENZ. — Madame, c'est de vous que j'entends un tel
reproche? et qui, si ce n'est vous, m'attire dans ce parti?

BERTHA. — Pensiez-vous me trouver dans le parti des
traîtres? J'aimerais mieux accorder ma main à Gessler lui-
même, au tyran, qu'au fils dénaturé de la Suisse qui se
fait l'instrument de la tyrannie.

RUDENZ. — O Dieu! que me faut-il entendre?

BERTHA. — Eh quoi! l'honnête homme a-t-il rien qui
doive plus le toucher que l'intérêt des siens? Est-il un plus
beau devoir pour un noble cœur que d'être le défenseur de
l'innocence, le protecteur du droit des opprimés? Le cœur

me saigne pour votre peuple; je souffre de ses maux, car je le chéris. Son caractère, plein à la fois de modération et de force, lui a gagné mon âme, et chaque jour j'apprends à l'honorer davantage. Mais vous, que la naissance et votre devoir de chevalier lui donnaient pour défenseur naturel et qui l'abandonnez et passez sans foi à l'ennemi, et forgez des fers pour votre patrie; votre conduite m'offense et m'afflige, et il faut que je fasse violence à mon cœur pour ne pas vous haïr.

RUDENZ. —Que veux-je donc que le bien de mon pays... que sous le sceptre puissant de l'Autriche, le faire jouir de la paix?

BERTHA. — Vous voulez préparer sa servitude! Vous voulez chasser la liberté du dernier asile qui lui reste sur la terre! Le peuple entend mieux que personne son bonheur; son propre sentiment le guide mieux que toute autre lumière. Ils vous ont enveloppé dans leurs filets.

RUDENZ. — Berthe, vous me haïssez, vous me méprisez.

BERTHA. —Si je le faisais, je serais plus heureuse; mais voir méprisé, voir digne de mépris celui qu'on voudrait pouvoir aimer!

RUDENZ. — Ah! Bertha, Bertha, en un instant vous me montrez le suprême bonheur du ciel, et vous me précipitez dans le désespoir.

BERTHA. — Non, non, les nobles sentiments ne sont pas entièrement étouffés en vous; ils sommeillent seulement, et je veux les éveiller. Il vous faut vous faire violence pour détruire en vous la vertu qui vous est naturelle; par bonheur elle est plus forte que vous; en dépit de vous-même, vous êtes noble et généreux.

RUDENZ. — Ah! puisque vous avez confiance en moi, par votre amour il n'est rien que je ne puisse être et devenir.

BERTHA. — Soyez ce que la nature toute-puissante vous a fait: remplissez la place où elle vous a mis; soyez fidèle à votre patrie et à vos concitoyens, et combattez pour vos droits sacrés.

RUDENZ. — Ah! malheureux que je suis! Comment vous obtenir, vous posséder, si je me déclare contre la puissance de l'empereur? N'est-ce pas la volonté souveraine de vos parents qui dispose tyranniquement de votre main?

BERTHA. — Mes biens sont situés dans cette contrée, et si la Suisse est libre, je le suis aussi.

RUDENZ. — Bertha! quelle espérance vous me faites entrevoir!

BERTHA. — N'espérez pas obtenir ma main par la faveur de l'Autriche; ils étendent la main vers mon héritage, ils veulent le réunir à leur grand patrimoine. Cette avidité qui veut engloutir votre liberté menace aussi la mienne... O mon ami! je suis une victime destinée peut-être à récompenser un favori. On veut m'entraîner à cette cour de l'empereur où habitent la fausseté et l'artifice, on veut m'y enchaîner par les nœuds d'un hymen détesté; l'amour seul... le vôtre, peut me sauver.

RUDENZ. — Vous pourriez vous résoudre à passer ici votre vie? à être à moi dans ma patrie? Oh! Bertha, l'envie que j'avais d'en sortir n'était que le désir de vous obtenir; je ne cherchais que vous en courant après la gloire, et mon ambition n'était que mon amour. S'il vous est possible de vous renfermer avec moi dans cette paisible vallée et d'y renoncer à l'éclat qui vous attendait, le but de tous mes désirs est atteint. Que les vagues de ce monde agité viennent se briser contre les rivages tranquilles de ces montagnes. Je ne laisserai plus mes souhaits s'égarer vers les vastes horizons de la vie. Puissent alors ces rochers étendre autour de nous leurs impénétrables murs, et cette bienheureuse vallée ne s'ouvrir pour nous que vers le ciel et la lumière!

BERTHA. — Oui, maintenant, te voilà tout à fait tel que mon cœur t'avait rêvé; mon pressentiment ne m'a point trompée.

RUDENZ. — Adieu, vaine illusion qui m'avais séduit. C'est dans ma patrie que je dois trouver le bonheur; là où mon heureuse enfance s'est épanouie, où je suis entouré de mille souvenirs de joie, où tous les arbres et toutes les fontaines sont vivants pour mes yeux; c'est ici, dans ma patrie, que tu veux être à moi. Ah! je n'ai jamais cessé de la chérir; je sens qu'elle m'eût manqué au milieu de tous les bonheurs.

BERTHA. — Où serait l'île fortunée, si elle n'est pas ici, dans le pays de l'innocence? ici, où habite l'antique bonne foi, où la perfidie n'a pas encore pénétré? Jamais l'envie n'y troublera la source de notre félicité, et les heures y couleront pour nous éternellement sereines... Ici je te vois, dans ta vraie dignité d'homme, le premier de tes concitoyens libres et égaux, honoré par des hommages sincères et libres, et plus grand qu'un roi au milieu de son royaume.

RUDENZ. — Ici je te vois, la reine de ton sexe, occupée par mille soins charmants à faire de ma maison le séjour d'un bonheur céleste, à embellir ma vie par ta grâce et tes charmes; et, pareille au printemps répandant toutes ses fleurs, animer tout autour de toi.

BERTHA. — Vois, ami, si je devais m'affliger de te voir détruire toi-même ce bonheur suprême! Quel malheur pour moi, s'il me fallait suivre l'orgueilleux chevalier, le tyran du pays, dans son noir château! Ici il n'y a point de château, aucune muraille ne me sépare d'un peuple que je puis rendre heureux.

RUDENZ. — Cependant comment m'affranchir? comment rompre les liens où je me suis follement enlacé moi-même?

BERTHA. — Romps-les par une résolution forte et courageuse. Quoi qu'il en puisse advenir... reste avec ton peuple. C'est ta place naturelle. (*On entend des cors de chasse dans le lointain.*) La chasse se rapproche; séparons-nous. Combats pour ta patrie, c'est combattre pour ton amour. Songe qu'il n'y a qu'un ennemi qui nous opprime tous, qu'une liberté qui nous affranchira tous.

(Ils s'éloignent.)

SCÈNE III.

Une prairie près d'Altdorf. Des arbres sur le devant. Au fond du théâtre le chapeau sur une perche. L'horizon est terminé par la chaîne du Bannberg, surmontée de cimes couvertes de neige.

FRIESSHARDT *et* LEUTHOLD *montent la garde.*

FRIESSHARDT. — C'est bien vainement que nous veillons ici ; personne ne veut y passer ni faire sa révérence au chapeau. Il y avait pourtant d'ordinaire autant de monde ici qu'à une foire ; maintenant que cet épouvantail est suspendu à cette perche, la prairie est devenue déserte.

LEUTHOLD. — Il n'y a que quelques misérables qui viennent de temps en temps, par moquerie, tirer leurs bonnets déguenillés ; mais tout ce qu'il y a d'honnêtes gens aime mieux faire un long circuit et le tour de la moitié du village que de venir se courber devant le chapeau.

FRIESSHARDT. — Ils sont forcés de passer ici à midi, quand ils sortent de la maison de ville ; j'ai déjà manqué faire quelque bonne prise. Aucun ne songeait à saluer le chapeau. Mais le curé Rosselmann s'en aperçut... il venait justement de voir un malade... et il vint se placer avec le Saint-Sacrement tout contre la perche... Le sacristain a sonné sa cloche, tout le monde s'est mis à genoux, et moi aussi : mais c'est le Saint-Sacrement qu'ils ont salué, et non pas le chapeau.

LEUTHOLD. — Écoute, camarade, je commence à trouver que nous sommes là comme au carcan devant ce chapeau ; n'est-ce pas une honte pour un homme d'armes que d'être en faction devant un chapeau vide ? et tout honnête homme doit nous mépriser ! Faire la révérence à un chapeau, il faut avouer que c'est une extravagante consigne.

FRIESSHARDT. — Et pourquoi ne pas saluer un chapeau vide et creux ? ne t'est-il pas arrivé souvent de saluer une tête sans cervelle ?

· Hildegarde, Mathilde et Élisabeth arrivent avec leurs enfants, et tournent autour du mât.)

LEUTHOLD. — Tu es un zélé et officieux valet, et tu ferais volontiers du mal à ces braves gens. Pour moi, passe qui voudra devant ce chapeau, je ferme les yeux et ne vois rien.

MATHILDE. — Là est pendu le gouverneur, ayez du respect, bambins!

ÉLISABETH. — Dieu veuille qu'il nous quitte en ne nous laissant que son chapeau! le pays n'en sera pas plus malheureux.

FRIESSHARDT *les renvoie.* — Hors d'ici! allez-vous-en, misérable troupeau de femmes, on n'a pas besoin de vous ici; envoyez vos maris, s'ils se sentent le courage de braver la consigne.

(Elles s'en vont.)

(Tell paraît; il tient son arbalète et donne la main à son enfant. Ils passent devant le chapeau sans le voir, et arrivent sur le devant de la scène.)

WALTHER, *en montrant les montagnes de Bannberg.* — Père, est-il vrai que dans ces montagnes le sang coule des arbres, lorsqu'on les frappe avec la hache?

TELL. — Qui t'a dit cela, mon enfant?

WALTHER. — C'est le maître berger. Il raconte qu'il y a un charme dans ces arbres, et que si quelqu'un leur a fait du mal, sa main sort de la fosse après sa mort.

TELL. — Ces arbres sont sacrés, il est vrai. Vois-tu, là-bas dans le lointain, ces hautes montagnes blanches dont la pointe se perd dans le ciel?

WALTHER. — Ce sont les glaciers où l'on entend de si grands bruits pendant la nuit, et d'où tombent les avalanches.

TELL. — Oui, mon enfant, et ces avalanches auraient depuis longtemps enseveli sous leur masse le bourg d'Altdorf, si la forêt là-haut n'était comme une garde sûre qui le préserve.

WALTHER, *après un moment de réflexion.* — Père, y a-t-il des pays où l'on ne voit pas de montagnes?

TELL. — Quand l'on descend de nos montagnes, et qu'on va toujours plus bas en suivant les cours d'eaux, on arrive dans une vaste contrée où le sol est uni, où les rivières

coulent doucement et cessent d'être des torrents écumeux.
La vue s'y étend librement vers tous les points du ciel. Les
moissons y verdissent dans d'immenses et magnifiques
plaines, et le pays semble un jardin bien cultivé.

WALTHER. — Alors, père, pourquoi ne descendons-nous
pas bien vite dans ce beau pays, au lieu de nous inquiéter
et de nous tourmenter ici?

TELL. — Le pays est beau et bon comme le ciel, mais
ceux qui l'habitent ne jouissent pas des moissons qu'ils
ont semées.

WALTHER — Est-ce qu'ils ne vivent pas libres comme toi
sur leur propre héritage?

TELL. — La terre appartient au roi et à l'évêque.

WALTHER. — Il leur est pourtant permis de chasser librement dans les forêts?

TELL. — Le gibier et les oiseaux appartiennent au seigneur.

WALTHER. — Mais ils peuvent pêcher librement dans les
rivières?

TELL. — Les rivières, la mer, le sel, appartiennent au
roi.

WALTHER. — Quel est donc ce roi, si redoutable pour tous?

TELL. — C'est celui qui les protége et les nourrit.

WALTHER. — N'ont-ils pas assez de courage pour se protéger eux-mêmes?

TELL. — Chez eux, le voisin ne peut se fier à son voisin.

WALTHER. — Ah! mon père, on doit se sentir gêné dans
ce vaste pays; j'aime mieux habiter sous les avalanches.

TELL. — Oui, mon enfant, mieux vaut la menace des
glaciers que la méchanceté des hommes.

(Ils veulent continuer leur chemin.)

WALTHER. — Ah! père, vois donc ce chapeau sur la
perche.

TELL. — Que nous fait ce chapeau? Viens. Allons.

(Friesshardt marche à sa rencontre, sa hallebar le en avant.)

FRIESSHARDT. — Au nom de l'empereur, halte! arrêtez!

TELL saisit la hallebarde. — Que voulez-vous? Pourquoi
m'arrêtez-vous?

FRIESSHARDT. — Vous avez désobéi à la consigne ; allons, suivez-moi.

LEUTHOLD. — Vous n'avez point salué ce chapeau.

TELL. — Mon ami, laisse-moi aller.

FRIESSHARDT. — Allons, allons, en prison !

WALTHER. — Mon père en prison ! Au secours ! au secours ! *Il court çà et là sur la scène.*) Ici, amis ! braves gens ! secourez-nous, prêtez-nous assistance ! Ils l'emmènent prisonnier !

(Rosselmann le curé, Petermann le sacristain et trois autres habitants arrivent.)

LE SACRISTAIN. — Qu'est-ce ?

LE CURÉ. — Pourquoi portes-tu la main sur cet homme ?

FRIESSHARDT. — C'est un ennemi de l'empereur, un traître.

TELL. — Moi, un traître !

LE CURÉ. — Vous vous trompez, mon ami. C'est Tell, un homme d'honneur, un bon citoyen.

WALTHER *aperçoit Walther Furst, et court à sa rencontre.* Grand-père, au secours ! on fait violence à mon père !

FRIESSHARDT. — Allons, en prison !

WALTHER FURST, *accourant.* — Je donne caution pour lui, arrêtez... Au nom de Dieu, Tell, qu'est-il arrivé ?

(Melchtal et Stauffacher arrivent.)

FRIESSHARDT. — Il méprise la suprême autorité du gouverneur, et ne veut pas la reconnaître.

STAUFFACHER. — Quoi ! Tell se serait conduit de la sorte ?

MELCHTHAL. — C'est un mensonge de cet homme !

LEUTHOLD. — Il n'a pas salué ce chapeau.

WALTHER FURST. — Et pour cela il faudrait qu'il allât en prison ? Ami, reçois ma caution, et laisse-le libre.

FRIESSHARDT. — Garde ta caution pour ton propre compte, et laisse-nous faire ce qui est de notre charge. Allons, marchons !

MELCHTHAL, *aux habitants.* — Non, c'est une indigne violence. Souffrirons-nous que sous nos yeux il soit impunément enlevé ?

LE SACRISTAIN. — Nous sommes les plus forts, mes amis, n'endurons pas ceci. Nous serons soutenus par les autres.

FRIESSHARDT. — Qui osera résister à l'ordre du gouverneur?

TROIS PAYSANS *accourent.* — Nous venons vous secourir; qu'y a-t-il? Renversez-les à terre.

(Hildegarde, Mathilde et Élisabeth reviennent.)

TELL. — Je saurai me secourir moi-même. Allez, braves gens, croyez-vous que si je voulais employer la force, j'aurais peur de leurs hallebardes?

MELCHTHAL, *à Friesshardt.* — Ose l'enlever du milieu de nous!

WALTHER FURST *et* STAUFFACHER. — De la patience, du calme!

FRIESSHARDT *criant.* — À la révolte! à la sédition!

(On entend le bruit des cors de chasse.)

LES FEMMES. — Voici le gouverneur qui arrive.

FRIESSHARDT, *élevant encore la voix.* — À la révolte! à la sédition!

STAUFFACHER. — Allons, crie à en crever, misérable.

LE CURÉ *et* MELCHTHAL. — Veux-tu bien te taire!

FRIESSHARDT, *toujours à haute voix.* — Au secours! secours aux agents de la loi!

WALTHER FURST. — C'est le gouverneur! malheur à nous! Qu'est-ce que ceci va devenir?

(Gessler à cheval, le faucon sur le poing: Rodolphe le Harras, Bertha, Rudenz, et une suite nombreuse de serviteurs armés de hallebardes, qui forment un vaste cercle autour de la scène.)

RODOLPHE LE HARRAS. — Place, place au gouverneur!

GESSLER. — Dissipez-les! Pourquoi s'assemble tout ce peuple? Qui appelle au secours? (*Le tumulte cesse.*) Qui était-ce? Je veux le savoir. (*A Friesshardt.*) Allons, avance: qui es-tu, et pourquoi tiens-tu cet homme?

(Il donne son faucon à un serviteur.)

FRIESSHARDT. — Respecté seigneur, je suis ton homme d'armes, et j'ai été placé ici pour la garde du chapeau. J'ai saisi cet homme sur le fait, comme il refusait au chapeau le salut d'honneur. Je voulais le conduire en prison d'après tes ordres, et le peuple a voulu me faire violence pour l'enlever.

GESSLER, *après un instant de silence.* — Est-il vrai, Tell? dédaignes-tu assez l'empereur, et moi qui commande à sa place, pour avoir refusé d'honorer ce chapeau que j'ai fait suspendre ici pour éprouver l'obéissance? Tu as trahi ta mauvaise volonté.

TELL. — Mon bon seigneur, pardonnez-moi. C'est arrivé par inadvertance, et non par dédain de vos ordres. Si j'étais réfléchi, je ne m'appellerais pas Tell. Je vous demande grâce, cela n'arrivera plus.

GESSLER, *après un moment de réflexion.* — Tell, tu es maître au tir de l'arbalète: on dit que tu peux défier les meilleurs tireurs.

WALTHER. — Monseigneur, cela est bien vrai; mon père, à cent pas, abattrait une pomme sur l'arbre.

GESSLER. — Est-ce là ton enfant, Tell?

TELL. — Oui, mon bon seigneur.

GESSLER. — As-tu d'autres enfants?

TELL. — J'ai deux fils, monseigneur.

GESSLER. — Et quel est celui que tu aimes le mieux?

TELL. — Monseigneur, mes deux enfants me sont également chers.

GESSLER. — Eh bien, Tell, puisque tu abats à cent pas une pomme sur l'arbre, il faut que tu fasses devant moi l'épreuve de ton adresse... Prends ton arbalète... justement tu la tiens à la main... et apprête-toi à abattre une pomme sur la tête de ton enfant... Et je te conseille de viser juste, de toucher la pomme du premier coup, car si tu la manques, tu es perdu!

TELL. — Monseigneur, quel commandement horrible vous me donnez! Quoi! je devrais sur la tête de mon enfant.... Non, non, mon bon seigneur, cette pensée n'a pu vous venir à l'esprit... Dieu nous en préserve!... Ce n'est pas sérieusement que vous avez pu prescrire une telle chose à un père.

GESSLER. — Tu viseras la pomme sur la tête de l'enfant, je le veux, je l'ordonne.

TELL. — Je viserais avec mon arbalète la tête chérie de mon propre enfant? Plutôt mourir.

GESSLER. — Tu tireras, ou tu mourras avec ton fils.

TELL. — Devenir le meurtrier de mon enfant! ah! monseigneur, vous n'avez point d'enfants; vous ignorez les émotions d'un cœur de père.

GESSLER. — Eh quoi, Tell, te voilà devenu tout à coup bien circonspect. On me disait que tu es un homme rêveur, qui aimes à t'écarter des habitudes communes. Tu aimes l'extraordinaire... C'est pour cela que je te destine aujourd'hui à ce coup hasardeux. Un autre balancerait; mais toi, tu vas les yeux fermés prendre sur-le-champ ton parti.

BERTHA. — Seigneur, cessez de plaisanter avec ces pauvres gens. Vous les voyez pâles et tremblants devant vous; ils sont si peu accoutumés aux plaisanteries dans votre bouche.

GESSLER. — Qui vous dit que je plaisante? *Il s'approche d'un arbre et cueille une pomme au-dessus de sa tête.*) Voici la pomme, allons, faites place: qu'il prenne sa distance suivant l'usage... je lui donne quatre-vingts pas... ni plus ni moins... Il se vantait de ne point manquer un homme à cent pas... Maintenant, archer, tire, et ne manque pas le but.

RODOLPHE LE HARRAS. — Grand Dieu! cela est sérieux. Enfant, jette-toi à genoux devant le gouverneur pour le fléchir; il y va de ta vie.

WALTHER FURST, *à part, à Melchthal, qui peut à peine contenir son impatience.* — Contenez-vous, je vous en conjure: soyez calme.

BERTHA, *au gouverneur.* — Seigneur, c'en est assez : il est inhumain de se jouer ainsi des angoisses d'un père. Quand ce malheureux homme aurait, par sa faute légère, mérité la mort, ne vient-il pas de ressentir une douleur dix fois plus forte? Laissez-le retourner tranquillement à sa cabane. Il a appris à vous connaître... Cette heure restera dans sa mémoire et dans celle des enfants de ses enfants.

GESSLER. — Allons, faites place promptement..... Que tardes-tu? Tu avais mérité la mort, je pouvais te priver de la vie : regarde, dans ma bonté, je mets ton sort dans ta propre main, dans ta main habile. Le coupable peut-il trouver sévère une sentence qui le laisse maître de son

destin ? **Tu t'enorgueillis de la sûreté de ton coup d'œil ;**
eh bien, célèbre archer, voici le moment de montrer ton
adresse. Le but est digne de toi ; le prix est considérable.
Toucher le centre d'une cible, tout autre peut le faire ;
mais le vrai maître est celui qui est partout sûr de son art,
et dont le cœur ne peut troubler ni l'œil, ni la main.

WALTHER FURST *se prosterne devant lui.* — Monseigneur
le gouverneur, nous reconnaissons votre puissance, mais
faites grâce, au lieu de justice ; **prenez la moitié de mes
biens, prenez-les tout entiers,** seulement épargnez une telle
horreur à un père.

WALTHER TELL. — Grand-père, ne te mets pas à genoux
devant ce méchant homme !... Dites-moi seulement où je
dois me placer : je n'ai pas peur ; mon père atteint les oiseaux au vol, il saura bien ne pas frapper au cœur de son
enfant.

STAUFFACHER. — Monseigneur, l'innocence de cet enfant
ne vous touche-t-elle pas ?

LE CURÉ. — Oh ! pensez qu'il y a un Dieu au ciel, et que
vous lui rendrez compte de vos actions.

GESSLER, *montrant l'enfant.* — Qu'on l'attache là-bas à ce
tilleul.

WALTHER TELL. — M'attacher ! Non, je ne veux pas qu'on
m'attache. Je me tiendrai tranquille comme un agneau, je
ne respirerai seulement pas ; mais si vous me liez, je ne le
pourrai pas, je me débattrai dans mes liens.

RODOLPHE LE HARRAS. — Laisse-toi seulement bander les
yeux, mon enfant.

WALTHER TELL. — Pourquoi me bander les yeux ? Pensez-
vous que je craigne une flèche lancée par la main de mon
père? Je l'attendrai tranquillement, sans seulement baisser
la paupière. Allons, père, montre-lui que tu es un archer !
il ne le croit pas, il pense que nous sommes perdus. En dépit
de cet homme cruel, tire sur la pomme et touche-la.

(Il va sous le tilleul ; on place la pomme sur sa tête.)

MELCHTHAL, *aux paysans.* — Eh quoi ! ce crime s'accomplira sous nos yeux ! Ah ! pourquoi avons-nous prêté ce
serment !

STAUFFACHER. — Tout serait inutile ; nous sommes

sans armes, et voyez de quelle forêt de lances nous sommes entourés.

MELCHTHAL.—Ah ! si nous avions agi sur-le-champ ! Dieu pardonne à ceux qui ont proposé des délais !

GESSLER, *à Tell.* — Allons, hâte-toi. Ce n'est pas impunément qu'on porte des armes ; il est dangereux de porter des instruments de mort. La flèche peut revenir frapper celui qui la lance. Ce droit que le paysan s'arroge insolemment offense le maître souverain du pays. Personne ne doit être armé que celui qui commande... S'il vous convient de porter des arcs et des flèches, je saurai, moi, vous marquer le but.

TELL *saisit l'arbalète et y place la flèche.* Écartez-vous, place !

STAUFFACHER. — Quoi, Tell, vous voulez... Non, jamais... vous frémissez, votre main tremble ; vos genoux fléchissent.

TELL, *laissant retomber l'arbalète.* Tout semble s'agiter devant mes yeux.

LES FEMMES. — Dieu du ciel !

TELL, *au gouverneur.* — Épargnez-moi ce supplice. Voilà mon cœur, ordonnez à vos soldats de me donner la mort.

(Il présente sa poitrine.)

GESSLER. — Je ne veux pas de ta vie, je veux que tu lances ta flèche ; tu es capable de tout. Tell, rien ne saurait t'épouvanter ; tu manies la rame aussi habilement que l'arc. Il n'est point de tempête qui t'effraye, quand tu as quelqu'un à sauver : maintenant, libérateur, délivre-toi à ton tour, toi qui sauves tout le monde.

Tell demeure livré à une lutte affreuse, ses mains tremblent. Tantôt ses yeux se tournent vers le gouverneur, tantôt ils s'élèvent vers le ciel. Tout à coup il prend dans son carquois une seconde flèche, et la cache dans son sein. Le gouverneur remarque tous ses mouvements..

WALTHER TELL, *sous le tilleul.* — Père, tire, je n'ai pas peur.

TELL. — Il le faut.

(Il contient son émotion et s'apprête à tirer.)

RUDENZ, *qui pendant ce temps-là a paru se contraindre et se faire violence, s'avançant.* — Seigneur gouverneur, vous ne pousserez pas ceci plus avant, vous ne le ferez pas... c'était seulement une épreuve... Vous avez atteint votre but... Poussée trop loin, la rigueur manque sa juste fin, et l'arc trop tendu se brise.

GESSLER. — Taisez-vous, vous répondrez lorsqu'on vous interrogera.

RUDENZ. Non, je parlerai, je le dois ! L'honneur de l'empereur m'est sacré. Un pareil régime doit provoquer la haine. Ce n'est pas la volonté de l'empereur... J'ose le soutenir : mon peuple ne mérite pas une telle cruauté, et vous excédez votre pouvoir.

GESSLER. — Ah ! vous vous enhardissez !

RUDENZ. — J'ai longtemps gardé le silence sur les excès dont j'ai été le témoin, j'ai fermé les yeux sur ce que je voyais. J'ai contenu dans mon sein l'indignation dont mon cœur débordait ; mais me taire plus longtemps, ce serait trahir à la fois et ma patrie et l'empereur.

BERTHA, *se jetant entre le gouverneur et lui.* — Dieu ! vous irritez davantage encore ce furieux.

RUDENZ. — J'ai abandonné mes concitoyens, j'ai renoncé à ma famille, j'ai rompu tous les liens de la nature pour m'attacher à vous. Je croyais, en fortifiant la puissance de l'empereur, assurer le bien de tous... Le bandeau tombe de mes yeux... Je vois en frissonnant que j'étais au bord d'un précipice. Vous avez égaré mon âme confiante et abusé de la sincérité de mon cœur... Et j'étais, sans le savoir, le complice de la ruine de mes compatriotes !

GESSLER. — Téméraire ! parler ainsi à ton seigneur !

RUDENZ. — L'empereur est mon seigneur, et non pas vous. Je suis né libre comme vous, je suis votre égal en tout ; et si vous n'étiez pas ici au nom de l'empereur que j'honore, même quand on lui fait injure, je jetterais ici le gant devant vous, et vous seriez tenu, d'après les lois de la chevalerie, de me rendre raison. Faites seulement un signe à vos gens ! Je ne suis pas sans armes comme ce malheureux peuple ; je porte une épée, et le premier qui m'approchera...

STAUFFACHER *s'écrie*. — La pomme est tombée !

Pendant que cette scène se passait sur un des côtés du théâtre, et que Bertha se plaçait entre Rudenz et le gouverneur, Tell a lancé sa flèche.)

LE CURÉ. — L'enfant est sauvé !

PLUSIEURS VOIX. — La pomme est abattue !

(Walther Furst chancelle et paraît prêt à s'évanouir. Bertha le soutient.)

GESSLER, *surpris*. — Comment, le démon a tiré !

BERTHA. — L'enfant est sauvé ! revenez à vous, bon père.

WALTHER TELL *revient portant la pomme*. — Père, voici la pomme !... Je savais bien que tu ne ferais pas de mal à ton enfant.

(Tell, lorsque la flèche est partie, est resté le corps penché en avant comme s'il voulait la suivre. Il a laissé tomber l'arbalète. Quand il voit l'enfant revenir, il s'élance vers lui les bras ouverts, et le presse sur son cœur avec une vive tendresse. Alors la force semble l'abandonner, et il est prêt à s'évanouir. L'émotion est générale.)

BERTHA. — Bonté du ciel !

WALTHER FURST, *à Tell et à son fils*. — Mes enfants, mes chers enfants !

STAUFFACHER. — Dieu soit loué !

LEUTHOLD. — C'était un coup ! On en parlera encore dans les temps les plus reculés.

RODOLPHE LE HARRAS. — On célébrera la flèche de Tell aussi longtemps que les montagnes resteront sur leur base.

(Il présente la pomme au gouverneur.)

GESSLER. — Par le ciel, la pomme a été percée par le milieu : c'est un coup adroit. je dois l'avouer.

LE CURÉ. — Le coup était parfait ; mais malheur à qui l'a forcé à tenter Dieu !

STAUFFACHER. — Revenez à vous, Tell, reprenez vos sens : vous vous êtes courageusement racheté, et vous pouvez retourner chez vous en liberté.

LE CURÉ. — Allez, allez, et ramenez à la mère son fils.

(Ils veulent le conduire.)

GESSLER. — Tell, écoute.

TELL *revient*. Qu'ordonnez-vous, seigneur?

GESSLER. — Tu as caché dans ton sein une seconde flèche. Oui, je l'ai bien vu. Qu'en voulais-tu faire?

TELL, *interdit*. — Monseigneur, c'est l'usage ordinaire des archers.

GESSLER. — Non, Tell, je ne te tiens pas quitte avec cette réponse; tu avais quelque autre intention; dis-moi la vérité librement et franchement. Quelle qu'elle soit, je te promets que ta vie est en sûreté. Pourquoi la seconde flèche?

TELL. — Eh bien, monseigneur, puisque vous m'assurez de la vie, je vous dirai l'entière vérité. (*Il tire la flèche de son sein et la montre au gouverneur en lui lançant un regard terrible.*) Avec cette seconde flèche, j'aurais frappé... vous... si j'avais blessé mon cher enfant; et ce coup-là, certes, je ne l'aurais pas manqué.

GESSLER. — Bien, Tell; je t'ai assuré de la vie, je t'ai donné ma parole de chevalier, je la tiendrai : cependant, puisque je connais tes mauvais desseins, je vais te faire conduire en un lieu où tu ne verras jamais la lumière du soleil, afin d'être en sûreté contre tes flèches. Qu'on le saisisse et qu'on l'enchaîne.

(On attache Tell.)

STAUFFACHER. — Comment, seigneur, vous pourriez traiter ainsi un homme qui jouit si visiblement de la protection de Dieu?

GESSLER. — Nous verrons si elle le sauvera une seconde fois. Qu'on le conduise sur ma barque, où je vais aller sur-le-champ; je le mènerai moi-même à Kussnacht.

LE CURÉ. — Vous ne pouvez pas le faire, l'empereur lui-même ne le pourrait pas, cela est contraire à notre lettre de franchise.

GESSLER. — Où est-elle? l'empereur l'a-t-il confirmée. Non, il ne l'a pas confirmée. C'est par votre obéissance que vous devez d'abord mériter cette faveur. Vous êtes tous rebelles à l'autorité de l'empereur; vous entretenez un esprit téméraire de révolte. Je vous connais tous... Je vois le fond de vos âmes... Aujourd'hui j'enlève cet homme du milieu de vous : mais vous êtes tous coupables comme lui. Ainsi, que qui est sage apprenne à se taire et à obéir.

(Il s'éloigne ; Bertha, Rudenz, Rodolphe le Harras le suivent ; Friesshardt et Leuthold demeurent.)

WALTHER FURST, *dans un profond désespoir.* — C'en est fait : il a résolu de me perdre moi et toute ma famille.

STAUFFACHER, *à Tell.* Et pourquoi avez-vous excité la rage de ce furieux ?

TELL. — Peut-on se contenir quand on a éprouvé une telle douleur ?

STAUFFACHER. — Ah ! c'en est fait : avec vous nous sommes tous liés et enchaînés.

TOUS LES HABITANTS *environnent Tell.* — Avec vous s'en va notre dernier espoir.

LEUTHOLD *s'approche.* — Tell, j'en suis attristé... mais je dois obéir.

TELL. — Adieu.

WALTHER TELL, *avec désespoir et s'attachant à lui.* — Mon père, mon père, mon père chéri !

TELL, *levant les bras au ciel.* — Il est là-haut ton père, c'est lui qu'il faut appeler.

STAUFFACHER. — Tell, ne dirai-je rien à votre femme de votre part ?

TELL *presse son fils avec tendresse dans ses bras.* — Mon enfant est sauvé ; Dieu me secourra.

(Il se dégage rapidement et suit les hommes d'armes.)

FIN DU TROISIÈME ACTE.

ACTE QUATRIÈME

SCÈNE I.

La rive orientale du lac des quatre Cantons. Des rochers escarpés et d'une forme bizarre terminent la scène. Le lac est agité, et le bruit des vagues est mêlé de tonnerre et d'éclairs.

KUNZ de Gersau, UN PÊCHEUR et son fils.

KUNZ. — Vous ne pouvez me croire, mais je l'ai vu de mes yeux, tout s'est passé comme je vous le dis.

LE PÊCHEUR. — Tell est prisonnier! on le conduit à Kussnacht! Tell, le meilleur homme de la contrée, le bras le plus puissant, s'il fallait un jour combattre pour la liberté!

KUNZ. — Le gouverneur le conduit lui-même par le lac : ils étaient prêts à s'embarquer quand je suis parti de Flueleu : mais la tempête qui commence maintenant à éclater, et qui m'a forcé à aborder ici, peut bien avoir retardé leur départ.

LE PÊCHEUR. — Tell dans les fers. Tell au pouvoir du gouverneur! Ah! croyez qu'il va l'ensevelir dans un cachot si profond qu'il ne reverra plus la clarté du jour; car il doit redouter la juste vengeance d'un homme libre, si cruellement irrité.

KUNZ. — Notre ancien landamman, le noble seigneur d'Attinghausen est, dit-on aussi, au lit de mort.

LE PÊCHEUR. — Alors, c'en est fait de la dernière ancre où s'attachait notre espérance : il était le seul qui osât lever la voix pour défendre les droits du peuple.

KUNZ. — La tempête devient de plus en plus furieuse.

Adieu, je vais chercher un gîte dans le village, car on ne peut songer à se rembarquer aujourd'hui.

(Il s'en va.)

LE PÊCHEUR. — Tell prisonnier et le baron mort ! Que la tyrannie lève maintenant son front impudent et abjure toute honte ! La bouche de la vérité est muette, les yeux clairvoyants sont fermés, le bras qui pouvait nous délivrer est enchaîné.

LE FILS DU PÊCHEUR. — Mon père, il grêle fort, entrez dans la cabane, il ne fait pas bon rester ici dehors.

LE PÊCHEUR. — Que les vents se déchaînent, que les éclairs lancent leurs flammes, que les nuages s'entr'ouvrent, et que les torrents du ciel inondent cette terre. Périssent dans leur germe les générations futures ; que les éléments indomptés redeviennent les maîtres de cette terre ; que les ours et les loups y règnent de nouveau dans le désert ! Le pays leur appartient. Qui voudra désormais vivre ici sans liberté ?

LE FILS DU PÊCHEUR. — Écoutez comme l'abîme mugit, comme les tourbillons hurlent : jamais le gouffre n'a été en proie à une telle furie.

LE PÊCHEUR. — Tirer sur la tête de son propre enfant ! Rien de pareil a-t-il jamais été ordonné à un père, et la nature ne doit pas montrer par sa fureur combien elle est révoltée ? Non, je ne m'étonnerais pas de voir ces rochers se précipiter dans le lac, ces aiguilles et ces tours de glace, qui sont demeurées solides depuis le jour de la création, se fondre tout à coup, les montagnes s'écrouler, les antiques cavernes s'abîmer, et un second déluge inonder les demeures des vivants.

LE FILS DU PÊCHEUR. — Entendez-vous là-haut le son des cloches sur les montagnes ? Assurément l'on a vu quelque barque en péril, et l'on sonne pour avertir de se mettre en prière.

(Il grimpe sur une hauteur.)

LE PÊCHEUR. — Malheur à la barque qui navigue en ce moment et qui est bercée dans ce berceau terrible ! elle ne doit attendre aucun secours du pilote ni du gouvernail ; la tempête est la plus forte : les vents et les vagues se jouent de la vie de l'homme : il n'y a ni près ni loin aucune baie qui lui offre un abri favorable ; les rochers s'élèvent roides, escarpés, inhospitaliers, lui présentant partout leur impitoyable poitrine de pierre.

LE FILS DU PÊCHEUR, *en montrant la gauche du théâtre.* — Père, une barque ! Elle vient de Fluelen.

LE PÊCHEUR. — Dieu soit en aide aux pauvres gens ! Quand une fois la tempête a pénétré dans ce gouffre, elle s'y démène avec la furie de la bête féroce qui se heurte contre les barreaux de fer de sa cage. Elle se cherche en hurlant une issue qu'elle ne peut trouver, car de tous côtés elle est resserrée dans ces murs de rochers qui s'élèvent jusqu'aux nues et ferment l'étroit passage.

(Il monte aussi sur la hauteur.)

LE FILS DU PÊCHEUR. — Père, c'est la barque du gouverneur d'Uri ; je la reconnais à son toit rouge et à son pavillon.

LE PÊCHEUR. — Juste Dieu ! oui, c'est lui-même ; il est sur cette barque : elle porte Gessler et son crime. La main de la vengeance céleste n'a pas tardé beaucoup à le frapper. Maintenant il reconnaît qu'il y a un pouvoir au-dessus du sien. Les vagues n'obéissent pas à sa voix : les rochers ne courbent pas leur tête devant son chapeau. Enfant, ne prie pas, ne retiens pas le bras du juge.

LE FILS DU PÊCHEUR. — Je ne prie pas pour le gouverneur ; je prie pour Tell, qui est aussi sur cette barque.

LE PÊCHEUR. — O fureur aveugle de la tempête ! faut-il que pour atteindre un coupable, tu fasses périr la barque avec le pilote !

LE FILS DU PÊCHEUR. — Vois ! vois ! ils avaient déjà passé heureusement le Buggisgrat ; mais la violence du vent renvoyé par le Teufelmunster vient de les rejeter vers le grand Axenberg : je ne vois plus rien.

LE PÊCHEUR. — C'est là qu'est le Hakmesser, où plus d'un bateau s'est déjà brisé ; s'ils ne savent pas habilement l'éviter, la barque se brisera contre le roc escarpé qui descend à pic dans l'abîme. Ils ont à bord un bon pilote, et si quelqu'un pouvait les sauver, ce serait Tell ; mais ses bras sont enchaînés.

(Tell, son arbalète à la main, arrive d'un pas rapide, regarde autour de lui avec surprise, et paraît vivement agité. Quand il est parvenu au milieu du théâtre, il se prosterne à terre en posant ses mains sur le sol, puis il les lève vers le ciel.)

LE FILS DU PÊCHEUR *l'a aperçu.* — Vois, mon père, vois cet homme qui est là à genoux.

LE PÊCHEUR. — Il saisit la terre de ses mains et paraît comme hors de lui.

LE FILS DU PÊCHEUR, *revenant sur la scène.* — Ah! que vois-je? Mon père, venez! regardez!

LE PÊCHEUR *s'approche.* — Qui est-ce? Quoi! Dieu du ciel, c'est Tell! Comment êtes-vous ici? Parlez.

LE FILS DU PÊCHEUR. — N'étiez-vous pas sur cette barque prisonnier et enchaîné?

LE PÊCHEUR. — Ne vous menait-on pas à Kussnacht?

TELL *se relève.* — Je suis délivré.

LE PÊCHEUR ET SON FILS. — Délivré! miracle de Dieu!

LE FILS DU PÊCHEUR. — D'où venez-vous en ce moment?

TELL. — De la barque.

LE PÊCHEUR. — Comment?

LE FILS DU PÊCHEUR. — Et le gouverneur, où est-il?

TELL. — A la merci des vagues.

LE PÊCHEUR. — Est-ce possible? Mais vous, comment êtes-vous ici? comment avez-vous échappé à vos liens et à la tempête?

TELL. — Par la grâce et la providence de Dieu. Écoutez.

LE PÊCHEUR ET SON FILS. — Oh! parlez, parlez.

TELL. — Vous savez ce qui s'est passé à Altdorf...

LE PÊCHEUR. — Je sais tout, parlez.

TELL. — Vous savez que le gouverneur m'avait fait saisir et lier pour me conduire à Kussnacht, dans son château.

LE PÊCHEUR. — Et qu'il s'est embarqué avec vous à Fluelen : nous savons tout: racontez-nous comment vous vous êtes échappé.

TELL. — J'étais couché dans la barque, fortement attaché avec des cordes, sans défense et tristement résigné. Je n'espérais plus revoir la douce lumière du soleil, ni le visage chéri de ma femme et de mes enfants; et je regardais avec désespoir la vaste étendue des flots.

LE PÊCHEUR. — Malheureux !

TELL. — Nous avancions de la sorte, le gouverneur, Rodolphe le Harras, les serviteurs de Gessler et moi. Mon carquois et mon arbalète étaient placés à la poupe près du gouvernail. Au moment où nous arrivions à l'anse, près du petit Axenberg, par un décret de la Providence s'est tout à coup déchaînée une tempête si terrible et si furieuse, sortie des défilés du Saint-Gothard, que les rameurs ont perdu courage, et que tous ont cru qu'ils allaient misérablement périr. Alors j'entendis un des gens du gouverneur s'adresser à lui et lui dire ces paroles : « Vous voyez votre danger et le nôtre, monseigneur ; nous sommes à un doigt de la mort : la frayeur a troublé les esprits de nos rameurs, et ils ne sont point habiles à la manœuvre ; mais vous avez ici Tell, qui est un homme vigoureux et accoutumé à conduire une barque : si dans notre péril nous avions recours à lui ? » Alors le gouverneur m'a dit : « Tell, si tu crois pouvoir nous sauver de la tempête, je te ferai volontiers ôter tes liens. » J'ai répondu : « Oui, monseigneur, j'espère, avec l'aide de Dieu, que je tirerai la barque de ce péril. » Aussitôt on me délivre, je me place au gouvernail, et je manœuvre de mon mieux. Cependant je jetais un regard détourné sur l'endroit où était posée mon arbalète, et j'observais avec soin le rivage, y cherchant quelque pointe où je pusse m'élancer. J'ai remarqué un rocher aplati qui s'avance dans le lac...

LE PÊCHEUR. — Je le connais, au pied du grand Axenberg : mais je n'aurais pas cru possible... tant ce roc est escarpé, d'y atteindre en s'élançant de la barque.

TELL. — J'ai crié aux rameurs de manœuvrer rapidement jusqu'à ce rocher : après cela, leur ai-je dit, le plus grand danger sera passé. Et quand par un énergique effort nous y avons touché, j'ai invoqué la miséricorde de Dieu, et, poussant de toutes mes forces la poupe vers le rocher, j'ai saisi mon arbalète, et me suis élancé d'un bond sur la plate-forme, en rejetant par derrière d'un coup de pied vigoureux la barque au milieu de l'abîme... Qu'elle y flotte, à la grâce de Dieu, sur les vagues ! C'est ainsi que me voilà délivré de la fureur de la tempête et de la méchanceté du plus cruel des hommes.

LE PÊCHEUR. — Tell, Tell, le Seigneur a fait pour vous sauver un miracle évident. C'est à peine si je puis en croire mes sens. Mais, dites-moi, où pensez-vous aller maintenant ? car vous n'êtes pas en sûreté si le gouverneur échappe à la tempête.

TELL. — Je lui ai entendu dire, pendant que j'étais enchaîné sur sa barque, qu'il voulait débarquer à Brunnen, et de là me conduire à son château en passant par Schwitz.

LE PÊCHEUR. — Veut-il donc faire la route par terre ?

TELL. — C'est son intention.

LE PÊCHEUR. — Ah ! songez sans retard à vous cacher. Dieu ne vous tirera pas deux fois de ses mains.

TELL. — Dites-moi le chemin le plus court pour aller à Arth et à Kussnacht.

LE PÊCHEUR. — La route passe par Steinen. Mais mon fils pourra, en prenant un sentier, vous conduire plus promptement et plus sûrement par Lowerz.

TELL *lui prend la main.* — Que Dieu vous récompense du service que vous me rendez ! Adieu. (*Il part, puis revient.*) N'avez-vous pas aussi prêté serment au Rutli ? Il me semble que l'on m'a dit votre nom.

LE PÊCHEUR. — Oui, j'y étais, et j'ai juré le serment d'alliance.

TELL. — Eh bien, faites-moi l'amitié d'aller en toute hâte à Burglen trouver ma femme, que mon sort doit désespérer ; annoncez-lui que je suis délivré et en sûreté.

LE PÊCHEUR. — Où lui dirai-je que vous avez dirigé votre fuite ?

TELL. — Vous trouverez chez elle son père et quelques autres qui ont juré avec vous au Rutli. Qu'ils aient confiance et bon courage ; Tell est délivré, et son bras n'est plus enchaîné. Bientôt ils apprendront quelque chose de moi.

LE PÊCHEUR. — Quel dessein médite votre courage ? Dites-le-moi librement.

TELL. Quand il sera accompli, il en sera parlé.

(Il part.)

LE PÊCHEUR. — Montre-lui le chemin ; que Dieu l'assiste.
et puisse-t-il réussir, quoi qu'il entreprenne !

(Il s'en va.)

SCÈNE II.

Une salle du château d'Attinghausen.

LE BARON *dans un fauteuil, mourant.* WALTHER FURST,
STAUFFACHER, MELCHTHAL *et* BAUMGARTEN *empressés autour de lui.* WALTHER TELL *agenouillé devant lui.*

WALTHER FURST. — C'en est fait de lui, il n'est plus.

STAUFFACHER. — Il ne semble pas qu'il soit déjà mort...
Voyez, la plume posée sur ses lèvres s'agite encore. son
sommeil est tranquille ; ses traits sont paisibles et riants.

(Baumgarten va à la porte et parle à quelqu'un.)

WALTHER FURST, *à Baumgarten.* — Qui est-ce ?

BAUMGARTEN. — C'est dame Hedwige, votre fille ; elle
veut vous parler et voir son enfant.

(Walther Tell se relève.)

WALTHER FURST. — Puis-je la consoler ? moi-même ai-je
une consolation ? Toutes les douleurs s'accumulent sur ma
tête.

HEDWIGE *entrant brusquement.* — Où est mon enfant ?
Laissez-moi ! il faut que je le voie.

STAUFFACHER. — Contenez-vous; songez que la mort est
dans cette maison.

HEDWIGE, *se précipitant vers son fils.*—Mon Walther! oh!
il vit, il m'est rendu !

WALTHER TELL, *dans les bras de sa mère.* — Ma pauvre
mère !

HEDWIGE. — Est-ce aussi bien sûr? Tu n'as pas été
blessé? (*Elle le regarde avec une sorte d'inquiet empressement.*) Cela est-il possible?—A-t-il pu tirer sur toi? Com-

ment l'a-t-il pu? Oh! il n'a point de cœur; il a pu lancer la flèche contre son propre enfant?

WALTHER FURST. — Oui, il l'a fait avec mille angoisses, l'âme déchirée de douleur. Il l'a fait, parce qu'il y a été contraint, et qu'il y allait de la vie.

HEDWIGE. — Ah! s'il avait eu un cœur de père, plutôt que de s'y résoudre, il serait mort mille fois!

STAUFFACHER. — Vous devriez louer Dieu dont la providence a si bien tout conduit.

HEDWIGE. — Eh! puis-je oublier ce qui aurait pu arriver? Dieu du ciel! oui, je vivrais un siècle, qu'il me semblerait toujours voir mon enfant, là, enchaîné, et son père visant contre lui! et éternellement cette flèche viendrait me percer le cœur.

MELCHTHAL. — Femme, si vous saviez comme le gouverneur l'a provoqué.

HEDWIGE. — O cœur dur des hommes! quand une fois leur orgueil est offensé, ils ne respectent plus rien, et, dans leur colère aveugle, ils risquent, en se jouant, et la tête de l'enfant et le cœur de la mère.

BAUMGARTEN. — Le sort de votre mari est déjà assez cruel. Pourquoi l'aigrir par vos reproches injustes? N'avez-vous donc aucune pitié pour ses propres souffrances?

HEDWIGE. *Elle se retourne vers lui, et le regarde d'un coup d'œil dédaigneux.* — Est-ce que tu n'as que des larmes pour le malheur de ton ami? Où étiez-vous lorsqu'on a chargé de liens le meilleur d'entre vous? quel secours lui avez-vous donné? Vous avez vu le crime et vous l'avez laissé s'accomplir! vous avez patiemment souffert que votre ami fût enlevé du milieu de vous! Est-ce ainsi que Tell a agi envers vous? Est-il resté là à te plaindre, lorsque tu étais pressé par les cavaliers du gouverneur, et que le lac en fureur rugissait devant toi? Ce n'est pas par de vaines larmes qu'il t'a témoigné sa compassion; il a oublié femme et enfants, il s'est élancé dans la barque et il t'a sauvé.

WALTHER FURST. — Que pouvions-nous tenter pour le délivrer? nous étions en petit nombre et sans armes.

HEDWIGE *embrasse son père.* — O mon père! et toi aussi tu l'as perdu. Il est perdu pour son pays, pour nous tous :

il nous manque à tous. Hélas! tous nous sentons sa perte;
Dieu préserve son âme du désespoir. Dans la solitude de sa
prison il n'aura pas une seule consolation de l'amitié; s'il
était malade... hélas, l'humidité obscure de son cachot le
rendra nécessairement malade. La fleur des Alpes pâlit et
meurt transplantée dans le vallon marécageux. De même,
lui ne peut vivre qu'avec la lumière du soleil et le souffle
bienfaisant de l'air. Lui, prisonnier! lui, qui ne respirait
que liberté! il ne pourra pas vivre dans les tristes vapeurs
du souterrain.

STAUFFACHER. — Calmez-vous, nous ferons tout pour le
délivrer de sa prison.

HEDWIGE. — Que pourrez-vous faire sans lui? Tant que
Tell était libre, il y avait encore quelque espérance : l'innocence avait encore un ami, les opprimés un défenseur.
Tell vous aurait tous délivrés; vous tous réunis, vous ne
pouvez briser ses fers.

BAUMGARTEN. — Il se réveille; silence.

ATTINGHAUSEN, *se relevant.* — Où est-il?

STAUFFACHER. — Qui?

ATTINGHAUSEN. — Il me délaisse, il m'abandonne à mon
dernier moment.

STAUFFACHER. — C'est de son neveu qu'il parle; l'a-t-on
envoyé chercher?

WALTHER FURST. — On y est allé. Consolez-vous, il a
écouté la voix de son cœur, il est revenu à nous.

ATTINGHAUSEN. — A-t-il élevé la voix pour sa patrie?

STAUFFACHER. — Oui, avec un courage héroïque.

ATTINGHAUSEN. — Pourquoi ne vient-il pas pour recevoir
ma bénédiction? Je sens que ma fin approche rapidement.

STAUFFACHER. — Non, mon noble seigneur; ce court
sommeil vous a rendu des forces, et votre regard est rede-
venu brillant.

ATTINGHAUSEN. — Souffrir c'est vivre encore, et la souffrance même m'a quitté. Je ne la sens plus et n'ai plus
d'espérance. (*Il remarque l'enfant.*) Quel est cet enfant?

WALTHER FURST. — Seigneur, bénissez-le; c'est mon
petit-fils; il n'a plus son père.

    (Hedwige se met à genoux avec l'enfant devant le baron.)

ATTINGHAUSEN. — Ah! je vous laisse tous orphelins. Malheureux que je suis, mes derniers regards ont vu la ruine de la patrie; devais-je donc atteindre l'extrême limite de l'âge pour mourir avec toutes mes espérances?

STAUFFACHER, à *Walther Furst.* — Doit-il quitter la vie avec ce sombre chagrin? N'éclairerons-nous pas sa dernière heure d'un rayon d'espoir? Noble seigneur, relevez-vous de votre abattement, nous ne sommes pas entièrement abandonnés. nous ne sommes pas perdus sans ressource.

ATTINGHAUSEN. — Et qui pourra vous sauver?

WALTHER FURST. — Nous-mêmes; écoutez-nous. Les trois cantons se sont donné parole de chasser les tyrans; l'alliance est conclue, et un serment sacré nous a liés. Avant qu'une nouvelle année ait commencé son cours, nos desseins seront accomplis, et votre cendre reposera tranquillement dans une terre libre.

ATTINGHAUSEN. — Ah! répétez-le-moi, l'alliance est conclue!

MELCHTHAL. — Dans un même jour, les trois cantons se soulèveront: tout est prêt, et jusqu'à cette heure le secret a été bien gardé, quoique plusieurs centaines de personnes le connaissent. Le sol est miné sous les pas des tyrans; les jours de leur domination sont comptés, et bientôt on ne découvrira plus même leur trace.

ATTINGHAUSEN. — Mais les châteaux forts qui dominent la contrée?

MELCHTHAL. — Ils tomberont tous le même jour.

ATTINGHAUSEN. — Et les nobles font-ils partie de cette ligue?

STAUFFACHER. — Nous espérons leur secours quand il sera nécessaire: mais il n'y a encore que les paysans qui aient prêté le serment.

ATTINGHAUSEN. *Il se lève lentement, et laisse voir une grande surprise.* — Les paysans ont entrepris une telle chose entre eux sans le secours des gentilshommes! ils se sont à ce point confiés dans leurs propres forces! Ah! alors on n'a plus besoin de nous, nous pouvons sans regrets descendre au tombeau. Elle vivra après nous, elle se maintiendra par de nouvelles forces. la grandeur de l'humanité. (*Il pose la main sur la tête de l'enfant qui est à genoux devant lui.*) De cette tête où la pomme fut placée, sortira pour vous une liberté nouvelle et meilleure. L'ancien ordre s'écroule, les temps changent, et un ordre nouveau va fleurir sur ses ruines.

STAUFFACHER, *à Walther Furst.* — Voyez quel éclat brille dans ses yeux. Ce n'est pas la dernière lueur d'une vie qui s'éteint, c'est déjà le rayon éclatant d'une vie nouvelle.

ATTINGHAUSEN. — La noblesse descend de ses antiques châteaux pour venir dans les villes prêter son serment de bourgeoisie : déjà l'Uechtland et la Turgovie ont donné le signal ; la noble ville de Berne lève sa tête souveraine ; Fribourg devient un rempart assuré de la liberté[1] ; l'active Zurich arme ses corporations en troupes guerrières, et la puissance des rois vient se briser contre ses murailles éternelles. (*Il prononce ce qui suit d'un ton prophétique, et ses paroles semblent inspirées.*) Je vois les princes et les seigneurs, revêtus de leurs armures, accourir pour combattre un peuple de bergers paisibles ; une guerre à mort s'engage, et maint passage est illustré par de sanglants combats ; le paysan se précipite la poitrine nue, victime volontaire, contre une forêt de lances ; il les brise ; la fleur de la noblesse est abattue, et la liberté lève son étendard triomphant. (*A Stauffacher et à Walther Furst, en leur prenant les mains.*) Soyez fermement unis, fermement et pour toujours ; qu'aucune contrée libre ne soit étrangère à la liberté d'une autre contrée. Placez des signaux sur le haut de vos montagnes pour que les confédérés se rassemblent sans retard dans l'intérêt commun ; soyez unis, à jamais unis.

(Il retombe dans son fauteuil et meurt. Ses mains tiennent encore les mains de Furst et de Stauffacher : ceux-ci le regardent longtemps en silence, puis ils se retirent, et chacun se livre à sa douleur. Pendant ce temps, les serviteurs du baron sont entrés en silence ; ils

---

1. Fribourg, en devenant le rempart des hommes libres, ne fait que justifier son nom. Le nom allemand *Freiburg* est formé des deux mots : *frei*, libre, et *burg*, forteresse.

III.   27

s'approchent avec des marques d'une affliction qui se contient ou qui éclate. Quelques-uns se jettent à genoux devant lui, baisent sa main en pleurant. Pendant cette scène muette, on entend sonner la cloche du château.)

RUDENZ *entre précipitamment.* — Vit-il encore? Ah! dites, pourra-t-il m'entendre?

WALTHER FURST *lui montre Attinghausen en détournant la tête.* — Vous êtes maintenant notre seigneur et notre protecteur; ce château a changé de maître.

RUDENZ. *Il regarde le corps, et paraît saisi d'un violent désespoir.* — O mon Dieu! mon repentir a été trop tardif; que n'a-t-il pu vivre quelques instants de plus pour voir le changement de mon cœur! Pendant qu'il jouissait encore de la lumière, j'ai méprisé ses sincères discours : maintenant il n'est plus, il nous a quittés pour toujours, et il me laisse le poids d'une faute non expiée. Ah! dites-moi, a-t-il emporté quelque ressentiment contre moi?

STAUFFACHER. — Il a appris en mourant ce que vous avez fait, et il a béni le courage avec lequel vous avez osé parler.

RUDENZ *se met à genoux.* — Oui, restes sacrés d'un homme excellent, dépouille inanimée, je le jure sur ces mains que la mort a glacées, j'ai rompu pour toujours tous les liens étrangers; je suis revenu à mon peuple, je suis et veux être de toute mon âme un citoyen de la Suisse. (*Il se relève.*) Pleurez sur votre ami, sur votre père à tous, mais ne tombez pas dans le découragement. Ce n'est pas de ses seules richesses que je suis héritier : il m'a aussi légué son cœur et son âme, et ma jeunesse acquittera tout ce que sa vieillesse est restée vous devoir..... Vénérable père, donnez-moi votre main, et vous aussi la vôtre, Stauffacher et Melchthal. Oh! n'hésitez pas, ne vous détournez pas, recevez mon serment et mes promesses.

WALTHER FURST. — Donnez-lui votre main, son cœur qui revient à nous mérite notre confiance.

MELCHTHAL. — Vous avez montré du mépris aux paysans; parlez, que devons-nous attendre de vous?

RUDENZ. — Oubliez l'erreur de ma jeunesse.

WALTHER FURST. — Soyez unis, a été la dernière parole de celui qui était notre père. Souvenez-vous-en!

MELCHTHAL. — Voici ma main, noble seigneur; la parole d'un paysan est aussi une parole sacrée. Que seraient les chevaliers sans nous? Nous sommes d'une classe plus ancienne que la vôtre.

RUDENZ. — Je l'honore, et mon épée la protégera.

MELCHTHAL. — Seigneur, le bras qui dompte et féconde le dur sein de la terre, peut aussi protéger la poitrine de l'homme.

RUDENZ. — Eh bien, vous me défendrez et je vous défendrai: nous serons forts l'un par l'autre. Mais à quoi bon les paroles, tant que notre patrie est la proie de la tyrannie étrangère? Quand notre sol sera délivré de ses ennemis, alors nous réglerons en paix nos droits. (*Il se tait un moment.*) Vous vous taisez, vous n'avez rien à me dire? Eh quoi! n'ai-je pas mérité que vous ayez confiance en moi? me faut-il pénétrer malgré vous dans le secret de votre alliance? Vous avez tenu conseil, vous avez prêté serment au Rutli, je le sais; je n'ignore rien de ce que vous avez résolu, et, bien que je ne l'aie pas appris de vous, votre secret est pour moi comme un dépôt sacré. Jamais, croyez-moi, je n'ai été l'ennemi de mon pays, jamais je n'aurais rien fait contre vous.... Cependant vous avez tort de différer, le temps presse; il faut une prompte exécution; Tell a déjà été la victime de vos délais.

STAUFFACHER. — Nous avons juré d'attendre la fête de Noël.

RUDENZ. — Je n'étais pas avec vous, je n'ai rien juré. différez, moi je vais agir.

MELCHTHAL. — Quoi! vous voudriez?

RUDENZ. — Je me compte maintenant parmi les chefs du pays, et mon premier devoir est de vous délivrer.

WALTHER FURST. — Confier à la terre cette dépouille chérie, c'est le plus pressant et le plus sacré de vos devoirs.

RUDENZ. — Quand nous aurons affranchi cette contrée, nous placerons sur son cercueil la première couronne de la victoire. O mes amis! ce n'est pas votre cause seule, mais la mienne que j'ai à régler avec le tyran. Écoutez-moi : ma chère Berthe a disparu, elle a été secrètement enlevée du milieu de nous avec une audace criminelle.

STAUFFACHER. — Comment! le tyran aurait osé faire une pareille violence à une personne libre et noble?

RUDENZ. — Mes amis, je vous ai promis du secours et je vais commencer par demander le vôtre. On a enlevé, on a saisi ma bien-aimée. Qui sait où ces misérables l'auront cachée? à quelle violence ils oseront se porter pour contraindre son cœur à une alliance détestée? Ne m'abandonnez pas, aidez-moi à la délivrer ; elle vous chérit, et elle mérite par son amour pour le pays que tous les bras s'arment pour elle.

WALTHER FURST. — Que voulez-vous entreprendre?

RUDENZ. — Le sais-je? Hélas! dans l'obscurité qui enveloppe son sort, dans les affreuses angoisses de mon incertitude, je ne puis m'attacher à rien de fixe; une seule chose est claire dans mon âme, c'est que je ne pourrai la retrouver que sous les débris de la tyrannie, et que nous devons forcer toutes les forteresses pour pouvoir pénétrer dans sa prison.

MELCHTHAL. — Venez, conduisez-nous; nous vous suivrons. Pourquoi différer jusqu'à demain ce qui peut être tenté dès aujourd'hui? Quand nous avons fait le serment du Rutli, Tell était encore libre, et l'acte horrible n'avait pas encore eu lieu. Le temps nous a imposé de nouveaux devoirs, et qui serait assez lâche pour pouvoir encore hésiter maintenant?

RUDENZ, à *Walther Furst et à Stauffacher*. — Pendant ce temps-là, armez-vous et tenez-vous prêts à agir. Attendez que les signaux de feu s'allument sur les montagnes : la nouvelle de notre victoire vous parviendra ainsi plus rapidement que ne volerait une voile messagère; et quand vous verrez briller les bienheureuses flammes, précipitez-vous sur l'ennemi avec la rapidité de la foudre, et renversez l'édifice de la tyrannie.

(Ils s'en vont.)

SCÈNE III.

Un chemin creux près de Kussnacht. Il y a dans le fond une descente au
milieu des rochers, et les voyageurs, avant de paraître sur la scène,
sont aperçus d'abord sur la hauteur. Des rochers entourent toute la
scène. L'un de ceux du premier plan forme une saillie couverte de
broussailles.)

TELL *arrive avec son arbalète.*

C'est par ce chemin creux qu'il doit passer; aucune autre
route ne conduit à Kussnacht... C'est ici que je vais accomplir mon dessein... l'occasion est favorable. Le feuillage
de ce sureau me cachera à sa vue; de là ma flèche pourra
l'atteindre; l'étroitesse du chemin interdit la poursuite....
Mets ordre à ta conscience, gouverneur; c'en est fait de
toi, ton heure est arrivée.

Je vivais dans la paix et l'innocence; je n'avais jamais
dirigé mes traits que contre les animaux des forêts; jamais
le meurtre n'avait souillé ma pensée. Tu m'as violemment
arraché à mon repos, tu as changé en noir venin le doux
lait des pieuses pensées; tu m'as accoutumé aux actions
monstrueuses. Celui qui a pris pour but la tête de son enfant peut bien aussi percer le cœur de son ennemi.

Mes pauvres petits enfants innocents, ma fidèle femme,
il faut, gouverneur, que je les préserve de ta fureur.....
lorsque d'une main tremblante je tendais mon arc....
Lorsque la main me tremblait... lorsque par un caprice
cruel et infernal tu me contraignis de viser à la tête de mon
enfant; lorsque, sans défense, je me tordais en suppliant
devant toi, alors je me suis intérieurement juré par un serment terrible, entendu de Dieu seul, que ton cœur serait
le premier but de ma prochaine flèche. Ce que je me suis
juré à moi-même dans ce moment d'infernale torture est
une dette sacrée, je veux l'acquitter.

Tu es mon seigneur, le lieutenant de mon empereur;
mais l'empereur ne se serait jamais permis ce que tu as
osé... il t'a envoyé dans ce pays pour rendre la justice....
une justice sévère, car il est irrité... mais non pour te faire

impunément un jeu cruel du meurtre et du carnage. Il y a un Dieu pour venger et punir.

Viens, toi, l'instrument d'amères douleurs, maintenant mon bien le plus cher, mon plus précieux trésor... je vais te donner un but qui était inaccessible aux plus touchantes prières... mais il ne te résistera pas..... Et toi, arc fidèle, qui si souvent m'as bien servi dans des jeux joyeux, ne m'abandonne pas dans ce moment sérieux et terrible ; cette fois encore seulement, tiens ferme, corde fidèle, qui si souvent donnas des ailes à ma flèche aiguë ! Ah ! si elle allait s'échapper sans force de ma main, je n'en ai pas une seconde à lancer.

(Des voyageurs passent sur la scène.)

Je vais m'asseoir sur ce banc de pierre, préparé au voyageur pour s'y reposer un moment, car il n'y a aucune habitation dans ce lieu. — Chacun y passe près de l'autre rapidement et en étranger, sans s'inquiéter de ses peines. — C'est là que passe le marchand soucieux, le pèlerin légèrement équipé, le moine pieux, le brigand farouche, le joyeux ménétrier, le colporteur avec son cheval pesamment chargé qui vient des contrées lointaines, car tout chemin mène au bout du monde. Tous poursuivent leur route pour aller à leurs affaires... et mon affaire, c'est le meurtre !

(Il s'assied.)

Autrefois, chers enfants, lorsque votre père vous quittait, il y avait grande joie à son retour, car jamais il ne rentrait sans vous apporter quelque chose : tantôt c'était une belle fleur des Alpes, tantôt un oiseau rare ou une corne d'Ammon, comme le voyageur en trouve sur la montagne..... Aujourd'hui il est sorti pour chercher une autre proie ; il est assis près de ce chemin sauvage, avec des pensées de meurtre ; c'est la vie de son ennemi qu'il est venu guetter... — Et cependant, mes chers enfants, c'est encore à vous, à vous seulement qu'il pense aujourd'hui... c'est pour vous défendre, pour protéger votre sainte innocence contre la vengeance du tyran, qu'il apprête son arc pour le meurtre.

(Il se lève.)

Je guette une noble proie. Le chasseur ne se rebute pas
d'errer des jours entiers pendant la rigueur de l'hiver, de
risquer sa vie en franchissant les rochers, de gravir des
murs de glace auxquels il se colle avec son propre sang...
et cela pour atteindre quelque misérable gibier. Il y va ici
d'un prix plus précieux, de la vie du mortel ennemi qui
veut me perdre.

(On entend dans le lointain une musique joyeuse qui s'approche par
degrés.)

J'ai passé ma vie à manier l'arc, à m'exercer à tirer des
flèches. Souvent, dans les jeux de village, j'ai atteint le
but et obtenu maint beau prix. Aujourd'hui je ferai le coup
de maître, et je gagnerai ce qu'il y a de meilleur dans toute
l'étendue de la montagne.

(On aperçoit une noce sur la hauteur, et elle descend dans le chemin
creux. Tell la regarde passer appuyé sur son arbalète. Stussi le
garde champêtre l'aborde.)

STUSSI. — C'est le métayer du couvent de Morlischachen
qui conduit son cortége de noce : c'est un homme riche; il
a bien dix grands troupeaux sur les Alpes; il va chercher
maintenant sa fiancée à Imisée, et ce soir il y aura de
grandes réjouissances à Kussnacht. Venez avec nous, tous
les honnêtes gens sont conviés.

TELL. — Je suis un convive trop triste pour une noce.

STUSSI. — Si vous avez quelque chagrin, chassez-le de
votre cœur; prenez le temps comme il vient. Il est assez
triste à présent; c'est une raison pour saisir l'occasion de
se réjouir. Ici l'on se marie; ailleurs on enterre.

TELL. — Et souvent une chose se passe à côté de l'autre.

STUSSI. — Ainsi va le monde. Il y a assez de malheurs
partout; un éboulement a eu lieu dans le pays de Glaris et
tout un côté du Glarnisch s'est éboulé et a enseveli la terre
de Glaris.

TELL. — Les montagnes elles-mêmes chancellent? Il n'y
a rien de solide sur cette terre!

STUSSI. — Ailleurs encore il se passe des choses surprenantes. Je viens de voir un homme qui arrive de Bade : il
m'a conté qu'un chevalier s'est mis en route pour aller
voir le roi. En chemin un essaim d'abeilles s'est attaché à

son cheval, et l'a tellement fait souffrir que l'animal est tombé mort; et le chevalier est arrivé à pied chez le roi.

TELL. — Au plus faible même il a été donné un aiguillon.

(Hermengarde arrive avec plusieurs enfants et se place au milieu du chemin creux.)

STUSSI. — On craint que cela n'annonce quelque grand malheur pour le pays, et des actes affreux et contre nature.

TELL. — Chaque pas amène des actes semblables, et aucun prodige n'a besoin de les annoncer.

STUSSI. — Heureux l'homme qui cultive paisiblement son champ, et qui vit sans que personne l'offense, au milieu des siens.

TELL. — L'homme le plus paisible ne peut pas vivre en repos, s'il plaît à un voisin pervers de le troubler.

(Tell regarde souvent avec une inquiète impatience du côté de la hauteur.)

STUSSI. — Adieu. Vous attendez ici quelqu'un?

TELL. — C'est ce que je fais.

STUSSI. — Je vous souhaite un heureux retour dans votre famille. Vous êtes d'Uri. Notre gracieux seigneur le gouverneur doit en revenir aujourd'hui même.

UN VOYAGEUR qui arrive. — N'attendez plus le gouverneur aujourd'hui. L'orage a fait déborder les rivières, et tous les ponts ont été emportés par l'inondation.

(Tell se lève.)

HERMENGARDE s'avance. — Le gouverneur ne viendra pas?

STUSSI. — Lui voulez-vous quelque chose?

HERMENGARDE. — Hélas! oui.

STUSSI. — Pourquoi vous placez-vous dans ce chemin creux, devant son passage?

HERMENGARDE. — Il ne pourra pas se détourner; il sera forcé de m'entendre.

FRIESSHARDT. Il s'avance promptement par le chemin, et dit à haute voix, du fond du théâtre : — Laissez le chemin libre. Voici monseigneur le gouverneur qui arrive derrière moi à cheval.

(Tell se retire.)

HERMENGARDE *vivement*. — Le gouverneur vient?

(Elle se place sur le devant de la scène avec ses enfants. Gessler et Rodolphe le Harras paraissent à cheval sur la hauteur.)

STUSSI *à Friesshardt*. — Comment avez-vous fait pour traverser les torrents, puisque les ponts sont emportés?

FRIESSHARDT. — Nous avons supporté un tel assaut sur le lac, que les rivières ne pouvaient nous effrayer.

STUSSI. — Vous étiez sur le lac pendant cette terrible tempête?

FRIESSHARDT. — Oui, nous y étions, et de ma vie je ne l'oublierai.

STUSSI. — Ne vous en allez pas: contez-moi tout!

FRIESSHARDT. — Laissez-moi; il faut que j'aille en avant, annoncer l'arrivée du gouverneur au château.

STUSSI. — Si le bateau eût porté d'honnêtes gens, il aurait sombré corps et bien: mais sur ces gens-là, ni le feu ni l'eau ne peuvent rien. (*Il regarde autour de lui.*) Où donc a passé le chasseur avec qui je parlais?

(Gessler et Rodolphe le Harras à cheval.)

GESSLER. — Dites ce que vous voudrez, l'empereur est mon maître, et je dois chercher à lui plaire. Il ne m'a pas envoyé dans ce pays pour flatter le peuple et le traiter doucement: il veut qu'on lui obéisse, et la question est de savoir si c'est le paysan qui doit être le maître dans le pays, ou l'empereur.

HERMENGARDE. — Voici le moment favorable, je vais me présenter à lui.

(Hermengarde s'approche avec crainte.)

GESSLER. — Je n'ai pas fait placer le chapeau à Altdorf par jeu, ni pour éprouver les cœurs de ce peuple; je les connais depuis longtemps: je l'ai fait placer pour qu'ils apprennent à courber devant moi la tête, et à ne plus la lever orgueilleusement. Je leur ai planté cette gêne sur le chemin où ils sont forcés de passer chaque jour, pour que leurs yeux en soient nécessairement frappés, et qu'ils se rappellent leur maître qu'ils oublient.

RODOLPHE. — Le peuple a cependant certains droits.

GESSLER. — Qu'il n'est pas temps de discuter. De vastes résultats sont en voie de s'accomplir. La maison impériale doit s'accroître, et ce que le père a glorieusement commencé, il faut que le fils l'achève. Ce petit peuple est un obstacle dans sa route; et... d'une manière ou d'une autre .. il faut qu'il se soumette.

(Ils veulent avancer, Hermengarde se jette à genoux devant le gouverneur.)

HERMENGARDE. — Miséricorde , monseigneur , grâce ! grâce !

GESSLER. — Pourquoi vous placez-vous sur mon chemin, dans cette route ? Retirez-vous.

HERMENGARDE. — Mon mari languit en prison, mes enfants manquent de pain. Mon puissant seigneur, ayez compassion de notre affreuse misère.

RODOLPHE. — Qui êtes-vous ? qui est votre mari ?

HERMENGARDE. — Mon bon seigneur, c'est un pauvre journalier du mont Rigi, qui va, au bord des précipices, faucher l'herbe sur des rochers escarpés, où le bétail n'oserait pas gravir.

RODOLPHE, au gouverneur. — Par Dieu, la vie misérable et digne de pitié ! Je vous en prie, rendez-lui son pauvre mari ; quelle que soit la faute dont il a pu se rendre coupable, n'est-elle pas expiée par l'épouvantable métier qui le nourrit ? (A Hermengarde.) On vous fera justice... venez au château présenter votre demande... ce n'est pas ici le lieu.

HERMENGARDE. — Non, non, je ne quitterai point cette place que monseigneur ne m'ait rendu mon mari ! Voilà déjà six mois qu'il languit dans la tour et attend vainement la sentence du juge.

GESSLER. — Femme, voulez-vous me faire violence ? Retirez-vous.

HERMENGARDE. — Justice, gouverneur ! Tu es juge dans ce pays pour tenir la place de l'empereur et de Dieu ; remplis ton devoir. Comme tu attends justice du ciel, fais-nous justice.

GESSLER. — Arrière, qu'on chasse de mes yeux ce peuple insolent.

HERMENGARDE saisit la bride de son cheval. — Non, non, je n'ai plus rien à perdre, tu ne sortiras pas de ce lieu avant de m'avoir rendu justice : fronce le sourcil, lance-moi des regards menaçants, que m'importe? Notre malheur est sans bornes ; nous n'avons plus rien à craindre de ta colère.

GESSLER. — Femme, retire-toi, ou mon cheval va te fouler aux pieds.

HERMENGARDE. — Eh bien, fais-le passer sur mon corps. (*Elle pousse ses enfants à terre, et se précipite avec eux au milieu du chemin.*) Me voici avec mes enfants. Écrase ces malheureux orphelins sous les pieds de ton cheval ; ce ne sera pas la pire de tes cruautés.

RODOLPHE. — Femme, vous êtes donc insensée?

HERMENGARDE *poursuit avec vivacité.* — Aussi bien ne foules-tu pas depuis longtemps sous tes pieds le pays de l'empereur? Ah! je ne suis qu'une femme! Si j'étais un homme, je trouverais quelque chose de mieux à faire qu'à me prosterner ici dans la poussière.

(On entend de nouveau sur la hauteur la musique de la noce, mais dans le lointain.)

GESSLER. — Où sont mes hommes d'armes? Qu'on arrache cette femme d'ici, ou je cesserais de me contenir, et je ferais... ce que je ne veux pas faire.

RODOLPHE. — Vos gardes ne peuvent point passer, le chemin creux est embarrassé par une noce.

GESSLER. — Oui, je suis encore pour ce peuple un maître trop indulgent. Les discours ont encore trop de licence, il n'est pas encore dompté comme il devrait l'être: mais tout ceci changera, je le jure. Je briserai cette inébranlable obstination, je ferai plier cet audacieux esprit de liberté : je veux faire régner sur cette contrée une loi nouvelle. Je veux... (*Une flèche l'atteint. Il porte la main sur son cœur et chancelle, et d'une voix étouffée, il ajoute:*) Dieu, aie pitié de moi !

RODOLPHE. Mon seigneur... Grand Dieu ! qu'est-ce donc? D'où cela vient-il ?

HERMENGARDE *se relève.* — Au meurtre!... au meurtre!... il chancelle, il tombe; il est blessé.....

RODOLPHE *saute de cheval.* — Quel funeste événement!... Dieu!... seigneur chevalier... invoquez la miséricorde de Dieu; vous êtes un homme mort.

GESSLER. — C'est la flèche de Tell.

(Il glisse de cheval dans les bras de Rodolphe le Harras, qui le dépose sur le banc de pierre.)

TELL *se montre sur le haut du rocher.* — Tu as reconnu d'où partait le coup ; n'en soupçonne personne autre. Les chaumières sont délivrées, l'innocence n'a plus rien à craindre de toi, tu ne désoleras plus cette contrée.

(Il disparaît de dessus le rocher. Le peuple se précipite sur la scène.)

STUSSI. — Que se passe-t-il ? Qu'est-il arrivé ?

HERMENGARDE. — Le gouverneur a été percé d'une flèche.

LE PEUPLE *se presse en foule.* — Qui est-ce qui a été frappé ?

(Pendant qu'une partie de la noce est sur le devant de la scène, le reste est encore derrière sur la hauteur, et la musique continue.)

RODOLPHE LE HARRAS. — Il perd tout son sang. Allez, chercher du secours, poursuivez le meurtrier.... Malheureux, il faut donc que tu périsses ainsi ! pourquoi ne voulais-tu pas écouter mes avis ?

STUSSI. — Par Dieu ! Le voilà là étendu pâle et inanimé.

PLUSIEURS VOIX. — Qui a fait le coup ?

RODOLPHE DE HARRAS. — Ce peuple est donc insensé de faire ainsi de la musique à un meurtre ? Qu'on les fasse taire. (*La musique cesse, et la foule du peuple s'accroît.*) Seigneur gouverneur, parlez si vous le pouvez. N'avez-vous rien à me confier ? *Gessler fait des signes avec la main qu'il répète avec vivacité, parce qu'ils n'ont pas été immédiatement compris.*) Où dois-je aller ? A Kussnacht ?... Je ne vous comprends pas... Oh ! ne vous impatientez pas !... Quittez toutes les pensées terrestres ; songez seulement à vous réconcilier avec le ciel.

(Toute la noce entoure le mourant avec une horreur sans compassion.)

STUSSI. — Voyez comme il pâlit. La mort arrive jusqu'à son cœur, ses yeux sont éteints.

HERMENGARDE *élève un de ses enfants dans ses bras.* — Regardez, enfants, regardez comment meurt un monstre.

RODOLPHE LE HARRAS. — Femmes insensées, avez-vous donc perdu tout sentiment, de repaître ainsi vos regards de cet affreux spectacle ? Secourez-moi ; venez à mon aide.

Personne ne m'aidera-t-il à retirer de son sein cette horrible flèche ?

LES FEMMES *se retirent*. — Nous, toucher celui que Dieu a frappé !

RODOLPHE LE HARRAS. — Malédiction sur vous et damnation !

(Il tire son épée.)

STUSSI *lui arrête le bras*. — Gardez-vous-en, seigneur ! votre pouvoir est fini, le tyran de cette contrée est tombé ; nous ne supporterons plus aucune violence ; nous sommes libres !

TOUS, *avec tumulte*. — Nous sommes libres !

RODOLPHE LE HARRAS. — En sommes-nous venus là ! la terreur et l'obéissance se seraient-elles si rapidement évanouies ? (*Il s'adresse aux serviteurs armés qui l'entourent.*) Vous voyez l'homicide attentat qui s'est accompli ici... Tout secours est superflu... C'est en vain qu'on voudrait poursuivre le meurtrier ; d'autres soins nous pressent. Allons à Kussnacht pour conserver à l'empereur sa forteresse ! Tous les liens de l'ordre et du devoir viennent d'être rompus, et il n'est personne sur la fidélité de qui l'on puisse s'assurer.

(Il se retire avec sa suite, et l'on voit arriver six frères de la Miséricorde.)

HERMENGARDE. — Place ! place ! voici les frères de la Miséricorde.

STUSSI. — La victime est là étendue... Les corbeaux descendent.

LES FRÈRES DE LA MISÉRICORDE *se rangent en cercle autour du corps et chantent d'un ton grave.*

La mort s'empare de l'homme en un moment.
Elle ne lui donne aucun délai ;
Elle le renverse au milieu de sa carrière ;
Elle l'emporte dans la plénitude de la vie.
Qu'il soit ou non prêt à partir,
Il faut qu'il comparaisse devant son juge.

(Pendant qu'on répète les derniers vers, la toile tombe.)

FIN DU QUATRIÈME ACTE.

ACTE CINQUIÈME

SCÈNE I.

La place publique d'Altdorf. Dans le fond, à droite, on voit la forteresse Dompte-Uri, entourée encore d'échafaudages, comme à la troisième scène du premier acte. A droite, on aperçoit sur plusieurs montagnes de grands feux allumés comme signaux. Le jour se lève; les cloches sonnent à diverses distances.

RUODI, KUONI, WERNI, LE MAITRE TAILLEUR DE PIERRES.
et beaucoup d'autres habitants, femmes et enfants.

RUODI. — Voyez-vous sur les montagnes ces signaux de feu?

LE TAILLEUR DE PIERRES. — Entendez-vous les cloches de l'autre côté de la forêt?

RUODI. — Les ennemis sont chassés.

LE TAILLEUR DE PIERRES. — Les châteaux sont pris.

RUODI. — Et nous souffrons encore dans le pays d'Uri que ce château des tyrans subsiste sur notre sol? Serons-nous les derniers à nous déclarer libres?

LE TAILLEUR DE PIERRES. — Et nous laisserions debout le joug qui devait nous dompter? Allons, renversons-le!

TOUS. — Oui, à bas, à bas!

RUODI. — Où est la trompe d'Uri?

LA TROMPE D'URI. — Me voici, que faut-il faire?

RUODI. — Montez au clocher et sonnez de votre trompe; que le bruit en retentisse au loin dans les montagnes; qu'il éveille tous les échos des rochers et rassemble rapidement tous les hommes de la montagne.

(La trompe d'Uri s'éloigne. Walther Furst arrive.)

WALTHER FURST. — Arrêtez, amis, arrêtez. Nous ne savons pas encore ce qui s'est passé à Unterwald et à Schwitz. Attendons d'abord les messagers.

RUDI. — Et pourquoi attendre? le tyran est mort, le jour de la liberté est arrivé.

LE TAILLEUR DE PIERRES. — Et ne suffit-il pas des messagers de flammes qui brillent sur toutes les cimes d'alentour?

RUDI. — Venez tous, venez: mettez la main à l'œuvre, hommes et femmes: renversez les échafaudages, détruisez les voûtes, abattez les murailles; qu'il ne reste pas pierre sur pierre.

LE PÊCHEUR. — Venez, compagnons; c'est nous qui avons construit ce château, nous saurons bien le détruire.

TOUS. — Allons, renversons-le.

(Ils se précipitent tous vers le château.)

WALTHER FURST. — Le sort en est jeté, je ne puis plus les retenir.

(Melchthal et Baumgarten arrivent.)

MELCHTHAL. — Eh quoi, ce château est encore debout, tandis que Sarnen est en cendres et que Rossberg est renversé de fond en comble!

WALTHER FURST. — Vous voici, Melchthal! Nous apportez-vous la liberté? Dites, le pays est-il tout entier délivré de ses ennemis?

MELCHTHAL *l'embrasse.* — Notre sol est affranchi. Réjouissez-vous, mon vieux père: au moment où nous parlons, il n'y a plus un seul tyran sur la terre de Suisse.

WALTHER FURST. — Ah! parlez, comment vous êtes-vous rendus maîtres des forteresses?

MELCHTHAL. — C'est Rudenz qui, par un coup d'audace hardi, s'est courageusement emparé de Sarnen; et moi, j'avais, la nuit précédente, escaladé Rossberg. Mais apprenez ce qui est arrivé: nous avions déjà chassé les ennemis du château, et nous venions d'allumer avec transport un incendie dont les flammes s'élevaient au ciel, quand Diethelm, le page de Gessler, s'est élancé en criant que la dame de Bruneck allait être brûlée.

WALTHER FURST. — Juste Dieu !

(On entend les échafaudages s'écrouler.)

MELCHTHAL. — C'était elle, en effet. Elle avait été secrètement enfermée là par ordre du gouverneur. Rudenz s'élance désespéré; déjà nous entendions le bruit des poutres qui s'écroulaient, et les cris de détresse de l'infortunée perçaient à travers la fumée.

WALTHER FURST. — A-t-elle été sauvée?

MELCHTHAL. — Il fallait de la résolution et de la promptitude: si Rudenz n'eût été que notre seigneur, nous n'eussions pas exposé notre vie pour lui: mais il est notre confédéré, et Bertha a toujours honoré le peuple. Ainsi nous nous sommes courageusement, au risque de nos jours, précipités dans le feu.

WALTHER FURST. — A-t-elle été sauvée?

MELCHTHAL. — Oui, elle l'a été. Rudenz et moi nous l'avons emportée à travers les flammes, marchant sur des poutres qui s'abîmaient sous nos pas. Quand elle a été sauvée, et que, revenant à elle, elle leva les yeux au ciel, le baron s'est précipité dans mes bras, et nous jurâmes sans parler une alliance qui, forgée ainsi dans l'ardeur du feu, résistera à toutes les épreuves du sort.

WALTHER FURST. — Où est Laudenberg?

MELCHTHAL. — Au delà du Brunig. Si celui qui a rendu mon père aveugle n'a pas été privé de la lumière, cela n'a pas dépendu de moi. Je l'ai poursuivi, je l'ai atteint dans sa fuite, et l'ai traîné aux pieds de mon père : mon épée était déjà levée sur sa tête, quand, implorant la miséricorde du vieillard aveugle, il a obtenu de lui le don de la vie : il a fait serment de ne jamais revenir; il le tiendra, car il a éprouvé la force de notre bras.

WALTHER FURST. — C'est un bonheur pour vous de ne pas avoir souillé de sang la pureté de cette victoire.

LES ENFANTS *courent sur la scène avec les débris des échafaudages.* — Liberté ! liberté !

(La trompe d'Uri retentit avec force.)

WALTHER FURST. — Voyez quelle fête; elle sera gravée

dans le souvenir des enfants jusque dans leur dernière
vieillesse.

(De jeunes filles portent le chapeau sur une perche. La scène se remplit
de peuple.)

RUODI. — Voilà le chapeau devant lequel il fallait nous
courber.

BAUMGARTEN. — Eh bien! qu'en devons-nous faire? dé-
cidez-en.

WALTHER FURST. — Dieu!... C'est sous ce chapeau que
fut placé mon petit-fils.

PLUSIEURS VOIX. — Détruisez ce monument de la tyrannie.
Jetez-le au feu!

WALTHER FURST. — Non, laissez-le subsister. Il a dû être
l'instrument de la tyrannie; qu'il devienne le symbole
éternel de la liberté.

(Les paysans, hommes, femmes et enfants, les uns debout, les autres
assis sur les débris des échafaudages, sont pittoresquement groupés
en demi-cercle.)

MELCHTAL. — Nous voici établis joyeusement sur les
débris de la tyrannie. Confédérés, ce que nous avons juré
au Rutli est maintenant accompli.

WALTHER FURST. — L'œuvre est commencée, mais elle
n'est point achevée; il nous faut maintenant du courage et
une concorde inaltérable. Soyez certains que l'empereur
ne tardera pas à vouloir venger la mort de son bailli, et à
rétablir ici par la force celui que nous avons chassé.

MELCHTAL. — Qu'il conduise ici son armée; maintenant
que nous avons chassé les ennemis intérieurs, nous saurons bien repousser les ennemis du dehors.

RUODI. — On ne peut pénétrer dans le pays que par un
petit nombre de passages; nous y ferons une barrière de
nos corps.

BAUMGARTEN. — Nous sommes unis par les liens d'une
alliance éternelle, et aucune armée ne peut nous épouvanter.

(Le curé et Stauffacher arrivent.)

LE CURÉ. — Voilà les terribles arrêts du ciel!

QUELQUES HABITANTS. — Qu'est-ce?

LE CURÉ. — Dans quel temps nous vivons!

WALTHER FURST. — Parlez, qu'y a-t-il? Ah! c'est vous, seigneur Werner! Que venez-vous nous annoncer?

LES PAYSANS. — Qu'est-ce donc?

LE CURÉ. — Vous allez m'entendre avec surprise.

STAUFFACHER. — Nous sommes délivrés d'une grande crainte.

LE CURÉ. — L'empereur vient d'être assassiné.

WALTHER FURST. — Juste Dieu!

(Les habitants se pressent en tumulte autour de Stauffacher.)

TOUS. — Assassiné! Comment! l'empereur? Écoutons. L'empereur?...

MELCHTAL. — Cela n'est pas possible. D'où vous vient cette nouvelle?

STAUFFACHER. — Elle est certaine. C'est à Brück que l'empereur Albert est tombé sous les coups d'un assassin. Un homme digne de foi, Jean Müller[1] de Schaffouse, a apporté la nouvelle.

WALTHER FURST. — Qui a osé se porter à ce criminel attentat?

STAUFFACHER. — Le nom de l'assassin le rend plus criminel encore : c'est son neveu, le fils de son frère, le duc Jean de Souabe, qui l'a accompli.

MELCHTAL. — Et quel motif a pu le pousser à ce parricide?

STAUFFACHER. — L'empereur retenait l'héritage paternel de son neveu et le refusait à ses vives réclamations: on dit même qu'il avait le projet de le contraindre à s'accommoder en échange d'une mitre épiscopale. Quoi qu'il en soit, le jeune prince a prêté l'oreille aux mauvais conseils de ses compagnons d'armes; et avec les seigneurs d'Eschenbach, de Tegerfeld, de la Wart et de Palm, il a résolu, ne pouvant obtenir justice, de se venger de sa propre main.

---

1. Jean Müller est le nom de l'auteur de l'*Histoire de la Suisse*. En supposant que l'homme digne de foi qui apporte de Schaffouse la nouvelle du meurtre s'appelait Jean Müller, le poëte a voulu rendre un hommage indirect à la véracité de l'historien.

WALTHER FURST. — Oh ! dites-nous comment l'acte odieux
s'est consommé.

STAUFFACHER. — L'empereur descendait à cheval du
rocher de Bade pour retourner à Rheinfeld, où est la cour ;
il avait avec lui les princes Jean et Léopold, et une nombreuse suite de seigneurs. Quand il fut arrivé à la Reuss,
au lieu où il faut la traverser en bateau, les assassins
s'empressèrent d'entrer les premiers dans la barque, de
sorte que l'empereur se trouva séparé de sa suite ; puis,
comme l'empereur passait dans un champ labouré sous
lequel est dit-on ensevelie une antique cité du temps des
païens, ayant devant lui le château d'Habsbourg, berceau
de sa noble race, le duc Jean lui enfonça son poignard dans
la gorge, Rodolphe de Palm le perça de sa lance, et Eschenbach lui fendit la tête : l'empereur tomba dans son sang,
assassiné par les siens, sur son propre domaine. Ceux qui
auraient pu le défendre virent de l'autre rive le meurtre ;
mais, séparés par le torrent, ils ne purent que pousser des
cris inutiles ; une pauvre femme se trouvait seule assise
sur le bord du chemin, et c'est elle qui a reçu le dernier
soupir de l'empereur.

MELCHTAL. — Ainsi donc il n'a fait que creuser sa tombe
avant le temps, l'homme insatiable qui voulait tout posséder !

STAUFFACHER. — Une horrible épouvante s'est répandue
dans toute la contrée ; les passages des montagnes sont
gardés, chaque canton veille sur ses frontières, l'antique
Zurich a fermé ses portes pour la première fois depuis
trente ans, tant on a peur des meurtriers... et plus encore des vengeurs ; car la reine de Hongrie, la fière Agnès,
qui ne connaît pas la douceur de son sexe, arrive armée
des rigueurs de la proscription, pour venger le sang royal
de son père sur toute la race des meurtriers, sur leurs serviteurs, leurs enfants et les enfants de leurs enfants, et
même sur les pierres de leurs châteaux : elle a juré d'immoler des générations entières sur le tombeau de son père,
et de se baigner dans le sang comme dans la rosée de mai.

MELCHTAL. — Sait-on où les assassins ont dirigé leur
fuite ?

STAUFFACHER. — Aussitôt après le crime, ils ont fui par cinq chemins différents, et se sont séparés sans doute pour ne plus se revoir. Le duc Jean doit errer dans la montagne.

WALTHER FURST. — Ainsi leur attentat leur sera inutile. La vengeance ne porte aucun fruit; elle est à elle-même son terrible aliment; elle n'a d'autre joie que le meurtre, elle ne se rassasie que d'horreur.

STAUFFACHER. — Le crime ne sera d'aucun profit aux assassins, mais nous recueillerons d'une main pure les fruits heureux de ce sanglant attentat. Nous voilà délivrés d'une grande crainte; le plus puissant ennemi de notre liberté est tombé, et, on le dit, le sceptre va passer de la maison de Habsbourg à une autre famille; l'Empire veut maintenir sa liberté d'élection.

WALTHER FURST *et* PLUSIEURS AUTRES. — Avez-vous appris quelque chose?

STAUFFACHER. — La plupart des suffrages se portent déjà sur le comte de Luxembourg.

WALTHER FURST. — Nous avons été sages de rester fidèles à l'Empire; maintenant nous pourrons espérer justice.

STAUFFACHER. — Le nouvel empereur aura besoin de vaillants amis, et il nous protégera contre les vengeances de l'Autriche.

(Les habitants s'embrassent les uns les autres.)

(Le sacristain arrive avec un messager de l'empire.)

LE SACRISTAIN. — Voici les respectables chefs du pays.

LE CURÉ *et* PLUSIEURS AUTRES. — Sacristain, qu'y a-t-il?

LE SACRISTAIN. — C'est un messager de l'Empire qui apporte une lettre.

TOUS *à* Walther Furst. — Ouvrez-la et lisez.

WALTHER FURST. — « Aux bons habitants d'Uri, de « Schwitz et d'Underwald, la reine Élisabeth souhaite salut « et prospérité. »

QUELQUES VOIX. — Que nous veut la reine? son règne est fini.

WALTHER FURST *lit.* — « Dans la grande douleur où la « plongent son veuvage et la mort sanglante de son époux « et seigneur, la reine s'est ressouvenue de l'antique fidé- « lité et de l'amour que la Suisse lui a toujours montrés. »

MELCHTAL. — Au temps de son bonheur, elle n'y a jamais songé.

LE CURÉ. — Silence ! écoutez.

WALTHER FURST. — « Elle est persuadée que ce bon peuple
« ressentira une juste horreur pour les auteurs maudits
« de l'attentat. Aussi attend-elle des trois cantons qu'ils
« ne prêteront aucune assistance aux meurtriers, et qu'au
« contraire ils feront preuve de fidélité en aidant à les
« livrer aux mains de la vengeance; se souvenant de
« l'amour et de l'antique faveur que la maison de Rodolphe
« leur a témoignés. »

(Les paysans laissent voir des signes d'impatience.)

PLUSIEURS VOIX. — De l'amour et de la faveur !...

STAUFFACHER. — Nous avons joui de la faveur du père;
mais son fils, en quoi a-t-il mérité notre reconnaissance?
A-t-il ratifié notre charte de franchise, comme avaient fait
tous les empereurs avant lui? a-t-il rendu la justice d'après
les lois de l'équité? a-t-il accordé protection à l'innocence
opprimée? a-t-il seulement voulu entendre les députés que
dans notre désespoir nous lui avions envoyés? Il n'a rien
fait de tout cela: et si nous ne nous étions pas fait justice
nous-mêmes, vaillamment, de notre propre main, notre
misère ne le touchait pas. De la reconnaissance pour lui! ce
n'est pas la reconnaissance qu'il a semée dans ces vallées.
Il était assis sur un trône élevé, il pouvait être le père du
peuple; il a préféré ne s'occuper que de l'accroissement de
sa famille. Que ceux qu'il a enrichis donnent des larmes
à sa mémoire.

WALTHER FURST. — Nous ne voulons pas nous réjouir de
sa chute ni penser maintenant au mal qu'il nous a fait;
loin de nous en soit le souvenir! Mais venger la mort d'un
souverain qui ne nous a jamais fait aucun bien, et poursuivre des hommes qui ne nous ont fait aucun tort, cela
ne nous convient pas, et nous n'en ferons rien. L'amour
veut être un sacrifice volontaire. La mort affranchit des
devoirs imposés par la contrainte; nous n'en avons plus
aucun à acquitter envers lui.

MELCHTAL. — Que la reine exhale son chagrin par des
pleurs, que les sanglots de sa douleur accusent le ciel; ici

vous voyez tout un peuple à genoux, remercier ce même ciel de son affranchissement. Qui veut récolter des larmes doit semer l'amour.

(Le messager s'en va.)

STAUFFACHER *au peuple*. — Où est donc Tell? devrait-il seul nous manquer, lui le fondateur de notre liberté? c'est lui dont la souffrance a été la plus vive, c'est lui dont l'action a été la plus grande. Allons, allons le trouver dans sa demeure, et saluer notre libérateur à tous.

(Ils s'en vont.)

SCÈNE II.

Le vestibule de la maison de Tell. Le feu est allumé dans le foyer. La porte d'entrée est ouverte et laisse voir la campagne.

HEDWIGE, WALTHER *et* GUILLAUME.

HEDWIGE. — Votre père revient aujourd'hui; mes enfants, mes chers enfants, il vit; il est libre, et tous aussi nous sommes libres, et c'est votre père qui a affranchi le pays.

WALTHER. — Et moi aussi, ma mère, j'ai eu part à tout ceci, et mon nom ne sera pas oublié. La flèche de mon père a été bien près de m'ôter la vie, et je n'ai pas tremblé.

HEDWIGE *l'embrasse*. — Oui, tu m'as été rendu: deux fois je t'ai mis au monde, deux fois j'ai souffert pour toi les douleurs de l'enfantement; elles sont finies, tu m'es rendu, je tiens mes deux enfants, et ton père chéri revient aujourd'hui.

(Un moine se présente à la porte de la maison.)

GUILLAUME. — Vois, mère, vois: un bon religieux est là à la porte; assurément il vient demander une aumône.

HEDWIGE. — Fais-le entrer, nous prendrons soin de lui; il verra qu'il est entré dans une maison amie.

(Elle entre dans l'intérieur de la maison, et revient un moment après avec une écuelle.)

GUILLAUME *au moine*. — Entrez, brave homme, ma mère va vous apporter de quoi vous restaurer.

WALTER. — Venez vous reposer; reprenez des forces pour continuer votre route.

LE MOINE, *avec un regard effrayé et une physionomie éga-rée.* — Où suis-je? dites, dans quelle contrée?

WALTHER. — Vous êtes donc égaré, puisque vous ne le savez pas? Vous êtes à Burglen, dans le canton d'Uri, à l'entrée de la vallée de Schachen.

LE MOINE *à Hedwige qui revient.* — Êtes-vous seule? Votre mari est-il à la maison?

HEDWIGE. — Je l'attends à l'heure même. Mais qu'avez-vous? vos regards semblent indiquer que vous n'apportez rien de bon. Qui que vous soyez, vous êtes dans le besoin, prenez.

(Elle lui présente l'écuelle.)

LE MOINE. — Bien qu'une soif ardente m'accable, je n'y veux pas toucher que vous ne m'ayez permis auparavant...

HEDWIGE. — Ne me touchez pas, n'approchez pas, demeurez loin de moi, si vous voulez que j'écoute vos discours.

LE MOINE. — Par ce feu qui brûle dans votre foyer hospitalier, par ces têtes chéries de vos enfants que j'embrasse...

(Il saisit les enfants.)

HEDWIGE. — Ô homme, que voulez-vous? Laissez mes enfants. Vous n'êtes pas un saint religieux, non, vous ne l'êtes point; cet habit est un symbole de paix, et la paix ne respire point sur votre visage.

LE MOINE — Je suis le plus malheureux des hommes.

HEDWIGE. — L'infortune parle puissamment au cœur; mais vos regards forcent le mien à se fermer.

WALTHER *s'élançant hors de la maison.* — Mère, voici mon père.

(Il sort.)

HEDWIGE. — Ô mon Dieu!

(Elle voudrait marcher; mais elle s'arrête toute tremblante.)

GUILLAUME *sort.* — Mon père!

WALTHER, *dehors.* — Te voici de retour?

GUILLAUME, *dehors.* — Mon père, mon père chéri!

TELL, *dehors.* — Oui, me voici. Où est votre mère?

(Ils entrent.)

WALTHER. — Elle est là sans pouvoir avancer, tremblante de crainte et de joie.

TELL — O Hedwige, Hedwige ! mère de mes enfants, Dieu nous a secourus ! Nul tyran ne pourra plus désormais nous séparer.

HEDWIGE, *le pressant dans ses bras.* — O Tell ! Tell ! que d'angoisses j'ai souffertes pour toi !

(Le moine regarde attentivement.)

TELL. — Oublie-les maintenant, et sois toute au bonheur. Me voilà de retour dans ma cabane, et je me retrouve chez moi.

GUILLAUME. — Mais où est ton arbalète, mon père ? je ne la vois pas.

TELL. — Tu ne la verras plus, je l'ai suspendue dans un lieu consacré ; elle ne me servira plus pour porter à la chasse.

HEDWIGE. — Tell ! Tell !...

(Elle se retire et abandonne sa main qu'elle tenait.

TELL. — Qu'est-ce qui t'effraye, chère femme ?

HEDWIGE. — Comment... comment me reviens-tu ?... Cette main, puis-je encore la presser ?... Cette main... ô Dieu !...

TELL, *d'un ton pénétré et ferme.* — Cette main nous a sauvés et a délivré la patrie ; je puis l'élever librement vers le ciel. (*Le moine paraît vivement ému. Tell l'aperçoit.*) Quel est ce frère ?

HEDWIGE. — Ah ! Je l'oubliais ; parle-lui ; sa présence me cause de l'effroi.

LE MOINE *s'approche.* — Vous êtes Tell, sous la main de qui est tombé le gouverneur ?

TELL. — Oui, je le suis, et je l'avouerais à toute la terre.

LE MOINE. — Vous êtes Tell ? Ah ! c'est la main de Dieu qui m'a conduit sous votre toit.

TELL *fixe les yeux sur lui.* — Vous n'êtes pas un religieux. Qui êtes-vous ?

LE MOINE. — Vous avez frappé le gouverneur, qui vous avait fait du mal ; et moi aussi j'ai frappé un ennemi qui

me refusait justice... Il était votre ennemi comme le mien...
j'ai délivré de lui cette contrée.

TELL, *reculant*. — Vous êtes.... Horreur!.... Enfants,
enfants, rentrez.... Va, chère femme, va, va!...malheureux!
vous seriez...

HEDWIGE. — Dieu, qui est-ce?

TELL. — Ne le demande pas. Va, va. Les enfants ne doivent pas l'entendre; sors de la maison... bien loin... tu ne
peux demeurer sous le même toit que lui.

HEDWIGE. — Ah! malheur! Qu'y a-t-il donc? Venez.

(Elle sort avec les enfants.)

TELL, *au moine*. — Vous êtes le duc d'Autriche. Oui c'est
vous!... vous avez tué l'empereur, votre oncle et votre
souverain.

JEAN LE PARRICIDE. — Il m'avait ravi mon héritage.

TELL. — Vous avez assassiné votre oncle, votre empereur, et la terre ne tremble pas sous vos pas, et le soleil
ne vous refuse pas sa lumière!

JEAN LE PARRICIDE. — Tell, écoutez-moi, avant de...

TELL. — Dégouttant du sang du parricide et du régicide,
tu oses entrer dans ma maison pure! tu oses te montrer à
un honnête homme et réclamer l'hospitalité!

JEAN LE PARRICIDE. — Auprès de vous j'espérais trouver
miséricorde. Vous aussi vous avez tiré vengeance de votre
ennemi.

TELL. — Malheureux! oses-tu bien comparer le crime
sanglant de l'ambition avec la juste défense d'un père? Est-
ce la tête chérie de ton enfant que tu as voulu sauver? le
sanctuaire du foyer domestique que tu as protégé? les plus
affreux, les derniers malheurs que tu as détournés des
tiens? J'élève au ciel mes mains pures, et je te maudis, toi
et ton crime; j'ai vengé les droits sacrés de la nature, toi
tu les as violés... Je n'ai rien de commun avec toi... J'ai
défendu ce qui m'était le plus cher, et toi, tu as assassiné
celui que tu devais respecter.

JEAN LE PARRICIDE. — Vous me repoussez loin de vous
sans consolation et désespéré.

TELL. — Je frémis d'horreur en te parlant. Sors, poursuis ta malheureuse route, ne souille pas la cabane où habite l'innocence

JEAN LE PARRICIDE *se retourne pour partir.* — Je ne puis plus, je ne veux plus supporter ainsi la vie.

TELL. — Et cependant je prends pitié de toi... Dieu du ciel ! si jeune, issu d'une si noble race, le petit-fils de Rodolphe, de mon empereur et de mon maitre, proscrit comme meurtrier, là sur le seuil de ma pauvre cabane, suppliant et désespéré !

(Il détourne la vue.)

JEAN LE PARRICIDE. — Ah ! si vous êtes capable de pleurer, laissez-vous attendrir sur mon sort. Il est affreux... Je suis un prince... je l'étais... j'aurais pu vivre heureux si j'avais su réprimer l'impatience de mes désirs. Mais l'envie dévorait mon cœur, je voyais la jeunesse de Léopold, mon cousin, couronnée d'honneurs, enrichie de vastes domaines, et moi, du même âge que lui, j'étais retenu dans une servile minorité.

TELL. — Malheureux, ton oncle te connaissait bien quand il te refusait des domaines et des vassaux ! Toi-même, par ta rage insensée et féroce, n'as-tu pas justifié d'une façon terrible la prudence de ses refus? Où sont les complices sanglants de ton crime?

JEAN LE PARRICIDE. — Où les auront conduits les démons vengeurs ; je ne les ai pas revus depuis cet acte de malheur.

TELL. — Sais-tu que la proscription te poursuit, qu'il est défendu d'être ton ami, qu'il est ordonné d'être ton ennemi ?

JEAN LE PARRICIDE. — Aussi j'évite tous les chemins battus ; je n'ose heurter à la porte d'aucune cabane; je tourne mes pas vers les lieux déserts. Objet d'effroi à moi-même, j'erre dans les montagnes, et je recule d'horreur quand je viens à apercevoir ma malheureuse image dans un ruisseau. Ah ! si vous êtes sensible à la pitié, à l'humanité...

(Il se prosterne devant lui.)

TELL, *se détournant.* — Levez-vous, levez-vous.

JEAN LE PARRICIDE. — Non, pas avant que vous ne m'ayez tendu une main secourable....

TELL. — Puis-je vous secourir? Quel secours pouvez-vous recevoir d'un humble mortel? Cependant levez-vous... Quelque affreuse que soit votre action... vous êtes homme... vous êtes mon semblable : jamais Tell n'a renvoyé personne sans consolation.... Ce que je puis, je le ferai.

JEAN LE PARRICIDE *se retire et saisit sa main avec vivacité.* — O Tell, vous sauvez mon âme du désespoir.

TELL. — Laissez ma main.... Il faut que vous partiez. Vous ne pouvez demeurer ici sans être découvert; et si vous l'êtes, vous ne pouvez compter sur aucun secours... Où pensez-vous aller, où espérez-vous trouver la paix?

JEAN LE PARRICIDE. — Le sais-je? hélas !

TELL. — Écoutez ce que Dieu inspire à mon cœur. Partez pour l'Italie; pour la sainte ville de saint Pierre ; là, jetez-vous aux pieds du pape; confessez-lui votre faute, et délivrez ainsi votre âme.

JEAN LE PARRICIDE. — Ne me livrera-t-il pas à la vengeance ?

TELL. — Quoi qu'il ordonne, conformez-vous à la volonté de Dieu.

JEAN LE PARRICIDE. — Comment me rendre dans ce pays inconnu ? J'ignore les chemins : je n'oserai jamais associer mes pas à ceux d'aucun voyageur.

TELL. — Je vais vous indiquer la route ; retenez-la bien : vous remonterez le cours de la Reuss qui se précipite impétueusement des montagnes.

JEAN LE PARRICIDE, *effrayé.* — Oui, la Reuss, je la vois... c'est sur ses bords que j'ai frappé...

TELL. — Le chemin suit le bord de l'abîme, vous le reconnaîtrez à beaucoup de croix élevées en mémoire des voyageurs que l'avalanche y a ensevelis.

JEAN LE PARRICIDE. — Si je pouvais apaiser les souffrances de mon cœur, les horreurs de la nature ne m'épouvanteraient pas.

TELL. — Jetez-vous à genoux devant chaque croix, et expiez votre faute par les larmes brûlantes du repentir. Si vous traversez heureusement cette voie d'épouvante, si la montagne n'envoie pas sur vous ses tourbillons du haut de

son sommet glacé, vous arriverez au pont *qui poudroie* (1) :
s'il ne s'écroule point sous vos pas criminels, si vous le
laissez heureusement derrière vous, vous verrez s'ouvrir
une sombre porte de rochers où le jour n'a jamais pénétré :
vous la traverserez et elle vous conduira dans une riante
et paisible vallée ; vous la parcourrez d'un pas rapide, car
vous ne pouvez pas séjourner aux lieux où le repos habite.

JEAN LE PARRICIDE. — O Rodolphe ! Rodolphe, mon royal
aïeul ! est-ce ainsi que ton petit-fils devait quitter le sol de
ton empire !

TELL. — En gravissant toujours, vous arriverez sur le
sommet du Saint-Gothard, où sont les lacs éternels alimentés par les eaux du ciel. Là vous prendrez congé de la terre
allemande, et le cours rapide d'un autre torrent vous guidera jusqu'en Italie, pour vous la terre du salut. (*On entend
le ranz des vaches joué par beaucoup de trompes suisses.*)
J'entends des voix. Partez.

HEDWIGE *entre précipitamment*. — Tell, où es-tu? Mon
père arrive ; tous les confédérés s'approchent en troupe
joyeuse.

JEAN LE PARRICIDE. — Malheur à moi ! je dois éviter le
spectacle du bonheur.

TELL. — Chère femme, donne quelque nourriture à cet
homme et charge-le de provisions, car sa route est longue et
il ne trouvera pas d'hôtellerie. Fais promptement, on approche.

HEDWIGE. — Quel est-il?

TELL. — Ne le demande pas ; et quand il partira, détourne les yeux pour ne pas voir la route qu'il prendra.

(Le parricide s'élance vers Tell avec une vive émotion. Tell l'arrête
par un signe de la main et sort. Après que chacun s'est éloigné d'un
côté différent, la scène change.)

1. Sans doute ainsi appelé parce que l'eau du torrent le couvre d'une
poussière humide.

SCÈNE III.

Le fond de la vallée où est située la maison de Tell ; le coteau est couvert de paysans qui forment un groupe. D'autres arrivent en suivant
un sentier qui descend des hauteurs du Schœchen. Walther Furst et
les deux enfants, Melchtal et Stauffacher s'avancent, et quelques-uns
se pressent autour d'eux. Lorsque Tell paraît, tous l'accueillent par
de bruyantes acclamations.

TOUS. — Vive Tell ! l'archer ! notre libérateur !

(Pendant que les uns entourent Tell et l'embrassent, Rudenz et Bertha
paraissent. Rudenz embrasse les paysans, et Bertha embrasse
Hedwige. La musique accompagne cette scène muette. Un moment
après, Bertha s'avance au milieu du peuple.)

BERTHA. — Confédérés, admettez-moi dans votre alliance,
moi, qui la première ai eu le bonheur de trouver protection sur cette terre de liberté, je confie mes droits à vos
puissantes mains : voulez-vous me protéger comme votre
concitoyenne ?

LES PAYSANS. — Oui, nous vous secourrons au prix de
nos biens et de notre sang.

BERTHA. — Eh bien, je donne ma main à ce jeune homme,
et, libre, je serai l'épouse d'un homme libre.

RUDENZ. — Et j'affranchis tous les serfs de mon domaine.

(La musique se fait entendre de nouveau. La toile tombe.)

FIN DU CINQUIÈME ET DERNIER ACTE.

L'HOMMAGE DES ARTS

SCÈNE LYRIQUE

RESPECTUEUSEMENT DÉDIÉE A SON ALTESSE IMPÉRIALE MADAME LA PRINCESSE
HÉRÉDITAIRE DE WEIMAR

MARIA PAULOWNA

GRANDE-DUCHESSE DE RUSSIE,

et représentée à Weimar, sur le théâtre de la Cour, le 12 novembre 1804.

L'HOMMAGE DES ARTS

PERSONNAGES.

LE PÈRE.
LA MÈRE.
LE JEUNE HOMME.

LA JEUNE FILLE.
CHŒUR DE PAYSANS.
LE GÉNIE.

LES SEPT ARTS.

Un paysage champêtre ; au milieu est un oranger chargé de fruits et orné de rubans ; des paysans sont occupés à le planter ; des jeunes filles et des enfants, rangés des deux côtés, le soutiennent avec des chaînes de fleurs.

LE PÈRE. — Crois, arbre couronné de fleurs et de fruits dorés ; nous t'avons transplanté d'un climat étranger dans notre patrie ; que tes rameaux toujours verts se courbent toujours sous le poids de tes fruits délicieux.

TOUS LES PAYSANS. — Crois, arbre couronné de fleurs ; élève-toi jusqu'au ciel.

LE JEUNE HOMME. — Que tes fleurs embaumées s'assortissent avec tes fruits dorés ; résiste aux tempêtes des hivers ; que le cours des ans ne te porte point atteinte.

TOUS. — Résiste aux tempêtes des hivers ; que le cours des ans ne te porte point atteinte.

LA MÈRE. — Reçois-le, ô terre sacrée ! accueille avec faveur ce tendre étranger ! Dieu conducteur des troupeaux, dieu des prairies, prends soin de lui.

LA JEUNE FILLE. — Prenez soin de lui, aimables Dryades ; Pan, père des bergers, protége-le, et vous, libres Oréades, préservez-le des orages, assurez-le contre les tempêtes.

TOUS. — Prenez soin de lui, aimables Dryades ; Pan, père des bergers, protége-le.

LE JEUNE HOMME. — Puisse le ciel te sourire, toujours chaud, toujours serein et azuré. Soleil, donne-lui tes rayons; terre, donne-lui ta rosée.

TOUS. — Soleil, donne-lui tes rayons; terre, donne-lui ta rosée.

LE PÈRE. — Puisses-tu ranimer le voyageur et lui rendre la joie, car c'est la joie qui t'a planté; puisse ton nectar rafraîchir encore nos derniers neveux; récréés par ton secours, ils te béniront.

TOUS. — Puisses-tu ranimer le voyageur et lui rendre la joie, car c'est la joie qui t'a planté.

(Les garçons et les jeunes filles s'entremêlent et dansent autour de l'arbre; la musique les accompagne et prend tout à coup un caractère plus noble, lorqu'on aperçoit, au fond du théâtre, le Génie entouré de sept déesses. Les paysans se retirent de chaque côté du théâtre. Le Génie s'avance au milieu; l'Architecture, la Sculpture et la Peinture sont à sa droite ; la Poésie, la Musique, la Danse et la Comédie sont à sa gauche.)

CHŒUR DES ARTS. — Nous venons des contrées lointaines, nous voyageons, passant de peuple en peuple, de siècle en siècle; nous cherchons sur la terre une demeure assurée pour y habiter toujours, sur un trône paisible, dans un repos créateur, dans une abondance féconde; nous suivons notre route sans rencontrer ce que nous cherchons.

LE JEUNE HOMME. — Regardez, quelles sont ces femmes qui viennent à nous, semblables à des déesses? Jamais nous ne vîmes de figures pareilles, et je suis saisi d'étonnement.

LE GÉNIE. — Quand les armes font retentir leur triste cliquetis, quand la haine et les passions insensées sont déchaînées, quand les hommes sont en proie à l'erreur, alors nous nous enfuyons d'une course rapide.

CHŒUR DES ARTS. — Nous détestons l'hypocrite et l'impie; nous cherchons les hommes de race généreuse; là où nous rencontrons des mœurs naïves et un doux accueil, nous construisons nos demeures et nous fixons notre séjour.

LA JEUNE FILLE. — Qu'ai-je ressenti tout à coup? Qu'est-ce que j'éprouve? Je me sens attirée vers elles par un pouvoir mystérieux; il me semble que ce sont des figures connues et aimées, et cependant je suis assurée de ne les avoir jamais vues.

TOUS LES PAYSANS. — Qu'ai-je ressenti tout à coup? Qu'est-ce que j'éprouve.

LE GÉNIE. — Arrêtons-nous. Je vois ici des hommes qui paraissent au comble du bonheur; cet arbre est paré de guirlandes et de rubans, tout ici témoigne de la joie. Parlez, que se passe-t-il en ce lieu?

LE PÈRE. — Nous sommes les pasteurs de ce canton et nous célébrons une fête.

LE GÉNIE. — Quelle fête? dites-le-moi.

LA MÈRE. — En l'honneur de notre reine qui, dans sa grandeur et sa bonté, veut bien descendre de son royal palais dans notre paisible vallon.

LE JEUNE HOMME. —Elle est embellie de toutes les grâces, elle est bienfaisante comme les rayons du soleil.

LE GÉNIE. — Et pourquoi plantez-vous cet arbre?

LE JEUNE HOMME. — Ah! elle vient d'une contrée lointaine, et son cœur se tourne vers la terre étrangère; nous voudrions l'enchaîner à sa nouvelle patrie.

LE GÉNIE. — Et vous plantez cet arbre dans votre sol, pour que la souveraine s'accoutume à sa nouvelle patrie?

LA JEUNE FILLE. — Ah! tant de liens chéris la rattachent à la terre de sa jeunesse. Tout ce qu'elle y a laissé, le souvenir céleste de l'enfance, le cœur adoré d'une mère, la grande âme de ses frères, les tendres caresses de ses sœurs; tout cela pourrons-nous le lui rendre? de tels plaisirs, de tels trésors ont-ils une compensation dans la nature?

LE GÉNIE. — L'amour résiste à l'éloignement; l'amour n'est point enchaîné en un seul lieu. Tel que la flamme, il ne s'éteint point parce qu'on a fourni un autre aliment à son ardeur. Ce qu'elle chérit au loin n'est point perdu pour elle. Là elle a quitté l'amour, ici elle retrouve l'amour.

LA MÈRE. — Ah! Elle a quitté les palais de marbre et l'éclat des salons dorés; sa grandeur pourra-t-elle se plaire dans nos vertes prairies, qui ne sont dorées que par les rayons du soleil?

LE GÉNIE. — Bergers, il ne vous a point été donné de lire dans un noble cœur. Apprenez qu'une âme élevée sait prêter à la vie la grandeur, et ne l'y cherche point.

LE JEUNE HOMME. — O beaux voyageurs, enseignez-nous à la retenir ici, à lui être agréables; nous voudrions l'entourer de nos guirlandes parfumées, et la conduire dans nos cabanes.

LE GÉNIE. — Un noble cœur s'est bientôt formé une patrie; il se crée lui-même son propre univers par sa douce influence; de même que l'arbre embrasse la terre par les replis de ses racines et s'y fixe avec force, de même ceux qui sont nobles et bons s'attachent à la vie par leurs actions. L'amour a promptement noué de doux liens. La patrie est là où l'on fait des heureux.

TOUS LES PAYSANS. — O bel étranger, dis-nous comment nous pourrons retenir la souveraine dans notre tranquille vallée.

LE GÉNIE. — Elle y est déjà retenue par de doux liens: tout ne lui est pas étranger ici; elle reconnaîtra mes compagnes et moi, lorsque nous nous serons nommés. (*Le Génie avance jusque sur l'avant-scène, ainsi que les déesses; elles se rangent en demi-cercle; à ce moment elles laissent voir leurs attributs qui, jusqu'alors, étaient restés cachés sous leurs draperies. Il s'adresse à la princesse.*) Je suis le Génie créateur du beau, et les déesses des arts m'accompagnent; c'est nous qui illustrons les ouvrages des hommes; nous embellissons les palais et les temples. Nous habitons depuis longtemps près de ton impériale famille, et l'auguste souveraine qui t'a donné le jour nous sacrifie elle-même de ses nobles mains sur son autel domestique. C'est elle qui nous a envoyés vers toi, car le bonheur n'est jamais complet sans notre présence.

L'ARCHITECTURE; *elle porte sur la tête une couronne de créneaux et tient dans sa main un navire d'or.* — Tu m'as vue régner sur les bords de la Newa; ton grand-aïeul m'appela dans le Nord; je bâtis pour lui une seconde Rome,

et j'en ai fait un séjour impérial. Un coup de ma baguette
a créé pour la grandeur et la puissance un séjour enchanté.
Maintenant le bruit joyeux des fêtes retentit au lieu où
naguère régnaient de sombres brouillards. Une flotte nombreuse aux mâts élevés épouvante l'antique dieu de la Bal-
tique dans son palais marin.

LA SCULPTURE: *elle porte une Victoire dans sa main.* —
Souvent aussi tu m'as admirée. moi qui fis la première
vivre les dieux antiques. Sur un rocher, où elle restera
fixée à jamais, j'ai placé l'image d'un grand homme. (*Elle
montre la Victoire.*) Cet emblème que j'ai créé, ton sublime
frère le porte en ses puissantes mains. La Victoire vole
au-devant des armes d'Alexandre; il l'a pour toujours en-
rôlée dans son armée. Je ne puis. avec mon argile, rien
créer qui ait la vie; et lui, d'un peuple sauvage il a fait un
peuple civilisé.

LA PEINTURE. — Et moi, princesse, ne me reconnais-tu
point, moi dont les douces illusions reproduisent la nature. qui, par un pouvoir magique, fais respirer la vie et
briller les couleurs sur la toile? Je sais tromper les sens
par un aimable artifice; et par les yeux je trompe même le
cœur; en imitant les traits d'un objet aimé j'adoucis souvent les regrets d'une douleur amère; ceux qui sont séparés, du nord au midi, implorent mon secours et ne sont
plus tout à fait absents.

LA POÉSIE. — Aucun lien ne m'arrête, aucune barrière
ne m'enchaîne. D'un libre vol je parcours tout l'espace.
La pensée est mon empire sans limite et la parole mon
instrument ailé. Tout ce qui se meut au ciel et sur la
terre, tout ce que la nature enfante dans ses profondeurs
secrètes, n'a pour moi ni voiles ni mystère; rien ne peut
restreindre les libres forces de la poésie. Mais, s'il me faut
choisir, je ne trouve rien de plus beau qu'une belle forme
animée par une belle âme.

LA MUSIQUE; *elle tient une lyre.* — Tu connais bien le
pouvoir de l'harmonie qui coule des cordes de la lyre; toi-
même tu excelles à la toucher. Seule je puis exprimer par
mes sons ces sentiments intimes et vagues qui remplissent
le cœur. Je réjouis les sens par un doux enchantement, je

répands les torrents de la mélodie : le cœur se laisse aller à une délicieuse langueur, et l'âme semble prête à s'échapper. En dressant mon harmonieuse échelle, je t'élève au beau suprême.

LA DANSE ; *elle tient une cymbale.* — La sublime divinité se tient dans un calme auguste et ne veut se communiquer qu'à un esprit calme ; la vie aime à se mouvoir en pleine liberté, la jeunesse veut se montrer et se réjouir. Je soumets la joie au frein de la beauté et je la retiens dans les limites de la décence ; je prête aux mortels les ailes du Zéphyr ; je règle la mesure de leurs pas ; ma baguette commande à leurs mouvements ; mais mon plus précieux don, c'est la grâce.

LA COMÉDIE ; *elle tient un double masque.* — Tu vois devant toi la double face de Janus ; ici se montre la joie, là se montre la douleur ; l'homme flotte sans cesse du plaisir aux larmes, et le sérieux se marie à la gaieté. Je déroulerai à tes yeux la vie dans toutes ses profondeurs, avec toutes ses sublimités : quand tu auras observé le grand drame du monde, tu rentreras avec profit en toi-même ; car celui qui pénètre l'ensemble apprend à calmer les combats intérieurs de son âme.

LE GÉNIE. — Et nous tous, qui paraissons ici à tes yeux, nous, les divinités sacrées des beaux-arts, nous sommes prêts à te servir. O princesse ! ordonne, et sur-le-champ, à ton commandement, de même qu'au son de la lyre les pierres inanimées venaient former les murs de Thèbes, tu verras se déployer devant toi tout un monde de beauté.

L'ARCHITECTURE. — Les colonnes se rangeront près des colonnes.

LA SCULPTURE. — Que le marbre s'amollisse sous le ciseau.

LA PEINTURE. — Que la vie s'anime sur la toile.

LA MUSIQUE. — Que le torrent des harmonies résonne à ton oreille.

LA DANSE. — Que la danse légère entrelace ses cercles joyeux.

LA COMÉDIE. — Que ce théâtre t'offre un miroir du monde.

LA POÉSIE. — Que l'imagination, sur ses ailes rapides, te ravisse au céleste séjour.

LA PEINTURE. — Et de même qu'Iris forme avec les rayons du soleil les couleurs variées de son arc éblouissant, de même nous voulons, par nos efforts heureusement associés, nous les déesses au nombre sacré, les déesses de la beauté, tisser pour toi, auguste princesse, le brillant tapis de la vie.

TOUS LES ARTS *se tenant par la main*. — C'est par l'union puissante de nos efforts que se produit la vie noble, active et véritable.

FIN DE L'HOMMAGE DES ARTS.

PLANS ET FRAGMENTS

TROUVÉS DANS LES PAPIERS DE SCHILLER

WARBECK

PERSONNAGES

MARGUERITE D'YORK, duchesse de Bourgogne.

ADÉLAÏDE, princesse de Bretagne

ÉRIC, prince de Gothland.

WARBECK, supposé Richard, duc d'York.

SIMNEL, supposé Édouard, prince de Clarence.

ÉDOUARD PLANTAGENET, vrai prince de Clarence.

LE COMTE HEREFORD, lord anglais émigré.

SES CINQ FILS.

SIR WILLIAM STANLEY, envoyé de Henri VII, roi d'Angleterre.

LE COMTE KILDARE.

BELMONT, évêque d'Ypres.

SIR RICHARD BLUNT, ambassadeur du faux Édouard.

BOURGEOIS DE BRUXELLES.

OFFICIERS DE LA COUR DE MARGUERITE.

ACTE I.

Lord Hereford, partisan de la maison d'York, a quitté l'Angleterre avec ses cinq fils, sur la nouvelle que Richard d'York, le second fils d'Édouard IV, qui passait pour avoir été assassiné dans son enfance, se trouvait vivant à Bruxelles, et réclamait ses droits héréditaires. Le prétendant avait été reconnu par sa tante, la duchesse Marguerite de Bourgogne, par la France et par le Portugal. La voix publique était en sa faveur. Ces motifs avaient été suffisants pour déterminer lord Hereford à abandonner Henri VII, et à sacrifier sa position à ses espérances. Il entre dans le palais de Marguerite, il y voit les portraits des princes d'York, et se réjouit de se trouver sur un sol où il peut librement faire paraître ses sentiments pour la maison d'York.

Lord Stanley, envoyé de Henri VII à la cour de Marguerite, entre et rencontre là lord Hereford; il s'efforce en vain de lui ouvrir les yeux sur l'imposture qui se joue: tous deux finissent par s'échauffer, et la querelle des deux roses se renouvelle dans le palais de Marguerite.

L'évêque d'Ypres, conseiller intime de la duchesse, survient et les sépare. Il vante la piété de la duchesse envers son parti opprimé et ses parents dénués d'appui, et exprime les sentiments que Marguerite désirerait se voir attribuer.

Des bourgeois et des femmes de Bruxelles remplissent la salle, et attendent que la duchesse paraisse avec le prince d'York. Stanley s'indigne de leur aveuglement; mais ils entrent dans une telle fureur en entendant outrager ainsi leur prince adoré, qu'ils menacent Stanley de le mettre en pièces. — On entend des trompettes qui annoncent l'arrivée d'York.

Richard s'avance, délivre de leurs mains l'ambassadeur, harangue le peuple, et lui recommande le calme. Pendant qu'il parle, Marguerite entre accompagnée du prince de Gothland, de la princesse de Bretagne et de plusieurs grands de sa cour. — Hereford, à l'aspect de Richard, se sent convaincu, subjugué, entraîné; il se jette à ses pieds, et lui rend hommage comme au fils de son roi. — Marguerite prend la parole et parle de son neveu avec la tendresse d'une parente et d'une mère : — elle demande au prince de faire un accueil favorable à lord Hereford.

Richard l'embrasse; il s'exprime à la fois avec sensibilité et avec une royale dignité. Hereford est de plus en plus gagné par lui et le prie de lui raconter son histoire.

Richard s'en défend.

La duchesse se charge de la raconter, et excuse le refus de Richard.

Suit le récit de la fabuleuse histoire de Richard, qui fait une grande impression sur les assistants, et qui est souvent interrompu par l'explosion de leurs sentiments....

Stanley proteste encore une fois, et se retire sans trouver plus de croyance. La noble déclaration de Richard efface l'impression des paroles de Stanley.

Hereford renouvelle ses assurances et promet à Richard de nombreux partisans en Angleterre. Richard se rappelle avec émotion le temps où il ne se connaissait pas lui-même,

et compare cette douce situation avec son état actuel : c'est
pour lui un pénible devoir et non pas un bonheur d'avoir
à défendre ses droits. Il semble balancer encore une fois,
et soumettre aux réflexions de la duchesse s'il doit entreprendre cette lutte sanglante et troubler la paix des deux
États.

Elle l'encourage, quelque peine qu'elle éprouve de se
séparer de lui et quelque pénible que lui soit la pensée de
l'exposer aux hasards de la guerre. — Vifs témoignages de
sa tendresse....

Elle parle du double intérêt dont son cœur est préoccupé : la restauration de son neveu, et le mariage d'Adélaïde avec le prince de Gothland, qui doit bientôt être cé-
lébré.

Le prince Éric de Gothland demeure seul avec la princesse de Bretagne, et se raille de la comédie qui vient de
se jouer sous leurs yeux. Adélaïde, qui est encore tout
émue, montre quelque chagrin de la froide incrédulité
d'Éric; il se moque d'elle et parle avec mépris du prince
d'York. Elle prend vivement le parti de Warbeck, dont la
véracité ne lui inspire pas un doute, et elle établit entre
lui et Éric une comparaison défavorable à celui-ci. Sa tendresse pour le prétendu prince d'York se trahit; Éric fait
ressortir tout ce qui manque à Warbeck, et en conclut
qu'il ne peut pas être un prince. Par ses arguments il
laisse juger de l'idée vulgaire qu'il se forme lui-même d'un
prince; Adélaïde ne cache point le dédain qu'elle a pour
lui, et le rabaisse profondément en le comparant au prince
d'York.

Éric a bien remarqué qu'Adélaïde a de la tendresse pour
ce dernier, mais sa maligne joie est plus grande que sa jalousie; il voit avec une vive satisfaction qu'ils s'aiment
sans nul espoir, et que la possession de la princesse lui est
assurée. La possession, pense-t-il, fait tout; il éprouve un
doux plaisir à arracher à Warbeck, qu'il déteste, celle
qu'aime son rival.

Adélaïde, dans un monologue, parle de son amour, de
sa compassion pour Warbeck, et des chagrins que lui cause
sa propre situation à la cour de Marguerite. Elle trouve

quelque ressemblance entre son sort et celui de Richard :
tous deux ne vivent que par la grâce d'une parente altière
et impérieuse : tous deux sont d'impuissantes victimes de
la tyrannie.

ACTE II.

Le premier acte a montré Warbeck dans son rôle exté-
rieur; maintenant on va pénétrer dans son intérieur. La
brillante enveloppe disparaît; on le voit négligé et traité
indignement par les propres serviteurs que Marguerite lui
a donnés. Quelques-uns ont des doutes sur lui, et en conséquence le méprisent; d'autres, qui ont foi en sa personne,
font peu de cas de lui, parce qu'il est pauvre et qu'il dépend des faveurs de sa parente. La double misère d'un
imposteur qui joue le rôle de prince, et d'un vrai prince
qui est sans ressources, se réunit sur une même tête; il
manque du nécessaire, et regrette dans sa royale position
le bonheur et l'abondance dont il jouissait auparavant dans
la condition privée.

Warbeck joue son rôle avec un imperturbable sérieux et
une certaine gravité, comme s'il avait foi en lui-même. Tant
qu'il représente Richard, il est Richard; il l'est en quelque
sorte vis-à-vis de lui-même, et jusqu'à un certain point
vis-à-vis des complices de la fourberie. Ce semblant ne
doit en aucune façon rappeler l'art d'un comédien, c'est
plutôt un office dont il a été revêtu et avec lequel il s'iden-
tifie, qu'un masque qu'il a pris. Le premier pas une fois
fait, il a entièrement mis de côté son existence précédente;
en prenant sa résolution, il a adopté toutes les démarches
qui découlent de sa première démarche, et il n'est jamais
embarrassé des détails de son rôle, parce qu'il en a saisi
l'ensemble. Une certaine obscurité poétique qui est répandue sur lui-même et sur son rôle, une superstition, une
espèce d'hallucination aident à sauver son caractère moral;
et précisément ce qui aux yeux de la duchesse le fait passer pour fou lui sert d'excuse.

Il ne doit jamais se plaindre qu'à la fin, lorsque l'amour le fait éclater. Il souffre les chagrins avec une indignation contenue, il fait le bien avec grandeur et fierté, et avec une certaine sécheresse qui n'a rien de sentimental, mais qui, purement pratique, découle sans réflexion d'une certaine dignité naturelle.

On doit sentir combien il est naturel qu'un tendre intérêt pour le faux Richard prenne naissance dans le cœur de la princesse et y devienne un véritable amour.... — C'est un effet de la fourberie auquel on n'avait point songé, et auquel on devait cependant s'attendre. — Il est tragique de voir un noble caractère entraîné par le sentiment le plus humain dans de funestes relations, et une belle vie s'épanouissant là où l'on n'a semé que la ruine.

La princesse est une jeune fille simple qui n'a rien de royal; sa naissance et son rang semblent seulement des barrières qui arrêtent l'élan de sa belle nature. La grandeur n'a pour elle aucun charme, elle n'a de sentiment que pour le bonheur du cœur; elle ne rappelle sa naissance que par l'exaltation avec laquelle elle parle de la condition privée, qui, précisément parce qu'elle n'en jouit pas, et qu'elle la voit de loin, lui semble plus poétique.

Adélaïde est plus occupée de l'amour qu'elle a pour Warbeck que de celui qu'il a pour elle. Elle est d'une nature résignée et accoutumée à être sacrifiée; elle n'ose pas aspirer à celui qu'elle aime, seulement elle envie la femme heureuse qui doit un jour le posséder : il faut qu'il épouse la fille de quelque roi riche ou puissant; et elle, elle n'est qu'une pauvre orpheline, ne subsistant que des bontés d'une parente.

Warbeck, dont le caractère lutte pour conserver quelque indépendance, est au pouvoir d'une femme fausse, impérieuse, puissante, irréconciliable, qui semble son mauvais génie. Il s'est vendu à elle. Ses rapports avec elle sont humiliants et accablants, quoi qu'il puisse faire pour les

ennoblir. Elle ne voit jamais en lui que son instrument,
le faux York l'imposteur; ses exigences envers lui sont
sans délicatesse, et sans nul égard pour ses sentiments personnels d'honneur. En vain il veut se relever; elle le rappelle toujours à sa situation humiliante qu'il oublierait si
volontiers, qu'il doit même oublier pour pouvoir bien jouer
son rôle. En public, elle l'honore, elle le caresse; en secret, elle le tyrannise, elle lui commande et lui défend ce
qu'en public il doit vouloir ou ne pas vouloir; en public,
elle feint de regarder tous ses désirs comme des ordres, et
lui propose de faire ce qu'en secret elle lui a formellement
défendu. Malheur à lui s'il voulait de lui-même décider de
quelque chose! Cependant il l'ose quelquefois; mais il s'attire ainsi sa disgrâce et son aversion.

Adélaïde connaissant la position gênée de Warbeck essaye de l'améliorer.... S'il n'accepte pas les dons de sa générosité, il est cependant heureux de cette preuve de son
amour.

Éric tente de diriger quelque méchant coup contre Warbeck, pour le couvrir d'opprobre; il produit un homme ab-
ject, dont les dépositions sont humiliantes pour Warbeck.
Warbeck montre beaucoup de fermeté et de noblesse. La
ruse est découverte, elle tourne à la honte d'Éric.

La duchesse est sur-le-champ informée de cet incident
par Belmont, et elle vient elle-même réconcilier les deux
princes; elle veut que Warbeck donne la main à son ennemi; et comme il s'y refuse, elle lui fait entendre que
c'est sa volonté. Elle appuie sur ce qu'Éric est un prince,
et fait sentir à Warbeck sa dépendance et son néant,
toutefois de manière à n'être comprise que de lui seul.

Une espèce d'aventurier vient comme ambassadeur, au
nom d'Édouard de Clarence, demander pour lui un sauf-
conduit, afin qu'il aille à Bruxelles se présenter à la duchesse sa tante, et mettre sous ses yeux les preuves de sa

naissance. Il s'est échappé, dit-il, de la Tour de Londres, et vient faire valoir ses droits au trône d'Angleterre. Marguerite ne doute pas un moment de la fourberie; mais il entre dans ses vues de la favoriser. Elle se montre donc disposée à y prêter la main, mais Warbeck s'y oppose avec vivacité. Marguerite, avec le ton impérieux qui lui est propre, le remet à sa place et lui fait sentir qu'il n'a pas voix en cette affaire. Warbeck est réduit au silence : cependant il sort en déclarant que le glaive décidera entre le prince de Clarence et lui.

Marguerite, restée seule avec Belmont, remarque avec un orgueilleux mécontentement que Warbeck veut prendre vis-à-vis d'elle des airs d'indépendance. Elle a depuis longtemps de l'éloignement pour lui; maintenant ses prétentions commencent à exciter sa haine. Non-seulement elle ne le trouve pas assez soumis, mais la comédie même qu'elle lui fait jouer lui pèse, et son existence comme prince d'York, comme son neveu, humilie sa fierté de princesse.

C'est dans cette disposition peu favorable que la trouve Adélaïde, qui vient avec une grande émotion la supplier de l'affranchir du mariage avec le prince de Gothland; Adélaïde trahit en même temps le tendre intérêt qu'elle sent pour Warbeck, et par là anime encore plus la duchesse, déjà irritée contre lui. Elle est congédiée par elle avec dureté et reçoit l'ordre de ne plus penser à l'un, et de regarder l'autre comme son époux. La cérémonie est décidée comme très-prochaine, et Adélaïde se trouve dans la plus vive angoisse.

ACTE III.

Une place publique. — Un trône est élevé pour la duchesse; des barrières sont dressées : tout est préparé pour un combat judiciaire; des spectateurs occupent le fond de la scène.

Édouard Plantagenet se fait raconter par un des assistants ce que signifient ces apprêts : — exposition du différend de Simnel et de Warbeck, qui doit être décidé par un combat judiciaire. Édouard apprend ces détails avec le plus grand étonnement ; ses questions, qui indiquent et la plus profonde ignorance de la nouvelle, et le plus grand intérêt à l'affaire, excitent la surprise de l'interlocuteur.

L'envoyé anglais est aussi présent, et ce singulier jeune homme a bientôt attiré toute son attention. Il semble le reconnaître avec quelque effroi.

Simnel paraît avec ses partisans et harangue le peuple ; il parle de sa naissance et de son évasion de la Tour, et la foule se partage entre lui et son concurrent. L'envoyé anglais s'attache à Édouard et cherche à le pénétrer ; mais il le trouve plein de timidité et de méfiance : ses soupçons n'en deviennent que plus forts.

La duchesse arrive avec sa cour : Éric, Adélaïde et Warbeck l'accompagnent. Les trompettes sonnent ; Marguerite se place sur son trône.

Cependant Warbeck a une conversation fort courte avec Adélaïde ; elle laisse voir combien elle est affligée et irritée de l'indigne scène qui va se passer ; Warbeck montre sur le combat qui s'apprête une grande insouciance....

Un héraut s'avance, et après avoir proclamé le motif de cette solennité, il appelle les deux combattants en champ clos. D'abord Simnel, qui se donne hautement pour Édouard Plantagenet, s'avance, et expose ses prétentions ; puis le duc d'York déclare fausse et criminelle la prétention de Simnel, et se montre prêt à le prouver l'épée à la main : les deux combattants en appellent au jugement de Dieu. On procède aux formalités accoutumées, et les concurrents s'éloignent pour entrer en lice.

Pendant qu'on s'occupe de ces apprêts, le jeune Plantagenet, par son extrême émotion, et par la noblesse de son maintien, a attiré l'attention d'Adélaïde et de la duchesse.

Celle-ci le questionne; il fait quelques réponses pleines de sens, et dans son attitude vis-à-vis de la duchesse éclate quelque chose de passionné. Avant qu'elle ait eu le temps de satisfaire sa curiosité sur cet intéressant jeune homme, les trompettes sonnent et donnent le signal du combat.

Le combat. — Simnel est blessé et tombe. — Chacun se lève. Le peuple renverse les barrières et se précipite dans l'enceinte. Simnel avoue sa fourbe et nomme ses instigateurs. Il reconnaît Warbeck pour le véritable York, et lui demande pardon. — Joie du peuple.

Warbeck vainqueur, et reconnu duc d'York, saisit ce moment pour déclarer ouvertement son amour à la princesse, et solliciter l'agrément de la duchesse.

Les lords anglais interviennent et appuient sa demande. Éric est furieux. La duchesse étouffe de colère. Elle ordonne à la princesse de la suivre, et se retire en lançant des regards furieux.

Les lords anglais s'empressent autour de leur duc, lui jurent fidélité et assistance et le ramènent en triomphe chez lui.

Plantagenet demeure seul, abandonné et dépouillé de son caractère de prince. Il est sans appui, et il ne lui reste rien que son bon droit. Il se résout à se présenter à la duchesse. Stanley vient à lui et s'efforce de l'en détourner par la crainte.

ACTE IV.

La duchesse rentre dans son palais, pleine de colère et d'amertume. Le succès et l'audace de Warbeck ont augmenté la haine qu'elle avait déjà contre lui. La nouvelle

qui se confirme de l'évasion de la Tour du véritable Plantagenet fait que l'imposture devient maintenant inutile; elle
est résolue à l'abandonner; et, pour commencer au plus
tôt, elle défend durement à la princesse, qui l'a suivie, de
songer jamais à lui : elle élève même des doutes sur la personne de Warbeck. — Il se fait annoncer. Elle renvoie
tout en larmes la princesse, qui en vain demande à rester.

Warbeck et la duchesse. Warbeck enhardi par le succès, appuyé par ses partisans, exalté par son amour, et
bien résolu à sortir de son intolérable situation, prend
avec la duchesse un ton d'assurance. Il se hasarde à lui
demander compte de la conduite contradictoire qu'elle tient
envers lui. La duchesse, étonnée de sa hardiesse, le traite
avec le plus profond mépris. Plus elle cherche à l'humilier,
plus il affecte d'indépendance. — Il se prévaut de ce que
c'est elle qui l'a arraché à la condition privée, où il vivait
heureux, pour l'élever à une place où il est maintenant de
son devoir de le maintenir; car elle n'a pas le droit de se
jouer ainsi de son bonheur.

Les réponses de la duchesse montrent son suprême orgueil, son insensibilité, son froid égoïsme : elle n'a jamais
songé au bonheur de Warbeck; il n'est que l'instrument de
ses projets, et elle le rejette dès qu'il lui devient inutile.
Mais cet instrument a une existence propre; et le caractère
qui l'a rendu capable de jouer le rôle de prince lui donne
aussi la force de secouer une honteuse dépendance. La duchesse se voit enfin dans la nécessité de cacher sa rage intérieure. Elle le quitte après une réconciliation apparente,
mais avec la colère et la vengeance dans le cœur.

La crainte d'un hymen abhorré, l'impossibilité d'espérer
quoi que ce soit des bontés de la duchesse, précipitent la
princesse dans les bras de l'imposteur. Pleine de confiance
en lui, c'est elle-même qui lui propose un enlèvement. Elle
lui laisse voir toute sa tendresse, et s'abandonne sans nul
soupçon à son amour et à son honneur. Elle lui nomme le
comte Kildare, un respectable vieillard, l'ancien ami de la
maison d'York, près de qui ils doivent l'un et l'autre se ré-

fugier. Elle remet à Warbeck tout ce qu'elle possède de précieux. Plus elle lui montre de confiance, plus le sentiment de son imposture lui devient douloureux ; il n'ose point accepter la main qui lui est offerte; il ose encore moins faire l'aveu de la vérité : un terrible combat agite son âme ; désespéré, il quitte Adélaïde.

Elle demeure seule, étonnée d'une telle conduite, et se reproche d'être peut-être allée trop loin. Cependant le danger et l'amour l'excusent à ses propres yeux.

Plantagenet entre, en jetant autour de lui des regards timides et effrayés. Il salue avec une douloureuse émotion ce cher séjour de sa famille. Il aperçoit les portraits de la maison d'York, fléchit le genou devant eux, et verse des larmes sur sa race et sur son propre sort.

Warbeck revient, résolu de tout avouer à la princesse. Il aperçoit Plantagenet à genoux devant les portraits : il le regarde longtemps avec surprise, puis il entre en conversation avec lui; ce qu'il entend, ce qu'il voit, augmente son effroi et son étonnement.

Enfin, il ne doute plus que le véritable York ne soit devant ses yeux. Plantagenet s'éloigne après une déclaration aussi noble que significative. Warbeck demeure en proie à ses terreurs.

Il commençait à peine à exprimer ses craintes et ses soupçons, que l'envoyé anglais entre et lui demande un entretien. L'envoyé confirme ses soupçons, et lui offre un accommodement avec le roi d'Angleterre, s'il veut aider à écarter le véritable York. Tous deux ont un intérêt commun à perdre le vrai prince. Warbeck sent tout le danger de sa situation. Cependant sa haine contre Lancastre et la bonté de son naturel triomphent: il congédie le séducteur.

Cependant il faut agir. Le véritable York est là. Il peut venir réclamer son droit. La duchesse peut s'empresser de le reconnaître, et arracher au faux York son masque de

théâtre. Tout est en jeu; la princesse est perdue pour Warbeck, si l'on ne réussit pas à écarter le prince légitime.
Maintenant, l'infortuné sent qu'une fraude ne peut se soutenir que par une série de crimes. Il déplore le premier pas
qu'il a fait dans cette route; il voudrait n'être jamais né.

La duchesse entre avec son conseiller. On apprend que
le comte Kildare est en route pour Bruxelles, qu'il espère
y rencontrer le jeune Plantagenet, et qu'il a reçu l'avis de
venir l'y trouver sur-le-champ. La duchesse est à la fois
satisfaite et troublée de son arrivée; troublée, à cause de
Warbeck; cependant elle est fermement résolue à sacrifier
celui-ci, dès qu'on aura retrouvé le véritable Plantagenet.
Mais où est-il, ce neveu chéri? Kildare écrit qu'il se rend
directement à Bruxelles. Ainsi le prince doit y être déjà.
— L'idée du jeune homme qu'elle a vu lui revient. — Elle
aperçoit par terre un mouchoir. — Elle le reconnaît pour
celui qu'elle avait donné, il y a neuf ans, à Édouard. Elle
demande avec surprise qui est venu dans cette salle; on lui
répond : Personne que Warbeck. Un éclair traverse son
âme. Elle ordonne qu'on fasse chercher le jeune homme
inconnu et Warbeck.

ACTE V.

La duchesse; son conseiller, la princesse, les lords anglais. Toutes recherches ont été inutiles pour trouver
Édouard; on ne l'a rencontré nulle part. La duchesse con-
çoit un horrible soupçon : elle envoie chercher Warbeck.

Éric et l'envoyé anglais parlent d'un meurtre qui a dû
avoir lieu; ils ont entendu crier au secours; et comme ils
se hâtaient d'accourir, ils ont vu des traces de sang sur le
sol. La duchesse et la princesse sont en proie à la plus
grande agitation.

Warbeck arrive. La duchesse l'apostrophe par ces mots :
« Où est mon neveu? qu'en avez-vous fait? » Comme il

hésite, elle le traite aussitôt d'assassin. A cette parole, les lords anglais sont vivement émus. Elle la répète plus fortement encore. Ceux-ci lui reprochent d'accuser d'une action si criminelle le duc, son propre neveu. La colère lui arrache son secret : « Le duc ? dit-elle, un York ! lui mon neveu ? » et elle raconte en peu de mots toute la fraude. La princesse chancelle et va s'évanouir, Warbeck s'avance pour la soutenir : la princesse se précipite dans les bras de la duchesse; Warbeck se retourne vers les lords : ils s'éloignent de lui avec horreur. Dans cet instant, le comte Kildare, dont la présence est si redoutée, se fait annoncer. La duchesse dit : « Il vient à propos ; je n'ai jamais souhaité son arrivée ; maintenant il sera le bienvenu : il connaît mes neveux, c'est lui qui a élevé leur enfance. » Puis se tournant vers Warbeck : « Cache-toi, si tu peux ! vois si tu oseras récuser ce témoignage. »

Kildare entre ; Warbeck se tient fort éloigné de lui : sa tête est penchée vers la terre. La duchesse va au-devant de Kildare : « Malheureux, dit-elle, vous venez pour embrasser un prince d'York, vous ne le trouverez pas, etc. » Avant de répondre, Kildare jette les yeux autour de lui, et aperçoit Warbeck : il s'approche, il hésite, il se trouble, il s'écrie : « Que vois-je ! » A ces mots, Warbeck lève la tête, voit le comte et s'écrie : « Mon père ! » — Mon fils ! » dit en même temps Kildare. « Son fils ! » répètent toutes les bouches. Warbeck s'élance dans les bras de son père ; Kildare, frappé d'étonnement, ne sait encore ce qu'il doit penser et dire ; il prie les assistants de le laisser seul un moment avec Warbeck ; on s'éloigne par égard pour lui. Au même instant on annonce qu'on vient de saisir deux meurtriers : la duchesse s'empresse d'aller les interroger.

Warbeck reste seul avec Kildare, qui est encore tout étonné de retrouver son fils dans la personne du prétendu prince d'Yorck. Warbeck lui explique tout en peu de mots. Kildare admire les voies de la Providence; il déclare à Warbeck qu'il n'est pas son fils... qu'il a dérobé le nom auquel il a réellement droit. Warbeck est un fils naturel

d'Édouard IV : il est né du sang d'York. L'énigme des sentiments confus qu'il éprouvait en lui-même s'explique à ses
yeux ; la trame de sa destinée se développe enfin ; sa joie
est extrême ; il secoue le fardeau de ses souffrances passées ;
il prie Kildare de lui permettre de s'éloigner un moment.

Kildare et les lords anglais. Ils sont au désespoir d'avoir
été dupes de la fourberie qui a été jouée : ils déplorent leur
existence ruinée, leurs espérances perdues.

Alors paraît Warbeck, amenant Plantagenet par la main :
la surprise est générale. Kildare reconnaît le jeune prince ;
celui-ci ne comprend pas ce qui lui arrive, jusqu'à ce que
Warbeck explique tout le mystère et enfin rend hommage
à Plantagenet comme à son prince, et l'embrasse comme
son parent. Warbeck a trouvé Plantagenet endormi près
du monument de la famille d'York, et l'a sauvé de deux
meurtriers qui allaient l'assassiner. Joie des lords, noble
reconnaissance de Plantagenet.

La duchesse survient, elle embrasse son neveu et le
presse sur son cœur. Les lords la sollicitent de faire le
même accueil à Warbeck. Nobles explications de Warbeck,
qui tombe à ses pieds comme son neveu. Elle est émue,
elle laisse paraître une bienveillance dont elle donne la
preuve en allant chercher la princesse.

Nouvel incident. Pendant l'absence de la duchesse, on
découvre que le projet d'assassinat avait été concerté entre
Éric et l'ambassadeur ; on leur pardonne et on les abandonne à leur honte. Warbeck embrasse Plantagenet sous
les yeux de l'ambassadeur, et charge celui-ci de porter à
son roi la déclaration que Plantagenet et lui feront valoir
en commun leurs droits au trône.

La duchesse revient avec la princesse. Dénoûment.

FRAGMENTS

DES PREMIÈRES SCÈNES DU PREMIER ACTE[1].

SCÈNE I.

La cour de la duchesse Marguerite, à Bruxelles. Une grande salle.

LE COMTE HEREFORD, *arrivant avec ses cinq fils*, SIR WILLIAM STANLEY *se tient à l'écart sur le devant de la scène et l'observe*.

HEREFORD.—Voici le foyer sacré où nous venons demander asile. Mes fils, voici le palais hospitalier où Marguerite, la souveraine des riches Pays-Bas, cette femme auguste, honore ses chers aïeux, protége les amis de l'antique race royale opprimée et offre un refuge aux proscrits. Regardez autour de vous! tels que des pénates bienveillants.... les nobles figures des illustres York vous accueillent.... Vous les reconnaissez.... La rose blanche brille dans leurs mains.... ce signe que nous sommes joyeux d'attacher maintenant sur nos chapeaux....

(Ici la dispute entre Stanley et Hereford.)

SCÈNE II.

BELMONT, LES PRÉCÉDENTS.

BELMONT.—Calmez-vous, milords; c'est ici la sainte demeure de la paix.

HEREFORD.—Loin d'ici cet esclave de Lancastre! Je me réfugie en ces lieux.... Et, en mettant le pied sur ce seuil, il faut que je retrouve le front arrogant d'un odieux partisan de Lancastre.

STANLEY.—Je nomme les traîtres par leurs noms, partout où je les rencontre.

BELMONT.—C'est assez, nobles lords.... l'auguste prin-

1. Ces fragments sont en vers dans l'original.

cesse qui règne ici en souveraine.... a ouvert sa cour et sa
capitale à tous les partis, et sa plus belle gloire est de leur
servir de médiatrice.

STANLEY. — Oui, quiconque vient tramer de perfides complots contre l'Angleterre est un hôte bien accueilli ici.

BELMONT. — Elle est la sœur de deux rois de la maison
d'York.... elle est secourable, comme il convient à une parente de l'être ; elle n'oublie point ceux de sa royale famille qui sont tombés sous les coups de l'adversité ; et où
pourraient-ils trouver assistance sur une terre ennemie, si
ce n'est ici, à ce pieux foyer? Cependant elle se montre
juste aussi envers l'ennemi, et dans la personne de ce noble
lord elle honore l'ambassadeur. . . . .

SCÈNE IV.

. . . . • . . . •

HEREFORD. — Venez, mes fils : venez tous ! venez ! la voix
de mon cœur en rend un éclatant témoignage. C'est lui ! ce
sont les traits du roi Édouard. C'est le noble regard de
mon maître. Je reconnais les accents de sa voix. (*Il se jette
à ses pieds.*) O Richard ! Richard ! fils de mon roi ! . . .

WARBECK. — Levez-vous, milord ! ce n'est pas ici votre
place. Elle est sur mon cœur. . . . .

. . . .

HEREFORD. — . . . Comment avez-vous pu échapper aux
mains des meurtriers? Parlez : où la main secourable de la
Providence vous a-t-elle caché ? . . . . pour nous apparaître à notre très-grande joie à l'heure propice ?

WARBECK. — . . . Pas en ce moment. . . . Laissez-moi
jeter un voile sur le passé ; ce temps est loin de nous. . . .
Me voici parmi vous. . . . Je me vois entouré des miens.
Un destin merveilleux m'a conduit. . . . .

. . . .

MARGUERITE. — . . . .

. . . .

Richard de Glocester, en montant sur le trône, enferma

dans la Tour les fils de son frère. C'est la vérité, et le
monde pense savoir que Tirrel souilla ses mains de leur
sang. Oui, la voix publique désigne même le lieu où ils
furent ensevelis. . . . . Cependant la nuit et un mystère
impénétrable ont couvert l'action horrible qui s'est passée
dans la Tour. . . . Ce n'est que longtemps après que le
voile vient maintenant d'être levé. Il est certain que Tirrel
fut chargé d'assassiner les princes; il montra l'ordre qu'il
en avait reçu du roi Richard. Le prince de Galles tomba
sous son poignard. Un sort pareil était réservé à son frère.
Cependant, soit que la conscience du barbare se fût soule-
vée soit que les touchantes supplications de l'enfant aient
attendri son cœur de fer et rendu sa main incertaine, il ne
frappa qu'un coup mal assuré, et, reculant devant son
horrible crime, il s'enfuit aussitôt. . . . .

. . . .

FIN DES FRAGMENTS DE WARBECK.

LES

CHEVALIERS DE MALTE

PRÉFACE

Malte est assiégée par toutes les forces de Soliman, qui a juré
la destruction de l'ordre. Avec Mustapha et Pialy, généraux de
l'armée turque, sont réunis les corsaires Uluzzialy, et les Algé-
riens Hassem et Candelissa. La flotte des Turcs bloque les deux
ports, et l'on ne peut, sans livrer bataille, introduire aucun secours dans l'île. Sur terre, les ennemis ont investi le fort Saint-
Elme, et ont déjà obtenu de grands avantages. La possession de
ce fort les rendrait maîtres des deux ports, et les mettrait en
état de s'emparer de Saint-Ange, de Saint-Michel, et d'il Borgo,
places où sont renfermées toutes les forces de l'ordre.

La Valette est grand-maître de Malte. Il s'attendait à l'attaque
des Turcs et a fait ses préparatifs. Les chevaliers ont tous été appelés dans l'île, et y sont en grand nombre. En outre il s'y trouve environ dix mille soldats ; on ne manque ni de munitions de guerre ni
de vivres, et les fortifications sont en bon état. On compte aussi sur
un renfort envoyé de Sicile, car les ennemis sont si nombreux et
si persévérants, qu'ils ruineraient les ouvrages et détruiraient peu
à peu les garnisons.

La Valette a toutes sortes de motifs pour compter sur ce secours de Sicile ; car si Malte succombait, les États du roi d'Espagne se trouveraient dans le plus grand danger. Philippe II lui a
promis toute son assistance, et a donné des ordres en conséquence
à son vice-roi en Sicile. Une flotte est équipée dans les ports de
cette île. Beaucoup de chevaliers et de gens de guerre y sont
accourus pour s'embarquer pour Malte. Les chargés d'affaires du

grand-maître sont infatigables auprès du vice-roi espagnol pour hâter le départ de cette flotte.

Mais la politique espagnole est beaucoup trop égoïste pour tenter quelque chose de grand en faveur de cette noble cause. La puissance des Turcs épouvante les Espagnols, et ils cherchent à gagner du temps en attendant que l'ennemi s'affaiblisse. Ils espèrent que ce résultat sera amené par la résistance de l'ordre et la vaillance de ses chevaliers, et ils attendent ou que le siége soit levé, ou que la victoire soit devenue plus facile. Si l'ordre y épuise ses forces, cela leur est indifférent; seulement il ne faut pas qu'il succombe entièrement. Le vice-roi de Sicile promet donc toujours des secours, mais les effets ne suivent pas ses promesses.

Pendant ce temps-là le fort Saint-Elme est pressé de plus en plus vivement par les ennemis. A cause de son peu de surface, qui n'a pas permis d'élever beaucoup d'ouvrages, la place est peu tenable par elle-même, et la garnison n'est pas nombreuse. Les Turcs ont déjà emporté quelques-uns des ouvrages avancés. Leur artillerie domine la muraille, et ils ont déjà fait des brèches considérables. La garnison n'est plus défendue par les fortifications, et avec toute sa bravoure elle est la proie de l'artillerie ennemie.

Dans ces circonstances, les chevaliers auxquels ce poste est confié demandent au grand-maître de se retirer dans un lieu tenable, car il n'y a plus d'espérance de conserver Saint-Elme. En même temps les autres chevaliers font représenter au grand-maître qu'il sacrifie inutilement la garnison de Saint-Elme, qu'il n'est point à propos de détruire ainsi peu à peu les forces de l'ordre pour défendre une place non tenable, et qu'il vaut mieux concentrer toutes les forces au chef-lieu.

Ces motifs sont spécieux; mais le grand-maître pense autrement, bien qu'il soit lui-même convaincu que Saint-Elme ne peut être défendu, et qu'il gémisse douloureusement sur le sort des chevaliers qui y sont sacrifiés, deux motifs le détournent d'abandonner la place. Le premier c'est qu'il faut conserver Saint-Elme aussi longtemps que possible, pour donner aux renforts de Sicile le temps d'arriver; car si ce fort tombe dans les mains de l'ennemi, il pourra fermer les deux ports : le débarquement alors deviendrait difficile, et les Espagnols, comme ils en ont menacé, pourraient se retirer. Le second, c'est que la force morale et physique

des Turcs s'affaiblirait s'ils étaient obligés de donner l'assaut au
fort Saint-Elme ; la perte qu'ils éprouveraient dans cette entreprise leur rendrait plus difficile l'attaque du chef-lieu : un tel
exemple de résistance désespérée leur donnerait une si haute idée
du courage des chrétiens, qu'ils commenceraient à douter de la
victoire, et seraient moins disposés à de nouvelles attaques.

Le grand-maître a donc de puissants motifs pour sacrifier une
partie de ses chevaliers au bien de tous. Une telle résolution n'a
rien de contraire aux statuts de l'ordre, d'après lesquels chaque
chevalier a contracté l'engagement de donner aveuglément sa
vie pour la religion. Mais il faut le pur esprit de l'ordre pour se
résigner à une loi si sévère ; car une telle action doit provenir
du sentiment intérieur, et ne peut être contrainte par une force
extérieure.

Mais ce pur esprit de l'ordre, qui serait si nécessaire dans un
tel moment, n'existe plus. Les chevaliers sont vaillants et hardis,
mais ils veulent l'être à leur façon, et ne pas se soumettre avec
une résignation aveugle aux lois de l'ordre. La circonstance exi-
gerait des âmes toutes spirituelles, et leurs cœurs sont mondains.
Ils ont dégénéré de l'esprit de leur primitive institution ; ils aiment autre chose encore que leur devoir. Ce sont des héros, mais
non des héros chrétiens. L'amour, la richesse, l'ambition, l'orgueil national et tous les ressorts de cette nature, agissent sur
leurs cœurs.

Les désordres sont à leur comble au moment où le siège a
commencé. Beaucoup de chevaliers s'abandonnent ouvertement
à leurs excès et prétendent que la guerre et ses dangers doivent
favoriser la liberté ! La Valette, soit parce qu'il a une manière
libérale de penser, soit qu'il n'est pas affranchi lui-même des faiblesses humaines, a jusque-là montré beaucoup d'indulgence ;
mais il voit maintenant qu'il est absolument nécessaire de rendre
à l'ordre sa première pureté, et de le créer pour ainsi dire de
nouveau.

FRAGMENT

DE LA PREMIÈRE SCÈNE[1].

Une grande galerie ouverte d'où l'on aperçoit le port.

ROMÉGAS *et* BIRON *se disputent une esclave grecque. Celui-ci s'en est emparé; l'autre veut la prendre.*

ROMÉGAS. — Arrête, téméraire! Tu me prends une esclave que j'ai conquise et que j'ai déclarée ma propriété.

BIRON. — Je lui rends la liberté. Qu'elle choisisse elle-même celui qu'elle aimera mieux suivre.

ROMÉGAS. — Elle est à moi par le droit et l'usage de la guerre: je l'ai prise sur le navire du corsaire.

BIRON. — Les usages grossiers des corsaires ne sont pas faits pour qui sait plaire à un cœur libre.

ROMÉGAS. — La beauté des femmes est le prix du courage.

BIRON. — L'honneur des femmes est sous la protection des chevaliers.

ROMÉGAS. — Va défendre Saint-Elme; c'est là qu'est ta place.

BIRON. — Le combat est à Saint-Elme, et ici le prix du combat.

ROMÉGAS. — Il y a bien moins de danger à ravir ici des femmes, qu'à résister là-bas virilement aux Turcs.

BIRON. — Il est facile de parler ici, à l'ombre du cloître, des combats meurtriers qui s'engagent sur la brèche.

ROMÉGAS. — Obéis à ton chef! retourne à ton poste.

BIRON. — Tu commandes sur la flotte, mais pas ici.

ROMÉGAS. — Respecte la grand'croix que je porte sur ma poitrine.

1. Ce fragment est en vers dans le texte allemand.

BIRON — La petite croix que voici couvre un grand cœur.

ROMÉGAS. — La langue de Provence est arrogante.

BIRON. — Son glaive est encore plus tranchant.

ROMÉGAS. — . . . .

DES CHEVALIERS, *survenant*. — L'Espagnol a raison. L'arrogance du Provençal doit être châtiée.

D'AUTRES CHEVALIERS, *arrivant d'un autre côté*. — Trois épées contre une? Au secours! au secours! trois épées contre une! Tombons sur le Castillan! Courage, noble frère! toute la langue de Provence va te secourir.

DES CHEVALIERS. — A bas les Provençaux!

D'AUTRES CHEVALIERS. — A bas les Espagnols.

Beaucoup de chevaliers arrivent encore des deux côtés. Le chœur survient et sépare les combattants : il est formé de seize chevaliers spirituels vêtus du grand habit de l'Ordre, qui arrivent sur deux rangs et entourent les autres. Le chœur blâme les chevaliers de s'être ainsi défiés dans un tel moment. Peinture des dangers et des malheurs qui menacent l'ordre soit du dehors, soit dans son propre sein. Confiance présomptueuse des chevaliers dans le secours qui doit arriver de Sicile.

La Valette paraît avec Miranda, envoyé de Sicile. Le grand-maître annonce aux chevaliers qu'ils ne doivent compter sur aucune assistance terrestre, et qu'il leur faut se confier au ciel seulement et à leur courage. Miranda déclare que présentement il n'y a rien à espérer des Espagnols, qu'il faut avant tout défendre Saint-Elme, si l'on veut que la flotte de Sicile paraisse, et qu'elle s'en retournera si, à son arrivée, elle voit le fort tombé aux mains des Turcs. Murmure des chevaliers contre la politique espagnole. Miranda se détermine volontairement à rester dans l'île, et à partager le sort de l'Ordre.

Un vieil esclave chrétien est conduit au grand-maître par le chevalier Montalto. Il est envoyé par les généraux turcs, sous prétexte d'entamer une négociation relative au fort Saint-Elme; mais, en effet, pour lier une correspondance avec un traître. Le grand-maître ne veut entendre à aucun traité entre les chevaliers et les infidèles, et il menace de faire mettre à mort à l'avenir

tous les hérauts qu'on enverra. On accorde à l'esclave chrétien,
qui déplore la cruauté de son sort, la permission de rester à Malte.
Il préfère retourner dans sa captivité, parce qu'il est convaincu
que Malte ne peut tenir. Avant de partir, il laisse échapper le
mot de trahison.

Arrivent deux envoyés de la garnison de Saint-Elme. Cette
garnison n'a pas été choisie par le grand-maître, elle a été dési-
gnée sans sa participation, conformément aux statuts. Un jeune
chevalier de vingt ans, du nom de Saint-Priest, qui est chéri de
tous, et que le grand-maître distingue particulièrement, fait partie
des défenseurs de Saint-Elme. Il ressemble, par sa grâce, sa valeur, à un jeune Renaud. Il est la terreur des Turcs : bien qu'on
cherche à l'épargner, il se montre toujours le premier dans les
combats. Mais, au milieu de la mort et des dangers, il reste in-
vulnérable ; il semble que son aspect fasse tomber les armes des
mains des ennemis, ou que la milice des anges veille sur lui.
Créqui, autre jeune chevalier d'un caractère impétueux, lui est
uni par un sentiment noble et passionné. Les envoyés peignent la
situation de Saint-Elme, les progrès de l'ennemi, l'impossibilité
de la défense, et demandent que la garnison puisse se retirer
dans un autre poste. Les plus jeunes chevaliers, et Créqui surtout, appuient avec instance cette demande ; mais le grand-
maître refuse. Il montre combien il compatit au sort de la garnison ; mais il déclare avec une grave fermeté que Saint-Elme
doit être défendu, et il s'éloigne avec les vieux chevaliers.

Murmures des jeunes chevaliers contre le grand-maître. Créqui s'informe avec anxiété de Saint-Priest, et apprend des envoyés à quels dangers il est plus que personne exposé. Montalto
revient après avoir ramené l'esclave chrétien, et entretient le
mécontentement contre le grand-maître, par de malignes allu-
sions à son obstination et à son despotisme.

Les mécontents s'éloignent, le chœur reste sur la scène ; il
gémit sur la décadence de l'ordre et sur l'injustice de l'opinion
envers le grand-maître, dont il loue le mérite. Souvenirs de
l'histoire de l'Ordre.

La Valette ; le chœur. Le grand-maître se montre homme. Il
craint de ne pas avoir la force d'obéir jusqu'au bout à la néces-

sité. Le sacrifice des vaillants défenseurs de Saint-Elme le plonge dans la douleur. Il s'afflige aussi des désordres introduits parmi les chevaliers. Le chœur lui fait remarquer les suites de son indulgence, et lui rappelle le débat pour l'esclave grecque. La Valette avoue ses torts. Il tentera tout pour opérer une réforme complète de l'Ordre. Il a déjà fait éloigner cette esclave.

Romégas, Biron et les précédents. Les deux chevaliers se plaignent de l'éloignement de la Grecque. La Valette rappelle aux chevaliers leurs vœux. Ils soutiennent que les circonstances actuelles leur donnent des droits à l'indulgence. Leur nature indomptable se manifeste, et, dans l'extrême danger, ne connaît plus de bornes. Ils veulent jouir de l'instant présent, parce qu'ils ne savent pas s'ils seront maîtres de celui qui va suivre. Les hommes vaillants, lorsqu'on a besoin d'eux, se croient en droit de braver toutes les lois. Le grand-maître leur parle avec autorité et en maître, et s'éloigne.

Romégas et Biron, aigris au dernier degré, s'unissent contre le grand-maître. Romégas le considère d'ailleurs déjà comme son ennemi.

Créqui revient et parle sans ménagement de la dureté du grand-maître. La conversation est interrompue par Montalto, qui annonce de nouveaux envoyés de Saint-Elme. La situation du fort a beaucoup empiré. Les Turcs se sont emparés d'un ouvrage avancé très-important. La garnison insiste encore une fois pour qu'il lui soit permis de se retirer; sinon elle ira dans une sortie au-devant d'un trépas assuré. Parmi les envoyés, est Saint-Priest. On a espéré qu'il toucherait le grand-maître. La Valette refuse de leur parler. Cette dureté apparente soulève les chevaliers davantage encore, quoiqu'elle soit une preuve de sa sensibilité, puisqu'il ne se fie pas assez à sa fermeté, pour voir dans une telle occasion un jeune homme qui lui tient de si près. Saint-Priest est son fils naturel; mais personne ne le sait, que La Valette lui-même.

Les envoyés entrent accompagnés de plusieurs chevaliers qui manifestent hautement leur mécontentement contre le grand-maître. Saint-Priest est calme, mais Créqui s'abandonne aux transport- les plus passionnés. Romégas et Biron l'encouragent. Montalto profite du moment pour soulever les chevaliers contre le grand-maître. Vainement le chœur les rappelle avec force à leur devoir. Il se forme une ligue redoutable contre le grand-maître.

La Valette donne à l'ingénieur Castriotto l'ordre d'examiner l'état de Saint-Elme.

Le grand-maître a des soupçons sur Montalto et le fait surveiller de près. Il lui parle en particulier, et lui donne avec douceur de salutaires avis, mais sans résultat. Montalto nie tout avec impudence et obstination, et se prévaut de sa dignité de commandeur.

Après que Montalto est parti, Saint-Priest paraît devant La Valette. Le jeune homme n'est point de la même opinion que les autres envoyés de Saint-Elme. Il ne désire pas être retiré du fort, et vient, avec franchise et avec une confiance filiale, découvrir au grand-maître la révolte des chevaliers. La Valette a de la peine à cacher son émotion. Il parle encore à Saint-Priest, comme grand-maître, et lui donne des ordres en le congédiant. Enthousiasme du jeune homme pour son devoir et pour la personne du grand-maître.

Romégas, Biron, Créqui, et plusieurs de leurs partisans arrivent. Ils commencent par faire les représentations les plus vives relativement à la garnison de Saint-Elme; et, sur le refus du grand-maître, ils prennent tout à fait le ton de la révolte. Créqui surtout passe toute mesure. La Valette, lorsqu'on lui reproche d'amener par son obstination la ruine de l'Ordre, répond que l'Ordre est déjà détruit; qu'en ce moment il n'existe plus; que ce n'est point par la puissance des ennemis qu'il a péri, mais par ses désordres intérieurs. Il s'éloigne avec dignité, et commande aux chevaliers d'attendre ses ordres.

Les chevaliers sont ébranlés par les derniers mots du grand-maître, et quelques-uns d'entre eux commencent à sentir leurs torts. Un chevalier apporte la nouvelle que, nonobstant la menace de La Valette de mettre à mort tout négociateur ennemi, un renégat s'est introduit, chargé d'une mission des généraux de l'armée turque. On a trouvé sur le renégat des lettres où de très-grandes promesses étaient faites à Montalto. Montalto a passé aux ennemis. Les chevaliers rappellent que c'est lui qui nourrissait le plus leur amertume contre le grand-maître.

Miranda, l'envoyé espagnol, après lui les plus jeunes chevaliers, puis quelques-uns des plus âgés, et enfin le chœur, entrent armés. Le grand-maître les suit avec Castriotto. L'ingénieur reçoit l'ordre de faire devant tous les assistants son rapport sur la situation de Saint-Elme. Il soutient qu'il est encore possible de défendre quelque temps les ouvrages de Saint-Elme. Alors le grand-maître demande aux plus jeunes et aux plus vieux des chevaliers, au chœur et à Miranda, s'ils veulent, sous son commandement, entreprendre cette défense. Tous y sont prêts, et le grand-maître, maintenant, consent à la retraite de la garnison de Saint-Elme. Il congédie les chevaliers révoltés, et ordonne à Romégas seul de demeurer.

La Valette lui parle comme un mourant qui exprime ses dernières volontés. Il souhaite que Romégas, qui a précipité l'Ordre à sa ruine, soit en état de le sauver. Il l'a choisi pour son successeur, et a gagné pour lui les voix les plus influentes. Romégas, élevé à la position de prince, qu'il est capable de remplir, reconnaît l'indignité de sa conduite précédente. Pénétré de honte par la grandeur d'âme d'un homme qu'il avait méconnu, il s'éloigne, bien décidé à montrer par les faits qu'il est digne d'une telle confiance.

Saint-Priest paraît pour prendre congé du grand-maître. La Valette est extrêmement ému. Il lui révèle qu'il est son père, lui donne sa bénédiction, et lui dit qu'il va aller chercher la mort avec lui à Saint-Elme. Le chœur est présent.

Romégas revient avec les chevaliers révoltés et les envoyés de Saint-Elme. Tous se repentent de leur erreur, et chacun est prêt à se sacrifier dans Saint-Elme pour le salut de l'Ordre. Le chœur fait rougir encore plus les chevaliers de leur conduite en leur apprenant que Saint-Priest est fils du grand-maître, et qu'il vient de le dévouer à la mort. La Valette refuse de renoncer à sa première résolution, jusqu'à ce qu'enfin il soit convaincu qu'un changement complet s'est opéré dans l'âme des chevaliers. Il consent à ce que les défenseurs de Saint-Elme continuent à occuper

ce poste, et obéit par devoir à la nécessité qui lui prescrit de se
conserver pour le salut de l'Ordre. Tous se pressent autour de lui
et le conjurent de ne pas se séparer de son fils. Chacun est disposé à prendre la place de ce vertueux jeune homme. Saint-Priest
résiste et demeure inflexible. Il est animé du plus sublime enthousiasme. La Valette ne veut entendre parler d'aucune exception, d'aucune considération personnelle. Saint-Priest prend
congé du grand-maître et de Créqui.

Le chœur, resté seul, célèbre du ton le plus noble tout ce qu'il
y a de plus grand parmi les hommes, le devoir, la chevalerie, la
religion.

Nouvelles de Saint-Elme. — On donne l'assaut au fort. Créqui
s'est enfui à Saint-Elme pour mourir avec son ami. La Valette
entre, en proie à une extrême inquiétude, mais avec une mâle
fermeté. Il a le sentiment profond du sacrifice qu'il accomplit.

Saint-Elme est pris. Un Grec, du nom de Lascaris et issu de
cette famille qui a occupé le trône impérial de Byzance, s'échappe
au péril de sa vie de l'armée turque, où il occupait un poste émi-
nent, pour joindre les chevaliers, dont il admire l'héroïsme et à
la religion desquels le lient les premières impressions de sa jeunesse. Il fait un récit détaillé des exploits prodigieux de la garnison de Saint-Elme et des grandes pertes des Turcs ; de leur
stupéfaction à la vue de l'état de la forteresse et du petit nombre
de ses défenseurs ; du grand affaiblissement que les ennemis ont
éprouvé par la mort d'un des premiers et des plus expérimentés
de leurs généraux, du souverain de Tripoli, Dragut, qui a péri
dans ce siège. — Il n'y a plus rien à craindre de la trahison de
Montalto ; il a rencontré Saint-Priest pendant l'assaut, et son
crime a trouvé sa récompense.

Le corps de Saint-Priest a été retiré des flots. Il est apporté et
les chevaliers l'environnent dans une muette douleur. La Valette s'élève encore au-dessus de lui-même. Il célèbre la destinée
sublime de son glorieux fils. Il voit dans tous les chevaliers ses
enfants, et se confie à la force de l'Ordre, qui maintenant lui paraît immense et sans limite. Ce grand sacrifice est un gage assuré
de la victoire, comme la mort de Léonidas fut le gage de la défaite des Perses. — L'événement a justifié cette croyance.

FIN DES CHEVALIERS DE MALTE.

LES
ENFANTS DE LA MAISON

PRÉFACE.

L'idée d'une peinture dramatique de la police à Paris sous Louis XIV a occupé quelque temps Schiller. Au-dessus de l'agitation confuse des figures diverses du monde parisien, il devait faire planer la police, comme un être d'une espèce supérieure, dont le regard embrasse une étendue immense et pénètre dans les plus secrètes profondeurs, en même temps que son bras atteint partout.

« Paris se montre dans son ensemble. Les situations morales les plus opposées sont représentées à leur plus haut degré et aux moments les plus caractéristiques : la plus simple innocence comme la perversité la plus monstrueuse, le calme idyllique comme le plus sombre désespoir.

« Un crime très-embrouillé, dans lequel sont mêlées plusieurs familles et qui, par le progrès des poursuites, paraît toujours plus compliqué et amène avec soi de nouvelles découvertes, forme l'objet principal. C'est comme un arbre immense qui a enlacé au loin de tous côtés ses branches avec celles des arbres voisins, de sorte qu'on ne saurait l'arracher sans remuer tout le sol de la contrée. Tout Paris est ainsi remué dans ses profondeurs, et toutes sortes d'existences sont ainsi amenées peu à peu au jour.

« Le cas paraît insoluble, mais Argenson, — le chef de la police, — après s'être fait donner certaines dates, promet, avec une pleine confiance en son pouvoir, une heureuse issue et ordonne aussitôt des recherches.

« Après une longue poursuite, il perd la trace et il se voit en danger de ne pouvoir tenir sa parole si hardiment donnée. Mais à ce moment, la fatalité même semble entrer en jeu et pousse le meurtrier dans les mains de la justice.

« Argenson a trop souvent vu les hommes par leur mauvais côté pour pouvoir conserver une noble idée de la nature humaine. Il est devenu incrédule pour le bien et tolérant pour le mal ; mais il n'a pas perdu le sentiment du beau, et quand il le voit se produire d'une façon non équivoque, il n'en est que plus vivement touché. Ce cas se présentant, il rend hommage à la vertu éprouvée.

« Il paraît dans le cours de la pièce comme homme privé, avec un caractère tout autre, gai et aimable ; et comme homme du monde, comme homme d'esprit et de cœur, il mérite l'intérêt et l'estime. Il rencontre un cœur qui l'aime véritablement, et sa belle conduite lui fait obtenir une charmante épouse.

« Le ministre de la police connaît, comme le confesseur, le faible et le défaut de beaucoup de familles, et il est, comme lui, obligé à la plus grande discrétion. Il se trouve une circonstance où quelqu'un est jeté dans l'étonnement et l'effroi par la connaissance qu'il a de toutes choses, mais trouve en lui un ami qui l'épargne.

« Scène entre Argenson et un écrivain philosophe. Elle contient une opposition de l'idéal et du réel, et fait éclater la supériorité de l'homme pratique sur le théoricien.

« Argenson avertit aussi quelquefois l'innocence aussi bien que le coupable. Il ne fait pas suivre par ses espions seulement le criminel ; mais aussi des malheureux que le désespoir pourrait pousser au crime. Il se présente un homme ainsi désespéré, pour qui la police joue le rôle d'une providence libératrice.

« Les vices de l'organisation de la police sont aussi à représenter. La méchanceté peut la faire servir à ses desseins : l'innocent peut souffrir par elle ; elle est souvent obligée d'employer des instruments mauvais et de mauvais moyens. Les crimes mêmes de ses propres agents ont une certaine impunité. »

Aucun développement nouveau de ces idées prises dans toute leur étendue ne s'est retrouvé dans les papiers de Schiller, mais seulement le plan d'un drame ne renfermant qu'une faible partie des matières indiquées plus haut. Il était dans le caractère de Schiller de ne pas restreindre sa première pensée, mais de l'étendre quand il en venait à l'exécution. Il faut donc croire que le plan qui suit s'est présenté à son esprit antérieurement peut-être à la lecture des *Causes célèbres* de Pitaval, et qu'il l'a abandonné, précisément parce qu'il l'avait amené à ces idées qui offraient une si grande richesse de caractères et de situations.

PLAN

DES ENFANTS DE LA MAISON.

Narbonne est un riche particulier habitant en France une ville
de province — Bordeaux, Lyon ou Nantes — un homme dans la
force de l'âge, entre quarante et cinquante ans. Il jouit de la considération générale, et les sentiments que son défunt frère, Pierre
Narbonne, avait su inspirer se sont déjà reportés sur lui, à cause
de son nom. Il reste le seul représentant de la famille, son frère
n'ayant pas laissé d'héritiers, car ses deux enfants ont péri dans
un incendie par la négligence des domestiques. A la mort de
Pierre, Louis fut son seul héritier. Il était alors absent, et revint
pour se fixer dans cette ville.

Depuis cette époque, six ans se sont écoulés, et Narbonne est
sur le point de contracter un mariage. Il a une inclination pour
une belle, noble et riche demoiselle, Victoire de Pontia, dont les
parents se trouvent honorés de sa recherche et lui accordent avec
joie leur fille.

Environ six ans auparavant un jeune homme, du nom de Saint-
Foix, avait été recueilli dans la maison de Narbonne comme un
orphelin abandonné et avait reçu de lui beaucoup de bienfaits,
surtout une bonne éducation. Il vivait chez lui, non sur le pied
d'un serviteur de la maison, mais sur celui d'un parent pauvre,
et toute la ville admirait la générosité de Narbonne envers ce
jeune homme qu'on commençait déjà à envier.

Saint-Foix mit à profit, par de rapides progrès, l'éducation que
Narbonne lui faisait donner. Il montrait d'excellentes dispositions
d'esprit et de cœur, mais en même temps aussi une certaine noblesse et une certaine fierté qui semblaient ne pas bien con-
venir au pauvre orphelin recueilli par charité. Il était plein d'une
respectueuse reconnaissance pour son bienfaiteur, sans montrer
toutefois aucun sentiment de contrainte ou d'infériorité ; il sem-

blait, en recevant les bienfaits de Narbonne, ne faire qu'user de
son droit. Sa fermeté paraissait toucher souvent à l'arrogance,
et sa gaieté naïve à la légèreté. Il était prodigue, franc et jaloux
de son honneur.

Victoire avait eu souvent l'occasion de voir Saint-Foix, et elle
conçut bientôt pour lui une inclination vive, mais qui semblait
sans espoir. La recherche de Narbonne, pour lequel elle avait
une singulière répulsion, fortifia d'autant plus ses sentiments
pour Saint-Foix, que celui-ci lui avait été souvent envoyé à cette
occasion par Narbonne. Saint-Foix adorait Victoire depuis le premier moment où il avait appris à la connaître, mais ses vœux
n'osaient pas s'élever jusqu'à elle.

Il avait fait la connaissance d'une autre jeune fille, qui était
comme lui sans parents, et à qui il avait rendu un grand service.
Il avait pour elle une tendre amitié, et son cœur était partagé
entre elle et Victoire, mais il faisait très-bien la distinction entre
ses sentiments.

Tous les gens de la maison de Narbonne, qui était nombreuse,
et parmi lesquels il n'était resté qu'un vieux serviteur de Pierre
Narbonne, du nom de Thierry, avaient pour Saint-Foix de la
haine ou de la jalousie : il n'y avait dans le nombre qu'une femme
qui avait du penchant pour lui et qui aspirait à l'épouser. Elle
était beaucoup plus âgée que lui, et elle ne fondait sa prétention
que sur le petit avoir qu'elle pouvait partager avec lui, et qu'elle
n'avait pas acquis par les voies les meilleures. Son nom était Madelon.

Telle était la situation au moment où commence l'action.

Madelon revient d'un petit pèlerinage où elle était allée chercher un apaisement à ses inquiétudes. Elle est tourmentée d'une
faute qu'elle a commise. Elle ne rapporte aucun soulagement.

Elle trouve Narbonne satisfait et tranquille : tout semble aller
suivant ses désirs : il est seulement fâché de la disparition d'une
parure qu'il voulait offrir à sa fiancée, et veut pour la retrouver
mettre en mouvement la justice.

Madelon est effrayée. « Laissez la justice en repos, » dit-elle :
« Résignez-vous à ce petit malheur. — Ce n'est pas un petit malheur. — Acceptez-le comme une expiation. Il y a déjà longtemps
que la durée ininterrompue de votre bonheur m'inquiète. — Mais

je veux poursuivre mon droit. — Votre droit? dit en soupirant Madelon. »

Madelon montre encore plus d'inquiétude en apprenant qu'il est venu dans la maison une bohémienne qu'on soupçonne d'avoir pris la parure. Elle regrette beaucoup d'avoir été absente. « Ah! pendant que je faisais un stérile pèlerinage pour tranquilliser mon cœur, j'ai perdu l'occasion unique de me délivrer de mon long tourment. »

M. de Pontia, bailli de l'endroit et futur beau-père de Narbonne, vient à cause du vol de la parure faire les recherches nécessaires. Cela se passe avec certaines formalités et avec l'assistance d'un greffier. La parure est décrite, les gens de la maison sont passés en revue, et à cette occasion se fait l'exposé d'une partie de l'histoire. Il est surtout question de Saint-Foix. Son histoire est racontée et montre Narbonne sous les traits de bienfaiteur. Il semble ne concevoir aucun soupçon contre Saint-Foix.

Après les formalités officielles, il est parlé de mariage : Pontia témoigne combien lui et toute la ville ont de considération pour Narbonne, et il est heureux de la pensée d'une alliance avec lui.

Saint-Foix s'entretient avec le vieux Thierry. Le jeune homme montre l'inquiétude la plus passionnée. Il se sent à l'étroit dans la maison, il aspire à se donner libre carrière. On sent dans ses paroles quelque chose de mystérieux, d'indécis, de troublé et de violent qui ressemble à des angoisses de conscience. Il paraît surtout s'accuser d'une grande ingratitude envers Narbonne. Comme il est question du mariage de celui-ci, son trouble devient extrême.

Son entretien avec Thierry ressemble à un éternel adieu. Il prend aussi congé des objets inanimés, et il s'éloigne en proie à la plus violente émotion.

Thierry secoue la tête, et semble faire effort pour écarter un soupçon qui l'envahit. Dans son monologue, il marque comment les choses allaient autrefois dans la maison et comment elles vont maintenant.

Saint-Foix avec Adélaïde. Indices d'une inclination innocente.

Reconnaissance de la jeune fille, compassion du jeune homme. Elle raconte sa destinée, lui la sienne. Adélaïde s'est échappée des mains d'une dangereuse bohémienne qui la tyrannisait et voulait l'entraîner au mal. Saint-Foix l'a trouvée sans ressources, et l'a menée chez de braves gens chez qui elle se tient encore cachée.

Adélaïde dans sa misère a voulu vendre sa seule richesse, une parure de prix ; l'orfèvre, à qui elle la porte, la reconnaît pour un travail qu'il a fait lui-même pour madame de Narbonne ; sa dénonciation amène l'arrestation d'Adélaïde.

Les officiers de police paraissent et somment Adélaïde de les suivre chez le bailli. Saint-Foix fait une vaine résistance.

Victoire et sa mère. La jeune fille montre sa répulsion pour la recherche de Narbonne, à cause de laquelle tout le monde l'envie. On remarque qu'il se joint en elle à cette aversion pour la personne de Narbonne une inclination secrète et sans espoir.

Pontia vient annoncer qu'on est sur la trace de la parure volée. Adélaïde est amenée, et comme Pontia se retire pour l'interroger, Saint-Foix vient dans une grande agitation trouver Victoire et implorer son assistance en faveur d'Adélaïde. Scène pathétique, qui les amène à la déclaration mutuelle de leur amour.

Narbonne arrive au milieu de cette scène, et trouve dans Saint-Foix son rival.

Pontia rentre après avoir achevé l'interrogatoire, et déclare Saint-Foix complice. Narbonne apprend qu'une partie de la parure est retrouvée, mais à la vue de cette parure il est saisi d'un grand trouble.

Scène entre Pontia et Narbonne. Celui-ci fait le généreux, veut faire suspendre l'enquête et envoyer les deux personnes suspectes dans les îles. Pontia insiste pour poursuivre l'enquête avec la plus grande rigueur. Pendant qu'ils sont encore ensemble, on annonce au bailli que l'on a arrêté la bohémienne, et qu'à son aspect Adélaïde a laissé paraître un grand effroi.

Madelon et Narbonne. Madelon a reconnu dans la bohémienne la femme à qui elle avait livré les deux enfants de Pierre Narbonne, en répandant qu'ils avaient péri dans un incendie. Il se découvre qu'Adélaïde est la fille, mais ce que le garçon est devenu demeure encore inconnu.

Pontia vient et annonce qu'Adélaïde et Saint-Foix se sont reconnus pour frère et sœur, que la bohémienne les a reçus tous deux il y a seize ans. Saint-Foix n'était demeuré que cinq ans avec elle, et s'était échappé de ses mains dès l'âge de dix ans.

Narbonne veut intervenir et empêcher la suite des recherches, mais Pontia veut découvrir les parents des enfants et se souvient de la parure.

Narbonne propose à Saint-Foix et à Adélaïde de fuir secrètement ; mais tous deux s'y refusent.

Narbonne et Madelon. Madelon a reconnu les enfants, et presse Narbonne de les adopter et de les instituer ses héritiers. Narbonne est dans le plus grand embarras. Il ne voit d'autre moyen d'en sortir que la mort de Madelon, et il la tue.

Les enfants de la maison sont reconnus, et amenés à Narbonne par une foule nombreuse avec de grands transports.

Le meurtrier de Pierre Narbonne connaît une entrée secrète dans la chambre de Louis Narbonne. Il s'est introduit secrètement par le passage, a vu la parure sur un meuble et s'est enfui en l'emportant. Il a laissé pour Narbonne quelques lignes où il lui marquait qu'il s'en allait au loin, parce qu'il se voyait forcé de fuir à cause d'un meurtre. Dans sa fuite il est arrêté par suite des mesures prises par la police.

Narbonne trouve dans sa chambre les traces du meurtrier.

Pontia vient d'un air triomphant annoncer que la parure est retrouvée.

Narbonne cherche en vain à s'enfuir. Le meurtrier et lui sont confrontés ; sa tentative pour se tuer est empêchée. Il est entièrement démasqué et livré à la justice. Saint-Foix obtient la main de Victoire.

FIN DES ENFANTS DE LA MAISON.

DÉMÉTRIUS

NOTICE SUR DÉMÉTRIUS.

A en juger par les fragments qui nous sont laissés et par les indications qui les accompagnent, la pièce de *Démétrius* serait devenue, si l'auteur avait pu l'achever, au moins égale, sinon supérieure à celle de *Guillaume Tell*. Quoique épuisé par la maladie, Schiller y travailla jusqu'à la fin avec une ardeur que la mort seule put briser. Goethe, confident des efforts et de la pensée de son ami, regarda d'abord comme un devoir d'achever une œuvre à laquelle il avait en quelque sorte été associé. Mais quand il chercha à grouper en actes et en scènes des situations et des événements qu'il croyait suffisamment déterminés, à faire agir et parler des personnages dont les idées et les sentiments lui semblaient fixés déjà dans leur moindre détail, il dut reconnaître que l'œuvre de Schiller avait bien réellement été interrompue par la mort, et qu'il lui serait impossible de ressaisir dans ses formes générales et dans ses traits particuliers une composition aussi vaste dont son auteur même n'avait pas eu la conscience entière et définitive. Or le génie de Goethe était trop différent de celui de Schiller pour que, malgré leur longue communauté d'idées sur un même sujet, l'un pût suppléer au travail de l'autre. L'exemple donné par Goethe fut longtemps suivi, et pendant plus de trente ans aucune main étrangère n'osa toucher au monument laissé inachevé par le poëte. Toute tentative pour l'achever eût paru une profanation. Dans ces dernières années on a été moins scrupuleux, et plusieurs essais ont été tentés. Ces efforts mêmes, aussi bien que l'abstention respectueuse qui les avait précédés, prouvent l'importance de la dernière œuvre du poëte et l'intérêt qui n'a pas cessé de s'y attacher.

Tout se réunit pour justifier cet intérêt. Le plan de *Démétrius* avait été conçu par Schiller, lorsqu'il était en pleine possession de son talent.

Il s'était repris à deux fois pour arrêter le sujet de sa pièce, et pour en déterminer les personnages principaux et l'action. *Warbeck* n'avait été que le premier jet et la forme première de l'idée qu'il devait reprendre et transformer dans *Démétrius*. Comme Démétrius, Warbeck est un prétendant qui se donne pour l'héritier dépossédé du trône et revendique ses droits à main armée. Mais que l'on passe d'une conception à l'autre, on voit toutes les données prendre des proportions plus considérables. Warbeck est un aventurier, instrument d'une femme ambitieuse, sans foi en lui-même, à qui le rôle qu'on le force à jouer fait par moments illusion, mais qui ne tente rien de grand, qui lutte seulement en champ clos contre un autre faux prétendant, et qui finit par se trouver le bâtard du prince dont il croit être le fils, par rendre hommage à l'héritier légitime, et par épouser la princesse qu'il aime. Cet insignifiant épisode de la fin de la querelle des deux Roses se passe à la petite cour de Marguerite de Bourgogne, et quelques seigneurs représentent seuls le peuple dont les intérêts sont en jeu.

Dans *Démétrius* la scène est immensément agrandie : l'action se passe successivement en Pologne et en Russie. Elle est transportée tour à tour à la diète de Pologne et à la cour de Moscou, dans le camp des deux rivaux, au milieu des soulèvements populaires de la capitale et au milieu des agitations que la guerre amène dans les provinces. Le faux prétendant croit à sa légitimité, et cette croyance donne à son caractère et à son rôle une incomparable grandeur. La foi qu'il a en lui-même il l'inspire aux autres, et les peuples marchent à sa suite ou viennent à sa rencontre. On sent bien s'agiter auprès de lui des ambitions qui prétendent le dominer et faire de lui leur instrument; mais ces influences aident à son triomphe sans en amoindrir l'éclat. La conscience de son droit n'en semble pas moins l'expliquer seul, puisqu'elle ne peut lui être ravie sans amener sa ruine. Pendant que le czar Boris Godunow s'empoisonne à Moscou pour ne pas survivre à sa chute, pendant que Démétrius triomphant se prépare à entrer dans sa capitale, la vérité de son origine lui est révélée, et cette révélation brise à la fois sa force et sa vertu. Son caractère et sa conduite changent aussitôt. Il devient craintif et cruel. Les projets généreux pour le bien de ses peuples font place aux calculs personnels. Il n'est plus que l'esclave d'une grandeur que la nécessité le condamne à conserver. La fatalité de cette situation apparaît surtout dans une scène capitale, dans l'entrevue avec Marfa. La mère peut seule donner à celui qui se prétend son fils la consécration d'un reconnaissance solennelle. Mais la voix de la nature ne parle pas et ne peut pas parler : Démétrius n'invoque que l'intérêt commun. « S'il n'est pas le fils tant regretté, il en est le vengeur, il aura le même dévouement que celui-ci aurait eu pour sa mère. » Attendrie par ce souvenir, Marfa se tait et verse des pleurs, pendant que Démétrius est à ses genoux. L'armée entière, témoin de cette scène, pense que la mère a reconnu son fils. Une apparence achève de fonder l'autorité de l'imposteur. Cependant, si son succès est complet, il lui manque ce qui pourrait le consolider. Il est dans la dépendance des Polonais par le secours desquels il est monté au trône. Il est surtout au pouvoir de Marina, l'ambitieuse fille du woïwode, à qui il doit la plus grande part de la victoire. Il faut qu'il réserve toutes ses faveurs à ses redoutables auxiliaires et qu'il mécontente ses sujets. Il faut qu'il épouse Marina, tandis qu'il aime Axinia, la fille de Boris, et que celle-ci meurt empoisonnée de la main de sa rivale. Ce mariage est le commencement de l'humiliation et des malheurs de Démétrius. Une conjuration se forme dans Moscou. Elle éclate et devient bientôt toute-puissante. Elle ne peut s'arrêter que devant une seule chose : la légitimité des droits de Démétrius. La première fois on a cru au silence de Marfa. Cette fois il faudra qu'elle parle. Sa conscience recule devant l'imposture d'une reconnaissance publique, et Démétrius tombe à ses pieds percé de mille coups.

Le caractère de Démétrius a une incontestable grandeur, et il intéresse jusque dans sa chute. Les situations principales de l'action sont aussi très-largement conçues. Les scènes terminées sont la plupart d'un effet grandiose et saisissant. Seulement on se demande si l'ensemble n'aurait pas dépassé de beaucoup les proportions ordinaires d'une œuvre dramatique, et si tous les événements marqués dans les indications qui nous sont restées auraient pu entrer dans le cadre étroit de cinq actes. Sans doute, pour *Demetrius* comme pour *Wallenstein,* Schiller s'était abandonné à son inspiration sans se soumettre tout d'abord aux exigences du théâtre ; mais il est probable aussi qu'avec l'expérience et après *Guillaume Tell* , il aurait su resserrer et supprimer certains détails, sans rien faire perdre à son œuvre de sa richesse et de sa grandeur.

DÉMÉTRIUS

ACTE PREMIER

—

SCÈNE I.

La diète de Cracovie.

(Au lever de la toile, on voit la diète de Pologne siégeant dans la gran de salle du sénat. Sur une estrade, haute de trois degrés, recouverte d'un tapis rouge, est le trône surmonté d'un dais. Des deux côtés sont les armes de Pologne et de Lithuanie)

LE ROI *est assis sur son trône ; à droite et à gauche, sur l'estrade, sont debout* LES DIX GRANDS OFFICIERS DE LA COURONNE; *au bas de l'estrade,* LES ÉVÊQUES, LES PALATINS *et* LES CAS-TELLANS *sont assis des deux côtés; devant eux,* LES NONCES *se tiennent debout sur deux rangs, la tête découverte, et tous armés.* L'ARCHEVÊQUE DE GNESNE, *comme primat du royaume, est assis sur le devant de la scène; derrière lui,* SON CHAPELAIN *tient une croix d'or.*

L'ARCHEVÊQUE DE GNESNE. — Ainsi, cette assemblée orageuse de la diète se termine heureusement. Le roi et les États se séparent en bonne intelligence. La noblesse consent à désarmer; et le roskotz[1] opiniâtre à se dissoudre. Le roi donne sa parole sacrée de faire droit aux justes plaintes. . . . .

Et maintenant que la paix est rétablie dans l'intérieur du royaume, nous pouvons jeter les yeux sur les affaires extérieures. . . . .

1. Ligue des seigneurs.

L'intention des sérénissimes états est-elle d'admettre le prince Démétrius, qui prétend au trône de Russie comme vrai fils d'Iwan, à paraître à la barre pour établir ses droits devant le Seym Walny[1].

LE CASTELLAN DE CRACOVIE. — L'honneur l'exige, ainsi que la justice. Il ne serait point convenable de lui refuser cette demande.

L'ÉVÊQUE DE WERMELAND. — Les preuves de son bon droit ont été examinées, et trouvées valables. On peut l'entendre.

PLUSIEURS NONCES. — On doit l'entendre.

LÉON SAPIEHA. — L'entendre, c'est le reconnaître.

ODOWALSKI. — Ne pas l'entendre, c'est le rejeter sans l'avoir écouté.

L'ARCHEVÊQUE DE GNESNE. — Avez-vous pour agréable qu'il soit admis? Je le demande pour la seconde, — pour la troisième fois.

LE GRAND CHANCELIER DE LA COURONNE. — Qu'il paraisse devant notre trône!

PLUSIEURS SÉNATEURS. — Qu'il paraisse!

PLUSIEURS NONCES. — Nous voulons l'entendre.

(Le grand maréchal de la couronne fait signe avec son bâton à un huissier; celui-ci sort pour ouvrir.)

LÉON SAPIEHA. — Écrivez, chancelier, que je proteste contre cette décision et contre tout ce qui pourra en résulter de contraire au maintien de la paix entre la Pologne et la cour de Moscou.

(Démétrius entre, fait quelques pas vers le trône, salue trois fois, la tête couverte, d'abord le roi, puis les sénateurs, et enfin les nonces. Chaque salut lui est, à chaque fois, rendu par une inclinaison de tête. Il se place de manière à voir une grande partie de l'assemblée et du public qui est censé assister à la diète, sans cependant tourner le dos au trône.)

L'ARCHEVÊQUE DE GNESNE. — Prince Dmitri, fils d'Iwan, si l'éclat de cette royale assemblée de la diète t'intimide, si la majesté de ce spectacle enchaîne ta langue, tu peux, le

1. Diète.

sénat le permet, choisir à ton gré un procureur et t'expliquer par sa bouche.

DÉMÉTRIUS. — Seigneur archevêque, je suis ici pour réclamer un royaume et un sceptre royal. Il me siérait mal de trembler devant ce noble peuple, et devant son roi et son sénat. Jamais je ne vis une si auguste assemblée. Cependant cet aspect hausse mon courage, loin de m'intimider. Je me félicite d'avoir à m'expliquer devant de si dignes témoins. Je ne pourrais avoir à parler devant une plus illustre assemblée.

L'ARCHEVÊQUE DE GNESNE. — . . . . . La sérénissime république est favorablement disposée. . . . .

DÉMÉTRIUS. — Roi puissant, dignes et puissants évêques et palatins, nobles seigneurs et nonces de la sérénissime république, c'est avec surprise, avec un profond étonnement, que je me vois, moi fils du czar Iwan, comparaissant devant la diète du peuple de Pologne. Tant que mon père a vécu, une haine sanglante a divisé les deux royaumes, et ils n'ont point connu la paix. Cependant le ciel a disposé les choses de telle sorte que moi, son sang, moi qui ai sucé avec le lait cette antique haine héréditaire, je me présente devant vous comme suppliant, et viens au milieu de la Pologne réclamer mes droits. Avant donc que je parle, oubliez généreusement ce qui s'est passé; oubliez que ce czar, dont je suis le fils, a porté la guerre sur votre territoire. Je me présente devant vous comme un prince dépouillé qui cherche protection. Les opprimés ont des droits sacrés sur tout noble cœur. Mais où trouverait-on la justice sur la terre, si ce n'est chez un grand et valeureux peuple qui, jouissant en liberté de la plénitude du pouvoir, n'a de compte à rendre qu'à lui-même, — et que rien ne peut empêcher d'obéir à la noble impulsion de l'humanité?

L'ARCHEVÊQUE DE GNESNE. — Vous vous donnez pour le fils du czar Iwan. Ni votre contenance, ni vos nobles discours ne contredisent une telle prétention. Cependant prouvez-nous que vous l'êtes, puis espérez tout de la générosité de la république. — Elle n'a jamais tremblé devant les Russes sur un champ de bataille; elle aime également se montrer noble ennemie et serviable alliée.

DÉMÉTRIUS. — Iwan Wasilowitch, le grand czar de Moscou, dans le cours de son règne eut successivement cinq épouses. La première, sortant de la race héroïque des Romanow, lui donna Feodor, qui régna après lui. La dernière, Marfa, de la famille des Nagori, lui donna un fils, Dmitri, dernier rejeton de sa vieillesse : il était encore enfant lorsque son père mourut. Le czar Feodor, jeune homme d'un esprit faible et d'un corps débile, laissa régner sous son nom Boris Godunow, son grand écuyer, qui sut le dominer avec toute l'adresse d'un courtisan. Feodor était sans enfants, et le sein stérile de la czarine ne laissait point espérer un héritier. Alors le boyard habile, captant la faveur du peuple par d'artificieuses flatteries, éleva ses vœux jusqu'au trône. Entre le trône et cette orgueilleuse espérance s'élevait un seul obstacle, le jeune prince Dmitri Iwanowitsch, qui croissait sous les yeux de sa mère à Uglitz, sa résidence de veuve.

Quand son noir dessein fut mûr pour l'exécution, il envoya à Uglitz un meurtrier, pour assassiner le czarowitsch..... Un incendie éclata au milieu de la nuit dans l'aile du château que le jeune prince habitait avec sa nourrice. L'édifice devint la proie des flammes. Le prince disparut à tous les yeux; tout le monde le pleura comme mort. Je vous répète ici des faits que tout Moscou connaît.

L'ARCHEVÊQUE DE GNESNE. — Ce que vous racontez n'est ignoré de personne. Le bruit a retenti dans tout l'empire que le prince Dmitri avait trouvé le trépas à Uglitz dans un incendie. Comme sa mort était pour le czar qui règne aujourd'hui un heureux hasard, on ne s'est pas fait scrupule de l'accuser de cette cruelle mort. Mais ce n'est pas de son trépas qu'il est maintenant question : ce prince vit; comment établissez-vous que vous l'êtes? vous soutenez qu'il vit en vous; donnez-nous-en des preuves. Comment êtes-vous demeuré caché à votre persécuteur? et comment, après un silence de seize années, lorsque vous n'êtes pas attendu, vous produisez-vous maintenant à la lumière du jour?

DÉMÉTRIUS. — Il n'y a pas plus d'un an que je suis instruit de mon sort : jusque-là je vivais inconnu à moi-même, et je ne soupçonnais pas ma royale naissance. Lorsque la conscience de ce que j'étais s'éveilla en moi, je me trouvais emprisonné dans les murs d'un cloître, moine parmi des moines. Un généreux courage se débattait en mon âme contre la règle étroite du cloître. Mon sang de chevalier bouillonnait secrètement dans mes veines. Je dépouillai résolûment l'habit de moine, et je m'enfuis en Pologne, où le noble prince de Sandomir, ce généreux ami de l'humanité, me donna l'hospitalité dans son château, et m'éleva pour le noble service des armes.

L'ARCHEVÊQUE DE GNESNE. — .... Comment! vous ne vous connaissiez pas vous-même, et cependant la renommée avait déjà rempli le monde du bruit que le prince Démétrius était encore vivant? Le czar Boris tremblait sur son trône, et plaçait des surveillants aux frontières de son royaume, pour examiner soigneusement chaque voyageur. Comment! cette rumeur ne venait pas de vous? vous ne vous étiez pas encore donné pour Démétrius?

DÉMÉTRIUS. — Je raconte ce que je sais. Si le bruit de mon existence s'est répandu, un dieu en aura sans doute été l'auteur. Je m'ignorais moi-même. Dans le château du palatin, perdu dans la foule de ses serviteurs, je passai heureusement mon obscure jeunesse..... Dans un respectueux silence, j'adorais sa charmante fille : mais alors j'étais bien loin de l'audace d'élever mes vœux jusqu'à un tel bonheur. Le castellan de Lemberg, qui la recherchait en mariage, s'offensa de ma passion; il m'adressa des paroles hautaines, et, dans son aveugle colère, il s'oublia jusqu'à me frapper. Si cruellement provoqué, je saisis mon épée: lui furieux, hors de lui, se précipita sur mon arme et reçut, sans que je l'eusse voulu, la mort de ma main. .

MEISCHECK. — Oui, ce fut sa faute....

DÉMÉTRIUS. — Mon malheur fut au comble! Sans nom, étranger, Moscovite, j'avais tué un des grands du royaume; j'avais commis un meurtre dans la maison de mon généreux protecteur, j'avais donné la mort à son gendre et à son ami. Mon innocence ne me servit de rien; ni la compassion de toute la cour, ni la faveur du noble palatin ne pouvaient me sauver, car la loi, indulgente pour les

Polonais, mais sévère pour les étrangers, me condamnait. Ma sentence fut prononcée; je devais mourir. Déjà j'étais agenouillé devant le bloc fatal, déjà j'avais présenté ma tête au glaive... En ce moment on aperçut une croix d'or enrichie de pierres précieuses, qui à mon baptême avait été suspendue à mon cou. J'avais toujours, comme c'est l'usage parmi nous, porté caché à mon cou ce signe de notre rédemption, et je ne l'avais pas quitté depuis mon enfance. Au moment où j'allais me séparer de la douce lumière du jour, je saisis avec une ardente piété cette dernière consolation, et je la pressai sur mes lèvres. (*Les Polonais montrent par l'expression de leur physionomie l'intérêt qu'ils prennent à ce récit.*) Ce joyau fut remarqué; son éclat et son prix excitèrent la surprise, éveillèrent la curiosité. On détache mes liens; on m'interroge. Cependant je ne pouvais me souvenir de l'époque où j'avais commencé à porter ce joyau. Il advint que trois fils de boyards qui fuyaient la persécution du czar étaient venus chercher un asile à Sambor, chez mon maître. Ils virent cette croix, et, aux neuf améthystes traversées par neuf émeraudes, ils la reconnurent pour celle que le Knœs Mesteslowskoy avait au baptême suspendu au cou du plus jeune fils du czar. Ils approchèrent de moi et remarquèrent avec surprise que, par un bizarre caprice de la nature, j'avais le bras droit plus court que le bras gauche. Comme ils me pressaient de questions, je me ressouvins d'un petit psautier que j'avais emporté dans ma fuite. Ce livre contenait des mots grecs que le prieur du convent y avait inscrits de sa propre main. Je ne les avais jamais lus, car cette langue m'était inconnue. Le psautier fut alors apporté, et l'inscription lue. Elle était ainsi conçue : « Frère Wasili Philarete (c'était mon nom au monastère), possesseur de ce livre, est le prince Dmitri, le plus jeune fils d'Iwan. L'honnête diacre André l'a secrètement sauvé pendant la nuit de l'incendie. » On désignait deux monastères où les preuves du fait étaient déposées. Alors les boyards, convaincus par des témoignages si positifs, se précipitèrent à mes pieds, et me saluèrent comme fils de leur czar. C'est ainsi que je passai subitement de l'abîme de l'infortune au faîte de la prospérité !

L'ARCHEVÊQUE DE GNESNE. — . . . .

DÉMÉTRIUS. — Et alors le bandeau qui couvrait mes yeux sembla tomber. Les souvenirs du passé se réveillèrent en moi ; et de même que les dernières tours brillent dans le lointain aux rayons du soleil, de même deux images, les cimes les plus élevées de ma conscience, apparurent clairement à ma mémoire renaissante. Je me voyais fuyant pendant toute une nuit obscure, et je voyais la flamme s'élever en tourbillons derrière moi, au milieu des ténèbres. Il fallait que ces circonstances appartinssent à une époque bien reculée, car tout ce qui les avait précédées et suivies était complétement effacé de mon souvenir, et ces images terribles se présentaient à mon esprit distinctes et isolées. Cependant je me rappelais aussi que quelques années plus tard un de mes compagnons, dans un mouvement de colère, m'avait appelé fils du czar. J'avais pris cela pour une moquerie, et j'avais frappé le railleur pour m'en venger. Tout cela traversa mon âme comme un rapide éclair, et m'apporta tout à coup la certitude complète que j'étais le fils du czar, dont on avait publié la mort. Ainsi s'expliquèrent d'un seul mot les énigmes de mon obscure destinée. Ce n'est pas seulement à des signes qui pourraient être trompeurs, c'est au plus profond de ma poitrine, c'est aux battements de mon cœur, que je sentis en moi le sang royal, et je le verserais jusqu'à la dernière goutte plutôt que de renoncer à mon droit à la couronne.

L'ARCHEVÊQUE DE GNESNE. — Et devons-nous nous fier à un écrit qui a pu se trouver par hasard entre vos mains, au témoignage de quelques fugitifs ? Pardonnez, noble jeune homme ; votre langage, votre contenance ne sont sûrement pas d'un imposteur, mais vous-même vous pouvez être trompé : il est pardonnable au cœur humain de se laisser séduire par un si grand appât. Qui nous offrez-vous pour garant de vos paroles ?

DÉMÉTRIUS. — Je produirai le serment de cinquante nobles polonais, tous nés libres, tous d'une renommée sans tache : chacun attestera ce que j'ai avancé. Ici siége le noble prince de Sandomir : à son côté, je vois le castellan de Lublin, ils pourront témoigner si j'ai dit la vérité...

L'ARCHEVÊQUE DE GNESNE. — Qu'en pense la sérénissime diète? La force de tant de témoignages réunis doit dissiper tous les doutes. Un bruit sourd courait depuis longtemps dans le monde et annonçait que Dmitri, fils d'Iwan, vivait encore : les craintes du czar Boris confirmaient ce bruit. Un jeune homme se présente à nous, semblable par l'âge, par les traits, et même par les signes accidentels de la nature, à celui qui a disparu, à celui que l'on cherche; la noblesse de son âme justifie la grandeur de sa prétention : il est sorti miraculeusement d'un cloître; par je ne sais quel mystère, l'élève des moines s'est trouvé doué du courage des chevaliers. Il montre un joyau qui autrefois fut donné au czarowitsch, et que jamais il n'a quitté; un témoignage écrit par une main pieuse atteste sa royale naissance; la vérité nous parle plus hautement encore par la franchise de ses discours et par la candeur de son front. L'imposture n'emprunte point de tels traits; elle s'enveloppe d'ordinaire dans de grandes paroles et dans les ornements d'un discours oratoire. Ainsi je ne lui refuserai pas plus longtemps le nom qu'il réclame avec tant de droit et de justice, et, d'après mon antique privilége, je vote, comme primat, le premier en sa faveur.

L'ARCHEVÊQUE DE LEMBERG. — Je vote comme le primat.

PLUSIEURS AUTRES ÉVÊQUES. — Comme le primat.

PLUSIEURS PALATINS. — Et moi aussi!

ODOWALSKY. — Et moi!

PLUSIEURS NONCES, *vivement les uns après les autres.* — Nous tous.

SAPIEHA. — Nobles seigneurs, pensez-y bien, ne précipitez rien; une auguste assemblée ne doit pas se laisser emporter ainsi.

ODOWALSKY. — Il n'y a point à réfléchir; tout est considéré : les preuves sont sans réplique; nous ne sommes pas ici à Moscou : la crainte d'un despote n'enchaîne point ici nos libres sentiments; ici la vérité ose marcher le front levé. Je me plais à croire, nobles seigneurs, qu'ici, à Cracovie, dans la diète de Pologne, le czar de Moscou ne compte point de lâches esclaves.

DÉMÉTRIUS. — Grâces vous soient rendues, illustres sé-

nateurs, de ce que vous avez reconnu les signes de la vérité; et si je suis réellement celui que je prétends être, ah!
ne souffrez pas qu'un insolent usurpateur s'empare de mon
héritage, qu'il souille plus longtemps le sceptre qui m'appartient à moi, au légitime fils du czar. . . . .

. . . .
J'ai pour moi la justice, vous avez la force : le grand intérêt de tous les États, de tous les trônes, c'est que tout se
passe selon le droit, et que chacun possède ce qui est à lui.
Lorsque la justice règne, chacun se réjouit, se regarde
comme maître assuré de son héritage ; et dans chaque famille, sur chaque trône la loi veille comme un chérubin
vigilant. . . . .

C'est la justice qui maintient artistement l'édifice de l'univers : c'est la clef de la voûte : une seule pierre les maintient
toutes ; toutes les pierres en maintiennent une seule, et si
celle-ci tombe, tout se renverse et s'écroule. . . . . . .

. . . .
(Réponses des sénateurs qui se déclarent en faveur de Démétrius.)

DÉMÉTRIUS. — Sois-moi favorable, illustre Sigismond, roi
puissant! descends en toi-même, et songe à ton propre sort
en considérant le mien. Toi aussi tu as éprouvé les coups
du sort. C'est dans une prison que tu vis le jour; ton premier regard aperçut les murs d'un cachot : il te fallut un
sauveur et un libérateur pour t'élever de ta prison au
trône : tu l'as trouvé, tu as éprouvé la magnanimité; sois
magnanime aussi envers moi. . . . .

Et vous, membres honorables du sénat, vénérables évêques,
colonnes de l'Église, et vous, illustres palatins et castel-
lans, voici le moment de réconcilier, par une action généreuse, deux peuples si longtemps divisés; donnez à la Pologne la gloire de rendre aux Moscovites leur czar; d'un
voisin qui presse en ennemi vos frontières, faites-vous un
ami reconnaissant.

Et vous, nonces de la sérénissime république, préparez
vos chevaux rapides, sautez en selle : la fortune vous ouvre
ses portes dorées; je partagerai avec vous la dépouille des

ennemis. Moscou abonde en richesses, le trésor des czars est rempli d'or et de pierreries; je pourrai royalement récompenser mes amis, et j'en aurai la volonté. Lorsque je serai entré en czar dans le Kremlin, alors, je le jure, le plus pauvre d'entre vous qui m'aura suivi sera vêtu de velours et de zibeline; il pourra couvrir son harnais de perles, et l'argent sera le plus vil métal pour ferrer ses chevaux.

(Les noces font éclater de grands transports.)

KORELA, *hetmann des Cosaques.*

(Il déclare qu'il est prêt à amener une armée à Démétrius.)

ODOWALSKY. — Le Cosaque doit-il donc nous ravir la gloire et le butin? . . . .

. . . .

Nous sommes en paix avec les princes tartares et les Turcs, nous n'avons rien à craindre de la Suède; déjà depuis longtemps notre vaillance se consume dans un vil repos, nos glaives se rouillent. Allons, élançons-nous contre l'empire des czars, acquérons un allié fidèle et reconnaissant, et augmentons la puissance et la grandeur de la Pologne.

BEAUCOUP DE NOCES. — Guerre, guerre à Moscou!

D'AUTRES. — Qu'on prenne une décision! qu'on recueille sur-le-champ les voix!

SAPIEHA *se lève.* — Grand maréchal de la couronne, faites faire silence! Je demande la parole.

UNE FOULE DE VOIX. — Guerre, guerre à Moscou!

SAPIEHA. — Je demande la parole, maréchal: faites votre devoir.

(Grand bruit au dedans et au dehors de la salle.)

LE GRAND MARÉCHAL DE LA COURONNE. — Vous le voyez, je n'y puis rien.

SAPIEHA. — Comment! le maréchal est-il gagné aussi? n'y a-t-il plus de liberté dans la diète? jetez votre bâton, et imposez silence : je le demande, je l'exige, je le veux. (*Le grand maréchal de la couronne jette son bâton au milieu de la salle, le tumulte s'apaise.*) À quoi pensez-vous donc? quel parti prenez-vous? ne sommes-nous pas en profonde paix avec le czar de Moscovie? n'ai-je pas moi-même, comme votre royal ambassadeur, conclu une alliance de vingt ans? J'ai dans le Kremlin levé ma main droite, et juré un serment solennel; le czar nous a fidèlement tenu parole. Est-ce là observer la foi jurée? Que sont les traités, si une diète solennelle ose ainsi les rompre?

DÉMÉTRIUS. — Prince Léon Sapieha, vous avez, dites-vous, conclu la paix à Moscou avec le czar? Non, vous ne l'avez pas conclue, car c'est moi qui suis le czar, c'est en moi que réside la royauté moscovite; je suis le fils d'Iwan et son légitime héritier : si la Pologne veut conclure la paix avec la Russie, c'est à moi qu'elle doit s'adresser; votre traité est nul, il a été conclu avec qui n'a nul droit.

ODOWALSKY. — Que nous importe votre traité! Alors nous avons pu vouloir ainsi, et aujourd'hui notre volonté est autre.

SAPIEHA. — En sommes-nous là? Si personne ici ne veut se lever pour la justice, moi je le ferai : je déchirerai une trame artificieuse, je révélerai tout ce que je sais. — Vénérable prélat, comment! parlerais-tu de bonne foi, ou bien est-ce une dissimulation volontaire? Sénateurs, êtes-vous donc si crédules? Roi, es-tu donc si faible? Ne savez-vous pas, ou ne voulez-vous pas savoir que vous êtes le jouet de l'artificieux woïwode de Sandomir? C'est lui qui a suscité ce czar dont l'avide ambition dévore déjà dans sa pensée les richesses de Moscou. Faut-il donc que je vous dise qu'un contrat est déjà passé et juré entre eux, qu'il lui a déjà fiancé sa plus jeune fille? Et cette noble république doit-elle aveuglément se précipiter dans les périls de la guerre pour accroître la grandeur de ce woïwode, et faire de sa fille une reine et une czarine? Il a tout corrompu et acheté. Il domine la diète, je le sais bien. Je vois combien sa faction est puissante dans cette enceinte; et, non content de dominer la diète par la majorité, il l'a fait entourer de trois mille cavaliers, et il inonde toute la ville de ses vassaux. En ce moment même ils remplissent les salles de ce palais. On veut contraindre la liberté de nos suffrages; mais nulle crainte ne pourra émouvoir mon cœur, ni troubler mon courage. Tant qu'une goutte de sang coulera dans mes veines, je maintiendrai la liberté de ma parole, les hommes de bien seront de mon parti. Tant que je vivrai, aucune décision ne sera prise contre la justice et la raison. J'ai conclu la paix avec la Moscovie, et c'est à moi qu'il appartient de la maintenir.

ODOWALSKY. — Ne l'écoutez pas! recueillez les voix!

(Les évêques de Cracovie et de Wilna se lèvent, et chacun compte les voix de son côté.)

BEAUCOUP DE VOIX. — Guerre, guerre à Moscou!

L'ARCHEVÊQUE DE GNESNE, à Sapieha. — Cédez, noble seigneur; vous voyez que la majorité est contre vous : n'excitez pas une déplorable scission.

LE GRAND CHANCELIER DE LA COURONNE. — Seigneur woïwode, le roi vous fait prier de céder et de ne pas faire de scission dans la diète.

DES HUISSIERS, bas à Odowalsky. — Tenez ferme; c'est ce que vous font dire ceux qui sont à la porte. Tout Cracovie est pour vous.

LE GRAND MARÉCHAL DE LA COURONNE, à Sapieha. — Il y a déjà eu de si bonnes résolutions prises, cédez. En faveur des autres décrets, rangez-vous à la majorité.

L'ÉVÊQUE DE CRACOVIE, qui a pris les voix de son côté. — Tous les bancs de droite sont unanimes.

SAPIEHA. — Quand tous seraient unanimes, — je dis non. Je dis veto; je romps la diète. On n'ira pas plus loin! tout ce qui a été résolu est frappé de nullité. (Tout le monde se lève; le roi descend de son trône; les barrières sont renversées; un bruit tumultueux s'élève de toutes parts; les nonces tirent leurs sabres, et entourent Sapieha; les évêques s'avancent, et le couvrent de leurs étoles) La majorité! Qu'est-ce que la majorité? La majorité, c'est la déraison. Le bon sens se trouve toujours chez le petit nombre. Celui qui ne possède rien, comment songerait-il au bien général? Le pauvre a-t-il une opinion? est-il libre? Il appartient au puissant qui le paye, et qui achète sa voix en lui donnant une chaussure et du pain. Sa voix ne doit être ni comptée ni prise en considération. Tôt ou tard l'État périra, si la majorité triomphe, si la déraison domine.

ODOWALSKY. — Entendez-vous ce traître?

PLUSIEURS NONCES. — Tombez sur lui! Qu'on le mette en pièces!

L'ARCHEVÊQUE DE GNESNE *prend la croix des mains de son chapelain, et s'avance entre eux.* — Du calme! Le sang des citoyens doit-il donc couler dans la diète? Prince Sapieha, modérez-vous. (*Aux évêques.*) Conduisez-le hors d'ici; faites-lui un rempart de vos poitrines; emmenez-le sans bruit par cette porte de côté : que la foule ne le mette pas en pièces.

(Sapieha, toujours menaçant du regard, est emmené de force par les évêques. Les archevêques de Gnesne et de Leinberg écartent de lui les nonces. Au milieu d'un bruyant tumulte et du cliquetis des sabres, la salle se vide. Démétrius, Meischek, Odowalsky et l'hetmann des Cosaques demeurent seuls.)

ODOWALSKY. — Le coup a échoué.... Cependant vous ne manquerez pas de secours. Si la république maintient la paix avec Moscou, nous agirons avec nos propres forces.

KORELA. — Qui aurait aussi pensé qu'il tiendrait seul tête à toute la diète?

MEISCHEK. — Le roi vient.

LE ROI SIGISMOND, *accompagné du* GRAND CHANCELIER *de la couronne, du* GRAND MARÉCHAL *de la couronne, et de quelques* ÉVÊQUES.

LE ROI. — Mon prince, permettez que je vous embrasse. La sérénissime république vous rend enfin justice. Mon cœur l'a fait depuis longtemps. Je suis profondément touché de votre sort : il doit émouvoir le cœur de tous les rois.

DÉMÉTRIUS. — J'oublie tout ce que j'ai souffert, et sur votre sein je me sens renaître.

LE ROI. — Je n'aime point les vaines paroles; mais, je vous le demande, que peut un roi qui commande à des vassaux plus puissants que lui? Vous avez été témoin d'un déplorable spectacle; ne concevez cependant point une mauvaise idée du royaume de Pologne, pour avoir vu le vaisseau de l'État agité par une tempête furieuse.

MEISCHEK. — Au milieu du fracas des tempêtes, le pilote sait diriger le navire, et le conduire rapidement à un port assuré.

LE ROI. — La diète est dissoute : je voudrais rompre la paix avec le czar, que je ne le pourrais pas. Cependant vous avez de puissants amis. Chaque Polonais veut à ses propres risques s'armer pour vous : le Cosaque veut tenter les hasards de la guerre. Ce sont des hommes libres, je ne puis pas m'y opposer.

MEISCHEK. — Tout le *Rokotz* est encore ici en armes. Si tu le voulais, seigneur, ce torrent impétueux qui lutte contre ton autorité pourrait facilement se répandre sur la Moscovie.

LE ROI. — La Russie te fournira de meilleures armes. Ton plus puissant auxiliaire, c'est le cœur de ton peuple; c'est par la Russie que tu triompheras de la Russie. Parle aux citoyens de Moscou comme tu as parlé aujourd'hui à la diète, tu toucheras leur cœur, et tu régneras. Autrefois, je montai paisiblement comme légitime héritier sur le trône de Suède, et cependant j'ai perdu mon royaume héréditaire, parce que le cœur des peuples m'était contraire.

(Marina entre.)

MARINA. — . . . .

MEISCHEK. — Sire, Marina, ma plus jeune fille, se jette aux pieds de Ta Majesté. Le prince de Moscovie demande sa main. Tu es l'auguste patron de notre famille, c'est de ta royale main seulement qu'elle peut recevoir un époux.

(Marina se prosterne devant le roi.)

LE ROI. — Oui, mon cousin, puisque vous le désirez, je tiendrai lieu de père au czar. (*A Démétrius, en lui donnant la main de Marina.*) Puisse ce précieux gage être pour vous la riante déesse de la fortune!... Puissé-je vivre assez pour que mes yeux voient ce noble couple assis sur le trône de Moscovie!

MARINA. — Sire, j'honore humblement tes bontés; et partout où je serai, je te demeurerai soumise.

LE ROI. — Czarine, levez-vous! ce n'est point là votre place; ce n'est pas la place de la fiancée du czar, de la fille de mon premier woiwode. Vous êtes la plus jeune parmi vos sœurs; mais votre âme, dans son vol, avait su devancer votre fortune, et une noble ambition vous appelle aux plus hautes destinées.

DÉMÉTRIUS. — Grand roi, soyez témoin de mon serment. Comme prince, je le dépose entre les mains d'un prince : j'accepte la main de cette noble demoiselle, comme un gage précieux de mon bonheur. Je jure que, dès que je serai monté sur le trône de mes pères, je conduirai solennellement dans mon palais ma fiancée, avec les honneurs dus à une grande reine. Je donne comme douaire à mon épouse les principautés de Pleskow et de Gross-Neugart, avec toutes les villes, bourgs et habitants, avec tous les droits et priviléges. Je les lui donne en libre propriété à titre perpétuel ; et je confirmerai cette donation, comme czar, dans ma ville capitale de Moscou. Je compterai au noble woïwode, pour prix de son armement, un million de ducats de Pologne. . . . .

. . . .

Et que Dieu et ses saints me retirent leur protection, si mon serment n'est pas sincère et si je ne le tiens pas.

LE ROI. — Vous le tiendrez. Vous n'oublierez jamais tout ce que vous devez au noble woïwode qui hasarde pour servir vos vœux une situation heureuse, et qui risque une fille chérie sur la foi de vos espérances. Conservez précieusement un ami si rare. Quand le destin vous sera favorable, n'oubliez jamais par quels degrés vous êtes monté au trône ; que votre cœur ne change point en changeant de costume. Pensez que c'est en Pologne que vous vous êtes découvert vous-même, et que cette contrée vous a ainsi donné une seconde fois la naissance.

DÉMÉTRIUS. — J'ai grandi dans l'obscurité ! J'ai appris à honorer les nobles liens qui unissent par un libre penchant l'homme à l'homme.

LE ROI. — Vous allez entrer dans un royaume où régnent d'autres mœurs et d'autres lois ; la liberté habite la terre de Pologne ; le roi lui-même, quoique le premier par l'éclat du rang, n'est souvent que le serviteur d'une puissante noblesse ; en Russie, une puissance sacrée et paternelle domine tout : l'esclavage sert avec une soumission passive.

. . . .

DÉMÉTRIUS. Cette belle liberté que j'ai vue ici, je veux la transplanter dans ma patrie; je veux changer l'esclave en homme libre; je ne veux pas régner sur des âmes serviles.

LE ROI. — Ne précipitez rien, et sachez obéir à la loi du temps. Prince, pour adieu, recevez encore de moi trois conseils; pratiquez-les exactement quand vous serez parvenu à l'empire : c'est un roi qui vous les donne, un vieillard que tant de choses ont éprouvé : votre jeunesse pourra en profiter.

DÉMÉTRIUS. — Ah! que votre sagesse m'instruise, grand roi! vous êtes révéré par un peuple libre : comment ferai-je pour parvenir à ce noble but?

LE ROI. — .... Vous arriverez d'une terre étrangère, ce sont des armées ennemies qui vous amèneront : vous aurez à vous faire pardonner ce premier tort; montrez-vous donc le vrai fils de la Moscovie, et respectez ses mœurs. Tenez parole aux Polonais, honorez-les : sur un trône nouveau on a besoin d'amis; le bras qui vous a rétabli peut vous renverser; estimez-les, mais ne cherchez point à les imiter : jamais les coutumes étrangères ne réussissent dans un pays. . . . .

. . . .

Mais quoi que vous fassiez. . . . honorez votre mère. . . . vous retrouverez une mère.

DÉMÉTRIUS. — O mon roi !

LE ROI. — Vous avez tant de motifs de l'honorer : ayez pour elle une filiale vénération; elle forme un lien cher et sacré entre vous et votre peuple. Un czar est affranchi des lois humaines, mais il n'est pas de plus redoutables lois que celles de la nature : votre peuple ne peut avoir un meilleur gage de votre humanité que votre piété filiale. Je n'ajoute plus rien. Il vous reste encore beaucoup à faire avant de conquérir la toison d'or. Ne vous attendez point à une victoire facile. . . . le czar Boris gouverne avec force et autorité; ce n'est pas un efféminé que vous avez à combattre. Quand un homme s'est élevé au trône par son mérite, les orages de l'opinion ne l'en précipitent point facilement : ses actions lui tiennent lieu d'aïeux. . . . Je vous

remets à votre heureux sort : par deux fois il vous a miraculeusement préservé de la mort; il accomplira son ouvrage
et placera la couronne sur votre tête.

ODOWALSKY, MARINA.

ODOWALSKY. — Eh bien, madame, n'ai-je pas bien tenu
mes engagements, et mon zèle ne mérite-t-il pas des
éloges?

MARINA. — Il est heureux, Odowalsky, que nous nous
trouvions seuls; nous avons à parler de choses importantes, dont le prince ne doit rien savoir. Qu'il suive la
voix de Dieu qui l'entraîne. Qu'il croie à lui-même, et le
monde y croira. Qu'il demeure dans cette vague obscurité
qui engendre les grandes choses. Mais nous qui dirigeons
tout, nous devons voir clair et agir. Il nous donne son nom
et son enthousiasme ; il faut que nous ayons pour lui du
sang-froid et de la réflexion. Et quand par notre art et notre
prudence nous aurons assuré le résultat, qu'il pense toujours que son bonheur lui est tombé du ciel.

ODOWALSKY. — Ordonnez, madame : c'est vous seule que
je sers; que m'importent les intérêts de ce Moscovite?
votre grandeur et votre gloire sont tout ce qui me touche,
et je sacrifierais pour vous mon sang et ma vie. Le bonheur
ne fleurit pas pour moi; sans biens, sans indépendance, je
ne puis élever mes vœux jusqu'à vous; mais je veux du
moins mériter votre bienveillance : travailler à votre grandeur est ma seule pensée; un autre pourra vous posséder,
mais vous serez à moi si votre sort est mon ouvrage.

MARINA. — C'est pourquoi tout mon cœur se repose sur
toi : tu es l'homme à qui je confierai toute l'entreprise. Le
roi n'est pas sincère, je l'ai pénétré : tout n'était qu'un jeu
concerté avec Sapieha. Sans doute il lui convient que mon
père, dont il redoute la puissance, s'affaiblisse dans cette
entreprise; il lui convient que la ligue de la noblesse, si
redoutable pour lui, se précipite dans cette guerre étrangère. Pendant qu'il demeurera neutre dans ce combat, il
s'imagine partager avec nous les fruits de la victoire; et si
nous sommes vaincus, il espère qu'il pourra plus facile-

ment faire peser sur nous, en **Pologne**, le joug de son pouvoir. Nous voilà livrés à nous-mêmes; le sort en est jeté : il s'occupe de lui seul, occupons-nous de nous-mêmes.

. . . .

Tu conduiras tes troupes à Kiow. Elles jureront là fidélité au prince et à moi : à moi, entends-tu? C'est une précaution nécessaire.

. . . .

ODOWALSKY. —

MARINA. — Ce n'est pas de ton bras seulement que j'ai besoin, mais aussi de tes yeux.

ODOWALSKY. — Parlez, commandez.

MARINA. — Tu conduiras le czarowitsch; veille bien sur lui, ne le quitte pas un instant : tu me rendras compte de chacune de ses démarches.

ODOWALSKY. — Fiez-vous à moi; il ne nous échappera jamais.

MARINA. — Tout homme est ingrat : à peine sera-t-il czar, qu'il voudra se dégager de nos liens.

. . . .

Les Russes haïssent les Polonais; ils doivent les haïr : le cœur ne peut être pour rien dans une telle union.

MARINA, ODOWALSKY, OPALINSKY, BIELSKY *et plusieurs* NOBLES POLONAIS.

OPALINSY. — Noble dame, fais-nous donner de l'argent et nous partirons : cette longue diète nous a ruinés; nous te ferons reine de Moscovie.

MARINA. — L'évêque de Kaminiec et de Culm avancera de l'argent sur le gage de vos terres et de vos hommes; vendez, engagez vos domaines, faites argent de tout, convertissez tout en armes et en chevaux; la guerre est le meilleur de tous les commerces : elle change le fer en or; ce que vous allez perdre ici vous sera rendu au décuple à Moscou.

BIELSKY. — Ils sont là deux cents à boire dans une auberge : si tu te montrais, si tu vidais un verre avec eux, ils seraient à toi. . . . je les connais.

MARINA. — Attends-moi, tu vas m'y accompagner.

OPALINSKY. — . . . .
Assurément tu étais née pour être reine.

MARINA. — Sans doute : aussi il faut que je le devienne.

BIELSKY. — Oui ; monte sur une blanche haquenée, arme-toi, et nouvelle Vanda, conduis ta vaillante armée à une victoire certaine.

MARINA. — Mon esprit vous conduira, la guerre ne convient point aux femmes; le lieu de réunion est Kiow ; mon père vous amènera là trois mille chevaux, mon beau-frère en conduira deux mille; des bords du Don nous arrivera une troupe auxiliaire de Cosaques. Me jurez-vous fidélité?

TOUS. — Oui, nous le jurons!

(Ils tirent leurs sabres.)

QUELQUES-UNS. — *Vivat* Marina !

D'AUTRES. — *Russiæ regina!*

(Marina déchire son voile et en distribue les morceaux aux Polonais. Ils sortent. Elle demeure.)

MEISCHEK, MARINA.

MARINA. — Pourquoi êtes-vous si sérieux, mon père, lorsque la fortune nous sourit, lorsque tout marche au gré de vos vœux, et que tous les bras s'arment pour nous?

MEISCHEK. — C'est pour cela même, ma fille ! Tout va se trouver en jeu : la puissance de ton père va s'épuiser dans ces préparatifs de guerre : n'ai-je donc pas sujet d'y réfléchir sérieusement? La fortune est trompeuse; le succès incertain. . . . .

. . . .

MARINA. — . . . .

MEISCHEK. — Téméraire fille, où m'as-tu entraîné? Quelle a été ma faiblesse paternelle de ne point résister à tes instances! Je suis le plus riche woïwode du royaume, le premier après le roi! Ne pouvions-nous pas être contents d'un tel sort, et jouir de notre bonheur avec une âme satisfaite? Tu as voulu t'élever plus haut. Une position modeste et pareille à celle de tes sœurs ne t'a point suffi, tu as voulu atteindre au terme le plus élevé de la destinée humaine, et porter une couronne. Et moi, trop faible père, je voudrais te combler de toutes les grandeurs; je laisse troubler ma raison par tes prières, et je livre au hasard un bonheur certain.

MARINA. — Eh quoi! mon père chéri, te repentirais-tu de ta bonté? Qui pourrait se contenter d'une destinée modeste, quand il voit planer au-dessus de sa tête le plus noble sort?

MEISCHEK. — Tes sœurs ne portent point de couronnes, et elles sont heureuses. . . . .

MARINA. — Quel bonheur y aurait-il à quitter la maison du woïwode mon père, pour entrer dans la maison du palatin mon époux? Quelle nouveauté trouverais-je dans un pareil changement? Et puis-je me réjouir du lendemain, s'il ne me donne que ce que j'avais déjà la veille? O insipide retour du passé! ennuyeuse monotonie de l'existence! y a-t-il là de quoi exciter l'espérance ou l'activité? Il faut l'amour ou la grandeur; tout le reste me semble également vulgaire.

MEISCHEK. — . . . .

MARINA. — Ah! mon père chéri, que ton front s'éclaircisse! Confions-nous au flot qui nous emporte! Ne pense pas aux sacrifices que tu vas faire, songe à la récompense, au but que tu atteindras, quand tu verras ta fille dans la pompe d'une czarine, assise sur le trône de Moscou, quand tes petits-fils régneront sur l'univers!

MEISCHEK. — Je ne vois rien que toi, je ne pense qu'à toi, ma fille; à toi, parée de l'éclat du diadème. Tu l'exiges; je ne sais rien te refuser.

MARINA. — O le meilleur des pères! encore une grâce: ne me la refuse pas.

MEISCHEK. — Que souhaites-tu, mon enfant?

MARINA. — Dois-je demeurer enfermée dans Sambor, tandis que mon cœur sera en proie à une ardeur indomptable? Mon sort se décidera par delà le Dniéper, et j'en serai séparée par d'immenses espaces! Puis-je le supporter? Ah! mon âme impatiente serait condamnée aux tortures de l'at-

tente; c'est avec les battements d'un cœur plein d'angoisses
que je mesurerais la longueur infinie de cette distance.

MEISCHEK. — Que veux-tu? Que désires-tu?

MARINA. — Laisse-moi attendre l'événement à Kiow. Là
je me trouverai à la source des nouvelles : là je serai sur la
limite des deux royaumes. . . . .

MEISCHEK. — Ton âme est dans une agitation terrible :
modère-toi, mon enfant.

MARINA. — Ainsi tu me l'accordes, tu m'y conduiras?

MEISCHEK. — C'est toi qui m'y conduiras. Ne me faut-il
pas consentir à tout ce que tu veux?

MARINA. — Mon père, lorsque je serai czarine de Moscovie, Kiow sera notre frontière; il faudra que Kiow m'appar-
tienne, et tu le gouverneras.

MEISCHEK. — Ah! ma fille, tu rêves! Déjà l'immense
Moscovie est trop étroite pour ton ambition; tu veux déjà
l'agrandir aux dépens de ta patrie.

MARINA. — Kiow n'appartient point à notre patrie : là régnaient les anciens princes des Varègues; je l'ai lu dans
les vieilles chroniques : Kiow a été arraché à l'empire de
Russie; je le rattacherai à l'ancienne couronne.

MEISCHEK. — Tais-toi, tais-toi! le woïwode ne peut entendre de tels discours.

(On entend des trompettes.)

(Ils se mettent en marche.)

. . . .

ACTE DEUXIÈME

SCÈNE I.

Un couvent grec dans une contrée déserte et glacée, près du lac Bieloserzk.

UNE TROUPE DE RELIGIEUSES, *vêtues et voilées de noir, passe dans le fond du théâtre ; MARFA, avec un voile blanc. est seule, appuyée sur la pierre d'un tombeau ; OLGA quitte les religieuses, s'arrête un moment en regardant Marfa, puis s'approche d'elle.*

OLGA. — Ton cœur ne te porte-t-il pas à sortir avec nous pour jouir du réveil de la nature ? Le soleil revient, et les longues nuits diminuent ; les glaces des fleuves se brisent ; les traîneaux font place aux barques, et les oiseaux du printemps arrivent : le monde s'épanouit ; la douceur nouvelle de l'air nous attire toutes hors de nos étroites cellules dans la libre sérénité de la campagne rajeunie. Toi seule, abîmée dans ton éternelle douleur, ne veux-tu point partager l'allégresse commune ?

MARFA. — Laisse-moi seule, et va joindre tes sœurs. Qu'il se réjouisse celui qui peut espérer. L'année, en rajeunissant le monde, ne peut rien m'apporter : tout est pour moi dans le passé ; mes regards ne peuvent se porter qu'en arrière.

OLGA. — Pleureras-tu éternellement ton fils, et gémiras-tu toujours sur ta grandeur perdue ? Le temps, qui verse son baume sur toutes les blessures du cœur, n'a-t-il aucun pouvoir sur toi ? Tu fus la czarine de ce grand empire ; tu fus la mère d'un fils, l'objet de toutes tes espérances ; il te fut enlevé par un destin cruel : tu te vis ensevelie dans ce cloître solitaire sur les limites de la vie et de la mort. Ce-

pendant seize fois, depuis ce jour affreux, la face du monde
a été rajeunie. Il n'y a que ton visage que je ne vois jamais
changer, image de la tombe, quand tout vit autour de
toi. Tu ressembles à la figure immobile que le sculpteur a
taillée dans la pierre pour exprimer toujours la même
chose.

MARFA. — Oui, le temps m'a placée ici comme un monument de mon horrible destinée. Je ne me calmerai point,
je ne veux rien oublier. Il n'y a qu'une âme faible qui
puisse recevoir sa guérison du temps. Quelle compensation
y a-t-il pour l'irréparable? Rien ne peut racheter ma douleur. De même que la voûte du ciel accompagne toujours
le voyageur, et immense, l'enveloppe toujours de tous côtés, quelque part qu'il porte ses pas rapides; de même ma
douleur me suit partout où je vais; elle m'enveloppe
comme une mer infinie; et jamais mes larmes éternelles
ne s'épuiseront.

OLGA. — Ah! voyons ce qu'apporte ce jeune pêcheur autour duquel nos sœurs se pressent avec curiosité. Il vient
des lieux éloignés que les hommes habitent. Il nous apporte quelque nouvelle du monde; le lac est maintenant
navigable; les routes sont libres; n'as-tu pas quelque curiosité de l'entendre? quelque mortes que nous soyons au
monde, nous apprenons volontiers les événements qui s'y
succèdent; et tranquilles sur le rivage, nous contemplons
avec admiration le tumulte des flots.

(Des religieuses reviennent avec un jeune pêcheur.)

XÉNIA *et* HÉLÉNA. — Dis-nous, raconte-nous ce que tu
apportes de nouveau.

ALEXIA. — Conte-nous ce qui se passe hors de ces lieux,
dans le siècle.

LE PÊCHEUR. — Donnez-moi le temps de parler, saintes
dames.

XÉNIA. — Est-on en guerre? est-on en paix?

ALEXIA. — Qui gouverne le monde?

LE PÊCHEUR. — Un vaisseau est arrivé à Archangel, venant du pôle nord, où le monde est glacé.

OLGA. — Comment un vaisseau peut-il naviguer sur ces
terribles mers?

LE PÊCHEUR. — C'est un vaisseau marchand anglais qui a trouvé cette nouvelle route pour venir chez nous.

ALEXIA. — Que ne risque pas l'homme pour l'amour du gain !

XÉNIA. — Ainsi le monde n'est nulle part fermé !

LE PÊCHEUR. — Mais ce n'est là que la moindre nouvelle. Un tout autre événement agite l'univers.

ALEXIA. — Ah ! parle, raconte.

OLGA. — Dis, qu'est-il arrivé?

LE PÊCHEUR. — Il se passe des choses surprenantes dans le monde. Les tombeaux s'ouvrent, les morts revivent.

OLGA. — Explique-toi, parle.

LE PÊCHEUR. — Le prince Dmitri, le fils d'Iwan, que nous avons pleuré seize ans comme mort, est vivant; il s'est levé en Pologne.

OLGA. — Le prince Dmitri est vivant ?

MARFA, *vivement*. — Mon fils !

OLGA. — Ah ! contiens-toi; impose silence à ton cœur jusqu'à ce que nous ayons tout entendu.

ALEXIA. — Comment peut-il être vivant? Il a été tué à Uglitsch, et a péri dans les flammes.

LE PÊCHEUR. — Il a échappé à la fureur des flammes et a trouvé asile dans un cloître. Là, il a grandi dans l'obscurité jusqu'à ce que le temps fût venu de se faire connaître.

OLGA, *à Marfa*. — Tu trembles, princesse, tu pâlis !

MARFA. — Je sais que c'est une erreur; et cependant je suis si peu affermie contre la crainte et l'espérance, que mon cœur est tout troublé.

OLGA. — Pourquoi serait-ce une erreur? Écoutez-le, écoutez-le ! Comment un tel bruit aurait-il pu se répandre sans fondement?

LE PÊCHEUR. — Sans fondement! Tous les peuples de la Lithuanie et de la Pologne ont pris les armes. Le grand souverain de Moscou tremble dans sa capitale.

(Marfa tremble de tous ses membres. Olga et Alexia la soutiennent.)

XÉNIA. — Parle, dis tout ! dis ce que tu sais.

ALEXIA. — Dis, où as-tu ramassé cette nouvelle?

LE PÊCHEUR. — Moi, ramassé? Une lettre a été envoyée par le czar dans toutes les terres de sa domination. Le posapdik[1] de notre ville nous l'a lue dans une assemblée publique. Là, il est dit qu'on veut nous tromper, et que nous ne devons pas croire à cette fourberie. Cela même nous y fait croire : car si cela n'était pas vrai, notre grand souverain mépriserait ce mensonge.

MARFA. — Est-ce donc la fermeté que je me flattais d'avoir acquise ! Mon cœur appartient-il donc encore à ce point au monde, que de vaines paroles me bouleversent ainsi ! Depuis seize années je pleure mon fils, et tout à coup je croirais qu'il est vivant !

OLGA. — Tu as pleuré sa mort pendant seize années : cependant tu n'as jamais vu ses restes. Rien ne rend impossible la vérité de cette nouvelle. La Providence veille sur le destin des peuples et sur la tête des rois. — Ouvre ton cœur à l'espérance. — L'événement passe ton intelligence ; mais qui peut imposer des limites au pouvoir du Tout-Puissant ?

MARFA. — Dois-je rejeter un regard sur la vie dont j'avais enfin réussi à me séparer ? . . . .
. . . .

Mon espoir n'habitait pas chez les morts. Ah ! ne me dites rien de plus : ne rattachez point mon cœur à cette trompeuse image : ne me condamnez pas à perdre une seconde fois mon fils chéri. Oh ! c'en est fait de la paix de mon âme ; je ne puis croire à ce discours, hélas ! et maintenant je ne pourrai plus jamais l'effacer de mon cœur. Malheur à moi ! maintenant je ne sais plus si ma pensée doit le chercher chez les morts ou chez les vivants. Je suis livrée à un doute sans issue.

(On entend une cloche. La sœur portière vient.)

OLGA. — Que signifie cette cloche, sœur portière !

LA TOURIÈRE. — L'archevêque se présente à nos portes ; il vient de la part du czar, et demande audience.

OLGA. — L'archevêque se présente à nos portes ! Quelle circonstance extraordinaire peut le conduire ici ?

---

1. Juge, bailli.

XÉNIA. — Allons toutes le recevoir avec les honneurs qui lui sont dus.

(Elles vont vers la porte; l'archevêque entre; elles se mettent à genoux devant lui, et il leur donne sa bénédiction.)

JOB. — Je vous apporte le baiser de paix, au nom du Père et du Fils et de l'Esprit qui procède du Père.

OLGA. — Seigneur, nous baisons humblement ta main paternelle. . . . .
. . . . dis ta volonté à tes filles.

JOB. — Ma mission regarde sœur Marfa.

OLGA. — Elle est ici et attend tes ordres.

(Toutes les religieuses s'éloignent.)

JOB et MARFA.

JOB. — C'est notre grand souverain qui m'envoie vers toi : du haut de son trône il a pensé à toi ; de même que le soleil lance et disperse ses rayons lumineux dans tout l'univers, de même l'œil du souverain s'étend partout : ses soins veillent sur les extrémités les plus reculées de son empire, et son regard y pénètre.

MARFA. — Oui, j'ai éprouvé jusqu'où s'étend son bras.

JOB. — Il sait de quel noble esprit tu es animée ; aussi ressent-il avec indignation l'offense qu'un imposteur ose te faire.

MARFA. — . . . .

JOB. — Apprends qu'en Pologne un impudent renégat, après avoir abjuré son Dieu en rompant criminellement ses vœux monastiques, s'est attribué le noble nom de ton fils, de ce fils que la mort te ravit dans son enfance ; cet imposteur téméraire se vante d'être de ton sang, se donne pour le fils du czar Iwan. Un woïwode, violant la paix, amène de Pologne dans notre pays avec une armée ce faux roi, qu'il a lui-même créé ; il essaye d'égarer le cœur fidèle des Russes, et de les entraîner à la trahison et à la révolte. . . . .
. . . . Dans sa bonté paternelle, le czar m'a envoyé vers toi.... Tu honores les

mânes de ton fils ; tu ne voudras pas endurer qu'un impudent aventurier lui dérobe son nom dans le tombeau, et usurpe audacieusement ses droits ; tu déclareras hautement, à la face du monde, que tu ne le reconnais point pour ton fils ; tu ne presseras point sur ton noble cœur un vagabond étranger : le czar attend de toi que tu démentiras cette fable infâme avec la juste colère qu'elle mérite.

MARFA, *qui pendant tout ce discours a semblé en proie aux plus vives émotions.* — Qu'entends-je, archevêque ? est-il possible ? Dites-moi, par quelles marques, par quelles preuves ce téméraire aventurier s'est-il accrédité comme le fils d'Iwan dont nous pleurons la mort ?

JOB. — C'est par une ressemblance fugitive avec Iwan, par un écrit tombé par hasard entre ses mains, par un précieux joyau dont il fait parade, qu'il a trompé le vulgaire, avide d'illusions.

MARFA. — Quel joyau ? Ah ! expliquez-vous.

JOB. — Une croix d'or ornée de neuf émeraudes, qui fut, dit-il, suspendue à son cou lors de son baptême par le knœs Iwan Mestilowskoy.

MARFA. — Que dites-vous ? Il montre ce joyau ? (*S'efforçant de demeurer calme.*) Et comment prétend-il avoir été sauvé ?

JOB. — Un fidèle serviteur, un diacre, l'aurait arraché au meurtre et à l'incendie, puis l'aurait secrètement conduit à Smolensk.

MARFA. — Mais où s'est-il caché ? où prétend-il qu'il a vécu inconnu jusqu'à cette heure ?

JOB. — Il aurait grandi dans le couvent de Tschudow, inconnu à lui-même ; de là il se serait enfui en Lithuanie et en Pologne, où il serait resté au service du prince de Sandomir, jusqu'à ce qu'un hasard lui eût découvert sa naissance.

MARFA. — A-t-il pu par de telles fables gagner des amis qui risquent pour lui leurs biens et leur sang ?

JOB. — Czarine, le cœur du Polonais est perfide, et il regarde avec envie notre patrie florissante : tout prétexte lui est bon pour allumer la guerre sur nos frontières.

MARFA. — Cependant n'y a-t-il pas même en Moscovie

des âmes crédules que cette œuvre de mensonge a su séduire ?

JOB. — Le cœur des peuples est inconstant, princesse ; ils aiment le changement, ils croient gagner à une nouvelle domination ; l'audacieuse assurance du mensonge les entraîne, et le merveilleux trouve faveur et croyance. C'est pourquoi le czar souhaite que tu dissipes l'erreur du peuple : toi seule peux le faire. Un mot de toi, et l'imposteur, qui impudemment se dit ton fils, retombe dans le néant. Je me réjouis de te voir si émue. Cette téméraire fourberie t'indigne, je le vois, et ton front est enflammé d'une noble colère.

MARFA. — Et où, dites-le-moi, où est maintenant celui qui ose se donner pour mon fils ?

JOB. — Déjà il approche de Tschernikow ; c'est de Kiow, dit-on, qu'il est entré en campagne : la cavalerie légère des Polonais marche à sa suite, avec une troupe de Cosaques du Don.

MARFA. — O Dieu tout-puissant, grâces te soient rendues ! oui, je te remercie de m'avoir enfin donné la liberté et la vengeance !

JOB. — Qu'est-ce donc, Marfa ? ai-je bien entendu ?

MARFA. — Oh ! puissances célestes, conduisez-le au succès, que vos saints anges guident ses étendards !

JOB. — Est-il possible ? comment ? cet imposteur pourrait-il ?...

MARFA. — Il est mon fils. A tous ces signes je le reconnais. Je le reconnais à la terreur de ton czar. C'est lui, il est vivant, il approche ! Tyran, descends du trône ! tremble ! il vit encore un rejeton de la race de Rurik ; le vrai czar, le légitime héritier vient ; il vient, et demande compte de son patrimoine.

JOB. — Insensée, penses-tu à ce que tu dis !

MARFA. — Il luit enfin le jour de la vengeance, le jour de la restauration ; le ciel tire l'innocence de la nuit des tombeaux pour la produire à la lumière. Cet orgueilleux Godunow, mon mortel ennemi, est obligé de ramper à mes pieds pour demander grâce. Oh ! mes vœux les plus ardents sont accomplis !

JOB. — La haine peut-elle t'aveugler à ce point?

MARFA. — La peur a-t-elle pu aveugler ton czar au point de lui faire attendre son salut de moi, de moi qu'il a si cruellement offensée? . . . .

. . . . Dois-je donc renier le fils que le ciel, par un miracle, rappelle pour moi du tombeau? Dois-je, pour plaire au meurtrier de ma race, à celui qui a accumulé sur moi des malheurs sans mesure, repousser la délivrance que Dieu m'envoie enfin dans la profondeur de mon désespoir?

JOB. — . . . .

MARFA. — Non, tu ne m'échapperas pas: il te faudra m'entendre : tu es en mon pouvoir, et je ne te laisserai point aller. Oh! enfin je puis soulager mon âme; enfin je puis répandre sur mon ennemi une colère si longtemps contenue au fond de mon cœur. . . . .

. . . . Qui est-ce qui me jeta vivante dans ce tombeau, avec toutes les ardeurs brûlantes de mon âme, toutes les forces vives de ma jeunesse? qui arracha d'auprès de moi mon fils bien-aimé? qui envoya des meurtriers pour l'égorger? Oh! nulles paroles ne peuvent exprimer ce que j'ai souffert, dans les longues nuits étoilées, quand, agitée par de douloureux transports, je mesurais le cours des heures par mes larmes. Le jour de la délivrance et de la vengeance est arrivé. Le puissant est tombé en mon pouvoir.

JOB. — Tu crois que le czar te redoute?

MARFA. — Il est en mon pouvoir. Un mot, un seul mot de ma bouche peut décider de son sort. C'est pour cela que ton maître t'a envoyé vers moi. Tous les peuples de la Russie et de la Pologne ont en ce moment les yeux sur moi. Si je reconnais le czarowitsch pour mon fils et celui d'Iwan, tout lui rendra hommage, l'empire est à lui; si je le renie, il est perdu. En effet, qui imaginerait qu'une mère véritable, qu'une mère aussi cruellement offensée que moi pût, d'intelligence avec le meurtrier de sa race, désavouer le fils de son cœur? Il ne m'en coûterait qu'un mot, et l'univers l'abandonnerait comme un imposteur. — N'est-ce pas vrai? C'est ce mot qu'il voudrait obtenir de moi. — C'est ce grand service, avouez-le, que je pourrais rendre à Godunow !

JOB. — C'est à tout ton pays que tu le rendrais : tu peux, en rendant hommage à la vérité, préserver l'empire d'une cruelle guerre. Toi-même tu ne doutes pas de la mort de ton fils ; pourrais-tu rendre témoignage contre ta conscience ?

MARFA. — Je l'ai pleuré pendant seize ans ; mais je n'ai jamais vu ses cendres. La voix publique et ma douleur me persuadèrent qu'il était mort. Ce serait une impiété de vouloir tracer, par un doute téméraire, des limites à la toute-puissance divine. Mais ne fût-il pas le fils de mon cœur, il sera du moins le fils de ma vengeance. Je l'adopte pour enfant, lui que le ciel vengeur a enfanté pour moi.

JOB. — Malheureuse ! tu braves qui a la force ! La retraite du cloître ne peut te dérober à son bras.

MARFA. — Il peut me tuer ; il peut étouffer ma voix dans le tombeau ou dans la nuit d'un cachot. L'empêcher de retentir dans tout l'univers, il le peut ; mais il ne peut me faire dire ce que je ne veux pas dire ; cela lui est impossible. — Malgré toute ton habileté... il n'a pas atteint son but.

JOB. — Est-ce là ton dernier mot ? Penses-y bien ! Ne porterai-je pas au czar une meilleure réponse ?

MARFA. — Qu'il s'en fie à la bonté du ciel, s'il l'ose, et à l'amour de son peuple, s'il le peut.

JOB. — C'en est assez. Tu es résolue à te perdre : tu t'appuies sur un faible roseau qui se brisera, et tu tomberas avec lui.

MARFA, seule. — C'est mon fils, je n'en puis douter. Les hordes sauvages et libres des déserts s'arment pour lui ; l'orgueilleux Polonais, le palatin, risque sa noble fille sur l'or pur de sa bonne cause. Et moi seule je le rejetterais ! moi, sa mère ! et moi seule je ne me laisserais pas entraîner à cet élan de joie qui saisit et transporte tous les cœurs, qui ébranle l'univers entier ! C'est mon fils : je crois en lui, je veux y croire ; j'accepte avec une vive confiance la délivrance que le ciel m'envoie.

C'est lui, il vient, avec une forte armée, me délivrer et

venger ma honte! Entendez ses clairons, entendez ses
trompettes guerrières! Peuples du midi et de l'aurore,
sortez de vos forêts, de vos steppes éternelles! Accourez avec toutes vos langues et tous vos costumes! Bri-
dez le cheval, le renne, le chameau! Précipitez-vous, innombrables comme les vagues de la mer, et pressez-vous
autour des bannières de votre roi!

Eh pourquoi, lorsque mes sentiments sont infinis, suis-je
ici retenue, enchaînée, contrainte? O toi, soleil éternel qui
tournes autour du globe de la terre, sois le messager de
mes vœux! Et toi, souffle de l'air, que rien n'arrête dans
ta course immense et rapide, porte-lui mes souhaits enflammés. Je n'ai rien que mes prières et mes supplications,
qui s'élèvent brûlantes du fond de mon âme; je dirige leur
vol vers les sommets célestes, et je les envoie au-devant
de toi comme une armée.

SCÈNE II.

Une hauteur environnée d'arbres. Une vaste et riante perspective s'étend
au loin; une belle rivière traverse la contrée, dont l'aspect est animé
par des blés encore verts. On voit briller çà et là les clochers de quelques villes. Derrière le théâtre, on entend un bruit de tambours et de
trompettes.

ODOWALSKY et quelques OFFICIERS s'avancent; et peu après
DÉMÉTRIUS.

ODOWALSKY. — Faites descendre l'armée le long de la forêt, pendant que nous allons, de cette hauteur, examiner
le pays.

(Quelques officiers s'en vont, Démétrius arrive.

DÉMÉTRIUS, reculant de surprise. — Ah! quel aspect!

ODOWALSKY. — Seigneur, tu vois ton empire se déployer
devant toi... Voici le territoire de la Russie.

RAZIN. — Ces poteaux portent déjà l'écusson de Moscovie: ici finit la domination polonaise.

DÉMÉTRIUS. — Est-ce le Dnièper, dont les eaux paisibles
roulent à travers ces prairies?

ODOWALSKY. — C'est la Desna. Là s'élèvent les tours de Tschernikow.

RAZIN. — Ce qui brille au loin à l'horizon, ce sont 'es coupoles de Novogorod-Severskoi.

DÉMÉTRIUS. — Quelle riante perspective! quelles belles plaines !

ODOWALSKY. — Le printemps les a couvertes de sa parure. Ce sol fertile produit d'abondantes récoltes.

DÉMÉTRIUS. — L'œil se perd dans l'immensité.

RAZIN. — Ce n'est encore qu'une bien petite partie du grand empire de Russie. Il s'étend, seigneur, à perte de vue, vers l'orient et vers le nord; il ne connaît d'autres limites que les forces vivantes et créatrices de la nature.   .

. . . .

ODOWALSKY. — Voyez comme notre czar est devenu pensif.

DÉMÉTRIUS. — La paix règne encore dans cette belle contrée, et moi, traînant avec moi le terrible appareil de la guerre, je vais la ravager en ennemi.

ODOWALSKY. — De telles pensées, seigneur, ne doivent venir que plus tard.

DÉMÉTRIUS. — Tu penses comme un Polonais; mais moi, je suis fils de la Moscovie. Voilà le pays qui m'a donné la vie. Pardonne, sol chéri, terre sacrée; et vous, saintes limites que je touche, vous sur qui mon père a gravé ses aigles, pardonnez à votre fils de venir avec les armées ennemies de l'étranger renverser le paisible sanctuaire de votre paix; je viens ici redemander mon héritage et le noble nom de mes pères qu'on m'a ravis. Ici les Varègues, mes aïeux, ont régné dans une longue succession, trente âges d'hommes; je suis le dernier de leur race, arraché à la mort par la divine Providence.   . . . .

. . . .

. . . .

SCÈNE III.

Un village russe. La place publique devant l'église. On entend le tocsin.

GLEB, ILIA *et* TIMOSKA *se précipitent sur la scène, armés
de haches.*

GLEB, *sortant de sa maison*. — Où court la foule ?

ILIA, *sortant d'une autre maison*. — Qui sonne le tocsin ?

TIMOSKA. — Venez, voisins, venez tous, venez à l'assemblée !

(Oleg et Igor avec beaucoup d'autres paysans, leurs femmes et leurs
enfants ; ils sont chargés de bagages.)

GLEB. — Où allez-vous avec ces femmes et ces enfants ?

IGOR. — Fuyez, fuyez ; les Polonais sont entrés dans le
pays : ils sont à Moromesk et tuent tout ce qu'ils rencontrent.

OLEG. — Fuyez, fuyez dans l'intérieur des terres, dans
les villes fortes ; nous avons mis le feu à nos cabanes, nous
avons tous abandonné notre village, et nous fuyons vers
l'armée du czar.

TIMOSKA. — Voici encore une nouvelle troupe de fugitifs.

(Iwanska et Petruschka arrivent d'un autre côté avec une troupe de
paysans armés.)

IWANSKA. — Vive le czar ! le grand prince Dmitri !

GLEB. — Comment ? qu'est-ce donc ?

ILIA. — Où voulez-vous aller ?

TIMOSKA. — Qui êtes-vous ?

PETRUSCHKA. — Que ceux qui sont fidèles à la race de nos
princes me suivent !

TIMOSKA. — Qu'est-ce donc ? voici tout un village qui
fuit dans l'intérieur des terres pour échapper aux Polonais, et vous, vous voulez aller aux lieux d'où ceux-ci
se sont enfuis ? vous voulez passer à l'ennemi de votre
pays ?

PETRUSCHKA. — Quel ennemi? celui qui vient n'est pas un ennemi, c'est un ami du peuple, c'est le légitime héritier du royaume.

Le posadnik (juge du village s'avance pour lire un manifeste de Démétrius. Hésitation des habitants du village entre les deux partis. Les paysannes se montrent les premières favorables à Démétrius. et donnent l'impulsion.

Camp de Démétrius. Il a été battu dans la première rencontre : mais l'armée du czar Boris est en quelque sorte victorieuse malgré elle et ne poursuit pas ses avantages. Démétrius, au désespoir, veut se tuer. Korela et Odowalsky ont de la peine à l'en empêcher. Insolence des Cosaques envers Démétrius.

Camp du czar Boris. Il est absent, ce qui fait tort à sa cause ; car il est craint et point aimé. Son armée est forte. mais peu sûre. Les chefs sont désunis : et, par différents motifs, plusieurs penchent du côté de Démétrius. Un d'entre eux, Soltikow, se déclare pour lui par conviction. Sa défection a des suites importantes. Une grande partie de l'armée passe à Démétrius.

Boris à Moscou. Il se montre encore comme souverain absolu. entouré de serviteurs fidèles ; mais il est déjà aigri par les mauvaises nouvelles. La crainte d'un soulèvement à Moscou l'empêche de se rendre à son armée. Il éprouve aussi quelque honte d'aller en personne comme czar combattre contre un imposteur. Scène entre lui et l'archevêque.

De mauvaises nouvelles arrivent de tous côtés, et le danger devient de plus en plus pressant pour Boris. On vient lui apprendre que les habitants des campagnes et les villes des provinces abandonnent sa cause, que son armée est inactive et mutinée. que Moscou s'émeut, que Démétrius avance. Romanow. qu'il a gravement offensé, arrive à Moscou. C'est un nouveau sujet d'inquiétude. Puis vient la nouvelle que les boyards se rendent au camp de Démétrius. et que toute l'armée s'est rangée sous ses drapeaux.

Boris et Axinia. Le czar, comme père, se montre touchant, et dans sa conversation avec sa fille, on voit s'ouvrir son âme.

Boris est parvenu au pouvoir par des crimes; mais il a accepté et rempli tous les devoirs d'un souverain; il est le père de son peuple et il a fait beaucoup de bien à son pays. C'est seulement en ce qui touche sa personne qu'il est soupçonneux, vindicatif et cruel. Son esprit aussi bien que son rang l'élève fort au-dessus de tout ce qui l'entoure. La longue possession du pouvoir suprême, l'habitude de dominer, les formes despotiques du gouvernement ont tellement nourri son orgueil, qu'il lui est impossible de survivre à sa grandeur. Il voit clairement ce qui le menace; mais il est encore czar, et nullement abaissé quand il se résout à mourir.

Il croit aux présages, et, dans sa disposition actuelle, beaucoup de choses lui paraissent significatives, qu'autrefois il eût dédaignées. Une circonstance particulière, où il croit reconnaître la voix du destin, devient décisive pour lui.

Un peu avant sa mort son caractère change, il devient plus doux envers les messagers de malheur, et rougit des transports de colère dans lesquels les premiers l'avaient jeté. Il se fait raconter les plus tristes détails et récompense même le messager.

Aussitôt qu'il a appris le malheur qui lui semble décisif, il se retire sans plus d'explication, d'un air calme et résigné. Il revient bientôt après revêtu d'un vêtement de moine. Il éloigne sa fille du spectacle de ses derniers moments. Elle trouvera dans un cloître un asile contre les outrages. Son fils Feodor, encore enfant, aura sans doute moins de sujets de crainte. Il prend du poison, et se retire dans un appartement solitaire pour y mourir en paix.

Trouble général produit par la nouvelle de la mort du czar. Les boyards se réunissent en conseil et gouvernent au Kremlin. Romanow (qui fut ensuite czar et tige de la maison actuellement

régnante) s'avance à la tête d'une troupe armée, prête sur le
corps du czar serment de fidélité à son fils Feodor, et contraint
les boyards à imiter son exemple. La vengeance et l'ambition
sont loin de son âme; il obéit seulement à la justice. Il aime
Axinia sans espoir, et il est, sans le savoir, payé de retour.

Romanow se rend en hâte à l'armée pour la gagner au jeune
czar. Soulèvement à Moscou, excité par les partisans de Démétrius. Le peuple arrache les boyards de leurs demeures, se saisit
de Feodor et d'Axinia, les retient prisonniers, et envoie des députés à Démétrius.

Démétrius à Tula, au comble de la prospérité. L'armée est à
lui. On lui apporte les clefs de beaucoup de villes. Moscou seule
paraît encore résister. Démétrius est aimable et plein de douceur;
il montre une noble émotion à la nouvelle de la mort de Boris; il
pardonne aux auteurs d'un complot dirigé contre sa vie; il rougit des témoignages serviles du respect des Russes, et veut en
supprimer l'usage. Démétrius désire une entrevue avec sa mère.
Il envoie des messagers à Marina.

Parmi la foule des Russes qui, à Tula, se pressent autour de
Démétrius, paraît un homme qu'il reconnaît sur-le-champ. Il se
réjouit hautement de le revoir. Il fait éloigner tout le monde, et
dès qu'il se trouve seul avec cet homme, il le remercie cordiale-
ment comme son sauveur et son bienfaiteur. Celui-ci laisse entendre que Démétrius lui a une grande obligation, et plus
grande encore qu'il ne croit. Démétrius le presse de s'expliquer
plus clairement, et le meurtrier du vrai Démétrius lui révèle
comment les choses se sont réellement passées. N'ayant obtenu
de Boris aucune récompense pour ce meurtre, et n'en attendant
d'autre prix que la mort, brûlant du désir de se venger, il ren-
contra un enfant dont la ressemblance avec le czar Iwan le
frappa. Il mit à profit cette circonstance; il prit l'enfant, s'enfuit
avec lui d'Uglitsch, le porta à un ecclésiastique à qui il sut faire
agréer son plan, et lui remit le joyau que lui-même avait pris au
jeune Démétrius assassiné. C'est par cet enfant, que jamais il n'a
perdu de vue, et dont il a dans l'ombre suivi toutes les démar-

ches, que sa vengeance est maintenant accomplie. Son instrument, le faux Démétrius, règne sur la Russie à la place de Boris.

Ce récit opère en Démétrius un changement prodigieux. Son silence est terrible. Dans ce moment de rage et de désespoir, le meurtrier le pousse au dernier transport, en exigeant avec audace et insolence son salaire. Il le frappe et le tue.

Monologue de Démétrius. Combats intérieurs. Mais le sentiment de la nécessité l'emporte, et il se résout à soutenir son rôle de czar.

Les envoyés de la ville de Moscou se présentent et se jettent aux pieds de Démétrius. Il les reçoit d'un air sombre et menaçant. Parmi eux est le patriarche. Démétrius le dépouille de sa dignité, et condamne un Russe de distinction qui avait élevé des doutes sur sa légitimité.

Marfa et Olga attendent Démétrius sous une tente magnifique. Marfa parle de l'entrevue qui va avoir lieu avec plus de crainte et de doute que d'espérance, et tremble à l'approche de ce moment qui semblait lui promettre tant de félicité. Olga tâche de la persuader, sans avoir elle-même confiance. Pendant leur longue route, elles ont eu toutes les deux le temps de se rappeler toutes les circonstances; les premiers transports ont fait place à un examen réfléchi : le sombre silence et l'aspect redoutable des gardes qui environnent la tente augmentent encore leurs doutes.

Les trompettes sonnent. Marfa ne sait pas si elle doit aller au-devant de Démétrius. Maintenant le voilà devant elle; ils sont seuls. Le peu d'espoir qui lui restait s'évanouit à son aspect. Quelque chose d'inconnu les sépare. La voix de la nature ne se fait pas entendre : ils sont à jamais étrangers l'un à l'autre. Au premier instant ils essayent de s'approcher; Marfa fait un mouvement en arrière. Démétrius s'en aperçoit, et demeure un moment interdit. Silence expressif.

DÉMÉTRIUS[1]. — Ton cœur ne te dit-il rien? Ne recon-

[1]. Ce fragment de dialogue, dans Schiller, est en prose, tandis que les premières scènes sont en vers.

nais-tu point ton sang en moi? (*Marfa garde le silence.*)
La voix de la nature est libre et sacrée. Je ne veux ni la
forcer, ni la feindre. Si ton cœur t'eût parlé à ma vue, le
mien t'aurait répondu; tu aurais trouvé en moi un fils
pieux et plein d'amour : ce que veut la nécessité se serait
fait avec penchant, intimité et affection. Si cependant tu
n'éprouves rien pour moi comme mère, songe que tu es
princesse, que tu es reine. Le destin te rend en moi un fils
que tu n'espérais plus; accepte-le comme un don du ciel.
Quand je ne serais pas ton fils, ainsi que je le parais, je ne
dérobe rien à ce fils, je n'enlève rien qu'à ton ennemi. Je
t'ai vengée toi et ton sang; je t'ai tirée du tombeau où tu
avais été ensevelie vivante; je t'ai ramenée sur le trône...
Tu comprends que ton destin est lié au mien. Tu t'es relevée avec moi, tu tomberas avec moi... Les peuples ont les
yeux sur nous. Je hais la jonglerie, et ce que je ne sens
point, je ne cherche pas à le montrer; mais j'ai réellement
pour toi un grand respect; et ce sentiment me fait fléchir
le genou devant toi en toute sincérité. (*Jeu muet de Marfa,
qui laisse voir son agitation intérieure.*) Résous-toi. Que ta
libre volonté te dicte une conduite où la nature ne t'entraîne pas : je n'exige de toi ni hypocrisie ni mensonge. Je
demande des sentiments vrais... Ne parais pas ma mère,
sois-la... Rejette le passé, saisis le présent. Si je ne suis pas
ton fils, je suis le czar; j'ai le pouvoir, j'ai le succès...
Celui qui est dans le tombeau n'est que poussière; il n'a
plus de cœur pour t'aimer, plus d'yeux pour te sourire...
Tourne-toi vers le vivant. (*Marfa fond en larmes.*) Ah! précieuses larmes! qu'elles sont les bienvenues! laisse-les
couler, et montre-toi ainsi au peuple.

   (Sur un signe de Démétrius, la tente s'ouvre, et les Russes assemblés
     sont témoins de cette scène.)

Entrée de Démétrius à Moscou. Grande pompe, mais appareil
guerrier. Ce sont les Polonais et les Cosaques qui ouvrent la marche. Quelque chose de sombre et de terrible se mêle à la joie publique. La méfiance et le malheur semblent planer sur toute cette
solennité.

Romanow, qui était arrivé trop tard à l'armée, est revenu pour secourir Feodor et Axinia. Tout est inutile : lui-même est mis en prison. Axinia s'échappe et se réfugie près de la czarine Marfa ; elle implore sa protection contre les Polonais. Démétrius la voit, et à son aspect est saisi de la plus vive et de la plus invincible passion. Axinia a horreur de lui.

Démétrius est czar. — Son pouvoir repose sur un appui redoutable, mais dont il n'est pas le maître. — Il est poussé par des passions étrangères. — La conscience qu'il a de lui-même engendre une méfiance générale ; il n'a pas un ami, pas un serviteur fidèle. Les Polonais et les Cosaques lui nuisent dans l'esprit du peuple par leur insolence. Jusqu'aux sentiments qui lui font honneur, ses manières populaires, sa simplicité, son dédain du cérémonial, excitent le mécontentement. Sans cesse il blesse par mégarde les mœurs du pays. Il persécute les moines, parce qu'il a beaucoup souffert sous leur joug. Il n'est pas exempt des caprices du despotisme, lorsque son orgueil est blessé. — Odowalsky continue à se rendre nécessaire ; il écarte les Russes d'auprès de lui, et maintient son influence prépondérante.

Démétrius pense à manquer de foi à Marina. Il en parle à l'archevêque Job, qui, pour éloigner les Polonais, va au-devant de ses désirs, et tâche de lui donner une haute idée de la puissance du czar.

Marina arrive à Moscou avec une suite nombreuse. Entrevue avec Démétrius. Accueil froid et hypocrite des deux parts. Cependant elle sait mieux dissimuler. Elle presse son mariage. On fait des apprêts pour une fête splendide.

Sur l'ordre de Marina, une coupe de poison est portée à Axinia. La mort lui semble douce, car elle craignait d'être contrainte de suivre le czar à l'autel.

Vive douleur de Démétrius. Il marche, d'un cœur déchiré, à l'autel, avec Marina.

Après le mariage, Marina lui révèle qu'elle ne le tient point et ne l'a jamais tenu pour le véritable Démétrius, puis elle l'abandonne froidement à lui-même dans une situation terrible.

Cependant Schinskoï, un des anciens capitaines du czar Boris, met à profit le mécontentement toujours croissant du peuple, et devient le chef d'une conspiration contre Démétrius.

Romanow, dans sa prison, est consolé par une miraculeuse apparition. L'ombre d'Axinia paraît devant lui, montre à ses yeux la perspective d'un bel avenir, lui ordonne de laisser mûrir tranquillement les destins et de ne pas se souiller de sang. Romanow apprend qu'il sera appelé au trône. Bientôt après on vient l'engager à prendre part à la conjuration. Il s'y refuse.

Soltikow se fait d'amers reproches d'avoir trahi sa patrie en faveur de Démétrius. Mais il ne veut pas devenir traître une seconde fois, et il soutient par probité, bien que contre ses sentiments, le parti qu'il a embrassé. Le malheur étant consommé, il s'efforcera du moins de l'atténuer et d'affaiblir le pouvoir des Polonais. Il paye cette tentative de la vie, mais il reçoit la mort comme une punition méritée de sa première faute, et le déclare à Démétrius en mourant.

Casimir, frère de Lodoïska, jeune Polonaise, qui, chez le woïwode de Sandomir, avait aimé Démétrius en secret et sans espoir, l'a suivi, sur les instances de sa sœur, dans son expédition, et l'a vaillamment défendu dans chaque combat. Au moment du plus grand danger, lorsque tous les autres partisans de Démétrius ne songent qu'à leur propre salut, Casimir seul lui reste fidèle et se sacrifie pour lui.

La conspiration éclate. Démétrius est auprès de la czarine Marfa lorsque les révoltés pénètrent dans l'appartement. La dignité et l'audace de Démétrius imposent un moment aux rebelles. Il avait presque réussi à les désarmer, en promettant de leur livrer les Polonais. Mais tout à coup Schinskoï se précipite dans la salle avec une autre troupe furieuse. On exige une explication formelle de la czarine. Il faut qu'elle jure sur la croix que Démétrius est son fils. Il lui est impossible de témoigner contre sa conscience d'une manière aussi solennelle. Elle se détourne en silence de Démétrius, et veut se retirer. « Elle se tait, crie la foule furieuse : elle le désavoue! Meurs donc, imposteur. » Et Démétrius tombe percé de coups aux pieds de Marfa.

FIN DU TROISIÈME ET DERNIER VOLUME.

TABLE DES MATIÈRES

DU TOME TROISIÈME.

--- ------

FIN DE LA TABLE

Paris — Imprimerie P.-A. BOURDIER et Cie, 30, rue Mazarine.